主编　凌翔

当代著名作家精品书系

U0661639

玉竹谱

倪霞

著

天津出版传媒集团

天津人民出版社

图书在版编目 (CIP) 数据

玉竹谱 / 倪霞著 . -- 天津：天津人民出版社，
2020.10

（当代著名作家精品书系 / 凌翔主编）

ISBN 978-7-201-16228-7

Ⅰ.①玉… Ⅱ.①倪… Ⅲ.①长篇小说—中国—当代

Ⅳ.① I247.5

中国版本图书馆 CIP 数据核字（2020）第 121349 号

玉竹谱
YUZHU PU

出　　版	天津人民出版社	
出 版 人	刘　庆	
地　　址	天津市和平区西康路 35 号康岳大厦	
邮政编码	300051	
邮购电话	（022）23332469	
电子信箱	reader@tjrmcbs.com	

责任编辑	岳　勇
封面插画	王　玺
装帧设计	王　玺
主编邮箱	jfjb-lx2007@163.com

印　　刷	唐山楠萍印务有限公司
经　　销	新华书店
开　　本	710 毫米 ×1000 毫米　1/16
印　　张	37
字　　数	530 千字
版次印次	2020 年 10 月第 1 版　2020 年 10 月第 1 次印刷
定　　价	118.00 元

谨以此书献给

　　外婆

　　　　母亲

　　　　　　天下母亲

引 子

　　黑色的风沙，一阵阵袭来，让竹馨站立不稳，轻飘得不真实，似要飞起来的感觉，吹得她睁不开双眼，看不到天空。随着黑风沙而来的，还有一个空旷的声音，在空中不停地、反复地念着"春风不度玉门关……春风不度玉门关……"那声音，伴着旋转的黑风沙，令竹馨恐怖得森然无助。她努力地挣扎着，想要离开那样的环境，离开那个追着她不停叫着"春风不度玉门关"的声音。她用尽全身力气往前奔。倏地一下，竹馨醒了。原来是一个梦。

　　睁开眼，眼前漆黑一片。竹馨恍惚不知身在何处。她下意识地摸了一下自己的额头，有细汗。她知道，是让刚才的梦吓的。她再次摸了一下身边，女儿在。身边的女儿，让她一下子落回现实，同时打开了所有的记忆思路。此刻，应该是深夜三点左右，因为女儿午夜才输完液，然后她才关灯陪女儿睡觉。她在医院的儿科病房里，女儿住进医院三天了，各项检查都正常，可女儿就是站立不了，浑身疲软无力，吃什么吐什么。平常那样活泼可爱，小嘴巴砸吧个不停的女儿，几天来，躺在病床上一句话都没有说，连爸妈也没有叫一声，也没有提任何要求，安静得让竹馨不知所措。

女儿先是"长水痘"，学校有许多孩子都在"长水痘"。竹馨在女儿的水痘还没有完全出来时，请了中医开了几服"收水痘"的中药，女儿喝过后，果然没有像其他孩子那样身上出现红疹印。那天吃饭时，娘俩还在得意，说这水痘遏制住了，没有在女儿白皙的皮肤上留印子。接着，一场突然而来的雨雪，气温骤降。竹馨措手不及地找出女儿的毛裤，却发现短了一截。一年时间，女儿长高了不少。竹馨赶着拆裤口加长，一直织到深夜还没有织好。她实在支持不住便睡下了。第二天，她让女儿穿着薄毛裤去上的学，虽然加了厚厚的羽绒服，可女儿还是感冒了。水痘的毒素没有完全排出来，便让中药给挡了回去，加之重感冒，女儿一下子病倒了。

　　几天来，竹馨一直自责，甚至恨自己，那天晚上为什么不坚持，哪怕一夜不睡，也要把女儿的毛裤加织好。虽然她也知道，不一定完全与毛裤有关，可作为母亲，她不能原谅自己的疏忽！加之刚才的梦，太不吉祥了！黑色风沙，夹着"春风不度玉门关"的叫喊，令竹馨的心，更加沉重起来。竹馨睡意全无，心是慌的。她望着窗外，盼着天亮，再也不能以检查"正常"而这样拖下去了，毕竟女儿确实不正常地躺在病床上，不吃不喝、不言不语几天几夜了。到底是怎样的病毒？折磨得女儿如此这般呢？竹馨心烦意乱地想。

　　天亮了。陈旧斑驳的病房外，走廊开始有人走动，竹馨起床上洗手间洗漱。洗漱间泛黄的水池，锈迹斑斑的水管水龙头，让竹馨几欲呕吐。要不是女儿的病，她哪能习惯得了这里的卫生环境。这所医院老旧得有些年头了，如一个沧桑暮年的老人，支撑着他最后的尊严。竹馨端来热水为女儿擦脸，女儿睁开眼睛看妈妈，仍然不说话。医生查房后，竹馨的丈夫王宇来了，带了早餐过来。竹馨喂女儿稀饭，女儿才喝两口，便抿着嘴不肯接了，并烦躁着用双脚踢被子。

王宇见了，生气地说：

"所有检查都没问题，你这是懒啊！几天了，爸妈都懒得叫。"

接着，急躁的王宇对着躺在病床上的女儿，再次生气又无奈地叫喊着：

"儿耶，你也说说话！哪怕要什么，叫一声爸妈，你这样子怎么搞啊！爸妈每天为了你只能往医院跑，班都不能上了，你要死就死快点！"

正端着一碗热干面吃的竹馨，听了王宇的话，突然站起来，重重地放下手上的面碗，瞪大双眼，看着王宇，尽量压抑着声音，却咬牙切齿地连声喊着：

"你死！你去死！你才死！"

王宇被妻子的举动吓住了，知道自己刚才的话太不妥，虽然急，也不能对孩子说出这样的话来。王宇就是这样，不能遇到挫折和不顺，他只能乐呵呵地过好日子。在乐呵呵的平常生活里，他会是个好丈夫、好父亲，只要遇到困难，他就急躁，或者逃避，甚至推卸责任。人生哪能没有难时？竹馨知道王宇是急的，可再急也不能胡言乱语呀！何况这种恶毒的话怎么可以随便说出口？竹馨是那种特别讲禁忌之人，凡是不吉利、不干净的恶毒话语，无论对谁，哪怕有恨，她也不会轻易说出口。

对着王宇叫喊后的竹馨，坐下来看着女儿，想起昨晚那个梦，心，像有一把刀子绞着一样难受，继而流下泪来。她不敢把这样的梦说给丈夫听，知道他个性里扛不住事的脆弱。很多事，她总是宁愿自己扛着，也不想遭那种分担不了反而添堵的局面。想起自己在娘家做女儿时也是娇娇女，是父母宠爱的宝贝。生活逼着你一步步成熟起来，特别是做母亲后，母性的坚韧和对孩子的爱护，会让一个普通女人产生巨大而无畏的能量。这些天，面对女儿的病情，竹馨有些茫然不知所措了，虽然自己也是学医出身，可面对孩子的病情，除了配合医院的正常检查和各种治疗方案，剩下的便是在心里无数次地祈求"佛祖保佑"。她记得母亲常说，行善有善在，信佛佛有灵！

病房内外，已经开始忙碌起来。查房、量体温、输液……穿着白大褂的医生护士，从一个病房走向另一个病房，开始了一天医者忙碌而紧张的工作。女儿的治疗单出来了，还是继续补液。主管医生说，所有辅助检查都是正常的，如果还是查不出其他的问题，下一步抽脊髓检查，要等到下午看情况。下午，还没开始做这项检查时，女儿的班主任带了班里的一部分学生来看望，每一个同学走到床前，拉着女儿的小手，鼓励她快快好起来与大家一起上学，班主任摸着女儿的头，说着听话不要怕打针之类的话。竹馨让女儿答应老师和同学们，睁着一双明亮大眼睛的女儿，看着老师和同学，就是不说话！

在老师和女儿告别时，竹馨让女儿和老师说再见，女儿不但不说，反而烦躁地用双脚踢被子。竹馨突然意识到，女儿是不能说话吗？这样一想，竹馨全身一炸，冷汗一冒，她不敢想，慌乱得没跟老师同学说再见，急急俯下身来问：

"宝贝儿、乖乖，你是想说话说不出来吗？"

女儿看着竹馨点了点头。竹馨听到自己脑袋炸裂的声音！转身对王宇说，天啊！快叫车，转院。到武汉！去同济！女儿竟然是想说话说不出话了！说完，眼泪像断了线的珍珠，不停地掉下来。王宇急急地开始去联系车子。这时，竹馨的母亲和父亲来了。"孩儿见了娘，无事哭一场"。此刻的竹馨，虽然自己是母亲，可当见到母亲时，哭得更伤心更不知所措了，边哭边说女儿的病情比想像中严重。竹馨的母亲一边安慰竹馨，一边走到床前摸着小外孙女的头叫着"崽"。父亲是这所医院退休的老领导，他一边安慰哭泣的女儿，一边找主管医生了解病情。

竹馨本名不叫竹馨。母亲的名字叫玉竹，在嫁给竹馨的父亲以前，并不叫玉竹。至于为什么改，后边有故事。

王宇联系的车子来了，竹馨抱着女儿上车，母亲执意也要跟随。车子出发了，王宇坐在副驾上，竹馨抱着女儿和母亲一起坐在后座。经过一番折腾，出发时天已经黑下来，冬天的夜黑得早不说，还黑得格外的深。车子出城后，郊区出城处有一段路正在修，加之头两天的雨雪，路面到处是泥浆。车子走在泥浆路上，泥浆"吱吱吱"地向车前玻璃和两侧玻璃喷来，黑黢黢一片，把车内的视线阻挡。司机只能走一段便下来用毛巾擦玻璃上的泥浆，再上车往前开，走一节就要下来擦一次。大约有两里这样的路，那情景，让竹馨突然想起昨晚的梦，梦中的黑风沙如眼前这喷到玻璃上的泥浆，是如此相似！深夜的梦境，一下子在此刻呈现，而这一段路的地名叫"分水岭"，连着竹馨所住县城与邻县的分界处，相当于一个关口。梦中"春风不度玉门关"的声音，不就是指地名或关口吗？那么这分水岭，当是要走过的关口吗？竹馨想，昨晚的梦该是神在提醒我要走出关口，女儿的病才能好起来。这样想来，竹馨揪着的心放松了许多。于是把昨晚的梦说给母亲和王宇听，并对着怀中的女儿亲了一下说：

"走出分水岭，我女儿的病一定能好起来！昨晚是佛祖托梦提示我呢！"

听了竹馨说梦，竹馨的母亲深深地舒了一口气：

"是啊，佛祖是在提示你要走出关口！孩子可是娘的心头肉，不敢有半点闪失。俗话说'葫芦吊大，伢崽吓大'。我养你们仁儿，小时候怕吓着了，大了又怕摔着了，都是一步步吓大的呀！想你外婆当年生养孩子的不顺，像噩梦。坎坷的一生，就是因为孩子难养而造成的呀……"

竹馨的母亲——玉竹，那带着叹息的苍老话语，把黑夜的黑，拉向了时光深处，深到新中国成立以前的艰难岁月里……

目 录

下部

上部

第一章

一

江南的濡热，让人浑身不爽。恰逢久旱未雨，四处是起潮后的湿。地下出水，墙壁冒水，乌云压顶天暗沉，这是大雨欲来的征兆。大地和靠天生存的人们，盼望这场雨盼得太久了。一声响亮的炸雷在天空响起，接着，闪电划破浓黑的乌云，轰隆隆的雷声，一次次，连续响起。然后，大颗大颗的雨点落下，先是点点滴滴，一会儿便倾盆而下，雨声开始盖过渐渐弱下来的雷声……热闹的天空，却让大地安静得有些瘆人。在长江以南的幕阜山脉延伸的山脚下，一个叫冷水畈的山村里，随着如注大雨，山坳处一户尹姓人家，漏雨的破屋内，一声婴儿的啼哭，在大雨胶着中，显得如此的微弱，微弱得几近呻吟。

双手托着婴儿放进热水里的接生婆，大声说：

"生了，生了一个绣花女。"

站在屋外等候的尹姓男子，面对屋外的天空，长叹一声：

"老天真是没眼啊，本来就养不活，连生四个绣花女。为什么就不能送我一个读书郎呢？"

躺在床上的产妇，听了接生婆和丈夫的话，伤心得哭了起来。哭声和叹息声，淹没在倾盆的雨声里，老天听不到。

这是一九一四年古历六月十七日，一位女婴诞生了，诞生在山沟沟里，一个穷困潦倒、家徒四壁的中国底层平民家庭里；诞生在那个男尊女卑，女性要用裹脚来取悦男权的时代里。躺在床上哭泣的产妇，她哭的不仅是自己的命运，更哭自己四个女儿将来的命运。

一个人出生的时代背景和成长环境的好坏，虽然不能完全决定一生，但确实能左右不同的命运。出生在国泰民安的时代和富贵人家，至少可以生长无忧。出生在国乱民忧的贫寒人家里，成长的艰难，便是一份辛酸的成长史。出生成长的艰难和家国不同的环境，会生出波折和跌宕的命运来。特别是一个人的成长环境，几乎可以决定一个人的性格里柔弱或坚韧，偏执或豁达。一个在有爱有温暖的环境里生长的人，会懂得爱人爱己，大度宽宏；一个在没有爱没有温暖的环境生长之人，会导致生长出自私狭隘、偏执不信任他人的个性。虽然不能一概而论，但确实存在这种不同环境养育不同个性的人，不同个性影响着不同人物的不同命运。

综观大千世界，无奇不有。不同人物命运的背后，无不牵系着成长岁月带来的福泽或阴影，无法摆脱命运背后的故事，谁也挣脱不掉命运之神那一双无形的看不到的手。本故事背后不同人物的命运，无不跟一个时代和一个成长背景相辅相成，同时有着千丝万缕扯不断理还乱的关系……

一九一四年，民国三年甲寅年，虎年。这一年的七月八日，孙中山在日本东京成立中华革命党。这一年，日本派兵侵入中国山东，又以支持袁世凯做皇帝为条件，提出灭亡中国的"二十一条"。这一年，世界是一个不太平之年，第一次世界大战爆发。也是这一年，留学日本的李叔同作词、取调于约翰·P.奥德威作曲的美国歌曲《梦见家和母亲》之《送别》，在后来的中国，一曲《送别》成为骊歌中的不二经典。

来到尹姓家庭的这位属虎的女婴，因为家境过于贫寒，加之是家里的第四个女儿，实在不受欢迎。不到两个月，便托人送走了。出生于这一年的尹姓"虎妞"，一生都在送别的泪水中，承载着命运对她的不公之待遇。李叔同这一年写下的"长亭外，古道边，芳草碧连天……"虽然与女婴沾不上边，可仿佛是在隐喻着多灾多难的中国将经历的离乱之苦。如女婴一样的众多女子，在动荡年代里，一生多舛的命运……

女婴离开冷水畈尹家时，天空挂着初秋的朝阳，山风吹着山野，带来草木的丝丝香甜。大自然总是美好着不识人间疾苦，好在有大自然的美好，以点缀人世间的奔波与烦恼。中间人抱着女婴，女婴的母亲一次次把孩子抱过来，先是流着泪送到门口，实在舍不得便又跟着中间人往前走。怀胎十月，养育虽然只一个多月，可那是娘身上落下的肉啊！

无奈的母亲，一边走一边叮嘱中间人：

"一定要找一户好人家，让孩子能享享福，比在我家受罪好，这样我才心安。"

中间人说：

"你放心，这户人家，不但家境好，盼孩子盼太久了，说好了女孩抱去是'抱媳望子'，不用改姓，等他们夫妻俩生了儿子，长大了会让孩子成亲。所以他们既当女儿养，又当媳妇来管教。你尽管放心！"

女婴的母亲，一直送女儿到村子外，直至山间的凉亭。她的难舍难分，磨磨叽叽，让中间人有些不高兴了，她才停下脚步。看着中间人抱着孩子，女婴的母亲依在凉亭前，用袖子揩着眼泪，目送着不知世事还不懂得离别之苦的女儿，抱在别人的怀里，一步一步，向着东南方，渐行渐远……

在靠近东南方，一个叫桥西的湾子里，有二十几户人家，其中有一户王姓人家，夫妻结婚几年未见生孩子。盼孩子盼得心都疼了。王姓夫妻虽不富裕但勤扒苦做，所以良田富足，鸡鸭成群；带天井的老屋虽然不算太大，但房前屋后果树林立，特别是祖上留下的两棵白果树，也叫银杏树，一雌一雄，在门前两侧屹立；门口下坡处，一湾宽阔溪流，从高山奔来，绕村远行，清澈见底，终年不息。他们吃住不愁，家打理得干净整洁。在那个年代，算是一户殷实人家。

王姓夫妻一大早，便在门前的白果树下望了好多次。明知路途远，不会这么快就到，但还是忍不住喜悦的心情。他们用这份喜悦的心情，迎接即将到来的女儿。房屋打扫干净了，鞭炮准备好了，感谢中间人的午餐和红包也准备好了……一切准备就绪，夫妻俩这一天什么也不做，只等中间人抱着孩子进家门。

当中间人出现在门前不远处时，激动的王姓夫妻俩，一个上前接孩子，一个点燃了爆竹，在热闹祥和的气氛中，王姓妻子，笑里含着羞涩，轻轻地接过孩子。

中间人却笑得合不拢嘴地说：

"粥锅跳到肉锅了！这孩子有福呢。"

夫妻俩齐声说：

"托福托福。托您的福！"

中间人又来了两句喝彩式的话语：

"孩子进门，添丁加口，多福多寿，来年再生一个胖小子。"

两口子仍是憨厚地齐声说：

"托福托福。沾您金言！托您的福！"

在客套的喝彩声中，有老母亲出来接走了孩子。夫妻俩忙着做饭款待中间人，并请来几位亲房叔侄作陪，同时见证这一个美好时刻。在如此隆重的仪式中，这位属虎的女婴，从出生到这一刻，命运有了瞬间的转变，从不受欢迎一下子到珍如宝贝。送走吃饱喝足、得了许多感谢话的中间人后，老人才把孩子抱出来，送到夫妻俩的手中。

老人面带喜悦说：

"恭喜你们做爹做娘，我也做阿婆了。给孩子取个名字吧！"

那父亲喜悦中带着几许羞涩，说：

"叫玉儿吧。我们会把她当宝玉一样来爱护。"

母亲和老人齐声附和道：

"这名字好，玉儿玉儿"。

老人再次伸手爱抚地摸着孩子的小脸说：

"长得细皮白肉，挺俊的。唯愿她能给我们家带来福气，让我们家快添男丁，既是女儿也是媳妇，抱媳望子抱媳望子，但愿她能为我们望来贵子。"

玉儿的到来，为这个家带来一团和气。小小的肩上开始有了"重任"——"望来贵子"的重任。

至此，在雷雨交加中降至人间，这位属虎的女婴，从此有了自己的名字"玉儿"。在王姓父母家里，开始了比生母家更温暖更有爱的童年生活。父母视玉儿为己出，真心实意地疼爱着。玉儿在爱与温暖的环境里，享受着童年成长的乐趣，为这个家庭带来一团祥瑞之气。只是有一点缺憾，两年过去了，仍然不见夫妻俩怀孕。

二

在中国大背景下，经历了一九一五年袁世凯接受丧权辱国的日本提出的"二十一条"，并于这一年的十一月称帝；台湾抗日志士余清风等近千人被处死；陈独秀创办《新青年》杂志；孙中山与宋庆龄结婚，并于次年发表《第二次讨袁宣言》，袁世凯于一九一六年去世……

转眼，到了一九一八年年底。这一年，孙中山亲自指挥炮击督军署；鲁迅发表《狂人日记》，痛斥这吃人的社会……这些国家大事件，于山村里的玉儿一家来说，似无太大的关联。普通老百姓，最重要的是劳作吃饭和生孩子。而这一年，玉儿来到王家五个年头了，王姓夫妻虽然还没有望来贵子，但享受了玉儿带来的天伦之乐。玉儿聪慧过人，性情乖巧，父母的宠爱，让她自由生长。父母基本上对她百依百顺，唯有一点不能依她的，就是"裹脚"……

"娘啊，我不活了！疼死我了！"

"啊！啊！啊！我要死了，疼死我了，我不活了，求求娘别再缠了啊！"

"爹啊，救我，救玉儿，玉儿不活了。爹啊，娘啊……"

这凄惨的喊叫声，从王家的院子里传来，是玉儿钻心疼痛又无奈的叫喊。一会儿，玉儿的声音突然停了下来，原来是痛得晕了过去。母亲大声哭喊着：

"玉儿，玉儿。我的儿啊，娘也是没有办法啊。玉儿，玉儿啊，不是娘心狠，是没办法。这是每个女人必须过的一道坎，必须受的一道罪啊！

别吓娘，快醒醒！玉儿，你别吓娘啊……"

娘说完，抱着玉儿，放声号啕大哭起来。

父亲在院子里刨着手上的活，女儿和妻子的每一声哭喊，像是钉子钉在他的心上，让他难受地叹气摇头，重重锤打着手上的活计，有些不知所措又无可奈何地沉默着。

另一个房间里，传来玉儿的祖母苍老而持续的声音：

"阿弥陀佛！小脚一双，眼泪一缸。阿弥陀佛！小脚一双，眼泪一缸……"

过完五岁生日，母亲便谋划着为玉儿裹脚一事。秋天一过，入冬不久，便开始实施裹脚。裹脚那种钻心的痛，让玉儿每一次都哭得用头撞墙。晚清著名小说家、戏剧家宣鼎的《夜雨秋灯录》称："人间最惨的事，莫如女子缠足声，主之督婢，鸨之叱雏，惨尤甚焉。"

缠小脚这一封建社会的恶俗具有悠久的历史，千百年来残害了数不清的中国妇女。据史料记载，缠小脚最早始于公元九六九年至九七五年之间，南唐李煜在位的时期，李后主的一个叫宵娘的妃子别出心裁，用帛将脚缠成新月形状在金莲花上跳舞取悦皇帝。后来这个做法流传到民间，缠小脚之风，渐渐普及到了百姓人家，从开始的"缠"到后来的"缠"，是越缠越小，小成"三寸金莲"。这一陋习，是父权制传统下"男尊女卑"最突出的表现之一。

玉儿缠脚的那些日子，成为玉儿一辈子挥之不去的阴影。白天一双脚痛得寸步难行，到了晚上，一双脚放在被子里如蒸笼一样闷热灼痛，有时简直像是放在炭火上烧烤着一样疼痛难忍。为了防止玉儿晚上自己悄悄把缠脚布松开，娘整夜不敢合眼地跟着她看着她。躺在床上，娘把玉儿的脚放在被子外，玉儿痛得经常在半夜起来抱着脚痛哭，常常是一整夜一整夜痛得难以入睡，整夜把脚贴在墙壁上，沾着墙壁上的凉才会舒服一点儿。痛得实在忍受不了时，玉儿会用头去撞墙。直到痛得精疲力竭麻木了，看着天一点点地亮起来，才迷糊睡着一会儿。而醒来后，又得再次解开裹布重新再缠，而且这次会缠得更紧，一直缠到最后第三、四、五的脚趾关节严重扭伤甚至脱臼为止。扭伤脱臼后的脚，肿得更厉害，皮肤也变成瘀紫色，如刀割一样钻心。这种钻心的缠，一日比一日紧，一直到肿消后，脚趾缠到脚底下去了，才算完成了裹脚尖的部分，接着再次进行裹瘦，直至把原来的脚，变形成一个尖尖的小纸船样，才算完成裹脚的全部过程。

玉儿看着自己那一双变了形的小脚，眼泪再一次如筛豆一样落了下来。看着那变形得失了原来模样的小脚，越哭越伤心。只见那双脚，正面看，像火伤之后，脱去陈皮烂肉，露出变形、变颜色的一个肉疙瘩。侧面看，脚趾和脚跟已从中折断，两部分紧挨在一起，在软肉的附和下，形成一条由两端站立的曲线，脚跟臃肿，脚掌消失，脚背凸起。一个翘起的大趾头奇怪地与四个小趾不再相依并排，四趾弯到脚板底部，呈现着难看的模糊轮廓。脚的全长不及自然长度的一半，整只脚，像一个不规则的三角形。玉儿抱起脚来看脚底，四个脚趾可怜地挤在一起，再也没有了伸展的能力，除了变形的足跟之外，已没有一丁点儿平滑的脚板，完全扭曲变形得不忍细看。

玉儿想着自己那一双平板细嫩的脚，活生生地被缠成了丑陋的"三寸金莲"。玉儿越看越恐怖，越看越伤心，越哭越难过，越难过越是哭。抱着双脚扑在床上，痛哭不止……透着不懂的难受和不甘。五岁的她，不懂得大人们为什么要把她好好的一双脚，经过这样的痛苦后变成了怪模样。她实在想不明白，为什么要这样！

娘过来抱着伤心难受的女儿，娘俩抱在一起哭作一团。娘一边哭一边说：

"不是娘狠心，娘是为你好，你长大了就会懂得娘的一番苦心。娘也是这么过来的，这是每个女人逃不脱的一个关……"

祖母仍在隔壁的房里，一边捻佛珠，一边不停地说道：

"阿弥陀佛！阿弥陀佛！小脚一双，眼泪一缸。小脚一双，眼泪一缸……"

那个年代，女人即使长相、身材再好，如果是一双天足或脚缠得不够小，便会遭人耻笑，并且难以嫁到好人家，有的甚至嫁不出去。"好大脚"也成了一句谩骂、羞辱妇女的话。那种将女童两脚的跖骨脱位或骨折并将之折压在脚掌底，再用缠脚布一层层裹紧的野蛮行为，想起来就不寒而栗。被缠足的女性不但步履艰难且疼痛异常，因缠足引发残疾和致死的也有发生。

这种以摧残女性身心为前提的一种所谓的"美"，伤害了数不清的中国女性，让每一个中国女性从幼年起便埋下痛苦无奈的种子。追求这种"美"，实际上是一种心灵扭曲和变态的表现，这种扭曲是男强女弱的变态心理，是一种不平等的心在作怪，是一种禁锢女性于家中自私自利的行为。女性童年时缠足的痛苦，长大后行动不便、不能劳作的痛苦，让封建社会的中国女性，长期处于压迫和苦难之中。《女儿经》里有这样一句话："恐她轻走出房门，千缠万裹来约束。"

玉儿缠足后，最开始走路只能扶墙靠壁慢慢移步，小小的伤脚承载不住玉儿五岁的小小身躯。她穿着厚厚的棉袄棉裤，扶着墙角移步来到大门前，在门槛上坐了下来。望着天空上多日不见的冬日暖阳，小小心灵仿佛经历了一场生死，玉儿一下子长大了，变得有些深沉和寡言，莫名地，心里有了说不出的忧伤。虽然她不懂得什么叫忧伤，可这忧伤，却在后来的岁月里，几乎相随相伴，一生没有散去过。

娘迈着小脚走过来，疼爱地抚摸着因缠足瘦了一圈的女儿，心有戚戚，自言自语地叹了一声：

"如果有来生，一定不再做女人。哪怕做一棵树、一株草，也不受这为人的苦，做女人的苦中苦！"

母亲刚一说完，突然一阵难受，接着就吐了起来。玉儿惊慌地问：

"娘，你怎么了？一定是为我裹脚累的。"

母亲一边说没事，一边说可能是累的。才说完，又大口大口地吐起来，突然想起，忙着为玉儿缠足，都忘记这个月没有"来红"。她有些不相信地欢喜着，在心里悄悄问自己，难道真的有喜了？

三

当老中医穿着长衫提着诊包走进玉儿的家，然后闭着双眼捏着玉儿娘的手号脉时，约一分钟后，睁开眼看着巴望着他的老祖母，笑着说：

"恭喜恭喜，是喜脉！恭喜你们要添丁加口了！"

老祖母一边吩咐儿子"给老先生看礼"，一边念着"阿弥陀佛！感谢祖宗有灵"之类的话。

玉儿娘的怀孕，让全家个个高兴得挂着笑脸进出，特别是老祖母，更加疼爱玉儿了。她深信不疑，她的大孙子，是玉儿为她望来的。

娘开始呕天呕地的早孕反应，让懂事的玉儿更懂事了。她心疼娘的难受，原来女人怀上孩子是要遭罪的。裹脚之痛还未痊愈，便担起了家里不同的家务活。娘的怀孕，祖母和爹脸上的笑容，让玉儿看了比什么都高兴。缠足的痛，似乎也变淡了。一天，在厨房内帮着生火做饭的玉儿，似懂非懂地听到了娘和祖母的对话。

祖母说：

"菩萨保佑，但愿你怀上的是个男孩，为我们老王家续上香火，将来也好和玉儿成亲。"

娘问道：

"若是儿子，将来还真让他和玉儿成亲吗？"

祖母答道：

"那是当然，抱媳望子、抱媳望子，就是因为来了玉儿这好媳妇，才望来的儿子呢！"

娘说：

"可是这孩子明年出生，玉儿就整六岁了。女方大太多，就怕将来夫妻难和睦呢。"

祖母接着说：

"女大三抱金砖，大六岁，抱的是两块金砖呢！再说了，从小一起长大，会有感情的。"

娘说:

"玉儿乖巧,要是当女儿养着,将来嫁个合意的好人家也是一样的,我是担心,这样对玉儿不好。古话说,有仇有怨才结夫妻,别到时夫妻做得不好,反而破坏了好好的姐弟情。"

祖母道:

"如果你肚子里是儿子,一定要按抱媳望子的老规矩办。如果是女儿,那就另做打算,没有什么可以商量的,一切都是上天的安排。再说了,大几岁正好懂得心疼我的大孙子。"

娘怯怯地,没再接祖母的话。

祖母说完,双手合十,闭着双眼,念起了"阿弥陀佛"。

玉儿看着灶内蹿红的火苗,一边往灶内添柴,一边心里高兴地想着,娘的肚子里到底会是弟弟还是妹妹呢?她想,不管是弟弟还是妹妹,她都会欢喜地疼爱。心里只想着弟弟或妹妹早点儿出来,这样她就有伴了,免得隔壁的孩子们在一起玩耍时,祖母和娘总是不让她参与,说什么女孩子得在家里守规矩,得学做针头线脑的活计,不能随便到外边疯野。

日子一天天过去,玉儿盼弟弟妹妹的心情,如盼过年一样漫长。在玉儿的期盼中,过年临近了。过年的时候,玉儿会有新衣服穿,也有香香的花生和米泡、豆类等零食。玉儿想着弟弟或妹妹带给她的这份欢喜,与新衣服和零食的欢喜有相似之处。玉儿傻傻地幸福地设想着,盼望的心甚至有些沾沾自喜。终于可以不用去羡慕别人家的孩子有弟弟妹妹的快乐了。她的弟弟或妹妹,在娘的肚子里,很快就会来到她身边了。每每想起,玉儿的心就是美的。

当过年粑香飘四溢,炉火前柴垛增高,腊肉挂起来,红色春联贴上门楣的时候,再偏僻的山里,再穷的人家,也会为过年攒足了劲儿地准备各种食物,做上可口的饭菜,等待三十的那一天,一家人围炉向火,敬祖宗敬灶神,放鞭送年迎新春。往往太穷的人家是怕过年的,所以才有了"大人望栽田,小孩盼过年"之说。不谙世事之难的孩子盼的是过年的喜乐,为世事艰难而努力的大人们,更加懂得栽田盼个好年成,才能换来过年一家人团圆的欢喜与热闹。

玉儿家还算殷实，一是人口不多，家道平稳，父母对她的疼爱，让玉儿心中没有太多的缺憾。虽然知道自己是从另一个深山里人家来到这里的，另一家生父母于她没有任何记忆，只有养父母的疼爱在心中滋养她长大。那个年代，像她这样的童养媳普遍得很，而多数童养媳是一部血泪史，像玉儿这样做童养媳的并不多。她的幸运在于，遇到了好人家。同时她是抱来望子的，所以多了一重重任，倍加受到爱护和寄予希望。

长大后的玉儿才懂得，小时候祖母常说的"生的父母在一边，养的父母大于天"这句话一直伴随着玉儿，令她知恩图报。父母的善良，没有让她尝到有些童养媳的刻薄待遇和悲苦的处境，玉儿的童年是幸运和幸福的。这份足够的爱与温暖，让玉儿长成了大度善为的个性，同时懂得爱人爱己，在人生的路上也不畏艰难。虽然后来的命运跌宕，但玉儿从来不怨天尤人，总是倔强地迎头去解决困难，去接受命运赐予她的一切。

春节过后不久，门前小溪有了鸭子戏水、鱼儿跳跃。溪边的桃树含苞待放，柳树抽芽，白杨嫩绿；远处的菜花田里，有黄色的油菜花，紫色的田草，不知名的各色山花，争相斗艳。一派田园美景，尽收眼底。

春暖花开了。

去除笨重厚棉衣的玉儿娘，肚子骄傲地凸显起来。娘的小脚支撑着笨重的身体，行动更有不便，娘面带羞涩地进出。玉儿欢喜地看着娘那隆起的肚腹，心里盼着弟弟或妹妹的心情更急切了，更加手脚麻利地帮着娘料理房前屋后的家务活，也帮爹忙一些田间地头送饭的活。每天扛着农具早出晚归的爹，只要往娘的肚子一望，便做得更有精神头了。玉儿虽然开心快乐地做着这一切，但还是超出了她那个年龄所做的活计，无形中锻炼了玉儿的生活能力。

当夏天的蝉不停地"知了知了"地叫唤时，玉儿娘因为肚子一天大一天，几乎是大门不迈二门不出了，她总是沉静在家里做着针线活，为肚子里的宝宝做各种不同的内衣外衣、棉衣夹衣。针线活做累时，她会用手捶捶腰，然后双手托着隆起的肚腹，享受着孩子的小腿在腹内调皮踢她的幸福。那种孕育生命的神奇之感，常常感动着一个女人最柔软的内心。每每这时，玉儿娘会想，做女人虽苦，可做母亲又是天底下最幸福的事儿，这份做母亲的温暖，可以忽略做女人所承受一切过来时的那份苦味。是孕育生命的过程，让一个女人从普通女人蜕变升华成伟大母亲的过程。这个漫长的过程，可以慢慢融化生活中为女人带来的艰辛与苦涩；这个孕育的过程，一如花蕾，最终等到的是花开的美好与欢喜。

玉儿的生日不久，便立秋了。这一年是玉儿的六岁生日。

立秋刚过，燥热难忍，"秋老虎"发着它的余威。黄昏时分，和娘一起坐在院子里乘凉的玉儿，听着院外小孩的嬉闹声，有的喊着"躲紧躲密，躲倒不吱声"。意思是"躲紧一些躲秘密一些，躲到一个让人找不到的地方别吭气"。这是乡间孩子们捉迷藏时的话语；也有孩子在喊着"萤火虫，打灯笼，飞到东，飞到西……"这是孩子们一边追着萤火虫捕捉，一边跳着唱的歌谣……

偎在娘的怀里撒着娇的玉儿，心里虽然也想着到外边和伙伴们玩儿，但她更重要的任务是陪娘，她听着弟弟或妹妹在娘的腹内调皮地挥着小拳头，看着天上闪烁的星星，或草丛处一闪一烁飞舞的萤火虫，心是静的。玉儿总是这样懂事和乖巧。

娘抚摸着玉儿的头说：

"这几天你弟弟的小拳头挥得更有劲了，他急着想要快快出来见姐姐了。"

玉儿高兴地说：

"快点出来，快点出来，姐姐我等不及了。"

娘又说：

"你是希望娘为你生弟弟还是妹妹呢？"

玉儿回道：

"不管是弟弟还是妹妹，我都喜欢。"

其实，娘的心情是复杂的，是玉儿看不到看不懂的复杂。她多希望是儿子，能为王家续上几代单传的香火。可是她又为玉儿担心着，担心是个儿子，玉儿将来的命运又会是怎样的呢？

娘俩刚刚沉静地各自想着心思，房内传来老祖母的声音：

"玉儿，再热也是秋天了，让你娘进屋，到瓜熟蒂落的日子了，别让露水动了胎气。"

玉儿一边答应着祖母，一边扶娘起身进房。娘刚刚站起来，突然一阵剧烈的腹痛袭来，小脚快支撑不住了，玉儿听到娘"啊哟哟呦"地叫起来，赶忙喊在门口与邻居乘凉说话的爹：

"爹！娘肚子疼了！快来。"

爹冲进院子，箭步上前，搀着妻子进了房，一边对着祖母的房喊着：

"娘，玉儿娘可能是发作了。"

祖母从房间出来，"指挥"着儿了快去叫接生婆，让玉儿看好躺在床上的娘，然后她拿出早就准备好了的包被，对玉儿说：

"先照看好你娘，待洗娘接来了你就不用在这里了，去厨房烧热水。不会这么快的，下半夜的事了。不用急，不用怕……"

祖母后边两句话既是说给玉儿听的，更是说给初次生孩子的玉儿娘听的。一切都在祖母的指挥下有条不紊地进行着。

等待中，祖母手捻佛珠，快速轻声地念着"阿弥陀佛，阿弥陀佛……"伴着玉儿娘一阵阵疼痛的喊叫，一声一声，在静的夜里，一切万籁俱寂。

四

一阵一阵撕心裂肺的腹痛，让玉儿娘歇斯底里地叫喊着。分娩的疼痛据说是世界上剧痛之一。一个人来到这个世界，除了男人与女人合欢之乐后精子与卵子的相遇，更多的是女人在承受，承受十月怀胎之累，承受分娩之苦，承受养育之难。玉儿脱鞋上了床，靠在娘满头大汗的枕边上，时而为娘擦汗，时而捏着娘的肩膀带着哭腔喊着"娘"。小小玉儿哪见过这样的阵势，她紧张得捏紧小拳头，恨不得能替娘分担一些痛。祖母在床边不停地念着"阿弥陀佛，佛祖保佑……"她镇静不惊的举止，似乎让紧张的气氛有了一些缓和，娘的阵痛稍稍有了歇息。那一刻，玉儿想起了生母，她仿佛看到了当年自己的生母，也是经过这样的疼痛才把她带到人间的。

当一声响亮啼哭划过黎明的天空，山村的沉静被这声响亮的哭声打破，一个新生婴儿诞生了。接生婆一边为小孩剪脐带包扎，一边用热毛巾为大声哭着的孩子擦洗，边擦边笑着说，恭喜恭喜，生了一个大胖小子。说着，用手指头轻轻拍了一下婴儿的生殖器说：

"小麻雀长得还真好，你们老王家不用担心香火了！"

经过了一场生死的玉儿娘，整个身心一下子放松了下来，甜甜地笑了。在门口候着的玉儿爹，一边憨憨地"嘿嘿"着，一边点燃了手中早就准备好了的鞭炮。短暂的炮声过后，祖母一个劲地说着感谢的话：

"感谢佛祖，母子平安！感谢洗娘，母子平安！阿弥陀佛！阿弥陀佛……"

玉儿这时却在睡梦中，接生婆来后她的任务是去厨房烧好热水放暖瓶里，然后祖母便让她去睡了。

祖母一边喊玉儿起床，一边自己到厨房煮糖水鸡蛋，为接生婆的辛苦加餐，为产妇补营养。忙着进出的祖母，带着喜悦说：

"儿奔生，娘奔死，只隔阎王一张纸！做女人苦啊。总算平安熬过这一关了。阿弥陀佛，阿弥陀佛……"

祖母的声音虽然不大，可句句是至理。

这是一九一九年的秋天，民国八年，农历己未年，羊年。

这一年，身居大山深处，那个叫桥西的村落里玉儿一家，过着不问世事的农耕生活，他们依然只为吃饭穿衣劳作生孩子而努力，这是千千万万普通人奢望的日子。每每听到儿子回家说一些在外边听来的时局话题，玉儿祖母常说的一句话是"不管外边世界如何，我们只需要守本分过好小人物的日子不惹是生非"。普通人虽然不去关注山外边的世界，到底发生了多少惊天动地的变故，可当国之堪忧时，终究有一天波及的偏偏是普通人的生活。

这一年的五月四日，北京爆发了以学生为主体，得到全国工人、商界大力支持的反帝爱国运动。北京十三所学校的学生三千余人齐集天安门前举行示威，提出"外争国权，内惩国贼""废除二十一条""抵制日货"等口号，主张拒绝在巴黎和约上签字，要求惩办北洋军阀政府的亲日派官僚曹汝霖、章宗祥、陆宗舆，从而展开了声势浩大的五四运动。

不谙世事的属虎的玉儿迎来了一个属羊的弟弟。这个"抱媳望子"的媳妇为王家望来了儿子。玉儿六岁前的女儿角色，在六岁有了弟弟以后，似乎更加坚定地转换成了"媳妇"。祖母为弟弟取名全恩，意在感恩之情。

祖母说：

"叫全恩吧！因为佛祖，因为祖宗，因为玉儿，才有了我们老王家这个大孙子。是他们全部的恩情，才换来我的孙子。我们王家世世代代要记住他们的恩情，要感恩，要记得这千般恩情的好。"

玉儿爹和娘看着发育健全，体重不轻的儿子，心中喜悦溢于言表，只是一个劲地说着：

"全恩全恩。这名字好。记住恩情，好好好，真好。"

一旁乐着的玉儿，也笑着说祖母取的名字好，可心里不懂得祖母说记住的恩情里，为什么还包括了她玉儿。她不问理由，只知道高兴地乐着自己有弟弟了。

王家得子，亲朋四邻前来祝贺。有的提着几个鸡蛋或几包红糖，有的手上拎着还在"咯咯嗒"叫着的老母鸡，有的或是提着一串肉……总之，他们用最朴素的方式，表达着邻里亲朋之间的情谊，展现着"各处一乡风"的礼仪风俗。

一个多月来，断断续续来王家看望的亲朋邻居，几乎没有断过。这一点除了说明这份情，更多地则能看到王家在远近一带，平常日子里与人为善，为人处世的人情积累。中国自古以来就是一个人情社会，朴素的人际关系，体现的是人与人之间，一份不可或缺相互往来的情分。

一些较远的亲戚，平常没有见过王家的玉儿，看了这位"望来"的儿子后，都想看看这位抱来的媳妇。见玉儿长着水灵灵的大眼睛，白皙皮肤，唇红齿白可人样，除了夸玉儿有福相，更多的是说玉儿有福气落了个好人家，说这"抱媳望子"还真准呢。说着说着，自然会说到玉儿的祖母，说玉儿的祖母不容易，年轻时守寡，一个人拉扯大了儿子，为儿子娶媳妇，在儿子儿媳头几年没有怀上孩子时，果断做主抱来玉儿。现在孙子有了，孙媳妇现成地养在家里，真是一举几得，总算是苦出头了。

这时候的祖母，除了一个劲地感谢亲朋，说得最多的还是那句"感谢佛祖，阿弥陀佛"不离口。祖母艰苦的一生，除了自身坚韧的个性，更多的当是心中这份信仰。是佛祖在心中的信仰，支撑着她走过人生一个又一个艰难困苦，从而才能做到平静又坚定地处理好无常的世事。虽然她没有什么学识，除了念着"感谢佛祖，阿弥陀佛"，她几乎再也不会念其他的经文。她知道佛就是善，所以她一门心思地把佛祖的善记在心里。是心中有佛祖有善念的支撑，让她踏实而平稳地面对人生的风雨……

在弟弟全恩出生的第三天，祖母带着玉儿，一手提着小竹篮，一手牵着玉儿，一老一少，扭动着小脚，走在乡间小路上。祖母先牵着玉儿来到村前大树下的土地庙前，蹲下来揭开盖着供品的一块半旧蓝花布，一小碗米饭，一整块肉，一小杯酒，一卷火纸（冥纸），三根香。她一一拿出来摆好。所有供品摆好后，祖母用火石火镰点燃了火纸，再点燃香插在土地庙前的神龛上，然后跪下来双手合十念念有词：

"感谢土地老爷保佑桥西一方平安，感谢送我们王家大孙子，保佑我家玉儿和大孙子没病没灾，平平安安地长大……"

祖母说完，对着玉儿说：

"崽，来拜拜土地老爷，请土地老爷保佑我家玉儿一辈子都好好的。"

玉儿一边拜一边迷惑地看着那小屋内的"小老爷"，平常看着村里人只要家里有什么喜事了，总要来敬这个小屋内的老爷。有些小孩吵夜或有什么小病小痛，也会拎着供品来敬土地老爷。甚至有些人家，猪啊牛什么的不吃食了，也来敬土地老爷。听说敬过土地老爷后小孩不吵了，小病也好了，猪牛也吃食了。玉儿不懂，这里边的小泥人能有多大的本事？她好奇地问祖母：

"阿婆，为什么村里人有什么事都来敬土地老爷啊？它有那么大的本领吗？"

祖母爱抚地摸着玉儿的头说：

"天地万物有神灵，敬天敬地敬神灵敬祖宗。天给我们阳光雨露，地让我们吃上五谷杂粮，有祖宗才有我们一代又一代。俗话说，抬头三尺有神灵也就是这个理呢。人要有敬畏才懂得自己小如虫蚁，这土地老爷啊，管着我们这一方土地呢。"

玉儿很认真地看看祖母，又看了看眼前的小屋，然后抬起头看了看遮着小屋的参天大树，再次转头对着祖母似懂非懂地点了点头。

祖母看着玉儿的神情，笑了笑，摸着玉儿的头说：

"看你这大人佬的样子，你要记得阿婆的话，长大了你就懂得我说的这些是有来历有道理的。"

玉儿睁着她那一双水灵灵的大眼睛，对着祖母连连点头称：

"阿婆，玉儿记着呢。"

阿婆把供品收回篮子里，然后牵着玉儿沿着土地庙的小路上山，边走边说：

"土地为大，先敬土地老爷，现在带你上去敬你阿公，向你阿公报喜你有弟弟了。明天再带你去南山庙拜佛祖还愿，我这小脚，今天没法带你这小脚去南山了。"

祖母牵着玉儿走在村头不远的山间小路上，祖母那些听起来似懂非懂甚至带着几许神秘色彩的话语，在玉儿后来的人生里，随着命运的起伏，从来不曾忘记过。且越来越清晰，一直令她懂得敬畏的可贵。

五

玉儿的弟弟全恩满月时，那天秋阳正好，院子和堂屋以及家门口，前后摆了十桌，为答谢那些来看望过玉儿娘的四邻乡亲和亲戚。当地有乡俗，结婚接媳妇提前请人来参加婚礼，而生孩子是不能上门请的，只能是来看望后再答谢。主要的是接外婆一家来坐上位，以感谢媳妇娘家人为婆家生了好女儿，感谢娘家人的辛苦付出。所以这一天的答谢宴，以外公外婆为大。

依风俗礼仪，摆桌席分座位，以示恭敬。席前专门有主事司仪主持宴席的开始。司仪一般都是当地读了一些书的长者。只见他穿着体面的长衫，手里拿着写满了字的红纸，上边写着开场白，多是几句恭敬和感谢的话，如果遇冬日雨天会说"泥湿烂路，天寒地冻，感谢各位……"如果是晴好天气，也会来几句诸如"天晴日好，阳光普照"之类的好词以作渲染。司仪手拿着的红纸上还写着座次的安排，当一堆答谢恭敬渲染的话语过后，便开始分座位，一边大声报道"某某府上某某人一位，某某府上某某人二位"，一边叫着一边有主人这方的主事者，前往客人面前，把谦虚礼让着的客人请到座位上坐下来。这时，其他客人才放下观望着的头开始坐稳，然后放鞭炮开席。

玉儿偶尔会随祖母去参加这类宴席。每次玉儿看得认真时，祖母就会说：

"各处一乡风，入乡随俗也就是这个理儿了，这些都是为人的礼数，不能不要，不能不学。看了心里就要记着学着，长大了才不至于失礼于人。"

厨房里忙碌着做饭菜帮忙的，基本上都是亲房叔侄婶娘们，以及村里不同人家派一个人一起来帮忙。在这个叫桥西的村子，因为村子不大，所以每遇哪一家做红白喜事，几乎是全村出动，老少帮忙，分工有序。有专门的"礼房"登记来宾，一人登记一人收礼金。当然，做满月是不设礼房的。每一桌桌席的桌椅板凳以及碗筷，也是不同人家借出来的。一家负责一项，比如你家出桌椅，我家出碗筷，为了不搞混淆，借出碗筷的主人会坐一桌负责倒酒招呼客人，吃好后碗筷自己收了拿回家洗。桌椅板凳专门有一位年轻力壮的人负责，从哪家借来用完后他又负责还到哪家去。厨房内有不同的分类，洗菜、摘菜、切菜、炒菜，叫什么"红案白案"之类。各种菜要用红纸剪了喜字放在上边，以示喜庆。端菜送菜也专门有人负责，一切都安排得井然有序。这样一来，几乎家家出人出力来帮忙，从而也形成了一家办事全村来吃的局面。他们朴实地相互帮衬着，体现着小村落里的人亲如一家的邻里关系。

在人们各自忙碌时，准备吃饭的锣敲响了，所有的桌子也坐满了，司仪客套的分位也分好了，鞭炮放响了，热咯咯香喷喷的菜开始随着托盘端上桌了……这时，人群里突然一阵躁动的欢笑声传来。原来院子内有人在追着玉儿爹，一边追一边把手上一团黑黝黝的东西，使劲往玉儿爹两个脸蛋上摸。瞬间，玉儿爹的脸成了一张黑黑的"花脸"，人们看着一阵阵大笑，玉儿爹傻呵呵地站在那里乐着。

人群里有人喊："好！这'喜'打得好！"接着大伙又一齐欢笑。笑声回应在小小的院落里，荡漾在每一张欢乐朴实的脸上。

原来，这是当地生孩子的风俗之一。孩子满月这一天，有人用火锅底下的黑锅灰，涂到孩子父亲的脸上，让大家看了乐，故称"打喜"。那个年代虽然生孩子多，可由于医疗条件差，小山村内更是不谈医疗之说，总是天生天养，新生儿存活率极低。一个孩子生下来，能满月能一点点长大成人，是一件极其不容易的事。

那个叫全恩的小子满月后，玉儿的活儿便多了起来，除了帮祖母厨房里的活，又多了帮娘带弟弟的任务。得空时，针线活也不能丢。玉儿在祖母和娘的爱与呵护中成长，同时从来没有少过严格的管教。祖母常说，养女不教如养猪，女孩子除了娇养，更重要的是教养。教养是女子一生的修炼，女人要承担将来对下一代的教育任务。

祖母还常说"讨坏一代亲养坏三代人"。乡风民俗讨媳妇时先要访访这个媳妇的娘是好是坏，是善还是恶。一个家，男人是顶梁柱，而女人是屋，是屋围，是这个屋前前后后上上下下把一家人围在一起的墙，是一家人围在一起取暖的那个火主，也是这炉火内的一团火。火主火主，有火才有主，有火主才能把一家人围在一起取暖……

祖母的这些话，虽然小小的玉儿不太懂，但常常听到祖母在耳边说，说多了，玉儿也就记住了，记住的这些话，像刻进心里的印，一辈子也去不掉了。在她后来艰难的人生里，祖母的许多话，如一盏明灯，照着她走过一次又一次难挨的黑夜。

转眼冬天到了。这一天，玉儿带着全恩坐在堂前玩耍，全恩坐在藤做的摇篮里，天很冷，摇篮内垫了厚厚的小被子，堂前放了一盆炭火，祖母坐在火盆边上做针线活，玉儿娘随爹到地里干活去了。一阵一阵的冷风从门缝里嗖嗖地滋溜进来，全恩在玉儿的拍手挑逗下"咯咯咯"地笑着。做活的祖母看着玉儿和全恩，微笑着说：

"只愁不生，不愁不长。生出来了，没病没灾的长起来就快了，一天一个样。玉儿，你可记住，无论全恩将来对你怎样，你都得要疼他，对他好。"

玉儿天真地看着祖母，笑着说：

"阿婆，看你说的，我肯定一直会对弟弟好，疼弟弟的。怎么会对弟弟不好呢，我可喜欢弟弟了。"

祖母笑着说：

"那就好！那就好！那样，我将来死了也就能闭眼了！"

玉儿一边逗弟弟，一边奇怪地看着祖母，不懂得祖母话里的内涵。但她真心希望祖母不会死，她虽然不懂人老了为什么必死，但她知道死的可怕，她知道死了就是再也不能跟她说话了；更可怕的是，死了后会把人放到山里去埋起来，你再也看不到这个人了。想到这儿，玉儿有些悲伤起来，但她不敢反问祖母的话，怕祖母说的那个"死"字。她只希望祖母和爹娘还有全恩，一家人能一直在一起，那才是她最快乐的事儿。

玉儿为了排解心里那一份她并不懂得的忧伤，于是对着全恩拍起了手，唱起了祖母常对着她唱的童谣来：

月亮走，云里梭
从来不唱扯白歌
先生我，后生哥
外婆嫁，我打锣
外公周岁我摇箩
嫩牛生个老牛婆
风吹石碈滚过河

嫩牛生个老牛婆
风吹石碈滚过河
嫩牛生个老牛婆
风吹石碈滚过河
……

　　玉儿一遍一遍地一边唱一边拍手，一边围着全恩跳起来。她反复唱着这首童谣，唱出了祖母的笑容，唱得全恩在"哦哦哦"中伸手伸脚舞动起来。唱飞了自己刚才那略带"忧伤"的心情，唱得窗外的雪花纷纷飘落……

　　带着浓郁浪漫色彩的民间童谣，字里行间透着风趣幽默，诙谐中不失押韵。这些民间童谣，由民间人士随口编来，在大人带孩子和孩子与孩子之间的玩耍中，一代代传诵……

六

　　日子在玉儿带着全恩唱各种童谣、背着全恩出门玩耍之间滑过。一晃，全恩七岁了，玉儿开始带着全恩去私塾读书，这之前玉儿也常带全恩到私塾边玩儿，听私塾内的琅琅读书声。全恩养得娇惯任性，每次玉儿带他上学，虽然牵着走的日子多，当他要横时，硬要玉儿背着他。一起上学的孩子取笑他，他就骂人家，边骂边下来追着打人家。有时玉儿送他来了，他又哭着不让玉儿走要玉儿陪着，玉儿得到私塾先生的许可，便和全恩一起坐下来听课背书。无形中，为玉儿打开了一扇识字读书之门，得祖母和娘的严格管教，加之玉儿天资聪颖，又随全恩蹭得书读，这让懂事的玉儿，竟然有了"开笔破蒙"之幸运。

在过去，"开笔破蒙"是我国儒学一种古老相传的启蒙习俗，通常给那些已经进入学习年龄的孩子，通过"点破朦胧，笔画朱砂"，祭拜孔夫子像，给老师行礼，以此来对孩子进行入学礼的一种仪式。有讲究的，要在额头中央点上朱砂痣，然后诵读《论语》。这个仪式既是为了纪念孔子，同时也是宣告孩子们已经达到入学的年纪，可以开始跟着启蒙老师学习知识和礼仪了。在岁月不断的演变里，以后的人们叫上学为"破蒙"。

玉儿虽然没能有"开笔破蒙"的仪式，但在玉儿的成长中，真正有了因各方知识带来的"破蒙"之悟。至少十三岁的她已然懂得她和全恩的关系不仅只是姐弟关系。背全恩去上学时，面对别的孩子骂"不要脸，小夫妻，老公还要老婆背"。全恩只是懵懂反骂别人，而这时的玉儿，会羞得满脸通红，但又不能说什么。

在玉儿的记忆中，和全恩一起蹭书读的日子里，印象最深的是《增广贤文》，一部《增广贤文》几乎让她受益终身。那些赋予了古人浓郁生活哲理，凝结着闪光智慧看尽人生的话语，读来朗朗上口，文辞优美，意喻深刻。玉儿常常牵着全恩或背着全恩，姐弟俩一起读着贤文里的句子，虽然他们不懂得字里行间的意思，但读得多了便记下了。记下了，生活到哪个层次时，那些句子迎着生活就来了：

　　昔时贤文，诲汝谆谆。集韵增广，多见多闻。

　　观今宜鉴古，无古不成今。知己知彼，将心比心。

　　酒逢知己饮，诗向会人吟。相识满天下，知心能几人？

　　路遥知马力，事久见人心。深山毕竟藏猛虎，大海终须纳细流。

……

有钱道真话，无钱语不真。不信但看筵中酒，杯杯先劝有钱人。

人情似水分高下，世事如云任卷舒。命里有时终须有，命里无时莫强求。

人有善愿，天必佑之。世间好语书谈尽，天下名山僧占多。

……

古人不见今时月，今月曾经照古人。责人之心责己，恕己之心恕人。

一毫之恶，劝人莫作。一毫之善，与人方便。国清才子贵，家富小儿娇。

根深不怕树摇动，树正何愁月影斜。奉劝君子，各宜守己……

少时熟记的《增广贤文》，让后来的玉儿，每每遇事触境，随口便来。令玉儿不得不叹息，古人早就写尽世间事。

岁月转眼到了一九二九年，全恩十岁。从全恩出生到他满十岁整，积贫积弱的中国发生了许多变化。最直接的是，有一位叫刘鸿生的人在苏州创办了"华鸿生火柴有限公司"。火柴的流通，方便了老百姓最直接的日常生活。因为是舶来品，所以当时的中国人叫火柴为"洋火"。一九二一年，中国共产党诞生。这在中国历史上是开天辟地，但不为普通老百姓所知的大事件。这一年是中国共产党历史的开端。一九二三年，孙中山发表《中国国民党宣言》。一九二五年三月，孙中山先生在北京逝世；七月，民国政府击败陈炯明叛军，掌握两广，国共合作，准备北伐。那些年，中国处于军阀混战之中。从某种程度上来说，住在偏僻的山里人家，虽然没有山外世界城市人的富有之乐，便也有其优势的一面，那就是，当社会变革动荡不安带来灾难时，相对来得要迟一些。

全恩九岁整那年，祖母让儿子儿媳简单地为全恩过了十岁生日。祖母说，世道不太平，她这些年的身体也一年不如一年，于是她谋算着要为孙子举行婚礼。虽然孙子才十岁，可是玉儿已经十六岁了，而且出落得面如芙蓉，亭亭玉立，只要出门，就会有人夸玉儿的容貌，祖母越来越不放心。玉儿在家里和父母一起顶着家庭生活的大门户，不论是田间地头的农活，还是庭前屋后菜园的家务活，玉儿都抢着做。祖母的身体每况愈下，特别是冬天，祖母常常整夜整夜地咳喘着，不得安神。她知道自己的时日不多了，唯有为孙子和玉儿举行了婚礼，完成了"抱媳望子"的程序，她才能放心自己的随时离去。祖母常说，不看到孙子和玉儿成婚，她会死不瞑目的。

一九二九年，这一年，全恩十岁整的生日一过，在祖母的主持下，简单地请了一桌至亲，为全恩和玉儿举行婚礼。其实，也就是一个通俗的仪式罢了，目的只是为了见证全恩与玉儿这一桩婚事的约定俗成，是不可更改的，更是尊重和完成长辈定下来的承诺。

秋雨绵绵的一天，择好日子的玉儿娘，为玉儿换了新被子，大门和房门都贴了喜字，为全恩和玉儿换了新衣裳；这一天，玉儿牵着个子只到她肩膀的全恩拜了天地，拜了祖母，拜了爹娘；这一天，玉儿羞红着脸，却要用手紧紧地拉着多次想跑出去玩的全恩，配合她和身边的长辈们行完礼仪；这一天，玉儿嫁了，既是女儿又是媳妇的玉儿，嫁给了一个刚满十岁小她六岁，既是弟弟又是男人的小男人……

第二章

一

　　绵绵秋雨，夜凉如水。窗外的雨，淅淅沥沥下着，携着寒意从门缝挤进来。声声秋雨，让秋夜格外安静；玉儿望着窗外的一片漆黑，想起祖母说"一场秋雨一场寒"。玩累了的全恩早早睡着了，玉儿下意识地看了一眼帐内熟睡的全恩，各种滋味涌上心头。其实，从全恩五岁开始，就是玉儿带着他睡，平常带着他，看着他一点点长大，那是姐弟之间的情分。成婚的这个晚上，对于少不知事的全恩来说，和以往没有什么区别。而对于已经长大懂事的玉儿来说，是特别的，尤为特别。

　　玉儿吹灭了蜡烛，从塌凳上床，关好蚊帐，轻轻在全恩的身边躺了下来。全恩翻过身，先是重重地把脚压到玉儿的身上，接着毫不知觉地用手搂着玉儿发出梦中呓语，浓热的鼻息吹到玉儿的脸上，暖暖地散发着孩子特有的味道。这时的玉儿，有了别样的心情，她用手摸着全恩的脸，黑暗里虽然看不清全恩的脸，但她能在脑海里清晰呈现全恩面部的轮廓来：小眼睛，高鼻梁，阔脸薄唇的调皮样子。这个她和娘一起带大的弟弟，如今是她的"小男人"。此刻，玉儿除了一个女人对孩子母性般的疼爱，同时让她渴望全恩快快长大。除了亲人之间的爱，多了一种对男女间的情爱。玉儿知道，她肩上担起了更多的责任，这个男人将来要和她过着如娘和爹一样的夫妻日子，为王家传宗接代续香火。这个"新婚之夜"，让玉儿接受的是等待，等着全恩一天天一年年长大成人，直到真正成为她的男人的那一天。

　　玉儿独自思想着，感觉到一股热热的东西向她的身子漫浸，她突然意识到，全恩尿床了。玉儿一蹦起床，自言自语说，完了，刚刚忘记端尿了。平常，玉儿睡前总是先把熟睡的全恩抱起来端一堆尿，然后自己再上床。今天因为是个特殊的日子，心里胡思乱想去了，所以把这一堆尿给忘记了。她赶忙起床，先摸到洋火把蜡烛点燃，借着烛光她到柜子里找到旧衣被，先用旧衣被把棉絮和床单之间隔起来，然后再在被子上边湿的地方加垫一层厚旧被，这样由里外两层旧被子垫着，既把尿隔开吸走了水分，表面上的一层也是干爽的。玉儿娴熟地做着这一切，方法是娘教她的，热尿基本上让两层旧被子吸走了，待次日，只需要把隔着的两层旧被子拉出来洗就可以了。

玉儿做好这些，再褪去全恩的短裤，倒了暖瓶里的水用热毛巾为全恩擦洗屁股。因为热毛巾擦拭之故，睡得像小猪一样的全恩，小鸡鸡竖了起来。玉儿羞涩地望着全恩的小鸡鸡发呆，虽然以往尿床了也有这种情况，但那时的心情和此刻的心情完全是两样的。玉儿盼望着眼前这个"小男人"快快长大，好让自己做真正的女人，做这个"小男人"真正的女人。这份布满亲情的爱，在玉儿的心中渐渐蓬生。

然而命运之神的手，却在后来的人生里，一次次为玉儿的生活布下荆棘和波折，让玉儿在生活的磨难中，一点点磨蚀那些爱的甜蜜，让所有的美好，随着少年的岁月一去不复返。后来的玉儿常说：不怨天不怨地更不怨人，这是自己的命。并说人的一生不可能享尽完整的美好，童年能落在这个好人家，有好父母好阿婆，做他们的"童养媳"，享受的却是亲闺女般的疼爱，没有受到过一般童养媳的苦，有阿婆和爹娘的疼爱，没有受一点儿委屈。那些日子除了裹脚的痛苦，其他日子都是享福的好日子，老天注定要让她的命先甜后苦，谁也奈何不得。后来的岁月，哪怕苦难再重，玉儿总是以坚韧而从容的姿态，面对命运赋予她的一切。

蒙眬中，玉儿听到鸡叫了几遍。翻身看到全恩仍睡得很香，玉儿昨晚做了不少乱七八糟的梦，睡得不安稳，头有点胀。虽然娘昨天说了让她今天不用早起，可玉儿还是轻轻起床了，简单梳洗后，来到堂屋，拿了簸箕到围谷桶里戳了一簸箕谷，然后轻轻出门。雨已经停了，推开门时，阵阵凉意袭来。村子寂静无声，万籁俱寂，就连狗也在睡梦中不曾吠叫。天边若隐若现的鱼肚白，在如墨的天空中，慢慢浸润开来。玉儿怀挟一簸箕谷匆匆前行，她得赶早去碓屋舂米，这是她多年来每天早上必须做的一件事，因为村子里只有这么一个碓屋，去晚了就被人占了。

碓屋是一个公用的土坯房子，简单得只有两个"碓臼"。整个碓臼用粗柱子架起一根横木杠，两个碓一左一右在横木杠的下边。碓用长长的粗扁形的木做成，木杠宽宽的脚踩处，地下是挖空的，前边一端装着一块圆锥体的石头。而臼则是石头做的，中部凹下去的圆锥体，是为接合碓的到来。人站在碓的粗扁木上，手扶横木杠，一只脚踩着碓的尾端，让石头落进臼里，合称"碓臼"。把谷或米放进臼里，通过脚踩木杠让碓与臼吻合，在一起一落的力度中，捣去谷的皮壳或捣碎要捣碎的东西。连续起落之间的过程，叫舂，舂谷、舂米、舂豆子、舂包谷、舂年糕等，都是靠人在碓与臼之间的配合而完成的。

到碓屋舂米，是玉儿一天干活的开始。"民以食为天"。只有把一天要吃的口粮准备好了，才能让爹和娘无忧地安排别的农活和家务活。小时候是娘带着她来舂米，娘一边舂米一边教玉儿如何做，直到玉儿能胜任这一活计后，便是长大的玉儿来做了。碓屋里一天到晚少有歇停时，这种活，归算在家务活中，基本上是女人做；所以碓屋里总是会集不同的姑娘、嫂子、媳妇们在这里做活，做活之时，也就成了女人们小聚闲聊的好地方。对于小脚女人，舂米是一件不算轻松的体力活。"三个女人一台戏"，聚在一起，聊聊东家长西家短，还能相互帮衬着，这样不但活干得快，人也相对轻松，也能体现劳动中的乐趣。

玉儿将要靠近碓屋时，远远地，只见屋内有昏暗的灯光闪烁。当玉儿接近碓屋还没进屋时，听到压抑凄婉的哭腔传来。玉儿知道，一定是槿花在碓屋里舂米，再早的人也从来没有比槿花来得更早。槿花是村东头王姓家的童养媳，三岁时被抱来做的童养媳，今年也只不过十三岁，受尽了一般童养媳受不了的苦。带哭腔的声音，十分清晰地传进玉儿的耳畔：

一鸡叫，起来了

二鸡叫，梳油头

三鸡叫，簸箕晒打碓头

碓头屋，对斗梁

（婆婆）赖我偷谷偷米顾爷娘

爷娘也不穷，爷娘也不富

金石磙，银滚框

金蹋凳，银眠床

……

这低回悲恸的歌哭声，玉儿太熟悉了。从小听祖母唱过，但听的最多的是槿花在碓屋里唱的。槿花唱是唱自己的命，而祖母唱给玉儿听，是让玉儿懂得做媳妇的不易，做媳妇所要经受的委曲。祖母本性的善里，用常人不能有的宽怀和慈爱来对待玉儿。所以祖母常说："不是一家人不进一家门，人心换人心，不能亏待进了一家门的孩子，那样会遭报应的。"在那个封建年代，能遇到这样一户好人家，对玉儿来说确实是幸运的。玉儿走进碓屋，看到槿花站在碓上手扶横杠，轻一脚重一脚地舂米。玉儿上前高兴地叫了一声：

"槿花，还是你最早！总抢不过你。"

槿花看到玉儿，带着几分无力地说：

"玉儿姐，我的命哪有你好啊，没人催你没人打你，我不早就得挨打。"

槿花说完，停下脚，扑在横杠上伤心地哭了起来。槿花哭泣瘦弱的身影，在烛光的忽明忽暗中凄苦无助。玉儿上前，摸着槿花的头说：

"这又是怎么啦？你娘又打你了？"

槿花不回答，只是越哭越猛烈。槿花凄厉的哭声，在满是黄土筑起的碓屋内，伤心回旋……

二

槿花三岁抱来时，爹娘对她还是很疼爱的，虽然穷，但他们吃什么也会给她吃什么，从来也舍不得打她。槿花六岁那年，娘不明原因吐血身亡。一年多后，爹又找回了一个娘。这个娘自己带了一个孩子过来，她不但对家里原有的孩子不好，对抱来的槿花更是看哪哪不顺眼，让槿花做最重的活，吃最差的饭，有时甚至不给她吃。只要爹外出做事了，稍不如意便动手打她、拧她，掐她。歹毒的后娘，令槿花这个童养媳，尝尽了一个孩子所不能承受的苦。

槿花刚来时不叫槿花，中间人带着她进家门时，门口栅栏上的一株木槿花开得正旺，双手接过她的娘，随口就叫上了槿花。槿花亲生父母的家离桥西并不算远，刚来时常哭闹着要回家，终因年龄太小记不得回家的路，那份去离的刻骨思念，多年后，槿花脑子里仍然留存着对亲生父母的某些记忆。爹娘也担心她哪天自己跑回去，所以从不轻易带她回原来的家。爹娘总说那边的家有八个兄弟姐妹，穷得饭也吃不饱，日子过得太艰难。现在的爹除了种庄稼，还有一门杀猪的手艺，逢年过节就去帮人杀猪，所以家里在吃的问题上要宽裕得多。亲生父母也是抱着让槿花过上好日子的想法，才给人抱去做童养媳。后来，随着娘的离世，后娘进门，槿花的苦日子随之而来。

槿花七岁那年，娘去世后不久，爹曾经带她回过一次亲生父母的家。那年月全靠一双脚行走，翻山越岭，随爹走在路上，走累的时候爹还背过她。爹是到那个村子里帮人杀猪，想着槿花可怜，于是带她去亲娘家看看。槿花去的路上特别留心记着一路走过的路，想着哪天长大了，自己也能有回家看看的机会，但从来没有想过要离开现在的爹，感念爹对她的疼爱。而后娘来了，忙碌的爹不能时时守在槿花的身边，所以也就看不到后娘对槿花的刻薄。后娘当着爹的面，总是假惺惺地对槿花好，当着爹的面给她大碗的饭吃，等爹一离开就给她小碗，有时甚至不给她吃，不停地让槿花做着家里的各种活计，不管轻重，全然不顾她还是一个正长身体的孩子，故而槿花的身体非常瘦弱。

年长槿花三岁的玉儿，高去槿花一个头。玉儿抚着哭声慢慢平静下来的槿花，摸着她的头，感觉她头发湿硬硬的，凑近看时，才发现头发像有血迹凝固在一起。便惊讶问：

"不得了，她把你的头打破了？"

槿花轻轻摇着头说：

"不是她打的，是昨晚我一边烧火做饭，一边带妹妹，妹妹玩时不小心把我推着摔倒了，摔到后边的一个破锣罐上切的，流了好多血，可我不敢告诉她，怕她打我。昨晚又疼又怕，所以饭都没敢吃，直到她睡了我才喝点米汤去睡。刚刚鸡叫一遍时我没起来，头痛，她就在隔壁骂我。"

槿花说完，又哭了起来，边哭边说：

"玉儿姐，我真不想活了。这日子，我真是过不下去了。我也不敢告诉爹，告诉爹了，爹要是骂了她，等爹一出门，她就更加打我，更加重我要做的活。"

槿花边说边哭边伸出她的手：

"你看我这手"。

玉儿看到一双这世界上最苦的皴裂手，这一双手，似乎不分四季，苦痕累累，粗糙如锯。玉儿心疼地用双手握着她的手，流下泪来：

"不想过怎么办呢？没有路可走，只有慢慢挨慢慢熬吧，挨过了就熬过去了，挨到你再长大一些，自然就慢慢好了，这是你的命啊！可千万不能说不想活的话，好死不如赖活着，总会有出头之日。"

槿花哭着说：

"我挨不过去了，再这样挨，说不定哪一天就会死在她的手里，好多次挨打时，我真想死啊！几次去死可我又怕了，跳水怕水呛得难过，吊颈又怕勒得难受。玉儿姐，怎么办啊，想死都死不了啊。呜呜……"

槿花的诉说和哭泣，让玉儿的心都碎了。一边陪着落泪，一边帮她把活做了。转眼，碓屋外天已大亮，不断有了来舂米的人，看到槿花和玉儿，知道槿花又挨打了，有的叹息，有的骂几句"遭雷打不得好死"这一类的话来劝慰槿花解解气，然后又各自为各自的活计忙碌起来。玉儿帮着槿花把米舂好，心疼又无奈地看着她离去……

　　挖薯的时节到了，爹挖回一担一担的红薯后便去外地干杂活去了，爹在家挖薯的这些日子，是槿花最开心温暖的日子，除了和爹一起到地里干活，回家也能和爹一起吃饱饭，后娘也不敢对她怎么样。可是等爹一离开，后娘就开始用超重的体力活来折磨她。先让她挑薯到河里洗，挑不动就一篮一篮地提，然后让她把洗净的红薯，徒手在带锯齿样的石缸里磨，把一个个红薯磨成酒糟样，然后做红薯粉，槿花常常一磨就是一担，一担红薯磨下来，整个人的手红肿得像桃子，皲裂得像树皮，身子半天直不起来。这种体力活，一般的大人也吃不消，更何况一个孩子。不同的季节，槿花做着不同的活。刨薯丝、磨玉米、舂米、喂猪，到田头地沟扯猪草、上山砍柴……家里家外的活，无所不做，从来没有让槿花闲下来过，从来没有机会和同龄人一起玩一玩。她的人生，一下子从童年走进了成年。她像一个成年人一样，从鸡叫起床，到太阳落山到月亮升起来，活干得不令后娘满意时，还得挨打。

　　这一年冬天格外冷，冬闲过后的农活家务活都做得差不多了，"大寒"这日，地上的冰冻成几寸厚，屋脊瓦楞上的冰凌吊着像剑像戟像挖地用的镐锄，晶莹莹地透着亮。村里的孩子们用木棍把冰凌敲打下来，边玩边吃，把冰凌咬得蹦蹦地响。这一天，后娘让槿花去各处地里捡拾遗留下的干薯藤给牛吃。因为太早冰还没有解冻，地里的薯藤和冰结在一起拉不起来，槿花想等太阳出来把冰晒融后再捡，于是跑到附近的榨油坊里烤火，烤着烤着睡着了。榨油坊里的师傅们，都知道槿花的生活境况，看着眼前这个累得睡熟的孩子可怜样，师傅们忙碌自己的活，实在不忍心叫醒她。槿花在梦中吃着香香的油榨饼，甜蜜而满足。在一阵阵榨油的香气中，槿花一觉醒来时已是中午，回家时两手空空。因为没有捡到薯藤，后娘先是用竹条打她，不让她吃饭，然后把她推出门，恶狠狠地骂道：

　　"猪！就是一头猪！懒猪！我养不起你这只懒猪，只想吃不想做，你今天不把牛喂饱，就把你自己送去喂牛！"

进不了门的槿花边哭边往山里走，她不知道可以往哪里走，天暗沉着，冬日黑得早，薯藤是捡不到了。槿花冻得瑟瑟发抖，她漫无目的地走在山路上，又怕又冷又饿。槿花想，我何不回去找我的亲娘呢！我不是一直就想回去吗？不是不想过这种挨打受骂的日子吗？槿花想到这儿，一股血涌遍周身，一股劲充斥着让她那双包裹得不太成功的脚，加快行走的速度，一股力量冲破平日里所有的顾虑，一门心思只想着"找亲娘去"！

凭着几年前的记忆，槿花踯躅在山岭间，因为走得快走得急，心中有了信念，慢慢地，身体也开始发热不冷了。虽然饿，只要想着能回到亲娘身边，饿也不是问题了。因为天已漆黑，黑郁郁的山岭间偶尔几声不知名的鸟叫，让槿花的心，胆怯地紧缩着。为了壮胆，她一边走一边唱着"一鸡叫，起来了"的曲儿，特别是唱到后边的"金石磢，银滚框；金踢凳，银眠床"时，想着亲娘家各种美好生活，槿花心生温暖，对周遭环境的畏惧也有了缓解……

三

槿花独自在山野里边走边壮胆的吟唱，令黑黝黝的大山更加安静得瘆人。不时有树枝带动的声响，让槿花总是觉得身后有鬼跟着似的，越走越怕。她战战兢兢地走在前不着村后不着店的山路间，想哭却不敢哭出来，她怕一旦哭开了更不敢往前走，而退路也没有，于是壮着胆子加速向前。她已辨不清，前方的路，是否就是通往亲娘家的路，心里盼着，能看到灯火或村落。十分紧张的槿花，忽然感觉到身后有一道光亮闪过，她吓得差一点尖叫，以为是传说中的鬼火。当她屏住呼吸时，便听到有急急的喘息声。心想，完了。真是鬼来了！这回得让鬼捉去了。她壮着胆往后看了一眼，只见那一缕光慢慢靠近，是一个人挑着一担东西而来，由于埋头走得急，完全没有想到黑夜的山路上会有人，更不会想到是一个孩子，当槿花看得真切是人而不是鬼时，她激动得大"嗨"一声，把迎面而来的挑担人吓一跳。当挑担人看清眼前确实是一个人还是一个孩子时，嗔怪地说：

"谁家的鬼崽，大黑夜的一个人在山路上，吓我一跳。"

挑担人并没有要停下来的意思，而是边走边说：

"这是要去哪里？怎么一个人在这里？"

槿花紧紧跟在挑担人的身后，紧缩的心一下子放松了下来，感觉彻底安全了，不会有鬼来捉她了！她怯怯地说着要去的地方，挑担人大声说：

"你走反了，刚过不久前边有个分叉路，往右边去才是你要去的地方。你走了左边，这边离你要去的地方越来越远了。"

听了挑担人的话，槿花懵了。心想，怎么办？我一个人更是不敢再转回去了。槿花正急得要哭时，挑担人大声对她说：

"黑灯瞎火的，你一个小孩子再转回去，那得下半夜了，还是跟着我吧，等天明了再去。"

槿花连声说着：

"嗯嗯嗯！多谢大叔多谢大叔"。

槿花随着挑担人小灯笼的光，大约走了约两里上山路，来到一个屋前，由于天太黑，看不清是什么样的房子，还在门口，大叔便喊：

"师傅开门。需要的香纸火烛来了。"

只听大门"吱呀"一声，一个端着烛火的人轻声说：

"阿弥陀佛，善哉善哉。山远路黑，真是难为你了。"

在挑担大叔跨进门时，紧跟其后的槿花才看清，秉烛人是一个穿着青色僧衣的尼姑。槿花心里想着"尼姑"二字，忽然有罪过感，告诉自己不能这么称呼！哪怕没有叫出来，想着也不行，只能想着是"师傅"。这是平常听玉儿姐说的，玉儿姐常和祖母一起去寺庙拜佛，说只能称师傅，"尼姑、和尚"是普通人断不能随便叫的。

槿花正想着，只见师傅问：

"哪来的孩子跟着你？"

挑担大叔一边放东西，一边对师傅说：

"哦，对了。路上遇见一个鬼崽，她走错路了，碰到我，于是我带她先来这里住一晚，天明了再让她走。"

师傅看着弱小的槿花，连声说：

"阿弥陀佛。这么晚了怎么一个人走在山上，谁家的大人也放得心哦。"

挑担大叔放下东西后，对师傅说：

"我回了，师傅费心让她住一晚，明早让她走。"

师傅说着你放心的话，送大叔出门。槿花怯怯地用询问的眼神看着将出门的大叔。大叔看出了槿花对他的忧心，于是回头看着槿花说：

"你放心，我家就在山下，很快就到了。你在师傅这住一晚，明天自己回去。"

槿花点着头答应着，然后看着好心大叔消失在黑色的夜里。

师傅关上门，秉烛转身对槿花说：

"一定没吃饭，先随我到禅房为你找点吃的。"

槿花奇怪，师傅怎么知道她没有吃饭呢？想想，早上吃了两个红薯出门，到现在一天都没有吃，刚才在路上吓得把饿也给忘记了。

禅房内，半碗剩饭泡开水，吃得槿花香喷喷地，边吃边用感激的眼神偷偷看师傅。师傅说：

"慢点吃，别噎着了，看把你饿的。"

师傅看着槿花端碗的小手，那黑粗皲裂的苦痕，不是一个孩子该有的手。看这一双手，师傅便明了，这是个孤苦的孩子。为什么独自走在黑夜的山路上，那会是一种怎样的委屈，才可以不顾黑夜的恐惧。

槿花吃完，师傅叫她舀水自己把碗洗了，并说：

"我这里，各人吃的碗各人自己洗，我要是为你洗了，会增加你的罪过。"

槿花边洗碗边点头，心里却在想，这规矩真好！我为后娘做那么多事洗那么多碗，她还不满意经常要打我，那她该是有罪过的吧。继而又想，要是我也能住在这个讲规矩的地方，那该有多好！槿花虽不好意思说出来，心里想着却舒服多了。

师傅带槿花到房间，让槿花在她身边的小床睡下，灭灯后，师傅也慢慢躺了下来，轻轻对槿花说了一句：

"睡吧。知道你一定很累了，走了那么远的山路。"

一夜无话。

这一夜，槿花做了很多奇怪的梦，一会儿在山里的黑路上跑，一会儿和玉儿姐一起在碓屋春米；一会儿又是后娘追着打她，追到一个山岩边上无路可走时，失脚摔了下去；摔下去的槿花，却没有丝毫恐惧，而是身体在空中飘了起来，飘在五彩云中，飘着飘着，她看到了美丽的殿宇；飘着飘着，看到一个慈眉善目、面容很好看的仙女对她笑；从仙女的背后，传来十分动听的乐曲，那美妙的乐曲令槿花陶醉了。她从来没有听到过这种乐曲，比她唱的媳妇曲儿不知道好听了多少倍，让她的心境达到无忧虑无恐惧的美妙。槿花真心地笑了，笑着的槿花突然一脚踩空，醒了过来。原来是做梦了。槿花想，那么美的梦，真不愿醒来。

槿花见师傅的床是空的，天已渐亮，似有梦中的乐曲从小窗飘来，槿花以为，是梦中的乐曲不曾散去。她揉揉双眼，乐曲仍阵阵飘来，如此真切，伴着一声声轻柔的诵唱。槿花起床穿上补了许多层的旧棉衣棉裤，穿上破旧的布鞋，起身，轻手轻脚地，循着乐曲声而去。原来，这乐曲和诵唱，是昨晚的师傅和另外一位师傅一起合奏出来的。

如普通农家院落一样的正门楣上，写着"刘家庵"三个字。此地叫刘家湾，庵因地名而取。院前有菜地农田，小院外围让摇曳的翠竹环抱，院落清静又干净。中间两个房子分别是"大雄宝殿"和"观音阁"。宝殿内供奉着燃灯佛、释迦牟尼佛、弥勒佛。从师傅手里和嘴里合奏出的乐曲，如夏日清泉流进槿花的心里，让她的心格外舒服，舒服得无法用一个准确的事或东西来形容，这是她记事以来，极少有的感觉。唯一的一次如这相似，是爹第一次带她去亲娘家时，走累了爹背起她的时候，那种安逸与温暖让槿花铭记。那种温暖太短暂，而这心情，像把她整个人整个心都收在了一起，让她安逸与踏实。当槿花来到观音阁，门楣两边写着"慧日被诸阁，慈眼视众生"。槿花不识字，看不懂屋内殿外的字，可当她见到高高的观音像时，心一惊，这不是昨晚梦中那好看的仙女吗？那一刻，槿花强烈地想着，我要留在这里，我一定要祈求师傅留下我！

槿花急步上前，双手合十，在殿前跪了下来，对着师傅和大殿前供奉的菩萨，瘦弱的槿花泪流满面……直到师傅诵完经，停下来，槿花才开口说：

"师傅，请留下我吧！我实在受不了后娘的打了，我本来是想逃回亲娘家里，可走到了这里，我亲娘家有好多孩子，我已离开那里好多年了，回去了也不知会是怎样的日子。后娘不会找我，就是找，我宁愿死也不想回去了。我喜欢这里，我想留在这里，我要剃发出家，侍奉佛祖菩萨。我什么都会做，砍柴做饭种菜，只求师傅能留下我！"

槿花边说边哭边磕头。

师傅说：

"能在黑夜里遇上挑香火人来到小庵，是佛的指引啊，说明你的佛缘不浅！我们暂时可以留下你，待你家人来找时，再作商议。"

一个星期后，槿花的爹来过一次。见劝不回槿花，含泪离去。

怕节外生枝的槿花，待养父走后，便要求师傅为她落发。跪在佛祖脚下，殿前的槿花，表情安然，鼓磬声声，檀香袅袅。槿花从来没有感觉到，如此的美好与平静，如此的无忧和无惧，一种前所未有的安逸感，让槿花尝到了那种叫"幸福"的欢喜。她双手合十，深深呼吸，在佛祖脚下深情跪拜。那种劫后重生的无畏，不像是一个孩子，俨然就是一个历经沧桑，受尽磨难，看尽世事后，重生的长者。

这一年，槿花十三岁。出家刘家庵，法号慧空。

四

槿花刚出家时，玉儿听说后来看过槿花一次，本是抱着劝回槿花的想法，见她已落发，决意如磐，剩下的只有心酸和祝福。欣慰的是，槿花的心境比在家好了许多，就连那双手也慢慢长回了属于她这个年龄的手，玉儿放心又不舍地和槿花告别。以后的日子，只要有机会，玉儿就会去刘家庵看望槿花。在后来漫长的人生路上，玉儿不曾想到，她和槿花的缘分，会延续至她的后辈。这是后话。

岁月如流。在全恩十五岁、玉儿二十一岁这一年，玉儿怀孕了。那是一个春暖花开的日子，院落里的杏花白如雪，田野上的油菜花，黄灿灿宛若为大地铺就的金毯；山洼里的桃花粉嫩娇艳，溪边的杨柳垂情妩媚；弯弯的山路边上，曲折蜿蜒的田埂处，不知名的各色小花更是缤纷一片……大地与山峦之间，层叠错落地舒展着大自然的美，携着农人手中播撒的希望，把桥西点染得如诗如画。

玉儿看着眼前春色，羞涩地想起他和全恩的第一次。每每想起，便脸红心跳。平日，一直是全恩睡得像小猪时，玉儿忙好所有家务后才上床，直到天未亮玉儿起床做事了，全恩还在睡。那一晚，玉儿看着身边打着小鼾声的全恩，却怎么也睡不着，暖暖的被窝内，她轻轻抱着全恩，一向睡得沉的全恩不知怎么就醒了，摸了一下玉儿。玉儿便趁势把全恩的手放进了自己内衣，触摸到玉儿乳房的全恩有了异样。玉儿又把双唇送到全恩脸上，被玉儿特有气息熏热着的全恩，全身如电击，紧紧抱着了玉儿，有些急促地不知所措。二十一岁的玉儿，轻轻牵引着些许鲁莽的全恩走进自己的身体……自那一夜之后，全恩每晚便在床上翻来覆去，直到玉儿忙好上床了，他才安静下来，一次一次地要玉儿。

玉儿的肚腹内，如农人播下的种子，开始有了初始的反应。先是没有"来红"，接着是平常爱吃的东西见了就想吐。当玉儿一次次跑到院子里倒肠倒肚呕吐时，祖母看在眼里，喜在心头。老人心里暗暗自喜，孙子在日夜期盼中，终于盼大了，终于播上种了。几代单传的老王家有后了！

祖母最大的心愿就是能看到曾孙的出生，让她享受哪怕是一天四世同堂的欣喜，半生守寡的艰难也值了。祖母守着全恩长大的这些年，渐渐衰老。她常瘪着没有牙的嘴，喜滋滋地看着玉儿，自言自语地说：

"阿弥陀佛！要是能看到玉儿为我生曾孙后再死，那不是瞑目的事，而是欢喜地去死，欢喜到'下边'去跟祖人作交代。"

每每这时，玉儿心里也暗自想着要争气，要为疼爱她的祖母和爹娘争气。盼全恩长大的心，在不为人知的私底下，默默学祖母向佛祖祈祷，祈祷能早早怀上孩子。全恩慢慢长大和日渐懂事，反而和玉儿在外人面前，少了言语。全恩个子蹿出老高，比玉儿高了半个头，除了面容仍有少年稚气的痕迹，身体已然是一个男子汉了，而且长得帅气英武，与玉儿成熟的美相匹配。除了晚上两人在一起无声的温存，长大了的全恩，再也不像小时候那样缠着玉儿了。

私塾读完后，全恩开始帮私塾先生教起了村里的孩子，当起了教书先生，受着四乡八邻的尊重。他爱读书，毛笔字尤见功夫，深得私塾先生的赏识。全恩在三十岁以前，从来没有下地干过农活，父母和玉儿都舍不得他干农活，似乎特意要把他养成"大先生"的样子。全恩也总是穿着长衫褂子，在私塾内领着孩子们"之乎者也"地朗读。玉儿做活回家，有时故意悄悄路过私塾，躲在全恩看不见的地方，想着从小带他读书的往事，静静地听一会儿全恩读书的声音，心里暗暗高兴。慢慢地，玉儿已然把全恩从弟弟的角色分离出来，转换成为对一个男人的爱与依恋。

这是一九三〇年的春天。一个人的成长，与大环境不可分，一个人的命运，与国家命运息息相关。此刻，得梳理一下中国历史的那些年。

一九三〇年一月，毛泽东撰写《星星之火，可以燎原》。七月，湘鄂边的红四军与洪湖地区的红六军在湖北公安会师，组成红军第二军团，贺龙为总指挥，周逸群为政治委员兼前委书记。八月二十三日，毛泽东和朱德率红一军团在湖南浏阳永和市与红三军团会合，合编为红军第一方面军，并成立中共红一方面军总前敌委员会，朱德任总司令，毛泽东任总前委书记兼总政治委员。

玉儿生活的桥西为鄂东南，通过全恩，家里常有他带回一些时事新闻和不同的世外形势。隐隐约约，玉儿也感觉到，世事要发生大变化了，革命的种子，已然燎原到了桥西这个不为人知的角落。虽然祖母和爹娘不懂什么叫革命，但他们知道，世道真的要变了。

春来冬去，这一年的春节，因为有了玉儿肚子里的孩子，这个家过了一个比以往更喜庆的春节。全恩每年要为村里来求对联的人家写春联，今天自己家里更是亲手写了多副对联和福字，把大门、耳门、房门都贴上了不同内容的大红对联。春联体现着中国普通老百姓对年的重视。贴春联这一民俗的传承，是对新一年每一个日子寄予的希望。玉儿虽然大着肚子，可从来没有停下手上要做的活计，她帮爹娘备置年货，从做年粑到磨豆腐，从炒米泡到熏腊货，从打扫卫生到生火做饭，哪一样没少做。虽然爹娘不让她干重活，她把手中的细活做得妥妥帖帖，把院里院外收拾得干干净净。这一家人，因了祖母的善良，爹娘的本分，玉儿的贤惠，全恩的知书达理，小孩少劳力多，一直过得比一般人家平稳和殷实。

正月对于农人，是一个亲朋相互往来较多，相对闲散的日子。从年初三开始，山路上便行走着不同的拜年客。拜年是亲朋之间行使的礼节，乡里一直流传着"初一崽，初二郎，初三初四拜姑娘"的拜年谚语。

谚语诠释着，年初一这一天，是儿子给父母拜年的时候，拜父母的养育之恩。初二是女婿给岳父岳母拜年的日子，拜岳父母嫁女儿之恩。一般都是两位老人坐在高堂上，接受晚辈的跪拜之礼。所以每年正月总有一天，全恩一定要到玉儿的亲生父母家拜年，虽然没有养大玉儿，但毕竟生了玉儿，这是祖母嘱咐全恩一定要做到的，祖母教导全恩"孝为大"。初三初四拜姑娘，通常是弟弟到出嫁后的姐姐家或侄辈到姑姑家拜年。这种拜年的礼节，差不多一直要持续到正月半前后，直到"吃了月半粑，各自种庄稼"后才停下来；也有"有心拜年，端午不迟"之说，可见中国人对拜年这个礼节的重视。

正月刚过，当人们开始为农田地头忙碌时，玉儿分娩了，生了一个胖小子。高兴坏了全家，祖母一个劲地念着"阿弥陀佛，感谢佛祖。感谢祖宗"的话。孩子满月时，家里摆了满满十多桌，客人散去后，祖母让玉儿把孩子抱给她看看。然后坐在堂屋的座椅上，让全恩叫来爹娘，老人平静却十分用劲地说：

"高兴啊！我的任务终于完成了。你们都听着，我一辈子把玉儿爹带大娶玉儿娘，又把玉儿接进门，终于盼来了全恩。如今，玉儿给我添了曾孙，是佛祖开恩祖上积德啊。我们老王家几代单传，这下我放心了。玉儿，记住阿婆对你的痛爱，能生就要给我狠劲地生，多为我生曾孙，打破我们老王家单传的魔咒！"

老人说完，重重地叹息一声，像一个挑着重担走山路的人，要歇一口气那样。接着又慢慢地、轻轻地说：

"我该走了，找你们的阿公去了。世道不太平了，混乱的日子还在后边呢，再苦再难，你们都要给我好好活着……"

祖母说完，突然不作声了。玉儿的爹娘以为她是累了不说了，平常老人也常这样，说着说着就睡着了。而今天异样，待全恩上前细看时，只见祖母安详地像睡着了一样，双手搭在椅子的扶手上，带着一丝微笑。爹上前让全恩扶祖母进房时，才发现老人已经没有了气息。爹哭着大叫了一声"娘"，全家人齐齐跪下，哭声一片……

请来亲朋人等，为祖母办后事时，私塾先生也来了。听了全恩说祖母去世的过程，先生唏嘘感叹道：

"老人有福啊，坐化而去，这才是真正的仙逝！可不是一般人能以这种方式离开的，是佛祖派来轿子接走的，她上极乐世界去了，你们应该为她高兴才是。"

"坐化"乃佛教用语，谓修行有素之人，端坐安然而命终。

这是一九三一年早春二月的一天，念了一辈子"阿弥陀佛"、疼爱玉儿的祖母走了，永远离开了玉儿。玉儿悲伤哭喊，几度晕厥。

这一年的七月初，日本人制造"万宝山事件"。八日，长江发生特大洪水，中下游淹死十四万人。九月十八日，日本关东军制造"柳条湖事件"，九一八事变爆发。这时的中国，处在内忧外患、民不聊生的风雨飘摇之中……

五

办好祖母的丧事，玉儿的心空落落地难受着。没有了祖母的家，一下子失去了主心骨，失去了祥和与快乐。特别是玉儿，仿佛祖母的离去把她所有的安逸都带走了，祖母一直是玉儿生命中的保护神啊！由于伤心过度，哭泣过度，奶水一下子消失了，喂孩子成了问题。多次吃催奶水的中药和食物，仍无济于事。没有奶水，只能靠用米磨的米粉和红薯粉合在一起调成糊来喂孩子，玉儿自己也消瘦了许多。虽然常常暗暗劝自己，要把身体养好，要把孩子带好，为自己争气，为爹娘争气，为死去的祖母争气，可她就是忍不住悲伤。想起祖母的一点一滴对她的好、对她的教导，想起祖母为人的豁达与善良，想起祖母的慈爱，玉儿就伤心落泪。

又是一个秋天。

秋风阵阵，秋雨霏霏。院门前的银杏树，一片金黄。祖母离开几个月了，玉儿怀中靠米糊喂养的孩子也能咯咯地笑了。而玉儿仍然没有从失去祖母的悲伤中缓解过来。只要目之所及，心之所触，便悲从中来。老天阴阴地下着雨，点点滴滴下的是离人心酸泪。玉儿想起十六岁那年和十岁的全恩成亲时，也是这么一个天气，望着窗外的雨，玉儿仿佛看到阿婆当年为操办此事的高兴样子。玉儿调着米糊喂着孩子，鼻子一酸，热泪不禁滑落。娘见了，对玉儿说：

"知道你又想阿婆了，我也想。想起那年也是这个天气你和全恩成亲，她老人家，一步步安排得妥妥帖帖。当年要抱你来也是她坚持，果然就真的抱媳望到子了。所以我的生活总是听她安排，只要听她的就没错。可是人死不能复生，说走就走了，我们哭也哭不回了。"

娘说完，长叹一声，说：

"走得太快了，好像让我们都没有回过神来，说走就走了，走得我们没有一点儿心理准备，所以我们才格外地难过。像西边的王家，他们的娘病在床上一年多，儿孙虽然也端屎端尿，最后走了，他们家孩子，好像都哭不出来了。久病床前无孝子啊，你阿婆一辈子吃苦受累，刚强做人，所以她死也死得让我们想不了，念不完。"

玉儿边揩眼泪边说：

"是啊，要是阿婆病了一段时间，躺在床上让我服侍了一些日子，也许就不会这么难过。她老人家，一辈子就是不劳烦别人，就连死也死得这么干净利索，让我们想念不了。"

婆媳俩正说着话，只见全恩神色凝重地进了门，进门便说：

"日本人打进来了！"

娘和玉儿用茫然的目光望着他，不知所以。她们不懂得，日本人为什么要打到我们中国来，还要打到这山旮旯里来。打进来了会带来怎样的生活，她们完全没有做好心理准备。到目前为止，她们从来没有过这样的经历，在她们有限的视野里，日出而作日落而歇，无法凭想象去想，日本人来了会有怎样的后果。

全恩接着说：

"日本人打进中国，也就是侵略我们，我们可要过上没有安宁的苦日子了。我们该为阿婆走得及时而高兴，国家乱，百姓苦，她是享福去了，她不会经受即将到来受外来侵略的离乱之苦。"

全恩说完，又对娘和玉儿说：

"记得阿婆去世前说的那几句话不？"

玉儿说：

"记得，哪不记得呢！她说：'我该走了，找你们的阿公去了。世道不太平了，混乱的日子还在后边呢，再苦再难，你们都要给我好好活着。'"

玉儿一边说一边浑身起了鸡皮疙瘩，有些恐慌地说：

"阿婆怎么知道世道就不太平了？她怎么就知道混乱的日子还在后边呢？她好像提前看到了什么似的。我当时还觉得她这句话，让我莫名其妙得不理解呢。这些年世道本来就不太平，没想到这么快日本人打进来了，阿婆有先知啊。"

玉儿说完，对着堂前阿婆的牌位，双手合十，神情严肃地念了一句"阿弥陀佛"。

全恩对娘和玉儿说：

"把粮食找地方藏起来，我们随时要做好躲起来的准备，听北边传来的消息，日本人狠毒着呢，杀人放火、糟蹋妇女，无恶不作！"

日军攻占锦州。

日军攻陷山海关。

……

中国多个城市

沦陷

沦陷

……

日本人说来就来。

日本人来势汹汹。

穿着黄军服，端着刺刀枪，足蹬踩得轰轰响的皮靴，戴着飘耳朵的军帽，说着叽里呱啦的日本话，杀气腾腾，令可怜的乡村百姓，措手不及，乱了方寸。来势汹汹的日本人，让玉儿和玉儿一家懂得了什么是恐怖，什么是心惊胆战地度日，什么是不太平，什么是离乱。日本人的到来，打破了山村的平静，让不问世事的桥西人，看到了什么是家仇国恨。日本人每到一处，杀人放火、抢东西、糟蹋妇女，只要说日本人来了，村里人就拖家带口，往深山里躲。桥西人开始了惶惶不可终日的生活……

"日本人来了，乡亲们快躲起来！日本人走过山坳了，快快快！乡亲们快跑啊……"

全恩从村外抄小路跑回村子，上气不接下气地，一边往家里跑，一边大声对着每一户人家喊。他的喊声和急迫的脚步声，震落了一路上于阳光下开得灿烂的春花，吓退了路边吃草的山羊和觅食的鸡鸭。全恩跑进家门，大声喊着：

"爹！娘！玉儿！快！带着孩子快躲到山上去！快！快！快！"

玉儿慌乱地抓了一把锅底下的黑烟灰往脸上抹，全恩抱起几岁的儿子，催着爹娘快跑。一家人跟跄着往后山方向跑去。去后山的路，已经聚集了村里的乡亲们，拖儿带女，唤爹喊娘，一片混乱。在乡亲们还没有来得及躲起来的时候，端着枪的日本人已经向他们逼来。

日本人端着枪，叽里呱啦大声喊叫着，身边一个小丑似的人做着翻译：

"乡亲们，不许跑。皇军来了不要怕，皇军是来为大家做好事的。你们只要乖乖交出粮食，听皇军的，不反抗，他们不会伤害大家。"

没来得及跑到山上的乡亲们，被日本人用枪逼着来到禾场前。

日本人又来了一顿呱啦，那个翻译说：

"乡亲们不许躲起来，平常是怎么生活的，还照样怎样生活。以后凡是躲起来的，统统当反日分子来论处，统统杀掉。"

这时，那个为首的日本人来到玉儿面前，用刺刀撩起玉儿的头发，眯着眼："哟西！花姑娘！"

接着对身边的翻译呱啦一番，翻译说：

"太君让你把脸上的火烟灰洗掉，露出你美丽的脸。"

玉儿双手紧抓着全恩抱着儿子的手臂，把头埋到胸前。

日本人又对翻译呱啦着，翻译再次说：

"以后，花姑娘不许把脸抹黑，抹黑了的现在就去洗掉。"

翻译说着，指着禾场不远处的溪水，说：

"快，去洗掉。如果太君发脾气了，你们就不好受了。"

玉儿和几个脸上抹了火烟灰的妇女，来到溪水前，一边轻轻地捧着溪水洗脸，一边想着不知会有怎样的厄运等着她们。洗好脸的妇女再一次来到乡亲们中间，站在阳光下的玉儿，洗净后的脸，露出玉一样光洁的肌肤，轮廓分明的脸庞，水灵的双眼，俊秀的鼻梁，月儿弯似的红唇，体态盈盈的少妇之风韵不可挡。一刹那，玉儿的美，令花容失色，让阳光暗淡。玉儿才是这个山村的春天里，那朵最美丽的花儿……

面对玉儿的美，日本人惊呆了。那个为首者，忍不住向玉儿的脸伸出手，说了一句听不懂的话。面对伸过来的魔爪，玉儿的脸煞白。全恩赶紧放下手中的孩子，试图挡住那双手。空气一瞬间凝固，太阳躲进了云层，乌云压顶，那双还没来得及摸到玉儿脸的手，突然向后摇晃了一下。日军背后一阵骚动，原来是全恩放下的儿子，用头向着那个日本人的腰部，拼尽全力地撞去，边撞边喊着：

"不许碰我娘！不许碰我娘！"

混乱中，一个日本士兵拿起手中的刺刀，快速向孩子刺去……慌乱的人群还没有回过神来，孩子便倒在了血泊中……玉儿和全恩以及后边的爹娘，拼了命地尖叫着，扑向孩子！瞬间，天塌了！山河失色，乌云滚滚，雷声阵阵。歇斯底里的哭喊声，向天而去！

儿子的死，伴随着玉儿的噩梦，彻底开始了……

六

如果说祖母的离世，带走的是玉儿的安逸与思念；那么儿子的死，带走的几乎是玉儿的一条命。如果不是为了爹娘和全恩，玉儿恨不能随儿子一起死去。儿子死后，在颠沛流离中，玉儿整整病了一年之久。娘在失去孙子的疼痛中，整个人老了下来。可她得努力让自己慢慢缓解过来，她要劝儿媳保重身体，每次见玉儿对着食物摇头叹气，她便不知所措。

又是一年春节前，家里虽然失了往年过节的心情和气氛，因为"停止内战，联共抗日"的西安事变，全国抗日一条心，也算是让中国普通老百姓有了盼头。全恩加入鄂东南的抗日队伍，利用他的教书身份，成为宣传抗日的积极分子。这一天，玉儿支撑着起床，想做点什么，可才一起来就发晕，娘一边让她歇着，一边有意无意地劝玉儿：

"你阿婆常说儿女前世修，既然这孩子和我们的缘分只有这么短，说明我们前世修得还不够啊。可恨的是遭日本鬼子的刀，虽然我们想不通不甘心，可是又有什么办法呢。日本鬼子的刀，杀了多少中国人啊！我们只能把恨放在心里，孩子既然已经走了，我们再怎么想也是枉然。全恩现在慢慢长本事了，你们还年轻，把身体养好，接着生孩子才是最重要的。不能把身体拖垮了，那样可对不起你阿婆疼你一场。"

玉儿一边答应着，一边硬撑着起来在堂屋里慢慢走动，想着心事，同时又在心里告诫自己，再也不能沉湎于这种没有盼头的悲痛中。一定要重新站起来，为王家生孩子，不但要生，还要多生。慢慢地，玉儿从最开始只喝米汤到能吃稀饭到吃饭，精神和心态都有了好转。当精神和心态换了模样，身体也就开始渐渐恢复。一如春天的土地遇上撒播的春雨，到了要播种要发芽的时候了。

玉儿走在一个花香满径的小路上，精神十足地迈着小脚，各种不知名的小花儿在脚下随风摇曳，点头微笑。天特别的蓝，地特别的宽，前方的路，一路鲜花铺就。玉儿很奇怪，这到底是在哪儿呢？这么美的地方，她平常怎么就没有注意到呢？这是我生长的桥西吗？这是我从小就喜欢的这一方土地吗？这么一个满是鲜花的地方又是桥西的哪一处呢？欢喜又纳闷着的玉儿，突然看到前边有一个老人向她走来，怀里抱着一个小孩，身边还跟着一个男孩儿。待她仔细看时，是祖母！身边跟着的是她日思夜想的儿子。玉儿惊喜地，小跑着快步上前叫阿婆。可阿婆像没有听到她的叫喊一样，只一味地向她走来，把怀中的孩子放到她手上，望了她一眼后，牵着身边的孩子转身离去。玉儿抱着手上的小孩，想追上阿婆和儿子，想大声喊，可是怎么也叫不出来，像有什么东西把她咽喉卡住了一样。她努力挣扎着，一个趔趄，摔了一跤。一个激灵，睁开眼，落回眼前，原来自己躺在床上，只是做了一场梦。清醒过来的玉儿，一只手在胸前，一只手放在颈部正压着咽喉，她下意识地摸了一下身边，全恩不知道什么时候已经起床离开了。

彻底醒来的玉儿，这次没有哭，也没有太多的悲伤，心反而平静了许多。她努力把梦中的情景和每一个细节再回忆了一遍，生怕一转眼那梦中美景就会消失，生怕消失了就会忘掉梦中的细节。玉儿十分不解和好奇，梦中分明是阿婆，可阿婆又像不认识她一样。玉儿想，阿婆把儿子带在身边，又为她送来了孩子，阿婆一定是要告诉她，让她放心，儿子跟着她呢，让她赶快再生一个。透过小窗，玉儿望着窗外的天光，一行清泪无声滑落，她赶紧擦掉，离开暖暖的被子，不想让这种情绪继续下去，在冷瑟瑟中起床穿衣。

当玉儿推开吱呀大门时，只见院子里的雪覆盖了每一个角落，一串全恩的脚印向着院外而去，远处的大地一片银白。一夜雪，大地静如处子，远山近树，地头田野，溪边卵石，屋脊瓦楞，各种不同的造型，在银装素裹中，无垠幽远，如诗如画。

望着白茫茫大地，玉儿不禁叹了一句：

"这雪，真干净啊。"

次年的春天，玉儿再次怀上了孩子。

冬去春来，冰雪消融，大地释放着她春意盎然的情怀。不管人间如何悲苦，不管人类之间如何残酷厮杀，不管人类愿意或不愿意，不管人类喜欢还是不喜欢。大地母亲，她要饱满，要播种，要发芽，要开花，要催开生命……

十月怀胎之后，玉儿又生了儿子，可是这个儿子不到一个月就夭折了，这次可能跟玉儿的身体太弱有关系；两年后，玉儿再次怀孩子，生孩子，第三个儿子在两岁那年死于天花病；再后来，几年内，玉儿前后生了第四个儿子和第五个儿子，两个儿子都是不到一岁，死于不同的疾病。

一个女人，连续五个儿子不能养育死于非命，这是一种怎样的噩梦缠身，又要一种怎样的勇气面对生与死的无常。玉儿每死一个孩子，都要到祖母的坟前哭上一场，问祖母为什么不把她的孩子看好，问祖母为什么要把她为王家生的孙子一个个地带走，问祖母为什么不把她一起带走，让她一了百了。玉儿每次哭得声泪俱下，哭不尽的苦难，诉不尽的衷肠，痛哭过后的玉儿，擦干泪，再一次重新面对无处可逃的生活。

每死一个孩子，玉儿会痛心地怨自己一句：

"总是想着要争气，可谁知道，志气难争屎难吃啊。"

如果说，当初玉儿和全恩在一起过夫妻生活时还有爱和温存，有交欢的快乐，那么当一个女人连续死去几个孩子后，为了生孩子而过的夫妻生活，对于一个女人来说，这时候的玉儿没有欢乐，不敢欢乐，有的只是恐慌和畏惧。一直到玉儿的第六个孩子，心珍的出生，这时已经是一九四五年，也是第二次世界大战之时。心珍出生在农历六月十五月亮升起的时候，一个多月后，即阳历八月二十五日，抗日胜利，日本无条件投降。

这个来到玉儿身边取名心珍的女孩子，似乎是玉儿全家的福星，她的到来，不但迎来了日本人的投降，让家国看到了希望；更重要的是，她为这个因一个个孩子死去，多年来蒙上无限阴影的家，带来了一团祥和之气与生机。她特大嗓门发出的哭闹声，都会让家里的每个人是欢心的。仿佛，她的哭喊能驱邪降魔，同时也能深切感觉到，她的身体里有一种无处不在的生命力。

已经连续失去五个儿子的玉儿和全恩，只祈求这个女儿能安稳地活下来，让他们能呵护着她一点点地长大。心珍之名是全恩所取，心之珍宝。除了当作心之珍宝解释，在玉儿心里，她希望女儿能如她手中做针线活的绣花针一样，有不烂不坏如钢铁一般的生命力。

心珍出生这一年，玉儿已经岁数不小了，从十六岁那年和十岁的全恩结婚，到全恩十五岁玉儿二十一岁怀上第一个孩子，多年来生孩子的过程，玉儿在不间断地怀孕生孩子的日子中度过，每一个孩子的到来和每一个孩子的离去，似噩梦一样缠绕着玉儿，令玉儿不安和痛苦。在国难当头、民不聊生的日子里，孩子的生养率低，是那个社会的普遍现象。玉儿那没有消停过的肚子，催老的不仅是身体，更是一颗疲惫而苦痛的心。玉儿的遭遇，几乎就是旧中国每一个普通女人的真实写照。

心珍的咿呀学语，心珍每一串咯咯的欢笑声，心珍歪歪斜斜迈出的第一步，都能一点一点地去抚慰玉儿心中曾经深深烙下的伤痛……

第三章

一

心珍三岁以前，是玉儿家中少有的欢乐时光，玉儿的心情也随之放松，除了带女儿，家里家外帮年迈的父母干着活；全恩除了教书，也开始帮着做一些农活，父母都老了，特别是父亲，身体日渐衰弱，做农活大不如从前。这时候的全恩，无论是身体上和外貌上，都是成熟期，除了长得高大，浑身上下散发着书卷气。从小在宽厚与爱的环境里长大，使他性情温和，加之读圣贤书，懂得谦和，懂得爱与付出。玉儿虽然经过多年生孩子的积劳，一旦身心健康起来，曾经的美人并未迟暮。在玉儿心中，悄悄盼着能为全恩再生儿子。

那天夫妻俩共享温存后，静静地躺在床上，玉儿说：

"我担心自己生不了了。总想着，实在生不了，就为你讨个小吧。"

全恩说：

"说什么话呢，将来的社会不一样了。我们现在有心珍，能生就生，不生也随其自然。"

玉儿答道：

"要是生不了儿子，我怎么对得起阿婆和爹娘对我的好。这一辈子我的心哪能安呢。能再生儿子便好，如果生不了儿子，我走，让你再讨人为王家生儿子。"

全恩抱着玉儿，嗔怪地说：

"别胡思乱想。我们不仅只是夫妻，从小是你带着我一起长大，还有骨血亲呢。"

玉儿叹了一声说：

"不孝有三，无后为大啊。"

虽然全恩的话很温暖，可玉儿的心难受。正是全恩太好，才让她伤感落泪。全恩越是对她好，她自己心里越是过不去。玉儿心想，听老一辈人讲，夫妻之间太好了，也是不长久的，有仇有怨才结夫妻，那样才能长久。在玉儿心中，她对全恩的情，更多的是如母亲对孩子的爱，对孩子的宽容与付出。为了全恩和王家，她固执地认为，不为王家留男孩，将是她的大不孝和大罪过，她想得更多的是，要报答祖母和爹娘以及全恩对她的爱。

心珍三岁那年，玉儿又怀上了，当年就生下一个儿子。儿子刚满一岁不久，父母前后过世，父母是带着满意而去的。两位老人不但看到了老王家香火的延续，也看到了新中国的诞生。父母离去后，玉儿加倍地，小心翼翼地，呵护着这个来得十分不易的金贵孩子，全恩为儿子取名林，寄希望儿子能如树木一样长大成林。玉儿对儿子的心态，似乎落下了心病，生怕什么闪失，整天提心吊胆地，抱在手上怕摔了，含在嘴里怕化了。所以常常把一句"葫芦吊大，伢崽吓大"的话挂在嘴边上。为娘在孩子成长路上的担惊受怕，不是一般人能够体会的，特别是玉儿，失去过几个孩子的往事，让她心有余悸。可命运又总是捉弄人，你越怕什么，生活偏偏要来什么。

那天，玉儿正抱着孩子喂奶，孩子突然抽搐起来。虽然两天来孩子一直有点咳嗽发烧，用中药后有所好转。这突然的抽搐，让玉儿不知所措。她乱了方寸地对着心珍大声喊叫：

"快！快去叫你参请郎中去，你弟弟不好，快！"

当全恩带着一位瘦骨嶙峋的老郎中进门时，玉儿怀里孩子的症状不但没有减轻，越抽频率越快。老郎中一边掐孩子的人中，一边让全恩用姜葱煎水。水煎来时，便用姜葱水在孩子的太阳穴、人中等穴位推捏，推一下，孩子的眼睛向上翻一下；推一下，站在一旁悄悄看着弟弟的心珍，心就紧一下。她不知道她那可爱的弟弟怎么了。而全恩，站在旁边傻了眼地，一直盯着儿子的反应，束手无策。郎中推了几下后，孩子在一次次抽搐中，慢慢弱了下来，最后翻了一个白眼，彻底停止了呼吸。玉儿傻了，眼直了，泪没了。见儿子没有救过来，全恩在地上哭得打滚，边哭边拜，撕心裂肺地对着玉儿怀里的孩子喊叫着：

"老天爷啊！怎么可以这样狠心啊！这次我可是一个要去几个啊！"

第一个儿子被日本人杀害时，那种悲痛化作的是恨。后边几个儿子的夭折，全恩虽有悲痛，但没有这次表现得绝望。全恩绝望的悲恸痛哭，让心珍吓得躲到门背后悄悄地流泪，唯有玉儿没有哭。她早就对全恩说过，如果再不能为全恩保住儿子，她对不住祖母和爹娘对她的疼爱和期望。她要让全恩重新讨人生儿子，她早做好了死的准备。

儿子去世三天后，玉儿带着心珍，来到儿子们的坟前，她把几个相继死去的儿子前后埋在一起，当地的风俗是，没有长大和夭折的孩子是不能埋到祖坟山上去的。她前后死去了六个儿子，埋在与祖母和爹娘的坟山相对的山下。玉儿的奶水鼓胀着，她撩开衣服，双手捏着乳房，依次往六个小坟包上滴，边滴边恨恨地说：

"崽耶！崽耶！崽——耶！这一世，你们只能从娘的肚子里过一下，却不愿做娘的儿子。我用我的奶水最后喂你们一次，能投生的就去投生吧，不能投生的，等着娘到下边去带你们。"

玉儿从开始的平静，到一哭一诉地说。山风呼呼吹起，似乎是她那六个儿子听到了娘的叫唤。心珍看着娘做这一切，虽然她不懂得什么叫悲切，但她的心，一阵一阵地跟着娘的哭声疼痛着，泪流满面地嘤嘤哭泣。当玉儿突然转过身来牵住心珍的手，慢慢来到祖母和爹娘的坟前，玉儿跪在坟前，大放悲声：

"阿婆啊。爹啊。娘啊。我玉儿这辈子欠你们的，我对不住你们对我的疼爱，我的命硬啊。我不能再在王家待下去了，他们说我是老虎精所变，说我生的儿子，一个个都让我自己吃掉了。我不能再在桥西活下去了，我也不想活了，我不能害了王家再害全恩了。我要随你们去，我要到那边去服侍你们了……"

玉儿一边哭一边把也在哭的心珍拉到跟前：

"就是这孩子养残了，不能不管她。可是我又怎么能管她呢……"

玉儿伤心欲绝的哭喊声，回荡在山间，悲切而无奈。玉儿从最开始的哭喊，到后边的低声饮泣。一声一叹，哭诉着从小来到王家，祖母和爹娘对她的好，一哭一诉地说道着，这些年来生儿子一个个死去的伤痛；哭诉着命运为什么要让她受这样的折磨，一悲三叹，断肠低回。一直哭到太阳落山，一直哭得泪干心累。哭累了的玉儿，在山间扯了一大把有剧毒的植物带回家，悄悄放在水缸背后藏着。

那天全恩有事不在家，玉儿为心珍做好了晚饭，自己到后屋去拿什么东西时，家里来了一位婶娘，是来看玉儿的，机灵的心珍赶紧把这位婶娘带到水缸背后，让婶娘看：

"婶娘你看，这是我娘下午去哭阿婆时扯回来的，你看是什么东西？"

婶娘看了后，大吃一惊地说：

"不得了了！这可是闹人药啊！"

说完，又对心珍说：

"孩子，你真聪明。要不是你让我看，你娘说不定今晚就要拿来煮着吃了，那可就没命了，赶紧随我一起拿去丢掉。"

丢掉那"闹人药"，婶娘又对心珍说：

"这些天你可要盯紧你娘，千万不要让她把这样的东西拿来煮水喝，那样你就没娘了！"

心珍感激地看着婶娘，使劲地点头。

只见那婶娘摸着心珍的头，叹息地说：

"唉，也难怪你娘想要寻短见，太难了。一个女人，生儿子养儿子是一生里天大的事。老天也不开眼，让她的儿子一个一个地死去，还要听那么多闲话，怎么受得了哦。好在还有你这一颗星。"

婶娘正说着，玉儿进门来，婶娘免不了要劝玉儿一番：

"知道你伤心难过，劝也无用。可不管如何，还有心珍这个女儿要管带呢，可不能作践了这个好孩子。好死不如赖活着，你活着，你女儿总要好些。想死的这条路可不能再有了，千万不可有这样的心！"

人们很容易遗忘，遗忘了玉儿的第一个孩子是死于日本人的刀下，当玉儿在心珍之前连续失去几个儿子时，村里便有人开始悄悄在背后议论，说属虎的玉儿是老虎精投生，她的命硬，克死了儿子。更有难听的说，她这老虎精把自己的儿子一个个吃掉了。甚至玉儿的美也成了"死了几个儿子的人，还是这样漂亮，不是精气是什么！"

第一次听到这话时，玉儿的心像刀割一样滴着血。后来儿子一个接一个地死，连她自己都开始怀疑，难道自己真是老虎精所变？因为她也确实没有让儿子养育长大，有口也莫辩了。于是一次一次，玉儿萌生了死的念头。

二

因为心珍发现了"闹人药"，玉儿没能死成。

民国时期政府便颁布了放足法律。新中国成立时，为了解放妇女，除了彻底强制不许缠足，同时诞生了第一部《中华人民共和国婚姻法》，提倡婚姻自由"一夫一妻制"。有的孩子缠了一半的足，政府要求放足，于是有了后来一部分"解放脚"，比天足小，但又没有完全缠变形。这一切，预示着中国千年以来在婚姻中，只有"被休"的妇女也可以提出离婚了。面对包办婚姻和不幸的婚姻，有许多人开始办理离婚手续，重过新生活。

当玉儿提出要和全恩离婚时，全恩虽然不愿意不舍得，可玉儿去意已决。他知道，当最后一个儿子死去时，他要彻底失去玉儿了。玉儿含泪对全恩说：

"想死的念头有了好多次，每死一个孩子我就想死一次，可我又怕死了让你背恶名。再说，我死了，心珍就没娘了。现在有了这好政策，我可以不死了。我走后，再嫁也不会离开桥西方圆十里路，我想看女儿也容易。你说，你是宁愿我死还是宁愿我离开这个家？"

全恩被玉儿问得哑言，她太了解玉儿了。这个既有夫妻情，于他更多的是姐弟情的女人，这半生给了他如娘一样的爱与呵护。虽有万般无奈和不舍，但他太明白，自己是拗不过她的。她的性情，温和中更多的是坚韧和执着。虽然他是男人，可从精神上，玉儿一直是他的依靠。在那样一个从封建社会走来的时代，能有这样平等的夫妻情分，更不多见。全恩无奈又悲伤地说：

"只是你走了，去哪里？落脚的地方都没有，我这心哪放得下。我也想要儿子，可是为了要儿子把你逼走了，今后怎么办啊。"

全恩说完，号啕大哭起来。

玉儿一边抱着全恩，一边冷静地劝全恩不要哭。她拼命忍着不哭，她知道，一旦哭起来，多日筑起来的防线会彻底崩溃瓦解。她只能狠心地用冷静来劝全恩，劝说这个在她心中让她疼爱如儿子一样的丈夫：

"记得阿婆在的时候说过，女儿是菜籽命，撒到哪儿就在哪儿生长。命好，碰到肥地，生长好。命不好，遇到瘦地，也要生长。我从小来到你们王家，阿婆疼我，爹娘疼我，从来没有让我受过和其他童养媳那样的苦。我带你一起长大，你性情好，也从来没有给过我什么脸色看，更没有像有的人那样挨男人的打。我享王家的福太多了，所以才让我的儿子一个个地死去。没有这个命呢！这福我不敢再享了，这是我的命啊。"

全恩拗不过玉儿，只好随玉儿一起去新政府办理离婚手续。

去乡政府办离婚手续的那一天，是心珍刚满六岁整之后的第二天。头天玉儿特意为女儿煮了一碗鸡蛋面，算是为女儿过生日。女儿生日在农历六月十五，也是敬神拜佛的日子。玉儿那天拜了村前的土地爷，然后去祖父祖母和爹娘的坟前作了告别。她平静地做着这一切，心，如释重负。

六月的太阳，照得大地如火一样炙热，树上的蝉"知了、知了"地叫着。玉儿和全恩牵着心珍，走在去乡政府的山间小路上。一路走着，倒像是一家三口去走亲戚。心珍开心地跟着爹娘，一路蹦蹦跳跳，时而采一朵路边的野花，时而掬一捧溪边的清泉水。少年不知愁滋味的心珍，不知道这一去是别离，是母亲离她和爹而去的开始。在乡政府，办手续的干部问心珍愿意跟爹还是跟娘，心珍不知道这个满脸和气的人，干吗要问她这个简单的问题。于是右手牵起爹的手，左手牵起娘的手，说：

"爹和娘我都要跟啊，一手是爹一手是娘哩。"

办手续的干部，摸了摸心珍的头，摇了摇头。然后拿起手上的大印，放在嘴里呵了一口热气，盖在了桌上写了字的两张长方形的纸上。

一九五〇年，农历庚寅年，虎年。是玉儿四十八岁的本命年。在旧社会没有领过结婚证的玉儿，却在新社会里领到了一张由新政府同意她离婚的纸张。是这一张纸再一次决定和改变着她的命运，虽然她不知道前方等着她的命运将会是什么；却是这一张纸，让她在对王家的感恩与负罪之间，解脱出来。

玉儿收拾了几件简单的衣服准备离开家，这时的心珍才明白，那个一脸和气的干部为什么要问她跟爹还是跟娘的问题。原来爹娘要分开了，娘要离开她和爹，离开这个家。这时的心珍才懂得，今天爹娘带她一起去做的事情，是一件不好的事。继而，心珍大哭起来。玉儿抱着女儿说：

"娘不会走很远，娘就在桥西这方圆几里的地方，随时会来看你，你也可以去看娘。你不是想弟弟要弟弟吗？我离开，是让爹好为你生弟弟。你要乖，要听爹的话，要听以后来家里的娘的话……"

心珍一边伤心地哭喊，一边把头摇得像拨浪鼓：

"不，我不要娘走。我要娘，我再也不要弟弟了。我只要娘，只要娘……"

一直强忍着没哭的玉儿，此刻泪如泉涌。边哭边语无伦次地说着什么，可那些苍白无力的话，全部让心珍的哭声淹没。她无法用更有说服力的话来说服一个女儿对娘的不舍和心痛。因为心珍哭得太伤心，玉儿一直等女儿哭累了睡着了，她才离开。待心珍醒来，看到娘不在时，她一口气哭着跑了几里路，找到娘所在的一个亲戚家里，娘又哭着把她送了回来。从那以后，心珍想娘的心，傻了！每当想娘，她就躲到门背后边偷偷地哭。从此，失了一个幸福孩子该有的活泼。心珍的心，落下了一种叫思念的病。在后来的人生路上，只要遇阴雨天，她的心便回到少时，回到母亲离开她时的那种情景和心情，继而一阵一阵地，轻轻地痛。

那时候的小脚女人，没法干重活，为了生存，嫁人是唯一的出路，玉儿也不例外。玉儿离开王家后，先在亲戚家借住了下来，偶而到刘家庵看看槿花，槿花已是刘家庵的当家住持。岁月蹉跎，当年的一对好姐妹，生活，让她们各自发生了不可想象的变化。当槿花问她有什么打算时，玉儿叹了一口气说：

"唉！能有什么打算，志气难争屎难吃。我这不洁之身又不能出家，我也不想出家，因为我不甘心。唯一的打算就是再嫁人，不论好坏地嫁。我要证明给自己看看，看我到底是不是老虎精，是不是真的养不活儿子。我找人算过命，说我命中有一个晚子，但一定要离开第一家后才能养得住。说我前半生享福太多了，后半生是这颠五倒六的命。我不甘心，我的年龄也让我没有时间选择好和坏了，我要在方圆不远处嫁，是为了想女儿想得心痛时可以看到她。所以我一定要再嫁人。"

槿花看着玉儿坚定的眼神，知道说什么都是多余，念了一句"阿弥陀佛"说：

"尘缘前世定，你死的心都有了，至于再嫁什么人，自然是不重要了。只怕会让你受委屈，但愿你能如愿生养个儿子，我会为你在佛前祈求的！"

玉儿说：

"委屈不算什么。和失去儿子的痛比起来，嫁什么人受点委屈又算什么呢！"

其实，玉儿把一生全部的爱，都付给了全恩那个家，再嫁人只是为了生存和证明自己。至于到底嫁什么样的人，于她已然不重要了。离开全恩，再嫁谁都是一样，只为活下去和那一线希望中的"晚子"。

有做媒牵线人来找玉儿，问她有什么条件，玉儿说：

"离桥西不能超出十里路，越近越好。不管是聋子还是瞎子，不管是瘸子还是跛子，只要离桥西不远，只要能看到女儿，只要能让我活下来，其他一概不论。"

这一年秋天，玉儿嫁到离桥西几里路的南边，一个叫大湖村的王姓人家，一个因为穷而没能娶妻子的老光棍，比玉儿小两岁。次年，生下一个女儿，中途又怀了几次都因流产或夭折，在玉儿五十岁那年，生了一个儿子。

似乎，玉儿的命运有了转机。

那时候的女人，一生就是为了生孩子而活。医学不发达，没有计划生育，怀上了就生，生了能养活是命，养不活又接着生，一直到生理上自然不能再生为止。有多少女人死在生孩子的路上。"儿奔生，娘奔死，只隔阎王一张纸"的说法，是从古走来的一曲女性悲歌。

玉儿再嫁以后，全恩经人介绍，娶回了一个同样是离婚的女子，并带了一个女儿过来。嫁过来后，连续为心珍生了两个妹妹一个弟弟，之后又生了两个妹妹。心珍除了对娘的思念，她这个长女，才上了不到三年的学堂，便回家担当起了带着一个接着一个的妹妹长大。特别是弟弟的出生，她带弟弟的任务就更重了，曾经失去过弟弟，除了爹娘对这个儿子特别小心和用心，心珍自己也懂得这个弟弟的不可忽视。娘嫁的不远，有时也会借机做什么事时，偷偷跑几里路去看娘，看娘在另一家为她生的妹妹和弟弟。

三

在大湖村，玉儿有了一儿一女，生活逐渐稳定平和，丈夫对她不错。虽然穷，有了玉儿的家才像是家，特别是有了孩子后，当年的老光棍拼死拼活地做农活来养家糊口。玉儿除了带孩子，努力做一些比如绣花、做鞋、纺纱等来贴补家用，手中的针线活，令日月悠长。读过增广贤文的玉儿，为儿子取名"仁寿"。她希望儿子能够平安健康地在身边长大，同时希望儿子长大后能做一个仁慈之人，古语也有"仁者寿"之说。

转眼到了一九五八年五月，"大跃进"运动在全国掀起。产生了"人民公社大食堂"，公共食堂为广大农民勾勒出了梦想家园的美景，吃饭不限量，吃菜不重样。

玉儿和丈夫带着孩子从热闹的食堂里出来，丈夫一边打着饱嗝，一边和如他一样打着饱嗝的村民，说着满意的话儿。玉儿虽然也欢喜，可是，心有忐忑。她有些不安的对丈夫说：

"这种大吃食堂的做法，心里总是觉得不太踏实呢。"

丈夫摸了摸圆鼓鼓的肚子，说：

"有什么不踏实的，别人吃我们也吃呗，这不是实现共产主义了吗！"

玉儿嗔怪地看了看他，说：

"凡事好过了头，坏事也许就跟着来了。我真是担心呢。"

玉儿丈夫偷偷看了看周围，见没人，悄悄对玉儿说：

"女人就是喜欢瞎操心，这话以后可别再说，当心有人说你破坏社会主义。"

玉儿压低声音：

"我这不是担心嘛，怕好日子不长久。我也希望一直这样，又好又省心。可你没看见，这么多人吃不说，你没看有些人吃不完的就倒掉，反正是公家的。糟蹋了多少白米饭和白馒头哦，看了让人心疼呢。说什么吃的粮食有的是，粮食年年大增长。可我就是担心，再怎么增长，也赶不上这么多张大吃大喝大浪费的嘴。"

只见她丈夫憨憨地笑着说：

"我算是过上好日子了，有了老婆，有了儿女，这可是我在旧社会想都不敢想的。这样的日子，哪怕只过上几年，我也满足喽。"

玉儿说：

"我爹常说'口吃如山搬'，只怕搬得不长久哦。再说了，浪费更是有罪。我阿婆活着的时候说，每个人一生该吃多少口粮，该喝多少水多少酒，穿多少衣服，都是有定数的。你糟蹋了，哪天就让你没得吃了。我看现在大家都是寅吃卯粮。不信你等着看。"

进家门后，玉儿的丈夫往床上一躺，拍拍肚子，满足地说：

"管他呢，今日饱了今日舒服。肚子饱了人就有力气干活了，以前那种吃不饱的日子，想想都是怕的。"

刚说完，便打起了呼噜。

玉儿摇了摇头，一边把两个孩子安顿好，一边望着门外渐渐降临的黑夜，心里想着桥西的女儿心珍。她知道，女儿这时一定是忙碌着那些弟弟妹妹们呢。玉儿轻叹一声，自言自语道：

"可怜了我那乖女儿，十多岁的孩子，要做多少大人做的事，吃多少有些大人都没吃的苦，都是我这娘害的。命啊，谁奈得了命呢。现在小，吃点苦，求佛祖保佑她将来过上好日子吧。"

玉儿双手合十，一边说一边流下泪来。

果然不出玉儿所料，一九五九年，全国遭受大面积旱灾和其他自然灾害。一九六〇年，全国有五六亿农田遭受不同程度的旱灾、风灾、涝灾，真是雪上加霜，全国粮食产量再度大幅度下降。国家为了保证城镇居民最低限度粮食供应，不得不在农村实行高征购。这样，农民的存粮便难以保证其最低生存需要。此时，公共食堂也时停时办。为了便于生产，方便社员，公共食堂的规模得到调整，一般以生产队为单位建立，并允许采取各种灵活办食堂的办法。

然而大面积的饥荒，不可阻挡地开始了。

那是一个初夏的五月，门前的石榴树，花开红似火；远处的山峦和近处的田地，嫩绿一片；眼前一排排白杨树，嫩黄色的绿叶，如风中翻飞的蝴蝶；树隙之间，在阳光的照耀下，微风起时，影影绰绰，絮絮耳语。大自然在无声的季节变换中，供给人们以生的希望。在大湖村的生产队门前，聚集了各家各户的社员召开大会，队长在台上激扬奋进又明显有些力不从心地说：

"同志们，同志们啊！中央下发了《关于全党动手，大办农业，大办粮食的指示》，全国各地都在学习指示，要从各方面挤出劳力，投入到农业战线上。去年的灾害，我们已经没余粮了，自己吃都困难了。马上要实行指标到户，粮食到堂，凭票吃饭，大家要节约啊！要到山上去找能吃的野菜来补充，否则粮食做不来，妇女们也要出去找粮食……"

队长的话还没说完，下边就闹开了，七一嘴八一舌地：

"山上的野蒜、野菜开春时就让大家找着吃了。现在要吃就只能吃树叶了，可这树叶又吃不得。"

"这地啊，实在是刨不出什么来了，种下去的种，如果天帮我们，或许到秋天有希望，如果天不帮，只怕是要人吃人了。"

"劳力都派去修水库去了，我们这些小脚妇女，走不开几步路就得摔跤，上山就更难了，只有让能上山的孩子去山上找了。"

"这日子怎么办，听说有的村里实在找不出什么吃的，挖观音土吃，吃了拉不出来，最后撑死了。"

"刚吃大食堂时，大家不爱惜，糟蹋多少东西哦。老天要开始惩罚我们了……"

玉儿带着两个幼儿，坐在人群里，心是慌的，头是晕的，没有力气与大家说话。她早就说过大吃食堂的不正常，可没想到这种状况会来得如此之快，她忧心忡忡：

"这日子如何过下去，男人修水库去了，时而把在外修水库的一点口粮省着请人带回来，为度两个幼儿的命。可他自己要做重活，那样能吃的人，如何度自己的命呢？"

玉儿想着，流下泪来。她看不到希望和未来，她担心两个儿女的生命再次遭不测。这时，人群里有人爆了一句粗口：

"狗娘养的刘政绩！听说上边有救济粮发下来，他为了讨好上边，谎报说我们公社粮食大丰收，把救济的粮食又上交了。这要害死多少人啊！"

"遭雷打的刘政绩，他自己管着粮管所，再饿也饿不了他。他为了讨好，大造谎言，浮夸丰收，这是直接杀人啊。这种不顾大众死活的人，是要遭雷劈的！"

……

"大跃进"带来的弊端已露端倪，农村政策早已失去调控。"大跃进"运动，在生产发展上追求高速度，城市大炼钢铁，农村大吃食堂。以实现工农业生产高指标为目标，要求工农业主要产品的产量成倍、几倍、甚至几十倍地增长。在全国农村勉强维持三年之久的公共食堂，按照农民的意愿，最后相继解散。

四

大雪纷飞。

纷飞大雪。

雪花一片一片，一朵一朵，如花似絮，一丛丛地聚集；它轻轻若无，无声无息，却如千军万马，来势汹汹；它狠着劲儿地下着，从天庭飘到人间，把一股赤寒，撒落。撒落在旷野，撒落在河岔，撒落在山峦之间的皱褶里；撒落在枝丫，撒落在挤挤揉挨的叶片之间；撒落在溪流卵石中，撒落在炊烟飘起的屋脊，撒落在篱笆错落的竹扉上……来势凶猛的雪花坠落，瞬间堆积，令大地白头。

这是一九六〇年的春节前夕。

一位佝偻着的男人，在雪花飘舞的山间吃力而行，他吃力地，走走停停。越来越密集的雪花，落满他破旧的棉衣，像一个白色的物体，在浓密的雪间移动。

这是玉儿的男人。中午从修水库的工地出发，往大湖村家的方向前行。几天几夜了，他几乎没有吃什么，一点儿米汤水在肠道里饥肠辘辘地叫唤着。几个月来，他把自己的口粮一点一点地节省下来，托人带回家，捎信给玉儿，再难也要保住孩子的性命。而他自己，全身浮肿，气若游丝。他想赶在春节前回家，看看儿女和老婆。他知道自己快支撑不住了。一个信念支撑着他，那就是一定要见一见家中的老婆孩子。如果老婆孩子还活着，能见最后一面，再离开这个世界，也就无憾了。

从工地出发时，正是吃午饭的时间，他等着喝了一点米汤水，接接力气，那样才能勉强着加快速度，一步步地往前赶。从工棚出来时，欲雪的天空阴冷压抑，走出不过几里路，天空便飘起了细碎的雪花。他想在大雪下来之前赶回去，平常半天可以走到家的路程，这一天走了半天，路程却不到一半儿。雪越下越大，迷茫了他的双眼，阻碍着他前行的步伐，加之肚子空空，体力不支，每移一步十分艰难。

他于雪花飞舞中艰难前行，雪花一片片组成团向他袭来，扑向他的脸他的头，扑向他那已力不从心的躯体。他一步一翘首，一步一趔趄，一步一踉跄，一步一停歇。他捡了一根木棍，支撑自己不要倒下去。他知道，一旦倒下去就起不来了。心里只有一个念想，那就是要回到家里，要死在家里，要回到老婆孩子的身边死去！

破旧的棉衣上，雪花越积越多，加重了他双脚的负累，抬不动的脚如灌了铅一样沉重着，只能一步一拖地往前移。越过一座山路，天已经开始暗沉。好在前方看到了村庄，想着，这样下去也许就要死在路上了，得先找个地方歇一歇脚，讨口水喝，然后等过了雪夜再走。他拖疲惫的双腿，来到路边的一户人家，敲开了屋主的门。只见一位瘦弱的妇人，低沉着声音，头都没抬，埋怨道：

"这大雪天的从哪来的人呢？如今饭都没有吃的，还有劲在雪天里走山路，这不是找死嘛！"

玉儿男人边喘气边说：

"大姐行行好，想赶回家看老婆孩子，可实在走不动，赶不回去了。

想借屋躲一下大雪，明早再走。"

女主人抬起头，用惊讶的眼神上下打量着他：

"这大的雪，看你都快成一个雪人了，进屋吧。"

好心的女主人，边说边把他让进了家里。并把他让在微弱的火炉旁，拿来一把鸡毛掸子掸掉他身上的雪，边掸边说：

"看你样子是从修水库的工地来吧？听说那边死了不少人，造孽啊，这是天灾人祸啊！我这家，跟洗了一样，找不出可吃的东西来了，只能煮一点干野菜水让你度一口气吧。"

女主人蜡黄的脸没有一丝血气，她一边把炉火拨旺，一边为玉儿的男人煮野菜水，玉儿的男人有气无力地说：

"我们工地已经死二十多人了，都是壮劳力啊。工地粮食本来就不够，家有老小的还得悄悄节省一点带回去，保家中老小。听说家里也死人了。"

女主人说：

"哪里还找得到吃的哦，山上的野菜都挖光了。山上、地里就是刨地三尺，也刨不出任何吃的东西了。我们村里已经有人吃观音土了，可那东西吃了拉不出来。今晚就在这柴房为你打个铺，挨着火炉有火星，也稍暖一点。"

玉儿男人气力不足地连连说着感谢的话：

"带累带累。无以回报，无以回报。"

女主人一边为他在干草上打地铺，一边说：

"我们村也死人了。还听说啊，有哪个地方都有人把死人的肉割下来吃，想想就要吐。"

女主人边说边作起呕来：

"就是饿死，也不能吃人肉啊。这算什么事哦。唉！不说这恶心的了。"

玉儿男人深深地叹了一口气。他已经没有力气应话了，只能勉强地、慢悠悠地说：

"想想前年大吃食堂时，我内人就说过，这现象不正常，不会一直这样让你饱吃又糟蹋，总有一天老天要变脸，要遭报应的。我当时还没想到真会有今天，当时还真以为是共产主义了。没想到报应来得真快。"

　　女主人叹息一声：

　　"真是报应啊！新中国成立后才过上几年好点的日子，让大食堂吃得伤了元气。这两年连年灾害，天不助人人无助啊。我家公公虽然年龄大了，可基本上还算是饿死的，要是有吃的他不会死得这么快。男人现在也是吊着半条命，你看，躺在床上呢，度日如年。这大雪天，找不到吃的了，一星点玉米碎，慢慢留着熬汤度日。只盼冬去春来，大地醒了，可能才有缓解。这个年，能不能过都没定数。这样活着，还真不如死了享福呢。"

　　玉儿男人说道：

　　"前年大吃食堂时，我就说过，那样的生活，哪怕只过几年也是值的。可现在想起来，真是老鼠眼一寸光。带累你收留我，不然，就要冻死在路上了。"

　　女主人答道：

　　"唉，都是可怜人。天灾人祸时，这人啊，和虫蚁没区别。"

　　喝过野菜水的玉儿男人，边说边疲乏地在地铺上睡着了。他做了一个美美的梦，梦见自己回到家，回到了大队的食堂里，带着玉儿和儿女一起，吃着白花花的馒头，满足地拍着圆鼓鼓的肚子。

　　天刚刚蒙蒙亮，玉儿男人醒来，一时想不起自己身在何处，他仍然沉浸在梦中的食堂和白花花的馒头里。可此刻，他明显感受到胃部一阵一阵痉挛疼痛着，一阵一阵的痛，让他从美梦中醒来，落回现实。他看了看身边的柴房，才想起来自己昨天是借宿在好心人家里。他想动一动起来，想着还要赶路回家呢，可他的力气像被什么抽走了一样，完全使不出一丝劲来。呼吸的劲都没有了，他试着想爬起来，却力不从心。女主人也起来了，听到了过路客人的轻叹声。她生起炉火，抓了一把碎米，放了一锅水，煮出稀米汤，端给玉儿男人时，说：

　　"喝点米汤，接接脚力，再赶路吧。"

当他看到玉儿男人端碗的力气都没有时，她感到不妙，于是喂了他几口。只见玉儿男人，米汤到嘴时，却流了出来。女主人知道这人不行了，于是问他：

"你家在哪一块？家里还有什么人？"

玉儿男人吃力地回答：

"我家在大湖村，家里有老婆，老婆叫玉儿，有一儿一女，也不知道他们饿死没有。麻烦你请人给我家报个信，我实在赶不回去了。我也不能死在你家里，这样对你们不吉利。你把我拖到前边的凉亭去，让我死在那里，把我的头对着大湖村的方向。我走不回去了，让我望着回家的路……"

女主人赶紧叫来邻居帮忙，把玉儿的男人移至不远处的凉亭里。一边请人到大湖村去报信。

雪仍在下，只是比昨晚弱了些，没有那样疯狂地舞了。风声里，一片呼啸，一片悲怆，一片凉白。

玉儿男人的头，朝着家的方向。他望着飞舞的雪花，睁着一双不甘心又痴望的眼。他看到了远处温暖的火光，看到了玉儿牵着一双儿女向她走来，看到了白花花的馒头、大碗大碗的白米饭。慢慢地、慢慢地，落了气，如一盏耗尽最后一滴油的枯灯，熄灭了。

生命之脆弱，生到死，只在呼吸之间。

五

大湖村的社员群众正在开会，玉儿一手拉着一个孩子，坐在大会人群当中，平日调皮的孩子，因为饿，玩的力气也没有了，弱弱地偎在母亲身边。玉儿的心，莫名地难受着，右眼皮不停地跳。她一边拍打自己的右眼，一边对坐在身边的婶娘说：

"见鬼！这心啊，怎么老是不停地往下沉，一直往下沉着，沉得像有千斤石头压着那样难受。从昨天早上起来，眼皮也一直跳着没停过。人说左眼跳财右眼跳灾，不会有什么事吧？"

婶娘看着玉儿那张蜡黄却不乏俊美的脸说：

"这日子，天天有灾难来，不是你家就是他家。谁也说不清，没有吃的，人断粮，还能有什么好事呢。你家男人在外，口粮省给你们娘仨吃，还不知道熬得过这雪天不。"

玉儿的心，沉郁地难受着，望着开会开得毫无斗志的人群说：

"你看，原来开会哪是这样有气无力。现在肚子是空的，饿着肚子，哪有力气开会。穷人怕过冬，这冷的雪天，又冷又饿，挨命呢。"

婶娘回道：

"原以为这人民公社大食堂会一直吃下去。可做梦也没想到，才吃了不到两年的好日子，就没了，说没粮就没粮了。那些干部们不是整日吹着粮食大增产吗？到最后，糠头都没有了，真是造孽啊。"

玉儿接着说道：

"我早就说过，那样的吃法是不正常的。人心自私，公家的东西大集体的东西不心疼，一个浪费一点儿，攒下来就是血汗粮。再加上天不养人，人就得受罪了。这是报应呢。"

婶娘叹了口气说道：

"这报应来得还真是快，当初把家里的粮食都上交了，就连煮饭的锅都交去炼钢铁了，什么也没想留一点，那样的形式，想留也留不住。那样吃大集体的好日子，原来是虚的，好像是做了一场梦。"

玉儿说道：

"说起梦，昨晚我还真是做了一个梦，这梦让我心里慌慌的。梦见孩子他爹一个劲地吃着雪白的馒头，拍着圆鼓鼓的肚子。一会儿又是大雪，鹅毛大雪落在他身上，成了一个雪人。一个雪人站在白茫茫的雪地里，眼巴巴地望着我，喊他，可他又像没听到。人说做梦下雪会有忧事，又想到昨天确实是下雪了，可能是日见夜梦的应景。可这心就是不踏实，不踏实地心慌着。"

玉儿正和婶娘说着话，突然一个人从人群里急急地进来，来到玉儿面前，大声地带着哭腔说：

"表姐啊，你还在这开会，刚刚前边村的有人来报信，说表姐夫在工地回来的路上，饿死了。"

喊表姐的女子，说完大声哭了起来。玉儿像遭五雷轰顶，开会的人听到这恶信还没回过神来，只见玉儿倒在了地下。人们七手八脚地把玉儿抬起来，平放在椅子上，有喊叫的，有掐人中的，有把前边的一盆火端过来取暖的。两个孩子看着娘，失声大哭地喊着"娘"。

玉儿在人们的努力下，慢慢醒过来，缓了口气。醒来的玉儿，先是呆呆地看着大家，泪如泉涌，却没有哭出声来。她又看着双眼望着她哭的两个孩子，玉儿慢慢支撑着坐了起来，对大家说：

"感谢大家，家里什么都没有了。可再难也得把人抬回来，不能让他暴尸野外。"

玉儿说完，急急地回过神来，一手拉着一个孩子，娘仨跪了下来，声泪俱下：

"天塌了。天塌了。我怎么这样苦命啊！为什么死的不是我呢。呜呜……"

玉儿一边哭一边说：

"请大队、各位亲房叔侄，帮帮我们孤儿寡母，无论如何要借点米给我。

我煮点米汤，请亲房叔侄去帮我把人抬回来，让我的孩子见一见他爹。"

在场开会的人开始张罗着去为玉儿抬人，生产队几户人家凑了几两米。玉儿忍着悲痛回家升起柴火，用野菜合在一起煮了一锅粥。四个壮劳力，一人吃了两碗粥，然后拿起抬人的工具，踩着嘎吱嘎吱的雪，向邻村而去。玉儿望着他们远去，带着年幼的一儿一女，流着泪倚门而哭。

玉儿的男人抬回来了，死在外边的人不能进屋，放在屋檐下，搭了一个茅披。把人放在早已备好的门板上，头枕一片灰瓦。玉儿一边为男人整理衣服，一边轻轻抚摸男人未闭的双眼，边摸边说：

"享福去了，享福去了，好好去吧，孩子我会尽力带好。活着是受罪，这罪由我来受，你安心去吧。"

通过玉儿的抚摸，男人的眼闭上了，玉儿用冥纸盖住了他的脸。

全恩得知玉儿的男人饿死后，知道玉儿家没有棺材下葬男人，于是找人买了一口棺材送来。他带着已长得亭亭玉立的心珍一起，来到玉儿家。自从玉儿离开后，他总是喊玉儿姐：

"姐，虽然是一口薄棺，总比没有的好，事已至此，让他安心去吧。你自己要保重身体，还有几个孩子要娘呢。"

玉儿热泪双流，拉着在一边不停地哭着的心珍，什么话也说不出来。全恩的心，像打翻的五味瓶，五味杂陈，痛楚难忍。全恩还为玉儿带来了一小袋米和一小袋红薯干，留下心珍，自己回了桥西。

男人出殡时，玉儿用全恩拿来的那一小袋米，加上红薯干，煮成半干的饭，让几位丧夫和鼓乐手们吃了，然后送男人上山。玉儿和孩子们披带着白色孝布，鼓乐手们吹着凄婉的哀乐，一路撒着细碎的瞑纸，玉儿一路哭喊着男人的名字，在雪后初霁，呵手成霜的极寒里，玉儿男人归于泥土之中。

埋葬这一天，是玉儿男人五十年前出生的日子，腊月初十。这样的日子，自古以来，是中国人忙碌着过年的日子。放眼望去，大湖村的山山岔岔，沟沟壑壑，除了未消融的白雪，便是贫瘠，便是荒凉。村子里偶尔飘过的炊烟，是人们对苟且生存寄予的渴望与梦想……

逝者已去。

再难，生者仍要活下去。

玉儿处理好男人的丧事后，心珍和娘一起，把一个破旧如洗的家，里里外外收拾干净，玉儿对心珍说：

"崽，你来帮我几天了，该回去了。家里的弟弟妹妹要人带呢。"

心珍说：

"爹让我来的，不怕，我还想和娘多住几日。"

玉儿道：

"要懂事，虽然你娘对你不错，越是这样越要懂事。你爹疼你，毕竟是爹，爹是男人，而女孩子还是得娘疼你教你，你才有温暖，才能将来到别人家做媳妇做得了，吃得了做媳妇的苦。做女人不容易，特别是以后嫁人了不容易。"

心珍说：

"娘，我可不想嫁人呢。等弟弟妹妹们大了，我就来陪娘一起住。"

玉儿爱抚地看着心珍：

"傻孩子。可由不得你啊，没有不嫁人的女子。待天晴好了，我就送你回桥西。"

天放晴了，玉儿执意要送心珍回去。娘俩走着，两个弟妹分别跟着，时而在前，时而在后。这条路，玉儿和心珍走过无数次。当年玉儿嫁到大湖村，看上的就是这里离桥西不到六里的路程，心珍可以来，玉儿可以往；娘俩常常是，你走一半我送一半。你来我送，我送你往。难舍难分，难分难舍；这条路，撒下了玉儿娘俩无数别离的泪水，一年又一年，冬去春又来。好不容易，盼着玉儿生儿养女稳定下来；好不容易，盼着心珍一天天长大成人。泪渐渐稀了，虽然牵挂从未断过。

今天娘俩儿和两个幼小的弟妹一起，再次走在这条牵挂的路上，无数次聚合分离的路上；路上的一草一木，一沟一石，一树一花，都是熟悉的，哪怕是一只飞过的小鸟，也是亲切的。可今天的心情，再次变了模样。因苦难的加重，这条路，变得更深更长。

玉儿送心珍回到桥西境地，在离她从小长大的家约百米处，玉儿就不再往前去了，让心珍自己回家。她远远地看着、望着。望着那里曾经有祖母的疼，爹娘的爱，全恩的情的院落；那个给予了她全部生命和欢乐的家；那个收藏了她全部爱和痛的院落。她再也难以走进去了，只能远远地望，默默地泪流，深深地祝福……玉儿一直看到心珍在多次回头后，从白果树下走进家门为止。然后转身离去，一边走一边拭眼泪，一边牵着两个吵着要跟姐姐去的孩子，快步离开。

六

　　失去男人后的玉儿，家里彻底失去了劳动力，小脚玉儿和年幼的儿女，举步维艰。开始了带着孩子过起了半乞讨似的生活。白天到外头捡拾能吃的东西，晚上在家做针线活，然后到村外一些过得稍微宽裕的人家，揽来活计，特别是要嫁女儿的人家，需要做嫁衣嫁鞋的，她没日没夜地熬夜赶活。可永远是一双手赶不上两个正长身体孩子的一双嘴，她自己不知道遭受了多少饿，实在是难以维持生计。常常是边做活边流泪边想，不知道哪一日孩子能苦大，不知道哪一天这苦日子有尽头。

　　东边屋的婶娘看玉儿可怜，找上门问玉儿有什么打算，玉儿边叹边说：

　　"这日子难熬啊，可怜我两个苦命的孩子，随我这苦命的娘一起度日。志气难争屎难吃。我也想争气，可是命不由人。只要有人能养活我的两个孩子，别说嫁人，就是为人做牛做马也愿意……"

　　婶娘说：

　　"有你这句话我就放心了。南边有一个男人，死老婆好几年了，孩子也大了，她想托我问你愿不愿意跟他过。虽然年龄大你几岁，可身体强壮，能做活，帮你养两个孩子是没问题的。他问你有什么条件或想法？"

　　玉儿答应道：

　　"什么也不要，只要能养活我的孩子，我就带着孩子过去。"

　　这时是一九六〇年的春天，春荒致农业生产遭到严重破坏。虽然大地复苏，万物生机，可是村里许多人饿得只能躺着不能起来干活，有些身体本来就弱的孩子，得了大肚病，严重营养不良半死不活。玉儿看着邻居家一个两岁的孩子，因为饥饿，在猫一样的哭声里，慢慢断了气。这个惨相给玉儿带来极度的恐慌。她带上两个孩子，锁上家门，随介绍人进走了南边那一个有劳动能力的男人家里。

这个肯苦做的男人，到山上刨回来的食物，却不舍得给玉儿的两个孩子吃，只能给玉儿吃。大约过了不到一个月，玉儿实在无法忍受这个不疼自己孩子的男人。带着两个孩子，重新返回自己的家，再次开始了熬日子的生活。手中的针线活，浸漫着玉儿心酸的泪。

难以活命的玉儿，次年，再次经人介绍，带着两个孩子走进了大湖村对面，北山上的一户吴姓人家。玉儿的心，玉儿的爱，始终围绕着桥西和大湖村周边转。她无法接受离女儿心珍太远，她也丢不下大湖村那一个破败的家。到吴姓人家去之前，她跟介绍人一再强调：

"对我不好可以，但一定要对我的两个孩子好，否则我就不去了。这是我唯一的要求。我走了一家又一家，不为别的，就为孩子。以前是为能看到女儿心珍，现在是为了这两个没有爹的孩子能活命。我已经没有我自己了，我只为了孩子而嫁人而活着。"

介绍人说：

"吴姓男人年龄比你大十来岁，但心地善良，有一门小手艺，孩子也各自成了家。他承诺过，一定要对你两个孩子好。他看上了你这个人，他说过，不对你的孩子好，怎么留得住你的人呢。"

听了介绍人的话，玉儿再次锁上破落的家门，带着孩子走进了吴家。

一个女人，特别是从旧社会走来的女人，心中基本上没有自己，只有孩子。在难以生计的景况下，与什么样的人过日子，已然不重要了。重要的是这个一起过日子的人，能把她当人看，能把自己的孩子当人看。那才是最大的知足，那是一种无私的自我牺牲，那是带着血泪的母爱。

来到了吴姓家。那是一个有些老态的男人，却心地善良，忠厚仁慈，不但对玉儿不错，对两个孩子也是爱护有加。这让玉儿慢慢有了温暖和依靠，心存感激，从而爱也慢慢滋生。一个人对另一个人的好，可以感化和焙热一颗将死之心。一个女人，只要做了母亲，早已把自己丢到脑后，一切为孩子而活。一个对自己了无欠挂，心中只有孩子的女人，为孩子可以付出一切。

在吴家过了几年，年景已慢慢好转。玉儿的孩子渐渐长大了。女儿十三岁，儿子仁寿已经长到十岁，虽然瘦弱，但男孩子的调皮和倔强一点儿也不会少。特别是当肚子填饱的时候，男孩子的野性就会激发起来。在和其他孩子一起疯玩时，对于少年来说，无疑是一件最快乐的事儿。

一个夏日的午后，仁寿和湾子里的孩子在溪边玩水。打水仗时，为争地盘，仁寿不但抢赢了地盘，并把其中一个孩子推到了水里，好在是浅水。那个孩子爬起来，边哭边指着仁寿骂：

"你是野崽！野崽野崽。有人生，没人养的野崽。从大湖跑到我们这里来，靠你娘的色养你，不要脸。"

其他孩子也跟着起哄，一边站在水里跳着，一边跟着骂：

"野崽野崽。有人生，没人养的野崽！"

"哈哈哈……哈哈哈……有人生，没人养的野崽……"

一句一句"有人生，没人养的野崽"。深深刺进了仁寿的心，刺得他的心生疼生疼。他哭着跑回家，扑在娘的怀里，问：

"娘，别人骂我是野崽，我到底是哪里人？我到底有没有家？有没有屋？"

玉儿抱着儿子，哭着说：

"崽。当然有家有屋，这里就是你的家你的屋！"

仁寿又哭着说：

"这里不是我的家我的屋，他们骂我是野崽。这里不是我的家我的屋，我要回我自己的家自己的屋去。"

玉儿见没法隐埋事实，只好说出家在大湖村。仁寿又哭着说：

"既然我还有自己的家自己的屋，那我要回家，回大湖村，回自己的屋。我不要当野崽。"

玉儿揩了揩眼泪说：

"崽。我们不能回去。回去了没人养我们，我这小脚做不了事，连一担水也挑不回来，山上的柴也砍不回来，那样我们是要饿死的。"

仁寿一个劲地摇着娘，越哭越伤心，犟着说：

"没人养我们，就是去讨饭，就是饿死了，我也不做野崽。"

玉儿见拗不过儿子，叫来旁边一户亲戚劝说儿子。没想到还没劝两句，仁寿竟然骂开了。这时，做手艺的吴家爹正好进门，问清缘由后，看到仁寿这样执意要回自己的家，过来抱着仁寿哭了：

"崽。不要听外边的人瞎说，你就是我的崽，这就是你的家你的屋。"

仁寿挣脱他的拥抱，狠狠地说：

"我不是你的崽。我要回我自己的家自己的屋。"

老人又说：

"可不能回去啊。回去了是要受饿的，回去了苦的是你娘啊。"

可是倔强的仁寿任谁也劝不好拦不住，哭闹着非要回去。那天在吴家吃过中饭，玉儿收拾了简单行李，吴家爹背着东西，玉儿一手牵着一个孩子，再次回到了大湖村的家。吴家爹帮着玉儿把一缸水挑满，然后又帮他砍回了一担柴火，玉儿送他到路口，在四目相望，依依不舍，又无可奈何中挥手而去。

这是一九六二年，这一年，有一个叫雷锋的中国军人殉职，引起了高层的关注。一九六三年，毛主席号召"向雷锋同志学习"。从此，中国的每一个地方，通过开会和学习的形式，传遍了一个叫雷锋的名字。

玉儿带着儿女再次回到了大湖村的家，延续着她帮人做针线的女红活。纺纱织布，纳鞋底做鞋垫，玉儿在孤灯难眠中，带着两个渐渐长大的儿女度日。每当家里的柴火和水缸里的水快要用完时，吴家爹就来了。来帮玉儿把水缸的水挑满，把柴火备足，但吴家爹不能在这里长住，也不能在生产队里做工分，他有他的家，他的户口和口粮只能在他所属的生产队里。这个善良的老人，除了负责玉儿娘仨的柴火和用水，时常还要从家里把粮食背来。政策稍稍有了转变，吴家爹为玉儿种起了菜园。每当家里水缸的水快要见底时，仁寿和姐姐就到门口盼望，盼望吴家爹的到来。在心里，两个孩子对这位忠厚的老人，充满了喜爱之情感。

日子，总算慢慢有了起色。

这一年，桥西的心珍已经十七岁。心珍遗传了玉儿水灵的大眼睛、白皙的皮肤，同时又得了爹那挺直大气的鼻子。娇小身材，拖着长长的大辫子，只要出门，总会引来人的目光。渐渐地，家里来了为心珍说媒的媒人……

第四章

一

来为心珍说媒的有好几拨，最终，全恩为心珍选中了离桥西几十里外的李家湾一户人家。李家湾很大，分上李家湾和下李家湾，合在一起有上千户人家。以大屋场的祖祠为中心，祖祠两边，密集地住满了同是李姓的后人。青砖灰瓦，飞檐翘角，大屋串小屋，栋栋相通；石板小巷，连着重重老屋，幽静深长。一进几重的门弄，住着多户人家。石凳木门，天井露台。雕花格子，木板小楼。阁楼扶窗，处处透着古风，规模甚是恢宏。连片房屋坐北朝南，依次由东而西。门前一湾溪水向西流。溪流对面，青山绵绵，菜园垅垅，田地葱葱。溪水两旁，参差古树一排，间隔桃李三五株。每当春和日暖，溪水潺潺，桃花争艳，可谓人间仙境。

湾子对面的南山上，有一棵百年松树，因为枝杆横卧着蓬勃延伸，李家湾人叫它"驼背树"。更奇的是，松树下供奉着土地老爷，多少年来，湾里人有个什么小病小痛，甚至猪不吃食了，菜园瓜果歉收，便到南山去敬土地老爷。不知是人的心理作用还是这土地老爷确实"显灵"，不仅李家湾前后的屋场，方圆百十里的外姓人，也有来敬土地爷的。从而除了香火不断，常年有人拿来酬谢土地老爷的红绸布，挂在卧龙松的身上。也不知从哪个时候起，人们在旁边搭起了凉亭，供上下走路的人歇脚时用。

有一年，全恩因办事打这里走过，正是桃红李白之时，更兼一湾西流水，令全恩赞不绝口，同行者皆赞道：

"这地方真美。"

全恩说：

"不但美还有风水呢。"

同行者问：

"如何看有风水？"

全恩答道：

"自古以来水向东流，而这里的水竟然向西流，有讲究啊。"

说到这，全恩望着眼前清澈的溪水，吟起诗来：

"谁道人生无再少？门前流水尚能西。"

同行者笑着说：

"见美景又吟诗作对了？"

全恩笑了笑说：

"这是古人诗。苏轼游蕲州时所写。看来不仅是他所见之地有西流水。这地方真美。"

当有媒人说到李家湾李世伯这一户人家时，全恩想都没有想，更没看到人便应承了下来。他早已听过这个远近闻名的中医医生的名字，同时也知道他的儿子在邻县做医生。能够把宝贝女儿嫁给这样的人家，是全恩疼女儿求之不得的另一种方式，同时也是他这些年来亏欠女儿的弥补。全恩看中的，除了看上这家人当医生的职业，更看中这个大屋场门前的西流水，以及家里学医的人文气息。

这个长女，除了早早与亲娘别离，全恩最感对不住女儿的，是一个孩子接着一个孩子的出生，让心珍辍学担起带弟弟妹妹的重任，吃了很多苦。弟弟妹妹们的成长，是拿心珍的少女时光作牺牲换得的。可是爹为他选中的人家，心珍自己有所不愿。她的理由是，自己的书读得不多，人家是学医有文化的人。更重要的是，听媒人讲，这一户人家是后娘，后娘难相处，这是她最大的顾虑。父母之命，媒妁之言，她无力抗争。当心珍去见亲娘时，流着泪说父亲为她定下的亲事。玉儿爱惜地对女儿说：

"女儿是菜籽命，撒到哪儿就在哪儿生长。你没法做选择，遇到肥地长得强壮，遇到瘦地，也要生长。哪怕是撒在石头缝里，你也要越过石头缝，曲曲弯弯地长出来。"

玉儿说完，叹息一声：

"嘿。这是命啊，没有人奈何得了命运的安排。接受命运的安排，是每一个女人必须面对的。"

心珍听着母亲的教导，一边点头一边哭：

"他家是后娘呢，做梦都怕是后娘的命。可这命就跟着你的不甘心来了。"

玉儿忧心地说：

"既然随着不甘心而来，更说明是命。是命运赐给你的，你没法回避，那就迎头去接吧。"

中医李世伯的儿子叫李诗润。李世伯自己在一九四九年前学中医，后来到了公社卫生院工作。妻子杨氏，与人为善，好布施。杨氏的弟弟是国民党，一九四九年前夕，随国民党逃往台湾省。李世伯在土改及其后的运动年月，因为这一层关系，全家受了牵连。又因家里并不富裕，妻子良善，加之自己平日治好了不少远亲近邻的各种疾病，留得好名声。德高望重的李家，故而没有受太多的责难。

诗润从小调皮，长相端正俊朗。他有三个姐姐，所以特别受宠爱。他还有一个弟弟，忠厚老实，有些耳背。诗润的成长中有几个小故事，在李家湾被传为佳话。甚至有人预言，这个孩子长大了会有不一样的造化。

六岁那年，诗润随叔父去看邻家接新娘，穿礼服戴礼帽，扑闪着大眼睛，惊艳地出现在人群里。新娘下轿，手中一包撒喜的糖果，不偏不斜，让诗润撩开的礼袍接中。在人们的争夺中，叔父抱起诗润，骄傲地在人们羡慕的视线里离去。

每到年三十，诗润会穿上母亲为他准备的新衣裳，和湾里的玩伴一起到亲朋邻里家"辞年"。诗润长得可人，小嘴儿甜，到各家各户玩"辞年"游戏时，提着自制的小灯笼，说着"辞年辞年啊，不是花生就是钱啊"的俚语，除了收获了零食外，更多的是人们对他的喜爱以及孩子们对他的艳羡。

在当地，时常游走着一位破衣褴褛的游医。这位行为乖张在方圆几百里都有名气的老人，带着一个破锅和一个破边碗，过着半医半乞的生活，有些神神道道。他替人看病，从不收取病者的钱，只要人管饭便行。老人名叫王伯超，当地人唤他"伯超先生"，并流传着有关伯超先生的传说。对于他的许多行为，有些类似于传说中的济公。去世后，据说他的坟墓在他的家乡，常有不同地方的人去朝拜。机缘巧合，多少年后，李诗润的女儿竟然到过离家乡很远的伯超先生的故里，拜祭过伯超先生的坟墓。

有一次，伯超先生来到了李家湾。诗润与一帮小孩在月台玩耍，见了伯超先生。他褴褛的衣衫，怪异的行为，让孩子们围着他看稀奇。伯超先生坐在月台石凳上，用他那炯炯有神的眼光，扫视着眼前十来个望着他的孩子们。忽然，他走过去抱起了诗润，并把诗润放在腿上坐着，然后仰天大笑。他的动作，身边的大人看了相互耳语，而从来不知道怕的诗润，这次却被吓得溜下伯超先生的大腿，慌张跑开了。

当有人告诉世伯医生，伯超先生这细节时，世伯心中暗思忖，难道这位神人看出了儿子与众多小孩的不同之处？之后，伯超先生抱诗润仰天大笑的情景，在当地越传越神奇，并随着伯超先生的声名不息，相传了几代人。

诗润夹在伯超先生传说中的快乐童年，随着母亲杨氏的病故而远走。十岁的孩子没了娘，等于是塌了天。失了娘的温暖怀抱，诗润从此郁郁寡欢。这时候也是心珍和娘分离的那些年，两个各自不相识的孩子，两个同年同月并不同日生的孩子，却有着相似的命运。命运竟然把两个长大后的孩子牵系在一起。这是不可解的天机，也是前生结下的姻缘。

失了妻子后的世伯，随着家国命运的跌宕，家境日渐衰落。又当爹又当娘的日子，难以维继。无奈之下，他把中间的两个女儿早早给了人家，只留长女和两个年幼的儿子。诗润十三岁那年，世伯托人把儿子送进卫校求学。让诗润既有地方吃住有人管理，同时相对减轻了家庭负担。诗润成了全校最小的学员，由年长的女同学带着衣食住行。"狠心"的父亲为了不让诗润分心，竟有长达半年之久没让儿子看到他，也不让他回来。他偶尔去了，也只是偷偷躲在远处或在窗外，望望便走，决不让诗润发现。

有一次，世伯想儿子的心按捺不住，利用工作之便，来到学校躲在窗户外偷偷看儿子。望着望着，让正在上课的诗润突然发现了。诗润大喊一声"爹"后，又戛然而止，他突然意识到了在上课。尽管这样，老师还是疑惑地说了诗润"发什么神经"。那是一个孩子想念父亲"发的神经"，是一个儿子积郁着对父亲的爱，也是一个年幼孩子想亲人想傻了之后的表现。那一刻，诗润的脑子当是血冲之后的空白，才完全没有顾及是在上课，只知道他日思夜想的"爹"突然出现了。下课后，诗润终于见到了站在篮球架下等他的父亲，泪流满面地向父亲跑去……

两年卫校毕业后，十五岁的诗润分到邻县参加工作。做起了"红医班"毕业后新中国第一批外科医生。这个年龄，正是最能学习和进步的好时候。小小诗润，很快在当地做出了一定的名气。首先是年龄小，红医班里有很多是已婚人士，他的年龄占了优势。加之人灵活，长得帅气，很容易引人注目。诗润工作这一年，父亲为他找了一个后娘，后娘从另一家离婚而来。父亲对他说的理由是：

"你长大工作了，你姐已经出嫁，现在最让人担心的是你弟弟。人忠厚老实不说，又耳聋，不能读书。我在外工作，你也工作在外，不能常在家。你弟弟得有人带。这个娘，她自己没有生过孩子，应当会安心地疼爱你们。我看上她的也就是这一点，免得担心后娘只疼自己的孩子而不疼你们。这也是我多年没找人，现在又为你们找后娘的理由。"

听了父亲的话，诗润知道父亲这些年为了这个家的不容易。自己已经慢慢长大，他理解父亲的苦衷。他希望父亲除了孩子之外，还能有属于自己的生活和温暖。于是说：

"爹决定了就好，这些年苦了爹。我没有意见，我也会和她好好相处的。"

世伯续弦后不久，接着便为儿子诗润托人说媒，为儿子找媳妇。他知道，只有儿子成亲了，才算是一个完整的家……

二

心珍和诗润的第一次见面，是诗润在媒人的引领下，来家里送"牵手礼"的那一天，也叫"小定准"。那一天，心珍一如既往地做着家务，但只是做一些院落到堂屋收捡的事儿，爹娘不让她做厨房和其他的杂活。"牵手礼"是为了让两个从未相见的人先相识，相互看上没有异议后，再举行订婚仪式。那是夏季正热时，也是心珍刚满十八岁生日之后。

心珍一身白色绸衫，自己做的布鞋，一对长长的大麻花辫，一条胸前一条背后；细绒的短刘海儿轻拂额前眉上，一双些许忧郁含羞美目，大气挺直的鼻梁；瓜子脸，唇红齿白，肤洁如玉，亭亭玉立，风姿初成，单薄中透着几许孩子气。

诗润穿着白色圆领短袖衫，扎在笔直的长裤里，一条皮带彰显出一个刚成形的男子汉之阳刚美。一米七八的瘦长身材，要高出心珍大半个头；匀称的双眼皮衬着明亮的大眼睛，时尚的平头，透着点儿民国青年的风范。虽然略显瘦弱，但无碍读书人的气度，可谓翩翩。

一对初长成的人儿，浑身上下散发着青春的气息。从外观看，是极般配的合璧男女。

当诗润进入心珍的眼帘时，她没敢直视，倒好茶后便低着头走开了，然后躲到一边，一股酸楚涌上心头，无语泪先流。心珍想得更多的不是这个男人好不好，这个男人的外貌如何，而是一种不能自制的忧伤袭来。想到自己的亲娘不能到场看到她订婚和嫁出门，想到要离开从小是她带大的弟弟妹妹，想到将来的岁月和父母弟妹聚少离多……

她知道，订婚后不久的日子，就会成为人妇。离开父母离开弟弟妹妹，离开自己生长了多少年的家。这个家将来只能称作是"娘家"。自从亲娘分离后，爹接了后娘。有爹的疼爱，后娘对她也没有太多的苛刻，倒是越相处越对心珍疼爱有加。这里除了后娘为人不错，更多的来自心珍的懂事，和全身心帮忙带弟弟妹妹的付出。虽然也有不如意的时候，可是她深爱着自己的家和父母亲人。

心珍忧虑自己的将来，即将要走进的那个家，那个她并不熟悉的也有一个后娘的家，会习惯吗？会对她好吗？她做好了要去适应，去适应一种全新而未可知的生活与未来。可她又好像看不到自己的将来，那个将融入的家，带给她的是福还是祸呢？她甚至想，要是能够，如果可以，她宁愿一辈子不嫁，一辈子在家孝顺父母，一辈子带着弟弟妹妹一起长大。然而，男大当婚，女大当嫁，是谁也逃不过的事实和规律，也是命运。

牵手礼后不久，心珍和诗润正式订婚。订婚这一天，父亲带着儿子、媒人、亲房叔侄来了六个人，所有来人加在一起以双数为准，意喻成双成对，为守规矩的同时讨得吉利。订婚的彩礼，在心珍娘的心里"比上不足比下有余"。除了送给亲房的礼肉，为心珍准备了一对大丝绞细丝的手工精致银手镯，小小韭菜扁金戒指一枚，以及两套新衣裳。这在当时已经是很不错的人家，做了很大努力才能拿得出来的。

从老祖宗传承下来，男方为女方送彩礼的习俗，想来是有道理的。一个女孩子，在娘家养到如花时，便要让男方娶走，一走就是一生。这一生要为男方家生儿育女，操持家务，孝顺公婆；留给娘家的，是无尽的思念和挂牵。遇到好人家，女儿过得好还算宽慰，如果遇到不好的人家不好的男人，女儿受苦，那是一把心酸一把血泪的喟叹。

"三十岁的女儿无娘家"。道出的是嫁出去的女儿无回头路，也有"嫁出去的女儿泼出去的水"之说，覆水难收啊。这是生为女人一辈子的宿命。女人的一生，在娘家，其实就那么十几年的美好时光。过去的女孩子，多数在二十岁以前就嫁了。古代，十四岁之后出嫁的更是常有的事。

心珍出嫁的日子已经定了下来。对方用大红喜字写好了日子送上门，大红纸上写着腊月十八。这是一九六三年的中国，国民经济刚刚经历重创之后，一切正在逐渐恢复元气，普通老百姓的日子仍然不好过。对于医生世家的李诗润家里，相对于普通农家，算是不错的殷实人家。

出嫁前几天，心珍去大湖村看望了娘和弟妹。玉儿把做好的几双鞋子鞋垫，交到她的手上说：

"娘没本事，只能算是生你一场的念想了。"

说完，娘俩不免又是一番伤心泪流。玉儿叮嘱到了婆家要懂事孝顺之类的话。

出嫁的头天晚上，心珍亲房的姐妹们来家里陪嫁，陪着心珍在娘家做女儿的最后一晚。说着这些年来的知心话，说着将来嫁过去后好好过日子的话，一直陪到午夜才散去。

一九六三年之前，再困难的人家，结婚时一定要有四人花轿来接人。新社会之后，这一习俗一直还存在。可就是从这一年开始，破除了花轿接人的习俗。出门前，做娘的要哭嫁，哭着女儿到了婆家要做人要听话之类的话。也只是相应地表示一下，没有了旧社会哭嫁那种歌哭似的繁琐。移风易俗之后，一切都从简了。

那天，酒席吃好了，新娘快要出门时，心珍的娘一边哭一边诉着心珍在娘家吃了苦的话。突然话锋一转，哭道：

"本来是，应该有大花轿来接你出门去，可是一朝天子一朝臣啊。阿崽耶，新政策来了，没办法有花轿接你出了门，只有苦了你双腿迈出门，好在有了解放脚，走去十里也难不倒人；阿崽耶！以后的日子，孝敬公婆是第一，侍候夫婿尽本分，自己过自己疼……"

娘的哭诉，让心珍的爹大放悲声。倚在门框前，边哭边重复着一句话：

"我崽受了苦！我崽受了累！……"

全恩抑制不住的大声恸哭，撼动人心。全恩的哭声，让几个无声流泪的妹妹们跟着放声大哭，就连最小的在一旁看热闹看稀奇的弟弟也号啕起来。心珍更是悲从中来，泪流满面，泣不成声。接人的诗润，走过去牵起心珍的手行拜别礼，双双流着泪，在父母面前跪下来……那场面，让所有来客，一个个跟着拭泪。

媒人劝说"吉时已到"，才渐渐停下哭声，准备让新郎接新娘出门。出门前，穿着蓝色棉袄的诗润，再次牵起心珍的手，在岳父岳母面前再行大礼，再次双膝跪地，以谢父母的养育之恩。穿着红色绸缎面料棉袄，黑色棉裤的心珍，随着诗润做这一切，热泪如泉涌。然后随着接亲的人群，在妹妹们的哭喊中，带着随她一起送嫁的弟弟，一步一回头。送亲的鞭炮，一阵响过，在一片哭声里，要嫁的女儿随夫家来接的一行人，在村口处，渐行渐远……

心珍的嫁妆是一张桌子，一对糖缸，一个梳妆匣，两床被子。这些东西全部罗列在桌子上，用红色的绳索牵绊在一起系牢，上边贴着一个红纸剪的大红喜字，由两个人前后抬着。这一台嫁妆，在当时，也算是十分体面的人家才能嫁得出的。

腊月十八日，春节临近，乡村到处为过年而忙碌。接亲的队伍，走到哪都会引来人们的观看。心珍随着她的嫁妆一起接到了李家湾。进门前，手上提着一个花手帕包裹的花生红枣糖，向着围观的人群撒去。在人们一轰而抢糖果时，心珍随着诗润走进了家门。

李家湾毕竟是大屋场，除了围观的人很多，客人也不少。在那个物资匮乏的年代，哪怕再困难，只要有人家做红白喜事，亲房邻里稍稍一聚，便围了十来桌。远亲近邻，能来的都来了。大红礼簿上，记着前来祝贺送礼人的名字和礼金。从几角到一元到两元，三元的也有，能送三元，那是极少的至亲。也有一些送粮票的，半斤一斤的粮票，为数不少。那个时候的粮票，可算是高级厚礼了。

六十年代，不管是城市还是乡村，没有粮票，很多时候寸步难行。送粮票的客人，是诗润父亲的好友和同事。也有送彩画、牙膏、牙刷、镜子之类的日用品。更好一些的有暖瓶、被面、枕套之类稍高档一点的家用品。这种用品，不是一个人能送的，多数是几个人的礼金凑在一起买来相送，并用红纸写着送礼人的名单贴在礼品上。既添了喜气，也让送礼人的名字一目了然。

也有一些从供销社买来比较时尚的礼品，比如挂镜之类的，很漂亮。这些也不是一般人能买得起的，要七八个人凑在一起，才能买一面挂镜当礼品。那时候也出现了一些塑料做的花朵水果之类的摆设用品，也有人送，在农村极少数。能送的多是诗润工作单位上的同事，也是几个人拼在一起买来祝贺。在农村接新人，这些都是很体面的上上品了，是令乡村人看热闹开眼界的好东西。

接回新人，吃过酒席，热闹过后，一对新人才算轻松下来。才能真正打量对方的容颜，才能清静下来，开始了从不相识到成为同床共枕的夫妻……

三

天光透过格子窗户，穿进来朦胧丝白。心珍醒了，轻轻动了动身子。诗润感觉到了心珍醒来的呼吸，用暖热的双手握住了心珍温软的小手。心珍没敢动，只是任由那双手紧握。目光越过雕花木床上的蚊帐，呆望着格子窗前那丝光亮。从昨晚到现在，心珍几乎没有说过一句话，一直是沉静地，任由诗润对她无声的爱抚与温存。首次体会到一个陌生男人的温暖带来的亲切和新奇感，心里有说不出的复杂。从订婚到出嫁，两人几乎没有说过一句话，所以在心珍的心里，在这之前仍然感觉是个陌生人。昨晚之后，从最开始的羞涩甚至几分恐慌，到慢慢地认同，两人之间的距离感瞬间拉近。她知道，从此，这个男人将是她今后一生的依靠。除了父母，最亲的人就是他了。有一刻，她虽羞于想到一个"爱"字，但她真真切切感受到了。这个男人给予他的踏实感，同时对她的抚慰与需要。俩人在寒冬的夜里，身体相互取暖的美好，早已超越了从前未有过的一句话一个眼神。有了肌肤之亲的合而为一，心珍此刻想到的，是大人们常说的那句话"百年修得同船渡，千年修得共枕眠"。心珍想，从现在开始，自己也是一个大人了。是身边这个男人，让她从少女转化为一个大人。莫非前世，我们曾在一起修炼过？要不，世界之大，人那么多，爹为什么偏偏为我选中的是他呢？从不相识，到嫁给他与他同床共枕，到两心相契，这到底需要怎样的缘分才能相遇？

天光从一丝丝到一片片地亮起来，心珍轻轻抽出握在诗润掌中的手，往床边轻移，准备起床。诗润伸过双手环住了她的腰，呢喃道：

"还早，再睡一会儿，天这么冷！"

心珍没答话，也没再睡，而是无声又坚定地着坐到床边，伸手拿来床栏上的衣服，慢慢穿着。天亮便起床，这是那个年代做媳妇的本分。于心珍，更是要守着这份本分。她知道，自己得从一点一滴上做好，唯有那样才不辜负娘家父母的教导，才能让父母得个"养了好女儿"的名声。一个人、特别是一个女人做媳妇的名声，比什么都重要。这是父亲常教导她"雁过留声，人过留名"的家训。

穿好衣服的心珍，越过雕花床栏，手上银镯碰撞出轻响，在这静如天籁的清晨，在心珍生命中做媳妇新一天的开始，这一对预示着情定终身的银手镯发出的声响，仿佛是心珍和诗润之间的另一种絮语。心珍轻轻地，踩着踏凳下床……

心珍和诗润住的房子，和父母住的房子隔着五六户人家，在屋屋相连最里边。房子共有一个厨房一个睡房，内里一个厅堂，厅里边还有一间睡房，那里住着诗润有些耳背的弟弟。昨天新人接来后，心珍陪嫁过来的弟弟便和这边的叔弟一起。这所与其他几户人家相连的房子，砖土结合，格子雕花，梁上有半人高的木板楼，放粮食杂物专用。房是祖辈留下的，具体是哪个年代，没有人说得清楚。

父母住的房子，在西流河边上，比里边的房年代稍要近一些，大约建于晚清时期。只有半截房子。房子当年让日军放火烧了半截，只剩前半截。后半截的雕花门楼和断垣残壁仍在。门楼的雕花断壁上，长着荒草，挺立着一种抹不去的沧桑。半截房原来是整栋房子的一个厨房，主房烧掉后，便把这半截隔开来，一小半当厨房，一多半做睡房，一侧放着楼梯上楼；睡房的床底下盖着一块大木板，木板下边是一个地窖，当地人叫"薯洞"，用来存放红薯等食物。楼上干燥，用来备放谷米干粮等物什。房子虽逼仄，但拾掇得整洁干净。平常，诗润的爹在外工作，休假才回来，多数是诗润的继母一个人住着。

心珍起床后，先到厨房生火烧开水，把开水瓶灌满。天大亮时，诗润也起床了。她让诗润先去看父母是否起床，知道父母已经起床后，她去给公婆送开水，又为公婆把夜壶倒了，然后准备着听公婆的吩咐该做什么。

高大儒雅的公公，一边系着棉袄上的盘扣，一边对心珍说：

"吃早饭前先开个家庭会，到里屋。你把火炉生大点，天冷。"

心珍一边答应着，一边退出来，走回自己的屋。先把炉火添上几块粗柴，然后在吊锅上放水放米煮稀饭，等待公婆到来。心珍望着窜起的火苗，心里有点纳闷，开家庭会？到底是不一样的人家。这些年，公社大队小队，人们没少开会，可开家庭会的似乎不多。自己的父亲怎么说也是个教书先生，记忆中，从来没有特意开过什么家庭会。心珍心里琢磨着，这家庭会是怎样开的，心里有了几分好奇。

火正旺时，叔弟带着心珍的弟弟也起床了。一会儿，公婆进来。大家围在炉火前，公公拿起炉火边的火钳，一边象征性地夹了几下柴火，一边开口说道：

"都到齐了，包括心珍的娘舅也在。接了媳妇，添了新成员，是我们李家的喜事。家里的有些规矩媳妇要慢慢适应，像学做家务和做农活一样，一件一件地学。今天第一件要说的事是，得为媳妇改个名字。"

公公说完，看了心珍一眼。心珍有些出乎意料地望了望公公，不知何意。公公接着说：

"你名字里的珍字，与亲房的一位婶娘撞上了，以后大家叫了不礼貌，晚辈要懂得尊长之礼。再说，心珍是你在娘家里父母的心肝宝贝，而嫁为人妇后，得遵守做媳妇的规矩和生活。要学会长大了，把这个小孩气的名字换一换。"

公公说到这儿，看了诗润一眼，说：

"第一要从你起改口。名字我已经想好了，叫玉竹。"

公公清了清嗓音，用浑厚又不失柔和的声音说：

"玉，美石为玉。玉是石头，雕琢而成器，它是石头的精华，佛道两教雅称玉为大地舍利子，同时它还是祛邪避凶的灵石。竹，就不用我多说，你们也知道。竹子彰显气节不惧严寒酷暑，坚韧挺拔，是君子的化身。那么玉竹两个字加在一起，又是一味耐寒、耐阴湿的中药之名称。"

公公的这一番解释，让心珍对眼前并不了解的公公，有了敬仰之心。刚订婚时，偶听人说过，说她将来的公公可是一位不简单的人，不但在看医就诊方面远近有名。更有人说一九四九年前，他曾经是一位会"出菩萨"的神人。"出菩萨"也就是会供大神，能通过神来问卜算卦，可通阴阳，甚至能做"阴阳人"。一九四九年后，让国家的卫生院收编，成了一名国家干部队伍里的医生。国家要破除"迷信"，所以从那以后便在国家医院"为人民服务"，用心为病人拿脉开方，不敢再做"出菩萨"之类的事了。哪怕有人求，他总是断然拒绝。

公公再次把炯炯如炬的目光扫向大家，然后带着善意地落到心珍的脸上，说：

"之所以要把你的名字改成玉竹，除了要你学做可雕琢的石头，做人要有竹子的气节。同时，也是要你懂得，当生活里各种未知的磨难到来时，你也可以做一味耐得住考验的中药，可以在水煮火煎中熬得住生活的打击，从而修炼自己。女孩子在娘家是孩子，嫁到婆家就是大人了。人生里真正的生活，是从婆家开始的……"

公公说到这，看了看心珍，又看了看身边的妻子，诗润的继母。再说的话，似乎也是对她而言：

"做媳妇不容易，将来生孩子做娘更不容易。俗话说，讨坏一代亲养坏三代人。你是我托媒人各方打听后订下的媳妇，虽然你亲娘离开你早，可我知道你爹这位老先生，在疼爱女儿时也是严格管教的。女人的教养，比什么都重要。教养教养，在一边教育中慢慢养大，边教边养，这是修为。而做媳妇，不仅只是修为，还是修炼，修为和修炼是有区别的。慢慢地你就会懂得，人的一生，是在一个个不同时期的修炼中，一步步向前走，走向成熟，同时完成一个又一个生为女人的任务……"

公公的一番话，让心珍似懂非懂。但有一点她知道，这一家人，确实与普通人家是不一样的。公公之所以要这样用心良苦地，在她嫁过来的第一天开家庭会，他一定是看到了将来生活的不容易。他要让心珍通过改名字来警醒自己，作好面对未来为人媳的这个角色、做好服侍公婆、面对继母的各种心理准备。可心珍的心里还是有一句话想说，于是，她怯怯地说：

"我亲娘叫玉儿呢，不是和她同一个字了吗？"

公公说：

"我知道。古话说下堂不为母。再说了，玉竹也只是在婆家叫，回娘家回你娘那里，你还是心珍。"

公公的不置可否，让心珍无话可说。

心珍改为玉竹。从此，心珍这个名字，除了回娘家时有人叫，伴随心珍一生的另一个名字——玉竹，诞生之日，即是做妻子、媳妇、母亲等多种角色的开始之时……

四

鲁迅先生说，女人的天性有母性、女儿性、无妻性。

于心珍而言，从做玉竹始，她便开始把女儿性隐匿了起来。婚后第三天是"回门"的日子。连续几天晴好天气，诗润的爹说两个孩子得天缘。太阳慢慢撕开面纱，全面照亮大地，腊月的天，呵气成霜。玉竹随诗润一起带着弟弟回娘家。一对璧玉佳人，新婚小夫妻，一路走在回娘家的路上，心情是激动的。长这么大，除了到大湖村亲娘家去住过，这次还是心珍第一次离开娘家去远一些的地方，而且这次去的意义大不一样。从今往后，再回那个从小长到大的家时，只能叫娘家了，并且已是做客了；而那个叫李家湾的地方，将以玉竹的身份，才是长久过日子的家。

诗润手上提着回门礼品，玉竹牵着弟弟的手，一路走一路说着话。大约几十里的路程，沿路要经过大小不同的屋场和一些弯曲的山路。经过屋场时，能看到沿途为过年忙碌的人家，晒着各种不同的为过年准备的食物和太阳下晒的被褥。山路上，浓绿的树，枯败的草，冬闲的田，郁郁葱葱的白菜萝卜，随处都是一番不同的韵致。虽然寒冷，走路却让周身暖，心情也是畅意的。新婚的快乐与美好，出乎心珍预想。在家的父母和妹妹们，早早就在门口张望多次了。女儿虽然才走三天，可这个三天让整个家显得格外的空。心珍娘常念叨：

"唉。接个媳妇满堂红，嫁个女儿满屋空。养女儿就是养牵挂啊。"

每每听到这话，全恩心里犹如针刺一样难受。作为父亲，常感对不住女儿的，是让她和亲娘分离，只读了三年私塾，便回家带弟弟妹妹。这是他最不能原谅自己的。因为一个一个地接着生孩子，从十多岁开始，家里的家务活有一多半是心珍这位长女在帮着承担。现在他选中的女婿，在国家单位工作，是有文化知识之人，将来对女儿是否好，女儿是否跟得上这一家人的各种生活情趣，这也是他最担心的。女儿的懂事和勤劳，又是他最能放心的。

到桥西地界时，村里的叔伯婶婶们，见诗润和心珍回来，一个个热情地问候新姑爷，他们也一个个地回应着。从村口土地庙的大槐树经过时，心珍停下来，拜了土地神，心里默念着；

"土地神啊土地神，我回来了。从此我回来拜你的日子只会越来越少了，你要多照应我的爹娘和弟妹啊。"

拜着拜着，心酸落泪。这个在桥西长到十八岁叫心珍的女孩子，面对一草一木，一砖一瓦，一石一溪流，在心里，都饱含着无限的深情和眷恋。

蹚过小溪，将要靠近家时，远远地，父母看到女儿女婿了，妹妹们隔溪唤"姐"。迎接女儿女婿的鞭炮响了起来。进院落进家门，妹妹们亲热地叫了姐夫后，便开始围着姐姐问东问西。爹和娘含着笑喊"心珍"叫"诗润"。弟弟做客回来，不但心情好，嘴也快：

"以后我姐不叫心珍了，老伯给她改了名字，叫玉竹。"

爹和娘及妹妹们看着心珍，用目光询问。

心珍看了看爹，又看了看诗润。诗润望着大家说：

"她名字里的珍字和我亲房的婶子同音，爹说以后叫着怕不礼貌，所以我爹就给她改了。"

全恩问：

"嗯。可以理解，哪两个字？"

诗润答：

"玉竹。玉器的玉，竹子的竹。"

全恩说：

"好名字！你爹毕竟是读书人。以后在婆家叫玉竹，回娘家还是心珍呢。"

心珍含泪点头。

心珍的弟弟在一旁又插话：

"老伯说了一大堆话。什么玉是石头哦，竹子又是什么君子啦，玉竹加在一起是一种什么中药呢。听得我晕头转向的，一个名字这么麻烦。"

心珍破涕为笑地看着弟弟，又看看爹。看着弟弟，她想起弟弟一件好笑的事来。那是刚订婚后的一个节日，诗润一个人来家里送节，娘为诗润煮了一碗鸡蛋面，刚好添满一碗。弟弟看到锅里仅剩一点汤了，当着诗润的面，生气地吐了一口痰到锅里。这个笑话，一直笑到弟弟长大成人时，大家还在说。

岳父跟诗润聊天说话，大体也是说些心珍养娇惯了，以后要多包涵爱戴之类的话。诗润只认点头称是，翁婿两人还没有完全进入角色，从此却因为心珍而牵在一起，成了亲人。

吃过中饭不久，心珍和诗润要返回了。临行前，爹娘弟妹们不免又是一番不舍，一番惆怅，一番叮咛。然后含泪相送，一直送到村子外，在诗润多次催促下，才挥泪远去……

从此，心珍这个女儿，与骨肉亲人，聚少离多了！

离开桥西后，他们来到大湖村，看望了娘——玉儿。看望了在那里的两个弟弟妹妹，这是事先就安排好的行程。看一看，说说话，娘要做东西给他们吃，心珍说刚吃过，没有比什么可以多说说话更好了，不需要吃什么呢。娘还是为他们煮了几个鸡蛋，毕竟是出嫁后第一次回来。因为时间关系，再次匆匆告别，娘带着两个孩子，一路送女儿女婿到几里路之外，一直到离李家湾不远了，在诗润一再劝说下才返回。山一程，路一程，撒下的都是娘亲牵挂的泪。

春节过后，诗润带着玉竹回桥西、大湖村拜过年后，便要带玉竹一起到他工作的卫生所里住一段时日。爹也要回自己工作的卫生院，临行前，爹叮嘱：

"正月没有农活，可以带玉竹到卫生所住住。待春播时，你就送她回来，跟你弟弟一起把春耕的种子播了。家里那点薄田地，种一点是一点，不能荒了，虽然我们拿着国家的工资，可人口不少，将来你们要添丁加口，你弟弟长大了也得为他讨一门亲，日子要细细地过。"

诗润一一应答着，玉竹低着头听，继母在一旁有些不高兴地，黑着脸说：

"你们都走，就留我在家看着一个聋子，真是前世作了恶！"

继母五官端正，但皮肤黝黑。平数笑脸相迎时还很亲和，但当她生气黑脸撇嘴时，那脸色便让人有几分畏惧。心珍接进门第一次见到她时，虽然见到的是满脸笑，但无形中有几分怵她，一种无来由的说不出的怵。

爹见继母不高兴了，又说：

"正月事不多，但有拜年客，你等把拜年客招呼得差不多了，也把门锁了，带着老二一起到卫生院住住吧。春耕时，我和诗润都请一个星期的假，到时一起回来把该种的种了，该播的播了。田地一定不能荒，让田地荒着，是要遭天谴的。"

继母脸上的云仍然没有散，但也不好再多说了，黑着脸进了房里。

继母来到诗润家以前，也是苦命人出生。从小做童养媳，挨了许多打，几岁起就做家务活，十来岁便开始做农活，因为养父母对她的漠视，更希望她能做各种活计，所以根本没有为她缠足，随其一双天足长大。受了其他的苦，却躲过了缠足之苦，练就了一身会做活的本领。不论是家里家外，不管是农活还是家务活，都是一把好手，特别的能干，人也干净爽利。后来因为不生育，那家人把她给休了，一九四九年后又再嫁过两家，都因为不能生孩子而遭离弃。诗润的爹看上她的，除了她的能干，更多的是因为她没有孩子。想着她没有自己的亲生孩子，期望她能一心一意疼爱自己的孩子。而生活的磨难让这位继母历练成了易暴易怒的个性。

有一次，诗润耳背的弟弟，随她一起在地里干活，不知是做错了什么还是没听到，她挥起手中的锄头便往他身上打，打得十四岁的孩子满地打滚。诗润和父亲都不在家，后来村里有人悄悄告诉了诗润的父亲，看到儿子满身青紫，心疼得流下泪来，他怒匆匆地来到房里问：

"老二身上的伤是怎么搞的？"

继母淡然地说：

"和人上山偷李子吃，从树上摔下来摔的。"

诗润的父亲，气得双手颤抖。拿起身边的一把铁铲，对着她再次厉声问："到底是偷李子摔了还是你打了的？不说真话我也要开打了！"

继母见他动了真怒，吓得没敢再吱声。诗润的父亲，也没有真对她下手，他下不了手，更多的是认命。孩子受了委屈，心疼在心，可他的亲娘没了，这日子还得过下去，即使把继母打跑了，又能解决什么问题呢？他总是选择忍一忍，希望能通过对她的好来感化她温暖她。毕竟，她一路走来不容易。生活造就不同的生命个性，这是一种宿命。他没有办法彻底改变一切，认命的同时，他总是在继母和孩子之间做些努力，自己受些委屈。有时锅里的饭不够了，小儿子吓得不敢再添，他就把自己碗里的饭给儿子，谎称自己吃饱了。可怜一颗怜儿爱子之心。

心珍嫁到这里之前，早就听说过这位后娘的厉害。在娘家时，她最盼望的是将来能嫁一个父母双全的家庭，自己父母离异，给她带来刻骨铭心的痛。从心珍到成为玉竹，她心里总是想着，这就是命吧，不希望的事，偏偏是你命中逃不脱的。

五

诗润工作的地方叫"梦龙",一个极具诗意的名字。当时的行政机构叫"梦龙公社",这里的卫生所,也就叫梦龙卫生所。诗润刚分来工作听着这个名字,常想象着这个名字的由来。莫非古代有过什么高人,曾经在这里梦到过卧龙?抑或这里曾经居住过如诸葛亮一样的高人吗?虽然没有考证,虽然不得而知,但诗润一下子喜欢上了这个村落。那里锃亮的不知存在了多少年的石板路;青砖黛瓦的房子于石板路两侧错落而立。石板街巷,经年有孩子嬉闹和妇人说笑;门前的潺潺溪流,整日清澈欢腾着;溯流而上,青青翠竹,巍巍群山,田间地头,不论哪个季节,都会有大自然赐予的美好呈现在眼前。

村落里有着百多户人家,以梦龙公社为中心,方圆几十里,相绕着大大小小的不同村庄。那时,公社以下的机构称"大队""小队",公社上一级行政机构叫区,卫生所属于区卫生院直接管辖。虽然是一个只有十多个职工的卫生所,业务却十分齐全。交通虽然闭塞,外出人员也少。一个公社是很热闹的。那时的卫生事业分外受重视,医护人员工作认真负责,也得到民众的尊重。当地人总以"郎中只有割补之心"的古话来看医生的好。

诗润是新中国成立后第一批由国家培养的外科医生。刚刚卫校毕业上班时,十五岁的诗润还是个初长成的少年,卫生所里几位年长的医生把他当孩子看待,对他呵护有加。特别是一位姓白的中医,身材略显矮小,可因为面相长得颇有几分像白求恩,加之姓白,远近的民众和所里的职工都戏称他白求恩大夫。白大夫为人善良温和,本来一家五口暖融融的,可妻子早逝,他一个人带着一个上中学的女儿和上小学的儿子工作在卫生所。大儿子早早到了外地工作,他当爹又当妈地带着两个孩子,怕孩子受后娘的委屈,所以一直未有再娶。他的人生经历和为人处事之风,深得当地人的敬重。白医生曾经和诗润的父亲共过事,当诗润来所里工作时,他特别怜惜诗润从小失去娘亲的不易。对诗润关爱倍至,让诗润感受到异乡的温暖。

所里有内科医生一名、中西药房工作人员两名，两位护士，一位厨师。诗润分来后，主持卫生所的外科工作。他为人机灵，聪明勤快，除了做好本职工作，还能乐于助人，深得所里同事的喜欢。特别是白大夫，对诗润的评价是"眼眨眉毛动"。诗润最忘不了和受益的，是随着省里来的去"头癣"医疗队，走遍了梦龙每个乡村的每个角落，消灭了大山里病人头上的癣，以及眼疾等疾病。当年的医患关系，也是情深意长地好。多少年后，诗润仍不忘在梦龙卫生所的工作时光。

卫生所一共十来个职工，两栋不大的房子。一栋房子上下两层，一楼分两侧，分别是门诊和住院部。木板楼梯上楼，十多间房子，是职工住房。另一栋在这所房子的前边靠路边上，是一个有着四间屋子的平房，用来做职工食堂和柴火房。当年一个卫生所，无论是从医护力量及住房条件，这里都算不错。诗润分得一间房子，中间用一个帘子隔开来，一半当睡房一半当小厅。普通的床头椅架起的床子，干净温馨。所谓厅，不过是两把极普通的农家椅子和一张桌子。桌子上放了几本医书和一面小镜子，一个白色有盖的瓷杯。瓷杯上，一半印着白求恩大夫留着胡子的相片和"毫不利己，专门利人"的红色字样。一半印着毛主席语录："我们大家要学习他毫无自私自利之心的精神。一个人能力有大小，但只要有这点精神，就是一个高尚的人，一个纯粹的人，一个有道德的人，一个脱离了低级趣味的人，一个有益于人民的人。"在那个年代，这种白瓷杯可是非常时尚的象征。白求恩是中国每一位医务工作者的偶像。白求恩的国际共产主义精神，如根一样植入中国人的心里，是每一位中国医务工作者要追求的工作标准。这段毛主席语录，也是每一位医护人员能够随时口诵的句子。

那时候的人，生活简单，性情简单，精神生活却不简单。

当玉竹带着几许羞涩跟在诗润身后走进梦龙卫生所时，同事们都笑着来看诗润的新媳妇。诗润把特意买的水果糖分给大家，并说着请大家关照的话。刚到卫生所的第二天，来了一个十来岁的女孩。是父亲背着来的，只见小女孩下颏上长了一个大痈毒，脓肿让整个脸变了形，急急地进诊所，要找"李医生"。当年轻又几份潇洒的诗润出现在父女俩面前时，那位父亲好像有些不信任似的看着他说：

"我要找外科李诗润医生。我们庄里有好几个人都是他治好的，特别是我们亲房的一个婶子，颈上长了几十年的葫芦袋（颈部巨大脂肪瘤）都是他给治好的。"

诗润说：

"我就是啊，那个大婶现在还好吧？自从手术后来复查过一次，再没见她来了。"

那位父亲仍然将信将疑地看着诗润，又看了看身边的护士，护士说：

"他就是李医生。他的医术高明着呢。你是看他太年轻吧？"

那位父亲一边把孩子放下来，一边说：

"是啊，没想到李医生这么年轻啊。真是年轻有为呢。"

在一旁听着他们对话的玉竹，心生欢喜。

当诗润为女孩做手术时，女孩最开始的尖哭声引来玉竹的好奇。她悄悄绕到治疗室的后边，从窗户往里看。只见穿着白大褂的诗润，一边安抚女孩一边扩大性地局部消毒，然后戴上口罩和手套为女孩打麻药。当女孩停止哭叫时，诗润开始粗中有细地把女孩颏下的痈节切开、排脓，清创、上药、包扎。整个过程，不过三十来分钟，手术做得干净利索。揪着心悄悄躲着看的玉竹，随着诗润一句：

"好了，住下来观察两天。后天换了药就可以回家了。两天后再来换药，慢慢就会痊愈了。"

玉竹揪着的心终于放了下来。从此，玉竹除了对诗润的工作有了了解，在心里，对诗润有条不紊粗中有细的做事风格多了几份敬服。

那一年，玉竹随诗润在卫生所断断续续住了将近半年之久。那半年，小夫妻过着恩爱的生活，相当于度过一段较长的"蜜月"也是玉竹一生中最忘记不了的美好时光。

年底，诗润携玉竹回家时，见玉竹的肚子仍扁平无异样，公公和婆婆在家庭会上，除了说一些无关痛痒的话，婆婆发着冷笑，看着玉竹说：

"从小是后娘，后娘肯定让她见多了露水，身子虚弱，谁晓得生不生得了孩子呢。"

玉竹听着这话，心里虽然不舒服，但又不能说。她最感奇怪的是，婆婆一生，自己没有生养过孩子，她怎么可以用这种口吻说媳妇呢？难道她不知道自己没有生过孩子，不怕回复"你为什么不生一个出来看一看"之类的话呢。当然，这些想法，玉竹只能是放在心里，哪敢说出来。诗润解围道：

"生孩子的事，急不得，慢慢来。"

父亲看着诗润，又看了看说风凉话的妻子，温和又不失威严地说：

"儿女前世修，该来时总会来的。话虽这样说，可是我不希望让我等孙子等得太久。你是医生，春节过后再随你去时，你得请人帮她看看，吃几服中药调一调。虽然我也是中医，可'菩萨应远不应近'。还是请你们所里的白医生看看，那样更好。"

听公公说这话，玉竹羞得恨不能地下有缝隙，让她钻进去才好。虽然公公的话有关心有爱护，但毕竟结婚有一年了还没有怀上孩子，在当时，是有点紧张的。玉竹虽不懂自己的身体到底有没有问题，可是怀孩子的事又是急不得的。一如公公说的那样，儿女是前世修来的福报。她相信，该来时一定会来的。

六

春节过后，万物复苏。过了雨水这个节气，惊蛰便到了，经过一两场春雨的播撒，春分的阳光一照，复苏的万物铆着劲儿生长。玉儿家门前的田畈，放眼望去，昨天还是绿色葱茏一片的地田，似乎一夜之间，铺展上了嫩黄嫩黄的菜花。背后山的映山红，星星点点地打了苞。在清明雨到来之前，抢着春光，一片一片地怒放，红去半边天，煞是壮观。大自然神奇的季节更替，永远让人类无能为力地渺小着。

在大湖村的玉儿带着两个孩子，吴姓男人隔三岔五地来帮帮，生活慢慢有了稳定和转机。仁寿叫吴姓男人"爷"。这位实诚的爷，一次次帮他们娘儿仨渡难关，直到几年后突然离世。玉儿再也没有找人，带着慢慢长大的女儿儿子一起，住在老屋里。

心珍出嫁后，有了自己的家，玉儿对她的牵挂有了缓解，一心一意带着身边的两个孩子。玉儿常想，只盼着仁寿长大娶亲的那一天，那样，玉儿的心才能真正安稳下来。也只有那样，将来到"地下"去了，才能对仁寿那饿死的爹有个交代。刚稳定的生活，才稍稍放松的心，却因为仁寿腿上长了一个毒痈，让玉儿的生活再次乱了方寸。

仁寿的右大腿靠胯下缝处，长了一个疮疖。开始没在意，可没过多久越长越大，红肿疼痛，影响到仁寿不能正常走路。起初，玉儿到山上扯了鱼腥草等几味草药回来，用酒捣碎了敷在疮疖上。这种方法是乡村农家常用来对付疮疖的办法，而且也确实是管用的。开始敷时也没那么疼了，可就是不"出头"。疮疖始终是红肿的硬块，不见软化。如果软化不了，就没法排脓，也就是当地人说的"出头"。他们也常把熬过了苦日子叫"出头"。

后来，玉儿带仁寿到公社卫生所去看，也没有好办法。医生说不化成脓排出来，就难以治愈。万一不行，就得准备一百块钱带到县里的大医院去治。玉儿急的，那时候哪有一百元钱啊！于是托人带信到梦龙，请诗润回来看看。诗润带了针和药回来，甚至做排脓手术的器械也带来了。回来看了仁寿的腿后，打了针吃了药，可手术做不了。也说要等到化脓时才能做排脓手术，红肿时期是不能做手术的。诗润留下相关药膏，嘱咐疮疖软下来后，再带信让他回来。玉儿用诗润带来的药为仁寿敷，期待能早日化脓排脓，可就是没有起色。一直趴着的仁寿，已经有好久没有正常走路了。这样拖了两个月，玉儿担心仁寿的腿落下残疾，急得饭吃不下，觉睡不好，只知道哭。

一天，亲房有一家嫁出去的女儿回娘家，来家里看望玉儿和仁寿。见仁寿的腿那红肿的疮疖，听玉儿说各种法子想了，就是不见好时，于是对玉儿说：

"婶啊，寿弟的腿都这么久了，什么办法都用了还不见好，那就说明可能是有犯呢。是犯着什么神灵了呢，得去问问神啊。"

玉儿听了，急急地说：

"是啊，哪有一个疮疖拖着几个月好不了的。他爹我去敬过了，土地老爷也去敬过了，可就是这样稀奇着不见好转。我担心将来这腿废了，本来就穷，如果还不能走路，谁还愿意嫁给他啊！"

玉儿说着，伤心地流着泪：

"我这命怎么就这样苦呢。灾难怎么总是跟着我跑呢。我也想过是不是孩子不懂事，犯了哪方的神灵。可现在新社会，哪里去问神呢？哪又有神可问呢？去敬他爹和土地神时，都没敢烧冥纸，只带了一点饭菜去。"

那亲房看了看四下，悄悄对玉儿说：

"婶不要伤心，要是想去问，还真是有的。我家不远处，有一个神人，悄悄去问的人不少，可灵了。"

玉儿听了，顿时不哭了。立马起身，拉起亲房侄女说：

"有这事？那赶紧啊！坐得正，行得稳，走遍天下不怕人。为了儿子，还怕什么呢。我又没做什么见不得人的坏事，半生才得这一个火种星，为了他，死都不怕，还怕什么其他！快快带我去。"

玉儿随着亲房家的女儿，来到远村的一个巷子里，进了一间带小院的农家房，进门便闻到一股檀香味，那香味，让心神不宁的玉儿，心渐渐平静下来。在最内里的一个屋子里，坐着一位妇人，由于房间暗沉，所以看不太清妇人的年龄到底有多大。屋内简单得除了一张供了神摆了神龛的桌子，旁边几张普通供人坐的椅子，再无他物。妇人闭着双眼，双手平放在大腿上，神情有些怪异，加之浑暗的光线，令整个屋内是混沌的。瞬间，玉儿有些恍惚，似乎是进入了一个幽冥的世界。一丝阳光射进来，透过妇人背后靠近屋顶处的一个小窗，其实只是一个无窗门的小口子而已。玉儿看到有尘埃在那缕光里浮动，通过射进来的这缕阳光，玉儿才从恍惚中回过神来，知道身在人世间的真实感。

玉儿随着一个人的指点，在妇人对面的椅子上坐了下来。妇人微微开启一丝眼光，看了玉儿一眼说：

"来客想问什么呢？"

玉儿简单地，有些紧张地，把儿子生毒疮不见好的情况复述了一遍。

只见那妇人，闭着眼，摇着头，轻晃着身子。继而，哈欠连天。在一个接着一个的哈欠中，全身开始抖动。从开始的轻微到剧烈，一边抖动，一边开口唱起来：

"来者要问神，来者是善人。人乖命不乖，人好命不由人。今日来问崽，崽是可嫌人，调皮捣蛋有几分。几个月前，山里玩耍，伤了神。更可恶，小便坟并触犯了神。快快拿了供奉去敬神，求神大慈大悲原谅了人。"

听懂这些话的玉儿，特别是那句"人乖命不乖，人好命不由人"时，玉儿鼻子一酸，流下泪来。心想，神也看到了她的艰难她的命不由人。

那妇人唱完上边的话，接着又是"呵呵呵呵……哈哈哈哈"连天哈欠一个接一个。抖动的身体，随着哈欠一阵阵，慢慢平静下来。平静下来的妇人，换了一副模样，用当地话大声说：

"在一个山上玩时，拉尿到一个坟里去了。这个人的坟，有灵验呢。难怪大腿的毒长月不见好，赶紧去敬了他。敬了后，自己就会化脓好了。还拖，腿都要废了。"

玉儿惶惶谢过妇人，并把带来的几两油放在神龛前，供了神，作了揖。谢过带她来的亲房侄女后，速速往回赶。

回到家的玉儿，问仁寿是否在哪个山哪个坟边撒过尿时，仁寿回忆说：

"还真是有。几个月前，和伙伴们上山砍柴，看到一个坟前的一树山茶长了山茶耳，上前摘了来吃，吃后又想尿了，于是就对着坟包撒了一堆尿。"

玉儿厉声说：

"不懂规矩的东西！随便在别人坟头上撒尿，所以你腿上的毒就是好不了。平时我是怎么教你的？抬头三尺有神灵，要敬畏你看不到和看得到的一切，不要自以为是。"

玉儿一边教育儿子，一边把神说的话说给儿子听，一边又准备着煮饭菜。然后带着饭菜和冥纸，请人背着儿子一起，来到了儿子撒尿的坟前，一边敬一边说着孩子小、不懂事、莫见怪的话。

说来奇怪，敬了神的第二天，仁寿腿上的疮开始变软，慢慢化脓，第三天出头了，第五天便痊愈了。毒虽然好了，可因为长时间趴着腿没伸直，一时还走不了路。玉儿想办法，用一把洗衣棒槌绑在仁寿的腿上，搀着他开始练习走路。慢慢地，腿绑直了，走路也开始自如起来。

仁寿对娘说：

"还真灵呢，真的好了。"

玉儿说：

"信佛有佛在，敬神有神灵。世间万物，有多少人的肉眼看不到的东西，要有敬畏之心啊。"

仁寿一边点头认可，一边觉得奇怪，撒一泡尿也让神看到了。想着娘说的"抬头三尺有神灵"，神无处不在地看着你的一言一行。从那以后，仁寿一辈子敬畏神灵，从不敢轻易有触犯。

对玉儿来说，儿子的人生才开始，却已经尝到了致命的一节。这一节总算走过来了，儿子的这一节能走过，相当于是救了她的一条命。毒痛治愈后，仁寿刚进入青春期的身体，一如春笋拔节蹿着长高，一下子蹿到了门顶。因为瘦，同伴们叫他"竹竿精"。小脚的玉儿，身材娇小的玉儿，看着慢慢只能仰视的儿子，心有欣慰。自己生养的儿子，终于长大了。一路走来，提心吊胆地护着，记不清自己挨了多少饿吃了多少苦，像护心肝护眼睛一样护着这个儿子。曾经对自己是否是"老虎精"的忧虑，终于有儿子为自己作了证明。面对儿子，玉儿看在眼里，喜在心头。接下来最盼望的，便是托人为儿子相亲。

这一年的秋天，玉竹在梦龙卫生所生了一个儿子。因为出生在国庆节这一天，取名国庆。

第五章

一

刚刚开始咿呀学语的国庆，在玉竹的怀里，小手指着门外说：

"去看。打锣。要去看，戴帽的爹。要去，要去看……"

玉竹紧紧抱着怀里的儿子，悄悄落泪。可是不知事的儿子，见娘不带他去，拼命地哭闹着，一边从玉竹的怀里使劲地往外挣扎，一边用他童稚的声音不停地喊着："要去。要去。"玉竹越是不放，他挣扎得越厉害，甚至用头撞玉竹的胸脯，一边撞一边叫喊：

"要去看，要去看……"

外边锣鼓喧天，口号声一浪高过一浪……

领口号的人，是对着包着红绸布的扩音器叫喊的。他的喊声刚落下，接着是众人齐声响应。那声音如一片呼啸的海，飘向天空，在山间回荡。

看到妈妈实在不妥协时，特别是听到锣鼓声和叫喊声渐行渐远时，国庆哇的一声大哭起来。玉竹抱着儿子，借着儿子的哭声作掩饰，自己也大哭起来。

已经当了梦龙卫生所所长的诗润，正是事业蒸蒸日上时。可是因为和同事的一点口角，有些人开始刻意"修理"他，仿佛在一夜之间变了，变得他辨不清方向，到底什么是错什么是对。

外面的大会持续好几天了，第一天出于好奇，玉竹带儿子去看了。那场面，那亢奋，自己的男人却在一边受着冷落与批评，玉竹心里七上八下地难受着。所以后边的几天，无论儿子怎么哭喊，玉竹便关着房门不出去。可那一浪高过一浪的叫喊，不懂世事的儿子，怎么晓得其中的滋味儿。

诗润被停止上班好多天了，每次批评他都昂首挺胸，心想，总得讲道理吧，自己没有错啊！

"红医班"队伍出来的，平常兢兢业业工作，对待病人像亲人，自己没有做错什么呀。如果对待业务的认真负责是错的话，那这世道就不讲理了，即使是死也不能说对工作认真是错。

第一天回来后，玉竹一边看他身上的伤，一边悄悄劝说他：

"好汉不吃眼前亏，再批你时，尽量低头认过，总会有是非公理，人吃五谷杂粮，没有人准保自己一生不生病，会有让你重回手术台的那一天的。"

诗润的父亲一向为人谨慎，在公社卫生院工作本无事。诗润的继母平常对诗润的弟弟之行为，湾里人都看在眼里，加上弟弟口无遮拦，继母对他的百般不好，常对人说，听人唆使，把继母给"检举"了。有人把继母拉出来批评，正好诗润的父亲也赶了回来，于是"有了后妈有后爹"的逻辑放在一起，罪加一等，加之从医多年，家境相对不错，让湾里某些嫉妒之心的人，跳出来"检举"，一同拉上挨批。每次批了回来，诗润的继母就特别的恨，恨这一家为她带来倒霉的下场。

有了儿子后，玉竹带着儿子两边住。大会开得激烈时，孩子不懂事老是吵着要看热闹，诗润怕玉竹和孩子受刺激，就让玉竹带着孩子回了李家湾。可是全国各地无一处安静之地，玉竹带着儿子回家时，也被人叫去询问，让她供出继母的"罪行"：

"你后娘对你们经常有打骂，早出晚归地逼着你们做重活，自己却坐着享福，要地主婆的威风。还听说吃饭吃菜分两样，她吃好的，你们吃差的。你有苦尽管说出来，我们好替你问她的罪。"

玉竹说：

"她是长辈，我们是孩子，山里的活我们做是应该的。饭菜两样煮在一起是为了节约，我们这湾里，家家户户都是这样。大人让给小孩吃，年轻人让给老人吃。比如饭里放薯丝红薯，我们自己多吃点粗的，让老人和孩子吃多些细的，这是再正常不过的了。继母年龄大了，身体没有我们好，这些都是我们做晚辈该守的孝顺之本分，怎么现在反倒成了她的罪状了呢？我不懂你们的好心，可是从小父母就教导我，要懂得以孝为大，自古都这样……"

玉竹的一番话，令人哑言。不但道出了人性的一面，更道出了玉竹心地善良，凡事不跟风、不推卸敢担当的做派。她的话语，给在场某些极度亢奋想找继母毛病的人，无疑是泼了一瓢冷水。

继母并没有听到玉竹的这一番话，当她知道玉竹也被叫去询问时，她猜想，玉竹也只会检举她的"罪行"。从心里，继母自知平时对玉竹和老二确实缺少疼爱，非但疼爱少，倒是有太多的苛刻在先。

二

在诗润停下工作不久，公社主任突发阑尾炎，不得不把闲下来的诗润叫来为他开刀。为主任成功做了手术后，诗润开始了正常工作，之后便抽时间回了家，把玉竹和儿子再次接到了梦龙。

日子在小心翼翼中过，也有不为人知的欢愉，玉竹又怀孕了。儿子满三岁后，在一个初冬之夜，一轮明月如冰轮挂在天空，月光洒向人间，如水如霜，宁静而祥和。梦龙卫生所里，传来一声清脆的婴儿啼哭声。妇产科医生抱着哇哇啼哭的女婴说：

"恭喜恭喜，添一千金。有儿有女是全人啊。"

躺在产床上的玉竹，却轻叹了一声。经过阵痛后的她，体会做女人的不容易。她并非不喜欢女儿，作为母亲，她更懂得做女人的艰难是男人数倍的付出。候在门外的诗润，听说生了女儿，高兴得连连大声说：

"好好好！就想着要女儿呢。真给我送来了女儿，老天真是厚待我。我给女儿的名字早就取好了，叫海燕。愿我女儿将来能如海燕一样，在天空展翅翱翔，做不平常的女子。"

诗润说完，点燃手中早已准备好的鞭炮，"噼噼啪啪"地放了起来。赶来看热闹的所里职工，说着恭喜的话。厨房做事的大婶也来了，她问：

"又生儿子了？"

诗润高兴地答：

"女儿呢！"

大婶不解地问：

"生女儿放什么鞭炮呢？"

诗润不解地反问：

"生女儿为什么就不能放鞭炮？"

大婶说：

"鞭炮是为儿子放的，好让儿子胆子大，将来有用有出息。女孩子不需要那么大胆不说，女儿还是赔钱货呢；养大了就是别人家的人，有什么值得浪费去放鞭炮的呢？"

诗润哈哈大笑：

"你真是老封建思想，女孩子一样是革命事业的接班人，革命可不分男女呢。我这个女儿，就是要培养她与众不同，将来希望她能够有所作为。"

大婶笑着摇头：

"新社会真是不一样了，你们读了书的人更是不一样了。"

听了诗润和大婶的对话，玉竹暗暗笑了。

为了减轻生活负担，玉儿在大湖村生的女儿提前出嫁了，嫁到不远的邻村，嫁的时候才十四岁整未满十五岁。仁寿年龄虽不大，但个子已长得很高了，那天随姐姐陪嫁到邻村。婚宴上，听到人们议论纷纷：

"你们知道不？有稀奇事了，公社粮管所的刘政绩被老天收去了。"

"是啊，听说了，听说是被雷公劈死的。"

"死得好啊，这个缺德的。"

"也是稀奇哦，坐在家里，还是个连三间，在里屋的火塘前，听说一个炸雷，惊天一样响，把坐在火塘边的他打趴到火炉里，哼都没哼一声就断了气。"

"惨啊。也活该。那年饿死那么多人，他是有罪的。不是他谎报大丰收，拒绝了上边的救济粮食，哪能死那么多人呢。"

"是啊，我家叔伯两个，都是那年死的，都是正当年的壮年人。他管着粮管所，为了自己的功劳，讨好上边，却不管别人的死活。当时老天没收他，是阳寿没到，让他多活了这几年。"

"多作孽，遭现实报呢。"

"天地有公理，不是不报，是时候没到。"

"是啊，那两年，我们一个湾子就死了壮劳力四十多人，整个公社加起来听说饿死了几百人呢。听说当时按着不能往上报真实的数字，不敢说饿死了这么多人。"

"那年饿得眼冒金星，晕得起不了床，身子都肿了，吃观音土，拉不出屎来。想想都害怕，想想都打战，哪是人过的日子哦。现在这肠胃病，就是那时候得下的病症呢。"

"可不是吗，真是生不如死呢。今天新娘子的爹，也是那年饿死的，可惨啦。大雪夜想赶回家过年，想赶着能看看老婆孩子最后一面，还没到家，就饿死在路上了。造孽啊！"

……

桌上，女人掩着嘴悄悄说，男人简单粗暴地说一句骂一句，甚至骂几句；这些男男女女，这些七一嘴八一舌的对话，席间的仁寿听得清清楚楚，特别是听到后边时，仁寿知道这人说的是他爹。又想到，姐出嫁了，从今往后，就他和娘相依为命了，不免鼻子发酸，悲从中来。可是这里是姐姐的婚宴，只能拼命忍着不让眼泪流下来。

眼前的宴席，不过是土里自己种的，主家隔年存起来讨媳妇的粮食。

一碗端出来，吃完了再上一碗。汤和菜加在一起，一桌十个人，前后不过十来个菜。一碗面汤、一碗薯粉籽汤、一碗合菜、一碗红豆汤、一碗萝卜丝、一碗白菜、一碗粉皮汤、一碗菜叶猪肝汤。最后上一碗红烧肉，以大块的肥肉占多。有的人可以吃一两块，妇女一般是舍不得吃的，用事先准备好的纸包着，拿回去接家里的人。这种以碗计的宴席，叫"流水席"。

那年月，接媳妇基本上选在春节前后，用家里积攒了一年的东西，还有一头养了一年的过年猪，才能让喜事办得稍微有个像样的排场，自己家也不至于什么也拿不出来。这样的酒席，在二十世纪六十年代末七十年代初，也算是体面人家了，虽然仍然缺粮食，比起那几年的自然灾害时期，已经有了许多的起色。

一个春光明媚的日子，诗润携玉竹和儿子女儿回李家湾。父亲早知道儿子一家四口回来，一直走出村子外，来到大路口迎接。玉竹牵着国庆，见到爷爷挣脱手去，奶声奶气地叫着阿公。阿公先抱了一下孙子，接着放下来，前去接过诗润手上的孙女。接在手上，叫了一声"崽"，然后低头亲了一下说：

"你也是一条龙啊！"

接着，看着诗润问：

"取名字没有？"

诗润说：

"取了，叫海燕，我们都叫她燕子。"

父亲说：

"海燕固然好，燕子当小名也可以，但还是得有个学名。我看，叫书礼吧。希望她长大后不但能做个知书达理之人，同时还是胸怀大志不逊男儿的巾帼女子。"

诗润知道，父亲早就在心里为女儿取好名字了，只是等到见面时宣布。他很高兴父亲喜欢孙女，欢喜地说：

"书礼，嗯，这个名字好。大气，有男子气概。"

玉竹也应和着说这名字好。其实最高兴的还是玉竹，她打心里感激公公不但没有嫌弃孙女，反而特别高兴这个孙女的到来，出乎意料之外。

父亲一边走，一边对诗润说：

"到家后，让你弟弟去给土地老爷报个喜，告诉土地爷我们家添孙女了。你们不要去，你们去太打眼，你弟弟半聋的样子，没人会注意。现在到处在破四旧，土地爷那儿。不知是谁，悄悄在土地爷的小屋前贴了毛主席的相片，还在凉亭前写了毛主席语录。没人敢动了，只是象征性的，在驼背树前读了一串毛主席语录便离开了。"

诗润说：

"这是谁做的好事，智慧之举。"

父亲说：

"不知道到底是谁，背后总有人护着土地爷。土地爷在护着我们李家湾世代子孙呢。"

世伯带着儿子儿媳孙儿孙女，走进李家湾时，湾前的溪水，清澈欢腾向西流去。溪边的柳树，垂枝婀娜。隔不远，便有一两树桃李，桃红李白，开得正艳。一家五口，衣着朴素，却干净爽利。诗润高挑个子，意气风发正当年；玉竹温婉恬静，面容姣好少妇样；诗润的父亲，五十多岁，一股读书人的气韵，由内向外散发，气质儒雅，古风盎然；国庆活泼可爱，机灵大方地跳上跳下。这一家，走在湾里，置身于流水潺潺，树影摇曳，青砖黛瓦之中，俨然是一幅画。这一幅流动的人间美好画卷，让整个李家湾，人在画中移，画在景中立，人与自然互动起来。这世间，当人的气息与大自然相生和谐时，才能真正地生发出美来，才配得上"神仙美眷"一词之称谓……

三

玉竹和继母，都不同程度地享受着家属待遇。母亲享受父亲在老家卫生院的家属待遇，玉竹享受诗润在梦龙卫生所的家属待遇。所以一家人，总是在年节或农忙的时候才回李家湾团聚。

在梦龙卫生所里，革命运动未曾停止，玉竹也不多事，处处与人为善，上下口碑极好。日子过得清苦，一家四口在一起，倒也其乐融融。在燕子一岁多的时候，国家出台了一项政策，清点所有家属回农村。也就是说，玉竹得带着孩子回李家湾了。

那是一个炎炎夏日，为了赶凉，天刚亮玉竹便起来做了早饭，待孩子和诗润起床后，一起吃过早餐，然后带着已收拾好的行李，诗润牵着儿子送妻儿回老家。玉竹抱着不知世事的女儿，告别了梦龙卫生所，伤感地流着泪，与卫生所里每一位来送她的同事道别。山山水水，一草一木，生活了几年，为她留下许多美好回忆的梦龙，那些朝夕相处的人，无一不令她感伤。附近村子里也有朋友来送他们，玉竹难过不舍，与他们一一挥手告别。

那时候，从梦龙到老家，来去的路都是靠双脚丈量的。诗润和玉竹带着孩子，边赶路边追逐跳上跳下的国庆。六岁的国庆时而自己走走，时而由诗润背着走一程。一家四口，累了，找个阴凉地歇一歇；渴了，喝一口山涧的泉水；热了，洗一洗山溪水。他们走走停停，听一听树上的蝉鸣，看一看天空的流云。走过村庄，走过山间，越过树林，一路走一路向老家方向靠近。

夫妻俩带着孩子接近李家湾时，要翻过一座山。山长了许多的杉树，叫杉树包。在杉树包的中段，有一个供行人歇脚的凉亭。凉亭的下边，有一棵百年古松。松树的形态成横卧状，枝丫昂首附着于树干，既有几分婀娜，又有几许醉态，当地人视此树如长者，称此松为"驼背树"。树下供着土地神，这里是李家湾方圆百里的供奉信仰之地。村民们有什么小灾小难了，总是要来这里敬一敬土地爷，摸一摸驼背树。出门或回家的人，先要路过到这里，出门时拜一拜，祈求平安发达。回来时拜一拜，跟土地爷说一声回来了。凉亭过去曾有人居住，专门为过路的人烧茶水。茶水装在粗大的竹子做成的大茶壶里，是山涧的泉水烧开。夏天，泉水则直接放在竹筒里供人饮用，清凌甘甜。冬天烧开后放在竹筒里，温热甘怡。

诗润一家走到凉亭时，站在高处便可以望见山脚下的村庄了。他们先带着孩子拜了土地爷，摸了驼背树，喝了竹筒里的山泉水。然后坐下来歇一歇，让山风吹干赶路的汗水，听着鸟儿在丛林中叫唤。山间的静是另一种静，一种让疲惫的归人静下心来的静。歇好后，再一路下山，下到一处洼地时，那里是李家湾的坟山，山上埋着李家湾各家的先祖。每当这时，诗润便走到母亲的坟前拜一拜，告诉娘他回家了。十岁便离开他的娘，长眠在这山间里。开始几年诗润总会伤感地面对娘的坟而落泪。时间可以疗伤，慢慢地，这份伤感，化作了一种绵延的思念。他让孩子们跪下来拜阿婆，不明白世事的国庆问：

"阿婆不是在家里吗？这里怎么又是阿婆？"

玉竹代诗润回答道：

"长大了你就懂了。家里的阿婆是阿婆，睡在这里的也是阿婆。"

孩子们拜过阿婆后，再下一个岭上一个坡，又下一个岭，走过西流河的小木桥，便见到在溪水前的老屋了。到家时，诗润看了看腕上的手表，已是下午四点多。那时候，腕上戴了个手表是时尚的象征。手表是刚参加工作时父亲送给他的，"文革"开始后他一般不敢戴了，只是出门时为了方便才戴一戴。路上，他们走走歇歇，用了将近八个小时。

在里屋的堂前里，聚集着来看望他们的亲房们。有伯伯、伯娘、婶娘、叔侄以及各家的小孩子。堂前内各种问候的话语，热闹一片。国庆跳着玩着，他骄傲地用他带回的木制小手枪和弹弓，在其他孩子的面前显摆。他手上的玩具，吸引着前来看稀奇的孩子。很快，国庆不但跟其他的孩子们打成一片，而且做了他们的孩子王。

穿着小花裙的燕子，不到两岁的她，正是喜欢一蹦一跳"人来疯"

的时候，她的小花裙在人群中央飞来飞去，听着人们一口一句地喊着"燕子"。每有人喊一声，她就一跳一蹦地大声答应着"哦"。燕子脆生生地"哦"引来大人小孩刻意连续地叫喊着，只为听着她不厌其烦而又快乐的应答。那些喊着逗她的人，在一喊一应之间，便一个劲地笑开来。喊声一声比一声高，燕子就一次比一次应得欢，并让小花裙转得更加飘逸。

这时间的乡村能穿小花裙的小女孩儿，几乎没有。燕子的小花裙，是从外边世界穿回来的新鲜事物，如冬去春来，天上纷飞的燕子带来春的信息，令老家人充满了羡慕。在那一声声脆脆的应答里，彰显了眼前这个小小燕子，与其他小孩的不一样。

在燕子和哥哥开心于新环境和围着他们打转的欢喜里，他们的母亲玉竹，此刻的心情却非常复杂。从梦龙回来，预示着将来的日子，她将与诗润聚少离多。也会面临着独自带着孩子和婆婆以及叔弟，过着一种未可知的新生活。这种新生活，会为她带来什么呢？她不得而知。她作了充分的思想准备。可是毕竟孩子要与父亲别离，妻子要与丈夫两地分居，将要面对的生活一切从头开始，她心有落寞和不舍，可又没奈何。以后的日子，一家人分三地住，公公一个地，诗润一个地，她和婆婆孩子、叔弟一个地。公公和诗润在外工作不常在家，将来婆媳之间的朝夕相处，家务和农活，一个带着残疾的叔弟，还有要面对的生产队里的大伯大婶亲房叔侄。这一切，她都得从头开始，去迎接和适应。玉竹有些茫然不知所措，她不知道，等着她的将会是什么。

堂屋内的笑声在继续，小燕子累了，在玉竹的怀里睡着了。玉竹的心事，有些重地压下来。她暗暗告诉自己，好好面对，努力面对，带好孩子，走一节看一节。娘常说的，人的一生会过几节命。她知道，在李家湾将要开始的生活，是自己生命中的又一节命。

夜幕降临。玩累了的国庆很快睡着了。在娘的怀里睡了一觉的燕子，此刻却吵着"要回家"。她意念里的那个家，是梦龙卫生所里的家。玉竹听了，心有难过，却只能跟孩子说道理：

"这里才是我们的家，在梦龙我们是客。以后啊，我们就要在这里生活过日子了。"

见玉竹这样说，燕子不但没有停下吵闹，反而哇的一声哭起来，含糊不清地哭着说：

"不！不！要回梦龙，要回家去……"

从公社卫生院回家的公公，看到吵了一夜的孙女瘦下来的小脸，心疼地抱着亲亲，嘴里唤着"书礼乖，书礼乖"。公公不叫燕子，一直叫他为孙女取的名字，并且要求玉竹以后也尽量叫书礼。公公放下书礼，然后倒墨展纸，用黄表纸写下：

> 天皇皇，地皇皇，
> 我家有个夜哭郎，
> 过路的君子念一遍，
> 一觉睡到大天亮。

公公写好后，让玉竹捻了一撮薯粉，放铜瓢里，加水用筷子搅匀。然后，只见他把正在做饭的火炉里的火种趴到火炉边，放铜瓢于火种上，慢慢搅。很快，遇了热的铜瓢里的薯粉和水变成了糊。玉竹用十分敬重的眼神，看着公公做糨糊的过程。自制的糨糊做好了，他把写了字的几张纸交给老二，让他贴到湾子里的巷口和河边的大树上，并让老二上山敬了土地神。自从贴上写了字的黄表纸和敬了土地神后，燕子的哭渐渐平复。书礼的吵闹，一夜比一夜消停了下来。

在公公和诗润各自要离开家之前，公公再一次召集家人，开了一个家庭会。无非是要婆媳好好相处，要老二听娘和嫂子的话，等等。但在最后，公公作了一个出乎所有人意料之外的决定，那就是：

"以后我和诗润都在外工作，玉竹不但要做山间地头的活，做活时两个孩子交给你娘带，做活回来后，你带回书礼，而国庆还跟你娘一起。也就是说，以后国庆就跟着我和你娘一起过日子，你则带着书礼和老二过。你们住里屋，老二本来就是住在隔着堂前的里屋，这样你管你弟弟吃喝，然后带他一起出工做事。外屋你娘带国庆，让长孙和阿婆一起长大，这样有感情。虽然诗润不是你娘亲生，到了孙辈就是亲生了。今天的家庭会，相当于分家会。树大分桠，人大分家。一担谷一箩米现在给你们，以后除了过年过节在一起，平常就是两家人了。"

公公的一番话和所做的决定，让玉竹的心里，有些不是滋味地难受着。虽然一前屋一后屋，可瞬间感觉到儿子要与她别离一样的难受。这两天，自从公公回来后，便把国庆带去和他一起睡，没想到公公是别有用心的。她不知道，公公这样的决定，为她那调皮的儿子国庆会带来怎样的命运呢？俗话说"公疼长孙"，阿公疼孙子不假，可是这位阿婆，会怎样对待自己的儿子呢。玉竹悄悄落下泪来……

四

随着两年前毛泽东发出"知识青年到农村去，接受贫下中农的再教育"的号召，大批的城市青年上山下乡，涌到农村里。玉竹也结束了她和诗润一起在梦龙的"家属"生活，回到李家湾的生产队，带着叔弟一起面朝黄土背朝天的劳作生活。

那时候的大集体是工分制度，以记工分为准。一个女工每天是六分工，不能缺工，缺一工要罚一工，迟到了也要扣五厘或一分工。男劳力是一天十分工，叔弟虽然耳背，但已是成人，干活还是一把好手。叔嫂二人，既像姐弟又像是母亲带着孩子。玉竹忘不了公公"长嫂当娘"的叮嘱，她以娘的慈悲胸怀，来爱护眼前这个九岁就失去娘亲的弟弟。除了带他一起出工劳作，在家里，为他做饭，为他浆衣洗裳，破缝月补。弟弟也像对待娘一样依赖嫂子，爱护侄儿侄女。

第一次出工是到田间扯草，扯草来为田里的稻谷施肥，扯来的草过秤。玉竹低着头，寻她眼前的草，用尽所有力气，一垄又一垄地去完成，直到歇工时，她才停下来。后来的日子里，不管是田间还是地头，不管是山上还是山下，所有的活，她从不偷奸耍滑，总是实诚地做着要做的手头活，即使是集体劳作时，她也极少与人交头接耳。歇工时，便拿出带来的手工针线活，一个人独自坐到一边安静地，有时是绣鞋垫，有时是纳鞋底，有时是绣枕头套，既节省了时间，也用不同的手工活来排解对诗润的思念。无论哪个年代，似乎思念是埋在心里的，是不便轻易与人说道的。更何况玉竹隐忍的个性，她唯有埋头苦干，才能把自己融进这一片土地里，把自己融进身边的环境，从而适应目前的生活。

每每队里的公活做好了，中午得回家做中饭。做中饭时把女儿接了回来让叔弟帮着带。饭吃好，歇晌午后，又得下地干活。平常，除了做农活，还得做一些菜园头尾的私活，在日子和心慢慢安定下来时，玉竹做得更卖力了。唯有这样，日子才有盼头。没多久，全恩为玉竹送来一头小猪，让她把猪带着养，养大了可以贴补家用。全恩对女儿说：

"政策这样没办法，将来等政策放宽了，你还得随诗润去。嫁鸡随鸡，嫁狗随狗，嫁了棒槌抱着走。一家人在一起才是家，长期这样我不放心。"

玉竹嗯了一声说：

"走一步看一步吧。"

从那以后，玉竹的大半个人生，每年都会靠喂猪来贴补家用，像是学会了生活之外的一门手艺，用心对待她喂的每一头猪，心里感恩每一头亲手喂大的猪，最后为她这个家庭做出的牺牲。所以每次请人杀猪时，她要焚香三根，送猪上路。然后，躲到一边祈祷她的猪不要再投生为猪。

修建"大湖水库"的工地上，广播喇叭里放唱着"山丹丹开花红艳艳""军民大生产""毛主席像章挂在我胸前""伟大的北京""一道道水来一道道山""草原人民歌唱毛主席""我为祖国献石油"等激奋人心的革命歌曲。当唱到"绣红旗"时，歇工在一旁绣枕套的玉竹，不免也会跟着哼上两句，但她哼的声音极低，低到只有自己才能听得到。她是一个感情含蓄之人，在别人能大声跟着唱起来时，她会看着人家心生欢喜，而自己却羞于唱出声来。她特别喜欢绣红旗那一唱三叹的调子和情深意长的歌词。

除了革命歌曲自身的内涵，玉竹的喜欢，跟她自己喜欢绣花做针线活和对诗润的思念是分不开的：

　　　　线儿长，针儿密
　　　　含着热泪绣红旗
　　　　绣呀绣红旗
　　　　热泪随着针线走
　　　　与其说是悲
　　　　不如说是喜
　　　　多少年多少代
　　　　今天终于盼到了你
　　　　盼到了你
　　　　……

　　当"线儿长，针儿密"唱起时，这词儿和着旋律和玉竹手中的针线，在心中回荡时，玉竹不知不觉满含热泪。在一针一线之间，除了思念诗润，还有娘和爹的身影在心中浮现。这一份思念，随着歌曲的渲染，玉竹的心，有浓烈的忧伤升起。

　　这里的工地，是修建大型水库的工地。每个大队和小队都有义务工，在做工的工地上，利用歇工的时间，从深秋到初冬，玉竹完成了一对梅花图枕套。这块粉红色"的确良"布料，是诗润为玉竹买来送给她的生日礼物，让她做一件衬衫，可玉竹一直舍不得为自己做衬衫。带回来后，自己用手工做成了一对枕套，然后又用铅笔画上梅花，配用大红色的丝线，没有用一根杂色线。每一朵梅花，无论大小，无论是苞蕾还是开放的花朵，还是串起梅花的枝丫，清一色的用大红色，映在淡粉色的布上，鲜艳夺目，大气脱俗，栩栩如生。

　　玉竹的枕套绣出来后，得到一起在工地劳作的婶娘和姐妹们的喜欢，不但让她帮着画画，并且也利用歇工时间跟在她身边一起做起了针线活。

无形中，凝聚着队里一批妇女在身边。那年冬天，大队选妇女队长时，玉竹竟然全票通过，当上了大队里的妇女队长，令沉静的玉竹十分意外。虽有羞涩，可正是这份信任，更多地鼓励了玉竹，对这片土地和亲朋的热爱，从而增进了感情。

寒冬的夜晚，从继母的房里传来国庆尖厉的哭叫声。原来，国庆尿床了。阿婆拿着竹条，使劲地抽打着国庆，一边打一边骂：

"叫你起来尿说没尿，不一会就把尿放床上。这寒天冷冻的，一床的尿叫我怎么睡。打死你，打死你个不听话的东西……"

国庆一边躲避一边大声尖叫着，在床上无处可逃时，他爬下床钻进床底里，任阿婆如何叫骂，他就是不出来。阿婆又拿来竹竿，往床底下戳，一直戳到国庆出来为止，把小孩打了个够，方才骂着停下来。

玉竹住的房子隔前屋有几户，她没有听到儿子的挨打声。次日一大早，就有邻居的婶娘来告诉她：

"玉竹啊，昨晚听到你娘又痛打你家国庆呢。好像又是撑船了（尿床了）。你娘下得毒手啊，几岁的孩子，这样死打，孩子被打得像杀猪一样尖叫。"

玉竹的心像针扎一样难受着，可她却只能淡淡地说：

"这冷的天，几天没太阳，尿床了也是心焦。她的暴脾气，不打个气醒，她自己会憋出病来的。"

婶娘又说：

"你怎么这样想得开？天再冷，可小孩尿床不是故意的，怎么能这样死打呢？你为什么不自己带呢？这样让孩子多遭罪啊？"

玉竹不禁流下泪说：

"志气难争屎难吃。我是想自己带来着，可争不了这个气，我要出工，孩子要请她帮着带。再说爹的话是圣旨，没人改得了。他非要让国庆跟着他们，他自己又不常在家。有一次国庆跑回来不肯过去，在我这住了几天，爹回来时，赶进来，当我的面把国庆的脸打了几大巴掌。从那以后，我再也不敢留儿子住在我这里了。"

"你爹疼孙子没假。可你娘这人，不生不长，不知痛痒。"

"娘疼国庆的时候，也是有的，只是方法不对。好的时候抱着叫崽叫心肝，还为他唱山歌；不好的时候就打，往死里打。"

"是啊，你家国庆要是在外边跟人打架了，那就不得了，赶去护短，去骂人家打人家的孩子。这样的宠只会害了孩子。"

玉竹无奈地说：

"我也知道，也说过娘，让她不要助长国庆的脾性。眼看他的脾气也跟着她一样爆得不得了，动不动就跟外边的小孩打架当孩子王。我是真担心呢，不知道这孩子将来会成什么样子。"

俩人正说着，国庆进来了，带着可怜的哭相。

坐在那里削红薯的玉竹，抬头看了儿子一眼，却不能说话。她怕话还没说出来泪就流出来了，继续自己低头削红薯。倒是婶娘，走过来拉着国庆看，看到国庆的脸上，耳朵背、颈部，都有红色的血痕。婶娘一边翻看一边说：

"毒啊！下得了手啊！"

听了这话，国庆哭起来，边哭边说：

"我要和娘一起住。为什么妹妹和你住可以，而我只能跟阿公阿婆住。我不要再跟他们住了……"

玉竹听了，边流泪边说：

"这是你阿公说的，你阿公是疼你，他们那边吃得好，你正长身体的时候，阿公阿婆是疼你的，只是你有时也确实太调皮太不听话了。"

国庆看着削红薯的娘，边哭边说：

"我不想吃他们的好饭，只要与你和妹妹一起，吃薯皮我也愿意。"

玉竹又说：

"我每天要出去做工，你妹妹还得请阿婆带。你就懂事些，不要惹阿婆生气，以后自己要留心别尿床，少在外惹是生非……"

那天，玉竹留儿子一起吃了中饭和晚饭。晚饭后，她把儿子送到前屋，亲手交到娘的手里。为了讨好娘，还把家里留着不舍得吃的好米送了一升去，一个劲地替儿子道歉……

后来的日子，国庆渐渐长大的过程中，打没少挨，在外当孩子王也没少受阿婆的"保护"。特别是当阿婆再打他时，他再也不躲避，要么让阿婆打，要么就反抗。这种环境下，国庆养成了一种骄躁自负的个性，甚至有时会歇斯底里，不怕死地向前冲。身体虽然瘦弱，面相虽然俊朗，但那种不怕死的精神，很快在李家湾这个大屋场的孩子里，成为一呼百应的孩子王。打起架来，勇猛得无人敢拢身。慢慢地，一种江湖侠气，在国庆的身心养成，在学校惹是生非，是常有的事了。

五

冬去春来。

在"农业学大寨""工业学大庆""抓革命、促生产"等热火朝天的口号中；在"大湖水库"枢纽工程动工兴建时，在玉竹当大队妇女队长和民众一起"多快好省"的工地做工时。玉竹在大湖村的娘，玉儿，天天愁急着这里做水库后，大湖村、桥西等周边方圆几十里的村子，将面临搬迁。早就有干部一边在做准备移民的工作了。水库建成时，终有一天，她要搬离这里住了半辈子的家和她熟悉热爱的生活环境。

一年后，水库基本建成。农历四月正是南方多雨的初夏时节，大湖水库要开始拦洪蓄水了。大湖水库是一座以防洪、灌溉为主，兼有灭螺、发电、养殖等综合利用的大型水利工程。由两座小型水库合并构成，两座水库由一条输水隧洞连通，两座水库分别由主坝、副坝、泄洪隧洞、坝下埋管（输水管）、输水隧洞、水电站、溢洪道等建筑物组成。

公社干部带着大队和小队的干部，来家里通知几次了，家里一些不值钱又舍不得丢的破烂东西也打捆好了。一天夜里，玉儿手持豆样的煤油灯，有些佝偻的身躯迈着小脚碎步，在每一间黑幽幽的房子里，包括每一个角落，她一遍遍地看，又像是在一遍遍地寻找，仁寿跟在娘的背后。玉儿每走一个房间，就叫一声"仁寿他爹"。那声音在漆黑安静的夜里，带着一丝恐怖，叫得仁寿的心紧紧的，好像他那死去多年的爹，就在屋子里的每个房间、每个角落里一样。叫了几遍后，玉儿在黑洞洞的空房里，随着灯火的移动，凄凄地、自言自语道：

"仁寿他爹，要搬家了。你交给我的这几间大屋，我守不住了。国家政府如此，不是我不争气，不是我要丢下你，丢下几辈人的老屋。这些老屋很快就要沉到水底里，以后再也看不到了，再也看不到了……"

仁寿听着娘的这些话，跟着娘手上鬼火一样的灯盏，轻移步子。娘每喊一声"仁寿他爹"，都会令他毛骨悚然，总感觉背后到处有鬼魂跟着他一样。身高已经高出娘半个头的他，吓得用手紧拉着娘的衣角，目光不敢离开娘手上的灯火。娘的淡定，让他此刻觉得，娘像是半阴半阳之人。娘又开始说话了：

"仁寿他爹。仁寿我帮你养大了。这房子，我嫁给你时是么样，现在还是么样。这些年没有你的这大屋，我带着孩子空怕了。云儿嫁出去后，剩下我和仁寿住着，这里就更空洞了。明天就要走了，我什么也带不走，带走的只有这些年的回忆和跟这房子一样空落落的心。这些年，我这心，空怕了，空怕了……"

玉儿又走到了另一间屋，仁寿紧跟其后。玉儿说：

"仁寿他爹。我还要多看几眼。白天看过了，现在借着灯火还要再看看。明天水来时，我们就只能看着他一点点地淹没了。这个屋，像你接纳我一样接纳了我，我们在这里生了云儿，后来又生仁寿；你不嫌弃我是再嫁，你不嫌弃我生过孩子。更要紧的是，你不嫌弃我是老虎精变的。仁寿他爹，你若有魂灵，要搬家了，你也随我们去吧……"

大水涌来时，玉儿带着仁寿，和村里人一起站在山的高处，看着自己的家一点点消失在水里；接着，玉儿遥望西边桥西的方向，突然"咚"的一声跪了下来。接着，大声哭喊出来：

"阿婆……爹……娘……玉儿对不起你们！你们把我养大成人成家，可我一样都没有完成。那养我长大的房子，也要沉到水里了。我再也看不到了，我再也回不去了，再也回不到那个院子里了，就连看最后一眼也做不到了。你们的坟也将淹到水里，我再也不能到你们的坟前去哭一场了。阿婆……爹……娘……玉儿这一辈子对不住你们的痛爱，对不住你们把我养大，我没有为你们留下孙子，我没有守住你们给我的家……阿婆……爹……娘……"

玉儿撕心裂肺的哭喊，让所有看着房子和村庄一起消失的村民，甚至最开始看到水涨起来时，只感到好奇和激动欢叫的孩子们，一齐放声哭喊起来。他们衣衫褴褛、神情呆滞，为消失的家园，为祖祖辈辈生活的老屋，哭声一片，震天动地。悲恸凄苦，无法割舍又无可奈何。在玉儿的哭喊声中，雨点开始撒落。家没了，人们开始到临时搭建的工棚里避雨，等待搬运车子的到来。

雨初歇时，玉儿和她的乡亲们开始搬家了。来了多辆大"东风"车，玉竹从李家湾赶来送娘和弟弟。云儿因为怀了孩子不能前来，妹夫赶来一起送娘。一个车两户人家，车里装上各家的家当，玉儿带着玉竹、仁寿和云儿妹夫一起，和另一户人家共乘一辆。车子启动时，玉儿再次泪流满面，一家人哭作一团。直到车子开去很远了，因为晕车，无法再悲哭，一个个呕吐得倒肠倒肚。除了玉竹，其他人几乎都是第一次坐车。山路的颠簸，把人时而抛向半空，时而又跌向低谷。稍微平稳时，玉儿问玉竹：

"珍，听说你爹不愿意搬家？"

玉竹说：

"是啊，前不久我回去看了他们。爹在水涨起来以前，就一直退到后山的山顶上，搭了一个简易的茅屋，暂时住下来，说慢慢想办法在山上再建房子。你知道，他的脾气犟起来，没人能说服得了。好在弟弟妹妹都长大了，能帮上忙。原来的学校也淹了，也没教书了，一门心事要在山头建房子。桥西基本上都搬走了，只有爹不肯搬。公社和大队的干部到家里做了好多次工作，他就是一个字不点头，两个字不搬。"

玉儿说：

"这样也好，免得你心系两头欠，又欠爹又欠娘。我们这一去还不知道到底有多远，以后想见一面太难了。"

玉儿说完，幽幽地看了看阴沉的天，叹了一声说：

"真是命运不做主啊。当时离开桥西，只想着要找个离桥西近的地方落脚，除了为你能看到娘，也能让自己在过时过节的时候，到你阿太阿公阿婆的坟前哭一场。做梦也没想到，这里有一天要做水库，要离开住了半辈子的家，黄土都快埋到颈了，还要背井离乡。这是命啊，我一辈子逃不脱伤别离的命呢！"

车子走了大半日到达一个公社，负责移民的干部到每一个车子里，让大家下车，大家以为到了。没想到干部们说还早着呢，前边还得走水路，过长江。各家把自己的东西下下车来，再转运到船上，一家一条船。折腾好后，吃了干粮，起船时，天已黄昏，十多条船开始江上起航了。船老板扯起了船篷，玉儿看着雾沉沉的天，看着船老板扯起的船篷，双手合十，幽幽叹道：

"仁寿他爹，和我们一起上船，顺风顺水走啊。阿婆、爹娘，保佑我们一路平安到达吧。"

桨声咿呀中，在黑夜的水面上，不知走了多久，直到下半夜，船才靠了岸，到了一个叫荆头山的农场里。东西还没有来得及下船，农场的领导来了，先问候大家辛苦，然后带各家的人去领房子。那房子，是简易的牛棚改建，临时搭起的住所。领了房子后，一家人合力把东西搬下船，安顿好，住了下来。次日，玉竹和妹夫要返回了。玉儿带着仁寿，送女儿女婿到渡口，泪眼相对，悲伤难耐。送别要讲规矩，不敢放声哭出来。玉竹说：

"娘、弟，你们自己保重。"

一直看着船远去了，玉儿才敢放声哭出来。她带着仁寿坐在江边，风吹乱她花白的头发，望着那一望无涯的江水，望着女儿女婿乘的船随江水远去了，她才和仁寿一起哭作一团。

在农场的日子，仁寿开始到农场的学校读初中。玉儿是小脚，没有安排她做什么事，倒是每月有基本粮食供应。玉儿享受二十四斤大米，油一斤。仁寿一个月三十二斤大米，油一斤；农场的干部常上门慰问，干部亲切地叫玉儿"婆婆"，叮嘱有什么困难了找他们。人生地不熟，有十多家都是从大湖村搬来的同乡，特别是上了年岁的老人，常常聚在一起，望着家乡的方向，想念大湖。

半年后，场部为移民安家新建的房子做好了，玉儿带着仁寿搬进了新房子，新房子安上了电灯，告别了用煤油灯的历史。场部大队上的广播，每天早晚播唱着不同的革命歌曲。那些日子，慢慢适应农场生活，每天上学放学的仁寿，体验到了一种幸福感。而玉儿因为常常跟那些老人在一起，想念远在老家的亲人，常常谋划着想再搬回老家去的愿望。

云儿生孩子时，正是暑假。玉儿让儿子回了一趟老家，让他代她回去看云儿。在云儿的孩子做满月的酒席上，把仁寿这个舅舅安放在上位坐着，来给这个舅舅敬酒的人，一个接一个。仁寿也不拒绝，每一盅酒都喝到了肚子里。很快，仁寿就醉了。醉了的仁寿，开始大哭。哭他想念大湖村，想念姐姐姐夫们，想念在农场不能回来看望姐姐的娘。已经是大小伙子的仁寿，痛彻心扉的哭声，令在座的人跟着流起泪来。云儿的孩子做满月，玉竹怕不吉利，于是把弟弟拉离酒席，来到云儿的房间。姐弟仨人，抱头痛哭，哭得一塌糊涂……

六

诗润为玉竹买了一台大桥牌缝纫机。他突然把缝纫机带回来时，玉竹又惊又喜。诗润从来没有透露过要为她买缝纫机之事，在梦龙，玉竹无意间羡慕过老裁缝的缝纫机，但做梦也不敢想，有一天自己也会拥有一台缝纫机。那天，诗润请人一起把缝纫机运回家时，已是傍晚。次日，待玉竹出工了，诗润在家里拆开包装，一点点地组装起来。邻里那些在家不用出工的老太太们，赶来看稀奇。低着头看的，用手小心翼翼抚摸的，围着缝纫机打着转看的，一个个啧啧称赞诗润"心细""想得到"，夸缝纫机好看。待玉竹出工回家，又个个夸玉竹有福气，夸她巧手有巧人疼。玉竹一边忙着和伯娘婶娘们招呼，一边笑着说等她学会后就帮她们做衣服。老人们看得心里舒服和满足时，才一个个散去。

夜晚，面对爹带的新事物，国庆和书礼兴奋了半天，此刻分别睡下了。玉竹的家务忙好了，煤油灯下，诗润开始教玉竹使用缝纫机。他先把缝纫机的说明书拿在手上，对着图案和文字，告诉玉竹：

"缝纫机由机头、机座、传动和附件几部分组成。机头的主要作用是刺料，也就是用在布料上走针。下边有钩线，挑线和送料组成，它们和绕线、压料、落牙等通过循环工作，共同配合完成，把需要缝制的布料缝合起来……"

诗润对着说明书，每说到一个部位，便教玉竹，这些部位在哪里，以及各自的功能和组合。然后自己先坐上去，双脚放在缝纫机踏板上，先松掉机座右侧的手摇器，通过传动空踩。来回反复示范两次后，再让玉竹自己坐上去，教玉竹空踩。很快，玉竹也会了。诗润把事先准备好的一块布料压到机座的"落牙"针下，拧紧手摇器，再摇动传输轮让玉竹踩动。这次是实踩，把每一针都压在布料上，玉竹又很快掌握了，并用领悟又含情的眼神望了诗润一眼。得到诗润的认可和鼓励后，玉竹心里更多的是敬服自己的男人。这个从前不相识，最开始还不大情愿嫁的男人，每次带给玉竹的，都是对生活一种全新的感知。

在玉竹掌握好基本操作后，诗润又细心地把几件附件交给她，并一件一件告诉她它们的作用：

"这是机针，原有的机针用坏或用钝时就换一枚；这个是梭心，这几个是备用的，你可以每一个都卷上线，线用完了，直接换上，有时也可以用不同的颜色卷着轮换用。这两个一个是开刀，一个是油壶，油壶里的油是随机送的，另外这一瓶，是我找那位师傅要的缝纫机专用润滑油，小油壶的用完了就加上……"

诗润边说边示范给玉竹看，哪几个部位该上点油加以润滑。

玉竹每一个环节都极其认真地看在眼里，记在心头。差不多记下时，她问诗润：

"怎么想起为我买缝纫机？事先没听你说呢。"

诗润：

"给你一个惊喜呗。看你一直喜欢做花绣朵的，为你买缝纫机我想了好久，不但攒了几个月的工资，还每天到公社那个老裁缝那里去看。他开始奇怪我一个当外科医生的，为什么对他做缝纫感兴趣。当我告诉他是想为你买一台缝纫机时，又想到带回家后在家没人教你用，于是想到他那里学会最基本的使用方法。听了我的话，他很高兴地教了我，也就是刚才我教你的那一些。"

玉竹听了，满满的感动在心里，却不好意思说出口。只说：

"以后，有了缝纫机不但可以为孩子们做过年衣，还可以为爹娘弟弟他们做。慢慢来，直到学得很熟练时，说不定还可以用来驳工呢。"

诗润有些不解地问：

"驳工？"

玉竹：

"也就是交换工夫嘛，比如有谁想请我做一件衣服，他们就帮我干田地里的活。我是看到他们有的人家要嫁女儿，做鞋绣花，主家做不完，就请别人帮着做，帮着做的人耽误的工，就由主家的男人去帮着完成。"

诗润听了，很高兴地说：

"能这样更好，免得你天天出工还得管孩子管弟弟的生活。能在家帮人做做衣服，是最好不过了，燕子也能带得多些。"

缝纫机的基本要领掌握后，诗润又教玉竹收拢，收拢后的缝纫机就是一个光滑平整的桌子。诗润说：

"不用的时候，当写字桌用，让国庆和燕子他们写作业。"

说起国庆，玉竹的心一痛：

"国庆多数时只能在前屋和他阿婆一起，这才刚上小学，可调皮捣蛋得不像一般的孩子，我真是担心呢！"

诗润说：

"男孩子调皮一点倒不用怕。长大懂事了，自己也就好了。"

玉竹点点头：

"但愿能如你所说，长大了会懂事。"

有了缝纫机的日子，玉竹白天出工，回家忙好家务活后，便开始做缝纫。"哒……哒……"踩缝纫机的节奏声，在静静的深夜里，一遍遍传来，常常是鸡叫拂晓时，玉竹才歇下来睡去。慢慢地，玉竹对缝纫机的感情，既像是一个伴着她说知心话的闺中密友，又像是诗润在身边的相随相伴。诗润不在家的日子，让玉竹有了心灵的依伴，让那些平常生活里的劳碌日子，更加充实了，更加有了奔头。

学校放寒假了，国庆带着妹妹一起到前屋玩去了。昨晚下了一夜的大雪，此刻的雪慢慢小了起来。卧房内，放了一个小盆的炭火，雕花格子窗开着一线缝，时有细碎的雪花飞进来。房内放炭火时，再冷也要开一线窗，是诗润叮嘱又叮嘱过的。"哒……哒……"缝纫机前，玉竹的双手双眼双脚，一刻不停地活动着；雕花眠床上，蚊帐两边用帐钩收起，床上放了不同的布料和有些已经做好的衣服。踏凳上，两边用凳子垫起一个活动板，便是玉竹裁衣服的案台了。

这是买回缝纫机后的半年，玉竹已然做得十分娴熟了。临近年关，找她为孩子做衣服的邻里一批又一批，她已经熬了几个夜晚。过年在即，许多家的孩子眼巴巴地等着穿新衣，家里的一些杂活也让那些人替代了。白天黑夜地不能停地干起来，缝纫机没有空闲，玉竹的手眼和双脚也就歇不下来。玉竹做得腰酸背痛时，搓搓冰冷的双手，揉揉酸胀的双眼，伸伸臂挺挺腰，然后又接着继续做。原来以为做农活累，没想到这坐着不动的缝纫细活更累。再累，玉竹从不"失口齿"，只要答应了人家，再累也要为人家赶做出来。

这一个冬天的农活，基本上是弟弟和那些需要做衣服的人家在帮着做，她几乎没有时间进田间地头干活。这天上午，玉竹一边做，一边常常拍打右眼，因为右眼老是跳，跳得她心慌。自小，大人们总说"左眼跳财，右眼跳灾"。玉竹从不敢求财，只求一家人无灾无难地过平常日子就好。

玉竹聚精会神做得正投入时，忽然听到有人惊慌地叫喊：

"玉竹，玉竹。快快，快去看看。你家燕子从桥上摔下来了。"

听了急急喊叫的玉竹，惊慌地跑出来，是隔壁的婶娘。今天在为她家的孩子做衣服，她帮着带燕子在她家的堂屋里玩。玉竹想着那个没有任何护栏，仅靠几根大的树木连接起的木桥，心更慌了。一边撒腿往外跑，一边听大婶对她说：

"开始孩子们都在堂屋里玩躲猫猫，你家调皮的国庆说躲猫猫是女孩子玩的，于是要带男孩子到外边去打雪仗。一听打雪仗，哪还管得着女孩男孩，一窝蜂都涌出去了。雪仗打到西流河河边的桥头时，你家燕子也跟着她哥哥跑到桥上去了，拉也拉不住，不知怎么就滑下去了，头倒立着下去的，河里虽然没有水，可是有大石头啊！满脸是血，你弟弟已经抱她到对面的诊所去了。你快去……"

玉竹气喘吁吁地赶到诊所时，还没进门就听到燕子痛苦的哭叫声。玉竹软着腿跑进去，医生正在为燕子满脸是血的头剪头发，清理出伤口，见玉竹来了，说：

"好大的一条口，先清创止血，再缝合。"

燕子见了娘，哭得更伤心了。双手向娘伸过来，玉竹流着泪抱着女儿，心疼地安抚女儿。打麻药打破伤风皮试时，燕子又一次尖厉的哭叫。缝合好，包扎好时，燕子已经睡着了。不知什么时候，国庆来到玉竹的身后，怯怯地看着娘和妹妹。玉竹说：

"看你调皮带的好头，看你阿公和你爹回来怎么整你。没带好妹妹不说，还把妹妹摔成这样，将来头上一个大疤看你怎么办。"

平日高声大气的国庆，这时弱弱地说：

"又不能怪我，我不让她跟着，她不但要跟，反而比别人跟得快。打雪仗时，你没看她比别人还用劲。就是抛雪球时，用劲过猛，才摔到桥下去的。"

玉竹听了，又好急又好笑。她也知道燕子贪玩起来，并不比男孩子逊色。于是对国庆说：

"以后我们不要叫妹妹燕子了，每天像个燕子一样到处飞，又喜跟脚。以后还是叫你阿公为她取的名字，书礼吧。让她慢慢文静一些，别太皮。你已经够皮的了。"

国庆见娘没有太多的责怪自己，愉快地答应着：

"嗯，以后叫书礼。书礼书礼，知书达理。"

第六章

一

夜色渐浓时，书礼发起了低烧。玉竹这一晚没有在缝纫机前忙碌，带着书礼早早上床睡下了。娘儿俩躺在床上，偎在暖暖的被窝里。平常，书礼睡觉时，总是要玉竹右手揽着她的身体，左手捏着她的小手，偎在怀抱里才好安然入睡。玉竹要是开夜车做衣服，也总是和衣带女儿让她睡着后，才轻轻拉开手，再悄然爬起来开始做事。而这个夜晚，玉竹一手捏着女儿的小手，另一只手放在自己的头下枕着，略有所思地，借着格子窗透进的光，看着女儿包扎后的头和红肿的脸，玉竹心疼四岁的小家伙受这一大痛。然后，轻轻地，一声声地，为女儿"叫吓"：

"燕子耶，吓倒回来哦！过桥回来哦，走巷子过门槛回来哦，回到娘的怀中来哦；书礼耶，吓倒回来哦，过桥回来哦，走巷子过门槛回来哦。进门回来哦，回来哦。吓倒回来哦，回到娘的怀中来哦……"

在玉竹高一声低一声循环往复的"叫吓"声中，书礼睡得很沉稳，从开始两夜的一惊一悚，已经慢慢平复。连续七个夜晚的"叫吓"，书礼的低烧渐渐退去，面部也已消肿。三天一次的换药，伤口一天天好起来。当伤口明显感觉到不疼时，书礼又恢复了她燕子般的活泼可爱。

"叫吓"，也就是"喊魂"。在乡村，几乎各家各户都有这个习俗，从老祖宗开始传下来，已记不清到底传了多少年多少代。只要孩子在外边疯玩得受了惊吓，或有了小病小痛，那就是把小小魂魄玩丢了。除了看医生吃药，一定会有一位母亲在夜深人静的"喊魂"声中，高一声低一声，喊回丢失的魂灵，让灵魂附体后的孩子，健康正常地快乐起来。

在"叫吓"的同时，还有一个程序。那就是用一个小容器装上米，用小圆镜子盖着容器的口，用孩子的内衣把镜子盖着的容器一并包起来，牢牢系紧。然后把包好的容器镜子平整的一面，立于孩子睡觉的枕头边上放七天七夜。待"喊魂"喊完七个夜晚后，第八天的早上再把盛米的容器打开，然后把容器里的米一次性蒸成饭给孩子吃，一次吃完，不能剩，也不能让其他人吃。所以在放米的时候，要根据孩子的饭量来定米的量，这叫"收魂"。

如果只是小病小痛或疯玩受了的惊吓，在"喊魂"和"收魂"两项并举完成时，没有任何理由地，孩子的病也就痊愈了。这些做法，是谁也解释不了的民间习俗。无论你是革文化的命，还是破封建的四旧，抑或阶级斗争，但从来没有人革得了、打得垮这种乡俗，这种乡俗，在夜深人静携着母爱"喊魂"和"收魂"的过程中，得到传承。

故土难离。从大湖村来到荆头山农场的十多户人家，想念那被沉到水底里的家，不适应外地的生活，特别是年长一些的老人，常常望着家的方向垂泪。半年后，有的人家开始挑着简单的行李回老家了。家虽在水下，但山和水还有人是熟悉的。不但荆头山农场的人回来了，一些移民到别处的人家也陆陆续续在搬回来。回家后的一些人家，依山搭建茅屋，依山开荒种地，再难再苦，了却了远离故土的思念。

玉儿带着仁寿在农场住了一年后，特别是一起来的有些有劳力的人家，断断续续搬回去后，她的心不安了。最终，也做出了要回家的决定。她托付先搬家的人带口信给玉竹和云儿，说她要带儿子回老家去。玉竹这时自己又怀上了孩子，于是请了亲房的几个壮劳力和云儿妹夫请的几个人一起，到农场把娘和弟弟，以及一些破旧又舍不得丢的家什接了回来。

回老家后，玉儿先落脚在离大湖村几里路的云儿家里。云儿和女婿，为他们娘儿俩让出一间小房子暂住着。所有移民出去返回的人家，在大湖村生产队里领了一点田地，开始了自耕自食的生活。

从不同地方前后搬回来的大湖村村民，见到玉儿时，亲切问候：

"您也回来了？听说你们是在农场，享受干部待遇呢，为什么也要搬回来呢？"

玉儿笑着说：

"在农场是有好处啊，特别是我家仁寿，可以免费上农场的学校，我娘俩每月有供应的粮油。所以离开的时候，我又是哭了一路，舍不得那里干部们的好。可是啊，命里只有八角米，走遍天下不满升。特别是我，没事做，与他们非亲非故的，白要人家养着供应我，罪过啊！"

有人说：

"是国家让我们移民的，他们养你也是国家让他们养的，有什么罪过呢？"

玉儿却说：

"话虽是这么说，可我还是享不起那农场干部的福呢，日夜就念着咱们这穷山穷水穷地方。我还有一怕，我家仁寿喜欢和适应那里了，他毕竟是孩子，容易忘记。日长月久，到时候他都不愿回来了，不记得埋在这里的他爹了，丢了祖宗那更是我这个娘的罪过呢！所以啊，回来了哪怕住茅棚吃糠头，心也是安的。"

一位同回来的老人说：

"是啊，哪怕我们的家，已经沉到水底里了，可看着这水，想着原先的家就在下边，心里也是踏实的。至少这山，我们是熟悉的，你们这些人，我们看了就是亲切和舒心的。"

又一位老人说：

"只是有一点再也不方便了，原来我们从南山过北山，抬脚走走就过去了。现在，望得见听得到，隔着水，却有了过不去的难了。"

玉儿望着水库一望无涯的碧波，凄凄地说了一句：

"隔山容易隔水难啊。以后，我们这里的孩子，都要让他们学会划水划船了，还要学会捕鱼撒网。我们所在的农场，就是在江边上，那里的人除了地上的活是一把好手，水里的活也是一把好手。一方水土养育一方人呢。"

有人说：

"还是老话说得好，金角落银角落，不如自己家里的穷角落。"

有人夸：

"玉儿婶出门住了一年长了见识了，不一样呢。"

可也有人说：

"玉儿伯娘，本来就有一肚子贤文老书呢，她在桥西时，带那个教书叔伯一起长大，也在私塾读了老书的。"

……

回到老家，望着山水的对话，一如望着日月的消长更替……

玉儿小脚无法做农活，仁寿也不过十五岁，个子不矮，体质却特别差，一做重活就发晕，典型的营养不良所致。所有农活都是云儿女婿请人帮忙做。回到大湖村的仁寿再也没有上学，当知道大姐夫为大姐买了缝纫机，玉儿萌生了让仁寿学一门手艺的念头。于是仁寿住到李家湾的姐姐家里，和姐姐一起学缝纫。因为玉竹自己也是半路出家学缝纫，为人驳驳工，做做孩子的过年衣还凑合，真要成为一门谋生的手艺换饭碗，那功夫也是达不到的；要教仁寿学做缝纫的技能，也只是一点皮毛。仁寿玩玩住住，不久也就回了大湖村。

大湖村亲房里有一位没有移民的村民，仁寿叫他义法大哥，看到玉儿娘俩回家后居无定所，便组织亲房和生产队，为玉儿娘俩在水位高处的一个山坳里选了一块地，大伙合力为他们建了一个连三间的土坯房。至此，玉儿娘俩，才算真正地回到了大湖，在大湖村再次有了自己的家。

建房子时，除了两个女儿不同程度地帮忙，亲房邻里，能帮上的基本上都来帮了。帮不了钱财帮工夫，帮不了工夫帮脚力，体现着四乡八邻一家亲的朴素之情。

不远处的桥西，水尾的山包上，始终不愿意移民的全恩，经过一年的努力，自己慢慢把三间连三屋建成了。得知玉儿搬回来在建房子时，他把自己建屋所剩的一些材料，都送到玉儿娘俩正在建房子的工地上，并为他们送了一些吃的粮食。已有几许佝偻老态的玉儿，望着全恩依然雄健的身体远去，玉儿的心，除了牵挂，更多的是平静和欣慰。

深秋时节，房子建好了。正式入屋的这一天，鞭炮声中，迎来了前来祝贺的各处亲朋，有送一升米的，有送几碗豆的，有送几捆柴的，有送几把面的；有送刚挖出来的鲜红薯的，也有送几尺布的……各色各样的生活所需，在那样困难的日子，人们尽可能地，对这一对不容易的孤儿寡母，送上一份表达自己心意的深情。

在一份情意和深情里，在一片片祝贺声中，玉儿无不感叹道：

"寡妇生崽，众人扶持。我这屋，没有众人扶持，哪有我娘俩遮风挡雨的家啊？"

入屋这一天，玉竹和诗润带着儿女来了，玉竹肚子里的孩子已出怀。于她，除了李家湾和梦龙稍微远一些，她在桥西的爹娘弟妹们和在大湖的娘和弟弟，又离她近了。那份天长地久，日月无边的几头牵挂，总算又有了集在一起的安慰。

这一年的冬天，玉竹在李家湾生下了小儿子。诗润为儿子取名李琛。

二

仁寿开始学着干农活和山里的活。

还在吃早饭的仁寿，听到外边有人叫：

"仁寿，今天还上南山岩去砍柴，你也去吧？"

仁寿一边答应着去，一边端着碗到门口：

"义法哥，你吃过了？还吃点不？"

玉儿也赶了出来，对着门口的人说：

"他大哥，得你的力，有屋住了。又带仁寿学着干活，都不知怎样谢你呢。"

门口站着高大魁梧之人，就是仁寿亲房的大哥。是他牵头，帮着玉儿娘俩盖了现在住的房子；是他每天带着仁寿一起，学会了干农活。他一边应着玉儿娘俩吃过了，一边嘿嘿笑着说：

"都是一个房头的兄弟，我只是力气比他大一些，能帮就得帮一帮，这是本分。以后不要谢了，见一次谢一次，再谢我就有罪过了。"

玉儿指着堂屋码起来的，各色大小柴垛，笑着说：

"得你的力，这个冬天我们娘俩不用愁急没柴烧了，也冻不着了。人是要人带的咧，特别是仁寿，正长身体和性情的时候，跟着好人就学好人咧，跟着你这个勤快的大哥，我家仁寿不但勤快起来，身体都壮实了不少。"

那大哥笑着说：

"那是，那是。农活是要人带的。他人聪明，一学就会。只是体质还是有些弱，不经事，不能太累。慢慢就好了。"

玉儿又笑着说：

"是啊是啊，你看他没用的，上春播种插秧时，蚂蟥咬了腿，拍不下来，看着腿咬出血了，吓得大哭起来，也是你帮他把蚂蟥扯下来的。你是我娘俩的贵人呢！"

那大哥说：

"毕竟还是孩子，慢慢学就会了，会了也就不怕了。农活辛苦，亏了他。"

玉儿：

"苦命的崽，两岁没了爹。我这没本事的讨米娘带着他，和讨米没两样，慢慢讨着带他长大……"

娘的话还没说完，仁寿已吃好放下碗，拿着砍刀出来了，欢快地和他的义法大哥出了门。他随大哥一起上南山岩砍柴，为积攒家里过冬的柴垛，已经连续好几天了，有砍下的各种柴垛，有挖下的枯死的树根。家里的厨房和堂屋，摆满了他这个冬天收获的成果，换来的是娘的心疼和难得开心的笑脸。

上山的路，能感觉得到河风呼呼地吹来，吹在仁寿的脸上，如刀子划过。水库建成之后，大湖村的冬天比原来的冬天似乎冷了许多。登临高处，可以更加清晰地远望水库的水，一望无涯。碧波荡漾里荡出的仿佛是更深的寂寞，把这个原本就穷困的偏远之地，淹没得更加艰难与无望。可是那时候的人们，朴实得没有怨言，再苦再穷还是自家好，再累再难，也安于眼前的生活。

一个上午的柴砍得差不多时，仁寿把砍好的两捆柴用藤条打捆好了一捆，另一捆，一边用手打捆，一边用脚踩着柴收紧。用力过猛，手中的藤条忽地断了，失了控的他出于惯性而往后仰倒，身体从捆柴的半平地摔了下来，连续打了几个翻滚后才停下来。没反应过来的仁寿，被滚下来的一个石头压住了身子，无法动弹。

仁寿拼命地喊着"义法哥"。义法跑过来，看到压在仁寿身上的石头至少有百来斤重，一时也慌了，拼了所有力气慢慢将石头移开。可更糟糕的事让他傻眼了，移开石头后，看到仁寿的小腿肚处，血流如注，显然是被砍过的柴桩刺破了。刚刚还大声叫喊，这一会仁寿脸色惨白，也没了力气，豆大的汗珠从头上滴落到脸上，脸一阵比一阵白。义法一边用藤条把流血伤口的高处缠住，一边叫仁寿别怕。他要到附近扯一种止血的草药，想办法把血止住。

流血过多的仁寿几乎是晕了过去。找到止血草药的义法，一边用嘴把草药嚼烂，一边把嚼烂的草药敷在流血的伤口上，再用自己带来擦汗的一条破毛巾，包着已经敷上草药止住了血的伤口。做好这一切，他拍了拍仁寿的脸，搬动他的身体，叫他不要睡着了。然后用力把仁寿扶着坐起来，吃力地背上自己的背，弃两人的柴于山野，背着仁寿慢慢离开山岩。义法背着仁寿，一步步下山，走一段歇一段，一直到把仁寿背回家。

玉儿看到这情景，吓得慌了神情，一边安顿好儿子躺下来，一边哭着：

"天哪。老天爷啊！我娘俩的命怎么这样苦呢？这样命不如人呢，要一次次考验我打击我们，日子刚刚好一点，又来这一难，我是前世作了什么孽啊……"

义法一边劝婶不要急，一边说：

"不要这样想。人哪没有一个闪失的时候。好在没有致命的危险，已经是不错了。"

玉儿听了这话，停下哭声说：

"对对对，说得对。得感恩呢，脚受伤了，人是好的。要不是你这个贵人在身边，他一个人在山上，命就送了，那我这老命也就不活了。还是有贵人相助的福分。阿弥陀佛。"

玉儿一声"阿弥陀佛"刚出口，自己也吓了一跳，这可是不敢说的"迷信"话。好多年都不敢说出来了，要说也只能在心里默念一下，自从有了什么"破除阶级迷信"以来，什么神啊鬼啊都不能信了，包括老祖宗在内，都不敢焚香烧纸敬神敬祖宗了，一门心事只能敬毛主席。就连当年出家的槿花，也不知去向何方。义法知道婶娘吓着了，装着没听到似的说：

"我回去了。山上的柴，我明天帮着拖回来。让仁寿好好养伤，明天还得请他姐夫来送他到医院看看。我这只是扯了一些草药先让他止了血，可不能大意了。"

玉儿一边送他出门，一边说着明天叫他姐夫来送医院，一边又是千谢万谢地放不下。

仁寿的腿伤，在家里和医院之间疗伤，一个月以后才慢慢恢复，但走路不方便，只要落地，腿伤就疼，不能支撑人。这是仁寿的腿第二次受伤，前一次长痛毒之痛，仁寿仍记忆犹新，还是去问了神才得以痊愈。后来听说那个"讲神"的人被抓了。这次没地方问神，也不敢问神，玉儿悄悄去敬了古树下的土地神。去的时候，借着黄昏，偷偷摸摸像做贼，匆匆敬了匆匆走。玉儿一直忘不了小时候，带她长大一生信神信佛的祖母常说的一句话："抬头三尺有神灵。信佛有佛在，敬神有神灵。"

土地神是水库涨水前，"破四旧"时，有造反派带了人到各处庙宇、破庙砸神像毁神龛，很多地方供奉的土地神也没有逃过这一劫。而大湖村的土地神被砸之前，领头的人曾经听他娘讲过，土地神的神奇灵验之事，并说他小时候一次大病，就是敬了土地神才慢慢好起来。所以带人来砸时，心里有了一些畏惧，砸前，领头人在土地神前说了一番话：

"土地神啊土地神，不是我赵某不是人。只是上边有了精神，千万别怪我不信神。"

说完后把土地屋砸了，抡起的锤子仍然没敢砸向土地的神像。后来，村里有人在水库涨水前，悄悄把土地神像请了上来，不敢为土地神建小屋，悄悄放在一棵古树的洞里。村里人有什么小病小灾，依然会偷偷去敬。村里人心知肚明，土地神是不能不敬的，人靠土地才能赖以生存，土地爷就是农民心中的信仰和神灵。世世代代敬土地神，其实敬的就是人类心中赖以生存的土地。

一晃，一年又过去了。次年秋天，仁寿在队里忙完秋收，被派到离李家湾不远的一个工地做"三治"，顶一个工分的劳力。"三治"是"农业学大寨"时开展的治山、治水、治土运动。那时候的干部决心大，要"与人斗""与天斗"，"改天换地"喊口号，规模抓得大，行动也快。当政治思想工作做上去时，朴实的劳动群众干劲自然也大，老老实实扎扎实实地干。……

工地上到处是革命歌曲嘹亮，红旗招展飘扬。那种以分连队的形式像部队样管理方式，在完成任务上，你追我赶。十六岁的仁寿，在鼓足干劲的环境里，干劲十足。那时候的人，思想单纯，幸福感特别容易满足。而这种干劲，多数是违背自然规律的"三治"工程，造成了很多不符合常理的治山治水治土的建设，带来的是不计后果的徒劳，甚至悲剧。

工地上，仁寿所在的那一个连队队长经常到革委会开会。每次去开会时，连长就把队长的任务交给仁寿，让仁寿带着这个连干，一共带了三十多个民工。民工们在仁寿的干劲鼓舞下，干得特别出色，每次完成任务全营第一名。整个公社有十七个连队外加两个农科所，"三治"营里，全营民工五百多人，在五百多亩畈改田的日子里，是十六岁的仁寿感觉最好的青春年华。同时也是他长到这个年龄段，感觉最开心的美好时光，最受人尊重，活得最有尊严的日子。每次带着全队夺取第一名后，队里的人拥着他举着红旗，让他格外的荣耀。后来队长调到其他地方去了，分管的书记便索性让仁寿接替了队长的位置。也就是在这个时候，仁寿认识了十六连的女队长黄雪香。

三

黄雪香十七岁，比仁寿年长一岁，同是青春好年华。当她第一次看到高挑个子、俊朗面容，意气风发的仁寿时，春心怦然一动。每次和仁寿带的队对着劲干，而每次完成任务，总是比仁寿的队差那么一丁点儿。好不容易有一次领着队伍夺回了一次红旗，一个月后，又被仁寿带的队夺了回去，气得她反而对仁寿产生了莫名的好感。

在一来二往的劳动过程中，仁寿经常地礼让，让着雪香这个女同志。有时当她带的连队任务没完成时，他会带上他的队员去帮忙，帮雪香这个女队长。雪香的家就在改田畈的附近。一次工地休息，雪香邀请仁寿到她家喝茶，仁寿也爽快地去了。喝茶时，仁寿看到雪香房间的桌上放着一本《梁山伯歌》，读过初中的仁寿对唱各种山歌极感兴趣，问雪香：

"这本《梁山伯歌》讲的就是梁山伯祝英台的那个山伯吗？"

雪香悄悄看了看门外，说：

"是的，不能说，现在这种书被说成是'毒草'呢，只能悄悄看，悄悄唱。我一直喜欢这本书里的故事，我们队里好多婶婶姑娘都会唱。"

仁寿说：

"你肯定也会唱，唱给我听听吧，这里没外人，不怕。"

雪香红着脸说：

"当你的面，还真有些唱不出口呢。"

仁寿笑着说：

"有什么唱不出口的，就像平常你一个人或与那些姑娘们一起时，是怎么唱的就怎么唱嘛。"

雪香看了仁寿一眼，含着羞，悄悄地，低声唱起来：

自从盘古分三皇，三皇五帝定乾坤，
　　太平天子民安乐，一朝天子一朝臣。
　　越州城外祝家庄，家财百万祝公远。
　　屋上盖的琉璃瓦，青砖粉墙多豪华，
　　把门狮子笑洋洋。祝公生下女裙钗，
　　取名叫作祝英台，聪明伶俐多乖巧，
　　终朝每日绣龙凤，好比仙女下凡尘。
　　……

　　唱到这里，雪香停了下来，说：

　　"太长了，一共一万多字几千句呢。从祝英台出生，到长大，到去读书时遇上梁山伯私订终生，到父亲逼嫁马家，到追随山伯而去，直至双双化蝶，然后阴司断案，可长呢。"

　　仁寿听了，有些落寞地说：

　　"他们的故事真美，就是太悲惨了。不过能让后人千古流唱，也是对他们的怀念。不容易。"

　　雪香笑说：

　　"是啊，我太喜欢这本故事了。晚睡前，一个人总要从头到尾看一遍，边看边轻声地唱，越唱越难过。"

　　仁寿说：

　　"雪香，借给我看吧，我要把这本山伯歌背下来，我也太喜欢了。你先借给我抄下来，再还给你。"

　　雪香犹豫了一下，略有不舍地，看着仁寿，但还是点着头答应了，说：

　　"抄下来时，一定记得还给我。不但我喜欢，我妹妹也喜欢，她也常常要读一读的。"

　　当仁寿拿在手上时，那份欢喜，令雪香突然有了离别的愁悲。仿佛一位形影不离的亲人，要离她而去一样的难受。于是又接了过来再看看，翻了翻，嗅了嗅，说：

140

"不是你要，还真舍不得给人呢。从来不舍得借给人看，要看也是来我家看一眼，根本不会让这本书出我这个屋的。"

说完，用不舍又含情的眼神看着仁寿说：

"你可要保护好啊。自从来到我身边，它还没有离开过我呢。"

仁寿看看四下没人，悄悄在雪香的额头上亲了一下，说：

"向毛主席保证！请你放心，拿着它，就像是你在我身边一样，好好爱护，好好保护！"

雪香的脸一下子红到了脖子，低声说：

"说话可要算数呢！"

雪香这"算数"二字，不仅只是对一本书的算数，应当还有指仁寿对她的那份好要"算数"。俩人正含情脉脉，难舍难分时，听到一声叫喊：

"姐，我回来了。你今天怎么回得这样早？"

是雪香的妹妹，背着书包，看屋里有人，手上还拿着那本山伯歌的书，睁大眼睛，大声说：

"好啊，你敢把山伯歌给别人看，看娘不说你！"

雪香用手指在唇边，"嘘"了一下：

"小声点儿。爹娘还没回呢，你别说就没人说。他是我们三治队的'英雄'人物呢，他带的队红旗总不倒，还常带人到我们队帮忙，你叫他仁寿哥。"

雪香的妹妹叫了一声仁寿哥，说：

"原来你就是那个仁寿啊，姐姐跟我说过好几次呢，每天回家就只知道夸你。"

雪香不好意思地拦着妹妹：

"别瞎说。我什么时候说他了！"

妹妹一边调皮地用手指在脸上划着"羞羞脸"的动作，一边说：

"羞羞羞。还不承认，就是每天说他，说仁寿……"

雪香见妹妹边说边跑了，赶着送仁寿出门。看着仁寿，看着仁寿把山伯歌的书放进了怀里，雪香两不舍地望着仁寿的背影远去……

这之后，仁寿除了用心带队劳动，每当休息，他就独自安静下来读一遍山伯歌。有次休息回家看娘，也不知不觉地唱起来。玉儿听了，嗔怪地说：

"你这好的命，还有劲唱歌！"

仁寿觉得娘好奇怪，唱歌和命的好坏有什么关系呢？想唱就唱，喜欢唱时就自然流露了。特别是每每唱到英台女扮男妆去求学时，和山伯结拜兄弟，山伯憨厚可爱的愚钝，总是令仁寿特别的乐：

> 贤弟听我说原因，炎天如何不洗澡？
> 晚来何不脱衣裳？幼小有病在身上，
> 爹娘有意不改裳，三百纽丝六十扣，
> 解得开来天了光，一夜能有几天长？
> ……

每每读到这儿，仁寿会"哈哈"笑出声来，然后自己悄悄说一句"傻山伯"。这本山伯歌，不但为仁寿带来了欢喜和乐趣，还为他带来了对爱情的美好憧憬。仁寿开始时还是悄悄地读和唱。后来，当他有一次听到一些年长的人也悄悄哼，低低唱时，他才知道，原来工地里，很多人都会唱山伯歌。哪怕说它是'毒草'，一样阻止不了人们轻声唱，低声和的诱惑。劳作累了之余，他们用当地特有的山歌腔调哼唱出来。知道这个公开的秘密后，仁寿除了不让人看到书，他也总是轻快地用山歌的腔调快乐地唱出来。这期间，仁寿和雪香俩人，悄悄私订终生。仁寿承诺雪香，等这一轮工地任务完成时，让娘请人到她家去提亲。

暴风雪一阵紧似一阵从天空压下来，下得特别地猛烈。呼啸的北风呼呼地打着旋儿，刮在脸上似刀一样刻着，刮到树枝呜呜地咽泣，刮得门窗格子噼噼啪啪地响，刮得工地上尘土飞扬……临近黄昏，天早早黑沉下来，在浓密的风雪里，人被卷进一个黑洞似的，在风雪之中蠕动。工地上，红旗被风刮倒又扶起，扶起又刮倒。仁寿带着他的队员抢险，抢着把这些天改田挖过垒起来的土方加固夯实。一旦土方不加固夯实，如果被风雪摧毁，不但影响改田工地的进度，还会带来塌陷掩埋的危险。快过年了，大家都盼着做好了尾期工作，然后好回家过年。仁寿一边使出所有劲儿干着，心里一边想着不远处，雪香也在带着她的队员们加快土方的加固。他们相约，等春节过后，就请人到雪香家提亲。

正想着，仁寿擦拭了一下让冷风吹掉下来的鼻涕水。太冷了，风太大了。仁寿的衣着穿得一向单薄，有些年长的人，破棉袄上系一根谷草编的绳子来保暖。仁寿已经开始讲仪表好看了，特别是跟雪香好了以后，更加细心注意自己的外表和言行举止。本来长得俊朗，加之青春气息，哪怕衣服穿得破旧，但娘总是为他洗得干净整齐，该缝补的毫不含糊。娘常说"笑破不笑补。只要洗干净了，补好了就体面了。"在那个"不爱红装爱武装"的年代，人们并不特别注重外表的合不合适。

正在埋头苦干的仁寿，突然听到"轰"的一声闷响。接着就是大声"啊！啊！啊……"的尖叫声，从风雪里传来，继而是嘈杂的叫喊声：

"不得了了，不得了了！塌了塌了！垮了垮了！快，快救人，快快，快啊……"仁寿丢了手中的工具，随乱着一团的队员们一起，向传出声响的方向跑去。原来是雪香所在队垒的土方垮了，有人喊：

"队长被埋在里边，快扒快扒。"

仁寿急步分开人群，跪向垮下的土方，和其他人一起，用双手不停地扒着，刚刚还冷得掉鼻涕水的他，现在全身焦躁，心急如焚。一门心事要赶快把雪香从掩埋的土里扒出来，一直扒到双手出了血，嘴里不停地喊着：

"雪香，雪香。坚持住，坚持住。我来了我来了……"

待所有人的手都扒出血，好不容易把雪香扒出土时，只见雪香七孔流血，人早已没了气。仁寿抱着她往医院跑，当医生宣布雪香已经死亡时，仁寿边哭边跪了下来，大声叫喊着：

"没有，没有。她身体还是温热的。我听到她的心也在跳，求求你们救救她，救救她！她还那么年轻，她是那么热爱生活，怎么就会死了呢……"

雪香家里赶过来的家人，哭嚎一片……

然而，再怎样的哭嚎，也叫不回雪香年轻的生命。就像她的名字一样，如一朵轻盈的雪花，消失在人间的风雪之夜，化作一缕雪的香魂，随风雪而去……

四

雪香去世后，仁寿多次来到雪香坟前，先是哭，然后再低声地唱。反复唱着山伯歌里的其中一段：

> 高声一叫梁山伯，今日前来大显灵，
> 接我阴司一同行！父母堂上笑洋洋，
> 请出九姐拜高堂，拜了二十又四拜，
> 连哭三声我爷娘，今日无人奉茶汤。
> 姐儿上轿大放哭，行来正在大路口，
> 死别生离好伤心，正遇兄台山伯墓，
> 吩咐且把轿来停。香烛纸书尽摆开，
> 英台跪在地埃尘：有灵有感坟开口，
> 若无灵感口不开。取下金钗插坟台。
> 天变一时起乌云，日月朦胧不分明，
> 忽然裂开三尺口，英台闯入不见人，
> 单单只想剩条裙。轿夫媒人两杀开，
> 马洪气得口目呆。条条罗裙扯碎了，
> 双双蝴蝶上天台。这场事儿好奇哉！
> ……

144

雪香的离世，让仁寿沉沦了好长一段日子，人瘦得双眼外突，没事时就想拿着山伯歌到雪香的坟前哭。雪香意外故去，当时承诺要还的书，好像已经无处可还了。在仁寿心里，更多的是一份留着作纪念的私心，以为这样是对雪香最好的纪念。有了这本书的陪伴，雪香就像没有离开他一样，仁寿一直把这本《梁山伯歌》带在身边。可是仁寿做梦没有想到的是，正是这本山伯歌，后来竟然送了他娘的命。

随着雪香的故去和"三治"队工作的完成，仁寿回到大湖村的家里。一段他人生中最美好最具尊严的日子，随着人生的变故，真实地离他远去。虽然这期间，有公社的副书记要培养他入党，甚至想把他带到公社当通讯员，都因为他的沉沦和母亲的不允而无果。直到后来，母亲托人帮忙，让他到大队的兽医站学兽医，说这样稳定。兽医虽然是跟畜打交道，但也是一门手艺，而且简单，不用付出太多复杂的感情。这时候的仁寿，只有听母亲的安排，他自己对学什么或不学什么，已经无所谓了。那个活泼又意气风发的仁寿，似乎也随"三治"工地上那天的风雪而去。

玉竹要搬家了。

回李家湾生活了五年的玉竹，在小儿子四岁、书礼八岁、国庆十二岁那年，诗润已经调往区卫生院任职。长期一家人分居两地，多有不便。深思熟虑后，他决定重新让玉竹回到梦龙卫生所，并让玉竹跟着卫生所那位像白求恩大夫的老中医一起学中药、学算盘等技艺。

那是刚进入梅雨时节，雨一天接着一天下。玉竹房子外的天井上的雨，天天像倒水一样向下倾，越下越上心似的停不下来。一如躺在竹榻上哭泣着，劝也劝不住的老二一样。当哥哥回来通知嫂子搬家那一天起，老二就开始哭。连续下雨，诗润没时间等，提前回了他的工作单位，并说等雨停时他再请两个人回来帮忙。

搬家的日子选了好几个，皆因雨下得太大而作罢。这些日子，隔壁邻里的婶娘伯娘们，一拨一拨地来看玉竹兼话别。每个来的人，总是端着一个小簸箕，挽在怀里，簸箕里装着不同的东西，几乎都是食物。薯粉薯粉丝、红豆绿豆、荞麦粉、糯米粉、各种干菜、鸡蛋，等等。在那个贫困的年代，这些农家自种自留舍不得吃的食物，不但是珍稀，更是乡邻的一片心。玉竹流着泪一个个地拒绝，又一个个无法拒绝地道着谢。来送的人，个个真心不舍玉竹的离去。人往高处走，除了送别，更多的是祝福。雨下了一天又一天，来送的亲朋总是说：

"莫说我们舍不得你，老天都舍不得你走呢。你看这雨，一天比一天下得大，这是老天想留你多住几日。"

玉竹说：

"是啊，回家住了五年，刚住熟，亲房的伯娘叔侄们的好，哪舍得离开你们呢。这几天的心，难过得像要落了一样。可是他让去，我还是得带着孩子们去呢。"

一位婶娘说：

"你走了，你弟弟就可怜了。你看他，睡在竹榻上哭几天了。可怜几岁就没了娘，好不容易有你这个嫂像娘一样疼他，现在又要走了……"

婶娘说完，拉起衣角揩眼泪。

睡在竹榻上的老二，听了婶娘的话，又开始"呜呜呜呜"地哭起来。老二伤心的哭泣，惹得玉竹和房内来坐的人，都跟着哭。哭声盖过了檐下那哗哗啦啦的雨声。

玉竹哭得伤心欲绝，除了舍不得亲房婶娘叔侄们的好，以及对弟弟的牵挂，还有一伤心处，那就是大儿子国庆，不能跟着她一起去。最开始当诗润说要带她再回梦龙时，玉竹心里暗喜，想着这回国庆可以跟着她了。可是没想到公公不同意，公公说要带着他到身边读初中，不让他随娘去，并说孙子的脾性暴烈，将来要让孙子随他一起学中医，说学中医可以锻炼一个人的心性。公公总是有他的道理，玉竹也只能无奈地听公公的安排。为了不让国庆和玉竹搬家时看着两伤心，公公提前把婆婆和国庆带走，带到他工作的公社卫生院去了。

下了多日的雨，终于歇了下来。这天，亲房的叔侄帮着把她的东西搬到前屋门前，等着诗润请来的人和玉竹的弟弟来搬。除了一些家用的被絮之类，没有什么值钱的东西，只有屋檐下放着的那辆缝纫机稍显体面，其他都是一些不起眼的半旧之物。亲朋们送的吃食，玉竹带了一半，留了一半给弟弟。

玉竹的心情，几许沉重几许不舍。倒是不知世事的书礼，她好像有些兴奋，甚至有些显摆。她让平日跟她一起玩的伙伴们，看她踩缝纫机。虽然缝纫机收拢了如桌子，脚踏的那一部分是裸露着的。书礼显摆地，用她的小脚在上边乱踩着。七岁的她，懂得了离开这里，就可以与爹一起快乐的生活。免得爹每次回来，离开时，她总是要哭着跟一场。所以从小得个"跟脚狗"的小外号。

有一次，爹回来几天后，离开前，趁她还在睡，悄悄起来走了。当她醒来知道爹走了时，哭着追去，边跑边哭，顺着西流河，追去一里路，终于追到了，爹只好带她一起去了。从那以后，只要爹回来，不但只能跟她说好了才离开，并要送到屋外，流着泪挥手和爹说再见了才作罢。爹的每一次回来，除了让她高兴，还有一件让她十分乐意去做的事，那就是爹给她钱去供销社买烟。买那蓝色盒子，中间有一个人在蓝色水里游泳的"游泳"烟，另外允许她买几颗糖甜嘴儿。

爹回家的日子，是书礼倍感快乐和荣耀的日子。辫子是爹为她扎，指甲是爹为她剪；冬天，厚厚的常常半垮着的棉裤，是爹一次次把她拉到跟前为她扎紧。有一次棉裤裤带打了结解不开，把尿拉在裤裆里，是爹为她脱下来在火炉前烤干。谁家请爹吃饭，爹总会带上她一起去做客。娘对她相对严厉，不懂事的书礼，总说爹好娘不好。现在要搬去和爹一起了，她能不兴奋吗。这是在书礼心中盼望了许久的事情，终于得以实现了。

仁寿来了，带着姐夫请来的梦龙卫生所的两名壮年男医生，三个人各自挑起不同的行李，老二也挑起一担东西，玉竹背着小儿子李琛，书礼跟着娘自己走。顺着西流水的河一直向前，走到大湖水库的水尾处，只见一个中型的木船停在水尾的水边上，仁寿在草丛里找出两根木桨，然后把东西——往船上摆放齐整了，人再上船。老二也想跟着去，但船装了太多东西，考虑到安全问题，只好留了下来。船离去时，老二再一次哭着挥手，告别嫂子和侄儿侄女。

站在船头，双手摇桨的仁寿，身子在一张一弛之间，划着船前行。桨声"咿呀咿呀"，在绿波之中划起水浪，两面青山在船行中移动。仁寿一边叮嘱两个外甥不要动，一边和姐姐说话。时间是疗伤的药，这时的仁寿，身体已恢复，慢慢从失去雪香的悲痛中解脱了出来。这次姐姐搬家，娘让他去帮忙，同时也让他在姐姐那里多住些日子，除了陪伴姐姐，同时也在姐姐新安的家里做个帮手，毕竟姐夫在区卫生院。

玉竹暂时落脚在梦龙卫生所，一边学习，一边带两个孩子。同时学习中药，直到可以独当一面时，才可以随诗润一起到区卫生院工作。

仁寿在梦龙卫生所和姐姐一起住了好长时间，那一段日子，是仁寿人生中一段学习生活的日子。白天姐姐学中药，他帮着带外甥。玉竹看着中药橱里那一格格散着药香味，又黑黑的中药，眼看嘴念心里记"白芍、杜仲、黄连、五味子、莱菔子……"晚上，仁寿看姐姐在老中医那里学算盘，听着算盘珠子噼里啪啦，扒得热闹的乐趣，听姐姐用心背"一上一、二上二，三下五除二……"的珠算口诀……那些日子，仁寿再次找回了往日的快乐，心性也恢复了，偶尔还会轻声哼几句山伯歌。

一个多月后，娘托人带信让仁寿回去，说家里有事。仁寿告别姐姐一家，回到大湖村。原来，娘托人在离大湖村不远的村子里，为仁寿说了一门亲。在玉儿的心里，无论是当年一次次为了养活儿女改嫁，还是后来和现在为儿女寻亲，她的第一个要求就是要离她不远。似乎唯有这样，她才能放心。唯有近，她才可以随时知道儿女的消息，不论儿女的生活状况是好还是坏，看得到，她才心安。

五

玉竹于一九七六年初夏，带着女儿和小儿子，重新回到梦龙卫生所。大儿子国庆和爷爷奶奶一起，住到了老家的公社卫生院。李家湾的老家屋里，只剩下叔弟一人过日子了。

这一年，对于中国的老百姓来说，依然是过平常人的日子，特别是于偏远地区的普通老百姓而言，那时候的信息闭塞，很多人并不知道中国到底发生了什么。而对于中国来说，一九七六年是极不平常的一年。

这一年是农历丙辰年龙年，是中国历史上非同寻常的一年。东北吉林陨石雨，云南龙陵、四川松潘、河北唐山先后发生七级以上大地震。周恩来、朱德、毛泽东三位伟人相继告别人世。

五月二十九日，云南西部，龙陵发生7.4级地震。

七月六日，全国人大常委会委员长朱德，在北京逝世，享年九十岁。

七月二十日，河北唐山发生7.8级大地震。地震造成二十四万人死亡，八月十六日，四川松潘、平武发生7.2级大地震。

九月九日，毛泽东在北京逝世，享年八十三岁。

十月五日，粉碎"四人帮"。

人们悲痛一段日子，有人寝食难安，忧心忡忡。有志之士，会为国家和民族的前途焦虑一段日子……"日月轮回，人事更替；长江后浪推前浪，世上新人撵旧人。"这是玉儿常挂在嘴边念叨的"贤文"句子。无论你是领袖还是普通人，这是一个谁也无能为力更改的事实。普通老百姓的日子，还得继续。

这一年的春节前夕，仁寿订婚了。

未婚妻是离大湖村几里之外的骆家庄人氏，叫梅，是玉儿托媒人寻得的。

梅的父亲不同意这门亲事，理由是仁寿家太穷太单薄。加之仁寿的身体虚弱，不大会做农活，又没有兄弟，担心女儿嫁给这样的人家，会受苦的。可是梅第一眼见到仁寿，便下了决心，死活也要答应。梅的理由是：

"穷是可以改变的。古话说穷没有根富没有种。只要人努力，只要人勤快。只要一家人一条心，日子会慢慢过得好起来。"

拗不过女儿"看上了"，最终把亲事订了下来。到梅家订婚时，带的东西虽不多，可梅欢喜，特别喜欢的是一件格子春装。那是仁寿的姐玉竹为未来的弟媳做好托人带来的。那时候，"不红装爱武装"，但女孩子流行一种叫"格子"的衣服，大小不同的格子，各式各样的格子，深浅不一的格子；黄红格子、墨绿格子、黑白格子、青灰格子……只要你拥有了一件格子衣服，就是赶上时尚潮流的象征。

仁寿看着梅时，总会悄悄地把她跟雪香作比较。梅长得虽不如雪香秀气，可梅的身上有一股醇厚朴实的美，身体健康，吃苦耐劳，性格开朗；生活上，里外都是一把好手，特别难得的是，对仁寿的娘，亲切又敬重。订婚前，两人只见过一面，订婚后，娘吩咐：

"带梅去你姐的家看看，让你姐见见她的弟媳。她拖着两个孩子，又要学技艺，没时间回来。你们正好代我去看看她，我老了，脚又不能走路，想你姐了。"

仁寿答应着带梅上路了。先乘船，再走路。两百多里的邻县，除了坐一段船，主要靠双脚步行。走在路上，倒是让俩人有了交流的机会。仁寿一直有一个问题想问梅，那天终于有了机会：

"听我娘说，当时媒人把你家的门槛都踏破了，各色好人家想说你做媳妇，你偏偏选了我。我家这么穷，又没有兄弟，你看上我什么呢？"

梅羞涩地望着路的远方，说：

"看上你有六个指头呢，有六个指头的人八字最好呢。"

梅说完，便"扑哧"笑出声来。

仁寿开始被梅的话说懵了，不知何意，反问：

"六个指头？我没有六个指头啊？"

梅又笑了，说：

"那你得赶快让自己长出六个指头来啊。不然，我可反悔不跟你了。"

说完笑得更厉害了。

这时仁寿才懂得，梅是有意逗他的。看来，这个梅表面不张扬，实际上还是一个很有情趣的幽默之人。仁寿笑着说：

"为了多生一个手指头出来，让我的八字好，看来，还我得用泥巴去捏个指头补到我的手上，不然我还真讨不到老婆呢……"

仁寿说完，俩人一起欢快地笑起来。

这样的对话一旦打开，情感的闸门自然也就打开了。当两股情感闸门的水流汇合在一起时，感情的交流不但自然交合，更快的是两人之间的情感升温也就跟着起来了。在那样一个"低眉落眼"不敢在恋爱时正视对方的时代，这样的对话，也就是爱的昵语了。这时候，走路也不觉得累了，冷冷的风也不觉得冷了。爱的温度，可以温暖人的心灵到躯体，无论到哪里，只要你带着爱，便是暖融融的。

仁寿带着梅刚走到梦龙，还没到卫生所，只见公社门口的操场上围了好多人。仁寿对梅说，未必又在演戏或批斗谁？他快步向人群去，才看到，石墩上坐着一个哭得很伤心的中年女子。听旁边围观的人说，中年女子七岁时从这里的家被卖出去，因为家里养不活就把她卖了。现在三十六岁了，凭着记忆回来找娘家。可是村里人告诉她，她娘家已经没有至亲的亲人了，都不在了。现在只有几家亲房，她成了"公姑娘"。她伤心得坐在这里哭了好久，哭她那再也见不到的爹娘，哭这些年从来不敢忘记过的童年，她怕哪天忘记了再也找不回来了。三十年了，终于能够找回来了，可亲人一个都看不到了。

她伤心的哭泣，引来许多人的伤心哭泣。也有人一边落泪一边劝慰她。后来，亲房有人牵头，摆桌在祠堂，由各家出一个菜，请这位"公姑娘"回家，并以放鞭炮的方式，迎接她回娘家，接纳这位在一九四九年前卖出去的"公姑娘"。"公姑娘"感激大家接纳她，拜了祖祠，吃了饭。离去前，各家你炒点豆，我给点米泡等之类的东西让"公姑娘"带走。而她，则把身上能脱下来的衣服都脱下来送了人，以作纪念，以表示她对娘家存在的念想……"公姑娘"的故事和亲房人等的举止，感动得仁寿和梅啧啧称奇。

在梦龙姐姐家住了几日，梅的懂事和能干，令姐姐十分喜欢。玉竹终于盼到弟弟长大说亲的这一天，她偷偷欢喜得落泪，为苦命的娘的苦日子总算快熬"出头了"而高兴。一趟梦龙之行，增进了仁寿和梅的感情。眼看着，日子一天天慢慢好起来。

六

转眼，到了一九七八年。

中国开始冲破禁区，拨乱反正。大批知识青年返城，学校撤销红卫兵组织。作家刘心武创作的小说《班主任》的出现，开创了一种叫"伤痕文学"的文体。

这一年的十一月二十四日，安徽省凤阳县小岗村十八户农民以敢为天下先的胆识，按下了十八个手印，搞起生产责任制，点燃了承包制的"星星之火"，开中国"农村家庭联产承包责任制"先河。

喇叭裤、披肩发、迪斯科风靡全国。

十二月，中国共产党十一届三中全会召开，中国决定实行改革开放。

小人物的命运，多数时候与国家命运息息相关。而有时候，它又与任何人没有关联，只是自己独立的个体。是"命由天定"的宿命，似乎谁也奈何不得。

那是阳春三月，大地苏醒，万物蓬勃之时。仁寿受母亲的指派，让他去梦龙看姐姐，说姐姐春节没有回来，到现在也没时间回，娘想她了。仁寿听了很高兴，拿了一点简单的吃食便上路了。

一个人在家的玉儿，觉得沉闷，先到云儿家去帮着女儿带了几天小孩，又惦记着家里没人，便又回来。那天刚回家，门才打开，来了一个高挑个子的姑娘，站在门口喊"仁寿哥"。玉儿问：

"哪来的姑娘，找我家仁寿有事吗？"

女孩说：

"我是雪香的妹妹。仁寿哥原来和我姐姐雪香相好，本来是可以做我姐夫的，我姐姐不在了，姐夫也做不成了。"

女孩一连串的话，惊着了一向小心的玉儿。她忙看了看四周，拉着女孩的手说：

"女孩家家的可别乱说，我家仁寿现在可是订了婚的人，说出去让人听见了不好。"

只见那女孩不但不听玉儿的，反而大声说：

"本来就是嘛，在三治队时，大家都知道的。"

玉儿一边要拉女孩进屋坐，一边问：

"我也知道一点你姐和我家仁寿的事，可这是命啊。你姐这命，唉！那你今天来找我家仁寿有么事吗？"

女孩被玉儿拉到门口了，就是不肯跨门槛进屋坐，只是站在门口说：

"我来找他要那本山伯歌。当时是我姐借给他看的，说了要还给我姐的，我姐走了后，可他没有把书还了。我姐虽然不在了，可以还给我啊。"

玉儿说：

"原来是听他唱一唱来着，自从我说他不该唱以后，他好像就没唱过了。什么书，他也没给我看到过呢？"

女孩：

"我姐姐去世时，我看到他当时确实是很痛苦很难过的，也没好意思找他要。现在既然他又再找人了，那就该把书还给我吧。"

玉儿点头，说：

"我家仁寿这几天不在家，去他姐家了，要不等他回来了再找他要，行不？"

女孩说：

"不行。我今天既然来了，大老远的，就是要把山伯歌带回去的。我一定要带回去的！"

玉儿听了，见女孩决心很大，于是说：

"那我找找看，找得到更好，找不到那就真没办法，只能等他回来再给你，或者等他回来了我告诉他，让他送到你家里去。"

女孩固执地说：

"不！今天我非要拿到手不可，不然我就不走。"

玉儿无奈地进房去，到仁寿的房里，一张床一张桌，到处都找了，就是没有找到什么三伯歌那本书。便又出来对女孩说：

"孩子啊，确实没找到怎么办呢？"

没想到，那女孩突然翻脸了，竟然对着房内破口骂起来：

"真是不要脸，拿了人家的东西不还，还藏起来。当初跟我姐那么好，现在说找人就找人了。不敢出来见我，肯定是躲到哪里去了。不想还我的东西，没见过这样不要脸的……"

女孩刺耳的骂声引来村里人的围观。玉儿一世清白做人，一世把名誉看得比生命还重要，一世不轻易得罪任何人，哪怕是小猫小狗都不敢怠慢过，她哪见过这阵势，气得不知如何是好，一个劲地陪着不是说：

"对不起，真的对不起。我家仁寿真的不在家。让你进门来自己看，又不愿意进来。我哪敢骗你？我家仁寿不懂事，借的东西没还，我们有错。可现在就是找不到了，他没回来，你哪怕是把我杀了也找不到啊！"

那女孩听了这话，没想到更加恶劣地说：

"我哪敢杀你，有本事你自己去死，杀你脏了我的手呢。有娘养没娘教的仁寿，亏我姐对他那么好。"

女孩这几句话像刀子一样戳在玉儿的心上，她还从来没有这样被人羞辱过。玉儿气得全身发抖，嘴唇发紫，完全说不出话来了。待围观的人把那女孩拉走后，她无力地关上门，猛然间，一下子觉得，活着真是没有任何意义了。

在桥西死去几个儿子时，她相当于死去过好几次了。多次想到死，可又不甘心，又怕让全恩和心珍难受。后来，又有了云儿和仁寿，又不能死了，要把他们带大。现在，心珍自己也是三个孩子的娘了，云儿也当娘了，儿子仁寿已经大了，亲也订了，她再也没有什么牵挂了，活着是遭罪。玉儿冷冷地，长长地叹了一口气，连连自语道：

"早死早享福。早死早享福。"

极度失望和疲惫的玉儿，摸索着先洗了一个澡，非常冷静地换上了早年就已经准备好了的"寿衣"。倒掉洗澡水，收捡好换下来的衣服，然后找来一种叫"六六粉"的东西，合着水一股儿喝了下去。接着缓步来到床上，平平整整地躺了下来，凄凄地叫了一句："仁寿他爹，来接我吧。"然后等待死神的到来。

当有人发现玉儿喝了药，请人叫来云儿女婿，玉儿已经口吐白沫不省人事了。急匆匆赶到的女婿，慌张地叫赶来帮忙的人：

"快，快请叔侄们帮我，把人抬到竹床上，再请人把船驾来，赶紧送往北山的公社卫生院。"

人们手忙脚乱地，把玉儿搬上竹床，盖上被子，然后把竹床抬上船，请驾船人拼力地快划！然而，艄公的桨远没有死神来得快，船才划到大湖水库的湖中心时，玉儿突然睁开眼，望了女婿一眼，艰难地说了一句：

"我要走路了，找你们的爹去了。别费力把我送到北山，快送回去。别让我进不了屋，仁寿就交给你们了……"

说完便落了气。

天下起雨来。

大片大片的雨帘落在湖里，砸起波浪。大滴大滴的雨，如玉儿这一生流过的泪，大片大片地落在玉儿静止的躯体上，落在玉儿再也不会睁开的眼和面部。云儿女婿一边用一件旧衣服盖上玉儿的脸，他脸上的泪与雨点融在一起，悲恸无助。却执意让船往前划，到医院后，由医生确定人确实已经死去时，女婿再把娘往回运。最后一线希望彻底破灭，这时才大放悲声：

"你怎么就这样想不开呢？不就是一个外人说了几句难听的话吗？眼看着日子慢慢要好起来了，受了一辈子的苦，慢慢可以享点福了，却要急急地走，你让你的儿女们怎么想得了啊……"

女婿一边哭一边往家的方向，让船夫快速在雨中前行。风雨越来越大，这雨，一如当年，玉儿出生时那场雨一样，吻合相连在天地间。宽阔的湖面上，小船如一片叶子，在昏暗的天空下，于风雨中艰难前行。那一刻，满天满地的雨，分明是老天的哭泣，哭玉儿轻如浮萍的命，哭玉儿苦如黄连的命。哭玉儿刚烈得义无反顾地离去，哭玉儿决绝得对世间了无留恋……

玉儿当年离开桥西前，找算命先生算过命，算她命中有一子，但是必须是离开后走一家才能得以养育。玉儿一生信命，也常怨命，怨自己命不好，八字不好，不怨任何人。怨命也就是怨自己。所以她常说"志气难争屎难吃"，想争气，命由不得你争气。其实，玉儿的一生，何尝不是在"争气"中？争气着再嫁再生儿女。再嫁后的男人饿死，她带着两个幼儿，拖着不能做事的小脚，为了养活儿女一次次嫁人。待儿女稍大一点时，不再嫁人了，用她自己的话说，"过着与讨米两隔壁"一样的生活，把儿女拉扯成人。这一切，如果不是因为争气，一个没有劳动能力的小脚女人，又能走到这一天吗？

进入暮年时，她又算过一次命。算命先生说她虽有一子，但这一子送不了她终老，送她终老的人是半点子，当时她很迷惑这"半点子"之意。玉儿怎么也想不到，最终送她终老，看着她落气离开人世的人，竟然是云儿女婿。女婿半边子，即半点子。难道，这就是天机？上天早已经把一个人的一生，从出生那天起，像布下天罗地网一样，把一个人的命运布置安排好了，你再如何"争气"或挣扎都无济于事吗？玉儿从来没有去追问过，也没有刻意为了信命而不努力过。一直是做母亲的本能，让她与命运抗衡着，在不甘心的挣扎中过着每一个日子。常常饿着肚子，省给儿女们吃。潜意识里，不就是一位母亲为了把儿女顺利养大，自己与命运之神的赛跑吗？

玉儿的生命，最后停留在一叶小舟上，在四周都是水波起伏的大湖水库上，轻如浮萍，载着轻如叶子一样的玉儿躯体，似乎暗合着玉儿坎坷漂泊的一生。在风雨中出生，在风雨飘摇中苦苦挣扎了六十三年，怀过十三个孩子，养活两女一儿。这位能熟背《增广贤文》的女子，最后，以自我了断的方式，于凄风苦雨中离去，结束了一位了不起的母亲在人世间平凡又苦难的一生……

中部

第一章

一

　　仁寿正和姐姐一起带着外甥吃晚饭时，义法突然来了，姐弟俩忙起身，惊喜地说：

　　"义法大哥，什么风把你给吹来了？"

　　玉竹一边说一边让仁寿招呼大哥坐。自己赶忙到厨房，为娘家来的大哥煮了一大碗鸡蛋面。义法一边吃着面，一边刻意漫不经心地说：

　　"没什么事，就是你娘病了。有点急，她非让我来接仁寿回去。"

　　玉竹和仁寿连忙问娘得了什么病。义法说：

　　"还不是老毛病，心下痛。这次痛得厉害，让仁寿今天晚上连夜随我回去。"

　　玉竹听说要弟弟随他连夜回去，心里就有点慌起来。但又不敢往太坏处想，一边让弟弟准备着，一边说：

　　"娘这心下痛，痛了大半辈子。自从我在卫生所住了这些年后，才懂得，娘说的心下痛，其实就是胃痛；娘这胃痛就是饿肚饿的。自从叔爷饿死后，她自己常常不吃省给弟弟妹妹们吃。这一辈子，娘不知道挨了多少饿。养活弟弟妹妹，是她自己用半条命换来的。"

　　玉竹边说边流泪。义法说：

　　"是啊，眼看日子慢慢好起来了，可她这病也是不见好。"

　　玉竹说：

　　"落下了病症，要好，很难。"

　　说着话，义法的一碗面也吃完了。忙起身说：

160

"我就不客气了，得带着仁寿趁早赶路。快的话，下半夜能赶到。"

玉竹说：

"好，我就不留你了。我明天一早带孩子到区里，约孩子的爹一起赶回去。"

义法连声说：

"好。好。你和妹夫不用这么急。明天一早带着孩子回去，明天能到家就可以了，没大事的。"

义法拿起手电筒，带着仁寿，跟玉竹告辞了。

一个手电筒，照着回家的路。一双脚，一步一步丈量着回家的路。路上，义法总捡一些在一起砍柴做事的往事和仁寿说着。为了打消仁寿的怀疑，尽量避免说他娘。他知道，一旦让仁寿察觉娘已经去世，伤心哭泣会让这黑夜的路更难行。在说说笑笑中，急步走了一大半路。走到一个叫青山的地方，刚到义法一个亲戚家门口时，手上的电筒突然不亮了，怎么弄也不亮。伸手不见五指的黑，义法只好叫醒亲戚家的门，带仁寿借住了几个小时。天刚刚蒙蒙亮，便起床继续往前走。没想到，这时的电筒却又亮了。义法觉得蹊跷，但不敢作声，心里却默念着：

"婶娘你真显灵呢，你怕我带着仁寿走得太急，竟然让电筒不亮了，你是想让我们休息几个小时再赶路呢。很快就可以坐上船了，你显灵保佑我们安稳回到家，带仁寿早早见到娘。"

下船后，仁寿三步并着两步往家里赶。当看到家门前的屋檐下，门板上躺着面部盖着火纸、周身已经冰凉的娘时。仁寿脑袋像炸开了一样，人是木的。半梦半醒之间，仁寿半跪下来，揭开娘脸上粗糙的黄色火纸。只见娘像睡着了一样安静，他抱着娘的头，轻声说：

"娘啊，我不是做梦吧？娘啊，你怎么在屋檐外面的墙角下睡着呢？头上怎么枕着冰凉的屋瓦呢？娘啊，你怎么不进屋啊？娘啊，你怎么不答应我一声呢？娘啊，你叫我去看我姐，我姐他们很好，我现在回来了，你怎么睡在门板上，你睁开眼看看我啊！"

仁寿一边说，一边用手翻看娘的手，摸娘的脸，摸娘的脚。突然拉着义法的手，大声问：

"我娘这是怎么了，她不是心下痛吗？怎么就叫不应了？我娘她到底是怎么了？"

义法一边擦眼泪，一边把事情的原委告诉了他。当仁寿完全意识到娘已经是死了，再也叫不应了时，他开始用头撞着地下，跪着一边哭一边拜，声嘶力竭，泪流满面地大声号泣：

"娘……啊……娘……啊……，你怎么说走就走了？娘啊。娘啊。我再也没有娘了！再也没有娘做饭给我吃了，再也没有娘为我洗衣服了，再也没有娘怕我吃不饱饭穿不暖了。娘……啊，娘……啊！你答应我一声啊，娘啊！再也没有娘怕我生病有痛了。娘啊娘啊！我还没有成家啊，你怎么就抛下我不管了呢，我一个人怎么办啊！娘啊，我可怜的娘啊！你到底有多大的冤屈要寻短见啊……娘啊……"

仁寿悲痛欲绝，高一声低一声，声声唤娘，肝肠寸断，涕泪横流。跪地拜天的哭喊声，声声如锤子一样砸在每一个人的心上，感天动地。仁寿的哭喊，引来过路和屋场里的人以及让所有在场帮忙的人。男女老少跟着仁寿的号哭声一起哭起来，哭声一片。仁寿一次次悲惨喊娘的痛哭声，在天地间摄人心魄……

玉竹和诗润带着孩子往大湖地赶，刚下船，便有人告诉了玉竹她娘的真实情况。玉竹听了，一下子哭倒站不起来了，跪在地下往家里爬。诗润怎么扶也扶不起玉竹来，两个孩子跟在娘的背后哭着。玉竹跪着爬着，一路爬到家门口，爬到门前，爬到屋前躺在门板上的娘前。只见一炷香，一盏油灯，三碗供品。玉竹跪着，声声唤娘：

"我可怜的娘，我讨米的娘，我吃苦受罪的娘，我那没有享一天福的娘……"

这时仁寿和云儿出来了，跪下来和玉竹一起抱着，三姐弟哭作一团。哭一阵后，帮忙的人来劝节哀，来说着死的已经死了，活的还得活，得把死者的后事办好才是最重要的。听了人劝的姐弟，只得起来，忙着询问如何处理好娘的后事，让娘入土为安。这时，大队的支书也来了，问玉竹：

"你是伯娘的大女儿，事已至此，我们要听听你的意见，如何处理伯娘的后事。"

还没等玉竹开口，旁边有人说：

"把人背到那个骂伯娘的人家去，让他们来处理。养出这样的女儿，骂人骂到家里来了，得去找他们。"

听了这话，有人也附和着说要把人拖走，去找那家人"打人命"。这时，玉竹边哭边说：

"不了，不能这样！我说不这样是有我的道理的。"

支书问：

"大姐说说看，我们想听听你的想法。"

玉竹抽泣着断断续续地说：

"我娘活着受了一辈子的苦，死了再也不能让我娘不安宁了！不要把我娘背到那里去。至于到底如何处理，我们听从政府的处理和发落。政府说如何做，我们就如何去办事。"

支书说：

"好，一会儿公社的特派员要来，看看他怎么说。"

正说着，一个高大的干部带着两个人一起来了。他们先在死者前作了三个揖，然后听支书汇报了玉竹的意见。特派员竖起大拇指说：

"不简单，了不起的通情达理之人。老人家该是有福之人，有三个好儿女，偏要走这一脚。"

特派员做出代表政府的决定：

"我带你们亲房的人一起，到那家人家去要一定的赔偿，'打人命'的事就不能做了。仁寿的大姐也说得好，死者为大，不要让死者再不安宁。再说那个女孩子不懂事，年龄不大，法律上也就不好追究。我们代表政府到他家里，让她父母对她进行严格的批评教育。"

玉竹说：

"感谢政府，感谢特派员和队里的支书。还要感谢队里和亲房，所有来帮忙的婶娘叔侄们。有你们做主我们也就无话说了，只有感谢的话了。"

玉竹说完带着仁寿和云儿行了跪谢礼。

玉儿的后事，一切由公社委托生产队来操办。

接下来，兵分几路，所有的亲房，包括生产队里的男女老少，几乎所有人出动帮忙。向不同处的亲戚报信，准备几天的吃食，请人看出殡登山的日子，请锣鼓响磬，下厨房做厨子……一切有条不紊地进行。

玉儿登山的那一天，天气晴得特别的好。仁寿手持孝棍，披麻戴孝，全身素白，走在棺木的前边。玉竹和云儿带着孩子们披麻戴孝走在后边，订过婚但未结婚的梅，带的孝和别人是不一样的。她的孝布里层是白的，白的上边还加拖了一层红布，用细麻绳固定着，从头上一直拖到地下。锣鼓响磬在送丧队伍的前头，紧随棺木后。十二个丧夫在一阵阵"哟呵"声中，抬起玉儿的棺木。棺木是淡黄色原木的，因为家里一直没有钱准备棺木，这个棺木是在雪香的家里拖来的赔偿。没来得及上有颜色漆的棺木，朴素得和玉儿的人一样。丧夫先抬起来，往前三步，再退三步。以示一个人最后对这世间的徘徊和对亲人的眷恋。然后，丧夫们在一步一移中，抬着玉儿向前去。

这一天，全队的人包括附近队里的人来了不少，所有晚辈都披了白孝布于头上。一路鞭炮不断，摆设的"路祭"有几家。全恩也带着他的儿子来了，让儿子为姑披麻戴孝。并叮嘱儿子，以后要和仁寿像亲兄弟一样相互来往。所有人哭着送玉儿，送这一位受尽了磨难、平凡又了不起的母亲最后一程。

唢呐悲鸣，鼓磬哀泣。在一片凄婉乐声里，在一片断肠不舍的哭声中，玉儿彻底享福去了！结束了她在人世间六十三年的一生。最后与她一生敬畏的土地融为一体。让自己化作土地的一分子，照护着她的子孙后代……

七七四十九天后，仁寿从楼顶的横梁上，找出自己藏起来的山伯歌，去了雪香家。去的路上，仁寿想了许多解恨的方式，把香雪的妹打一顿或骂一顿。可是见到雪香的妹妹时，仁寿却骂不出来，更下不去手，他把书递给有些怯怯的雪香妹妹,一句话没说转身离去。从此以后,他再也不唱山伯歌,在他后来的人生里,他不再唱任何歌曲了。娘那一句"你这好的命,还有劲唱歌"如刺在喉。让仁寿懂得,为何从来没有听娘唱过一句歌。娘悲苦一生,何来唱歌的心情?

二

玉竹和诗润带着孩子等渡船,站在"大湖水库"的水尾处。呼呼的河风,吹乱了玉竹的齐耳短发。自从生下小儿子李琛后,她就下狠心剪掉了那一对及腰麻花辫。玉竹望着那一望无涯的水域,眉头紧蹙,凄凄地道了一句"隔山容易隔水难啊。"凛冽的秋风吹在脸上,生生地疼。风中的水汽里,带来一股浓烈的鱼腥味。水尾处的水,即使没有风的作用,也是一个浪一个浪地拍打在岸边上,发出一阵一阵"啪啦啪啦"声。伴着近处一丛丛高大花白的芦苇花,萧瑟中的凄清迎面而来。玉竹想起娘,鼻子一酸,落下泪来。

走了几十里路来到水尾,两个孩子也累了。他们走一程,父母背一程,一路走过不同村落,看到鸡鸭耕牛时,总是要兴奋一阵子。特别是书礼,一路走,一路摘了一怀的山花抱着,说要送给新舅娘。走到水尾时,山花蔫了,人也累了。兴奋敌不过一路的辛苦劳顿,倒在娘的怀里睡着了。

一家人要赶往大湖村,为弟弟仁寿成婚之事。

娘去世后,仁寿一个人,最开始,诗润想把内弟带到身边来,跟玉竹商量时,玉竹说出的又是另一番想法:

"如果弟弟没有说亲,没有订婚,带到我们身边那是好事。可眼前的事是,他已经和梅订了婚,既然已经定了亲,免得弟弟孤单,亲总是要成的,婚也总是要结的,不如就让弟弟成亲。你真想帮忙,那就帮着把弟媳接回来。成亲了,他就不孤单了。有了妻就有了家,生了孩子,这个家就更像家了。娘在九泉之下,也就放心了。"

诗润说：

"你说得有道理，男大当婚。有他自己的家了，就不孤单了。也会慢慢适应没有娘的日子，我们也就不用太牵挂了。"

玉竹又说：

"前些时义法大哥托人带信来说，弟天天到娘的坟前去哭。常常哭得山上砍柴，地里干活的人做不下去。这样下去，弟整个人要拖垮的。再说了，我们当地有规矩，家里有长辈过世，办过丧事，如果要接着办喜事，要么在当年办，有冲喜一说，要么就得过三年才能办。哪能等得三年呢？三年，崽都生了。"

诗润听了妻子的话，觉得这女人见识不浅，在情在理。于是说：

"那就按你的意思尽快吧。免得你一天到晚总是哭，让人担心呢，搞得我的心也不安宁。早让他结婚了，把自己的日子过起来，我们也就安心了。"

事情商量好了以后，由玉竹这个大姐做主，让仁寿的婚事定在娘去世后的这一年秋天。日子选好了，玉竹和诗润提前支借了两个月的工资，云儿夫妇拿出家里种的各种食粮，姐妹俩共同来为弟弟办婚礼。

婚礼的头一天，三姐弟一起来到娘的坟前祭拜，告诉娘，娘最牵挂的弟弟要成亲了。姐弟三人，一前一后，捧着供品，还没走到坟前，姐弟仨就开始哭起来。特别是仁寿，号啕大哭。一到坟边，整个人就在坟前睡了下来，一声一声地喊着娘：

"娘啊，我来陪你睡一睡，你一个在这里没人陪，我一个人在家没娘陪。娘啊！你让我么样想得了啊，我还没有孝敬过你一天，你就走了。你还没有看到新媳妇接回来就走了。娘啊！娘啊……你让我怎么忘得了啊，娘啊我可怜的娘啊。对不起讨米把我养大的娘啊。娘啊！娘啊……你让我怎么忘得了啊，娘啊……"

仁寿一声一声的哭喊，玉竹和云儿的悲恸声，在大湖村的山野里，悲切回旋。玉竹边哭边说：

"娘啊，弟要成亲了，娘放心吧。娘啊，你总是忘记不了桥西养大你的阿太和阿公阿婆，这回你可以和他们团聚了。为人太苦，去那边好好享福吧。你要保佑弟好好的，让他少欠你一些……"

新娘子接回的那一天，正是公社开发南山岩万亩杉木基地的号召发出不久。为了犒劳大家，大队部那天晚上请了电影队的人来放电影。电影是《穆桂英挂帅》。所有来的远近亲戚亲房，都赶上看了一场电影。玉竹笑着对仁寿和梅说：

"赶得好不如赶得巧。你成婚的日子，队里就放电影，像专门为你们庆贺一样。你们一定能为娘多生几个有出息的儿女，像穆桂英挂帅带兵那样，娘在九泉之下也笑了。"

亲戚们听了，也都乐呵呵地笑了起来。

仿佛，一直被困苦压抑得笼罩在这个屋子里的阴影，这一刻，在众人的笑声里，风散了。

仁寿家里也有挖南山岩的任务，结婚的第二天便带着新媳妇一起上南山岩挖山去了。姐姐们也各家有事，都各回各家了。

铿铿铿……锵锵锵……铿锵铿锵铿锵锵……

铿铿铿……锵锵锵……铿锵铿锵铿锵锵……

一阵一阵的锣鼓声和鞭炮声由远而近，热闹的人群像一阵阵热浪一样，向前而行。原来，是送兵的队伍来了。今天是送兵的日子，各大队把各项体检合格并换了新军装的新兵，敲锣打鼓送到公社来集中。由公社一齐送到县里集合，然后再发往部队。

这一年，县里到梦龙再到区里的公路修通了。刚通车时，山里的娃们唱着"汽车来了我不怕，我跟汽车打一架"的童谣，一边唱一边看那个叫汽车的庞然大物。这一天，来了一辆绿色带斗篷的大卡车，停在公社门口的操场上。这是接新兵的专用车子。有好多老人在汽车身边，边看稀奇边用手轻轻摸着汽车说：

"啧啧啧！好家伙，也不知道这大物一天要吃多少东西，才能跑得动，一直从县里跑到我们这山旮旯儿来了。"

另一老人为了表明自己的见识，颇神气地说：

"你不知道吧，这大物可不吃东西，它只喝油呢。"

老人更是奇怪地感叹道：

"难怪。那得喝多少油才能有这大的劲呢？我们一天也舍不得用一两油来炒菜。它专喝油，难怪劲大。听说今天要装几十人到县里去呢。"

另一位老人，凑近来，揉揉双眼说：

"我一辈子走得最远的路就是从家里到公社。我有个侄儿，可有出息了，没通车之前走到县里，走了一天，他说这个叫汽车的大物，几个小时就能跑到县里了。稀奇真稀奇！"

老人们围着汽车看，孩子们却围着穿上军装戴着红花的"新人"看。赶热闹的人群里，书礼带着弟弟李琛一起，夹在敲锣打鼓送兵的队列里跟着看。姐弟俩，看着那一个个穿着军装戴着军帽，胸前佩着大红花的小伙子们的神气样，心里羡慕得不得了。那些脸上还带着稚气的年轻人，一个个自豪地走在大街上。每到一处，总会引来路人的停留观望。街上到处贴着用红纸写的"一人参军，全家光荣"等标语。

不一会儿，一个三个人的锣鼓队，几位乡亲跟随的队伍，送来的却只有一个军人。观看的人群里，有人议论说：

"看，快看！北岭山上那几户人家，也当上了一个兵。"

又有人说：

"那个高山上的村子，只有十来户人家，还是第一次有人参上军。所以这一位军人，对于他们，不只是一家光荣，而是全村每一户人家的光荣。"

书礼好奇地向着人们议论的新兵望去。只见穿着军装的人，比其他人都显得成熟和高大威武。书礼听到又有人说：

"阮大水能去当兵，那是北岭山上的风水开始轮流转了。当兵前，他就是公社里的民兵连长呢。家里兄弟几个，就他一个人特别有出息。"

听了这话，一个叫阮大水的年青军人的名字，让小小的书礼，无意中记在了心里。

赶了一天热闹累了一天的书礼和李琛，吃过晚饭就睡下了，睡得很实很沉。

两个孩子睡下后，玉竹开始坐在灯前看一本破旧的《本草纲目》。这是每天教她打算盘学中药的老中医借给她的。当时把这本书送给她看时，两人有一段对话：

"你将来到中药房上班，这本书可是不能少的。要多读，多认识草药的名称和它的作用，以及每一味药的作用治什么病。这些都是你要一步一步熟悉，然后从了解到牢记，才会在药房上班时不至于太吃力。"

玉竹一边谢一边说：

"是啊，这把年纪了学东西，真是怕自己学不会呢。我知道一定得学得熟了才能去上班。这是诗润说的。"

白医生说：

"三十岁的年龄，正是学东西的好时候。这时候只要你肯用心学，学的东西也会记得特别牢。这个年纪正是心性成熟时期。我看你学得上心，人也聪明，不是难事。看你算盘，现在不是打得蛮好了嘛。"

玉竹欢喜地说：

"还是您教得好，都是得您的力呢。"

白医生笑：

"我也得谢谢你呢。虽然老大在外地工作了，可身边这两个孩子的衣服破了缝缝补补，也得你的力帮不少呢。古话说，活到老学到老，还有三样没学到。人的一生，是一个永无止境的学习过程。你也不用急，一边做一边学，更好。"

老中医白医生的这几句话，让玉竹受用一辈子。在以后的岁月里，她不但坚持学习，并言传身教，教育她的孩子们。

三

从老家过年回来，孩子睡后，玉竹看书看得正认真时，突然听到不远处传来一个男孩凄厉的哭叫声。玉竹的心一痛，隐约觉得和儿子国庆被挨打的哭声一样。放下书，怔了怔。转而又想，这里离国庆他阿公那百里多路呢，怎么会是国庆呢，可能是想儿子想出来的幻觉吧，想罢又开始低头看书。可是不一会儿，男孩凄厉的哭叫声再一次传来，并伴着一声声洪亮的男人的质问声：

"到底拿了没有？拿了没有？不承认就打死你！"

男孩边哭边说：

"没有拿。真的不是我拿了，我真的没有拿。"

那洪亮的声音，伴着气喘吁吁，更加凶狠地响起：

"打死你！打死你！让你犟，让你不承认。老子打死你……"

这带着恐怖的声音，震荡在漆黑的夜里，像要震落天上的星星一样，令玉竹惊慌得无心再看书。她放下书本，走出房门外来，她想寻着声音去看个究竟……玉竹刚出门，筒子样的木板楼上，住着的几位医生护士，也都被这声音吸引着，从各自的房间走了出来。个子矮小的白医生，再艰难也舍不得打孩子的他，一边用双脚使劲地在木板上跺着，一边愤恨地说：

"唉，这个老王啊！像一头牛一样，粗暴的脾气，让孩子受罪啊！"

玉竹不解地问：

"什么老王？怎么这样下狠心打孩子？大过年的。"

白医生用手指着另一位医生说：

"老王刚来住时，他带他找过我，为他儿子开过调理身体的中药。我了解一些他的情况，疼起儿子来，恨不得把自己的肉割给他吃。打起孩子来，却出傻劲往死里打。"

另一位医生，看着玉竹说：

"老王和我家沾一点亲，我带他来找白医生开过中药，说过他的情况。最近才借住到与我们卫生所一墙之隔的供销社仓库里，是他的一个老表介绍来的。看他实在可怜没地方去，所以找人把他安置在梦龙村生产队。"

护士问：

170

"他原来是在哪里的呢，这老王？"

那位说与老王沾点亲的医生接着说：

"说来话长，人的命运真是说不准。他当过造反派的头目，之前在法院工作，法院之前在部队当兵，转业回地方后到法院工作的。'文革'开始后，他当起了造反派，那几年可是吃红吃绿的人物呢。后来两派争斗，他这一派被打倒了，他这个头目自然也就被打倒了。不但打倒了，听说还有一些事，被抓了起来。好好的一个家，弄得妻离子散。"

那位护士像听故事一样，好奇地又问：

"那后来呢？"

医生又说：

"个性本来就暴烈，被关出来后，把他下放到一个偏远地方，在那里住了几年。因为和当地的人合不来，后来是他在梦龙供销社工作的老表，见他父子俩不容易，找人说情，把他们的户口落到这里的生产队，并让他借住在仓库里，总算有了落脚地。"

医生说着，叹息了一声说：

"人是个非常聪明能干的人，什么事只要一看就会。也能吃苦，就是脾气有些与众不同。不但一根筋，还有些古怪。吃亏吃在这个脾气上。当造反派时，打人总是冲在最前边，打孩子也不许任何人劝，谁劝就吼谁甚至骂。所以我们只能听一听，不能上前劝，那是自讨没趣。过一会，脾气消了，自己又会好了。"

玉竹说：

"没个娘在身边的孩子，越是这样越不能打啊。怎么能这样把孩子往死里打！听声音孩子好像也不大呢？"

医生说：

"他有两个儿子，另一个大的跟孩子的娘走了。这个被打的儿子，约莫十二三岁吧。他不在家的那几年，一直把他送到老家一个脑子有点问题的二哥带。那傻二哥没有结过婚，人也糊涂，最多只能是，他吃什么就给孩子吃什么。那孩子当时才两岁多。在那里，像个动物一样养着。听说几个月也没有给他换过衣服。腰围处皮筋裤子勒得太紧，烂了一圈。经常在地下爬着，不知道吃了多少鸡屎和狗屎呢。"

玉竹听了，流下泪来。连连说了几句：

"作孽崽，作孽崽，作孽崽。"

感叹完，又说；

"没娘疼的孩子就是可怜啊。原来我总觉得我家国庆不在我身边可怜，但没有受这样的罪。可怜的孩子，作孽崽。"

白医生说：

"你家国庆哪有什么可怜的，跟他阿公阿婆一起，吃得好好的，穿得好好的，你爹是个细致的人。公疼长孙，那是享福。"

玉竹听了，心有欣慰地说：

"也是。原来觉得没跟我这个娘在一起，所以觉得孩子差了什么。现在你们说的这个老王，跟他的儿子比起来，那可是在享福呢。虽然他阿婆的脾气不好，现在总算慢慢大了，跟阿公一起了，也就更好了。"

玉竹说完，转而又问那位医生：

"老王遭难的时候，为什么不让这个孩子也让他老婆带走呢？跟娘在一起总比跟那个什么傻二哥在一起好吧？"

医生说：

"你不知道，老王是个十分偏执的人。当时是他闹着要离婚的，判的是一人一个。后来，他誓死也不让这个孩子随前妻走。"

玉竹：

"自私呢。为了负气让孩子遭罪。古话说宁愿跟着讨米娘，也不跟那当官的爹。"

几个人正在走廊里议论着，刚才孩子尖叫的哭声渐渐消失，那洪钟般的打骂声也已平息了下来。听了故事的几位同事，见孩子没有哭叫了，唏嘘着各自回了房间。

玉竹却再也无心看书，心中强烈的思念从心头升起。远在老家的儿子国庆的面容在眼前晃动，不知不觉流起泪来。这种哭是复杂的，既是思念儿子，又像是为这个不相识的没有娘疼，又挨爹打的孩子而哭；又像是为自己而哭，小时候父母离婚时那种想娘的痛，一生都没有从心里散去。所以以后的人生里，任何时候任何人的孩子，只要没有娘，都会触动玉竹心中那一根敏感的神经。一辈子最怕的，就是母子分离的痛……

与卫生所一墙之隔，是供销社陈旧的仓库。仓库一角，住着老王父子。简易的木椅搭的床，陈旧的棉被，混乱的杂物放在床边到处都是。昏暗的灯光照着这个不是家的家，照着发过脾气的老王，还有那个刚刚挨过打的孩子。老王其实并不老，四十来岁的样子，中等偏高身材，体格健壮，轮廓分明的脸，炯炯有神的双眼，浑身上下透着一股跌宕的英武之气。

刚才打儿子的原因是，他的一个打火机找不到了。那时候的打火机，可是"稀罕物"。老王认定是儿子拿了，因为这家里没有别人。当儿子说没有拿时，他认为儿子是拒不认错，于是把儿子双手绑了吊到梁柱上，一直打到儿子承认拿了，并说弄丢了为止。儿子叫王宇。实际上，王宇是真没有拿他爹的打火机，是屈打成招，可又拿不出来，只能说拿了又弄丢了。

放下绑吊的儿子后，老王又心疼地抱着儿子。看儿子被打得红肿的屁股和被绑出伤痕的双手，继续对儿子进行教育：

"以后可不能随便拿东西，特别不能拿别人的东西，一旦让我知道，那就是这一样的下场。"

老王洪钟般的声音，在高而空的仓库顶上回荡。王宇一边抽泣一边答应着：

"嗯……嗯。"

昏暗的灯光照着王宇的脸，泪痕虽未干，但一个少年的英俊初露端倪。老王端来一碗汤，让儿子喝，说：

"把汤喝了，刚刚挨了打，喝了补一补，然后睡觉。我们刚到这里来住，以后不要在外边惹是生非，跟着爹一起，爹打你也是为你好，是为你将来长大了能成人。"

王宇一边喝汤一边答应着，喝完汤没有洗就上床睡下了。

可怜的王宇，当年父亲忙着当"造反派"，一岁多时，娘就带着哥哥远走了。他和爹一起，后来爹犯了事，两岁多又和爹分开。在一个偏僻的山村里，和没有正常生活能力的伯父，在一种自生自长的环境中生活了两年。没有母爱没有父爱，没有温暖，没有一个正常孩子生活的环境。直到父亲回来把他接到身边。

老王出来后接出儿子时，四岁多的孩子话都说不大清楚，人也有些呆木，见人就怯。跟父亲一起的王宇，慢慢长出了人样，人活泼了，口齿也清楚起来。可就是落下了见什么事就怕的毛病，凡事不敢向前，做事也有些缩手缩脚地不自信，完全像不是他那火爆的爹所生。

那种逆环境中长大，没有温暖没有爱，让一个本该是正常的孩子，在性格上无形中形成了不正常的发展。一如一棵树，在它还是小树时，你把它的树枝强行压弯下来，它一定会顺着弯曲的样子去生长。

人也一样，在扭曲的环境里生长，内心是缺失的。加之老王的性格有几分怪异和自负，长期打压儿子的行为，虽然他的用心是出于爱，他怕儿子的性格会像他那样暴烈。自己因为这种脾性，在人生路上翻了跟斗，所以他希望儿子的个性能够平和一些。可是这种有些畸形的教育方式，导致孩子的性格双重性。

殊不知，这种缺少阳光的生长环境，无形中影响和压抑了孩子的个性发展，对他性格和生活以及处世方式，甚至人生观和价值观，都起到了不能够正面看事物的毛病。当然，这些都是老王不可能预料到和想到的。如果能够想到，他也许会换一种方式教育儿子。

成长的阴影，伴着王宇的一生，如影随形。

四

睡得很香的书礼，迷糊中闻到一股清香。那种带甜味的清香，一阵

174

一阵进入她的梦里，好闻得在梦中都要笑醒了。梦中的书礼"吧嗒"着嘴，带着满足，翻一个身，睡得更沉了。直到早上醒来，发现暖融融的被子里，爹睡在她身边，她惊喜地抱着爹叫，问爹什么时候回来的。诗润笑着说：

"我在你正做美梦的时候回来的。"

书礼说：

"你怎么知道我做了美梦？"

诗润亲了一下女儿，哈哈笑说：

"我钻进你的梦里去了。"

书礼说：

"那怎么不叫醒我呢？"

诗润笑着把女儿搂进怀里：

"怕把我乖乖的美梦叫醒了找我哭呢。"

书礼嗲嗲地说：

"我真的做美梦哪，梦到好香好甜的吃食，就是不知道是什么东西哪。"

书礼嗲得把个"了"字说成"哪"字。

诗润又亲了一下女儿说：

"我的乖乖真的梦到香甜的吃食了？"

书礼使劲地点着头，继续用嗲嗲的腔调说：

"嗯。是啊。好香好香的哪。"

一边说一边抬起头睁着眼，用鼻子使劲地嗅了嗅说：

"咦！我梦到的香味，好像还在呢。爹你闻闻，我真的又闻到哪，闻到梦中的香味哪。"

书礼继续把"了"说成"哪"。

诗润大声笑着，说：

"是，是，是。我乖乖能把梦中的香味都带出来了，真是厉害、厉害！"

这时，早已起床做好早餐的玉竹走进木板楼的内房，嗔怪地看了诗润一眼：

"看你把她惯的，别惯得都没有用了。小心将来没人敢要，你要养老闺女的。"

诗润笑着说：

"女要娇养。做爹的要娇惯她，你这个做娘的要严格教育她，然后让她自己懂得学习和进步，自然就惯不坏。"

玉竹看了一眼因为爹的回来，高兴得不知如何是好的书礼说：

"昨晚你睡着了，你爹带了好吃的给你，放在你鼻子上嘴上，想把你闻醒了起来吃。可怎么弄，你也醒不了，睡得像个小猪猪。"

书礼急忙用她那一双水灵灵的大眼睛，开始在房内扫视。只见桌子上放着几个红彤彤圆溜溜的苹果，十分好看。原来，梦中那种甜甜的香味就是从它的身上散发出来的。但书礼当时并不知道，那圆圆的煞是好看，带着纹路又香甜的吃食叫苹果。诗润示意玉竹拿一个过来，他接了交到书礼的手上，说：

"你闻闻，是不是和你梦中香甜的香味是一样的。"

书礼双手抱着，放到鼻子下，然后深深地吸了一口气，说：

"嗯。是的是的。就是这香味。"

转而问：

"爹，这是什么？红红的红，还有一路一路的花纹，这么香这么好看？"

诗润说：

"它叫苹果，是水果的一种，比如我们前边山上的枇杷树，它结的枇杷也是水果。苹果也是长在树上的一种水果。但苹果它一般长在北方，我们这里是南方，所以苹果都是从北方运到南方来的。"

书礼听了点点头说：

"哦……我懂了。它是坐车来的。"

诗润听了，高兴地说：

"说得对，苹果是坐车来的。我乖乖真聪明，它从很远的北方，先坐火车然后再坐汽车而来。"

书礼双眼看着蚊帐的顶，充满了幻想说：

"等我长大了，我也要坐火车、坐汽车去很远的地方，像苹果一样。"

诗润看着不满九岁的女儿小大人一样，有了去远方的想法。于是说：

"凡事从眼前做起，你现在要做的是快起床把衣服穿好，别冻着了。吃过早饭后，你和弟弟一起享用你梦中香甜味的苹果。"

书礼兴奋地快速起床穿好衣服，不管是洗漱还是吃饭，心里惦记的是房间里那桌上红彤彤、散发着香甜味的，从远方来的叫苹果的东西……

这是一九七九年春节刚过，一家人回李家湾过完春节后，玉竹带着孩子回到梦龙，诗润则到区里把相关工作安排好后，夜里再跟个顺便车子回来。

少年王宇，有些忧郁地走到屋前的马路上。春节过后的正月，人们不但沉浸在春节的氛围里，也正是各家相互拜年的时候，乡风里有"初一崽初二郎初三初四拜姑娘"之说。路上走着手提拜年肉的拜年客，那时候的乡村孩子多，自然就热闹。顽皮的孩子们，对着拜年客唱着童谣：

拜年客，好吃 ×
精肉直各搛，肥肉直各拨
精肉嵌牙齿，肥肉吃不得
最喜欢那茶油炸的豆腐籽
一钵吃得光光还不晓得
……

王宇听着那些大大小小的孩子们，追着拜年客一遍遍唱着童谣时，忍不住浅浅地笑了。要是在平日，王宇也会甩甩手，快步加入到这些唱童谣的孩子们当中。而今天他完全没有心情，一是来这个地方的时间不长，孩子们还没有玩得特别的融洽。主要的原因是，昨天晚上爹那一顿打，似乎还没有让他回过神来。没回过神来的并非肉体，而是心理上的。平常挨揍了，他很快就会忘记，自己的爹，打过了还有疼。好了伤疤忘了疼是常事。而这一次，他忘不了，忘不了的原因是有多种的。

一是爹这次下手狠，把他吊了起来。最让他忘不了和不解的是，他确实没有拿爹的那个打火机。他只是好奇地拿在手上看过玩过，时不时还要"啪啪啪"地打几下，看到火苗噌地一下窜出来时的新鲜感。那是一个握在手掌里，刚好用拳头包住。一个铁做的玩意儿，四方形如一个火柴盒，握在手里冰凉冰凉的。上端有一个可以一开一合的活动口，也就是打开这个活动口后，再用大拇指使劲摁着滑动，便能打出火来。

爹每次用他来点燃一个卷着的火纸，然后用卷着的火纸点着柴火做饭。有时用点着的火纸，点着装在烟袋里的烟丝，烟丝点燃后，爹用嘴在烟斗处使劲地深深吸。随着爹吸进肚子之后的那口气，烟袋处的烟丝会泛着红色的亮；当爹的嘴离开烟袋嘴时，然后张开自己的嘴，再轻轻地吐出烟来，当嘴巴和鼻子一同有烟雾缭绕时，爹会嘘一口气，再接着下一口。

王宇每次看到爹吐出烟雾的那样子，觉得那样子很享受。有一次他趁爹不在，也偷偷地学着爹的样子，深深地吸，可还没来得及吐出来时，就被呛着咳得直不起腰来，呛得眼泪鼻涕一塌糊涂。刚好让回家的爹看到了，那一次爹不但没有说他，反而还教他如何才能吸烟不被呛着的技巧。并说，现在还没长大，不能吸，等你长大了，男人是要学会吸烟的，特别是要学会吸这种烟袋子的烟。

爹对王宇的疼爱，当然是无可置疑的。可是疼爱的方式有许多种，接受疼爱的人，接受的不同疼爱，滋养在心里的收益，却是大相径庭的。一如一块地，种上不一样的庄稼，你给的肥料不一样，长出庄稼不同。庄稼不一样，接受的养分不一样，收成自然也是有别的。

这次王宇真的没有偷拿打火机，而打火机又到哪里去了呢？他不解，爹却认定是他拿了。当他被吊着打得实在受不了时，只得承认是自己拿了。可拿了又拿不出东西来，于是又只能说拿去玩后弄丢了。爹只要他承认了，才能停下他手中挥舞的棍子。虽然这件事爹没有再追究，却在王宇的内心，不仅留下了疑惑，同时也为他留下了遇到问题只要能开脱，不管是否关乎原则性，就尽早找办法开脱的习性。

当拜年客们各走各家时，孩子们一窝蜂地涌向公社门口的操场里，开始玩着各种游戏。男孩子玩打仗，女孩玩跳房子，或踢毽子。王宇没有加入孩子玩的行列，除了心情不好外，他还喜欢独自到一个地方玩，那就是离公社不远处的一个废品收购站，他喜欢到那里寻找一些玩的东西，有时也会捡一些东西去卖，换几分钱买糖吃。今天，他到这里时，看到了另一件让他驻足的新鲜事儿。

废品收购站的门口，停着一辆带斗的大卡车，有人在不断地往车斗上装着诸如旧报纸、旧书、纸箱壳、废铁等各种废品。而卡车车头的驾驶室内，司机很悠闲地坐着。一手拿着一个小瓶子喝着，那享受的样子，一看就知道是喝酒。因为他看见爹也常这样喝，细细地抿一口，然后很陶醉地"吧唧"一下嘴。

在王宇的眼里，司机喝酒不稀奇，稀奇的是，他的另一只手拿着一个蛋，本来一个蛋也不稀奇，稀奇的是那人手上的蛋，不是王宇他平常吃的鸡蛋或咸鸭蛋，白色蛋白裹着黄色的蛋黄。而他手中的蛋，剥开壳后，是黑黑透亮，还带着闪闪光的蛋。王宇看到那中年男子，坐在驾驶室里，连续剥了三个吃下去。每一个，剥之前，只见他先在方向盘上敲几下，然后小心地剥开一半，露出亮闪闪的黑，三个指头架着另一半带壳的蛋尾，再把嘴凑上前去，轻轻一口咬下去，蛋又露出黑亮的黄来，接着又把嘴凑到另一只手送上来的小酒瓶，抿一口酒，复又吃一口蛋。如此反复，吃得津津有味。王宇在一旁看得口舌生津。

王宇盯着那司机，一直看到他吃完，忍不住舔了舔嘴才转身离开。那一刻，王宇心中有了梦想，那就是长大了要当卡车司机。在他心里，当卡车司机不但威武，还可以开着车想到哪儿就能到哪儿；最关键的是，好像只有当卡车司机，才能有机会吃得到那种黑黑的、亮闪闪的、与众不同的蛋。直到好多年后，他才知道，那种黑黑的透着亮闪闪的蛋，叫皮蛋。

五

元宵节刚过几天，卫生所的几位医生聚在一起，不知从哪里弄来一台收音机，他们围在收音机前，一边调试频道，一边你一句我一句地说："快快快！快要开打了！快调好频道，快！要打了！"

频道调好了，所有人都安静了下来。

收音机里，传来播音员有些沉重又激昂的解说……

一九七九年二月十六日，《人民日报》发表了《是可忍，孰不可忍》的社论。

一九七九年二月十七日深夜四点整，在越南边境，战争打响了，那是中国人刚刚过完春节后不久。

一个春日的午后，阳光特别的明媚灿烂。田畈里的油菜花金黄一片，天空蓝得没有一丝云彩。天地之大美，让背着书包上学的书礼特别兴奋。她一边走在上学的路上，一边采摘路边小黄色的野花。书礼喜欢漂亮的花儿和草儿什么的，这是女孩子的天性。来到学校后，她把几根花儿用旧墨水瓶灌上水插起来放到桌前，然后开始和几位女同学一起玩跳房。操场上热闹非凡，男孩子追逐打闹，叫声起伏；女孩子跳房子，跳皮筋，踢毽子，一个个像翩飞的小燕子……这是上课前同学们的热闹时光。玩得正开心的孩子们，忽然听到一阵锣鼓喧天的声音由远及近。书礼和玩得正起劲的同学一起，一窝蜂跑出学校的大门，来到校外操场边，齐刷刷地用目光向马路循声而望。只见一辆绿色的大卡车慢慢驶来，车上分两排站着神情肃穆的军人，铿锵有力地敲击着面前的鼓锣。他们边敲边向公社的方向而去……

书礼沉浸在新鲜好奇疑惑的鼓乐声中时，突然一阵狂风刮起，刚才还没有一丝云彩的蓝天，瞬间黑压压的乌云滚滚而来；接着，豌豆大的雨点次第滴落。不一会儿，雨一点点地大起来，密密匝匝，倾泻而下。这时，上课的铃声响起。书礼和她的同学们，用手捂着头，作鸟兽散，各自跑向自己的教室……

放学回到家里，刚进院内大门的书礼，听到卫生所的诊断室内，传来嘤嘤的哭泣声。素喜赶热闹的她，书包还没来得及放下来，便跑去看。只见几个医生和娘都在。他们围在诊断床边，为一个年轻的女子静脉推葡萄糖。哭声就是那个年轻女子发出的。书礼用询问的眼神看着娘，她看到娘的眼里也含着泪水。

可怕的沉默，没人说什么。话到嘴边的书礼，也不敢问了。这时，矮小的老中医，一边背着手，一边双脚跺着地，痛心地念了几句书礼听不懂的诗句：

> 誓扫匈奴不顾身，五千貂锦丧胡尘。
> 可怜无定河边骨，犹是春闺梦里人。

白医生连续念了几遍，一遍一遍地念着，然后又说：

"战争是残酷的，流血牺牲在所难免。只是没想到来得这么快，好像才是昨天的事一样，他队里人敲锣打鼓送他来时，看着他英武地在人群里，随那么多的好男儿一起出发……"

老中医的话说着，那个躺着推葡萄糖的女子再一次嘤嘤而泣。几个随她一起来照料她的人边哭边说：

"大水是为国家牺牲的，人已经走了，你哭也哭不回了，你还得保重自己。虽然你们还没有结婚，但定了亲，你以后还得多去替大水照料他的父母……"

另一个人也跟着说：

"谁也没想到呢！想想大水的父母，怎么接受得了哦。部队来公社通知大水牺牲时，我们听着都哭了，她当时便晕倒了……"

这些人的对话，让书礼想起了去年冬送兵时，她记住的阮大水的名字。现在她明白了，这个叫阮大水的邻家大哥在战场上牺牲了。牺牲了也就是死了，死了也就是再也见不到了。一刹那，书礼幼小的心灵，有了一份无法言说的复杂感情。在她长大后，常想起中午那场突如其来的雨。想起去当兵时穿着绿军装、英气逼人的阮大水大哥哥。感觉那场突来的雨点，是苍天有情，为英雄垂泪！也就是那一刻，阮大水伟大又光辉形象，永远根植于书礼小小的心灵中，永远不曾忘记过……

后来，随爹娘离开梦龙卫生所多少年后，常有梦龙来家里做客的父母故交。一次有位大叔来家里时，说起梦龙的那些过往那些人事，不知怎么说起了阮大水。玉竹问起大水的娘，没想到那人说：

"唉。早死得骨头打得鼓响了！"

玉竹不相信似的说：

"按年龄，她最多五十来岁吧，怎么早就死了呢？"

只见那叔说：

"大水牺牲后，她终日思念哭泣。大水是她最疼爱的儿子，不出两年，便随儿子大水去了。"

玉竹听了唏嘘说：

"那正是我们离开梦龙不久后的事。可怜啊，活活的是想儿子想死的。"

书礼听了娘和那位叔的对话，惊得半天说不出一句话来。

再过多年后，当年老中医的那四句诗出现在书礼读过的书中，她知道了是唐代诗人陈陶的《陇西行》。从而深深懂得了诗的背景和内涵，特别是那一句"可怜无定河边骨，犹是春闺梦里人"。道出的是战争给人民带来的痛苦和灾难。那些出征打仗化成白骨的亲人，无一不是母亲和妻子日思夜想的梦里人啊。

这一年，国家刚开始实行"计划生育"政策，诗润是区卫生院的负责人，得带头实行"计划生育"。因为有了三个孩子，他率先做结扎手术，诗润在手术台上躺了一个多小时，手术却不是很顺利。这年冬天，玉竹又怀孕了，怕影响诗润的工作和"已经做过结扎手术"的影响，刚怀孕两个月时，便悄悄做了人工流产术，术后又戴上了节育环。

刚做好人工流产术，玉竹自己到厨房，盯着仅有的两个鸡蛋，想着得为自己煮两个糖水蛋吃，身体不能垮，还得管孩子呢。正把鸡蛋拿到手上，这时，外边有人喊：

"玉竹姐，有人找你，说是你李家湾的弟弟……"

六

玉竹忙放下手中的鸡蛋，移步出门，果然是老二来了。她一边高兴地让弟弟进门，一边为弟弟煮面，把两个鸡蛋全部打进面里煮给弟弟吃了。做人工流产的这种事，她当然不能告诉弟弟，也不便与人说，除了为她做人流手术的妇产医生知道，也只有诗润知道。他的工作忙，没有时间回来管她。那个年代，做个人工流产手术，没人敢太把它当回事儿，能硬撑着起来做事就硬撑着起来，这是那时候多数女人的常态。从那个革命时代走来的女人，承上启下，坚韧得不懂矫情是什么。

没有了鸡蛋，玉竹自己悄悄泡了一杯黑糖水喝，算是给自己"补"一下。玉竹的一生，有一段时期，有太多太多"打饿肚"的日子。为了"做人"，常常是宁可自己不吃，也要让给客人吃。做母亲，自己饿着让给孩子吃。她谨记在娘家时，爹和娘常说的一句话："好吃不做人，做了人自己吃不成。口吃如山搬，过了咽喉三寸屎。"这些话，都是教导她要做人，特别是一个女人成为家庭主妇之后，宁愿自己不吃，也不忘把人做好的教诲。所谓"民以食为天"。吃，对于人是大事。那些年，经常挨饿的中国人，见面的第一声问候就是"吃了吗？"甚至有人如厕时，也习惯了不知不觉地问出这句话来。

玉竹搬出李家湾的那年年底，老二在家是成过一门亲的，因为人家嫌他老实，耳朵不好，没过一年那人便走了。这之后，一直独自在家。老二刚到第二天，诗润回来了，进门便对玉竹说：

"弟弟在这里，多做好吃地给他吃。以后只要他过来，尽量多做好吃的，弥补他一个人在家的不易。"

玉竹说：

"做再多好吃的，他也只能一顿一顿地吃；在我们这里住再久，吃了回去还是得自己吃。我们不能让他吃几天管一年的饱！真要心疼弟弟，还是得帮他娶老婆。娶了老婆，就有人天天做给他吃了。现在一个人在家里，守着那个老屋，出门一把锁，进门一把火。这日子哪是个头呢。"

玉竹的话，让诗润再一次在心里觉得，这个女人有见地。于是说：

"是啊，真正要解决弟弟的问题，是要为他成家。成家了就不用我们担心了。关键是怎么帮他成家呢？成家，得有哪个愿意和他一起过的人才行。"

玉竹说：

"不要找太好的，要找和他相当的，甚至比他还差一点的，只要能够和他过日子就好。"

诗润说：

"说得简单，到哪里去找这样一个人呢？"

玉竹又说：

"成家了，有了自己的孩子了，将来老了自然有他自己的孩子孝顺他了。你指望我们的孩子如何对他好，我想难，毕竟侄不如儿啊。仁寿就是例子，自从我们帮他把梅弟媳娶回来后，过上自己的日子，人也开朗了。"

诗润说：

"是啊，仁寿这个主你做得好。原来只要来我们家，你姐弟俩见面哭一回，离开时又要哭一回，真是令人揪心。"

玉竹说：

"是啊，记得每次我姐弟俩哭，书礼总用她的大眼睛看着我们，有时还跟着哭。长大一点了，就问，你和舅舅怎么有那么多眼泪要流呢？怎么老是喜哭呢？她哪能理解，我和他舅舅的这一份苦。"

诗润说：

"现在好了，怀上孩子了，等生了孩子就更好了，你也可以少担心了。"

玉竹说：

"是啊，我现在得托人帮老二找媳妇，到大山头上去找，人家穷点不要紧，只要人家愿意和我们老二过，我们以后多帮他们。"

诗润感激地看了玉竹一眼，却不知道说什么。心里想着，有这好事就好了，那我这做哥的，睡着也笑醒了！

这之后，玉竹真的开始托人帮他家老二说媒。同时，在离卫生所不远的农家借了一个猪圈，喂了两头猪。她要做好能为弟弟说到媳妇的准备，一旦说上了，多的彩礼没有，一头猪的肉是得要有的。玉竹总是想，爹和娘带着国庆在老家公社卫生院住着，他们已经为老二婆过亲，是他自己没守住，再想他们出多大的力，特别是娘，毕竟不是亲生的，那就很难了。再说了，自己的儿子国庆，一直是父母带，她这长嫂要为父母特别是为父亲分忧，为弟弟操心也是分内事。

喂两头猪是要吃食的。玉竹工作忙好，孩子忙好，白天只要有一点空闲，就到处去扯猪草。去捡淘一些农家地里不要的粮食，晚上还得继续学中药练算盘。可喜的是，这一年的秋天，玉竹托媒人真的在山头上帮玉竹看上了一户人家。那天，媒人喜滋滋地来告诉玉竹：

"终于找到了一家，虽然在大山上，远了一点家里穷了一点，可人家毕竟还是一个十八岁的黄花大闺女呢。"

玉竹听了，说;

"你这样说，我一喜又一急。"

媒人问：

"喜我知道是找到了，又急什么呢？这不是你一直盼的吗？"

玉竹：

"远点穷点不要紧，我着急的是，人家黄花大闺女，看不看得上我家老二？我家老二耳朵不好，你得如实告诉人家。先说断，后不乱。免得我家老二守不住，到时又是竹篮打水一场空。本来就空一回了！"

媒人：

"你看我，只记得说人家是黄花大闺女了，忘记告诉你，她也是有一点缺陷的。眼睛不好，眼睛斜视，视觉也不算太好，应当是般配的。"

玉竹：

"那就好那就好，两个旗鼓相当的人，才能守得住。"

媒人哈哈大笑地说：

"那是当然，我做媒也不是一年两年了。龙配龙，凤配凤，老鼠生儿会打洞。我心里清楚着呢。"

玉竹又说：

"要不让我家老二过来，哪天先让两个人在我这里见个面，要是对得上眼，到年底定亲。要是对不上眼，那就再找。"

媒人答应了。

不久，老二来了，和山头上那个小他八岁的女子竟然对上眼了。媒人笑着说：

"王八看绿豆对眼啦！对上眼了，对上眼了。我悄悄问她了，她同意了。"

玉竹怕事有变，听说同意了，当即就决定说：

"只要对上了，那么今天就算是个小订吧。我赶紧让他哥哥回来一趟，有媒人有她本人，再叫卫生所的几个人一起作陪，就算是个见证，我也去供销社为她买两块布料，算是小订的礼物。"

玉竹和媒人一拍即合，当天的晚餐就算是小定亲宴了。那女子竟也与玉竹十分投缘，甜甜地叫玉竹"姐"，叫诗润"哥"。老二在身边一直悄悄地笑得合不拢嘴。小订后，接着把年底大订的日子也定了下来。媒人把要多少猪肉、多少彩礼的礼单一并交给了玉竹。因为女方家山高路远，老二在老家更远，有些程序就尽量从简了。

这之后，玉竹养猪更念心了。天天盼着猪长大，盼着它到年底好为弟弟出订婚的彩礼肉。玉竹天天像亲人一样对待她喂养的猪，除了吃食上，每天必须把猪圈打扫干净，让猪有个干净的环境，猪也很争气地长得膘肥体壮起来。

很快到了年底，订婚前要把礼肉和相关礼品提前送到女方家。和媒人商量筹备时，玉竹再次向媒人提出：

"该我们的礼数，我们一样不会少。但山高路远的，做起事来费神费力拖累亲戚朋友。我有一个想法，年底定亲，最迟明年春也得结。我想，还不如就在年底，定亲和结婚一起来，免得来两遍。但订婚和结婚的礼加在一起，我们一起送过去，如何？也免得你的脚板跑大了！"

媒人听了，觉得玉竹说得在理，主要是来去的路程太远。那时候又没有车，全凭人力和脚力，媒人也想省事。于是和女方家进行沟通后，同意了玉竹的提议。

订婚和结婚一起办！诗润再一次佩服玉竹做大事时，果断又毫不含糊的条理性。只有弟弟娶了媳妇，诗润和玉竹心中的一块石头才能算落了地，牵挂也就轻了许多。

离春节还有二十来天，这一天是玉竹为老二提前送彩礼的日子，玉竹要把自己喂养的两头猪中的一头大猪，提前杀掉来作礼肉。并用诗润一个月的工资，为新弟媳买了不同的两套衣服和其他用品。

每年的腊月，是每家每户忙碌年的一个月，除了打年糕蒸粑仔，打豆腐炸豆干，炒米泡花生豆类等，杀年猪，是忙年的一个重要的环节之一。一年到头喂一头猪，一部分用来庆祝新年时招待亲朋好友。一部分用来腌成腊肉，同时也是一家人改善生活的时候。一头猪，寄托着一家人一年到头的希望，大人巴望着它来为家里换得油盐酱醋，针头线脑，孩子添新衣。小孩则巴望它来解馋。

杀年猪之前，首先请个先生算个好日子，挑选良辰吉日，然后选一个有名望的杀猪师傅，再请几个平日走得亲近力气大的人来做帮手。如拽猪耳朵、抓猪尾巴等来帮助屠夫。有讲究的人家还得上一炷香，烧一叠纸，希望为猪的投生超度。年猪杀好后，为感谢屠夫，除了把一部分猪下水送给他，还要把一部分内脏用来煮上鲜嫩的汤，做几个可口的好菜，斟上酒，请亲朋好友和来帮忙的人一起围一桌，以表示庆祝和感谢。根据各家的人情世故，主家还要割一部分肉送给年长的老人，以及左邻右舍相互走动得多的人家。既是一种感情表示，更是共欢喜的礼数。

所以杀年猪在民间是一件很有讲究的喜庆之事。

第二章

一

这一天，早早地，玉竹烧了一大锅开水，杀猪师傅来了，请来帮忙的人也到了，诗润也回了。玉竹燃了一炷香后，便躲到厨房内不敢出来，自己天天喂养的猪，听着它被拖出猪栏时的尖叫声，她的心是痛的。厨房内的她，心里为猪默念着"阿弥陀佛，快快投生，别再为猪"。一直到外边处理得差不多时，她才从厨房出来，开始告诉杀猪师傅该如何下礼肉。也就是按女方来的清单，把礼肉分不同的重量一份份秤出来，然后用棕绳系上，再贴上充满喜气的红纸。

诗润见一头猪的肉除了猪头和猪下水，所剩无几。他有些不悦地推开一手拿着清单、一手让杀猪师傅过秤的玉竹，不高兴地说：

"还要秤！自己过年不留点肉怎么行？"

玉竹被诗润推了个趔趄，却只能压着心里的火，觉得诗润此刻"小气"了，可她依然笑着对师傅说：

"秤！按清单上称！还有几户，哪怕全秤了也不能失口齿，宁愿自己不吃，也不能失了礼数。"

犹豫的杀猪师傅用敬佩的眼光看了玉竹一眼，继续向案板挥起他的刀……

在旁边看热闹的白医生说：

"诗润啊，你找了个好媳妇呢！要知道这礼可是为你家弟弟准备的，猪是玉竹喂的，起早摸黑的，卫生所的人都看得清楚，要说舍不得的人该是她呢，可她偏偏大情大义。她说得对，说好的礼数不能少，你们是体面

189

人家。你家祖宗积德了，找了玉竹这样的媳妇！"

诗润让白医生说得不好意思起来，笑着说：

"是，是，是！弟弟这门亲是她托人找的，女方的家隔老家远，隔这里近，她是以长嫂当娘的角色在办这件事。我何尝不知她受的苦，看着她辛苦喂的猪全部用作彩礼了，我这心里还真有些不情愿呢。失控了，小气了。"

玉竹虽有委屈，可仍然毫不放松地做着她手上的活儿。

按女方的清单所有礼都送到位，把卫生所的事务忙好后，玉竹便带着孩子一起回了老家，在家里和爹娘一起为接新人做准备，诗润则等着接亲的时候接新弟媳回来。这一年的春节，是诗润一家十分喜气的一年，接了新媳妇，按农村的老话就是添丁加口了。诗润的爹，通过这次接小媳妇，对玉竹有了不一样的看法，除了从内心里感激玉竹担起责任为接弟媳操心和付出，脑子里常有样板戏里唱的"这个女子不寻常"的唱词回旋。

小年那一天，阿公带着书礼一起打阳尘，挥着他手上的鸡毛掸子，掸药柜、掸桌子、掸书本。一边掸一边偶尔用嘴凑近吹，好像只有这样才能干净。在旁边好奇地瞪着大眼睛，随着阿公手上的鸡毛掸子游移着的小小书礼，听阿公边掸边说些不着边际的闲话，然后教书礼念：

二十四打阳尘，
二十五接祖人，
二十六米粉肉，
二十七烫粉皮，
二十八剃头发，
二十九家家有，
三十日端着猪头咬不日（动）
……

阿公念一句，书礼也跟着念一句。念完后，阿公一句一句为书礼解释。打阳尘啊，把家打扫干净，准备新一年的到来；过年了，要把故去的祖先接回家一起团圆，不能忘记他们，有了他们才有了我和你爹。说到这里时，阿公点一下书礼的鼻子说，才有你。然后又接着说，米粉粉皮都是好吃的东西，剃个发财头呀，到了二十九，家家都有好吃的了；三十日就开始吃好东西啦，一边吃一边送旧年迎新年，我的书礼又长一岁啰……说完后一句的时候，阿公抱起书礼，把声音拖得长长的，并在书礼的小脸上亲了一口。书礼用她大而求知的眼神看着阿公，觉得阿公"真厉害"，什么都懂得，什么都会。

阿公还是做菜的一把好手，书礼每次看着阿公做事时，觉得阿公的认真和仔细，仿佛是在做一件精致的艺术品。

春节的年夜饭，有两道菜是要书礼的阿公亲手制作的。一个是粉蒸肉，一个是猪肚墨鱼排骨汤。先来说说"墨鱼猪肚排骨汤"。书礼看着阿公把那粘呼呼的猪肚放进盆里时，便用小手捏起了自己的小鼻子，可就是不离开，并蹲在那里看着阿公做的每一个细节。只见阿公用手抓了几把面粉，然后又倒上醋，接着双手揉搓。揉搓几分钟后，通过面粉与醋的揉搓，再用清水冲干净，原先黏糊糊的看相，便光溜了起来。接着又是倒面粉和醋，又一次揉搓，如此这般，正反两面，共揉搓冲洗三到四次，最开始散发的肉腥味慢慢就消失了。这时的书礼，放开了捏着鼻子的小手。看阿公把洗干净的猪肚，放进加了冷水的锅里，加生姜两片，然后加大火，却不见阿公把锅盖盖上，于是问：

"阿公，为什么不把盖子盖上？你不是说有柴不烧敞口锅吗？"

阿公哈哈笑了：

"后边还有一句，有女不嫁无公婆。"

书礼说：

"这句我不懂。"

阿公痛爱地看着书礼说：

"宝贝儿！长大你就懂了。你不是捏着你的小鼻子吗？如果把盖子盖上，你吃的时候也得捏你的小鼻子了，面粉加醋洗是为了去腥味，不盖盖也是为了再次去腥味。"

　　书礼似懂非懂地点了点头。这时，锅里的水煮沸了，阿公用筷子把猪肚翻了一个面，继续煮。再次煮沸时约一到两分钟，阿公把猪肚捞起来放簸箕里，让它冷却。冷却后，阿公拿起刀，把煮过的猪肚切开，把肚内的部分猪油一刀一刀地剔除下来，放在小碗里，然后把猪肚切成宽条片状，放在钵里。再把刚刚剔除下来放在小碗里的油，放锅里炸，直到炸干后将钵里切好的肚片，倒进锅中炸好的油里炒，炒时放生姜两片，八角茴两颗，醋少许，适量盐，约煎炒有几分焦黄香气四溢时，再加开水煮沸，然后从炒锅倒进砂锅。这时，阿公把几个干墨鱼，分别用火钳夹着，放进火炉有火星的热火炉灰里煨着，听到墨鱼发出炸的啪啪声，再用火钳钳出来，拍掉灰。然后用清水洗净、泡软、去骨、去鱼眼，剪成丝，放进正在煨的猪肚里。等待猪肚和墨鱼煮沸约半小时后，加进洗好的排骨或鸡，再次煮沸，加适量盐，然后开始用文火，煨一个半小时左右。

　　这时的汤一定是满屋飘香、清甜可口、滋补养胃！

　　当书礼喝着汤，吃着软软的肚片时，她奇怪地问阿公：

　　"阿公，你怎么可以把那臭臭的变成了香香味呢？"

　　阿公哈哈笑着说：

　　"为了我的乖乖不捏着鼻子吃猪肚，阿公变戏法呢！"

　　此道菜，在李家传了几代人。只是那个时候，只有在过年过节的时候，才能尝鲜。

　　还有一道菜是粉蒸肉，从头到尾，一直是散发着香味的。书礼看阿公先炒米，用八角茴加在米里一起干炒，一直把米炒黄，炒得散发着八角的香味和着米的香味满屋飘香时，再把米铲起来，稍微冷却。然后放进一个碾中药的小碾子里，碾子两头尖尖如小船，米放在碾子的肚腹处，然后用一个两边带把的轮子开始在上边碾。阿公坐下来，双手抓着轮子两边的木把，在碾子内不停地来回滚动碾压，一直到米碾碎，把碾好的米粉调在洗净切好预先腌过盐的五花肉里，装在土钵里放到蒸笼里蒸。直到蒸熟，直到香气挡不住地从蒸笼里飘出来，等一家人都坐齐了，才能端上桌。因为要趁热吃，才能显出米粉肉那种香甜软糯的美味来……

阿公做这一切时，年幼的书礼看得特别认真和仔细。后来，不论是阿公做菜还是娘做菜，她养成了总是在旁边观看兼尝菜的习惯。每一道菜出来时，阿公和娘都会让她先品尝一口，既解了馋嘴，无形中看到了先辈们劳动中的智慧，以及劳动带来的快乐。久而久之，这两道菜成了家里的传统菜，包括长大后的书礼，因为从小看着阿公做，得了"真传"。

年夜饭一般是下午四点钟左右开始，当桌子摆上，各色菜端上来，年夜饭就要开始了。书礼看着阿公让阿婆把筷子多铺几双，把椅子也多加几把，那是为祖人留的筷子和座位。开饭前，放鞭炮。鞭炮放过后，阿公要站在桌前，念念有词地说上几句话，神情肃敬，那是请祖人也上桌过年的话语。说过后，才让大家正式开席，每人端起手上的小酒盅，共祝新的一年吉祥如意。吃过年夜饭后，开始守岁。这时候，阿公指挥：

"大年夜的火，月半夜的灯。把火烧得旺旺的。"

因为家里人口增多，所以有两个火，一个是炉火，一个是火盆里的炭火。妇女们坐在炉火前，一边烧茶水，一边还得为守岁煮一些消夜。男人则带着孩子们坐在火盆边上，边喝茶边吃零食边说话，阿公一一为小孩发压岁钱。得了压岁钱的孩子，开始拿着个小灯笼，随其他邻居的孩子一起，到外边玩一会儿。到邻里家里说说"辞年辞年，不是花生就是钱"的俚语。玩了一会后便被唤回家洗过年澡，然后睡下，激动地等着天亮，等着新一年到来时穿上新衣服。年初一孩子醒来后，玉竹会在每个孩子的嘴巴上用纸擦两下，边擦边说："狗嘴不灵，百事太平。"这是预防孩子在年初一这一天说不吉利的话，擦过后，表示说什么不好的话都是瞎说不灵了。

在这些不同的过年俚语里，在辞旧迎新的鞭炮声中，寄托着希望的新年到来了……

为老二办完婚礼的次年春，诗润带着妻儿告别了梦龙卫生所，玉竹含泪与卫生所里每一位朝夕相处的同事说着感谢的话，恋恋不舍地带着孩子随诗润而去。

玉竹被安排在花楼区卫生院的中药房工作。一家人住进了区卫生院后边一个大大的家属院子里。院里住着来自天南地北、不同口音的医生和医生家属以及他们的子女。

医院门诊部在公路边上，门诊部前边有两片大大的绿树林；后边一个院子，院子的左侧是水井和食堂，食堂里常年有热热的馒头和香喷喷的饭菜。一到夏天，水井边就是院内职工家属洗衣拉家常的好去处。右侧是医院的辅助科室，诸如放射科、检验科、供应室，等等。这一切设施，可看出当年建院时规划人员的眼光来。

进入家属区和住院部，必须要从井台边的两侧台阶而上，梯形台阶分三部分，走过第一部分便有一个小平台，迎面的墙壁上，毛泽东的"救死扶伤是医务人员的天职"十二个红色草体字刻在水泥壁上。左侧台阶进入家属区住房，右侧台阶到住院部，中间大大的场子把家属区和住院部遥遥隔开。场子里，有几排绿油油光溜溜的泡桐树，泡桐树对面一个小花坛，里边种着各色花草。

场子中间有一个高大的水泥做的蓄水塔，塔边右侧，靠住院部处有一棵非常大的梨树，梨树已有多年历史，是建院以前村民菜园里留下的。梨树枝繁叶茂，伸出的杈丫已覆盖了半个住院部的房顶；梨树树竿的分叉处，正好对着住院部的产房。每当有人生孩子时，那尖利的哭喊声会吸引院子里玩耍的孩子们好奇地观望，更有调皮的男孩爬上树丫，想从窗口往里看生孩子的情景。

家属区后边是一座山，山上有一片竹子和灌木林，以及院内人家种的菜园。去山上的路得从住院部的后门上，上去是一个公厕，从公厕左手边的小路进入山里。

家属区内，住着来自不同地方的医生和家属，湖南、江西、湖北等地，也有本地和邻县的。这些家庭，在这个不小的院落里，演绎着不同的悲欢离合故事。他们从不同地方分到这里来工作，是"有本事"的医务工作者。在为这一方水土一方人做出他们自身贡献的同时，他们的文化知识和个人学养，无形中丰富和热闹着这个小镇的文化生活，对带动小镇人的眼界起着不可估量的作用。

阶梯上的第一户人家，是一对来自湖南的夫妻，家里有四个孩子，孩子都是外婆带大的，所以外婆也常年住在院子里，外婆说着一口湖南话，做着不同的针线活，每到睡觉的时候，总会说一句"去问哦"。把睡说成"问"的四声调，和当地人土话中的"淹水"相吻合。每当外婆说"去问"时，就会有幽默的大人和调皮的小孩说：问水去啦，有人问水了，救人啊……说得大家齐声笑。

第二户人家是一对来自武汉的夫妻，年纪稍长，男方是远近闻名的外科医生，女方是麻醉师，他们的孩子都在外地工作。第三户也是一对来自武汉的年轻夫妻，男方是外科医生，女方是妇产科医生，有一儿一女。诗润一家就住在这一家的隔壁。再过去的几户，分别是来自武汉的护士和当老师的先生，和他们的一对儿女。与他们隔壁的一对夫妻，男的年长女的十多岁，女的长得漂亮，男的聪明有心机，虽然是二婚，一般的原配还没有他们恩爱。他们共生养了五个女儿，个个漂亮聪明，所以被称着"五朵金花"。因为年龄相当，书礼很快和这一家的大女儿明珠成了好朋友。

院内还有一对来自江西的夫妻，男的是资深老中医，他炮制药丸子远近闻名，妻子在制剂室工作。夫妻俩都能说一口当地土话，可每当俩人吵架时，总是跑到后背山去吵，而且说着一口叽里咕噜、人们听不懂的江西话来争吵，让别人无法解劝。夫妻俩不生育，收养了一个男孩，是私生子，抱来时长了一身疮，随着那一身疮还带来了不同的传说。一说是孩子是公公和媳妇"合作"的产物，所以是报应。还有一说是，小孩出生时，"包衣"被扔到火炉里烧了，毒气未散，所以才有了这一身好不了的疮。不管这传说是否真假，反正那孩子身上的疮一直没有好过。

夫妻俩刚把孩子抱来时，给孩子取名"纳新"。去旧纳新之意，抱着希望，到处问医寻药，终不见好。可这个叫纳新的男孩，那一身长年流着浓和血的疮，一直长到十八岁也从未见好转，总是这个好了那个又长出来，那个出血了这个又流脓了。手指头没有指甲，走路佝偻着，歪扭着八字脚，人们见他就远远避开，生怕传染。他成了当地那条小街上的"知名人士"。你若惹他生气，他最好的武器就是对人吐口水，用唾液来吓唬你。

善良的养父母却对他疼爱有加，从最开始到处问医寻药，到后来失望了听之任之，但从来没有让他缺过好吃好喝的。每次见他母亲为他洗衣服，先用火钳夹着，一边翻动，一边把头歪向一边，因为那衣服散发着一股血腥味。做娘的对这个残疾疮儿子的疼爱，让男孩从来没有缺少母爱，好吃好穿的对待。疮孩子不高兴时就挺胸翘屁股，大声叫着"妈罗"。一直到这位母亲因意外事故去世，父亲退休后让老家的侄儿接回了江西，这个叫纳新一身是疮的男孩，几度想到江西找父亲未果，最后流落街头暴死他乡。

夏天的院子里，不分男女，除了乘凉聊天的大人，更是孩子们的乐园。当鸡冠花开，泡桐结籽时，也正是孩子们的暑假期间。他们摘下泡桐树上结的籽来炒着吃，双脚绑着草绳子，在光溜溜的泡桐树上攀爬比赛。那棵梨树带来的更是不用多说的美了，因为梨子一个个闪烁着，青绿的皮，脆生生的白肉，汪汪的汁。院里的孩子们，一到天黑，便悄悄爬到树上摘梨子。上去的人把上衣扎进裤子里，把梨子装进胸前，当凸凹不平鼓鼓的胸前放满时再下来，然后分给下边接应的伙伴。往往，梨子还没有完全熟，就让院内十多个孩子消灭了一半。这棵梨树，为院内的孩子们留下过妙不可言的少年时光。

又是一个准备乘凉的夏夜，天边的晚霞才落下，大人们开始忙着把竹床搬到各自的家门口。有的把吃饭的小桌子搬出来吃饭，老人们一边摇着大蒲扇煽风赶蚊子，年轻的夫妻端出洗澡盆为幼小的孩子在院内洗澡，盆内洗澡的孩子欢喜地用双手拍打着盆内的水，这时会有大人去逗小孩的小鸡鸡，直逗得小孩开骂，院子内响起一片笑声才作罢；洗澡起来的孩子，大人为他扑上痱子粉的香气，常常令书礼沉醉……院内这一幕幕夏夜图，为平常人的生活，带来作为平常人的美好。人们正各自忙碌着，吃好洗好打算开玩的孩子们，忽然听到一片吵闹声由门诊处上阶梯而来。几个大人背后跟着一大群孩子，其中有一个人手里拿着柴刀，只见他气势汹汹地一边进院子，一边骂：

"×他娘的，梨树是我们栽的，现在结了梨子我们吃不到，我们的孩子吃不到，到院里来还得挨你们的欺负，老子今天非要把它砍了！"

书礼想着，完了。这下梨树完了！

恰在此时，孩子们叫"杨爷爷"的外科医生，也拿着刀子从屋里出来了。高大的他，箭步向前，重重地站到树前，挺胸笔直站着，手拿砍刀，操着他的武汉话，大声喊着：

"今天看哪个敢靠近，我的刀子可是不认人的！平常拿手术刀是为了救人，今天我拿刀是为了救梨树！"

只见那拿刀的村民有些胆怯了，但面子上又放不下来，继续喊着：

"树是我当年栽下的，凭什么结了果子就只能你们公家的人享用？我们农民就不是人？老子今天偏要砍，大家都别想用。"

只见那人边说边把眼前的一根树枝砍了下来，而杨爷爷始终在树的主干前，双手握着刀，像个守卫的战士，双眼圆睁，一动不动。

这处地皮当年划给医院，梨树自然也是医院的了。小梨树长大了，疯狂地结着诱人的果子，成了医院孩子们可口的零食。当邻村的孩子要来摘梨子时，受到医院孩子们的驱赶。今天要来砍树的邻村人，就是因为孩子受了气，所以他要来砍梨树。

大家正僵持着，诗润出来了。作为医院的负责人，以商量的口吻对村民说：

"远亲不如近邻。孩子们不懂事。我看以后这样好不好？只要树结了梨子，我们摘下来一半送给你们的孩子吃，大可不必为了孩子的不懂事而伤了和气，动刀子就更不好了。"

经过调解，双方的刀子没有砍下去。往后的日子，每年梨子丰收时，医院的职工把梨子摘下来，分一半给了村民，一半分给院内各家职工。事后，那个拿刀护卫梨树的杨爷爷，成了院子里孩子们心目中的英雄。

三

院子里的指甲花开了，书礼和明珠的几个妹妹们一起，把指甲花摘下来，放在石头上捣碎，然后敷在指甲上。一会儿工夫，指甲染成了淡黄色，黄中带着淡粉，小小指甲瞬间靓丽起来，几个女孩子的手放在一起，最白的那双就是书礼的手，白嫩的手染了指甲后更加柔嫩起来。正染着指甲花，书礼一阵内急，急忙往厕所跑，跑得飞快。那时候家里没有卫生间，院内只有一个公用的男女厕所。从厕所出来，再次和小伙伴们一起玩的书礼，听到娘喊她：

"书礼，回来一下。"

兴趣正浓的书礼走进家门，问：

"干吗？我们在染指甲呢。"

玉竹把女儿拉进了屋，悄声说：

"女孩家家的，以后上厕所要提前去，不要等到急得不行了，那样忘形地跑，羞不羞啊，太不像话了。"

书礼很奇怪地说：

"我跑去上厕所你怎么看到了？快跑不行吗？"

玉竹嗔怪地看了女儿一眼，说：

"女孩子做任何事都不能慌张，上厕所更是要从容，别搞得像丢了魂似的，没了女孩的样子。不管怎么样，以后记得就是！"

书礼点头答应着，虽然她当时不觉得上个厕所跟快慢有多大关系，而这个细节，却让她终生没有忘记。越到后来的岁月，越懂得当初娘的教导有多么重要。所谓修养，当是生活的点滴。

玉竹到区卫生院工作后，家里的来客更多了。比之于梦龙，离老家

198

的距离稍微近了，加之区卫生院的医疗力量好，所以找到家里来的亲戚朋友，只有隔天的，很少有隔周的。几乎每个星期都会有一拨客人来，常常是，一家人正吃着饭，来客了。玉竹得放下碗筷，去为客人做饭。常常是，书礼背着书包刚放学，客人来了，娘让她拿饭票到食堂打饭。那时候的交通不便，客人来了至少得留宿一个晚上，书礼常常要到护士值班室借宿。给人贴补药费，给回去的路费，是常有的事。这些亲戚，亲戚的亲戚，乃至乡邻的乡邻，除了看各种各样的病，还来办事路过或做工的，等等。总之，玉竹的家里，呈现着一种"路上不断人，灶上不断火"的情状。

诗润每天忙于自己的工作，家里的一切事务都是玉竹在打理。除了上班，管孩子，待人接物，她在后山种了几厢菜园，在公厕后边搭了一个喂猪的棚子养猪，以此来贴补家用。

一天，一家子正在吃饭，突然呼啦啦来了一个弱弱的妇人带着三个男人。玉竹赶紧放下筷子，站起来叫了一声：

"伯娘，什么风把你们给吹来了，天遥地远的。快坐，我马上为你们做饭。"

只见那"伯娘"说：

"无事不登三宝殿。确实是有了过不去的事，才来找你的麻烦呢。"

玉竹一边让座，一边说：

"可别说这话，乡里乡亲的，别说麻烦的话，先为你们做吃的再说。"

一边说一边看着书礼：

"放下碗，到食堂看还有饭打没。"

书礼十分不情愿地放下碗，然后到厨房拿了一个大铝钵，翘着嘴，气鼓鼓地下阶梯到食堂。可食堂的饭已经没有了，她又气鼓鼓地把饭钵拿回来，说：

"食堂没有饭了，这么晚，都被打走了，哪还有饭呢！"

玉竹用眼睛深深剜了她一眼，转而笑着对客人说：

"没饭了不要紧，为你们煮面吃。煮面也快，很快！"

玉竹一边吩咐书礼为客人倒茶，一边转身去了厨房，用火柴点燃刨花加柴火，在炉灶里生火，烧开水下面条。

一面倒茶的书礼，一面打量起眼前的客人。

三个已经成年的男人，一看就是娘让叫"阿婆"的儿子。他们高矮相当，没有语言，目光浑浊；渴望的表情，呆傻的笑容；颤巍巍、闪烁烁。望着你痴痴地笑，露出深色的黄牙；双手时上时下比划着，发出一点儿"瑟瑟瑟"的声息，一个光溜溜的头，一个摸着寸头的双手如枯老的树皮；一个头发微卷蓬松，咧着嘴露着牙望着你，流着哈喇子的嘴巴，歪斜地一直带着笑容。个个瘦弱，个个衣衫虽破却干净整洁。

书礼正打量着，只见娘和"阿婆"先后端出了热腾腾的四大碗面。娘崴四个围桌而坐，吃起了面条。那位"阿婆"把自己的一大碗分了一半给三个儿子，并对玉竹说：

"年龄大了，吃不了那么多了。带累你做这么多。"

玉竹说：

"锅里还有呢。你尽管吃，没好的吃，这点面要吃饱的。家里只有一个鸡蛋了，给最小的阿弟了。"

玉竹边说边看了一眼埋头吃面的三兄弟。

当那位最小的吃到碗底的鸡蛋时，抬头看了玉竹一眼，在一旁看着他们的书礼，看到那眼神里，是欢喜，是感激。

那"阿婆"边吃边说：

"你这好，他们没本事叫你一声嫂子。就连我这个娘，他们也没本事叫过一声。老天关闭了他们开言的功能，苍天吝啬啊，叫一声娘的权利也没有给他们，可他们还是我的心头肉呢。"

玉竹说：

"是啊，老天不公平，苦了你这娘。我听诗润说，是因为你和表哥结婚的原因，这叫近亲结婚，所以生的孩子不健全。"

伯娘：

"是啊，那死鬼，早死早享福去了。当初谁知道呢，说是要亲上加亲。没曾想，亲出一堆哈儿子（傻儿子）来。"

老人说完，看着玉竹说：

"这次来，有两个事麻烦你，一是老三的身上长了一身的疥疮，带来为他买点药。本来带他一个人就可以了，可是另外两个说不出理来，我这个讨米娘到哪，他们也要跟到哪，没办法。"

玉竹说：

"这个没事，我到药房帮你买好就是。还有一事是什么呢？"

伯娘说道：

"二是年龄越来越大，我这身子骨越来越差了。他们三个，如果我一死，吃都吃不到嘴。我这心都想烂了，如果我死了，他们怎么办？我快七十的人了，人生七十古来稀，虽然我不敢死，可哪天说走就走了，自己都不知道。这些年趁我能做时，我为他们存了十多围谷子。我想托付你到时候有空回家帮我跟队里说一声，你在老家当过妇女队长，他们都信任你，敬重你，你说话他们都听。如果哪天我走了，要队里人负责帮我把存的谷慢慢拿出来为他们打成米，不要让他们活活饿死，我就心安了。我已经教他们学会了做饭，能够把饭和薯闷熟，这样，将来我就是死了，他们也能吃几年。"

玉竹听了伯娘的话，流下泪来：

"唉！这做娘的心，死都不敢死。我答应你，今年春节回家，我一定把队里的人约拢到你家，一定把你的心愿告诉他们。唯愿你能长生不老呢，好让他们一直有娘照看着。"

伯娘说：

"我也是这么想，虽然活着是受罪，可这罪我得受啊！为他们三兄弟，受再大的罪也得受。"

娘和阿婆的对话，书礼全部听在耳里记在心中。最开始不高兴的"气鼓鼓"，被眼前这位不容易的母亲给融化了。晚上吃饭时，书礼主动为他们添饭，按着娘平日的教导，为客人添饭时，把每一瓢饭摁了又摁，让每一碗饭添得扎扎实实。这种添饭的方式，只为担心客人不好意思，于是把每一碗饭添得冒尖了，客人才能吃够量……

书礼梦到自己变成了"小鹿纯子"，扣了一个"晴空霹雳"的球，把她不喜欢的一个女生给打翻了。她高兴得叫，叫着叫着，醒了。原来是做梦了。娘看着书礼，笑着说：

"这电视看的，都看疯了。"

一部日本电视连续剧《排球女将》风靡中国，电视里那个清纯美丽叫"小鹿纯子"的女主角，让不同的观众深情迷恋，她扣球时喊着"晴空霹雳""旋转日月"等高难度排球动作，被许多观众竞相模仿。从而让无数个观众，因为这部电视剧而迷上了排球运动。书礼每天连做梦也幻想着自己能够变成"小鹿纯子"。小镇里，唯有中学一部电视机，书礼每天吃完晚饭和院里的伙伴们一起跑到中学去抢位子看电视。有一次在路上往学校跑，跟在她后边的李琛因为跟得急，一头撞到迎面而来的一个男子的腰际中的皮带头上，把一颗门牙撞掉了一半。可李琛还是跟着她把电视看完了才回家。那次回家，书礼挨了娘的骂，说她没带好弟弟，让一颗牙齿毁了。

那是一九八一年，第三届世界杯女子排球赛在日本东京举行。为了能看排球赛，卫生院也买回了一台电视机，为了方便大家都能看上，医院把电视机安放在放射科到住院部之间，一个如会议室大的走道里。

中国女子排球队和来自巴西、苏联、保加利亚、古巴、美国、日本等七国世界女子排球劲旅进行了十一天的角逐。在先后战胜巴西、苏联、美国和古巴等队后，中国女排又经过激烈争夺，最后以 3：2 战胜了上届冠军日本队，以七战七捷的成绩，首次获得世界冠军。

中国沸腾了！大街小巷说排球，男女老少说女排。那天，卫生院的大人们，一边读报纸一边你一句我一句地议论：

"这是中国在世界篮球、排球、足球三大球的比赛中取得的历史性的突破。"

"第一次荣获世界冠军的称号，为祖国赢得了荣誉。真带劲！"

"太骄傲了！当国歌奏响，五星红旗升起时，我流泪了。"

……

从此，中国人通过电视机，通过排球，记住了那个有几份儒雅的中国排球教练袁伟民、记住了队长孙晋芳、记住了以扣球著称为"铁榔头"的郎平等运动员。同时还记住了一个叫宋世雄的解说员。排球这项运动，在中国孩子的心中埋下了梦想，各学校组织排球队，各县市组织排球比赛。一时间，排球深入人心，席卷全国，人们开始传递"女排精神"。

四

穿着黄色灯芯绒春装，扎两个小辫子，背着布书包一走一跳放学回家的书礼，刚进家门，便听到娘"嘤嘤"的哭泣声从房间传来。她吓得轻手轻脚地放下书包，不知道发生了什么，只敢站在门外悄悄地听。诗润声音从房内传来：

"算了！哭什么！要么你当时就应该把事情原委说出来。"

玉竹说：

"那怎么好说呢，人家一定是不记得我还过了。当时好心借给我，既然忘记我还过了，宁愿吃这个亏也不能让别人以为我赖账，那以后还有谁愿意帮你，毕竟人家是真忘记了。谁让我确实找人家借过呢。我不是为这五块钱哭，是为这巴渣命（巴渣命即劳碌操心）难过。"

诗润有点生气地，提高声音说：

"就是你，一天到晚喜欢做好人，这个来了管那个来了也帮。亲的也管疏的也帮，管饭管吃管住，还贴药费贴路费。自己节约得这也舍不得吃，那也舍不得穿，工资总是月月不够用，上月扯下月，自己的日子过得紧巴巴的。"

听了这话，玉竹哭得更伤心了，边哭边说：

"不管不帮，你是可以不管，可是人家找上门来了，管了这个不帮那个，就把人得罪了。再说了，来找我们的确实是有难处的。我在老家住过几年，人家多多少少都有恩于我，不是沾亲就是带故，我能看着人家找上门来了不管吗？我又没大本事，只能从自己的嘴上和身上节省。你十几岁就出来了，对他们没什么感情。可在老家，你是他们心中的一个人物。人家是冲着你这个人物头来的，你不管，我能不帮你管吗？"

诗润说：

"你管得了那么多吗？管多了自己就要受罪，自己的日子就难过。这回难过了吧！要不是为他们贴药费找人借钱，会有这还了还要还的事吗？"

玉竹边哭边说：

"只怪我的命，这是我的命。要是当初我爹把我嫁给哪个农民，也就不会有人来攀你这高枝找你帮忙的麻烦了；让你像赵医生那样，找个武汉来的护士，老家人来了，黑着脸一概不理，再也没人敢来了，爹娘都不敢来了。那倒是过得自在，每天好吃好喝的自己享受着，可没有一个鬼去他们家里，只大有味道。为人不自在，自在不为人。我是在为你做人撑门面呢。"

诗润听了玉竹这一番话，又好笑起来：

"那你就别躲着哭！做就做了，死要面子活受罪。"

玉竹说：

"既要踮着脚做人，又要笑着脸迎人。实在撑不住时，只有自己哭一哭的本事，只有自己解解闷的能力。"

玉竹说完，看到两个放学的孩子惊慌地站在门口看着她。于是擦了擦眼泪，起身到厨房做饭去了。

爹娘的对话，书礼听得十分明白。大约两个月前，老家来了一个得肺病的妇女，娘带她看病，因为药费不够，娘帮她贴了钱，可自己的不够又找人借了五元钱。当时的情景书礼记得十分清楚，因为要她让床，她不愿意，又因为那人得的是肺病，书礼做了嫌弃怕传染的动作，遭来娘的训斥，娘还说了一句书礼似懂非懂的话：

"可不能嫌弃，皇帝也有草鞋亲。更何况我们这种普通人家。哪个没有困难？哪个没有病痛的时候？可不能不懂事！"

书礼想，估计后来发工资时娘还了那五元钱，可那个借钱给娘的阿姨忘记娘还了。这个月发工资，那阿姨问娘讨要那五元钱，娘什么都没说，又还了五元。过后自己想着难受，只好躲到家里伤心地哭了一场。娘经常有自己回家哭一场的事情，哭过后似乎就轻松了。

书礼还记得，那次来看病的妇人，娘让她叫婶娘，是老家一个大亲房的，住了一晚上是书礼让的床。那天晚上，书礼照样到护士值班室借睡，半夜来了病人，值班护士起床去忙碌时，随手把门带着锁了。等她忙好发现钥匙没带出来，叫书礼开门，可书礼睡得太沉，怎么叫也叫不醒。那护士只好用一个竹竿从窗户口往床上戳书礼，才把她戳起来。摸起来开门时，眼睛一直没有睁开过。第二天护士阿姨说起这件事，她一点印象没有，恍惚在梦中起过床，其他的什么也不知道了。当护士阿姨边说边模仿书礼被戳起来闭着眼睛开门，又倒床死睡的情景给玉竹和其他人听时，大家都笑得肚子痛，玉竹边笑边说：

"古话说'三十年前睡不醒，三十年后睡不着'。十三岁的孩子，正是睡不醒的时候。"

因为有了这件事作插曲，所以书礼对娘为那个看病的远房亲戚借五元钱贴药费的事，记得犹为清楚。

只是让书礼不懂，娘为什么没作任何解释又还了五元钱，还说了感谢人家的话，回家后却又伤心得哭了一场。书礼的不能理解，娘为什么不解释，又为什么要哭。一直到多年以后，当自己担家计，遇艰难的时候，才深深懂得。很多时候，有些事是不能解释的，有些委屈只能往肚里吞的，有些闷亏是必须得吃下去的。当年娘的那五元钱，只是一个哭的诱因。真正需要哭的，是因为压抑在心中的艰难太多，担当太多。哭，只是一种减压，哭过后，擦擦眼泪，依然要面对生活，重新上路。

书礼醒了，但还不想起床。放暑假了，可以不上学，可以赖赖床。

正躺着发呆，听到如厕回来的弟弟高兴地唱着：

"我在马路边，捡到一分钱，把它交给警察叔叔手里边。叔叔拿着钱，对我把头点，我快乐地说了声，叔叔再见……"

弟弟有些高兴过了头的声音，让书礼讨厌，于是大声说：

"大清早的唱，吵死啊！"

玉竹走过来，重重地敲了一下书礼的头，说：

"不懂规矩的东西！平常娘怎么教你的？一大早还没起床洗口，不能说不吉利的话，怎么又不记得了？"

书礼吓得嘴一张舌一伸，自觉地用手掌拍了两下自己的嘴巴，一边拍一边看着娘说：

"狗嘴不灵，百事太平。好了咯！规矩真多，吃饭有规矩，什么不能吃出响声啦，只能箝自己眼前的菜啦；走路有规矩，不能从别人的面前过啦，要低眉落眼啦；睡觉有规矩，什么被头枕头不能坐屁股啦。说话就更是规矩多啦……"

玉竹狠狠地说：

"说你一句你要回几句，这也是不讲规矩。记住，大人说，小孩听。随时随地要讲规矩，没有规矩不成方圆。再让我碰到你不讲规矩，小心我打你。"

转而对小儿子李琛说：

"你也要记住，人之所以是人，不同于猪狗，因为任何时候都是要讲规矩的！"玉竹说完，突然又对儿子说：

"捡了钱是吧？这么高兴地唱着歌。"

玉竹本是随口一说，没想到，这个一向做事漫不经心的儿子，神秘兮兮地拉着她弯下腰来，然后踮起脚对着她的耳朵，悄悄说：

"娘，真是捡钱了，还不少呢。"

边说边从口袋里拿出一个塑料袋，里边装着一叠钱，大大小小的票子，玉竹数来，整整一百二十多元。玉竹惊讶地悄声问儿子：

"这么多钱，从哪里捡的？"

李琛答道：

"我上厕所出来，想到走廊看看白天有人放电视没有。椅子下边有个塑料袋，一看是钱，又没人在那里，我就赶紧捡回来了。"

玉竹说：

"这么多！天啊，都可以买半台电视机了。昨天刚发了工资，这个数正好是两个人的工资，医院的双职工不多，高工资的更不多，一定是哪个昨晚看电视时掉了。"

这时书礼也凑上来，看到这么多钱，兴奋地说：

"这么多钱！干脆拿来买电视机算了。"

玉竹说：

"瞎说！一文钱不落虚空。不是我们的就不能要，这也是规矩。等等看，等会儿肯定有人急着找的，我们到时再说。"

玉竹收起了钱，让两个孩子先洗，洗了到食堂买早餐。

书礼和李琛刚把早餐买回家，看见隔壁家的一位女医生哭丧着脸，悄悄来对娘说：

"玉竹姐，怎么办啊，我把昨天发的工资丢了，我怎么跟家里交代啊。他那火暴脾气，不打我才怪呢。"

玉竹笑着说：

"不急，想想你昨天去哪儿了，丢的钱是多少，用什么装的。"

只见她一口气说出来，与李琛捡钱的地点和数目都吻合了。玉竹笑眯眯地到房里，拿出原封不动的塑料袋子放到她眼前，说：

"看，是不是这个？数数，数字对不对。"

只见那阿姨高兴得又想哭又想笑，听玉竹说完原委，阿姨抱着李琛连声说着感谢的话，李琛被夸得都有点不好意思了。阿姨是妇产科医生，丈夫是麻醉科医生，原来隔壁的一对武汉夫妻调走后，他们夫妻俩从外地调来和玉竹一家相邻不久，夫妻俩有一对十分可爱的女儿。阿姨拿着失而复得的工资，高兴地走了。不一会儿提来一挂肉，说：

"刚到食品站割的两斤肉，感谢你家的小胖崽，不是他，我们家这个月得喝西北风了。"

　　玉竹客气地谢了人家，并把肉和新鲜藕放在一起，用沙锅煨了藕汤，犒劳这个最小的长得白白胖胖、慢条斯理的儿子李琛。这个儿子，一刻都没有离开过娘，养得娇惯，从小性情像女孩子。因为做事爱摸索，加之那些年人们疯狂地追看《刘三姐》的电影，里边有个莫老爷，于是书礼取谐音赐李琛雅号"摸老爷"。

　　那天，书礼也跟着高兴地边吃肉边觉得，虽然没拿捡来的钱买电视机，可吃上了人家答谢的肉汤，觉得这天的肉汤味道特别的鲜美，似乎比平日的肉更好吃了。其实，书礼的心里，也一直特别地渴望捡钱来着，可总是不能如愿。每每看到别的小朋友捡了钱，要么买好吃的，要么交给老师受表扬，恨不得脚下生钱来解馋或得表扬。

五

　　当书礼带着弟弟李琛从人堆里挤进大礼堂时，是一位手上拿着亮晃晃手铐的警察叔叔带他们进去的。因为人太多，多得他们无法迈开步子，这位警察叔叔的爱人在医院工作，大家自然认识。警察叔叔是带着手铐来值勤维持秩序的，如他一样维持秩序的警察有十多人。动用警察为一部电影维持秩序，在书礼后来的人生记忆里，绝无仅有。当属"前无古人后无来者"。这部电影叫《少林寺》。书礼已经是第三次挤进电影院观看，第一次是爹娘带他们来看的。第二次是哥哥带他们来看的。这次自己和弟弟忍不住又来了。

　　五分钱到一毛钱的电影票，而孩子们多数是"混票一族"。不是夹在人缝里挤进去，就是熟悉的大人带进去。这部电影，不但让电影院内座无虚席，几条通道全部站满了人。电影开放前，到处是人挤人、人喊人。电影院外边，人山人海等上场放完，一批观众出来，另一批观众再进去。那种热闹场景，是八十年代的一种人文景观。那时，随着不同电影一起走进千家万户的，是一本叫《大众电影》的彩色杂志，令书礼爱不释手。她常常把里边的美女头像剪下来，贴在家里的不同地方：家具上、床头前、茶杯壁。也会和院子里的女孩子一起，为了学电影明星的时尚，悄悄把铁火钳烧烫了，相互把流海烙成卷卷。那时，是中国电影的黄金时代。

电影开始了，书礼带着弟弟一起，站在夹缝的人堆里。幕布那头，那一双清澈明亮的双眼，撞击着一位小小少年的心。那位即使是光着头，穿着青衣衫也掩饰不了英俊潇洒的男子，那个叫觉远的英俊和尚，一招一式、一颦一笑，让人沉醉。觉远的遭遇，少林寺的慈悲为怀；山花烂漫，曼妙的《牧羊曲》升起，牧羊女的出现，每一个画面，皆令书礼心旷神怡。往往是，看得正起劲时，电灯亮了，原来是换卷了。那时候在大礼堂放电影，要换四次卷子。换卷的几分钟里，有急着回头看换卷的人，有借光寻找孩子的，有借此一刻议论电影情节的，还有长得好看的女子，站起来借看换卷之时，翘首四顾引得看客行注目礼的，也有趁这会儿上厕所的……总之，这几分钟，是多姿多彩的几分钟，尽显放电影的大礼堂里一种丰富而无上的人气。

佛堂前，方丈问：

"尽形寿，不杀生，汝今能持否？"

双手合十，双脚跪在蒲团前的英俊和尚，答：

"能持！"

……

方丈再问：

"尽形寿，不淫欲，汝今能持否？"

那英俊的觉远，回头看了一眼躲在红木柱后边的牧羊女，犹疑之间，仍是转过头，坚定地回答：

"能持！"

每到这一刻，年少的书礼便落下泪来。她知道，当英俊的和尚回答完这几个"能持"时，他和牧羊女的戏也就快要结束了。还有更深一层的意义，虽然她说不出什么理由来，但每看一次都会让她落下伤感的泪滴。

那种说不出的落寞，让少女的初心，从此悄悄萌芽。这个镜头，仿佛永远刻在了书礼的心里，岁月再久远，也不曾淡过。

当少林寺方丈为顾大局葬身火海，当十三棍僧护驾唐王李世民脱险，当贼人王仁则被杀，当觉远义无反顾落发受戒成为少林弟子时，电影也慢慢接近了尾声。电影里许多台词一时间在生活中流传开来。如：贪吃贪睡不干活，不可救也。酒肉穿肠过，佛祖心中留。尽形寿，不杀生，汝今能持否？……同时也让观众记住了诸如醉拳、醉棍、蛤蟆功等功夫名称……更为深刻的是，人们牢牢地记住了一个叫李连杰的人！

一部《少林寺》风靡全国乃至世界，河南嵩山少林寺更是因此而名扬四海。全国上下掀起一股习武热。从此，少林寺成了人们心中为之向往而神秘的佛门圣地。"保护少林，匡扶正义"也成了佛门的精髓。一曲"日出嵩山高，晨钟惊飞鸟"的《牧羊曲》，唱红大江南北，成为音乐之经典。

电影散场了，书礼带着弟弟一起，夹在人流内，意犹未尽地从两边侧门缓缓地、恋恋不舍地走出大礼堂。大礼堂前、公路边上，如潮的人群，一边走一边相互回味、议论电影中的精彩部分。许多人像书礼一样，是连续看了好几遍的。

多少年后，当电影不再成为人们生活娱乐的重中之重时，那些远去的电影，随着当年电影院里的记忆，总会在某个怀旧的夜晚来到书礼的心中。当年在父母工作的花楼区卫生院里，在那个刻着少年书礼记忆的大礼堂里，书礼还看过诸如《苔丝》《神秘的大佛》《牧马人》等影片。这些精彩的电影，让年少的书礼知道了外边的世界；是那些不同的镜头，带着她走进不同的缤纷故事。是大礼堂里如《少林寺》一样的电影，让她插上了飞翔的翅膀。

从此，一颗文艺心，在小小书礼的心灵深处，播下了梦和希望的种子……她人生中开始记的第一篇日记，便是看了《少林寺》后抑制不住激动而写下的。并且在日记本上贴了许多从《大众电影》里剪下来的，各种彩色剧照。同时，她开始摘抄一些这本杂志里，让人读来觉得优美的句子。这一切，书礼视若珍宝，每天把日记本放在枕边上，睡前总要看几次。看人物的脸，看那些她还不太懂的句子，然后才满足地美美睡去，在梦中做着不同的美梦……

又是一年暑假到，诗润夫妇送书礼和李琛回老家过暑假，兼看爹娘和大儿子国庆。吃过早餐后，带了几个馒头和几颗苏打片，苏打片是用来在路上渴了时碰到泉水自制汽水所用。玉竹撑了一把黑色的遮阳伞，一家人向老家的方向迈开了步伐。那时候，虽然有了公路有了车，但到老家没有专门的客车，仍然只能靠一双脚来行走。每次回去，走路是孩子们畏惧的。刚开始还会兴奋，可是一旦走累了，孩子们便要背，特别是最小的李琛，如果不背他，他就气鼓鼓地要往回走。所以常常是边走边哄他，玉竹说得最多的是："快到姑妈家了，到姑妈家就有好吃的了。可以在姑妈家歇歇脚，吃上姑妈家香喷喷的饭菜。"成了前方一个"望梅止渴"似的坐标和向往。

姑妈是诗润最小的一个姐姐，娘去世不到几年便匆匆出嫁了的姐姐。每年回老家，姐姐家的村庄是他们回到老家的必经之路，所以每次都要到她家吃过中饭后再往老家赶。当姑妈家的村庄隐约可见时，孩子们就会特别的兴奋，那种不但可以歇歇脚，还可以吃上可口饭菜的诱惑，让孩子们一鼓作气走进姑妈的村子。

孩子们姑妈的老屋，一直在村子里老屋与老屋相连的最里头，哪怕来过多次，诗润还是会把路带错。总在向人打听后，有一群大人和围观的孩子们，带着他们一直到姐姐家的门口，还会叽叽喳喳的不愿散去。这时的姐姐，骄傲而热情的看着诗润，招呼依门而望的乡邻。姐姐每次见诗润一家的到来，从头到尾是笑得合不拢嘴，笑着走上走下，煮饭炒菜，还不时要吆喝几声在一旁木讷着微笑而又不知做什么好的姐夫几声。这时，诗润看着姐姐的老屋，浮动一片喜气和亮堂。

在姑妈家吃的东西，留给孩子们多年后忘记不了的是，腊肉腊鱼豆腐干，菜地里临时采摘的新鲜蔬菜，以冬天的苔菜和夏天的青辣椒最为味美和难忘。那一顿顿极其珍贵的美食，伴随着孩子的来去而记忆犹新。

每次在姐姐家吃过饭离去的时候，姐姐一直把他们送出老屋，送到路的深处、送到村口一棵大树下站成风景。玉竹总是边走边回头唤：

"姐，不要送了，你转去！"

每当这时，诗润和孩子们回头望。姑妈站在村口风中擦眼泪的一幕，给书礼留下了深深的印记。

这次回老家，路上除了哄李琛快到姑妈家了，渐渐懂事的书礼，竟然为弟弟编了一个故事，一个关于醋的故事。这故事，来自于弟弟喜欢流鼻涕而触发的灵感。那时候的南方，吃醋用醋的人家极少，酱油都很少，一般都是自家用黄豆做黄豆酱或馒头做的麦酱。而醋，更是少之又少的稀罕物。书礼后来也忘记了，她是从哪里知道有醋这么一种调料品的。虽然书礼小时候见过阿公用醋和面粉洗过猪肚，但那时她并不知道那酸酸的液体叫醋。

那天走出十多里路时，李琛有些不耐烦了。书礼对弟弟说：

"我为你讲个故事吧？"

李琛很高兴，听姐姐为他讲故事是一种享受。特别是夏夜，在院子里的竹床上躺着，数着天上的星星，姐姐一边为他挠痒痒一边为他讲故事。那种在享受中很快进入梦乡的美，长大成人后仍在回味。

李琛听说姐姐又要为他讲故事，一下子来了精神，说：

"快讲快讲，你今天为我讲什么故事呢？"

少年书礼，到底要为弟弟讲一个怎样的，关于醋的故事呢？

六

一阵山风轻轻拂过，书礼擦了一把汗，清了清嗓子，问李琛：

212

"你知道有一种叫醋的东西吗？能吃的。"

李琛：

"不知道，还有叫臭（醋）的能吃的东西？怎么吃？好吃吗？"

书礼：

"醋和酱油是一样的，都是做菜用的，但他做的材料却非常奇特。"

李琛：

"怎么个奇特法子？"

书礼：

"醋是用鼻涕制作的。"

李琛看了姐姐一眼，不敢相信地说：

"鼻涕可以做醋？"

书礼很认真，非常镇静而肯定地说：

"是的。这是一项新发明的调料，做出来后放在菜里，味道很独特。"

李琛望着姐姐，有些不敢信又捉摸不定地说：

"还有这奇事？你不会骗我的吧？"

书礼正色道：

"当然不会。而且我还知道收购鼻涕一毛八分钱一斤。你的鼻涕多，以后可以把鼻涕积攒起来拿到收购站去卖，比我们平常捡纸盒捡橘子皮，划算多了。"

李琛吸了一下鼻子，憨憨得有些不好意思地说：

"原来还有这好事，真是太好了！"

在一旁偷偷笑得不能自制的玉竹和诗润，简直不敢相信，他们这个精灵古怪的女儿，大脑里哪来的这些不可思议的想法。李琛认真听着醋的故事，姑妈家的村子就在眼前了……

说说笑笑到了姑妈的家。书礼的故事，令弟弟深信不疑，并琢磨着如何去出售自己的鼻涕。

姐姐见了诗润一家的到来，依然是笑得合不拢嘴地为他们准备吃的。

饭后，姐姐一直送他们到村口，边走边流泪。走去很远了，书礼回头，望见村口中的姑妈在擦拭眼泪。在书礼心中，这次是姑妈哭得最伤心的一次，没想到这次相见，竟是永别。

多年后的一个冬天，姑妈突然去世，爹娘带着他们回家送姑妈最后一程。

当姑妈被抬走的时候，姑妈的长媳哭得最伤心，边哭边说：

"今后我们出门在外谁来带我的孩子们，谁做饭给他们吃，谁为他们浆衣洗裳！"

业已年迈的姑父，目光呆滞、瘦弱而又无助的样子，让人落泪。只见他一动也不动的坐在他的位置上，然后随着抬走姑妈渐行渐远的人群，慢慢转动他的身体，一直转到不能再转，目光望着远方。他在目送相守了一辈子的老妻永远离去，目光悲凉无奈，神情痛苦。刹那间，已然长大的书礼，突然之间领悟到了，什么是死生寂苦，什么是岁岁年年。

她想，再也看不到她那那辛劳一生、坎坷一生的姑妈在村口中送他们了，再也享受不到姑妈乐哈哈地为他们准备香喷喷的饭菜了。她泪流满面地看着姑妈被抬走了。姑妈走了，那个站在风口中一次次目送他们的姑妈真的走了，那个风口中目送的场景，从此在书礼的心中定格成永恒。

书礼刚读初二的那一年，哥哥国庆回到了父母的身边。这时的国庆，是以工作调动的方式回来的。那个时候，有一项家属子女"顶职"之政策，国庆从小跟祖父长大，户口和祖父在一起，因为调皮不爱读书，还常惹是生非，所以祖父早早让他顶了他的职，带着他进卫生院和他一起学医。一年后，玉竹放心不下儿子，加之国庆常常与社会青年一起玩儿，祖父祖母已经奈何不了他。于是决定，让国庆回到父母身边。翩翩少年国庆的回来，人见人夸"国庆长得好看"。而祖父面对人们对国庆的夸赞，似乎忧虑更多。

那天，祖父特意让小孙子李琛陪哥哥去"熟悉医院环境"，他和儿子儿媳有话要说。玉竹纳闷，爹这又是要开家庭会呢，可为什么不让两个孙子参与呢？一向有好奇心的书礼，坐在爹和阿公的身边不动，要看他们说什么。

诗润和父亲坐一起，父亲说：

"国庆这清雅脱俗之貌，玉树临风之身形，令我担忧呢。正是忧虑，我才同意把他调过来。否则，从小跟我长大，我是不舍得他离开的。"

诗润问：

"长相有什么好担忧的？我担心的是他和你们一起自由散漫惯了，不听管教。"

父亲答道：

"长相可有关呢。俗话说福在丑人边。一个男子，外貌长得太好，命运可能就会颠倒五六的不可把持。如果一旦修为不够，惹是生非更是免不了的。"

玉竹听了父亲的话，心生疑虑地说：

"小时候听我娘讲，说是信佛的阿婆跟她说的，相貌长得好的人，是前世为佛祖供花得的福报呢。"

诗又润：

"那国庆的相貌之好看，又怎么说令人担忧呢？"

父亲说：

"现在他还是自然相貌，是家族遗传。长得太好看的男子，一定要严加管教。记得国庆十二岁那年大病过一场，病毒脑膜炎，几日几夜高烧不退，我生怕要烧坏他的大脑，虽然表看看没事，可是我发现他的脾气越长大越暴烈。从医学上看，这不能说完全没有影响的。加之你娘有时候对他的教育方法过激，这都会影响他个性的偏颇。但愿他自己将来懂得内在的修炼。他的相貌，总是让我想起你们太祖的故事和命运。"

诗润问：

"太祖还有故事吗？除了生意做得好，买了留声机，后来让革命党杀害。还有什么故事？"

父亲深深地吸了一口气，轻轻说：

"有故事哦，他的故事就是从年轻时候开始的。那时，因为他长得人才一表，所以常有人家请他'打引'。"

书礼实在忍不住了，问：

"打引是干什么？"

玉竹拍了一下书礼的头，说：

"怎么教你的？大人说话小孩听，不要问不要插嘴。"

书礼伸了一下舌头，闭嘴听阿公与爹的对话。

父亲接着说：

"'打引'是过去在当地一种不成文的风俗。也就是有人家说了媳妇，因为主家的男人长得不好看，甚至有些歪瓜裂枣带残疾。那时多是通过媒人在男女双方来去，婚前看不到对方，有些贪心的媒人得人家钱财，所以就以哄的方式夸对方如何的好。比如，有个'骑马观花'的成语，是有来历的。媒人说男子如何之英俊潇洒，女子如何美若天仙，让男的骑在马上找人群那位手持鲜花放在鼻子前的女子。其实，骑马的男子是个跛子，捻花的女子有个非常难看的塌鼻，骑马观花的情缘就是这样来的。"

诗润问：

"那这些跟太祖的'打引'有什么关系？"

父亲说：

"你们的太祖长得好，常有不同人家请他去打引。打引也就是替新郎去接新娘，新娘和家人看到的新郎是这个来接的人，其实真正的新郎在家里等着，直到入洞房才露面，但那时已经是生米煮成熟饭了。你太祖就是那个去替别人接新娘的那个假新郎。"

诗润点着头：

"终于知道'打引'的意思。原来如此。"

父亲说：

"有一次，东边一户人家，家里的儿子是疤脸，又来请你太祖去打引。没想到，这次的新娘不但长得好看，还略通文墨，她一眼看上了你太祖，太祖也对她有几分喜欢。本来，打引的规矩是，把新娘接回了，你的任务就完成了，拿了封礼就该消失了。可是因为相隔不远，后来他们又有了见面的机会，那女子当然难以接受她那疤脸丈夫，暗暗地和你的太祖好上了。日长月久地，让人发现了，男方亲房的人，把你太祖抓去狠狠打了一顿。你太祖便远走他乡跑船去了，那女子见你太祖走了，竟然投井自杀了。从此，两家结下了积怨。太祖发达回来后，东边人家仍然记恨在心，当世道变乱，他们找机会报复了你太祖。所以太祖四十岁正当年时，遭到革命党刺杀。那时候是乱世，什么人把辫子一剪，便说自己是革命党，哪是什么真正的革命党呢。"

诗润听了唏嘘摇头：

"太祖还有这样的故事，真是不可思议！都可以写一部书了。"

父亲最后说：

"凡事小心谨慎为好，小心行得万里船。"

阿公和爹讲的故事，书礼听了，仿佛做梦一般不真实……

第三章

一

书礼和小伙伴们一起爬泡桐树比赛，正起劲时，听娘喊她回家，说外公来了。书礼丢下伙伴，速速回家。心里想着，外公可有好久没来了，她打心眼里喜欢外公，喜欢外公和老家的阿公是有区别的。阿公凡事细致认真，是老派的先生风范；而外公身上，除了有老派读书人的气韵，还有一种江湖侠客的味道。"江湖侠客"这个想法，是最近从电视剧《霍元甲》里学来的。书礼觉得，外公要是在某个电视里出现，爱穿大襟衣的他，就是这种形象。

家里的客常年不断，可在书礼的记忆中，外公来的次数极少，而且每次总是来去匆匆，能来回往返，是尽量不肯留宿的。书礼印象中，最深刻的是外公来给她过十岁生日那年，那时候还在梦龙卫生所。书礼永远忘不了外公带来一块"袁大头"的银圆作为礼物，步行一百多里而来。吃过晚饭后，外公要返回，那是农历寒冬十月，月光如水般照着满地似霜。那个夜晚，外公不听任何人的劝留，执意要连夜返回。一桌吃饭的人，有从老家来的阿公阿婆，有卫生所里的老中医和叔叔阿姨们，一个个担心又实心实意地留他。记得外公指着天上银盘一样的月光对爹说：

"这月亮像太阳一样照着，如此之亮，跟白日没两样。我是一个固执的人，你们的好心我领了。可我一定要赶回去，你为我找一根竹子来。"

爹当时有些不不解地看着去意决绝，体格强健的外公问：

"要竹子干吗？"

书礼记得外公是这样说的：

"让竹子和我做伴。我不怕人，更不怕鬼，长了疖的鬼我也不怕。有了竹子做伴，有了月亮照着，什么神鬼人就更拢不了我的身了。所以你们也不用担心，尽管放心。"

一帮人望着留不住的外公，唏嘘感叹。玉竹见留不住爹，便悄悄落泪。在书礼年幼的心里，看着外公手拿一根细长的竹子，就像一把剑，在月色中远去。那几许豪迈又强健的背影，感觉外公就像传说中的大侠一样，让人望其项背不知所终。也就是那个时候，有一份担心和牵挂，在书礼的心中滋长并扎根。那种对亲人无尽的牵挂之根，一生都没能丢下。在心中，盘根错节，愈扎愈深。

十岁生日，是书礼一生中永远忘不了的生日。这里除了外公留给她的记忆，还有爹为她买了当时最流行的黄色灯芯绒衣服，胸前绣了花，质量好，颜色好。后来个子长高了，娘舍不得，在衣服的下边加了一道黑色的带凸凹波浪的边，一直到初中还在穿。有一位护士阿姨和一位叔叔分别送给她带蝴蝶结的格子春装褂、黑色发亮、中间扣环带着铃铛响的小皮鞋，以及阿公阿婆为她做来的花棉袄。

书礼在脑子里放电影一样，快速回忆着十岁那年的生日情景，喜滋滋地进了家门。只见高大的外公威严地，坐在家里一把最大的竹子做的椅子上，白色大襟褂几许飘然，手中拿着一把黑色折纸扇轻轻摇着。娘在厨房准备中餐，书礼高兴地叫了一声：

"外公。"

外公笑容慈祥和谒，目光炯炯有神。他把书礼拉到跟前，看着书礼说：

"长大了，长高了。外公是不速之客，外公又来了。"

书礼不懂外公所说"不速之客"的意思，天真地对外公说：

"外公好久没来了。不速之客又是什么客？你并不是不熟我们啊？"

书礼颠倒的孩子话，让外公哈哈大笑：

"不速之客，是没有受邀请而自己来的客人，就是你没有想到的客人。而不是不熟悉，这个速是速度的速。"

听懂了外公的话，书礼若有所思地，翘着嘴说：

"这样啊，那我家的不速之客可真多，吃着吃着他们就来了。"

外公又笑：

"是吗，你家的不速之客多，你高兴吗？"

书礼认真地说：

"外公来了高兴，有的人来了我不高兴。可是娘不允许我不高兴，还说什么日日添客不穷，夜夜做贼不富的话。"

外公这次仰面哈哈大笑：

"你娘说得对也做得对，所以你要听你娘的话。"

书礼拉着外公的手，点着头。外公说：

"外公渴了，为外公倒杯茶。"

书礼一边答应着，一边高兴地找来茶杯，双手端起凉水的大瓷缸，往茶杯里倒凉茶。因为没掌握好，茶太满溢出了杯子。书礼轻轻地端起茶杯，因为太满，她往自己嘴边送着喝了一大口，并看着外公说：

"倒得太满了。"

她把喝了一大口的茶端到外公的面前，用双手，毕恭毕敬地递上。一直在旁边笑着看书礼一举一动的外公，接过外孙送上来的茶，收了笑容轻声说：

"阿崽，给外公倒茶自己先喝一口可以。要是给客人倒茶，可不能自己先喝一口。"

书礼不好意思地看了一眼外公，吸了一下鼻子，说：

"哦。哦。知道了，得讲规矩。刚才我先喝了一口，那是不讲规矩了。"

外公又笑起来：

"说得对。不但是规矩，还是礼数。"

书礼一边笑一边又吸了一下鼻子。外公说：

"女孩子可不能当客人的面吸鼻子，有鼻涕了，也只能到一个没人的地方自己轻轻地擤。记住没有？"

书礼点着头说：

"嗯。记住了。"

说完到洗手池擤鼻涕去了。

书礼的少年意趣，外公慈爱灿烂的笑脸，像画一样美好。

书礼的外公，也就是当年的全恩，那个小书礼的玉儿外婆六岁时，在"抱媳望子"中望来的那个金贵的儿子。玉儿去世后，他的妻子因病也不久于人世，身边的几个女儿相继出嫁，最小的也是唯一的儿子，在诗润刚来区卫生院任职时，诗润把内弟带在身边读书，一直到高中毕业，后回了桥西，在桥西小学当教员，算是接承了全恩的衣钵。这次来，是和女儿女婿商量儿子娶亲一事。

没有什么比家里添了一台电视机更高兴了！

"书礼家买了一台 13 英寸熊猫牌黑白电视机"的消息，在院里院外传开了。

那是玉竹头年夏天买的猪仔，到今年夏天卖了买回来的电视机。本来这头猪是养着过年的，为了奖赏小儿子捡到过半台电视机的钱，归还失主的举动，更是奈何不了孩子们天天围在身边的要求。卖这头猪和杀过年猪不一样，直接让人家过秤付钱牵走，然后把钱给诗润，买回了电视机。

当时正热播香港电视连续剧《霍元甲》，因为这部电视剧的激动人心，公家在走廊上的电视远远不够围观了。除了本院的职工家属和孩子，每天来了不少隔壁邻村的大人孩子。医院担心人太多会挤出事故，便把电视移进了会议室里。这样一来，看电视的人仅只局限于院内的人。因为会议室不大，书礼和弟弟李琛，常为抢不到位置而心烦，甚至还与其他孩子因为争位置而吵过架。

家里的客厅很小，人叠人最多也才能容纳十多个人，家里不但涌来了院里的孩子，同时还涌来了邻村的孩子。玉竹先是把门打开，让孩子们都进来看。小小的客厅内，当一声"昏睡百年，国人渐已醒。睁开眼吧，小心看吧……"的歌声响起，孩子们除了激动得盯着电视机前，更多时候还会跟着一起哼起过门的音乐。那一双双渴求的眼睛，分明打开了一扇通向山外世界的天窗。

因为电视好看，吸引着四面八方涌来的人越来越多，客厅已容不下了。好多邻村的孩子竟然爬上了窗户，双手抓在窗户铁栏上往里看。玉竹悄悄对诗润说：

"这样不行！这样让我的心是慌的。得把电视放到门前的院子里。"

诗润说：

"放到院子里，好是好，人会越来越多呢，还不知道信号好不好。"

玉竹说：

"信号不好也只能放到院子里，人多不要紧，至少比趴在我们家的窗户口往里看好。他们爬在窗户看时，让我想起爹讲过的太祖。民国以前，因为在外跑船生意做得红火，家里的富有让一些嫉妒，特别是买回了一台留声机后，在家里播放时，湾子里的人好奇，大人隔墙听，不懂事的孩子从狗洞里悄悄爬进去看。因为这桩事，民国十八年，太祖就被革命党给杀害了。'打引'是积怨，让不懂事的孩子从狗洞里进去听留声机，才是导火索。未必你不记得爹讲的这事了？"

诗润说：

"记得记得，爹讲过多次呢。所以爹一世做人谦下低调，也让我们要夹着尾巴做人。"

玉竹说：

"要是爹和我们在一起，买这电视他一定是不会同意的。因为别人家都没有而我们有了，虽然是我喂猪的钱买的，可还是怕造成不好影响，得放到院子里！"

第二天晚上，刚吃过晚饭，在玉竹的执意要求下，诗润让国庆把电视机搬到了院子里。人多的问题得到解决了，可是新问题来了，电视放得正精彩时，就会出现雪花点，总要一个人站在电视机的边上，把天线往不同方向调换。巧的是，那一个夏天很少下雨，所以每天晚饭后电视机被搬出来，一直看到电视屏幕上出现"再见"两个字，人们才恋恋不舍地散去。这种状况，一直持续到《霍元甲》播完，暑假也结束了，电视机在客厅的位置才算固定下来。

二

西药房工作的国庆，除了正常上班，下班后便和区里其他单位的年轻人一起，三个一群四个一伙地释放饱满的青春活力。先是迷上了用气枪打猎，上至树上的鸟儿，下到山里的兔子野猪什么的。有一次书礼放学回家，刚走到门诊，看到哥哥和几个人一起，给气枪上子弹。一向喜欢好奇询问的她，那天到了嘴边的话，又收了回去。因为她想起了在梦龙的一件往事。

梦龙卫生所有两个喜欢打猎的医生，每到黄昏，就坐在卫生所的小院子里，一边为手中的土铳装药，一边等待天黑下来好上山。有一次她放学回家，兴致勃勃地看稀奇，并多嘴多舌地询问。问两位医生拿枪干吗，另一个也在围观的小孩子说，他们要去打野猪打兔子。书礼想都没想，更不谈过脑子，张口就说：

"打得倒个鬼呢！"

话才说完，那个正在装药的医生，黑着脸用眼睛恶狠狠地剜了她一眼。那一眼，至少有十多秒钟，因为碍于情面，要是自己的孩子，说不定就伸手打过来了。那个医生的眼睛小，皮肤特黑，用眼剜她的神情很可怕。当时把书礼吓住了，知道自己的多嘴闯了祸，让那位医生厌恶自己了。她本是一句孩子不知事的随口话，却犯了要出门人的忌，也就是娘常说的破了规矩。可是说出口的话，想收也收不回了，后悔也来不及了。她吓得赶紧跑开，躲避那医生的黑脸和讨厌她的眼神。

也就是在那时候起，懵懂的书礼似乎一下长大了。懂得了什么是看人脸色，什么时候什么样的话不可说。更巧的是，那天晚上，那两个狩猎的医生，果真一无所获，什么也没打着，心里就更怪书礼说话坏了事。这件事情，当时在梦龙卫生所里被传为一个小笑话。说孩子的无心话，有时会准得可怕。事后，玉竹自然也知道了，免不了要把书礼"得讲规矩、不可乱说话、乱插话"地教育一番。这件事的教训，是书礼成长过程中，让她瞬间开悟懂事的过程之一。

书礼一边回忆，一边绕开哥哥他们回了家。刚回家不久，便听到有人急急地来家里叫着：

"李院长，不得了，不得了。你家国庆出事了！快快，快去。"

正在客厅帮玉竹铺桌子准备吃饭的诗润，丢了手中的筷子，玉竹在厨房扔下手中的锅铲，书礼和弟弟随爹娘一起飞跑出门，不知国庆出了什么事。

那报信的人边跑边说：

"国庆的大拇指，被手中的气枪弹断了，正在治疗室。"

一家人慌慌张张来到治疗室，只见国庆那一张青春好看的脸，惨白惨白地靠在几个慌张扶着他的人身上。几个人正把他往治疗床上抬，国庆用他那双好看的双眼皮大眼睛，看了急急到来的父母一眼，便晕了过去。玉竹上前哭喊着：

"国庆！国庆！儿啊！崽啊！。我心头肉啊。这是怎么了？天哪，十指连心啊！为什么伤的不是我，为什么不让我替你流血，为什么要让我苦命的儿这样受罪……"

外科医生看到国庆晕过去了，一边叫护士输液体补能量，一边为国庆处理伤口并对诗润说：

"估计是给枪上子弹时，枪栓没拉紧，反弹过来正好把大拇指的三分之二夹断了。伤得太狠，接起来是不可能了，只能截指然后缝合止血。只是将来这个指头就残了，你看怎么办？"

诗润一边听医生说着如何处理的方案，一边点头：

"我和他娘一样是慌的，你们处理就是，你们处理！"

液体里的高渗糖和能量挂上了，麻药、截指、缝合止血开始了。玉竹眼泪双流伤心喊儿的哭声，却怎么也无法停下来。书礼和李琛见娘哭得伤心，也跟在娘的身边哭起来。那场面，让一些心软的妇人也跟着流泪。仿佛这一刻，国庆是大家的儿子……

　　国庆在家门口的院子里晒太阳。伤手上包着白色的纱布，放在颈部一圈垂吊下来的纱布上托着，那张好看的瓜子脸，因失血过多而惨白。另一只手半握拳，轻放在挺直而大气的鼻梁和眉宇之间，既让身体放松，又可以挡住刺目的暖阳。月牙形微微上翘的红唇，此刻在阳光下，像涂了一层金灰。他有些无力地，眯着眼半躺在一张藤椅上。缺了三分之二的大拇指，让国庆比大病了一场还要虚弱。平日亢奋的青春，一下子收敛沉默了下来。他的沉静，让父母竟然有些不习惯。特别是玉竹，心疼儿子，躲着落泪。诗润劝慰玉竹说：

　　"带点残疾也好，爹不是常担心他长得太好看，脾气暴而忧虑他的人生吗？但愿带了这个残疾，能让他将来的路走得顺一些"。

　　玉竹伤心地边拭泪边说：

　　"话虽这么说，可想起三岁就随他阿婆一起，尿了床就挨打，体质弱，一直尿床到十岁，是在挨打中长大的。阿公阿婆带着，看起来是好吃好喝的，其实他的心一直是不安的，不能跟父母在一起，虽有疼爱也不知遭了多少罪。我儿是受了苦的，缺少贴心温暖的。好不容易盼着来到我们身边，又出这事，遭这一场大痛。你看他，还没到晒太阳的时候，他坐在太阳下那焉焉的样了，像霜打了一样。"

　　诗润隔着窗，望着坐在门口的儿子，心里其实也是疼的。可他是爹，他不能婆婆妈妈的，于是说：

　　"受伤才两天，出那么多血，十指连心的疼，现在当然是焉的。等伤好了，你看，一样又活了，到时又管不住了，不信我把话放在这儿等着。不要太心疼，男人就是要受点挫折。我十岁没了娘，十三岁爹就送我去那么远的地方读卫校，半年不来看我，我不也是挨过来的。他是挨打，我当时可是挨欠呢，更难受。他有爹有娘有公有婆的，就是命太好了。"

玉竹被诗润这么一说，破涕而笑：

　　"你说的也有道理。你是娘走早了，没办法，而我这娘在眼前，又怎么忍得住不心疼呢。你看隔壁家那五朵金花，娘在的时候个个像宝贝，天天打扮得像花一样。去年她们的娘突然去世，一个个像散了窝的猪仔没人管。最小的才六岁，娘在的时候，每天跟在她娘的屁股后哼着要这要那。现在你看，披头散发、衣衫不整的样子，看着她们，我的心都是痛的。"

　　诗润：

　　"唉！是啊。没有娘的孩子就是墙上的草，我深有体会。人有旦夕祸福，谁能猜想那么年轻的生命，经不起一场病的折腾，说没就没了。留下这几个没娘的孩子可怜。赵医生失去妻子后，一蹶不振，身体突然间衰老了。"

　　玉竹：

　　"比起来，我们能平安的一家人在一起，所以要知足要感恩。孩子不懂事，是因为他还没有经历人生真正的悲苦。所以唯愿国庆受这一次痛以后，能够长记性，别再管不住地闯祸。"

　　夫妻俩正说着，有两个人来看国庆。一个带着两瓶梨子罐头，一个带了两包补血的红糖。玉竹一边答谢，一边给来人让座。

　　诗润夫妇和客人聊着孩子的现状，说着"客气、看得起"的话语，忽然传来那江西医生的老婆一阵急促可怕的喊声：

　　"不得了啊。不得了啊。赵医生快不行了，不行了。"

　　又听到"阿爸阿爸"的喊声，接着哭声一片。玉竹和两位客人一起，赶忙跑到隔壁，他们刚刚还在说的赵医生，在家与世长辞了。

　　只见高矮不一的五个女儿跪在一起哭作一团，诗润赶紧安排医院的同事处理后事，几位年长的妇人被派到医院的食堂帮忙，她们一边做事一边你一句我一句的议论着：

　　"昨天下午，大约黄昏时，我看他还坐在门口，低着个头。突然又把头抬起来，看了看天，自言自语地说她来了，笑意盈盈地说来接他了。"

　　"你说得我浑身起鸡皮疙瘩了。你看看，这毛孔竖起来了。"

"说这话时，我估计他的魂魄早就游走了。跟他说话，他不在听，好像不是阳间人一样。"

"我说啊，自从他女人走了，他的魂也跟着丢了，我早就看他不对劲呢。"

"是啊，我也这么说来着。我还跟他家的亲戚说过，让人悄悄去敬敬神，为他收收魂。魂丢了不收魂，很快就会跟着一起去的。你看，一年还不到，不就去了，哪有这巧的事。"

"所以啊，我常说，你们这些女人，夫妻吵一吵就吵一吵呗。夫妻可不能太好，太好了不长久的，有仇有怨才结今世夫妻。你看那活到老的夫妻，哪一对不是吵吵闹闹到老的？"

"真是害人啊，留下这几个孩子没人管。一下成孤儿了，可怎么办哦。"

"人活一个魂呢，没有灵魂的肉身，在阳间是待不长的。肉身没有灵魂附体，那就是行尸走肉，所以千万不能丢了魂呢。"

"是啊，我也听说过一个丢了魂的事。公社有个人，不信鬼神，破四旧时，到山上一个山岩上的庙里，看到菩萨面前有几两点灯的油，说什么吃的油都困难还有送油到这里浪费的。为了表示他的不信，在殿前撒了一泡尿。回家后那个撒尿的东西无缘无故肿得好不了，人也胡言乱语地病了，后来有人说他是触犯了神灵丢了魂，可他不信。没多久，竟然翻车给摔死了。你说稀奇不稀奇！"

"这世间无奇不有咧，人要有敬畏。心迹不好，唬捅捅地触犯了神灵，遭了报应自己都不知道。"

……

几个妇人，一边叹息那一对太过恩爱而去的夫妻，一边说着灵魂的事儿。

三

国庆天生就是一个不让人省心的儿子，似乎，他是这个大家庭里，老天特意安排的一个定时炸弹。人生没有完美，不论是一个人还是一个家庭，没有绝对的十全十美，一旦达到极致了，也许就是物极必反之时。国庆这个定时炸弹，总是在玉竹和诗润稍不留心时，可能就会在哪里炸一下，让你猝不及防的，吓你个惊魂不定。

当喇叭裤席卷中国大地时，国庆是不会落后的，并很快跟上。喇叭裤的出现，是八十年代中国一种所向披靡的时尚。刚兴起时，谁要是穿一条喇叭裤在街上行走，那和后来的裸奔所带来的效应相差无几。国庆的手伤好了以后，虽然大拇指残了一截，但丝毫不影响他的整体形象。

冬去春来。

国庆才脱下拉毛围巾配军大衣的时尚，立春一过，他就以最快的速度穿上了紧身上衣和喇叭裤，戴着刚刚流行的蛤蟆镜。当时的年轻人戴蛤蟆镜，镜片上保留着进口标志的商标，那是从大都市席卷而来的一阵风。这阵风吹来时尚的风景，当时有媒体曾对镜片上保留标志的商标加以公开批评。换今天来看，它当是品牌意识的最初觉醒。

剪刀一样的春风，呼呼地刮着刺骨的春寒。国庆一身与众不同的穿着，嘴里唱着"十八的姑娘一朵花……"走几步有时还要扭几下迪斯科的动作，动作扭起来时，身体呈 S 形，然后随着口里的乐感，伸出那一只没有受伤的手，来几下响指。他的这些行为，引来一帮小青年的围观和追捧，不但跟在背后看，同时跟着他的样子学。

国庆这一身派头十足的打扮和与众不同的标新立异，在当时的小镇里，是令许多长者看不习惯和难以接受的。甚至有人在背后称他和他的同类们为"二流子"。国庆不甘安静的时尚风，虽然多次遭来爹娘的训斥，可他以自己已是工作了的成年人自居，依然我行我素。

在他们住的院子里，国庆除了受青年人和孩子们欢迎，还受一个阿姨的欢迎。这位阿姨是来自武汉的护士，当年从武汉到这个僻远的山区，因为嫁给了当地人而没法再回武汉，可她的见识与接受新事物的敏感度，与当地人明显存在着差异。国庆的活泼和时尚，阿姨不但支持他，还常请国庆来她家和他的两个儿子一起玩儿。为国庆讲当年自己做女儿时，跑遍了武汉三镇看越剧《红楼梦》的演出，说到动情处，还会来两段越剧唱词。所以国庆常常在他们家吃饭，听收音机里的各种新闻和流行歌曲的走向。

首届春节联欢晚会上，除了种类不同的精彩节目，同时在节目间安插了许多谜语让观众猜，观众把猜出的谜语答案写出来，通过信寄到中央电视台，如果猜中了就会有奖品寄过来。书礼隔壁年轻的麻醉医生一家，是在他家一起看春晚的，大年初一的早上，便兴致勃勃地来到书礼家问：

"你爹在家吗？"

书礼说：

"刚才和娘一起到谁家拜年去了。"

书礼看到叔叔似乎有点急，于是问叔叔有什么事。叔叔说：

"昨晚猜的谜语我都写好了答案，想趁早寄出去，可家里没有信封，年初一也买不到，想想你爹肯定有的。"

书礼说：

"那我去帮你找找看。"

那叔叔高兴地说：

"好好。一个，只要一个。"

当书礼拉开爹的抽屉时，看到了信封下边印有"花楼区卫生院"红色字的牛皮纸信封，她先拿一个在手上，后一想，今天是大年初一，是一个最讲规矩的日子，一个信封好像不妥，于是多拿了一个。当她把两个信封送到叔叔的手上时，只见那叔叔看是两个，用非常高兴又闪亮的眼神望着书礼，连声道：

"双富贵双富贵！小小年纪，不错不错。双富贵双富贵！"

书礼不大懂得叔叔的话意，但她分明从叔叔的眼神里看到了欢喜。同时，她也体会到了，平日娘教的"规矩"此刻的受用。

春节过后，国庆常到隔壁那位武汉阿姨家里，通过收音机听音乐。那天，收音机里，传来深情歌曲：

> 你的声音，你的歌声
> 永远印在我的心中
> 昨天虽已消逝，分别难相逢
> 怎能忘记你的一片深情
> 我的情爱，我的美梦
> 永远留在你的怀中
> 明天将要来临，却难得和你相逢
> 只有风儿送去我的一片深情
> ……

一曲终了，国庆和阿姨仿佛都沉浸在不愿醒来的意境里。阿姨轻轻地用武汉话说：

"李谷一大我两岁。这《乡恋》唱得，还能有这么好听这种唱法的歌，真是无法形容地让人陶醉。"

国庆说：

"我在《大众电影》里看到介绍，说这首歌是打开中国流行音乐之门的歌曲。"

阿姨：

"这是风光片《三峡的传说》主题歌，是一首划时代的歌曲，打开了中国流行歌曲的大门。"

国庆：

"听说能上春节联欢晚会，是经过了激烈的讨论后，才通过才批准上春晚的。"

阿姨：

"是啊，虽然当时饱受争议，甚至要禁止上春晚，但人民大众对于一种新潮流的需求，哪里禁得住哦。"

随着两人的对话，随着歌声飘过的那一年，中国恢复高考。

对于儿子的与众不同，最开始，诗润还是蛮有耐心的，总是以做思想工作为主，为他讲自己吃过苦的往事，为他讲现在生活的来之不易等。这种忆苦思甜的方式，几乎没有打动国庆的心。每次做思想工作时，表面上的样子像在听，实际上，国庆的心早就跟着心中的各种流行歌飞走了。经过多次苦口婆心地哄劝无济于事，加之没有违法乱纪的事，也只是穿着方面与众不同罢了。时间久了，诗润自己的事多，也就只能听之任之。

可是当国庆学会吸烟的时候，一向循规蹈矩自己不抽烟的诗润，开始头疼了。对这个儿子一天一个花样的新鲜玩法，简直到了痛恨的地步。这时候的好言好语，他再也不愿多讲了，只要逮着了，就是毫不客气地拳脚相加。

平日，上班无事时，国庆就同医院里的年轻人一起说说时事，吹吹牛皮，展示一下他新鲜的衣着，聊聊哪个单位发现了"条子墨子"（指身材和相貌）都长得好看的女仔。最近，国庆展示得比较多的，是他学会了吸一口烟可以吐几个烟圈的"本事"。

那天国庆知道爹外出开会去了，笑嘻嘻地来到诊断室，把身子靠在门边上，背对着门外，面对着诊断室，靠成一个妖娆的S形。他一边对着年轻医生说话，一边叼着烟腾云驾雾吐烟圈，一会儿还哼起小曲儿，双腿也跟着曲儿很享受地抖擞着。大喇叭裤的裤口，随着抖动的下肢，在火箭皮鞋前摆动。正在国庆悠闲自得时，突然有一股力从背后飞来，把他踹了个趔趄。因为来得太突然，加之完全没有设防，国庆趔趄着摔到了诊断室的桌边上，正和他说话的医生，一阵惊慌地起来看着门外怒气冲天的诗润。只见诗润气急败坏地赶过来，对一骨碌爬起来的国庆连续又加踢了几脚，边踢边骂：

"你这个不学好教不听的孬胚子，好的不学，坏的不用教就会。你再这样下去不学好，终究有一天会蹲大牢的，不信你等着看。"

国庆看着他那发怒的父亲，虽然没有说一句话，但他昂着头，不屑一顾的眼神所表现出的不羁之态，已然是在向父亲示威，甚至有宣战之势。诗润又想上前踢，终究让其他人拉开了。等诗润一走开，国庆竟然哈哈哈地朗笑开来，搞得几个起初紧张不知所措的围观者，也跟着不知所以地笑起来。

没过多久，国庆把两个月的假集在一起，人却不知去向。待他再次出现在众人面前时，天啊！把所有人吓一跳。只见他烫着爆炸头，穿着一件橘红色的上衣，袖子上有着三根白色杠杠，鲜艳夺目，风采不同凡响；下身是一件黑色喇叭裤，裤子的两侧同样有三根白色的杠杠，笔挺有形。手腕上带着金色的手表，手提一个小型的收录机，放着闹人的迪斯科乐曲。虽然与众不同，可是你不得不说，那还真叫"好看"，这身行头在好看的国庆身上，就更好看了。没有人能够抵挡得了，那种叫美的享受。

当书礼看到哥哥时，简直惊呆了，问：

"哥哥，你跑哪儿去了，这身衣服好好看啊！娘这几天可急了，不知你去哪里了。"

国庆变魔术似的，拿出一个东西给书礼：

"别问，先吃。"

书礼看到哥哥递给她一根软软的、月牙形、上边长着斑点一样的东西。说：

"这是什么？摸着这么软，身上黑黑的像脸上长的麻雀屎，怎么吃啊？"

国庆说：

"没见过吧，这叫香蕉，是热带水果。带回来在车上时间长了闷的，你剥开皮吃了就知道了。是娘说的脸黑心不黑，可甜了。"

书礼真的剥开皮，一股香气袭来，一口咬下去，甜糯糯的好吃极了。那是书礼第一次吃香蕉。书礼边吃边问：

"你跑哪儿去了，穿这么好看的衣服，还带回这么好吃的水果。"

国庆悄悄说：

"哥哥和县里的几个朋友一起跑了一趟广州，为你买了漂亮的扎头发的丝带呢，外边可流行了。"

书礼高兴地，也用低声说：

"太好了，快给我看看。"

国庆拿出一包东西出来，包里叮叮当当地响着，当几根漂亮的各色丝带拿在手上时，一种炫目的美，瞬间抓住了书礼的心。

哥哥开始为书礼讲起了，有一个遥远的、充满了神秘的地方，叫——广州。

四

书礼设想着，广州，那一个有着全街女孩子都扎着各色丝带的地方，哥哥有限的描述，让书礼有了无限的遐想：

"那到底是一个怎样的地方呢？难道它不是在我们中国吗？如果是咱们中国，又为何与我们是不一样的呢？

国庆告诉书礼：

"广州有个叫深圳的地方，离香港很近，到香港只要走过一条'中英街'，这条街一半是中国的，一半现在属于英国人管理的香港。"

香港这个地方，书礼是知道的。通过《霍元甲》的电视剧，她知道了香港是被八国联军的英军占领了。书礼十分孩子气地说：

"哦。原来广州和香港隔得那么近，难怪不一样。难怪他们拍摄的电视剧，都好看得不得了。"

国庆又对妹妹说：

"广州和香港都是南方，他们四季如春，那里有高楼大厦，晚上是灯火通明的不夜城。那里什么都有，人人都打扮得漂漂亮亮，广州人叫我们是内地仔。那里的人，人人会跳舞，人人喜欢唱歌，可热闹了……"

在书礼的心中，哥哥描述的广州，就是人间天堂的模样。她设想着那里的繁华与热闹，觉得哥哥真有本事。于是问：

"那么远，你怎么去的呢？"

国庆说：

"我和县里的几个哥们一起，先坐汽车再坐火车，火车坐了一天一夜才到呢。"

书礼"啊"了一声，说：

"能坐上火车，好厉害哦！哥坐了火车，像做梦一样。看到书本里的火车，里边什么都有，就像一个大大的移动的家。将来我也要去广州。也要坐火车。"

国庆还为书礼讲到改革开放，在广州，商品自由交易等一些书礼听不大懂的话语：

"现在是中国改革开放时，先从广州深圳那里开始开放，因为那里离外国近，可以把很多国外的东西引到广州来，然后由广州运到内地出售，都是内地稀有的东西……"

虽然在书礼的心中，还是搞不清广州与内地到底有多不同。但是有一个美好的不一样的地方通过哥哥的描述，以及哥哥带回来不一样的东西，让她有了无限的憧憬。国庆带回来的，除了一些琳琅满目的新鲜玩意儿，还有一个与书礼现实生活完全不一样的世界。这个完全不同的世界，仿佛在书礼的心中埋下了一颗梦的种子。

国庆从广州回来后的那些日子，穿着时尚的服装，双手手臂上戴着一串串电子手表，每天来到电影院门口出售。除了他时尚的外衣和电子手表，还有一股从外边世界带回来，吸引着众人的新气息。然而好景不长，

234

他在电影院门口，才卖了几个晚上，就被派出所的民警连东西带人一起带走了，理由是涉嫌"投机倒把"。此时正是全国上下进行"严打"之前夕，"严打"之声四起，所幸国庆带回的产品不多，加之父亲平日的管教在当地早有名声在外。在诗润的努力下，交了罚金，上交了包括电子表和收录机在内的"倒把"产品后，便放了回来。

一个月黑风高的夜晚，诗润在区政府开会回来，进门便紧关了门，对玉竹说：

"刚刚开会动员，马上就要实行'严打'了。县里已经开始了，抓了不少人呢。"

玉竹紧张地问：

"如何个'严打'？又是什么运动来了？'文革'才一消停呢！"

诗润答道：

"打击不同的犯罪分子。这次的犯罪分子分得细，各个行业各个阶层，凡有违法乱纪行为的人，严厉打击，毫不手软，实行三严政策。"

玉竹问：

"什么三严政策？"

诗润伸出手，一个指头一个指头地数着说：

"从严，从重，从快。也就是说，严格审查，从重处理，从快判决。我们家国庆，只隔那么一点点就是打击对象了。"

玉竹轻轻拍了拍胸前说：

"真是眉毛射一箭啊！我天天提心吊胆，就是担心国家的政策有个变动，一旦紧起来严起来，国庆的行为是很危险的。我每天悄悄在心里，无数次地求菩萨保佑呢！"

诗润说：

"真是危险啊。最开始的名单上有我们家国庆的名字，以投机倒把的名义。得亏是派出所所长在会上说，前不久已经把国庆带去认错了，并上缴了所有倒卖回来的物品，算是处理过了。"

玉竹双手合十：

"这所长是我们的贵人呢，得记着人家，有机会要谢人家！"

诗润也心有余悸地说：

"好在是上次收缴了，刚好在'严打'以前。如果是现在这个时候，谁也保不了他，说不定还得判刑坐牢呢！"

玉竹连声地，念念有词：

"祖宗堂坐得高，感谢祖宗看护……"

诗润说：

"所以爹让我们对国庆严加管教是有道理的。他后来管不住了，才让他回到我们身边来，毕竟爹见的世事要多得多。"

"严打"那段日子，无论是街头巷尾，还是机关单位，到处都有议论这次"严打"的故事。其中多数是大快人心，震慑了不少图谋不轨、聚众闹事、流氓斗殴等坏人。同时也有不少关于各处传来的，在"严打"中误判乱抓之人。

三个妇女一台戏。医院食堂门口的水井边上，几个妇女一边用摇桶打水洗衣服，一边你一言我一语地，说着道听途说来的"严打"故事——

妇人甲：

"听闻有一个女孩夏夜在自家院子洗澡，有个同村男子从门前路过，因院墙低矮，便伸头看了一眼，被女孩发现，女孩吓得大叫流氓。正是'严打'时，结果那男子被抓了，随即被定为流氓罪给枪毙了。"

妇人乙甩了甩手上的洗衣水，说：

"啧啧啧。你说的这个人背时，还有比这更背时的。话说一个十八岁的女孩，因为赶潮流，穿着那种露膝盖的超短裙上街，也被当二流子抓了进去，当时说是因为女孩的家庭成分不好，便把她也算上了，竟然直接送上了刑场！女孩的娘当场哭昏过去，之后就疯掉了。"

一个胆小的妇人，有些哆嗦地说：

"太可怕了，这几个人真是倒了八辈子霉呢。"

又一妇人捏了一下鼻涕，然后把手放在盆里的水摆几摆，说：

"也有行时的。说哪个在监狱关押的人，突然被放了回来。当邻居问他怎么提前释放了，说是'严打'收网，因为人数不够，就把他们表现好的先放回来，晚上再抓进去充数。"

这时，食堂的大师傅端着个盆子过来打水，也插话道：

"'严打'时，听说有的地方手铐不够用。大城市里，连展览馆里展出的国民党时期的铜手铐都临时用上了。"

一位年轻的女子提着洗衣桶过来了，加入他们的议论。说：

"多数是坏分子，这些坏分子抓得好。他们抓了，我们上街走路胆子都大一些了。否则看到一些二流子，对你吹口哨、打响指，怪吓人的。"

那位刚才捏鼻涕的妇人又说：

"确实也有一些懵懂不知事的人呢，人总会有犯错时，可不是每个人的错得杀头。凡是被'严打'进去的，在公审大会上人人胸前挂着黑牌，这黑牌让我想起'文革'那些挂着黑牌，被抓到台上批斗的地主啊'黑五类'右派什么的。"

妇人乙再次说：

"每想起那个穿短裙的女孩，我心里就难受哦。这些人，年轻不懂事的多，哪一个不是娘的心头肉，就是不安分带来的祸害。当了那只杀给猴子看的鸡，自己是怎么死的都不清楚。"

又有人接话：

"听说我们青城县，这次在县政府门前开大会，枪毙了三个人，两个在县城城外同时执行，一个是在另一个公社执行的。统一行动时的那一个夜晚，全县上下抓了几百人，牢房不够关，把关不下的人临时关押在城外的火葬场里，然后一个一个地审查。"

这时有一个妇女哈哈笑起来：

"想起这些被抓的人，又好急又好笑，关到火葬场里审问，吓都要吓出尿来。"

因为这位妇人的话和笑声，先头有些紧张的议论气氛，一下子在一阵笑声中缓解开来。

五

"严打"期间，除了各区和公社抓了不少人，青城县枪毙的三个人当中，其中有一个就是国庆经常在一起玩的"兄弟"的"兄弟"。国庆曾经亲眼看到过这位"兄弟"的"兄弟"，打着赤膊，用一根粗粗的牛皮带，抽打另一位男子。从街头抽到街尾，一直抽得那位男子浑身血迹、体力不支倒下后才罢休。

"严打"时，国庆的事例算是一个"擦边球"，不是每个人都能这么幸运。"严打"之后，国庆虽然沉静了许多，收敛了一段日子，按时上下班，但一颗跳着想飞的心，开始有些不知所措地迷茫了。他沉静的那段时间，正是他那爱美的妹妹十分活跃的时期。

穿着黄军装，内里衬着高领红毛衣的书礼，她把哥哥送给她的各色丝带，每天在马尾松的辫子上扎一种颜色。有了彩带在头上飘飞，令书礼少女初长成的气息扑面而来。读初二的她，已然亭亭玉立。这时候的书礼，不但是学校里的广播员、排球队员，还是学校在大礼堂举行节目演出时的报幕员。广播室里，除了播放广播体操的音乐，常常在上课前，书礼还会从报纸上找来不同的文章朗读。通过广播的力量，她适时地向全校师生传播不同的好人好事和时事。那段时间，她用她的声音，为全校师生读得最多的是有关张海迪的故事和文字。

当时，被团中央授予"优秀共青团员"光荣称号的张海迪，全国上下向她学习，特别是青少年和大专院校开展的学习多。各大报纸电台向这位五岁时因患脊髓血管瘤导致高位截瘫，自学完成了小学、中学和大学课本知识，并学会了针灸，在当地为人行医的张海迪学习。她的事迹感动着无数人，当然也感动着书礼，所以在广播室内，书礼经常深情地面对话筒为全校师生播音，张海迪会写文章会唱歌的故事，更是让她向往和敬佩。

做一个广播员，天天要比其他的同学来得早，回得晚。因为对这份广播的爱好，书礼除了乐此不疲，这份工作还体现了老师对她的信任和喜爱，从而满足了书礼小小的虚荣心。由于她的广播工作做得出色，一位副校长曾写下四句话来表扬她，并把这四句话抄写在一期黑板报最醒目之处，让全校师生都看得到：

李书礼，真不差，
每天广播呱呱呱。
时事新闻家国事，
全校师生把她夸。

冬天的曙光，相对来得晚；而学校早自习之前的晨跑，却来得相当的早。当书礼穿着大红色的"滑雪衫"和班里的同学一起列队晨跑的时候，在曙光到来之前的队列之中，那一袭大红，显得特别的醒目。在整齐的脚步声和呼吸的喘息声中，书礼和她的同学一起，从学校的操场出发，出校门，然后沿着还没有醒来的小街跑一圈。从街头到街尾，跑步不过十多分钟的路途，道路两边是不同单位的房子。

如果医院算街头，那学校就是街尾。街中心有区政府、派出所、电影院、银行、林业站、食品站、废品收购站、餐馆、供销社等不同的单位。医院的那头是小镇的村子，学校这头的隔壁是一所小学，小学的隔壁也是一个村子。医院到学校这一段路，由各单位组成一条小街。小街上除了各单位的干部职工和子女，大家都是低头不见抬头见的熟人。

除了这些熟悉的人之外，这条街上还有三个名人。一个是医院里那个长了一身疮的男孩纳新，一个是要砍梨树村民那个村子的傻子汉清，再一个是供销社后边住着的一位老红军。纳新以一身疮而闻名；汉清以每天自发地，到供销社帮着一块一块地放门板和给公家的餐馆挑水而为人知。老红军因为年纪大了，除了请他开会或做报告之外，他经常是足不出户，所以他的名气还没有前边两位的名气大。他家大大的院子里，有一棵高耸入云天的板栗树。每到栗子成熟时，调皮的孩子们就会到他家的院外用竹子打板栗，当打板栗的响声和叫闹声弄得太大时，老红军会到院门口来吼几嗓子。这样的时候，孩子们才有机会一睹老红军那瘦弱笔挺的真颜。

书礼熟悉着这条街上每一个角落，特别是供销社那木板门面里边，柜台前站着的美丽售货员令她向往。书礼最初的理想是当个柜台前的售货员，好像那里出售的各色糖果和各种不同品种的好东西都是售货员自己的一样，让人羡慕。她最想要的是，那一方方美丽如花蝴蝶似的小手帕，在拥有哥哥送给她的彩带之前，用一方花手帕系在辫子上，是当时的时尚。她还想要另一个柜台上不同的小人书，一掌之大的小人书，四分之三的画面，四分之一的下边是每一个画面的故事内容，可谓图文并茂，令书礼十分喜爱，同时也容易读懂。那些小人书，有的是电影不同镜头的黑白画面，有的是纯属摘自连环画里的不同故事。是这些小人书，为书礼展示了一个个不同的精彩故事和画面，常常吸引着她爱不释手，甚至对照着书里边的不同人物，学着在白纸上画美女图。

夏天，书礼总是把爹给她买冰棍的钱积攒起来买小人书。慢慢地，她已经拥有了《人证》《霍元甲》《披荆斩棘》《总理和我们心连心》等十多本小人书。

有一个暑假，为了攒钱买小人书，她和明珠一起相约着除了捡纸盒卖到废品收购站，还一起去批了一箱冰棍到电影院的门口叫卖。因为经验不足，冰棍融得快了一些，刚好把本钱卖了回来，自己和明珠各吃了几根。然后把剩下快要融化的，拿回家分给弟弟和明珠的妹妹们吃掉了。虽然是一次不算成功的"生意"，可让书礼懂得了挣钱之不易，让她想起娘常说的"一文钱不落虚空"，想起娘那一次为重复还五元钱时的伤心哭泣。

跑步的队伍跑一圈后，再次跑回学校的操场。

这所学校是一所集初中高中为一体的中学，有大大的运动场，运动场的周围是一排高大的白杨树。除了篮球场，还有田径跑道以及排球场，同时还有跳高跳远的沙坑。"发展体育运动，增强人民体质"的大红标语，写在围墙上最醒目的地方。操场前方大大的水泥主席台前有一根长长的旗杆，旗杆上飘扬着鲜艳的五星红旗。那些年，正是第六套广播体操普及时，以主席台为中心，下方的操场上，是上千名学生做广播体操的地方。随着主席台往里延伸，宽阔地把两侧的教室分开来，一共前后有三排六栋教学楼，有教室教师的办公室及教务处。教室两侧，分别有两条路到教职员工的宿舍，那里住着学校的老师和老师的家属。这所中学是区里一所颇具影响的学校。除了有来自全国不同的师资力量，这里的环境结构，大气包容，学习和文娱体育活动的氛围浓烈，在青城县都是颇具盛名的。

书礼正随着同学们跑着，看着前方她喜爱的学校，因为走神而被前边同学的脚绊了一下，一个趔趄摔到地上。当身边的同学把她拉起来时，崭新滑雪衫的袖子擦破了。书礼沮丧地撅着嘴，心想，这红色滑雪衫，可是爹去年到县里开会，为她买了过年的新衣服。带着他们跑步的，是新分来的化学老师，他用一口浓重翘舌音的黄陂腔调，笑着对书礼说：

"李书礼啊，你就是一朵温室里的花。"

书礼不懂得，她摔了一跤，何以得老师说这样一句话？

温室里的花又是什么呢？

那时候的书礼，还不懂得温室里的花，到底是一种什么样的花。老师把她比作那种什么温室里的花，又是什么意思呢？

书礼心中有了疑问，因为疑问，而让书礼永远记住了这一幕，记住了温室里的花之说词。

相比之温室里的花，书礼更直接地喜欢红色滑雪衫带给她的时尚感，一样让她一生都没有忘记过。那红色红得鲜艳夺目，像国旗上的颜色一样靓丽，那之后，她一生与这种红色结下了深厚的感情。要知道，那是一个刚刚从"不爱红装爱武装"而来的过渡期。为这件衣服，娘还批评了爹，说爹把她"惯没用了"。那件红色"滑雪衫"仿佛是一种信号，这信号不仅只是中国一步步向前推进的信号，它还是中国普通老百姓开始大胆地爱美和追求美的一个信号。也就是在这个时期，八十年代中期，从北京到全国各地，女青年们终于敢以夏天穿红色裙子、冬天穿红色羽绒服为时尚。

随之而来有一部《街上流行红裙子》的电影，受到国人、特别是年轻人的热烈追捧。

返回学校时，天空已经慢慢露出了鱼肚白。氤氲的朝阳，从黑色的云层中渐渐浸润，照着书礼所在的学校。跑完步的书礼，快步跑到广播室，开开门，打开广播，放上第六套广播体操的唱片。迎着朝阳，广播体操开始了……

六

这年年底，一个叫邓丽君的香港歌手，红遍大江南北，她的歌声像一阵风儿，无法阻挡地传遍中国大地。她甜美的歌声所到之处，令人着迷，最开始抵挡不住诱惑悄悄地听，到后来，年轻人抑制不住地疯狂追捧。在当时又被称作"靡靡之音"。

下晚自习的铃声刚响，教室内一片说话和收书声响起，正收书包的书礼，突然有人给她送来一张纸。书礼才接到手上还没来得及说话，那人就跑开了。拿在手上的纸条折成一个平展好看的麻花状，书礼的小心脏开始加速跳动，她明白，这是字条，递这种字条的初中生，是带有一点暧昧之感的。书礼小心翼翼地打开字条，只见字条上除了对"书礼"的称呼，称呼下边写着一排简单的字："父亲到县里开会去了，你明天早晨上学时，能否顺便叫我一声？平常都是早起的父亲叫我起床，他不在家我怕迟到。"

虽然只是一张普通的字条，可因为递字条的人是个男生，还是一个长得很帅气的男孩，那么纸条带给书礼的冲击力可就不一样了。特别是这种本可以一句话说出来的事儿，却用一种递纸条的方式，无形中营造了一种神秘感，从而一下子让书礼懂得了什么是情窦初开。

字条下边的名字落款，书礼太熟悉了。这个男孩比书礼高一个年级，父母是餐馆的职工。男孩的父亲，不但是这所公家餐馆的主厨，因为菜做得好而出名，每年大大小小的会议，他总是要被上边来的领导叫到跟前表扬一番，所以也总是被评为劳动模范。餐馆与医院比邻，两家单位的小孩经常约在一起玩儿。读初三的男孩，不但成绩好，人也长得高大俊朗。更难得的是，他还有一手少林功夫，到底是看过《少林寺》之后迷上的少林功夫，还是早先就有学过，不得而知。在学校的多次晚会上，书礼报幕，其中就有个节目是为他报的"下边请看少林棍表演，表演者……"男孩的少林棍，舞得呼呼作响，每一次都会赢得台下的掌声一次一次响起。

揣着这张纸条，书礼除了羞涩，还可用心生荡漾来形容。那天早晨，书礼比平常提早了一个小时起床上学，因为她睡不踏实，多次醒来看闹钟，生怕错过了叫男孩上学的时间。天还是一片漆黑的时候，书礼起了床，走到院子里才发现满院子一片雪白，原来昨晚下雪了。望着一片洁白，"雪落无声"的句子一下子来到她的脑海。她有些兴奋地踩着雪地走过院子，下台阶，出门诊楼，来到男孩家的窗前，轻敲他的窗户。好像才一敲，就听到了男孩答应，似乎是醒着。应该说，是在等待他所传的字条是否起了作用。确定叫醒了男孩之后，书礼便往学校的方向走。很快，男孩追了出来，并加快步子跟上了书礼。

两个初长成的少男少女，双双走在"嘎吱嘎吱"的雪地里。这白雪还没有人踏过，雪地里留下了他们一前一后踩下的第一串脚印。虽然天很冷，可书礼的心感觉到的是温暖。他们几乎没有说什么话，一路听着脚下的积雪踏出的声响，在寂静的大地里发出回声。两人一路沉默着来到了学校，由于太早，学校也是一片寂静。刚到操场，男孩找来一根棒子，目光烁烁地看着书礼说：

"我为你表演一场少林棍吧！"

书礼的心呼呼跳着，羞涩地说：

"好。雪地上表演，一定更美。"

男孩脱了棉袄，交到书礼的手上，书礼嗅到了一个男孩衣服上特有的气息。男孩拿着棍子，呵了口气，做个马步动作，再把手上的棍首从上向身前劈下，再轻轻舞起来，先左右，再上下，又前后，然后开始加快；随着身体和棍子的加快，有"刷刷"的声音，和着男孩呵气成雾的"呼呼"声传来；棍落时，搅起雪，如飞絮。兴起时，一忽而嘶嘶如破风，一忽而刷刷似游龙；平缓处，轻轻时如飞燕，重重时似猛虎。挥棍而起，似闪电划过，挑雪如纷纷落叶……男孩黑白相间的毛衣，棍子挥舞之间的身影，映着操场上一片纯白，像一团风，像一幅画。男孩收棍时，右手把棍夹在腋下，左手慢慢从外围收至胸前，手掌竖起，做合十状，轻轻呼气，慢慢平展，然后收棍。书礼屏着呼吸，看呆了。

那个在操场的雪地里为书礼一个人表演舞棍的男孩，那一刻，让书礼的心像这无垠的雪一样美好，同时也有淡淡的忧伤相交融。这场景，在后来的人生中，无论世事变迁，还是人情淡漠，这个镌刻在少年记忆里的美好画面，永远成为书礼人生中对一种美的渴望与追求。

那一天，书礼再次用爹给她的、写有"除癣纪念"的日记本，认真而清楚地记下了这个场景，虽然只是平淡而幼稚的记录，可正是这份平淡的记录，在她往后的人生里，为她留下平常人生的积累，从而出乎意料之外地，收获着一份不可估量的精神财富。当千帆过尽，岁月走远；当往事如梦，惊梦白头之时，是那一笔一划、一字一句的记录，打开她人生记忆的闸门，把生活的过往呈现在眼前。不禁为这一点一滴的记录，从而感恩曾经的自己，感恩一路走来，不同人和不同时段的不同给予，组成点滴人生。让她感叹，原来，在白纸黑字里，她还有另一种人生。

家里的客，一如既往地多着。当不同的客人到来时，玉竹喜欢自言自语地说那一句不变的老话："日日添客不穷，夜夜做贼不富。"

每次放学回家，放下书包的书礼，便到厨房帮娘端菜兼尝菜。

那一天，家里是爹带回来的客，在客厅里喝着酒，娘已经做了不少菜上桌了，书礼进厨房时，娘正在煎粑仔。当一盘粑仔用油煎好，然后放上黑糖，加少许水倒进热锅里时，和着煎好的粑仔一起搅拌，那"吱吱吱"的声响里，散发出一种甜甜的奇香来。这道菜，是每年过年前后，一道每家每户不可少的美食。

在南方，方圆百十里，不同的县市，以山区为多，都保持着这种粑仔美食特产。粑仔属于年糕的一种，又不同于年糕的做法。这种白白的粑仔，两边都印了花纹，印花除了花边，还有各种不同的花样图案，所以也称"印花粑仔"。

印花粑仔一般是在每年春节前做成，过年期间和过年后食用，是家家必备的一种民俗传承。这种圆圆的印花食品，是农村每家每户，寓意深远又美好祝愿的象征。每到春节来临之际，忙碌着准备年货的人们，制作粑仔也是其中一项。几户几家相约在一起选好日子，制作前先把糯米和普通米有比例地加在一起，放在水里浸泡，浸泡适当的时间后，再用磨磨碎，然后加大火蒸，蒸熟后成一团，不加任何佐料地放在一起搅拌擂打，搅拌擂打的时间，持续得越长越好，这样增加了黏稠度。搅拌得差不多时，趁热进行粑仔制作。

制作工具是一把木制的刻有花纹、鱼、仙桃等图案的模具，把擂搅好的原料放进模具里压制，压制后，再敲出来。反复压制敲出，一个个带着各种图案的粑仔就成形了，然后开始蒸，蒸熟后出笼的粑仔，又香又甜又好吃。做的人一边印要一边吃着尝鲜，特别是孩子们，一直吃到饱才肯停下来。粑仔自然冷却后，再将粑仔放入清水中浸泡，要吃的时候再捞起来，可以油煎放糖，可以下面条，可以煮火锅。存放过程中，两三天换一次清水，一直可以存放到正月过后，甚至几个月左右都不会变质。当地有一句"吃了月半粑，各自种庄稼"的谚语。元宵节这一天，一定是要吃粑仔的，它既代表了团团圆圆，也预示着吃吃喝喝的年过完了，又要开始为新一年的生活而忙碌了。

玉竹家的粑仔，多数是不同的来客相送。当香喷喷的煎粑仔出锅时，娘夹了一个给书礼。一个粑仔，一半在嘴里含着，一半在嘴外边，书礼端着手上那一盘粑仔正准备出去，洗锅的娘看了，说：

"等会儿！先把嘴里的粑仔吃完了再端出去。这样子多不像话，一半在嘴里，一半在嘴外，会别把人家吓一跳。"

书礼突然醒悟过来，放下手中的那盘粑仔，赶紧把嘴里的吃了，然后再笑着把客人的一盘端上桌。这个细节，书礼记而不忘。一个嘴里嘴外有粑仔的样子，怎么可以示人呢？更何况手上还端着一盘。一如娘教的许多细节，诸如，吃菜只夹自己面前的，吃饭时不能跷脚，不能抖腿，在长辈面前更不能"跷二郎腿"，等等。

这些当是一个人成长过程中，父母言传身教中的规矩，同时也是父母在孩子成长过程中的陪伴。一个好母亲的言传身教和陪伴，对于成长中的孩子来说，是重之又重。这是一个孩子在母亲的引领下，一步一步走来的修为，直到孩子成人自己懂事为止。没有规矩不成方圆。规矩，当是通过每一代父母的言行，一代代传承接力下去的，作为人的修炼。

第四章

一

　　火盆里，炭火慢慢旺起来，散发着木炭的香气，和着药房内各种中药味的香气，特别的温暖。玉竹双眼红肿，脸色蜡黄，昨晚因为一点小事，醉酒后的诗润竟然动手打了她，玉竹伤心得一夜未眠。她怎么也想不通，多次起身想走，都被受惊吓的女儿拦住了。书礼担心娘要走，一直不敢睡，娘哭她也哭，一直到娘答应她不会走时她才睡去。玉竹不想让女儿受惊吓，又想着今天的班也得上，她是个顾大体的人，眼睁睁地坐了一夜。还没到上班的时间，便来到药房把炭火生起。

　　玉竹右侧对着窗口，这个窗口，每天要面对不同取药人的面孔；左侧对着贴墙的药柜，面前是一盆烧得正旺的炭火。玉竹环视中药柜，那一个个抽屉里，放着各种不同的中药。一个抽屉，内有两个格子，一格放一种中药。每一种中药的前生都是不同的植物花草，生长在各自不同的山间地头，经过人的采摘、晒干、炮制，制成不同的药品，进入这百草柜里。像不同的人相识，或者说像她和诗润，从不认识，到组成一个家。这些汇合在一起的药，经过医生拿脉，然后通过望、闻、问、切来判断身体里的毛病，再开出药方，把不同的它们组合在一起，用水火煎熬出药性，从而达到治病的功效。

　　玉竹常常觉得，人与植物的不可分割，人对植物的依赖，多于植物对人的需要。比如平常吃的各种菜，包括大米杂粮，也都是植物生长出来。不同的植物入药后，又用以治不同的病来服务人类。原来，人是靠植物而活着呢。玉竹想。

玉竹的思绪，从最开始和诗润订婚，到结婚，到生孩子，到从老家到梦龙，从梦龙回老家，又从老家到梦龙，再从梦龙来到现在的医院。一路经历的人生之甘苦，百味杂陈如这不同的中药。她不否认诗润为自己和孩子们所作的努力，可是如果没有她对这个家的操持和辛苦付出，也难有今天。一个家，相辅才能相成。

想起在梦龙时，那是一段虽然艰苦却十分美好又充实的时光，特别是白医生教她打算盘学中药的那些日子。刚到中医房里熟悉中药时，白医生从药柜说起，从中药的名称到中药的性能，从抓中药的方法到技巧，让她一点一滴地受益。思绪把玉竹带回梦龙，白医生师长一样细致教她的那些往事里。个子矮小的白医生，用手和身体量着药柜说：

"药柜的做法都是有规矩的，高不过鼻，宽不超臂展长度，平视可观上斗，展手可及边沿，不包括底层可座处和上层宽敞口，上下左右七个排斗，故又称七星斗柜。"

玉竹边听边点头记心里。白医生用双手不断比划着说：

"为了调剂的药品方便易取，找药容易，所以又有'抬手取，低头拿，半步可观全药匣'之说。一斗三格，等份正方，可容普通根茎、饮片一千克即一公斤，又称斤斗。药斗内右侧斗傍上面，镶嵌有标价板上写着不同药的名称。这些都是需要记住的，我和你爹都是在新中国成立前当学徒时，每天睡在药房柜台下，死记硬背，背不来师傅是会打人的。"

白医生一边说一边拉开不同的抽屉，同时手抓不同的药品，报出不同的名字来：

"黄连、当归、贝母、天麻、金银花、丹参、元胡、番红花、人参、西洋参、黄芩、甘草、北沙参、枸杞、桔梗、红花、芍药、牡丹、山茱萸、地黄、金莲花、杜仲、薏苡、山药、银杏、五倍子、猪苓、黄芪、金荞麦、肉苁蓉……"

白医生报药名像念诗一样有韵律，当报到一个黑黑的东西时，白医生捻了一块出来，递给玉竹说：

"吃吃看。"

玉竹接了那软绵乌黑的东西放嘴里，一股甜，令口舌生香。她用询问的眼神看着白医生。白医生说：

"它叫熟地，又名伏地，也叫酒壶花、山烟等，处方名为熟地。是玄参科植物地黄，经过加工炮制而成熟地，是上好的中药材，具有补血滋阴、填精益髓等功效。所以几乎每一味中药都有多种名称和叫法，学中药先是靠记性来记，记它的名字，记它的性能，记它的样子，然后再来悟他们不同组合在一起的功效。"

玉竹边听边觉得老中医说的好深奥，但又不敢说什么。白医生看出玉竹的顾虑，说：

"你是学中药认中药，并非学中医医生。你到时只是在中药房工作，所以你只需要记住它，然后准确地执行医嘱处方就可以了，不用担心。"

玉竹脸绯红，点点头。

在一个满是卵圆形、椭圆扁形、黄棕色、白色、红棕色、灰棕色一屉子的菜籽面前，白医生用手轻轻捻了几粒，看着玉竹，玉竹说：

"这个我认识，不就是萝卜籽吗？它也是中药？"

白医生说：

"对，就是萝卜籽。但它的中药名叫莱菔子。十字花科植物，味淡、微苦辛。这是清炒过的，所以有点微鼓。捡处方时，它是要捣碎了再加入的。"

白医生说完，抓了一把，放到药柜下边一个黑铜色的捣药罐里。这个捣药罐有一个厚厚的铜盖子，盖子上有个口，口里拴着一个重重的铜锤子，放在厚厚的碓臼一样的容器罐里。只见白医生左手摁着盖，右手握着伸出盖子一拳的锤，用劲捣，边捣边发出"哐啷哐，哐啷哐"的声响。一会把捣碎的莱菔子倒出来，放在一种叫戥子的小秤里，玉竹看那小秤可爱得很。白医生一边秤一边给玉竹看，同时教玉竹如何使用小秤，并说每一味药都需要用这个小秤子精准地秤出来，然后说莱菔子的功效：

"莱菔子长于利气。生能升，熟能降，升则吐风痰，散风寒，发疮

249

疹；降则定痰喘咳嗽，调下痢后重，止内痛，皆是利气之效。也就是我们常说的顺气。"

当白医生在一个抽屉里，抓一把淡黄色片片状的药时，看着玉竹说：

"你的名字，就是这一味药。听诗润说是你公爹为你改的这个名字，你爹可是有用意的呢。"

玉竹点点头，笑着答应：

"是爹改的名字，当时还说了很多为什么改这个名字的意义。"

白医生又接着说：

"所以你更要牢牢记住这味药，不但记住和认识，还应该记住她的多种性能。玉竹是滋阴养气补血之品。能滋阴润肺，生津止渴。燥咳、劳嗽、内热消渴、阴虚外感、头昏眩晕、筋脉挛痛。主治肺阴虚所致的干咳少痰，咽舌燥和温热病后期，或因高烧耗伤津液而出现的津少口渴，食欲不振，胃部不适等症。同时，玉竹又能养胃阴，清胃热，主治燥伤胃阴，口干舌燥，食欲不振，常与麦冬、沙参等品同用；治胃热津伤之消渴，可与石膏、知母、麦冬、天花粉等品同用，可共收清胃生津之效。"

白医生口若悬河说"玉竹"，让眼前的玉竹那一刻突然有了宿命感。这个名字，也许就是命中带来的，不但是一味药，还让她这一生与中药结下了不解之缘，让她后来的人生，与各种中药相随相伴。玉竹想，难道这是天意？抑或是公爹早有预见？

想到这，玉竹的思绪回到眼前。上班时间到了，其他科室上班的人陆续在开门。想起玉竹这个名字，想着自己这些年来，已经是在生活的炉子里，经受各种水煮火煎的锻炼。玉竹从莱菔子的顺气，不免想起"一粒胡椒好转气"的俗语来。这是娘生前喜欢说的一句话，在她还没有接触中医时，娘说的这句话，多数是当一些人因事争吵闹别扭不和时，用来劝说别人的。当夫妻不和，邻里吵闹，娘最喜说的是"有理听人转弯，无理请人转弯"。玉竹想，这些俗语所表述的，不都是一个"气"字之说吗？人之肉身，得靠植物来缓解平和那不顺的气。而心中的那口气，又如何让自己来转弯呢？。

刚学中药的那些日子，玉竹除了记中药，也深深地爱上了那种特殊的中药香味。如今在中药房上班五年了，记得刚来时，一位年纪大一点的药剂师，一边用手往小枰上枰药，一边用脚去关抽屉，回头用质疑甚至藐视的眼神对玉竹说：

"在中药房上班，除了记药，抓药捡药都要手脚并用的。"

听了这话，玉竹不但没有生气，还感激人家为她所做的示范。从此，除了每一味中药她烂记在心，也记住了每一味中药的性能，性能不一样，在治病的过程中起的功效也不同。

可是今天她气不顺了，却不是莱菔子能顺的气，也不是"一粒胡椒好转气"的气。她在反省自己，昨天自己有理了吗？有理就要听人转弯；自己无理了吗？无理了又请谁来为自己转弯呢？因为她知道，不管有理无理，日子还得过下去。

玉竹努力回想，初嫁诗润时，日子慢慢过着让她懂得了，公公为她改名字的用意，当初公爹的一番用心良苦的教导，犹记在耳：

"之所以要把你的名字改成玉竹，除了要你学做可雕琢的石头，做人要有竹子的节气。同时，也是要你懂得，当生活里各种未可知的磨难到来时，你也可以做一味耐得住考验的中药，可以在水煮火煎中熬得住生活的打击，从而修炼自己。女孩子在娘家是孩子，嫁到婆家就是大人了。你人生里真正的生活，是从婆家开始的。"

玉竹不得不把她和诗润吵架的起因，再次在脑子里过一遍，问问自己，问问自己的心，到底错在哪里……

二

那是一年前的秋天，玉竹上班时，窗外的门诊大堂前，四个男人抬着一个竹竿做的床进来了，几个人把抬进来的竹竿床放到了地下，只见上边躺着一个年轻的女子，不停地对着天唱着歌。起先没听清楚是唱什么，再仔细听来，原来是孩子们常唱的，一首二十六个字母的英语歌：

ABCDEFG，
HIJKLMN，
OPQRST，
UVWXYZ，XYZ，
Now you see……

那女子一边唱一边吐口水，唱一会儿又笑一会儿，笑一会儿又连连吐几次口水，吐完口水又接着唱。女子蓬乱着头发，面容的表情怪异，唱和笑的间隙之间，念念有词，但听不清她到底说什么。有人靠近她时，本来在唱歌的她，随即停下来吐人的口水，一看就知道是脑子出了毛病。

在女子边唱边吐口水时，门外哭着来了一个老妇人，老妇人手拿一件衣服，边哭边叫"崽"地进了门诊堂前。四位抬病人的男子已在门诊堂前的椅子上坐了下来，似乎就是在等这位哭着的妇人跟上来。这时门诊所有科室的医生几乎都已聚到了门诊堂前。妇人进门来，见穿白大褂的人她就下跪，边跪边说请救救她的女儿。医生们一边扶她一边询问孩子是怎么得的病。妇人说：

"在学校读书，读得好好的，不知怎么就胡言乱语起来。学校老师让把人带回去。"

一位医生说：

"你女儿是精神上出了毛病，我们这里的医院治不了，得带她转到大地方专业治精神病的医院去。"

老妇人哭着说：

"哦，这里治不了？那怎么办？怎么办？"

老妇人说完再次哭起来。这时又有人问她，女儿怎么病成了这样，妇人边揩眼泪边说：

"从学校带回去后就更疯了，见人就打，不论什么东西都抓着吃，她爹要把她关起来。我是做娘的，女儿是我身上掉下的肉，怎么舍得把她关起来随她疯？村里人让抬到医院来看看，好不容易请亲房两位叔侄和儿子一起，把她抬到这里来了，又说这里治不了，看来只有死路一条了。"

老人说完，一屁股坐在地上，一边双手捶大腿一边号哭起来。

一位医生耐心跟老人解释说：

"不是我们不治，而确实是这种精神上的疾病，我们无能无力。你得到地区去，那里有一家专业精神病院，可以接受你女儿治疗。那里的环境和治疗效果都好，你在我们这里只会耽误时间。"

老人听了指点，停下哭声问：

"那我们怎么知道？如何去得了呢？我活这么大到过最远的地方是梦龙，除此之外就在山里没出去过。这次好不容易到区里来了，又要到地区去，我们哪知道怎么去得了呢！"

医生告诉她说：

"要请车子送去，走路去太远了。去了也得要进院的费用，也就是说，至少得筹备一百元钱你们才能去。"

只见那妇人一把鼻涕一把泪地说：

"一百元钱！就是把我这把老骨头卖了，也筹不出来这么多钱啊。到这里来的十块钱还是找几家借的，哪怕是再回到家里找人借也借不到一百块钱。还是只有死路一条了，只有死路一条了……"

老人说完，坐在地下双手拍着大腿放声大哭。当医生问老人是梦龙哪个地方人时，跟着妇人一起伤心的玉竹，听到的是离梦龙卫生所还有好远的一个山头上。因为"梦龙"二字之亲，玉竹的同情心更软了。玉竹不声不响地来到收费室，自己打欠条借了九十元钱，玉竹手里拿着正面图案印有全国各族人民大团结头像，反面印有天安门和牡丹花的人民币时，她自己的心也是迷茫的。当她把九张沉甸甸的人民币交到老人的手上时，那九张"大团结"在老人的手上颤抖着。老人不相信似的看着玉竹，半天不知说什么好。其实玉竹的心也是打鼓的，但她仍然说：

"你先接着，这是我刚到收费室帮你借的，当然是以我的名义借的，你先带女儿去治病，治好了再来把这钱还给我，因为是我打条借的，他们只会找我。再说这个数目也不小，我只能是暂时帮你借。"

老人千恩万谢地要给玉竹叩头，玉竹拉着老人说：

"都是养儿养女的人，我能理解你做娘的心情。先把女儿带去治，我住在这医院是不会走的，随时等你回来把这钱还我。"

老人接过钱，像做梦一样，说：

"我不是在做梦吧？和你从来不相识，能一下借这么多钱给我？"

玉竹说：

"不是做梦，这钱是要你还的，我也只能暂时帮你救救急。你赶快去，趁着时间还早，赶紧让你的叔侄们吃点亏去找车，送孩子去治。这好的女儿，再不治就耽误了，可耽误不得。"

老人一边说着"好人"，一边千谢万谢地，然后随着那几个男人，抬着一边唱着英语歌，一边吐口水的女儿离开了。由于老人不会写字，玉竹也没有让老人写欠条，只记下了她是梦龙哪个地方的人。老人也说了，等孩子好了，她一定要来这里还钱的。

那时，改革开放初期，全国上下"摸着石头过河"，喊着要"让一部分人先富起来"，喊着"不管白猫黑猫，能捉老鼠的就是好猫"。虽然有些地方出现了个别"万元户"，可多数普通老百姓仍然过着十分艰苦的日子。偏远山区人家，贫困的人更是普遍现象。

一年多过去了，那妇人不但没有来还钱，自打离开后再也没见过踪影。玉竹先从自己的工资里挪出来，分几次把钱还上了。补了这个缺，却让自己的日子过得更紧巴了。心里总是指望着那家人哪天能来还钱。不仅只是钱的问题，更多的是，她希望那个女孩的病治好了，她希望那家人对这份素不相识的援手相助能记得，不要让她失望。她不想让自己这份"心软"最终得不到自己的认可。可是一年多过去了，杳无音信。前天梦龙卫生所来了一位医生，在家里吃饭时，不知怎么对诗润说起这个人这件事来：

"你们家玉竹嫂子就是心眼太好，借钱给那个疯子治病，全梦龙的人都知道了。那个疯子的娘自己平日就有点以疯作邪的，虽然家里确实不宽余，可是你们把钱先借给她了，这可是救急在危难时。不亲不邻的，她好像没有这回事一样，不但不来还钱，还在外边甩嘴，说那钱没得还了，说你们当医生的家，有的是钱。"

玉竹听了，赶忙问那疯女子的疯病好了没。

那位医生说：

"自从去地区精神病院整治了以后，听说好多了，还能帮家里做做活，担心油菜花开时，只怕又要疯一阵子。这钱，你们可以找他们队里的负责人帮着讨要，还是要得来的，因为他们家有几个做事的劳力。"

诗润事先并不知道玉竹借钱给人这回事，听了那位医生的话，诗润心里直冒火。等客人走后，和玉竹你一句我一句地对起来，借着一点酒劲，诗润对玉竹大发脾气：

"你有本事，借钱给人家，一借就是九十块，认都不认识的人。平常一些老家来人，不管亲不亲，至少还知道是谁。九十块啊，我一个月的工资，可够家里几个月的生活费用了。借给不相识的人，人却不领情，还要说你有。你这大方，你是有啊。有为什么还要一天到晚上月扯下月地过日子？你就是撑好人，死要面子活受罪。再找人家去讨要这九十块钱，你这好人就做成恶人了。"

诗润一边说一边激动地指手画脚，越说越气越来劲。玉竹心里本来就难受，诗润这样说，她也生气地和他对起来：

"是，我是喜撑好人，我是死要面子活受罪。已经借出去了，怎么办？先是说好了要来还的，谁知道会这样呢。你打死我也是借出去了。"

诗润听了这话，还真的被激怒了，赶到玉竹的面前，把玉竹的手臂狠狠地搐了两拳头。玉竹被这两拳头搐得气憎了，伤心地一边哭一边也去打诗润，两人扭在一起，玉竹哪是高大诗润的对手，更何况喝了酒的诗润，借着酒之力，又把玉竹打了几拳头。刚好书礼回家看到，哭着把爹拦腰抱住，两人才停止了争斗。

所以才有了玉竹一夜没睡，多次想离开，不是让女儿书礼看着，一气之下，还真打算跑到外边去住一段日子，让这个家尝尝没有她的滋味。正想着，窗口有了抓药的处方。玉竹理理情绪，认真地一边看药方一边用算盘算药价，划了价格病人去付钱后，她开始用小秤一味药一味药地秤起来。这一刻，玉竹的思绪完全回到了工作上来。

于玉竹来说，借钱给一个素不相识的来自梦龙的病人，只为心中的"梦龙"情结。也只为感恩那里曾是生活过养育过他们一家，那片热土在心中的不可忘。而为自己带来的麻烦，是她始料不及的。后来，玉竹去讨要过两次无果，最后还是通过那个队里的负责人讨回了八十元。

三

又是一年春节到。诗润一家五口和来自老家的父母一起，下午四点多吃过年饭后，一家人围在一盆旺旺的炭火前，一边守候着春节晚会的到来，一边包包坨。包坨是当地除了粑仔之外的又一个过年必需的美食，在诗润的老家，既叫包坨也叫薯粉蛋。玉竹先把豆腐干、萝卜、花生、虾米等食料切碎炒熟，加上切碎的大蒜苗搅拌均匀后冷却，这是包坨的坨心，相似于北方的饺子馅。玉竹把坨心放在一边后，把一袋白色的红薯粉倒到一个大盆里，再把事先放在锅里蒸的芋头提出来，一边叫：

"书礼。快端一碗水来，帮着剥芋头。"

书礼一边到厨房端凉水，一边说：

"好啊。又剥芋头了，芋头好吃。"

凉水端来了，书礼学着娘和阿婆的样了，先把手指放凉水蘸一下，然后从锅里拿一个烫芋头，快速剥掉芋头皮的一半，合着另一半皮往盆里的薯粉里一挤，又去凉水蘸一下，再继续下一个。待慢慢没那么烫时，书礼会偶尔剥一个放到嘴里吃。在芋头快要放一半时，玉竹开始双手和粉，把薯粉和芋头和在一起，速度要快，否则会被芋头烫了手。在芋头差不多剥完时，融入薯粉里的芋头不见了。中和在一起的薯粉和芋头，如和好的面一样，然后开始揉，揉到软硬恰好，趁着热热软软的，分成一个个粑状，把已经完全冷却的坨心包进去，操作相似北方的饺子。但包的形状不一样，包坨可包成圆形或鸭蛋形。这是年饭后，守岁的除夕夜，一家人一起吃的又一餐，相当于宵夜，预示一家人团团圆圆。

坨包好煮好了，一人一碗端着吃的时候，晚会也就开始了。这是中央电视台第二年的春节晚会，那时候家庭有电视机仍极少数，对于国庆、书礼和李琛来说，这是一顿精神大餐。一位个子不高，斯斯文文，穿着西装，打着领带，胸前披了一条围巾，戴着近视眼镜的男子，出现在荧屏，双手抚胸，深情唱起：

河山只在我梦萦

祖国已多年未亲近

可是不管怎样也改变不了

我的中国心

洋装虽然穿在身

我心依然是中国心

……

就算生在他乡也改变不了

我的中国心

……

当他谢幕离开的时候，电视机前的诗润一家人，一下子都愣住了。这一曲《我的中国心》，因为太感动，让他们沉醉得不知说什么才好。似乎有好久没有这份感动的情怀了，一向不太关注这些唱啊跳的玉竹，也因此被感染，说：

"刚才那个人叫什么？唱得真好听。"

书礼抢着说：

"叫张明敏，香港的歌手。"

玉竹答道：

"嗯。张明敏！我记住他了，我从不记这些电视里的人，可他让我记住了。"

诗润和爹的对话也开始了。爹说：

"看来，改革开放还是有成效了，香港的歌手也来大陆参加春节晚会了。"

诗润回道：

"就是。英国首相撒切尔夫人来华访问，双方共同发表了'中英联合声明'，中国政府将于一九九七年七月一日对香港恢复行使主权。"

诗润爹说：

"不知道我能等得到那一天不，还有十几年呢。"

诗润说：

"一定能等得到，爹的身体好，一定能的。"

诗润爹又说：

"如果你舅舅跟你有什么联系，尽量不要联系为好，怕政策有变。毕竟台湾问题不同于香港。"

诗润答道：

"嗯，知道的，我会见机行事。"

……

伴着春节晚会的音乐，新年的钟声敲响了，国庆带着弟弟和妹妹一起到院子里放鞭炮，诗润也走到门口，和邻居同事们相互问新年好……

正月里，大街小巷唱《我的中国心》，无形中激起一股爱国的热情。那位叫作张明敏的歌手，成了第一个参加中国中央电视台春节联欢晚会的香港歌手。由于参加了央视春节联欢晚会的演出，张明敏在内地，一夜之间家喻户晓。张明敏这个名字，瞬间红遍大江南北，就连他的那一身系着围巾的装扮，也被人们模仿。

正月刚过，诗润接上级通知，要调他到另一个更大的区卫生院任职。最开始诗润接受谈话时，心有不愿，回家闹了一阵子的情绪，觉得目前的工作开展得顺利，这里的人都像亲人一样相处多年，总有不舍。不想到另一个新地方去适应新环境。倒是玉竹劝他说：

"上级的安排不可违背，安排了你不去，上级会对你有意见，你以后的工作不好做了。到一个新地方，并非坏事。听说那地方，要管七个乡的卫生所，比花楼区大几倍，虽是重用你，可担子更重了。你不但要去，还要去做好，并要做出成绩来。"

玉竹的一番话，令诗润一下子觉得云开日出心明朗起来，但玉竹又提了一个要求说：

"你得向上级要求，我们要把国庆一起调过去。最近国庆又开始玩疯了，每天提着个'三洋'和几个穿着怪异的男男女女一起，唱着歌扭着屁股，我真是怕呢！要是留他一个人在这边，那要飞天，到时跟谁生了崽我们都不知道。这个要求你一定要去提。"

诗润说：

"你这话还真提醒了我，上级谈话是让我带家属一起，没说带国庆。这个问题我得马上提出来，国庆放下来我也不放心。"

玉竹说：

"只要一家人都去，再远的地方，再不好做的工作，我相信你会做得好的。一家人在一起，我管好家，没有后顾之忧。工作上，你只要身正手稳，走满天下不怕人。所以没有做不好的事。"

诗润起身说：

"好。我去办公室给县卫生局打电话，把国庆的事提出来。"

诗润正准备出门，玉竹又想起了什么，说：

"等会儿，告诉你一个好消息，老二又生了一个女儿，现在有儿有女是全人了。"

诗润说：

"真的！那好那好，大侄儿都四岁了，现在又有了女儿，这样我们调离得再远，也不用太牵挂他了。还是你的点子高，不但帮他娶了老婆，去年又和爹娘一起合力建了新屋让他们住着，虽然是土坯房，总比住在那要垮的老屋强，这样我们才放心。"

玉竹说：

"是啦。现在不怕他冻着饿着了。"

诗润带着笑容，半开玩笑半夸玉竹说：

"你嫁到我们家，做的几件大事，都是可以流芳千古、教育后人的。"

玉竹嗔怪地剜了诗润一眼：

"只要不嫌我闲事管得太多，那拳头认点人我就拜天了，才不要你假心假意地夸着肉麻的话。"

诗润有些不好意思地说：

"那不是喝醉了吗。以后喝酒一定要注意，实在没办法喝了回来，你记得别惹我，因为那时我是不清醒的。不过你以后管闲事，也确实不要管得太宽了，尽量范围缩小一些。我们几个孩子都大了，国庆很快到了谈婚姻的年龄，到时我们为他娶老婆可是要拿彩礼的。书礼和李琛读书也要费用，我不是心疼你每天喂猪不容易吗！"

玉竹道：

"是啊是啊。你去打你的电话，我自有分寸。"

玉竹一家三口的调令来了，诗润作好了工作上多方面的移交，玉竹和国庆也作了相应的工作交接，准备要搬家了。听说玉竹一家要调离，前后一个月，家里来的客人不断，包括梦龙，也断断续续来了不少人。

似乎，舍不得玉竹的人更多一些。那些淳朴的乡亲们，不是带来自己的土特产，就是珍藏着舍不得吃的山珍。玉竹每接一家，就要说一声："吃了有罪，吃了要掉头发的。"然后，总是设法用一些不同的礼品作为回礼。绝不白要人家的，也不拂这些热心朋友的面子。

对于书礼来说，前后也忙了半个月。刚知道自己要随父母调离花楼时，同学们和老师都对她多有不舍。有几个平日在一起玩得多的女同学，还伤心地哭了起来。离开前的一个月，有同学请她到照相馆照相的，有请她到家吃饭的。还有几个亲密的女同学，相约到郊外，到乡下同学的家，郊游吃饭，作送别前的聚会。同学的母亲，送了好看的花布料子给她。回家后，娘说她不懂事，接人家这么贵重的东西。让她一定要记得人家的好，哪怕是给一颗糖，也不要忘了一颗糖的好。

离开前夕，与老师和同学们告别时，好多同学为她送来了笔记本和钢笔，各色各样的笔记本接了十几本。后来，书礼用这些花花绿绿写有各种临别赠言的笔记本，在另一个区，抒写她对花楼区的思念，思念那里的同学和老师，思念花楼卫生院里留下的点滴美好记忆。

四

车子快要启动了，玉竹哭着和挤在一起来送别的人群一一告别。喧哗声、哭泣声、再见声、鞭炮声……车子终于慢慢驶出，向前滑行。人们都在热烈地挥着手，很多人向车子追来……司机心里纳闷，这到底是一户怎样的人家？一次调离，引来这么多人的欢送和不舍。玉竹在车里一直哭着没有停下来，一边哭一边从驾驶室伸出头来挥手。玉竹心里百感交集，一路走来，颠簸的人生如这前行的车子，虽然时遇坎坷和不平，但只要想起娘的一生，便格外的感恩和知足；与娘的命运相比，自己就是生活在天堂里。而此刻的书礼，看着娘的伤心，以及送别的人群带来的感动，书礼的眼泪像断了线的珍珠，不由自主地流下来。在这分别的时刻，忧喜参半的场面，书礼的心里却总有一首歌在回荡：

山峰秀流水情
如花如诗故乡情
山水里长大

山水里成人

山水里有一颗父母心

人生征途千万里

难忘故乡山水情

……

车子缓缓开动，书礼在心里用歌声向整个欢送的人群告别，向她眼前熟悉的小街、学校、老师、同学、朋友们告别。她还向远处的群山、河流、所爱的一草一木告别，心里的不舍令她一阵一阵地难受着。这是书礼第一次尝到初别离的滋味儿。自记事起，有三次别离，一次从老家出来，那时的书礼是带着兴奋的心情离开的；从梦龙到花楼，是带着喜悦的心情而走的。而这次告别花楼，有着深深的不舍和忧伤。怎么舍得呢？花楼虽然不是她的老家，但于书礼来说，胜过了对老家的爱。在老家才几年，而且那几年是记忆模糊的幼年时；从梦龙出生，十岁来花楼，随父母来去的这些年，她也随着时光而成长。花楼五年，是少年初长成时，心性有了不一样的变化，也正是懂得"为赋新词强说愁"的年岁。

这里的山山水水，一草一木，特别是这里的人，使他们全家留恋和不舍。这里的山清水秀，这里的人淳朴善良，处处使书礼和她的父母留恋，处处令他们一家人敬爱。

心地纯善的书礼，天真地想着，有一天要用自己的行为来报答这里的山水和亲人，可她又想不到，该用什么才可以报答呢？当想不到时，她又懒得去想了。于是想起了那个为她送纸条的男孩，离开前，高她一年级的男孩已经考到青城县高中读书去了，他为书礼寄来了一个笔记本以作纪念。此刻的别离，徒增了书礼更多的伤感来。

车子奔驰在路上，已离开了花楼地带。玉竹还在车内嘤嘤而泣，看到娘这样，书礼伤感的泪水，又一次忍不住地流下来。书礼再次幼稚地在心里对自己说，泪水，流吧，尽情的流吧，幸福而辛酸的泪花；歌声，唱吧，尽情在唱吧！再见了，我亲爱的故乡，生我养我的地方。永远忘不了，美丽的花楼……

当两辆搬家的车子载着诗润一家的物件，来到陌生的大塘区卫生院，车子停在医院门口。听说是新上任院长的家搬来时，医院的干部职工都来帮着卸东西。诗润到医院对面一个邮电所去借水洗手，书礼也跟着去洗手，水龙头放出的水，让书礼触到一种柔和与温暖。也许正是春暖时，加之那个水管特别大，所以水带给书礼的是一种柔软与温和。那一刻，书礼凭着对水带来的感受，觉得这个地方的人一定是温和而友善的。书礼无来由地，瞬间喜欢上了这个新地方。

诗润家里带来的熊猫牌黑白电视机，无疑是所有家当里最令人羡慕和惹眼的物件，电视机套着白色绣花电视机套，在国庆小心地双手抱着搬进家里时，便开始摆弄了起来，引来年轻人的围观。这里的医院职工，还没有一家买电视机，尽管大街小巷唱着《我的中国心》，多数是挤在单位的电视机前观看。

诗润的到来，在工作上作了大刀阔斧的调整，为了提高职工的工作积极性，他和院领导班子制定了不同的奖惩制度，医院很快有了大的改善。医院的范围很大，门诊部是双层木板楼结构，相似于梦龙卫生所，但又比梦龙卫生所至少大了一倍。木板楼虽然年限久远，但给人一种温暖和典雅之美。楼下是医院里的门诊各科室，楼上住着十几户人家，多数是单身户和年轻人。从木板楼到住院部，中间隔着几丘田畈，田是周边村里人家的，田畈过去后才是一个两层楼的钢筋水泥结构的房子，带着阴凉，显得老旧。住院部后边一个小院子，院子里住着这所医院的双职工，有平房十多套，有一个两层楼的单元房十多套。诗润一家就住在这个单元房的其中一套里，三室一厅带厨房。

玉竹除了在中药房上班，在医院围墙后边的一个开阔地里，种了好几厢菜园。菜园的不远处就是经过大塘区的小河，河水清澈，河道宽阔，绕着这个小镇的外围流动。玉竹还在医院公厕旁边的一个废弃的棚子里喂了两头猪，一如既往地以喂猪的手艺来贴补家用。国庆在西药房工作，工作之余，提着个"三洋"每天唱着风起云涌的不同流行歌曲。什么《龙的传人》《酒干倘卖无》《童年》，等等。他总是不消停地赶着时尚的步伐前行。长得白白胖胖的李琛读小学，刚来不久，便被人赐外号"地主崽"。读初三的书礼，成绩一般，在新环境里，人还没有熟，天天用歌声思念着花楼里的同学。常常唱着《庐山恋》里的：大雁啊大雁，飞向那遥远的故乡……

诗润带着一家子，在新的地方开始了一种全新的生活，转眼半年过去了。

书礼放学回家时，才走到门口，就有人叫她：

"书礼放学了，长成又高又漂亮的大姑娘了。"

书礼兴奋地进门，看到是来自花楼卫生院的丁阿姨和她的爱人张叔叔，兴奋地叫着；

"丁阿姨、张叔叔。你们怎么来了？太好了。像做梦呢。"

丁阿姨说：

"我要调到你张叔叔那里去了，特意来和你爹娘告别。"

在一旁陪张叔叔说话的爹说：

"你要向你的丁阿姨学习，这么年轻，不但工作做得好，已经是年轻的共产党员了。"

这时，国庆也下班回来了。只见他拦腰把张叔叔抱起来，高兴地说：

"张叔叔，你和张明敏像得简直是一个人呢。"

只见张叔叔一边哈哈笑着，一边从国庆的拦腰抱里下来，说：

"人家可是香港的大歌星，我哪敢和他比。"

国庆：

"你看你这黑边近视眼镜，现在可流行了。你戴着它，不但是正宗的知识分子，分明还有歌星的味道嘛。"

张叔叔再次让国庆的话说得哈哈大笑起来。

玉竹从厨房里出来，看着那"张叔叔"，笑眯眯地说：

"还别说，真有几分相似。我可是从来不关心这些人的，只有这个张明敏一直让我记在心里。"

玉竹一边叫国庆端桌，书礼铺筷子准备吃饭，一边对那丁阿姨说着：

"这么远，特意从花楼来跟我们说，真是看得起啊。调到武汉和他一起，就不用两地分居了。两个人在一起，有了孩子，也就有个帮手了，一双手可比不上一帮手呢。"

丁阿姨：

"这些年在花楼，多亏你们关照呢。工作上是李院长一手培养；生活上，我一个人在这边时，也总是得到你的照料。这份情，无论到哪里，一辈子都不能忘记呢。"

几句话，说得玉竹伤感起来，含着泪说：

"不容易，我们都是不容易中走来的。将来更远了，你们到武汉那么远的地方，真叫天遥地远啊，谁知道这一生还能见几次呢。"

只见那丁阿姨也被感染了：

"会的，会见的，再远也会见的。现在不是通车了嘛，将来的发展，说不定会更好更方便呢。"

诗润在客厅叫着：

"别说那些伤感的话了。人往高处走。小丁能随小张调回武汉，那是天大的好事呢，我们要祝福人家！"

玉竹：

"对对对。你说得对，人往高处走，一定会越来越好的。"

一家人因为来了花楼的客人而欢喜着，围在餐桌前，问花楼的人事，问花楼的变化。浓浓乡情，于餐桌之间尽显。

两位客人次日告别时，玉竹送他们一床崭新的牡丹花"太平洋被单"，以作纪念。一直把他们送上客车，车子发动离去时，才恋恋不舍地挥手告别。

五

当所有同学都在毕业考试时，书礼却把书籍搬回家，遵照爹的旨意，等待重新上一个初三。重上初三的目的在于，想书礼考上青城县高中。尽管书礼没有把握，尽管她对那个她曾经读过几个月的青城高中不感兴趣，可是奈何不了爹的兴趣浓，爹寄希望于她除了祖父取的名字那样知书达理，爹更希望书礼能够将来上青城高中，在那里通过高考而改变命运。

书礼刚读初二的那一年，爹通过找"关系"把书礼送到青城高中，书礼在那里上了不到两个月的学，却因为钻心的思念，抑制不住，借一次和桌前男同学吵架的因由，自己跑了回来。任爹娘怎么说好话，怎么恐吓着要打她，她是死活也不肯去了。无奈的诗润只好让她重回花楼中学上学。所以对于上青城高中，书礼毫无兴趣。

诗润担忧女儿上不了好学校而没有好的前程，用尽了心思。虽然书礼不知道自己将来会有怎样的未来，可总是觉得还远着呢，不管将来做什么，自己都会积极去做就是了。书礼小时候，随父母回老家时，看到在农田上面朝黄土背朝天的农民辛苦劳作，她就想，将来自己如果也只能是这种生活，她设计着自己会在田地里狠劲做一会儿活，然后坐到凉亭里或树阴下，一边歇着喝苏打泡的山泉水，一边听山风鸟语，想着也是一种享受。似乎，那一刻对于劳作也就无所畏惧了。

那时候，"跳出农门"是许多农家子弟的愿景。书礼虽然随爹娘在医院生活，可是父母总是灌输，说不定哪天就会被送回农村去了。比如知识青年的上山下乡，比如那些有知识的人被打成"右派"送到农村，等等。诗润常告诫女儿，改变命运的最好方式就是自己考上大学，将来等待分配工作，那才是稳实的铁饭碗。爹对她说的这一切，书礼似乎有点无知得可爱。她不管这些，她只想走一步看一步，不想做自己勉强又力所不能及的事。

父母和哥哥都上班了，弟弟李琛上学去了，书礼一个人在家里，独自享受着眼前的电视机。日本动画片《三千里寻母记》的画面和好听的歌曲，深深地吸引着她。下午还看了一场中国女排访美国女排的排球赛，那精彩场面，让她时而站着叫，时而坐着喊，反正一个人在家，想怎样就怎样，喊累了就睡觉。爹娘回来看到她在自己的房里，以为她是在认真写作业，以为他们的宝贝女儿已经想好了，要为未来奋斗一回呢。所以娘说得最多的是：

"你有多享福啊，你爹总是让你读书，只要你读得进，读得再远也要送你读，就是讨米也要送你读书！读书了就不是'睁眼瞎'。俗话说得好'秀才不出屋，可知天下事。'能有书读，可是前世修来的福呢。"

书礼虽然数理化还是读不进，可是娘每次说的这些话，书礼自然而然地一一记在心里。

晚饭后，书礼在自己的房里看书写作业，这是初夏的黄昏，还没有到很热的时候，时有凉爽的夏风从窗口吹来。书礼对数理化的悟性差到了极致。思绪不定，心正踌躇时，忽然从窗口传来一阵口琴声，琴声飘过的乐曲她太熟悉太喜欢了！是目前正在热播的日本电视连续剧《血疑》主题曲，书礼赶忙站起来，双手抓着窗户栏踮起脚，向着乐曲的方向寻去。她看到一个熟悉的身影，那身影一边走一边吹着口琴，从医院这边往远处的河边而去。那是医院里一位年轻的医生，最近常常和医院的一些年轻人一起，随国庆来家里追看《血疑》电视连续剧。每次总有不少人来，父母也总是热情地招呼他们，把位置为他们准备好，拿一些零食来让他们分享。他们中有一位喜欢吹笛子的年轻人，笛子的悠扬之美，远听时是一种享受，可当走近看他横吹笛子时，由于用力太过，面部表情和颈部的青筋，让书礼印象特别深刻，觉得吹笛子是一件力气活，远不如口琴来得优雅。哥哥的"三洋"和医院里的年轻人一起，热闹着这所医院的青春。

书礼望着远去的琴声，心想，没想到这位平日不多言辞的大哥，口琴竟然吹得如此之好，那优美凄婉的歌曲，从窗口飘过的一刹那，让书礼除了感动，还撩起她一股莫名的忧伤。琴声远去，她再也无心写作业，而是伏案写起了书信，为远在花楼的同学写信，在一字一句中，倾诉着她对花楼的思念……

正在家看电视的书礼，听到爹一边进门一边叫她：

"书礼，走，带你去一个地方玩玩。每天在家里坐着，怕你坐出毛病来。"

书礼听到爹还在门外喊时，便快步关了电视。当听到爹说话的内容不是来"查"她写作业时，她放心了。原来爹是怕她"闷头学习学出毛病来"，爹哪知她是抬头眍眼看电视看得哈哈大笑呢。书礼一边纳闷爹要带她去哪里玩儿，一边把出门不离身的黄书包背上，配着身上的小领绿军装，白色衬衣衣领翻出来。这一身装束，可是那个时候的另一种时尚。书礼的黄书包里，总是放着一个笔记本和两支笔、几个小零食。

书礼随爹来到门诊部大门口，已有不少人聚在一起，门口停着一辆小型班车。看到诗润来了，大伙前后上了车，有二十来人。诗润把书礼交给一位女医生后，自己便坐到驾驶室的副驾上。女医生拉着书礼的手和她一起坐在一排，亲昵地说：

"看你这手白嫩得，一看是读书人的手呢。"

书礼听到这样的夸奖，不好意思得脸一红，并伸了一下舌头，说：

"就是不会读书呢。爹正让我留级呢。"

女医生：

"留一年，说不定就会有大进步，这样也行啊。"

书礼怕这位阿姨继续说有关读书的话题，于是问：

"这是要到哪里去？这么多人。"

女医生：

"到一个山里的卫生所去检查工作，另外去参观一个竹器厂。我们要去的那个地方叫高原，与另外一个省交界，那里是两省三县的交汇处。要去的竹器厂属于外省，它与我们要去的高原比邻。竹器厂全国闻名，所以你爸要带我们顺便参观学习一下，这是我们医院组织的一次职工活动。"

书礼扑闪着大眼睛听医生阿姨说着，一边点着头，感觉还真是一件有意义的事情。车子行走在山路上，一弯又一弯，时而飞驰，时而爬行，时而平缓慢行。车内有几位女医生晕车，吐了一路。书礼看着车窗外掠过的风景，那种远行之感，令她对远方充满了遐想。那是书礼人生中一次别样的旅游，不仅只是因为那个竹器厂的规模之大，品种之多，小小竹子展现的大世界。更让她忘不了的是，那个地方的环境之幽静，花草树木之繁盛，是书礼在她身边的环境里几乎没有见过的。车间和办公室里整齐干净的摆设，墙壁上挂着竹器厂的领导职工和国家领导人来这里参观时的大幅合影照。这一切，都令书礼感叹和好奇，让她打开了走出门来看世界的视野。

书礼重新上初三的那一年，和班里一位叫山杏的女同学一见如故十分投缘。山杏家里有七个女儿，山杏排行老六，这让书礼十分羡慕。山杏小小个子，甜甜笑容，极爱洁净，性情温和良善。很快，她抚平了书礼对花楼的思念。她们相约一起上学放学，常到彼此的家玩耍。有一次山杏在书礼的家里，玉竹无不感慨地对山杏说：

"山杏，你真好命，那么多姐姐，我家书礼欠煞啊！以后你们可要像亲姐妹一样相处。她没有姐妹，总希望哥哥是姐姐或弟弟是妹妹，你们可要做一辈子的好姐妹咧！"

山杏说：

"阿姨，会的，我们会像亲姐妹一样相处的，你放心。"

玉竹又说：

"心疼我家书礼没有姐妹呢，也担心她将来没有姐妹的孤单。所以希望你们如亲姐妹一样细水长流地走下去。我家书礼，有时喜欢时风时雨，你要多担待她，做长情之人。"

山杏再次笑着答应着，书礼觉得山杏好懂事。

书礼从小因为没有姐妹，只有兄弟，总是穿哥哥淘汰给她的衣服，没想到，时尚的哥哥换下来的衣服，让已经亭亭玉立的书礼也跟着时尚着。那时候的女孩穿的裤子，从侧边系带子，而书礼老早就穿上了从前边拉链的喇叭裤。她在班里，唱着最时髦的歌曲，穿着最时尚的衣服，领导着一股别样的时尚潮，开始了她又一个初三的学习时期。

国庆节那一天，山杏夹在医院的年轻人一起，到书礼家看国庆阅兵，盛大游行队伍走过天安门时，北京大学游行队伍中展现出一条"小平您好"的醒目横幅。让小小的书礼有些惊讶，直接把国家领导人的名字打出来，正想着是否妥时，另一条"联产承包好"等标语，随着人群一路出现在荧屏里，诗润在一旁兴奋地说：

"好好好！果然不一样了！"

虽然书礼不懂得爹的几句连声"好"意味着什么，但她分明看到了爹脸上那一种掩饰不住的喜悦。

六

大年初一的小镇，特别安静，时而从远处传来一两声鞭炮声。

国庆带着弟弟李琛在门口放"摔炮"，一个一掷一声响；这时，有邻居的声音从二楼的阳台传来：

"国庆，昨晚的晚会，那个唱《赤子心》叫周峰的歌星，跟你长得可真像！我们家每一个人都一边看一边说太像你了，就像是你在上边唱歌一样。"

国庆嘿嘿地笑了两声说：

"昨天的春晚太臭了，一个节目夹一个广告，看得人恨不得要骂娘啦！"

"就是，太不像话了。大过年的，夹那么多广告，让人心烦。"

"不信你看，今天的新闻联播会出来道歉的，因为引起民愤了。"

"不会吧！广告播都播了，央视可不是普通的电视台呢，还能道歉？"

国庆提高声调说：

"正因为他不是一般的电视台，所以就要道歉。不信我们打赌，什么年代了，要知道，去年国庆节'小平你好'的标语都打出来了，这可是一个国家的民主信号呢。"

邻居用一种刮目相看的口吻又说：

"看不出来啊，国庆的见识，果真不一般呢。今天晚上我们守着新闻联播，如果真如你所说，中央电视台道歉了，我到时一定要奖你一个礼物！"

……

国庆与邻居的对话，在厨房与客厅之间忙碌的诗润和玉竹听得清楚，坐在客厅的书礼也听到了。厨房在进客厅门外的左侧，客厅进门右侧，放着一排矮小的老式木椅，摆得整整齐齐，书礼坐在进客厅左侧的一个竹椅上钩织"幸子帽"。一对相似于沙发形状的竹椅，弯曲的椅背和弧形的座身，中间一个配套的竹茶几；竹椅上垫着半旧的红格子棉垫，一座一靠，既隔了冬天竹椅的凉，又增加了温暖舒适之美。这种活动的棉垫，冬天垫起来，夏天收起来，十分方便，相似于后来城乡到处流行于沙发上的"抱枕"，而那时候的一个乡镇，能在椅上垫这种棉垫的人家，几乎没有。从这些抱枕式的棉垫，能看出玉竹的缝纫针线活不但没有中断，同时透着她独到的智慧和审美的雅致来。

竹椅的左侧并排延伸着三个卧室门，门边挨着的客厅上放着电视柜，电视柜分上下三层，上层左侧是个专用于放电视的匣子，一个活动门，可供上下开合，放电视时门推上去露出电视，电视不看时，放下来关着，就是一个装饰匣。匣子右侧是一个暴露的柜台，放着一个花瓶，插着几枝鲜艳的塑料花；柜子的中层是一个长方形的隔层，有点相似于"酒柜"。用推动的玻璃作门，里边放着各种茶杯和酒杯。透明的玻璃上，贴着各种好看的美人头像，那是书礼从杂志上剪下来贴上去的，增加一种时尚美；最下边一层，开合的双木门，里边任意放什么都可以。竹沙发椅的对面是一对木制沙发，木做的架子，沙发中间是海绵和弹黄做成，表层是米黄色的粗纹布，两个沙发上各垫着大大的浴巾；浴巾上，一边一只栩栩如生的老虎，老虎图案展示着一种威严。沙发的墙壁上挂着一幅"家和万事兴"的中堂画。在八十年代，这一套客厅布置，虽然简单，但在当时是相当前卫的。

一边钩织"幸子帽"的书礼，双脚放在一盆炭火的火盆边上。玉竹看到女儿专心的样子，笑眯眯地说：

"是啦。勤有功，戏无益。这还像个闺中绣女的样子。"

书礼高兴地一边欣赏自己的作品，一边笑着说：

"这个幸子帽啊，不知道让多少人着迷呢。从买线那天织起，织了拆拆了织，好几遍了。终于要大功告成了，明天就可以戴上咯。"

玉竹鼓励女儿说：

"只要自己学会动手，凡事多试几遍就成了。功多手熟，没有做不好的事。"

书礼：

"自从《血疑》电视连续剧播放以来，幸子她甜美的笑容，常常来到我的梦里。"

玉竹：

"看你着了魔似的，不就是电视里的人嘛，有什么好着迷的。不过这帽子呢，倒确实是蛮好看。"

书礼：

"就是啊，就是因为好看，才让这么多人为他们着迷呢。你没看我哥，他早就穿上了光夫毛衣和大岛茂风衣呢，帅得街上的女孩子都只看他了。还有我弟，裁缝为他做的过年西服没做好，大年三十坐在人家家里不肯走，搞得那人年饭都没吃，为他赶衣服，"

玉竹笑得连连摇着头说：

"裁缝也是，说今天推明天，以为一个孩子好哄，没想到碰到的是个犟小孩。别一天到晚学你哥，好看当不得饭吃。人还是要肚子里有货，一天到晚搞得像个公子哥一样，让人说闲话。三个都不是省心的家伙。"

272

书礼调皮地看着娘说：

"好了好了，不跟你多说了，今天是大年初一呢，要讲规矩的。"

书礼用手拢了拢流海，看着娘进厨房忙去了，便又开始认真地把手上的活做起来。

春节前，书礼不但开始着手织幸子帽，还把原来的马尾松辫剪成了幸子一样的发型，流海一侧，斜拂于眉眼下，呈现一个弧形。后边的碎发于耳垂下，这种长短发，彰显着一种青春纯情之气息美。

一部电视剧，除了故事情节吸引着无数观众的目光，剧中人物的穿着打扮，一时间也成了观众追风的热点。什么光夫衫、大岛茂风衣，最具焦点的就是幸子头上的帽子，全国各地流行起"幸子帽"来。新闻上说，有企业洞察商机，组织人力加紧仿制"幸子帽"，并专门聘请专家，解决编织工艺难点，生产出了成批的"幸子帽"。"幸子帽"一投入市场，消费者争相抢购，国内外不少客商纷纷前来订货，令有些原本经营状况不太好的制帽厂，一下子变得生意兴隆起来。

这其中，许多心灵手巧的女孩子，自己动手钩织"幸子帽"，有的人还钩织了拿到街上出售，也能挣得为数不少的费用。喜欢做针线活的书礼，和山杏相约着买来了大红色的细毛线，买来了钩针，她们自己动手织起了幸子帽，试验了好几遍，终于成功了。

看到女儿用心织"幸子帽"，玉竹也没让她做其他的事，原本想着年初一可以戴上新帽子的，可是还有一圈边边没完成。主要是年三十吃年饭后，不小心让钩针扎了屁股，等玉竹帮女儿弄出来时，书礼疼得放下来，上床狠狠睡了一觉后才缓过来。缓过神来的书礼接着看春晚，所以只有在大年初一这天，一鼓作气地完成了手中的"幸子帽"。

刚完成"幸子帽"的书礼，正在试着戴帽子，卫生院的值班人员来家里，一边跟诗润说拜年的客气话，一边说：

"接到通知，明天有省领导一行来区政府视察，不但你要去开会听报告，还有一个任务也是通知你的。"

诗润问：

"除了我去开会还有什么任务？"

来人笑着说：

"由于各单位的年轻人都放假回家了，搞服务的人员不够，学校的一位老师想起了你们家书礼，于是推荐她明天到区政府帮忙，负责为省里来的领导倒茶。这个通知，是通知您开会的附加通知。"

诗润哈哈笑着说：

"原来是让我接受'政治任务'，派女儿去'执行任务'啊！知道了。"

爹和来人的对话，书礼已经听到了，她赶出来问：

"要我也去执行任务？倒茶搞服务是什么任务啊？"

诗润说：

"就像我们家里来了客人，你要为每位客人倒茶是一样的，只是这次倒茶的任务，是为公家的来客倒茶。"

玉竹听了，过来交代女儿：

"你只认倒茶，不要说话就可以了，更不要好奇地七问八问。但也要注意礼貌，不要板着脸，要面带笑容。"

书礼一边答应着"知道了"，一边说：

"饿了，要吃早点等会看电视。今天我还想看新闻联播呢，看哥哥说的准不准。"

玉竹说：

"帮着铺桌子，马上吃。只是你哥的话，别信。"

当晚的新闻联播，第一条便是央视就春晚失败向全国观众公开道歉。

次日上午，当书礼穿着橙红色新棉衣，戴着大红色"幸子帽"，随着风度翩翩的诗润一起出门时，玉竹看着眼前出落得清纯美丽的女儿，心生欢喜地对书礼说：

"记得，要懂规矩。今天可是大年初二，一定要记得懂规矩！不该说的话不要说，倒茶时要稳重，要眼观三色，不可轻浮说笑。"

书礼调皮地答应着：

"知道了。知道了！你还要补充一点吧？不可毛手毛脚，不可多嘴多舌。"

玉竹嗔怪地看着女儿说：

"知道就好，知道还要时刻记得就更好了。"

第一次为公家"执行任务"的书礼，留下印象最深的是两个细节。一个是来的人多，车多。另一个是那位最大的领导，看着为他倒茶的书礼说：

"小丫头戴的帽子叫幸子帽吧？"

书礼瞪着大眼睛，很惊讶地问：

"你怎么知道？"

只见那领导哈哈大笑说：

"满街流行'幸子帽'，我天天看得到。"

搁平常，书礼可能还会说上一两句。可那天她只在领导的笑声中，微笑着轻轻退了下来。因为，娘说的"要讲规矩，不可多嘴多舌"的教诲，时刻在耳边回旋。

大领导也知道"幸子帽"，倒是让书礼感到意外。从而让她深深地记住了这位领导的爽朗笑声。后来回家听爹说，那个知道"幸子帽"的大领导是省委书记。虽然书礼不懂得省委书记到底是多大的官，对于如她一样的普通人起多大的作用，她懒得费脑子去深究和询问了。

第五章

一

诗润的家里，从年三十之前到年初二之后，来拜年的人不少，多数是医院里各家各户的职工。中国是个人情社会，免不了人情往来，特别是在这个小镇里，热情朴实的人们和谐相处。玉竹也总是笑脸把客人迎进门来，说着感谢的话，双手接下客人手中的物品，然后让书礼为客人倒茶。到了下午或晚上，玉竹把不同人家送来的拜年礼品，分别打乱，然后再送到不同人家去，以此来"回礼"。面对每一家每一个人，如此来去，亦复如是。从不白收任何一家人的东西，真正做到了中国人"礼尚往来"的礼数。不在年节时，如果有人送一些土特产或自家种的什么时蔬之类，玉竹一样会拿一点其他的东西来弥补，从不白要人家的东西。基本上做到了，既不拒绝让人难堪，又相互往来得更亲热了。

只一次，不知谁深夜送了一篮红薯在家门口，实在找不到是谁家送的。玉竹常念叨起这一件事，说这一篮子红薯的人情没法还，罪过啊！诗润在大塘区任职的几年里，除了医疗管理上做出的成绩，同时在医院硬件建设上也没有空闲过。他上跑项目资金，下与群众交心。除了担当主要负责管理工作，许多事情都放手让副手去做。难免有与人意见不统一而造成的矛盾时，玉竹就会悄悄去做对方的工作，向人赔不是，说些叫人不要见怪等之类的话。几年来，医院一共盖了五栋房子，有职工宿舍，有新建的门诊大楼、改建的住院部、新制剂室、新食堂。有一次，盖房子的老板来家里送红包，玉竹赶去"几里路"送还，并说"你这不是为我们好，是害我们呢！"

玉竹这样做的时候，一边教导孩子们，同时也包括诗润，她常说：

"一文钱不落虚空。抓一把时得撒一把，白要人家的东西是有罪的。"

诗润后来调离大塘区卫生院，医院职工合着送了一个松鹤图牌匾，匾上除了松鹤之美，职工代表在上边写了两句话：

"青山知公德，松鹤恋清涧"。

年初四的这一天，天空飘起细碎的雪花。书礼看着雪花飞舞，心情似乎再也回不到童年，反而带给她一种无言的落寞。望着窗外的雪花，书礼在日记里写道：

多想变成一朵洁白的小雪花，飘啊飘，飘向那远方的，我思念的故乡——花楼！

正在家里小忧伤着的书礼，忽然听到有人在门外喊"书礼"。出来看是山杏，只见她推着一辆比她的人还要高大的自行车，穿着一件单薄的格子春衣，头上戴着一顶红色幸子帽，脖子上围着一条花色围巾，正站在门口笑眯眯地看着她说：

"走。带你去学骑车。学校的操场正空着，我们可以好好地无障碍地瞎骑。"

书礼高兴地答应着：

"太好了，一直想学骑车一直没机会呢。你从哪里弄来的自行车？"

山杏说：

"找邮电所一个同学借的，是他爸平日用来送报纸的车子。过年正好没事，他就借给我了。"

书礼高兴地转身进门换衣服去了。玉竹出来看着山杏说：

"先进来喝点茶，吃点糖果。这冷的天你穿这少？天在飘雪花呢，怎么去骑车？"

山杏一边给玉竹说"阿姨拜年"，一边说：

"没事，骑车会很热的，特意少穿点。这点小雪花没事，雪不会下大，如果晚上雪下大了，那明天还真是不能骑了，趁今天去学最好。"

玉竹一边抓了一把糖果给山杏，一边叮嘱道：

"你们自己小心啊，我家书礼可笨着呢，教她会让你受累的。"

山杏笑着说：

"说你家书礼笨，那这世上都是笨人了。"

书礼穿着哥哥给他的一件比棉袄薄一点的、宽松如运动衫一样的咖啡色夹袄，袖子两边有三条白色杠杠；黑色微喇叭涤纶长裤，也是哥哥给她的。脖子上围了一条自己手织的红色围巾。红色幸子帽和红围巾，衬着书礼白皙的皮肤白里透红。当亭亭玉立、青春逼人的书礼出现在玉竹面前时，看着穿戴好的女儿，一种欢喜，抑制不住写在脸上。嘴上却对山杏说：

"人有几色聪明的，我家书礼啊，有时聪明有时傻着呢。不过，傻一点也好，傻人有傻福。"

山杏看着书礼，作夸张的惊讶表情说：

"哇！这一身好漂亮啊，比电视里的幸子好看多了。幸子是小眼睛，你看书礼这双会说话的大眼睛，扑闪着，明亮得像清泉。"

书礼一边看着山杏，一边把上衣撩开，让山杏看她前边拉链、裤腿前后有两条折痕的裤子：

"好看吧，这裤子，是前边拉链的。开始我娘说为我改到侧边系带子，可我哥让我就这么穿。说将来女人的裤子都会从前边开拉链口的。我哥还说，什么叫笔挺，这就是笔挺！"

说完，"咯咯咯"地笑着，快乐地转了两圈。

玉竹嗔怪地看着女儿说：

"不怕丑啦。又在这不怕丑了，这几色聪明啊，我说的也有这不怕丑在里边呢。"

山杏和书礼都懒得去理会玉竹的话里有什么含义，欢快地推着自行车出去了。这份快乐的心情，把刚才雪花飘起时的小忧郁，吹得瞬间散去。车子走出医院到了公路后，山杏使劲一跨骑上了，叫书礼坐到后座。书礼侧着身子惦着脚抬起屁股，一边试一边说"骑稳啊，我坐上了"。使出很大的力气坐上了后座。车子在书礼坐上的一刹那晃了几下，很快就稳稳地平缓前行了。两个青春少女，在车上说说笑笑。两顶红色的幸子帽，穿行在空落落的有细碎雪花飘过的街头，特别扎眼。冷风呼呼地吹在她们红扑扑的脸上，那种洋溢着青春气息的美，感染着路边偶尔走过的人，看着她们的车子快速而过，留下一串银铃般的纵情的笑声……

山杏带着书礼来到学校操场，操场里空无一人，山杏停下车，说：

"太好了，没有人，我们可以瞎骑。"

山杏说完，把手中的车交到书礼的手上说：

"一定要大胆，不要怕！放松，全身放松，我在背后扶着车子，你不要怕。"

山杏扶着车尾时，书礼轻轻跨上了车座。上去后，双手紧握两边的把手，全身用着劲，一步步歪歪扭扭地踩着向前，一边扭一边尖叫着。山杏在背后，双手紧握车后座，气喘吁吁地说着：

"稳住，稳住，放松，放松。要平衡，腰伸直，眼睛盯着前方，抓稳！慢慢来，没事的，不急。"

书礼在车上，咬着唇，使出浑身的力气，听着山杏指挥：

"手握紧把手，紧握。身体放松。这很重要！对，就这样！身体要灵活，不要太僵直，太僵了就灵活不起来。对对，就这样，只要自己不太紧张，放松心情，就没事的。对对，慢慢好多了，好多了。相信自己一定是可以的。"

在多次训练绕着操场骑了数圈后，车子不再东倒西歪。上车后的书礼差不多可以放手自己骑了，高兴地在车上呼叫着。然后，山杏开始教她如何自己下车：

"先让车子慢起来，滑行时，轻轻把右脚抬过来，再下来。"

书礼按着山杏示范做了一遍，下车会了。接下来教她如何上车，因为车身过于高大，中有横杠，书礼一边往前，一边试图跨上去，多次未有成功。直到出了一身汗，仍然没有自己成功地跨上去，每次都只能山杏掌着后座才能上去。

雪花越飘越密时，虽然还是不能自己单独跨上车子，但对于书礼来说，这已经有很大的收获了。两个开心的女孩子，开始推着车子回家，书礼的首次学骑车告一段落。

书礼每天上学走医院的侧门，路上要经过一个居民区，一条小路通向大路。小路上有豆腐铺、裁缝铺、小卖部。还有一户人家，在门口的大树下，放着一个装水的容器，容器里是淡黄色的茶水。在树干上挂着一块黑体毛笔写着"施茶"两个字。书礼第一次看到时是和娘一起，她问娘"施茶"是什么意思。娘告诉她，就是免费提供过路的人喝茶，也就是做好事。因为这一条小路连着远处河对面那几个村子，村子常有人来镇上办事和做事的人，特别是在夏天，这里的"施茶"供不少过路人解渴。

这条小路的居民家中，几乎家家户户的门口都安了有线广播。每天早晨，书礼带着弟弟一路听着广播走在上学路上。有时是新闻，有时是好听的歌曲，有时是相声，广播员的声音偶尔会出来播一条通知什么的。

一天早上，书礼正在边走边想，如何写好教师节的发言稿。老师通知她代表全校学生，在第一个教师节的大会上发言。教师节活动将在区里的大礼堂，即电影院里举行，除了全校师生，还有区里和乡里每一个单位的领导及职工代表，至少有上千人参加。把这个任务交给书礼时，也是学校的老师和校长经过慎重商量后作出的决定。

书礼的思绪，突然让耳边听到的广播内容打断，广播里说：

"接下来，请听大塘区卫生院院长李诗润的事迹。"

她有点不相信似的对身边的李琛说：

"听！说爹的故事呢，不会吧？可明明说的是爹的名字啊。"

当广播说着诗润一条条书礼熟悉的事迹时，书礼内心充满了自豪。那天放学后，她是跑着回家的，只为早一点告诉娘，爹的事迹在广播里，让全区每个乡的每家每户都听到了。

二

教师节这一天，中小学全校师生列队来到大礼堂。这是第一个教师节，电影院大礼堂内鞭炮齐鸣，书礼穿着蓝白两色的连衣裙，裙子是因为教师节要代表发言，玉竹特意请人为女儿做的。书礼从容地走上台，先给台下鞠了一躬，又转过身给后边的一排领导和优秀教师鞠了一躬。然后，走到发言桌前的麦克风前，落落大方地代表学生发言：

> 尊敬的各位老师，亲爱的同学们：
> 大家好！今天是举国上下欢庆的日子，我们迎来了我们国家的第一个教师节，在这可喜可贺的时刻，我非常荣幸，代表全体同学向我们敬爱的老师，表示深切的问候诚挚的祝福……
> 敬爱的老师，你们兢兢业业、默默耕耘在三尺讲台；你们不求回报、无怨无悔地付出自己的青春；为了学生能学到更多知识，从不索取，一任飘飘洒洒的粉笔染白了头，无愧于人民对你们的信任，你们最大的收获是学生的爱戴和社会的奖赏；你们是人类灵魂的工程师……

书礼洋洋洒洒的发言有三分钟之久，她用略带南方口音的普通话，传递出自己美好的声音，博得全场一片赞许的掌声。她环视着台下上千名干部、老师和学生，一股热血传遍周身，令她十分自豪和荣光。

会议结束后，这一天放假。当书礼带着兴奋和几许自豪，刚走到医院的大门口，准备到药房找娘时，医院里的年轻人望着书礼像美丽的蝴蝶一样飘过来，于是围了上去，说她的发言发得好，普通话好，"大城市牯"来的人就是不一样。

说起"大城市牯"是有插曲的。诗润一家刚调来时，医院的干部职工看到这家人，包括孩子在内，个个气度不凡，都以为他们来自某个大城市。在国庆和年轻人玩熟后，得知花楼是一个比大塘区还要小的小镇时，有一个快说快嘴的年轻人，讶异地看着国庆和书礼说：

"不会吧？比我们这里还小？可你们兄妹俩像是大城市牯来的人啊！还有你弟弟，也像个地主崽呢。"

年轻人质朴实诚的话语，逗得国庆书礼和伙伴们都笑了。从此，他们成了"大城市牯"来的人。牯，一般有说牛牯，形容大气。

书礼正很受用地站在门诊大厅被人夸时，国庆也走过来了，笑着对书礼说：

"书礼啊，通过广播，你的声音传遍了大塘区的每个角落呢。"

这时，有个姓辜的老医生也走了过来，五短身材，稀落落几缕头发盖在已经秃得有些光溜的头上。只见他夹杂着半洋半土的汉话，看着书礼说：

"书礼的发言是不错。可是搞个么事教师节呢！那不是什么大了不得的事，这说明是要给没有地位的'臭老九'更名，给一个名正言顺的正名。有的历史阴影，不是正了名就能走得出来的。"

辜医生的话，让另外一位医生打趣地插话道：

"就是嘛。辜医生的话有道理，他顶着个右派的帽子几多年，现在帽子是摘了，可这帽子戴久了，压得头发都掉光光了，有么用。"

几个年轻人听着这话，哈哈地，笑得很放肆。

辜医生倒是很不在意，似乎早已经习惯了这样的玩笑。只见他自己也笑着，伸手绕着光溜溜的头摸了一圈，说：

"是啊，有么用！什么三八妇女节、护士节。终归都是做事多、地位低的平民节，一并合成五一劳动节。现在搞教师节，说明教师的地位有待提高。你们听说过有领导干部节的没有？没有吧，因为领导干部的地位高嘛。"

辜医生有些阴阳怪气的话，引得再一次响起一片笑声。

辜医生是外地人，戴着"右派"的帽子而来，在这个区另外一个极偏远的乡医院工作，一干就是几十年，一辈子没有结婚。一次诗润带着区卫生院的骨干分子，去那个乡医院检查工作，看到他一个人不容易，一纸调令把他调到了区卫生院，让他年节回老家方便了许多。

他似乎并不买诗润这次为他调动的账，照样是独来独往地过自己的生活。诗润也不在意他买不买账，觉得自己这样做了是本分。辜医生坐门诊时，找他看病的人不少，他对其他人古里古怪的，可是对病人特别地细心和友善。

医院里的年轻人，常常怪里怪气地取笑他。先是说他的人和他的姓一样，姓什么不好，姓个辜，所以就无辜一辈子啦。还说他为病人看病的一个听诊器，是辜氏专用听诊器，与其他医生用的听诊器是不一样的。他的听诊器比普通听诊器短了许多，中间的一节橡皮似乎是刻意剪掉了。而他自己却说这听诊器跟了他几十年，到哪都带着，用习惯了，时间用长了自然用短了。因为听诊器短，他为病人听诊时，几乎要把脸贴到病人的胸前。除了听诊器短，他不像其他医生一样隔着病人的一层内衣听诊，而是直接在皮肤上移动听诊器。如果是女性病人，他在使用他的专用听诊器时，脸基本上是贴在病人的乳房上来听的。

书礼早就听了哥哥和一帮年轻人在一起议论过，议论辜医生用听诊器这一怪癖。她调皮又好奇地曾经偷偷借故跑到诊断室看过多次，前几次碰到的都是男病号，可有一次果真让她遇到了，看见老辜医生正在为一个农村来的中年女子看病，巧的是，正在为那病人听诊。当书礼看到辜医生两边耳朵挂着听诊器，脸被短促的听诊器拉着，正贴在病人白花花的乳房前，她吓得飞跑了出来，从此再也不敢进辜医生的诊断室了。也从不敢对任何人说起她看到的这一幕，更不敢对娘说，那可是大逆不道要挨娘骂的。所以她只能一直闷在心里，每每想起，就自己偷偷笑一回，更觉得辜医生是个怪人。

由这件事，让她记起另一个无意中偷窥的秘密，一直埋在心底没敢告诉任何人的秘密。那是在梦龙时，回老家过暑假，老家有一个风俗，大热天家家户户把竹床端到西流河的河边乘凉，太热时有的人会在河边整晚睡，大人摇着蒲扇说东道西，孩子们则一边唱着"萤火虫打灯笼"，一边追着河滩上的萤火虫玩儿。

有一天，天还没有完全黑下来，书礼早早地来到阿婆端出来的竹床上躺着；另外一个竹床上，坐着几个婶娘，神神秘秘地说着大人之间的事。无意中听到她们说，谁谁谁偷谁。书礼听了心里就纳闷，那么大的人，怎么可以让人偷得去呢？为什么不知道大声叫喊呢？那时的她不过十来岁。

正纳闷被偷的某某人为什么不喊叫时，阿婆让她到里边的老屋去拿东西。她要到的老屋要经过几户人家，还没到时，由于都出来乘凉了，老屋内阴森森地安静着。天没有完全黑下来，书礼壮着胆往里去，这时看到前方有一个男人挽着一个女人的颈，半推半就地往里走，似乎还走一下停一下，女的像是有些犹豫。好奇地她悄悄跟在后边，也不知道怕，她想看看他们到底要干什么，只见那两个人先是到了里屋的堂前，接着又前进了几步。男的挽着女的又挪了几步，进了厢房后便把房门关上了。书礼轻轻向前，从木房门缝往里看，看到那男的把女人抱到了床上，当她想继续从门缝里看个究竟时，只见那男人把蚊帐放了下来，书礼才悄悄地惦着脚离开了。

虽然她不懂这两个人是不是婶娘们议论的有关"偷"的事，也许这一男一女是正常的一对夫妻也未可知。可是这一幕终究是一个秘密，埋在了少年书礼的心里。多嘴多舌的书礼，那一刻也懂得，有些看到的事物，还真是不能用嘴说出来的，哪怕是憋死，也只能让这秘密烂在肚子里。

九月是收获的季节。

玉竹利用工作之余，在卫生院后边菜地里种的菜，一篮一篮地提回来，圆圆的南瓜、绿绿的丝瓜、长长的豆角、紫溜溜的茄子、翠绿绿的辣椒……书礼兴致来时，也会随娘一起到河边的菜地摘菜，摘菜的喜悦，让书礼看到娘的勤劳，让她懂得有耕耘就有收获。对土地的爱，大地也会听得到，当一个人把心放在脚下土地上时，大地听到了她的心声，当你深深爱着这片土地的时候，土地听到了来自心中那温热的情。每当书礼帮着娘抬回一篮菜，落日余晖撒在田垅菜地里时，她就会愉快地唱起张明敏的《垅上行》：

我从垅上走过
垅上一片秋色
枝头树叶金黄
风来声瑟瑟
仿佛为季节讴歌
我从乡间走过
总有不少收获
田里稻穗飘香
农夫忙收割
微笑在脸上闪烁
蓝天多辽阔
点缀着白云几朵
青山不寂寞
有小河潺潺流过
......

三

到菜园摘菜，是书礼喜欢的。可是娘喂猪，又是书礼十分厌烦的一件事。她不但嫌弃猪圈里的猪屎臭，更讨厌猪圈里的蚊子和苍蝇。没有特殊情况的话，娘一般也从来不让她去喂猪。有一次娘随爹到哪有事去了，嘱咐书礼把已经煮好的猪食记得为猪送去，可书礼忘记得一干二净。一直等娘回来了，可怜的猪已经饿得叫了一天，把猪栏都快拱垮了，书礼受到娘狠狠的训斥：

"猪虽是畜，不会说话，可它也是家里的一分子，一样要善待它。你和弟弟读书的费用，你总要穿好看的新衣服，那么喜看电视，家里过年吃的肉，还有你喜欢的腊肉，都是它奉献出来的。要记得猪给我们家带来的好，可不能亏待了它。"

玉竹的话，听得书礼虽然有些迷茫，可还是觉得娘的话是有道理的。从此她决定对家里养的猪态度好一些，可仍然不愿意靠近猪圈靠近猪。虽然猪们一如既往地为家里带来一定的收入，贴补家用，改善着家里的生活，书礼就是难得用心以对。

夏天的一个晚上，玉竹那天不知让什么事耽误了，猪没喂，很晚了，让书礼帮她端着灯，随她一起去喂猪。来到猪圈后，玉竹把猪食倒到猪食盆里，猪"轰轰"开吃时，她就开始打扫猪圈。她总是这样，每次把猪圈打扫干净了，猪也吃得差不多了，这样免得猪吃食时乱拱，把猪食浪费了。猪圈内，玉竹躬身一边用铲子铲着猪粪，一边对猪说：

"记得把粪拉过去一点，不知道这里是你睡的地方？要保持干净，你自己才能睡得舒服嘛。要听教，不要做蠢猪。"

书礼站在猪圈外端着蜡烛，身边是黑黝黝的山地，远处田畈，青蛙齐鸣，耳边是蚊子的嗡嗡声。书礼看着娘漫不经心地铲臭猪粪，书礼感觉等的时间长了一点，加之身上让蚊子咬了几个疱，心里本来就十分不情愿，一边挠痒一边心烦，正怄着火，脸又被蚊子咬了一口。她用劲拍打着脸上的蚊子，突然抬起一只脚，把身边喂猪的塑料桶使劲踢出好远，并气鼓鼓地说：

"将来再穷我也不喂猪。又脏又臭，烦死了！"

玉竹一声不响地收拾好猪圈，然后关了猪栏，弯身捡起远处的猪食桶，黑着脸，一句话也没说地往家去。猪圈离家有一段路，书礼一边挠着身上被蚊子咬的包包，一边心烦地叹气。玉竹听到书礼的叹气声，重重地说了一句：

"不许叹气！一声冷气三年穷。男叹官司女叹穷。我再难也不叹气，以后再听到你叹气，小心我打你！"

书礼虽然没叹气了，可一边走一边踢着地上的砂石。穿过猪圈的空地和一排平房的小院子，回到红砖楼房的家。玉竹把猪食桶往厨房的门口一放，然后自己坐到客厅的竹椅上，伤心地"嘤嘤"哭泣起来。一边哭一边轻诉着，为什么要喂猪，为什么不畏辛苦地种菜园。做这一切，不仅是为家里的日子过得好一些，也是为了你们几个（孩子）不用羡慕别人，该有的都有。一路走来，刚出来时，只比讨饭的好不了多少，你们哪知道做大人的难。从老家到外地，亲戚朋友，人情往来，哪一样都不能少，哪一样都得做人在先，我只有这点喂猪补贴家用的本事，你嫌弃我喂猪，唯愿你长大了有本事，不要像我这没本事的娘。我也不想喂猪，每喂出一头猪，不论是卖给别人还是自己家留着过年，我的心都是痛的。我几天都吃不好睡不着，想着我亲手喂的猪最后要的是它的命，可是我没办法，我只有这点本事啊……

玉竹哭诉的这一招，把书礼给吓住了！听着听着，书礼也开始泪流满面。她一边去为娘倒茶点蚊香，心里却内疚得不得了。可是心里再内疚她也说不出道歉的话来，只知道跟着娘一起哭，直哭得诗润出来劝住娘儿俩。

正是娘诉说伤心的哭泣，让书礼愧疚和惊醒。从那以后，书礼再也没有对娘发过一丝脾气。娘以"弱"的一面，体现母亲为了一个大家庭所付出的强大，从而让她醒悟和看到，娘有多么的不容易，她像母鸡护雏一样，用自己的翅膀为孩子们遮风挡雨，为这个家不断地搞家庭建设，为爹分担忧愁撑门面，孝敬父母友爱亲朋。同时，也就是那一次，娘的哭诉，让她理解了娘为什么每一次请人杀猪时要焚香，要躲到一边去不敢看，而且很少吃她自己喂的猪肉。她在养猪的过程中，心情其实是复杂的。一直到书礼和李琛都参加工作以后，家庭经济相对好转，玉竹才彻底中止了养猪这一贴补家用的"本事"。

又是一年暑假，家里特别地热闹，来了姑妈家里的几个半大儿子，闹起来，从里屋打到外屋；来了远房的表姐表妹，来了在不远处做工的老家亲房叔叔，来了花楼的老同事……总之，亲戚走了一拨，一拨又来了。自从那次"喂猪事件"后，书礼比以往懂事了许多，每天帮着娘做饭做菜，那时已经开始有了电饭煲，煮饭方便多了，菜是自己菜园里娘种的菜，书礼除了帮着煮饭择菜，还带着来家里走亲戚的表弟们玩儿。最美好的时光是晚饭后，洗了澡，身上散发着香皂的香气，和山杏相约，带着表弟或是表妹，穿着漂亮的衣服到电影院看电影。

那年夏天，诗润出了一趟深圳的差，回来时除了带些零碎，专门为书礼买了一套衣服，一件紫红色有弹性的紧身上衣，衣领和胸前各有一串衣服本色布做的木耳花边，上装扎在纯白色的超短裙里，展现着青春的时尚。书礼穿着这套衣服，留着清纯的长短发，高傲地走在去电影院的大街上，听着远处电影院的高音喇叭传来的各种歌曲，心情除了愉悦，还有几许虚荣。她的姿态和有别于人的外貌气质，引来不少年轻男女的回头观望。多年以后，仍有人对书礼说，记得你当年走在街上，可是有回头率的。

就让雨把我的头发淋湿
就让风将我的泪吹干
反正你早已不在乎
你的眼睛默默地告诉我
爱情已到了尽头
就像秋风吹落的黄叶
再也没有感觉
就这样就这样
悄悄地离去
只留下只留下
淡淡的一句

288

爱你依然没变
只是无法改变
彼此的考验……

　　睡梦中的书礼，让这首略带忧伤的歌曲给唤醒了，她知道是哥哥早上放音乐了。国庆早就已经从"三洋"改"音响"了，放着邓丽君和费翔的歌曲，和院里的年轻人一起高调进出。他一直有早上起床后放音乐的习惯，从而让书礼也爱上了早上听音乐，而且几十年不曾中断过。

　　最近，国庆似乎更加爱上了带忧伤一点的乐曲，同时还爱上了穿西服打领带，在大塘区又是一个走在前的先例。国庆穿着打了领带的西服，身上的帅气添了几许洋味。医院从卫校分来了一位高个子妇产科女医生，留着幸子发型，长得眉清目秀，国庆的帅气很快吸引了那位叫马丽的女孩子，女孩的能干和乖巧也得到了国庆的好感。

　　"五四"青年节的时候，医院组织年轻人到庐山旅游，那时因为一部《庐山恋》的电影，让无数人对庐山有了向往，特别是年轻人。电影里男女主角的第一次相遇，那一句"你闯入了我的镜头"之后，两人一见钟情并坠入爱河的故事，深深地吸引着年轻人对爱情的向往。

　　人与人之间的情缘，冥冥中有老天在作安排。在庐山的景区里，有一次性成像留念的照相处，那种将影像直接感光在特种相纸上，可在一分钟内看到照片的新事物，吸引着不同的游客。生意人一边说着"一分钟出相片，快来照个留作纪念"的话，一边拉路过的游客。国庆一向经不起生意人揽客的热情，同时他也喜欢新鲜事物。于是，国庆照着生意人的牵拉，换上了"将军"服，骑在了高大的马背上，生意人一边夸奖"将军"帅气一边为他拍照。医院一同去的其他年轻人，在旁边等着看那"一分钟"出相片的稀奇。

　　在生意人端着相机"咔嚓"一声中，只见相机的上方，慢慢地发出"吱吱吱"的声响，很快，相片出来了。国庆还在换衣服，就听其他人叫开了：

"真是稀奇！这么快就出来了。太好玩了，看国庆帅气的笑容。"

又一个人喊着，说：

"咦！马丽，马丽！你们看，把马丽也拍进去了。哈哈……"

"看看，让我看看。怎么把马丽也拍进去了，我看看。"

"还真是。你看，这角落里，马丽笑得这么好。"

马丽也过来了，挤着要看。果然看到相片的右下角，有她笑得很灿烂的脸，国庆过来了，拿着相片，瞄了马丽一眼，说：

"你怎么闯进了我的镜头里？"

国庆这一句《庐山恋》里的台词，听来既幽默又浪漫，瞬间让马丽红了脸。其他人也笑开了，都笑着说，看来，你们也是庐山恋啊！

后来的两天游玩，国庆和马丽竟然不讲话了。其实，在各自的心里，有爱在萌芽。国庆与马丽的恋爱，在缘分的"镜头"里，充满了戏剧性。

四

国庆和马丽的恋爱，由一张无意的相片"合影"起始，到后来两人的爱情浮出水面，于国庆的父母，暗暗喜在心里。虽然国庆总有让人操心的不羁行为，大体上还没有出现过严重错误的事情。诗润和玉竹的心里，常担心着这个不同于常人的儿子，提心吊胆他哪一天做出反常之举。所以总是想着，等他自己成家做了大人，也许就可以放心了。

一个秋色正浓的星期天，马丽约国庆和医院的年轻人一起，骑车到附近的一家寺庙游玩，国庆带上书礼，书礼约了山杏。一行六人，三辆自行车，两个人共一辆车子，一个坐一个骑，轮流骑和坐。寺庙没有通大路，只是弯曲的小路上山，一行人的车子骑出镇子，随公路而行。约摸半小时后，来到一个村子，马丽让大家把车子放在村子里，告诉同伴们，她就是这个村子里的人，从小就常到山上的寺庙里玩儿。伙伴们放下车子，然后步行上山。出发前，一共买了十多个苹果让国庆背着，那是马丽安排带去供菩萨的供品。

几个年轻人，叽叽喳喳地走在山路上，惊飞了林中小鸟；路边不同的植物，随山风摇曳，似向行人招手。远处的山色，层林尽染。走过长长又弯曲的山路，但见远远的高山深处，有一片茂密的绿树林，看上去像个绿色的绒被，马丽指着那一片"绒被"说：

"前边就是。那片绿色包裹之中的，便是古老的北台寺。你不走近它，发现不了它的存在，只看得到那一棵棵大树，它就在大树的庇护之中。"

伙伴们同时顺着马丽手中所指的方向望去，看到两旁宽阔的山野，似乎相映成为一个天然的宝藏。走过山门前的护山神，再往前数十步之遥，寺庙的飞檐翘角，黄墙黛瓦才会出现在眼前。绕过绿色菜地，便到了寺庙的侧房。侧房紧挨着正门，正门的门口，有一弯月牙形的水塘，马丽指着水塘说：

"这里的水，一年四季都有从后山流出，从不干涸，冬暖夏凉。"

只见寺庙大门的门楣上，写着"北台古刹"四个黑体大字。

书礼仰头望着这几个字，看着四周的环境，竟然有一种似曾相识之感，莫名觉得好像不是第一次来到这里。可是她分明又是第一次来啊，为什么如此熟悉呢？

书礼在心里兀自嘀咕了一句：可能是梦中来过吧。进门的佛堂上，敬供着弥勒佛，佛像两边有对联写着：

大肚包容了却人间多少事，
满腔欢喜笑开天下古今愁。

大厅两边侧房，分楼上楼下，宽敞干净，爽朗明亮。最让书礼喜欢的，是两侧耳房的门前，有一股细细溪流，从后山经屋内流向屋外。右侧水流为寺内饮用水，左侧为洗漱用水。佛堂与后栋的大雄宝殿相连，有一个大而宽阔的天井，由青石板铺成。大雄宝殿门前的红色柱子上写道：

佛海无边愿尔能力渡一苇，
灵山有径看谁得缘结三生。

宝殿气势恢弘，十二根红柱撑着优美的廊檐。佛堂内敬着各种高大的金身菩萨，自屋脊而下，四处垂吊着刺绣经幡，彰显一份美丽与庄严。地上各色蒲团，安静从容地等待着人们的朝拜。

刚进佛堂，便闻木鱼阵阵，诵经四起。来到大雄宝殿，香烟袅绕，仙乐飘飘。宝殿内，只见两位身着袈裟的师傅，正襟危坐，边敲鼓磬边诵经。见有来人，一个矮小个子，慈眉善目，面带笑容，年纪稍大的僧尼从侧门进来，双手合十，对国庆一行道：

"阿弥陀佛。今天是初一，来得好不如赶得巧，我们正做佛事。看来，各位都是有佛缘之人。"

书礼听了这位师傅的话，懵懂得有些文不对题地说：

"你说话的口音怎么和我娘是一样的？"

师傅颇感意外，口中却说：

"各位既然来了，一定是虔心拜佛之人。先拜佛，然后到禅房喝茶。"

马丽悄悄对国庆说，让他把带来的苹果放了六个在案前，剩下的留在包里。在师傅的引领下，跪在蒲团前礼佛。然后悄悄退出，随师傅到了禅房喝茶。禅房内，师傅问书礼：

"你娘是何方人氏？跟我说话是一样的口音？"

书礼看了国庆一眼，说：

"他是我哥。你问他。"

国庆说了娘的名字，并简单说了娘的娘家是桥西之类的话。只见那师傅连声念着：

"阿弥陀佛！阿弥陀佛！有缘自会相见。没想到，真是没想到！"

国庆和书礼，奇怪地，用疑问的眼神看着这位师傅。师傅又说：

"回家告诉你娘，问她还记不记得，你外婆有一位叫槿花的姐妹。请你一定要转告你娘，让她有时间来寺里，我等她。"

国庆和书礼同时点着头，答应着回家后一定要告诉娘。

大殿的佛事做好时，鼓磬停了。马丽请师傅带他们到殿前抽签。在如来佛像座下，祷告板一声声落在地上，来人有几位抽了签。签抽好后，大家相互看着各自抽的签文，马丽的一位女友，签中写道：

> 不成理论不成家，水性痴人似落花；
> 若问君恩须得力，到头方见事如麻。

这个姑娘正在家里闲着，无论是工作还是个人大事，总是东不成来西不就，马丽看了她的签文说：

"这签还真有点准呢。你一天到晚想做这想做那的，总是心不定。你看你这签文说的，看来你得要找个正经的事安心了，否则还真是一团麻。"

那姑娘若有所思地点了点头。

国庆没有抽签，他说大男人不能指望抽签问前程。马丽看国庆不抽她也不抽，说前一次来时抽过了。其他人，有的抽了有的没抽，有的抽了悄悄放起来不公开，有的自己看得哈哈笑。山杏也没抽，她说怕抽了不好的签心里会想着不舒服。书礼受娘的影响，说"信佛有佛在，敬神有神灵"。虽然有些半信半疑，可这是第一次到寺庙，充满了好奇，还是抽了一签。马丽过来看书礼抽到的签，读到书礼的签文时，笑着对书礼说：

"看你的签文内容，好像预示着你将来会有大出息呢。"

国庆听了，也凑过来看，并开玩笑说：

"还盛名，未必模仿邓丽君出得了大名？一天到晚唱她的歌，以后更加用心好好练吧。"

书礼颇感迷惑。见哥哥打趣她，不懂事地说了一句傻话：

"未必一签就能说未来？我才不信呢。是娘说的，几斤几两自己知道。唱邓丽君的歌还不是每天受你的影响，这签是菩萨瞎发着哄我的呗。"

师傅听了书礼的话，嗔怪地看着书礼说：

"阿弥陀佛！罪过罪过！菩萨发签可不是哄你玩的，他看着世间事呢。"

然后转身，双手合十对着菩萨说：

"小孩子说话不懂事，菩萨莫要见怪！阿弥陀佛！"

书礼被师傅的认真吓得不敢再胡说了，可心里却在悄悄想着，难道一道签还真能够看到她的未来？她才不信呢。虽然她抽的是"功名"签，她自己不懂得要抽什么签，是师傅说读书伢就抽功名签嘛。所以在大师傅的口里，一次次丢手中的祷告板时，求菩萨发签才抽得手中签。

书礼手中的签文这样写道：

> 自小生在富贵家，眼前万事总奔华。
> 蒙君赐紫金鱼带，四海盛名定可夸。

祷告板用大竹笋的尖部剖成两片晒干而成，一开一合，表示一阴一阳。由于日长月久地使用，两片当年的竹笋，握在手上，光滑细腻如丝绸，丢在地上时，却又掷地有声。祷告抽签时，求签的人站着等师傅发告，当师傅口中念念有词，把两片祷告板扔到地下后，求签人蹲下去把祷告板捡起来合上交与师傅，师傅再扔。直到祷告板落地符合所需，表示这道签才是菩萨应允发给求签人的。祷告板丢在地上，祷告板呈现一仰一扑，便是阳告，如果两个都是仰或扑，则是阴告，不能发签。一般是两个阳告之后，也就是两次都呈现一开一合，即一仰一扑时，那才是菩萨要发给求签者的签。

有的人抽一道签，会抽许多次，一次次发告不是，就得一次次换签再祷告，一直抽到属于你的那道签为止。往往，所求的人和事不一样，所得的签亦不同。多数人到寺庙，求财求子求婚姻，也有求功名求平安，等等。所求不同，所求的人也是百态众生。不同的签文里，似乎隐藏着菩萨能看到的，而人所看不到的人间机密。从而让你不得不信，菩萨有灵在天上，看着每个人的所作所为。玉竹常常教导孩子们，做人要光明磊落，别阴着做事，特别是不能阴着做坏事，因为"抬头三尺有神灵"。神灵看着你在世间的言行举止呢。

五

书礼默念手中签文，已经读高一的她，还能略懂一二。可又觉得这签文于她，似乎太不靠谱了，特别是"四海盛名定可夸"这一句，让她有点不敢想。一直以来，她是那种没有远大抱负之人，学习成绩平平，却安于现状，虽然多读了一年初三，仍然没有考上理想中的青城县中学，只能在大塘区读普通高中。读书人，能考上一所好大学才是有"功名"之人呢。所以于书礼来说，如此平常的自己，还会有什么盛名可让人夸的呢？她想都不敢想，想想也只是一片虚无的想象罢了。

面对签文，虽然只是一笑了之，但略喜诗文的书礼，很快把这四句诗一样的签文记在了心里，从此再也没有忘记过。在她后来的人生里，在她走过许多名山大川，拜过众多庙宇后，常常会莫名地想起，第一次走进北台寺，第一次抽签的这四句话来。

抽签告一段落，马丽带着他们在寺里前前后后看了看。右门口的菜地里，马丽和国庆看到一块写着"龙图书院"几个字的奠基石。他们问师傅这是哪里来的，师傅告诉他们，在古代，这所寺庙有一半是古人读书的地方。说着带他们来到寺内天井处一块大大的青石板前，说：

"我不识字，你们都是有文化的读书人，自己看这里边的字，上边说得很清楚呢。"

国庆和马丽蹲下来，果然看见上边刻有文字。书礼凑上前，一字一句地念着石板上刻的文字：

北台山（亦名云凤山），乃太平山脉支系，地处青城县××镇

××村（原名桃溪店）北面，寺依山而名，现称"北台古刹"。始建于后梁（唐五代）时太祖朱晃（又名朱温），国号献征，开平元年之年丁卯年（公元九〇七年）首创道禅师为空灯发先禅。

南宋理宗年间，朝廷为感念旧臣，倡导自南唐至北宋百多年一家两代龙图三代御使，四代名臣的兴国遗风，特于仁宁敕封为"铁御史"的吴仲复于此读书，后于此讲学之地，建"龙图书院"。

书礼念完石碑上的文字，国庆不禁感叹道：

"原来如此。数年前，这里还是读书人之宝地呢。难怪看上去有风水，你看那殿前月牙形的泉水，听我阿公说过，屋门前有水是风水，屋后有山是靠山。我老家门前就有一河水，还是西流水呢。"

马丽笑看国庆说：

"你就吹吧！"

书礼凑上来，很认真地说：

"马丽姐，我哥没吹！他说的是真的，我们老家门前是西流水啊。不信你去问我爹。我爹只要回老家，站在门前望着河水，常念叨一句诗呢。"

马丽还是有些不信地说：

"不会吧？自古以来一江春水向东流，哪里有向西流的水？还真是第一次听说。是得问问，最好能去看看我才信。你爹念什么诗？"

书礼调皮地说：

"那诗吗，好像有两句是'门前流水尚能西，休将白发唱黄鸡。'你做我嫂子，不就有机会去我们老家看看了。"

马丽红着脸看了看国庆，然后用手点着书礼说：

"你这个小坏家伙，看我哪天整你。"

书礼对着马丽伸了舌头做了怪相。

参观得差不多了，马丽带着大家和师傅们告别下山。

这一年，书礼十七岁。

冥冥中，书礼从此与北台寺、与佛结下了不解之缘。

下山后走到村子时，马丽一边让大家到她家坐下来歇一歇，一边问娘中饭做得怎样了。接着让国庆把包里剩下的苹果拿出来分给大家吃，并小有自得地说：

"我看到寺里今天才三个师傅，便让国庆放下六个苹果，她们一人两个差不多了。剩下的，我们自己带下山吃，我这安排不错吧。"

国庆把苹果拿出来分给大家，自己还没开吃，突然肚子一阵急痛，有人笑国庆说：

"好啊，拿去敬菩萨的苹果，不放下来，又背走，这回让你肚子痛了，菩萨责怪你了。"

国庆一阵内急懒得理会，跑去上厕所了。马丽的那位女友却笑着说：

"菩萨要怪只能怪马丽吧，因为是她出的主意让国庆背回的，怎么就不让马丽的肚子痛呢。"

马丽听了这话，笑得直不起腰来，说：

"菩萨才不会这么小气呢，几个苹果的事。寺里有佛事时，我和娘去那里帮忙，常拿敬了菩萨的供品吃的。不过今天有一点我做错了，应该先拿出来敬了菩萨再背回来吃，那样菩萨就不会责怪了，是会保佑我们的。"

这时国庆从厕所出来了，看着马丽道：

"都是你出的坏主意，你是有意让菩萨责怪我吧！让我背苹果，让我肚子痛。菩萨会惩罚你做我的老婆，到时候有你好看的，你等着。"

本来笑得直不起腰来的马丽，听了国庆这话，脸刷地红到了脖子上，可她又无法断定国庆的话到底是真话还是玩笑话。其实，在马丽的心里，第一次见到帅气的国庆时就喜欢上了他，只是女孩子羞于说出口，所以总是想方设法约着医院的年轻人一起玩儿，表面上也没人看得出来马丽对国庆的爱慕。国庆的个性，有些玩世不恭地让人琢磨不透，加之在医院里，家庭条件算是极好人家，一双好父母，一对好弟妹，更兼国庆的帅气又时尚，所以喜欢围着他转的女孩子不少。虽然有了庐山之行的相片之事，他们已然是众人眼里的恋人了。可马丽的心，一直是不踏实的，因为国庆的玩世不恭，她不敢太认真，她怕自己陷进去后没有结果，所以她也在观望中等待命运的安排。

回家后，国庆和书礼把在北台寺那师傅的事告诉了娘，娘感叹道：

"天啊！真的？当然记得啊，怎么能不记得呢！你外婆的好姐妹，小时候我还见过她一次呢，我叫她槿花姨娘。是不是个子不高？圆圆脸？"

国庆书礼同时点头说：

"嗯。是个子不高，反正说话的口音和你一样。还是多嘴书礼说她说话的口音像你，她才问起来，不然哪个晓得。"

玉竹看着书礼说：

"看来有时候多嘴多舌也不完全是坏事，改天休息时一定去看她。"

书礼笑着说：

"这不叫多嘴多舌，这叫好奇心，听她说话像我娘，当然就得多问一句啦。"

玉竹再次轻叹一声：

"唉！槿花姨娘多灾多难，做童养媳时挨了许多打，遭了许多饿罪。机缘巧合，在十几岁时出了家，出家后心清静了。可后来又来个什么'破四旧'的运动，寺庙里的菩萨被砸了，逼着尼姑和尚们还俗。就是那时候她离开了刘家庵，不知去向哪里了。你外婆活着的时候多方打听找过她，一直没有下落。后来自己过得艰难，也就更不好找了。"

书礼听了娘说的那位师傅的往事，像听故事一样，似乎无法与她眼中那位慈眉善目的僧尼连接在一起，于是说：

"她吃过那么多的苦？可从她的脸上看不到，丝毫没有苦难留下的痕迹，相貌有孩童的味道。"

玉竹说：

"佛家有'相由心生'之说，也许跟她长期静心修行有关吧。少年出家，一辈子服侍佛祖，心无杂念，那苦早就不是苦了。"

书礼又问：

"不是苦那又是什么呢？"

玉竹想了想说：

"佛教文化深厚着呢，我也说不上来。不是苦那就是甜吧，一心吃斋念佛，做没有烦恼的修行人，早就把苦念化了。"

书礼听着娘说的话，似乎再也问不上什么来了。只见玉竹又说：

"只是没想到她到这里的寺里来了，难怪，天遥地远的，你外婆哪能找得到她呢。按年龄，她小你外婆好几岁，现在应该也有六十多了。改天一定要去看她。阿弥陀佛！真是菩萨的指引啊，你外婆在天也有灵呢，竟然让你们遇到她了！"

书礼一边让娘去时带她一起去，一边把她抽的签给娘看，娘看了书礼的签文，若有所思时，诗润回来了，她把那张小长方形的黄色纸条递上去说：

"你宝贝女儿今天和国庆他们一起到北台寺抽的签，你看看。"

诗润接过来，一字一句地念了一遍，说：

"签是好签，只是要努力啊，不努力哪来的盛名！"

书礼撇了撇嘴：

"不就是一签，好玩的呗，谁还当真。"

玉竹敲了一下书礼的头，说：

"可别瞎说让菩萨怪罪的话！放心里。记心上。一步一步脚踏实地努力是没错的。不管你将来做什么，有名无名，想自己过得好一点，就少不了要努力！"

书礼点点头算作答应。

诗润又说：

"早就听当地人说大塘不远处有一座寺庙，环境很好，自古就有'天下名山僧多占'之说，找机会去看看。"

玉竹对诗润说起北台寺内僧尼师傅之事，并约好哪天一定要去看看之类的话。在此不作多表。

书礼刚上高二不到一个月,爹通知她去青城县卫校读书。虽然很意外,可似乎又没有什么选择,自己考不上大学,只能听从爹的安排。虽然心有不甘,可她始终也没有自己所需要的目标,那就听爹娘和命运的安排了。

<h1 style="text-align:center">六</h1>

刚来到卫校让书礼高兴的是,当年在花楼医院同住一个院子的明珠也来读卫校了,两人见面后,高兴地抱在一起问候别来无恙。明珠几年时间内失去父母,现在几姐妹相依为命,这次能来读书,也是医院的照顾。她对书礼说,只盼着妹妹们一天天快快长大成人,那样她这个大姐也就少些牵挂。从此,在卫校读书的岁月里,书礼和明珠成了形影不离的姐妹。

开学后的第一场活动,便是听英模报告会。几个班的同学挤在学校的大会议室内,一位刚刚从"老山"前线回来的现役军人,老师们叫他徐指导员。只见他穿着草绿色军装,中等个子,飒爽英姿,黑黝黝的皮肤,一双炯炯有神的眼睛。进门时,全体同学起立鼓掌欢迎,校长说:"欢迎从前线归来的英雄为大家作报告。"继而,激动的同学们,再次响起雷鸣般的掌声。

徐指导员笔直地为大家敬了一个庄严的军礼,然后坐下。徐指导员时而平缓地叙述,时而激昂地边说边做手势,把同学们的思绪,带进战火纷飞的前线,体会到战友之间的生死情。徐指导员为大家讲了三个多小时,同学们个个听得认真而严肃。动情处,许多同学流下了感动的泪水。徐指导员很好的口才配上一口标准流利的普通话,加之一个军人和男子汉的气概,让青涩的学子们,对军人充满了崇敬之情。报告听完后,同学们一拥而上,请英雄签名留念。书礼也拿着她的笔记本,激动地请指导员签名。他在书礼的笔记本上写下:

共图四化大业，同为军威振奋。

杭州市某某部队 74 分队。徐××

1985 年 10 月

  书礼端着签了名的笔记本，刹那想起十岁那年在梦龙，听到阮大水在前线牺牲的消息时，梦龙所有与他有关和无关的人都心痛，再一次让她深知军人于国家的意义。从此，书礼在心中对军人埋下了深情的种子。

  书礼到卫校读书时，国庆也离开了家，医院送他到地区人民医院进修学习。每到休息日，书礼便带着明珠一起到地区看望哥哥。明珠性格内向，到哪儿都不多说话，总是跟在书礼的身边。并对书礼说：

  "无论到哪里哪怕再远，路再黑，只要跟着你，没有怕，只有安全感。"

  书礼哈哈大笑说：

  "你把我当男人了，我就当男子汉保护你吧。"

  永远走在时尚前沿的国庆，带书礼和明珠一起逛街，为书礼买了时尚的牛仔裤。晚上又带她们看电影，看的是日本影片《幸福的黄手帕》。次日，国庆和他的两个好朋友一起带上书礼和明珠，说：

  "带你们坐火车去武汉玩玩。"

  书礼高兴地跳起来：

  "太好了！早就想去武汉啦，终于可以去了。只是明天我们要上学呢。"

  国庆说：

  "没事，这里到武汉很快的，玩一会儿下午就可以回来了。明天一大早你就可以返校了。"

  书礼没想到会这么方便。高兴地和哥哥一起坐上了火车，来到了心中向往很久的省会城市武汉。第一次看到了金色的黄鹤楼，看到了气势磅礴的长江大桥和滔滔不绝的长江水，书礼大饱眼福。下午，在返回的火车上，书礼望着车窗外飞驰而过的景色，一股说不清的情愫在心中升起。于是从半旧的黄色军用书包里，拿出随身携带的笔记本和笔，书礼深情地写道：

> 第一次，哥哥带我到武汉，真正体会到了什么是"暮霭沉沉楚天阔"的气势。虽然是来也匆匆去也匆匆，虽然有许多名胜古迹和风景优美的地方还没有去看，但我并不遗憾，因为我还会再次重游武汉的！

国庆在地区进修一年的时间里，书礼多次带明珠一起来过，除了那次到武汉，还有一次让书礼记忆深刻，同时让她懂得和看到了，人与人是不一样的，哪怕穿同一样的衣服，人与人的内心，有时是复杂而大相径庭的。

那是一个初夏的日子，吃过晚饭，国庆说带书礼去参观他们医院附近的一家部队医院，说那里的环境很美。书礼听说是部队医院，一股新鲜感和崇敬之心油然而生，快乐地跟着哥哥走。快到那家疗养院式的医院门口时，由于国庆走得快，越过门卫一直走到了前边，书礼和明珠还在门口东瞧瞧西望望，看门前那开得好看的花草。她以为，只是和哥哥一样，尾随而进便是。没想到，刚到门口欲往前行时，被两个把门的年轻军人叫住了，用很好听的普通话问：

"你们干什么？"

快嘴的书礼幼稚地说：

"我们进去看看。"

其中一位军人说：

"不行。看什么看，有什么好看的！"

书礼再次天真地说：

"我哥哥刚进去了，他说这里是部队医院，我们想看看部队医院有什么不一样，我们可喜欢看军人的样子。"

那军人仍说着不行不行。

另一位军人则偷偷笑了笑，说：

"你应该学会扯谎，你太诚实了，如果你说看病人不就让你进去了！"

没想到，他这话让书礼倍感受伤，一任明珠说尽了好话，就是不让她们进去。书礼委屈得哭了起来。

看到妹妹没有跟上，国庆折回来，见书礼被拦在门口哭。听了明珠说出原委，国庆一边领着妹妹出来，一边说：

"刚才怪我忘记告诉你，让你说看病人了。别哭了，这没什么，大不了不看了。"

书礼看到哥哥出来，心里更加委屈，哭得更伤心了，边哭边对把门的两位军人说：

"你们太让我失望了，还军人呢，明着教我要扯谎，你们不配做军人。"

只见那两个军人偷偷地躲着笑。国庆一边带书礼离开，一边说：

"你还没有走向社会，没有看到社会丑陋的一面。你太天真无邪了，总把世界看的什么都美好，可这世间有好多的不美好呢。就像刚才那两人，要你学会扯谎，不诚实的坏家伙可多了。"

书礼一边哭一边说：

"我偏不扯谎。偏要说真话。呜呜……"

国庆哈哈大笑着说：

"好好好，你保持你的纯真没有什么不好。还进去看不？我们出去一会再过来说看病人，一样可以进去。"

书礼生气地甩头就走：

"才不去看了呢。什么屁部队医院，有什么好看的。"

国庆笑着说：

"好，那我今天弥补你受的委屈。你不是喜欢看电影吗，走，不参观什么屁部队医院了，带你看电影去。"

书礼破涕而笑，随哥哥来到电影院。书礼永远记得，那一天晚上的电影是日本片子《吹口哨的寅次郎》。

那天，回到哥哥安排她们和进修女生一起住下的书礼，在日记里记道：

我的宗旨是——

做一个有用的好人！哪怕平凡，也要做好人！

    教室内，上课还没开始，同学们你一句我一句地哼着歌曲，当有人唱起《八仙过海》里的主题歌时，大家都不约而同地齐声唱起来：

人说天上好

神仙乐逍遥

成功的背后泪多少

都说人间苦

辛辛劳劳

汗珠干了有欢笑

……

    书礼跟着大家唱，发自内心地笑着。那些单纯而美好的学生时代，那些少男少女们从不同地方汇聚在一起，跟着时尚的风，把快乐一次次从教室的窗口传向天空。书礼望着那些飘过歌声的窗外，放眼望去，春日久雨后，太阳终于出来了！每次面对这样的情景，书礼的心中，总有冲动和忧伤升起。

    比如有一次，老师正在上课，窗外雪花一朵一朵地越飘越密，不知是谁唱了一句"真情像梅花开过，层层风雪不能阻隔……"一刹那，所有同学不顾讲台上的老师，齐声唱起来，一直把这首歌齐声唱完为止。本想发脾气的老师，看着这些可爱又纯情的孩子们，忍俊不禁地笑了。

    这样的情景，除了发自内心的开心，她又说不出来那冲动是什么，那忧伤又从何而来？所以心里常常升起"此情不关风与月"之句。书礼看着蓝蓝的天空没有一丝云彩的远处，以及远处满目的绿色，书礼的心戚戚然。

卫校校区在一片青山和田野的包绕之中，置身于绿之环抱。校内的教学楼、宿舍、食堂，环绕着操场一周而建，宽阔又集中，大气又恢宏。从新中国成立初建校，这里送出了一批又一批医疗队伍工作者。他们中不泛佼佼者，为青城县地方医院的医疗事业做出不同的贡献。望着窗外的绿色，书礼禁不住提笔在课本上写下"绿是生命，绿是美好，绿是永恒"的句子来。

　　学校门前是这个县城的母亲河，宛若玉带，穿城而过。常常，当书礼莫名忧伤或冲动的时候，她会沉静地来到河边，独自坐在河边的石头上，看清澈的河水，被春风吹起层层涟漪；看那洗衣忙碌着你一言我一语的当地居民，手中浣洗衣服浮在水中飘荡如花；还有那一捶一捶的捣衣声，一直敲打得太阳西下，暮色苍茫……

第六章

一

近日的书礼，似乎变得沉静而多情起来。不知是谁，偷偷在她的笔记本上留下一首古诗：

> 多情却是总无情，唯有尊前哭不成。
> 蜡烛有心还惜别，替人垂泪到天明。

字体苍劲有力，一看就是男生的字；还有一位不让她喜欢的校外男孩，给她写来了求爱信，羞得十七岁的她把信退了回去。退回后又写来了，她再退了回去，直到第三封写来时，书礼有些生气地把书信撕得粉碎，然后用信封装着碎纸片再次退了回去。做这一切时，明珠看在眼里，并轻声试探书礼：

"你这样做，是不是太绝情了一点？把信撕碎了退回去？"

可书礼有她的道理：

"不绝情，他还会写来。既然我不喜欢他，甚至还有点讨厌，干吗要让他觉得有希望呢？只有让他知道这是不可能的，一线希望都没有，他才会放弃，免得烦我！"

明珠诺诺地说：

"你说得也有道理，虽然有点狠。"

书礼突然想起一件事来。先是自己捧腹笑半天，然后平静下来说：

"我们班那个最小的男同学，你不知道，他刚考上青城高中时，踌躇满志，他初中女同学给他写信，他竟然绝情无知地回信那女同学……"

说到这，书礼忍不住又笑起来。明珠问：

"到底说了什么？快说啊，别尽笑。"

书礼笑着说：

"他竟然写信说，不要脸的女同学，我现在正是用心考学的时候，你还写信打扰我。哈哈……你说那女孩有多伤心多倒霉。就他这样用心，也没有考上大学，和我们坐在了一起，还用他爸那武汉话押韵地自我安慰'人人考大学，大学坐不落'。"

明珠听了也哈哈大笑起来，两人笑得前扑后仰。

多年后，同学聚会，那男同学自己提起此件事时，用手扇自己巴掌，恨自己当年的幼稚无知，伤了女同学的自尊。

学校的收发室里，永远是书礼的信件最多，在那个用书信交友和交流的时代，收信和写信，成了书礼读书生活的一部分。她被那些书信朋友们称作"果断的姑娘""红衣少女""多情的姑娘"……

同时，她从最初的小人书中剥离出来，有了新的阅读方向。从杂志到小说，从琼瑶到三毛，从唐诗到宋词，从中国小说到外国小说……一边阅读一边做笔记，她记着娘常说的"好记忆不如烂笔头"。她用漂亮的笔记本，记下那些让她心生欢喜的好句子来，并在笔记之间画上小插图。

从琼瑶的"问天何时老，问情何时绝，我心深深处，终有千千结"，到《日出》到《男人的一半是女人》……琼瑶的小说读了几本以后，书礼深深地爱上了三毛的文字，一篇《哭泣的骆驼》读得书礼泪水涟涟。从《撒哈拉的故事》里领略异域沙漠风光，从三毛与荷西充满了童话般的爱情故事，直到荷西去世《梦里花落知多少》。三毛的文字，一直伴随着她青春年少的岁月，开阔着她的视野。

读卫校期间，还有一项重要的娱乐活动，那就是晚上和同学们去看电影。每当周六不上晚自习，电影必须看。一部巴基斯坦电影《永恒的爱情》，书礼和明珠一起看过三次之多，每一次都感动得流泪，那是一个美好的电影时代。是文字，是阅读，是电影，是这一切与艺术有关的东西，滋养着书礼的成长。同时滋养着她身上某种她自己也说不清的情愫，像一颗埋在土壤里的种子，在土地的怀抱里，深深地孕育着。一直等待她自己也不知道会有发芽的那一天，然后破土而出……

也就是这个时候，她和远在云南老山前线的一位军人，开始了长长的通信过程，他们的相遇充满了戏剧性。

那是又一次和明珠一起随哥哥坐火车去武汉，三张票只有两张座位，哥哥到餐车坐去了，她和明珠的对面坐着一位军人。军人有着高大魁伟的身材，小小的眼睛却很有神，挺直的鼻梁厚厚的唇，微笑中带着几许憨厚和羞涩，威武中又有几分亲切。一看就是那种厚道良善的可信之人，浑身上下透着一股子似曾相识的厚重感。

书礼用她扑闪闪的大眼睛，多次注视和打量对面的军人，看得他有些不好意思地把目光移向窗外。书礼实在忍不住了，主动和他打起了招呼：

"嗨！你好！我在学校刚刚不久前听了一场英模报告会，你是哪个部队的？参加过对越自卫反击战吗？"

军人好像缓过神来，有些慌乱地说：

"我是回家探亲的，现在返回部队，这次回部队很可能就要参加轮战，要开往云南前线去了。"

对话一旦开始，所有紧张的分子似乎被打破了。书礼和军人很快熟络起来，在彼此的对话中，时间过得很快。当书礼到武汉先下车时，军人前方还有很长的路程，他们相互留下姓名和地址，相约今后书信往来做朋友。

学校的收发室内，书礼在一大堆信件里，看到一封印有"云南省老山前线中国人民解放军某部队"红色字信封时，长条形收信栏的框框上，赫然写着她的名字。她的心怦怦直跳，这是她在火车相遇军人赵小奇一个月之后。书礼捧着一大堆来信，有她自己的，有其他同学的，唯有牛皮信封上盖着红色三角形"义务兵免费信件"印章的信，似有千斤重。那些日子，同学们天天唱着"血染的风采"和"十五的月亮"，同时议论着前线的战事，甚至有男同学想弃学去当兵。书礼能收到来自前线军人写来的信，无疑是同学们的一大热点，从而了解前线的情况。书礼还没有来得及撕开信封，早有男同学把信拿了去，并展信而读：

书礼同学：

　　你好！

　　未提笔之前，首先，我代表我们班及战斗在中越前线的勇士们向你们——后方青年、同龄人表示亲切的问候和崇高的敬意，并请接受我远在迢迢边关一个崇高的战斗军礼！

　　你的信是从部队转到前线的，所以辗转了好久才给你回信，请见谅！

　　你的佳信，收阅后，充满了洋溢，发自内心对当代军人的崇敬和理解，我甚感激，高兴万分。你能在万忙中与我们来信，道一声：谢谢！为有你这位新结识的同龄朋友而感到骄傲和自豪。

　　读了你的信，包括我的战友们都很高兴。在前线，我们每个人的家书都是公开分享的，你的信充满了文采，战友们喜欢阅读。我们每个人拿着你的信读了一遍，你的鼓励和对军人的敬重，让我们得到了鼓舞，我们对打胜仗更有信心了！战友们让我代表他们谢谢你，热情善良的好姑娘！

　　在老山，条件艰苦，环境恶劣，生死难卜，寂寞单调。可作为一名军人，我们毫无怨言。但是，军人也有军人的爱。谁不知生命的可贵？谁不对幸福安宁的生活有渴望？我们不需要金钱，但求人们的理解。

　　在我们需要友爱和温暖的时候，你的信是雪中送炭，给了我们勇气，使我精神上得到了慰藉。你热情洋溢的话语，胜过黄金万两，我们每收到一封后方来信，都争相传阅，总感觉到，你的信为我们带来一种生活的乐趣，让我们发自内心地道一句"理解万岁"。正因为如此，我们要克服重重困难，才有信心将来要活着回去！

很抱歉，今天只能写这些了，今晚有岗，就到这吧，最后希望你也能谈谈你的生活和学习情况。另外，下次我会寄一张老山全景的相片给你，让你了解我们在遥远的老山作战时的直观地形印象。

祝你学习进步，健康快乐！

此致

军礼！

赵小奇

一九八六年十一月十六日夜匆草

当同学把信交到书礼的手，教室内的所有同学都沉默了。除了听到远在边关前线的来信，他们似乎还看到了什么，具体是什么说不清楚，道不明白。但他们仿佛一下子在平日的嘻嘻哈哈中长大了，信中多次说到他们是同龄人，说明这些在前线轮战的战士也和他们一样，正是青春年少时。书礼捧着印有"中国人民解放军云南老山前线军用信笺"的红色字体信纸，感觉沉甸甸地。她从沉默中醒悟过来，对同学们说：

"既然我们的信能给他们带去开心和鼓励，何不大家都开始为他们写信呢？"

这时有同学说：

"对。好主意，我们都来给最可爱的人写信。"

书礼说：

"我先写回信，让他下次来信时，多写一些人的名字过来，我们每人负责为一位战士写信，让他们在前线体会到后方的温暖。"

几位听了书信早已经激动得有些泪湿的女同学，更是极力地赞成。那是一个十分纯情的年代，那是一个用美好书信传递感情的时代，还是一个特别尊重文化和崇尚文字表达的时代。

就这样，这所卫校的同学们，开始了与前线战士通信的善举。

后来，随着年岁的增进，随着战事的减弱，部队不同程度地撤回，保持通信的人渐渐减少。但那一段日子的他们，怀着一股对军人的敬重，他们发自内心地，发挥着所有年轻人的青春热血，虽不能到前线当兵，至少间隔地参与其中热血沸腾了一把。而书礼和赵小奇的通信，一直到赵小奇离开这个世界……

当书礼和同学们沉浸在与前线的战士们通信时，部队为学校写来了感谢信，这时候老师才知道，同学们与部队通信之举。学校专门开会宣读了感谢信，并隆重地表扬了这些写信的同学，赞扬他们做了一件十分有意义的事情。

二

国庆和马丽要结婚了。

诗润委托到县城办事的同事，顺便带书礼回家。那天，医院的一位叔叔来到学校，告诉书礼：

"你爹让我带你回家。你哥要结婚了，马丽要做你嫂子了，高兴吧。"

书礼笑着说：

"真的？这么快，太好了。"

"你先请好假，我要出去办事，其他的人各办各的事去了，可能要到晚饭后才出发回去。你做好准备，到时来接你。"

"好啊好啊。我等你们就是了。"

晚饭后，有着醒目红十字的医院白色救护车来到学校操场，书礼带上明珠一起早就等在了操场上。几位玩得好的同学都知道书礼的哥哥要结婚了，开心地祝福她。上车前，接她的叔叔让她坐到前边的副驾上。出发时天已经黑了，车子一路出城，然后走在弯弯曲曲的回家路上。车窗外一片漆黑，时而远处对面的车子驶来，先是远远地，一束强光越过山脊移动而来，然后慢慢靠近，大约在对面的车快要驶来时，对面的车子和书礼坐着的车子，先熄了远光灯，用近光灯会车通过。会车一过，他身边的师傅鸣一声喇叭，示意感谢，对方的车子也会鸣笛示意。

车子在黑漆漆的山路上，一路迂回，对面来车几乎没有少过。书礼用心看着车子之间由远而近，相互熄大灯礼让，这让她看得都有些呆了，同时心生欢喜。以至很多年后，对这深刻记忆不能忘怀。觉得这种汽车礼仪，这种不存在人与人面对面，又毫无语言交流的自觉礼让，遵守得如此之默契和美好，难能可贵。再就是觉得，这种遵守与默契，是值得人与人之间学习的。那一次是她第一次坐车走夜路，因为忙着看车子的一路谦让，平常一个多小时的路途，很快就到了。

车子刚停到家门口，书礼还没下车就看到爹娘在门口等她，见女儿从副驾上走下来，玉竹一个劲地感谢了带书礼回来的同事。车子离开后，诗润问书礼；

"是谁让你坐在这个位子上的？"

书礼说：

"是伯伯和叔叔他们啊。是他们都要我坐这个位子，我开始是想和明珠一起坐后边的，可后边只有一个位子了，所以我就坐前边了。干吗？"

诗润正色地说：

"不妥呢！后边有一位年长的副院长，本该他坐这个位子，你小孩子怎么能坐呢！不过我没教过你，不知者不为过。以后要记得，这个位子一般是领导坐的，以后可要记得谦让。"

书礼看了身边的明珠一眼，对爹伸了伸舌头，说：

"哦，原来还有这规矩，真不懂，下次一定记得就是了。"

八十年代的领导都坐副驾，可后来随着时代的发展，又有了什么秘书保镖坐副驾之说。至于到底车子的座位应该怎么坐，在这里也只是一个有关礼仪的插曲罢了。

国庆和马丽要结婚了，虽然大人们不是很惊讶，但也觉得还是有点快。当国庆有一天回家悄悄告诉玉竹，说马丽怀孕了时，玉竹打了一下国庆的头说：

"看你这个不正经的家伙，还好意思说，在外边可千万不能瞎说啊，得顾人家女孩的面子。"

国庆故意大声说：

"偏要说，还要拿喇叭出去叫。"

玉竹略有所思地说：

"别不正经了，我们首先得赶快请媒人到马丽家提亲，然后订婚，最好在订婚的时候把结婚的日子定下来"。

国庆说：

"这么快吗？"

玉竹：

"不快能行吗？你做的好事，可不能怠慢了人家。马丽是个好姑娘，不知道她看上你什么了。"

国庆来了一个转圈说：

"你儿子，要条子有条子，要墨子有墨子，还能看不上我？我能看上她就是不错了。"

玉竹：

"别说话不怕丑，男人要那么好看干吗？男人要的是有担当有责任心，好看又不能当饭吃。结了婚就是大人了，以后可要收敛一些，别一天到晚嘴不稳身不正的，身正手稳才能走遍天下不怕人。以后要对待马丽好点。"

国庆连声应着"好"。

提亲、订婚、定下结婚的日子，一周内完成。诗润再一次佩服玉竹的果断，和凡事替人着想的德行。日子定下来后，玉竹便忙碌着搬房子，她把自己现在住的套间房子让给儿子结婚，他和诗润搬到另外一个旧平房里。老家的爹娘，早就来了，住进收捡得干干净净的平房里了。房子弄好后，便把新家具搬进了新房，布置好新房后，订婚前杀了一头猪，用于给女方彩礼和结婚时用。

回家后的书礼和明珠一起，负责布置新房彩带之类的装饰。正忙着，玉竹过来，书礼看着娘，一边看一边说：

"怎么样？我做事娘放心吧？"

玉竹点头说不错。这时书礼又说：

"明天是哥哥结婚的大喜之日，换言之，也是马丽姐出嫁之时。没想到，他们这么快就结婚了，太好了。"

玉竹看着女儿，轻叹一声：

"接个媳妇满堂红，嫁个女儿满屋空。不知你马丽姐哭不哭，你伯母是一定要哭的，嫁女儿是心酸事。"

书礼笑着说：

"你一世总是先替别人想，反正不是你嫁女儿，你就开开心心地接你满堂红的媳妇吧。"

玉竹看着明珠说：

"你看，她就是不懂事，也不怕羞，什么我嫁女儿，我到时候嫁女不就是嫁她吗。"

书礼笑着说：

"我不嫁不嫁，一直做女儿。"

玉竹又笑了，说：

"看你不嫁！现在一个劲地说不嫁的话，到时候啊，都是一样的货色。"

娘俩正说笑着，外边有人喊玉竹，问明天厨房的事要拿什么东西。玉竹匆匆去了，留下书礼和明珠，俩人正说着知心话，突然背后被人拍了一下，转身时，书礼惊喜地叫起来：

"山杏，你怎么来了？。"

"我上街时听医院的人说你哥明天结婚，我想你一定回来了，果然是。也不告诉我。"

书礼笑着说：

"昨天晚上回来的，回来就好晚了。刚刚还在跟明珠说，等这边忙得差不了去找你呢，真是心有灵犀。"

山杏和明珠说着话，书礼奇怪地说：

"你们怎么认识？"

山杏说：

"你真是贵人多忘事啊，去年暑假你不是带她来你家住了一段时间吗，我们还一起去河里洗衣服来着。"

明珠说：

"是啊，你忘了？记得提一桶衣服去河边时，医院有个在河边洗衣服的大姐姐，说你这个娇小姐怎么也来洗衣服。当时你还发脾气说娇小姐关你什么事啊，我做事还要你看到啊，搞得那人和一起洗衣服的人笑得不得了。"

山杏说：

"是啊，那姐姐后来笑着说，原来你还不愿别人说你娇小姐。她好像很赞赏你一样。"

书礼哦哦着说：

"对对对，想起来了。那大姐姐其实人蛮好的，只是我误会她了，我觉得说我娇小姐是说我懒惰的代名词，所以我当时不高兴。后来一想没什么，我只要不做我娘常说的好吃懒做的女孩子就可以了。"

三人正叽叽喳喳如麻雀破了蛋一样，玉竹又领着一个手拿对联的人来了。原来是医院办公室新来的小伙子，是他帮忙写的对联，来新房帮忙贴对联。玉竹叫三个姑娘们赶紧来帮忙。

玉竹架好楼梯扶在下边，那小伙子上得楼梯去、书礼带着两位女友，把糨糊刷在对联的反面，然后递上去。先是大门的两边对联贴上了，再是新房和其他几个房间的都贴上了。中国的对联文化，除了春节时家家户户贴对联，平常谁家办红白喜事也是离不开对联的。对联贴好后，玉竹一边拿喜糖谢谢写对联的小伙子，一边夸他有本事，对联作得好，毛笔字也写得好。书礼带着明珠和山杏一起，开始从客厅到新房，欣赏每一副对联，一边欣赏一边念着。客厅门楣前的对联是：

> 喜喜喜今宵佳儿佳女成佳配，
> 乐乐乐春日春庭春筵配春风。

洞房和另外两间房的对联分别是：

> 良夜良辰良缘，
> 佳男佳女佳偶。

> 互敬互爱互帮互谅，
> 同心同德同荣同乐。

> 欢欢笑笑盈门喜，
> 热热闹闹满屋春。

　　次日去接新娘的车子有好几辆，当国庆穿着笔挺的中山装，出现在接新娘的喜车前，一片赞叹声：

　　"这新郎真是长得好看啊。"

　　"这新郎帅得简直没有话可形容了。"

　　"国庆呀，你今天真是好看的新郎呢。"

　　祖父母看着自己带大的孙子，心有欣慰。玉竹的父亲全恩对诗润的父亲说：

　　"亲家，终于把国庆交给他们了，现在也要安全成家了，你的心可以放在肚子里了。"

　　老人含泪笑着连连点头说：

　　"是啊，是啊！托福，托你王府上的福呢！"

　　玉竹诗润忙得没时间欣赏儿子的帅，玉竹总是怕儿子长得太好看而

316

有担心，虽然成家了，后边的日子还长着呢，做娘的永远不可能完全放心儿女，牵挂时刻在心里。

断断续续来恭喜送贺礼的人络绎不绝，玉竹除了一个劲地感谢，心里常说着一句话，人来了是在心里说，人走后就说出来"耙梳扒进，挖耳耙挖出"。

书礼听了便问，娘在念什么经文呢。玉竹说：

"耙梳扒进，是说现在一笔笔地收礼；挖耳耙挖出，是说将来要慢慢地一点点地挖出来还人情。这些来送礼的人，我们的礼薄都记得清清楚楚，将来要赶人情的，这就是礼尚往来。"

那时候，最高的礼已经送到了一百元，那是极少数的至亲，比如桥西来的全恩送的就是一百元。多数是十元以内，也有一些送绣花被面和纯棉床单的客人。

三

鞭炮声中，新娘接来了。马丽成了玉竹家的一员，同时接来的，还有马丽腹中孕育的小生命。马丽一位远方的女同学，不远千里赶来大塘参加他们的婚礼。国庆为她介绍书礼时，恭身斜手仰掌对着客人，说：

"家妹书礼！"

那一刻，书礼觉得，穿着中山装的哥哥，俨然就是一古代书生的风采……

仿佛是一夜之间，中山装流行全中国，无论大街小巷，只要是男性都穿上了中山装。相声演员、小品演员、明星都穿着中山装出场表演。国庆也换下了扎领带的西装，结婚的那天，穿上的也是笔挺的中山装。国庆高高的个头，白皙的皮肤，瓜子脸，高鼻梁，大眼睛，双眼皮，唇红齿白，笑时还露出一个可爱的虎牙来，可谓翩翩少年，风流倜傥。这样的新郎，自然引来看客的赞许，他和马丽的婚礼，在大塘一时被传为美谈。

书礼正在教室里抄歌词，有同学喊她：

"书礼，快来，有人找你，说是你哥哥和嫂子。"

书礼出来，果然是哥哥。国庆穿着结婚时穿的深蓝色中山服，意气风发地走来，后边跟着马丽。已经有好多同学围了过来，你一句我一句地，悄悄感叹：

"天啊，也长得太好看了吧！"

"啊呀，你看他穿中山装，那是一个听了坨（听了坨，是八十年代从武汉传来的口语，表示夸赞美好）啊。"

"啧啧啧！原来就听说过书礼的哥长得如何好，比想象中更好看呢。"

"天啊，男人怎么可以长得这么好，真是受不了了。"

……

国庆在妹妹女同学的一片赞叹声中走来，笑意盈盈地对书礼说：

"我和你马丽姐去武汉，来带你一起去。"

书礼听说又去武汉，兴奋得跳了起来：

"啊！太好了，明天正好星期六。"

马丽说：

"你哥特意挑这日子来的，就是说要带你一起去。"

书礼早就拉着了马丽的手，带他们往寝室去。她要带上书包和笔记本才能和哥哥一起去。很多年以后，书礼想起来，那次应该是哥哥嫂子去"度蜜月"，她却毫不客气地跟着去了，想着当年的自己，还真是不懂事。

这次哥哥带她去的是汉口，白天哥哥和嫂子一起带她逛街，晚上住在汉口的青城县汉办里。住的两个晚上，她和嫂子一起住在统铺房子里，还有其他女客人。而哥哥也是和其他的男客人住在另一间大房子里。到的那天天黑了，次日才开始外出，第三天一早返回。

偌大的汉口，国庆熟悉地带着姑嫂俩，在车来车往的大都市里穿行。书礼跟着哥哥和嫂子，吃着各种零食，看着花花世界，快乐地从早上逛到暮色降临，一直到街市灯火闪烁。那时正是初夏新裙子上市时，可是逛了一天还没有逛到书礼中意的衣服，书礼的脸有些挂不住了，开始少笑少言。国庆悄悄对马丽说：

"得好好睁大眼睛帮书礼看衣服，明天就要回去了，要是没为她买到衣服她会不高兴的。"

马丽点了点头，继续往前走。走到民众乐园时，正是民众乐园夜生活开始的时候，门口早有摊贩，见人便用浓重的汉话喊着"走过路过莫错过啊"。国庆直接把她们带进园内，在园内楼下至楼上，一个个店面开始逛，在那琳琅满目，挂着不同衣物逼仄又拥挤的小店里，三个人六只眼睛，开始一家一家地搜寻，一直到一件白色乔琪纱的裙子出现，眼前一亮，国庆问书礼：

"这件怎么样？"

其实书礼一眼看上了，欢喜地点着头。国庆咬着标准的汉腔说：

"老板，把这个白色的裙子取下来，让我妹妹试试看。"

老板一边取衣服，一边用她粗粗的武汉话说：

"有眼光。刚刚到的新货，从广州来的，今年夏天最流行的乔琪纱面料裙子。你看这蛋糕裙身，蝙蝠袖，压花边。"

书礼到试衣间，换了衣服出来。只见娉婷一少女，婀娜又多姿。国庆和马丽同时点头直夸。国庆说：

"从小我们家三个，就她最不好看。没想到现在出落得不一样了，真是女大十八变啊。"

只见那老板，看着书礼说：

"啧啧啧！真是听了坨的好看！你看，这腰身，这气韵，比那电视里的幸子好看多了。多白的皮肤，衬着这裙子，就是专门为她做的嘛！"

国庆问：

"多少钱？"

老板：

"二十四元！我这店可不还价啊，一口价，刚上市的，晚上的生意，我也没有开高价。"

书礼一听，吓住了：

"太贵了吧！我在学校每个月的生活才十五元钱，有的同学家里只给十元钱，一条裙子这么贵。"

国庆看着妹妹说：

"虽然十五元钱生活费，其实你每月不只这些，爹每次到县里开会要给你一些，我有时也会给你一点，不然你哪能每月可以节约五元钱来买好看衣服。"

书礼笑着点头称是。可这条裙子确实是太贵了，但心里又喜欢得不得了，所以有些紧张地沉默着。马丽也悄悄说：

"真是太贵了，差不多是我一个月的工资呢。"

国庆虽然也觉得不便宜，在还价无果时，他作出了坚定的决定，说：

"两个字，买了！"

国庆一边说一边让马丽掏钱，马丽把钱掏出来付了。当老板把裙子交到书礼的手上时，国庆看着书礼哈哈地笑着说：

"这回该笑了吧！从下午开始，没买到你中意的衣服，就开始黑脸了。现在好了，终于买到你喜欢的啦，我们可以安心去吃晚饭了。晚上好好睡一觉，明天回家。"

书礼虽然让哥哥说得有些不好意思，但拿着裙子的那份喜悦，以及哥哥对她的疼爱，铭心刻骨一辈子。那条乔琪纱的白色花边裙子，让书礼在学校成为一道靓丽的风景。穿着这条裙子，书礼多次到照相馆拍下彩色相片，那是来自武汉民众乐园的青春印记。

秋季入学时，书礼带着哥哥给她的钱，让她买毛线为嫂子肚子里的孩子织毛衣。书礼和明珠一起上街买了毛线，利用课余时间在寝室为未来的侄儿织毛衣。各色小毛衣毛裤织了好几套，同学们一边欣赏一边夸书礼心灵手巧。

入冬的时候，家里传来喜讯，嫂子生了"千金"。书礼有侄女了，国庆为女儿取名李安然。书礼织的毛衣，也托人带回去派上了用场。

在安然几个月后，诗润的工作又有了变动。那时的区或公社，都已更名为镇或乡。这次诗润调到一个叫龙潭镇的卫生院任职，龙潭镇距青城县城很近，是全县撤区换镇乡后最大的一个镇。

诗润一家搬家的前夕，依然免不了各处来送别的人，为离别前收捡东西的书礼，帮爹整理收拾书籍。收捡时看到诗润自十五岁工作以来，包括在卫校读书两年的学习工作笔记本，一共有三十多本，而且有顺序地编了号，每一本都保存得非常好，其中有许多相片和同学的留言，以及读书笔记等。书礼看到父亲这习惯，想想自己与爹的相似之处还真多。出生在两个不同时代的人，竟然日常生活和习惯有那么多相同的地方，也许这就是医学里所说的遗传吧。书礼在心中感叹着，爹不愧是工作上的人才，他细致、周密又慷慨。书礼一边帮着整理东西，一边看电视连续剧《雪城》，剧中的主题歌吸引着她：

　　　　天上有个太阳
　　　　水中有个月亮
　　　　我不知道我不知道
　　　　哪个更圆哪个更亮
　　　　心中有个恋人
　　　　身外有个世界
　　　　我不知道我不知道
　　　　我应该属于
　　　　属于哪一个
　　　　……

玉竹一边收捡，不免又是一番伤感。嘴里常常念着一句话："人过留名，雁过留声。我们又要走了。"医院给诗润送来了两副匾额，一副上写着：

昨日添地基建新宅劳碌奔走争得院容换新貌，
明天行天时用地利鹏程再展图取文明变红旗。

另一副是：

青山知功德，
松鹤恋清涧。

搬家的那一天，爆竹声声，流着泪的送行人，不亚于当初离开花楼时的情景。对玉竹来说，又是一场别离一场痛。十八岁的书礼，在心里念着"人生自古伤离别"中与大塘的好友山杏告别。这一次，诗润只带走了书礼和李琛，留下国庆和马丽以及刚出生不久的孙女。诗润说："树大分桠，人大分家。该让他们自己过小家庭的日子了。"

新家搬好刚一周，诗润的父母来了，是和国庆马丽带着小曾孙女一起来的。到新家后，看到更好的居住工作环境和带卫生间的套间，老人家激动得独自流泪。这是书礼第一次见到阿公哭，那一刻，她也跟着莫名地流起泪来。

这一天，书礼用一首歌词代替了日记：

人生的过程当中，会有无数的车站，从起点说那是永恒，从终点说那是短暂。有人说人生纵然是多变幻，有人说人生纵然是多奇妙。有时聚，有时离……

四

性格开朗直率，长得又好看的国庆；穿着中山装时，甚至有些古风气质的国庆，脾气是什么时候开始变得暴躁起来的？或者说，隐藏的暴躁是从什么时候开始一展无遗的呢？没有人去深究，也没有人去疏通。书礼先是断断断续续，听到从大塘来的电话里，嫂子传递过来哥哥打人的消息。

马丽刚生孩子时，坐月子是玉竹全套照护，吃得好睡得好，奶水也好。学助产士的马丽，给孩子喂奶时，坚决根据她所学的、教科书上所写"婴儿两小时喂一次奶"。即使是孩子饿哭了奶水鼓胀得难受，她也要守到两小时之后再喂。玉竹却说：

"我养三个孩子，饿了，哭了随时就把奶塞给孩子。老一辈人都是这样做的，你们这些读新书的人怎么就改了老规矩呢！"

马丽却说：

"这是科学，叫科学喂养。"

玉竹的个性，最大的一个毛病，就是为自己想得少，替别人想得太多，从不为难任何一个人。媳妇这样说了，加之媳妇本人又是学的助产士，更不好过多的强求马丽听她的，她的任务就是把媳妇伺候好。

马丽每两小时记着时间给女儿喂奶，可是多次之后，奶水胀退了。其实，后来的教科书也改成了"新生婴儿按需而喂"。也就是说，只要孩子需要了，哪怕是吃多了吐出来，也是可以随时喂的。这方法，也就是玉竹所说老辈人的方法，孩子想吃了孩子哭了便给奶吃。

没有奶水喂安然，国庆开始焦躁不安，甚至发脾气。玉竹开始为孙女买来奶粉，调米糊。喂米糊时，安然拒绝吃，喂进去又用舌头顶出来。这时候，国庆看着着急，于是喂女儿吃米糊的事他接了过去。他的方法是，在女儿饿得张开嘴哭时，他就趁机为女儿喂一勺，待女儿这样吃下去了，他又开始以这种方式喂，一顿米糊基本上是哭着喂下来的，一直到一碗米糊喂完了，国庆会高兴得手舞足蹈，甚至尖叫着：

"啊！啊！好好好！一碗米糊吃下去了，我女儿吃饱了！吃饱了！"

如果他喂下去的米糊，安然哇哇吐了。他会暴躁得摔碗，放下孩子挥着拳头去打马丽，边打边骂：

"妈的，都是你，都是你惹的！都是你要按什么时间喂奶，没奶了，我女儿没奶吃了，我打死你打死你！"

打过马丽后，他便开始整日整夜地抱着女儿，不让任何人沾边，有时班都不去上。那时候，父母还在一起，总是抚慰马丽。马丽也看到国庆是心疼女儿的份儿上，一次次原谅他。为安然的吃饭，国庆反复无常地发着脾气，只要安然吃得好，一家人就是晴天；如果安然吃不好，那么就会有暴风骤雨来临。

安然四个月的时候，诗润调离了大塘，马丽和国庆带着安然他们不放心，于是请来了老家的祖父母和他们一起住。开始，两位老人是极高兴的，可来了不多久，见国庆反复无常的脾气，他们有些受不了了。

有一次，安然又没吃顺当。刚刚国庆喂下的米糊，他还在尖叫着高兴时，安然却哇哇地吐了出来。国庆瞬间勃然大怒，挥着拳头去打马丽。阿婆过来拉，他不但不听劝阻，仍然一拳一拳地打下去，阿婆生气地说：

"不得了，不得了。这样疯的脾气，这样打人谁受得了。"

没想到，国庆转过头来，对着阿婆说：

"你受不了了？受不了就不要在这受了！我这脾气就是你当年打出来的，我是你教出来的，不记得我小时候拉尿床上你把我打得钻床底下了？可我不会动我的女儿一个指头，你们谁惹我不高兴了，惹我女儿不舒服了，我就要打你们。"

阿公见了，气得直摇头，并挥着拳头向国庆而来：

"翻眼崽！绿眼崽！六亲不认的狼崽！"

国庆用手护着阿公挥来的拳头，一边恶狠狠又坏笑着说：

"过来啊，过来打我啊！我现在脚骨长硬了，不是小时候你想怎么打就怎么打的了。"

一边说一边拍着自己的大腿说：

"来呀来呀！朝这长硬的脚骨上打，我长大了，自己也做爸了，不怕你打了！"

阿公气得放下手，对阿婆说：

"收拾东西，收拾东西回老家去，在这会被他气死的。"

两位老人真的收了东西回老家去了。任马丽怎么挽留，怎么道歉也没留下来。

自那以后，一向爱赶时尚、爱打扮的国庆，似乎对自己也不怎么管顾了，一门心事把心用在女儿安然的身上。对女儿的疼爱，让一向畏惧他的亲朋和同事，又对他刮目相看。

也就是从那时候起，他落下了反复无常的暴躁毛病。开始还只打马丽，后来发展到看不顺眼同事了也会动手。当脾气发过后，觉得是自己不对时，立马又去向人道歉。在同事眼里，得个"一铳硝"的外号。意思是脾气说来就来，一铳放出去后又好了。

可有一点又是让人费解的，那就是面对病人时，从来不发脾气。非但不发脾气，还十分温和地对待他的每一位病人，一如对自己的女儿一样。似乎他的脾气只针对承受得了他拳头的人，久而久之，许多人对他敬而远之。曾经那个十分好看、青春又时尚的国庆，仿佛一夜之间消失了。他所有的柔情，只面对怀中的女儿时存在。

祖父母回老家后，他们请了保姆，国庆对保姆也很善待。而请保姆，也常常是不稳定的。

次年暑假，书礼放假在家，国庆给玉竹打来电话，说保姆走了，新保姆还没来，让放假了的妹妹来帮他们带带孩子。书礼一边听娘接电话，一边高兴地想着，好，可以去哥哥那带侄女了。可没想到，娘在电话里说：

"不行啊，你妹妹身体不好，老是发晕，她哪能帮你带孩子呢！你先把安然给我送来，我来带，你一边请保姆。"

等娘放下电话，书礼问：

"我可以去的，最近不是没发晕了吗？为什么不让我去？

玉竹正色地说：

"你以为带孩子是容易的事？你个女孩子家家的，没看见人家带孩子的保姆，抱着个孩子墙下站壁下墩的，我哪能放心？我还不晓得你，你哪是帮着带孩子的人，你就是想去玩玩，你真能带孩子吗？想得就是简单！"

书礼虽然不能理解娘，为什么不让她去帮着带侄女，但她终究是拗不过娘的，也就作罢了。每天除了看看书，帮娘做做饭，便是跟着医院一帮年轻人一起，弹着吉他唱着歌。一直到有一天，哥哥把安然架在脖子上骑着马儿，笑意盈盈地走来，她高兴极了：

"哥哥来了！安然来了！"

一边说一边从哥哥的脖子上接下笑着的安然。国庆说：

"让你去帮我们带带，娘不同意，说你老发晕。"

书礼说：

"是啊，我其实好想去的。也不知怎么，娘硬是不让。"

国庆：

"娘是舍不得她的宝贝女儿和那些带孩子的保姆一起呢。我后来想到了，娘是对的。所以我现在把安然带来让你们看看，也带她出来玩玩，等会就回去。"

国庆一边说一边逗着安然说：

"快叫姑姑啊，这是姑姑，待会就可以看到爷爷奶奶了。"

只学会摇手"再见"动作的安然，在姑姑的怀里，咯咯地笑着。

那天下午，玉竹让国庆把安然留了下来，说：

"保姆还没来，你先放这我带几天试试看，看是否习惯。"

国庆开始舍不得，拗不过娘，就真的自己回了大塘。走的时候，对女儿说：

"安然，爸爸回去，你在这和爷爷奶奶姑姑一起，好吗？"

那一会，安然玩得正乐，于是挥着小手和爸爸再见。

没想到的是，到了晚上，哭着找爸爸，一直哭得玉竹怎么也哄不了。正哭着，突然听到窗外有人大声地唱着：

"妹妹你大胆地往前走啊，往前走莫回呀头……"

安然睁着大眼睛，停下哭声，认真地听着，眼睛看着客厅的门，她是在观察门里是否会有爸爸的出现。待那粗犷的歌声渐行渐远时，确定爸爸没有出现，她又哇地一声哭起来，哭得头往前往后不停地翻。那样子，让书礼看着心疼得跟着哭起来。她想起了那一年，爹要她到青城中学读初一，她想爹娘的那种难受来。她知道，七个月大的侄女虽然还不会用语言表达，可心里那份想念之苦一定是一样的。

第二天一大早，国庆便来了，进门看到安然带着泪痕的睡脸，俯下身来，用脸贴着女儿的脸说：

"想死我了。我一夜没睡好，天一亮就到车站坐车赶来了。"

安然醒来看到爸爸，双手紧紧地抱着国庆的头，一刻也不肯放开。第一次体验失败，国庆乐呵呵地，再次把女儿架在脖子上"骑马马"带回去了。

五

学校没有放假，诗润开会来学校看书礼，告诉她周五记得回家一趟。书礼问：

"又回家干吗？我刚来不久呢。"

诗润说：

"周六是你的生日，你娘要为你过生日呢。"

书礼一边应着"晓得了"，一边想着，这个生日有什么特别吗？

周五回家时，不但阿公阿婆来了，外公和仁寿舅舅相约而来，哥哥嫂子带着安然也来了。书礼心里更是觉得这个生日特别，可她不解，因为这只是她十九岁生日。她好奇地问娘：

"为什么这个生日这么隆重，大家都来了？"

玉竹说：

"明天是你二十岁生日，生日是过望生的，也就是提前一年。隆重的原因是，这是你在家里做女儿的一个整生，下个整生可就到别人家里去过了。所以这是你做女儿时的一个隆重的生日。"

书礼还是不懂地问：

"什么下个生日到别人家去过了？到谁家去过啊？"

玉竹：

"傻女儿！下个整生是三十岁。女孩子三十岁一定是嫁到别人家里去了，嫁走了就是别人家的人了。所以三十岁时，那是娘家人到你的家去为你过生日。知道吗？"

书礼的心里还是转不过弯来，可是娘要忙她的，也没时间回答她没完没了的问题。只是留给她一脸茫然，下个整生日将是别人家的人了？那么这个别人家又是哪样的人家呢？一如马丽姐从娘家嫁的"别人家"就是她现在的家。而有一天，她会离开自己的家嫁到别人家里去。想到这，她有些难过得鼻子一酸，泪湿了！

明珠知道书礼的生日，约了几位平常要好的同学坐末班车来了。书礼到车站接他们的时候，这是立冬不久的深秋月半之夜。不冷不热，太阳落山，一轮圆月从天边的山峰升起，旁边的云彩红霞映染了半边天。当同学们提着生日蛋糕，手捧一束鲜红的布艺花（那时已经从塑料花之后有了绸布做的花，真如鲜花，十分美丽）。下车时，天空一轮红色满月，恰如冰轮东升，美轮美奂。同学们看着天上的月亮，一同惊呼："哇。好美的月亮啊！"

那个月光如水如霜的夜晚，每个人都为书礼送上礼物和祝福，在所有的礼物里，书礼印象最深的是阿公送的一本鲜红色笔记本，红色塑料封面的右上角是一面红旗和一个火炬型建筑，用版画展现。左下角印着"革命日记"几个字。扉页上有"整队留念。大湖卫生所赠。1973年4月12日"等字。盖有一个红色的公章，公章上是"星阳县大湖人民公社卫生所"。里边有南京长江大桥、南京夜景等多张彩色插图，十分时尚和美观。书礼后来用这个笔记本，满满记下了一个冬天到春天的日记，那正是她和老山军人通信时，笔记的首页贴着朱时茂在《我只流过三次泪》中出演军人的剧照，日记的字里行间，承载着青春的印记。

玉竹做了一大桌子菜招待来客。饭后，诗润叫人把医院的小会议室打开，让书礼和她的同学们一起，在那里单独享受同学们为她举行的生日晚会。摆上生日蛋糕，插上并点燃生日蜡烛，然后关掉电灯，其中一位男同学用小提琴拉响"祝你生日快乐"的歌曲，其他同学齐声唱起"祝你生日快乐"的生日歌。书礼双手合十，闭上眼睛许愿，然后同学们帮她一起吹灭蜡烛。接下来，小小的生日晚会开始了，同学们分别表演着当时流行的各种歌曲，什么《安娜》《恼人的秋风》《洪湖水浪打浪》……最后，大家牵成一个圆圈，一边唱一边跳起了圆舞曲，以结束那天小小而热闹的生日晚会。欢歌笑语回荡在楼上楼下，直至午夜才散去。这个生日，在书礼青春的记忆里，留下了美好的篇章。

　　返校后，书礼和同学们过着丰富多彩的校园生活。出黑板报、刻印校刊、组织学校篮球队参加青城县的篮球赛、在和省交通学校的联谊晚会上担任主持人……静下来时，她阅读、记日记、弹吉他、写信读信、悄悄写诗，并为自己织了漂亮时尚的棒棒衫毛衣，配上小喇叭牛仔裤，彰显着无处不在的青春美好。

　　一天晚上，书礼和同学看完喜剧电影《不是冤家不碰头》，回到大寝室，由于学校的寝室改建，两个班的女生合在一个大教室里临时住在一起，电灯线路也没有牵好，所以大多数同学就去看电影，回来后在烛光下议论电影的故事情节。书礼说她爱看悲剧片，悲剧有余味。书礼的思维总是爱跳跃，大伙正说着电影，她突然随意溜出一句歌来："虽然你已不在我身边，对你的情意永在我心田。"无意识唱出来的，是龙飘飘的《惜别的海岸》。没想到医士班的一位大姐要她把这首歌完整地唱一遍，书礼从不忸怩，说唱就唱：

　　　　苦涩的海风阵阵吹送
　　　　海面一片朦胧何处有你影踪
　　　　远处汽笛声声夹着海浪声

吹老我美丽的人生
想起过去的岁月里
在这残旧的海岸上
和你朝朝暮暮看日落又日升
旧日的爱
只有挥手说再见
……

烛光闪闪，同学们静静的听书礼唱完，那位大姐问：

"就一段？真想还有一段。"

书礼有时喜好恶作剧，有时又不愿扫人兴，于是说：

"你想有一个好的结局，是吧？好，我再唱。"

说完，书礼再次高兴地唱起来，并随口把原来的歌词作了一些改动：

甜甜的海风阵阵吹送
海面一片光明你在我身边
远处汽笛声声夹着海浪声
伴着我美丽的人生
想起美好的岁月里
在这宽阔的海岸上
和你朝朝暮暮看落又日升
今天你依偎在我身边
对你的情意永在我心田
此情此景
我们的爱永远永远在我心田
……

那大姐听完，哈哈大笑道：

"真聪明，不加思考地自编自唱出来了，把结局都改好了。"

寝室内一片笑声。有书礼在的人群，总是充满了开心和快乐。

很快寒假到来，回家的书礼除了帮娘做做家务，便是坐在炭火前读张恨水的《天河配》，一个凄惨无结局发生在过去的爱情故事。读完这本书后又读了几个中篇小说，一篇是张贤亮的《土牢情话》，描写了"文革"时期一个"牢犯"和"看守"的悲惨爱情故事，以及他的《男人的一半是女人》。另一篇是孙力、余小惠夫妇合写的《真诚》，描写一群插队青年的种种爱情生活，尽管都是错综交措的，但表现了那代青年人的美好心灵和待人的真诚，有个圆满的结局。那些年，广泛的阅读，开阔着书礼的视野。

有时是坐在客厅炉火前读小说或织毛衣，有时是在自己收捡得干净又温馨的闺房里，看窗外雪花飘飘弹吉他。于书礼，都是一种无言的享受。从书本里感受不同人的人生，从大自然的变化里看事物的轮回。常常是，一个好的小说和一篇好的文章，让她感到心灵得到净化，人格得到升华。

年三十的那天上午，玉竹在药房值班，没病人时便回家看看，刚出来，看到门诊大厅内一位老人，提着一小篮子鸡蛋，玉竹问：

"老人家，都年三十了，怎么还不回家过年呢？"

老人指着手上的篮子说：

"这鸡蛋还没卖完，想卖了到街上买点糖食给家里的孙子们。"

玉竹看了看篮子里的鸡蛋说：

"还有多少，数数，我都给你得了吧。"

老人感激地看着她，蹲下来数篮子里的鸡蛋，然后让老人跟她一起来到后院宿舍楼的家里，把鸡蛋放了下来，付了钱，并给老人的篮子里装了几个苹果和橘子，还有几包糖食，老人推了又推不肯要。玉竹说：

"接着，别嫌弃！家里有，你能接收一点，也是看得起我呢！"

老人佝偻着身子，离开时，谢了又谢。玉竹一直把老人送下楼，并叮嘱：

"天这么冷，快快回家！家里人一定等急了！"

玉竹望着老人在风雪中渐行渐远，心里想起的，是远在天堂里的娘。那一刻，泪水打湿了她的脸庞……

老家的父母，国庆夫妇带安然都来了。玉竹家里的这一个年，因为添了小孙女安然，热闹了许多。书礼和弟弟一起，带安然在院子里堆雪人，和院子里其他家的孩子一起玩儿，安然和爷爷奶奶慢慢熟悉了起来。马丽悄悄告诉玉竹，她又怀孕了，那个时候，计划生育抓得紧，但有一部分人也能申请到第二胎准生证，但只能在第一个孩子五岁后才能申请。马丽这时候怀上的孩子，能否留下来，还没有定数，她现在也只敢告诉婆婆。马丽嫁过来时，叫玉竹妈，那时候，城乡人基本上都开始叫妈了，而玉竹的几个孩子仍保持着最初叫娘的习惯。

玉竹高兴地对马丽说：

"既然怀上了，那就是天意。儿女前世修呢！所以怀着，一边想法去办证。只是安然还不到一岁，你得受累啰。"

马丽说：

"安然倒是不累我，总是喜欢她爸爸，国庆也不放心我带她。"

玉竹：

"那就好，慢慢来，走一步看一步吧。"

大地的雪还没有消融，时而有零乱的雪花飘过。

六

年初三这一天，阴冷阴冷的天和地。书礼受镇里一批"不安分"也不甘平庸的青年人之邀，晚上在镇上一户年轻人的家里举办了一个不乏现代味的晚会，晚会的主题是"人生得意须尽欢"。晚会集聚了镇里一批在外地读大学的青年人，有南京农业大学和清华大学的两位学生表演了小品；有武汉大学阿帅表演的舞蹈；农校"眼镜标"的精彩吉他弹唱；韩青子一首《将进酒》激情满怀的诗朗诵；南京军校读书的程戈，一曲行云流水的小提琴独奏，令所有人沉浸到江南水乡里；最后的节目，是镇上几位留着长发虽没能考上大学，却一样心怀梦想的青年，表演了电影《红高粱》里的抬花轿……

一个个节目精彩纷呈，笑点不断。那一个镇子，自从恢复高考后，断断续续考向各地读书的人才，如撒落的种子。这些考出去的学子们，每一次回家乡，总会带起又一批年轻人对山外的向往，在心中埋下梦的种子。书礼通过医院里的几位年轻人介绍与他们认识，所以特邀她为嘉宾，从准备工作到晚会的开始，几位负责人分别到她家请了好几次。也就是从那时候起，书礼从这些年轻人的口中，记住了一位叫山果的老师。他们对"人生得意须尽欢"这类古诗词的热爱，对文学的向往，对精神生活的追求，就是受这位山果老师的影响。

那天，书礼穿着黑色呢绒大衣，围着红色围巾，落落大方地出现在家庭晚会上。在彩带飘飞，彩灯闪烁中，书礼安静又开心地观看节目，受大家之邀，站起来，深情为大家唱了两首歌曲，一首是《爱的寻觅》，一首是《一次偶然相逢》，都是当时十分流行的电视剧里的歌曲。这是一个难得而十分有意义的聚会，大家自发性的欢聚在一起，展示青年人的风采，彰显那个时代对文艺的喜爱与渴望。

这次家庭式的聚会，深深地影响着书礼后来的人生。回到医院实习时，又住了长长的半年。这半年，她与其中几位成了一辈子的好朋友，经常在各自的家里小聚，弹吉他唱歌，吟诵古诗词，相互推荐好的阅读作品，一起郊游……只要轮到在书礼的家，玉竹也会欢喜地为女儿的朋友们做各种好吃的，从不排斥。不像有的人，看着男孩子留长发背吉他，视他们为"不良青年"。这一点，玉竹难能可贵地开明着。

这样一个小团体，像一片厚厚的土壤，让书礼那颗埋在心里的种子，吸取营养，慢慢发芽与成长。虽然后来随着父母工作的再次变动，那些朋友们也各自天涯，但留在小镇里的美好记忆，一直伴随着他们彼此具有不同意义的一生。这也是娘常教导她的"人要好伴，树要好林。跟着好人学好人，跟着麻雀学飞禽"的道理。

年初五的那天，太阳出来了，屋脊上的冰雪开始"滴答"消融。融雪的天特别冷，呵气成霜，那种冷是透骨的寒。

上午，一个不相识的老奶奶来家里，送来了一篮新鲜菜苔，玉竹拉着老人在炉火边烤火，谢了又谢，并为老人拿了几件厚一点的旧棉衣，让她别嫌弃拿回去用得着就用，用不着就送人。送走老人，书礼问娘：

"这老人是谁？怎么送菜给我们？"

玉竹说：

"年三十那天，你和弟弟带安然玩雪去了。看她提着一篮没卖完的鸡蛋，我全部买了下来。因为是年三十吧，她感这份情呢。没想到今天还送来这么多菜苔，是受不得人一点好的好人。"

书礼若有所思地说：

"这就是书本上说的涌泉相报之恩。就像娘教我的，在外边，哪怕是别人给了一颗糖我吃，也要记得回来告诉你，要记住别人一颗糖的好。"

玉竹笑着说：

"嗯。不错，娘教的你记得。"

书礼：

"当然记得。我也看到娘你无数次帮别人，却从来没想要让别人记住。"

玉竹说：

"那是两码事。你要记着，当你有能力时要多帮人，做好事有好事在。虽然我们做的，不是为了让人记得。"

玉竹边说边用手捂着胸前说：

"是这里，心！自己的心看了难受。做了帮了，自己的心就舒服了。"

书礼答应着，心里想起书本上的一句话来：

穷则独善其身，达则兼济天下。

　　玉竹约诗润，带着书礼和李琛一起，去北台寺拜年。自从国庆和书礼回家转述了北台寺师傅的话，玉竹特去北台寺认过慧空师父槿花姨娘，并与她作了一次长长的交谈。知道她那年被逼离开刘家庵后，辗转到南京佛学院做沙弥，虽然吃过不少苦，但让她学到了许多曾经在刘家庵不可能学到的佛学知识；后来机缘巧合，来到北台寺做住持。如果不是到北台寺，很难与玉儿姐姐的女儿心珍有相遇之时，慧空师父一个劲地念着阿弥陀佛，说是佛的指引才有了这未了情缘的再续。

　　从那以后，玉竹每年的正月都要去拜年。每次给槿花姨娘拜年时，就像是给娘拜年一样。在那里，没有了对娘牵念的伤感，而是面对槿花姨娘慧空师父时的心生欢喜。玉竹一直称慧空师父"姨娘"。

　　走进北台寺，慧空师父一边把他们让到禅房喝茶，一边问他们近日之况。那气氛和感觉，既是礼佛，又像是回家看长辈。说到诗润的工作时，慧空师父说：

　　"看你面带喜色，工作上会越做越顺呢。"

　　诗润：

　　"托佛祖的福，一切挺顺的。"

　　书礼在一边"多嘴"说：

　　"为我爹抽个签吧，我想看看我爹抽的签是怎样的。"

　　玉竹拍了一下书礼：

　　"又多嘴！"

　　慧空师父说：

　　"抽一个吧，他还没在这儿抽过签呢。今天是年初几，抽一个。"

　　诗润虽然不反对玉竹他们对佛教的虔诚，但自己因为在医院工作，是党员，是领导，所以不拜也不抽签。见师父开口了，便让玉竹随师父去大殿前。师父先拿起手鼓棍敲了一下磬，然后到佛前为诗润祷告抽签，玉竹代替诗润跪在蒲团前，书礼在身边捡祈福板。很快，抽得一签。书礼到墙壁下挂满签的签条前，撕下刚刚抽得的十四签，只见签文中写道：

宛如仙鹤出凡笼，脱得凡笼路路通。

南北东西无阻隔，任君直上九霄宫。

诗润读着签文，师父说：

"抽得这首签，看样子你的工作又会有变动呢。"

诗润看着慧空姨娘道：

"公家人，工作变动常有的事。"

慧空双手合十：

"阿弥陀佛！平安就好，有善心去做善事就好，阿弥陀佛！"

诗润又说：

"对。我只认做好自己的事便好。"

这时，殿外又来了几位香客，诗润和玉竹带着孩子们告别慧空师父而去。

正月十二那天，玉竹带书礼到注射室穿了耳洞，止血钳夹着弯弯的手术针，在书礼圆润的耳垂上"挖"了一对耳洞。玉竹说：

"这么好的耳垂是用来戴耳环的。"

书礼一边"呀呀呀"着，一边说：

"从来没见你戴过耳环？"

玉竹说：

"小时候戴过，'破四旧'时都不敢戴，后来也就一直没戴了。"

书礼又问：

"你的耳洞是么样穿的呢？"

玉竹笑着说：

“我们那时候啊，用绣花针穿的。没有任何消毒，但一定要选择正月十二这一天来穿。穿耳洞前先用手指捏耳垂，一直捏到耳垂麻木为止，一针穿进带有绣花线的针，用绣花线打个结，日久便成了。”

书礼的耳洞穿好时，玉竹一边用棉球为书礼的耳朵止血，一边说：

“千打扮，万打扮，不顶耳朵戴对襻。时代不一样了，你们可以尽情地爱美了。世间没有丑女子，只有被好吃懒做丑化了的女人。女人只要干净整洁，勤劳好学，自然就好看了，如果再配上一对恰到好处的耳环，韵味也就出来了。”

书礼深深记住了娘说的这些话，从此也深深地爱上了环佩丁当的饰品。

与老山前线军人赵小奇的通信过程持续着，赵小奇为她寄来了他在老山猫耳洞站岗时的相片和三张合在一起的老山全景图片。赵小奇穿着绿色的军装，在一片绿树掩映的丛林间，英武而帅气。虽然他们的信，还是处于那种礼貌客气和汇报工作之中，但掩饰不了有异样的感情在心中萌芽。也有一些男孩子的信，总是不约而来，甚至有外校的男生找到学校来看书礼。从此，书礼变得沉静起来，日记也记得更长和跳跃。那天，书礼在日记里记着：

你就是你，不要改变了自己，也就像我改变不了我自己一样，你也用不着学我，对别人好，可自己要受不少苦头。

有时，忽然觉得自己像巴金《家》里的觉新，可许多人又说我像《流氓大亨》里的楚桥一样，那么有个性。其实，这也就是双重个性的我吧。

别以为昨天已走过

你就可以将所有的记忆抛开

别以为今天还存在

你就可以永远将它挽留
因为你到现在还在等待
所以你到现在还有无奈
你为何到现在还在无奈
你为何到现在还在等待。

书礼长大了，随之而来的烦恼，似乎也开始了……

下部

第一章

一

诗润接通知，调往青城县卫校任职，玉竹到青城县中医院中药房工作。

书礼得知消息，是医士班一位大哥哥告诉她的，那个医士班学员，基本上都是工作后再来卫校读书，有部分结婚生了孩子，所以对社会上的消息相对要关心和灵通得多。那天书礼从食堂打饭到寝室，那位大哥哥也端着饭往寝室走，他笑着对书礼说：

"你爸要来当我们的校长了。"

一向不关心世事的书礼，惊讶地问：

"不会吧？怎么会来我们学校呢？他一直在医院工作呢。"

大哥哥说：

"有什么不会的！卫校也是卫生系统卫生局统一领导的机构，你爸管理上在卫生系统可相当有名气。加上你妈的为人，在卫生系统可是响当当的。"

书礼听到别人这样夸自己的父母，心中觉得很舒服。一边应一边谢谢大哥哥的关心。这位大哥哥，不仅知道书礼的父母，跟国庆也是同学。他胖墩墩的样子，圆圆的脸上架着一副近视眼镜，所以显得特别亲和。因为他名字里有个水字，而拉丁文里"水"字读音与中文的"阿垮"谐音，所以医士班那些用拉丁文开处方的同学，都叫他"阿垮"，他自己也乐呵呵地接受这个称呼，书礼也就叫他"阿垮哥"。

有一年冬天，爱好看的书礼，当她躲在寝室里织好一件橘红色的毛衣时，性急着要展示臭美的她，在三九寒冬里，穿着那件新毛衣，配着牛仔裤，虽然是很好看，可显得十分单薄。一大早到食堂窗口排队等馒头，书礼和明珠一起，一个端着馒头，一个端着青菜汤出来，等在队列里的阿垮大哥看到书礼说：

"这么冷的天，穿这一点？是不是没有带棉袄？要是没带的话，我家就在附近，把我妹妹的棉袄拿给你穿。"

书礼有些不好意思地说：

"不冷不冷。有棉袄，是没穿。"

素来怕冷穿得肉鼓鼓的明珠，偷偷笑说：

"她是要好看，讲好看是不怕冷的。"

另外一同学也笑着说：

"现在不是流行美丽冻人吗，书礼从来就是在时尚前沿里体验生活。"

阿垮严肃地说：

"可不能冻坏了身体，好看虽然要讲，冻感冒了可就多的去了，记得要把棉袄穿上。"

书礼一边笑着答应，一边心里感激着大哥哥的关心。后来她还把这件事告诉过爹娘和哥哥，让他们知道这位大哥哥曾经这样关心过她。

食堂的馒头做得特别好，不但又香又甜，还是大个儿馒头。因为馒头好，不论是走读生还是住读生，都喜欢到食堂买馒头吃。如果有一天早上是肉包子，那窗口是要被书礼班上的男生挤破的，大大的流着油的热包子，填饱了正长个的男生的肚子。有一次，一位男生一口气吃了八个包子，一个包子大约有二两，书礼是在寝室听别的女生说起，起初她不信，当证实是真有此事时，她笑得在床上打滚，半天停不下来。

书礼端着饭到寝室时，她把爹要到卫校当校长的消息悄悄告诉了正在炒菜的明珠。那时候读书，几乎每个学生都有个煤油炉，用来改善生活，书礼和明珠要好，她俩一直共用一个炉子，一起买菜炒菜。当明珠为书礼高兴时，想起自己没了父母的忧伤。而书礼这时想到的却是年初六在北台寺，师傅为爹抽的签，不免惊叹那签预示之准。心想，难道人所做，老天和佛真的看得到？或者说，一切皆有老天安排？

没过多久，诗润举家搬到了卫校宿舍楼一套三室一厅带厨卫的房子里，也是书礼将要毕业的那一年。书礼从寝室搬到了家里住，像一场梦一样。这次没有别离的忧伤，而内心里，开始埋藏了忧伤。

书礼从收发室拿到一大撂信，有她的，也有其他同学的，自然是她的最多。在众多来信里，有醒目的部队来信。到教室后，她先把部队来信放到抽屉里，把同学们的信分了，然后再把部队来信小心拆开。只见信的开头有了变化，从原来的"书礼同学"改成了直呼"书礼"。这个微妙的变化，让书礼的心有些紧张。她开始往下读：

    ……

似遥远、却在眼前，提起这支笔，太亲切也太沉重！有太多的伤感和失落，想跟你写点什么，可又不知如何说起。此刻，猫耳洞外，漆黑一团，闪烁的烛光满是你的身影，对你的思念油然升起！我想知道，此刻你在干什么呢？上自习或看书或写诗，或帮你妈料理家务？从你的众多来信中，知道你不会闲着，你珍惜分分秒秒的时间，甚至觉得你是跑在时间前面的人。这些日子来，遥隔千山万水，通过文字一点一滴感受你的生活气息，你是一个有上进心且爱学习的人，这点值得很多人学习。

感谢火车上的相遇，感谢战争让我再次"认识"了你，并有了这么一段长长的通信过程。在前线，在我最孤独寂寞的时候，是你的文字激起了我的勇气，解除了我的孤独。

明天我们有一个重要任务，作为班长，我要带着班里的战士冲在最前方。接到这个任务时，我整夜失眠！除了为家里亲人写信，我还想，有些话要对你说出来，虽然这些通信的日子，感觉到了与你的距离，一直不敢说出来，可我怕，怕万一自己"光荣"了，再也没有说出来的机会了。就是活着回来了，我也很担忧人生中再也无法遇到像你这样聪明、善良、美丽的女孩子！而此刻，如果再不说出来，我怕真的没有机会了！

　　我鼓起很大的勇气，我要真诚地对你说：我爱你！全身心地爱着你！如果我能活着回来，我一定要去看你，让你知道我到底有多么爱你！！我常常在梦中见到你，是那么的开心美好，当梦醒来时，满腹忧伤占据着我。所以今天我必须说出来我爱你！我感恩与你的相遇，你使我懂得人生中什么是爱，同时认识自己存在的价值和生存方式，并对将来坚定了生活的信心！

　　如果我活着回来，我一定要去真实地爱你！请等着我！！

　　此致
　　战斗军礼！

赵小奇
一九八七年十一月二十五日

　　书礼读完信，整个人在发抖。也许是冷的原因，怎么也止不住。同桌的同学说：
　　"你怎么了？你在抖呢。今天看你好像穿得不少啊？"
　　书礼说：
　　"没什么，我有点不舒服。我在桌上趴一会儿。"
　　在桌上趴下来的书礼，告诉自己，得静下来，静下来给他回信，给他信心。不管爱与不爱，得让他在此刻体会到温暖。得祈祷他平安归来！安静地想好这一切，书礼开始拿出信纸，铺展开来，提笔写信：

　　赵小奇：
　　你好！
　　　此刻，当我读着你的这封信时，你应该是执行任务之后，也许还在执行任务中，也许已经安全返回了。但我知道，你一定在盼望我的回信！

读了你的信，我很感动，也很伤感！感谢你对我说出你的心里话来，感谢你那样看重我。我也一样，感谢火车上的相遇，感谢这些日子来长长的通信过程。是你让我看到了生活还有外面的世界，是你让我体验到战争的残酷，是你让我有了牵挂。

我等着你归来，等你归来时来看我！

纸短情长，只想告诉你，我等你！

等你凯旋归来的那一天！

祝好！祝进步！

书礼（匆草）

一九八七年十二月三日

书礼写好信，拿出信封封好，下课后就跑到邮局去寄信，担心平信不保险，特意寄了挂号信。信寄好后，感觉一颗心安稳了下来，转而换之的是更加煎熬的等待。书礼慢慢地走在返回学校的大路上，身边的车子来来往往，书礼望着阴沉的天空，那是欲雪的天空，阴冷阴冷的。书礼本是一颗火热的心，此刻却是阴郁的，她担心远在老山前线的赵小奇，且不说有爱无爱，这么长时间的通信，至少有了亲人般的牵挂。那是一个羞涩的年代，还不敢去尝试着爱与不爱，加之没有实质性的接触，也不能够确定是否有男女之间的情爱。书礼虽然是个浪漫之人，可她又是矜持的，似乎还不敢谈爱，因为太遥远太虚空。应该是她还不敢去爱！或者说还没有做好去爱的准备。

心事重重的书礼，悠悠地走在一排法国梧桐树下，一丝毛茸茸的小东西飘到她脸上，她摸了一下脸，感觉到脸是湿的。原来不知不觉中，书礼流泪了。她用劲擦了擦脸，加快了步伐，她不想让这种伤感的情绪困扰自己，因为这种情绪带来的是不祥之感，她要挥去这种不祥之感，便试着哼了几句歌曲：

> 不知道为了什么，
> 忧愁它围绕着我。
> 我每天都在祈祷，
> 快赶走爱的寂寞
> ……

当她发现自己脱口而出的歌也是忧伤之曲时，再一次告诉自己闭嘴！想转换快乐的，却又唱不出来。

二

一阵急促的敲门声，把书礼从睡梦中惊醒，听到娘在客厅门口与人对话：

"恭喜你姐姐，刚刚在值班室接到电话，你家媳妇清晨为你生了孙子了。电话是找校长的，可校长开会去了，我就来家里告诉你。"

玉竹大声说着：

"谢谢谢谢！感谢看得起还特意来家里告诉我，谢谢谢谢！"

报信人似乎走了。书礼听到自己的门被重重敲了几下，又听到弟弟李琛的门重重响了几下，接着响起娘的声音：

"两个懒虫快起来起来，你马丽姐为你们生了侄儿。一放假就把睡觉当饭吃了。都睡傻了，真是不得了。"

书礼兴奋地答应着说听到了，快速穿衣出来。一会儿，李琛也嗡声嗡气地起床出来了。姐弟俩吃着娘煮的面条时，诗润回来了，玉竹对诗润说：

"恭喜你又做爷爷了，我们家添孙子了。"

诗润乐哈哈地笑着说：

"刚刚到办公室听到了，真是好事啊，有孙女有孙子，不用羡慕别人的了。赶紧，我们一起赶到大塘去看他们。"

书礼和李琛看到爹娘高兴的样子，心有说不出的喜悦。匆匆吃好，跟随爹娘去坐车，到大塘看望马丽姐和家里的新成员小侄儿。车到大塘后，看到门口新放的红色鞭炮屑还在。玉竹进门就叫马丽"崽受累了"，再看红润着脸的小孙子躺在马丽身边。安然也在床上，好奇地看着弟弟，然后打量着呼啦啦来了的爷爷、奶奶、姑姑、叔叔。于诗润一家，这是一个美好难忘又值得纪念的日子。

在家里人都沉浸在小侄儿到来的日子里，书礼盼望部队来信的心，一次次落空。她不知道，远在边境的赵小奇，到底怎么样了。有些急切的她，连连去了好几封信，仍然没有得到回音。一直到春节后，再开学时，终于盼到了部队来信，可是信上的笔迹却不是赵小奇，虽然部队地址都对。书礼忐忑不安地拆开信封，急急地读：

书礼同学：
你好！

我们是赵小奇班长的战友，我们代表班长向你问好，并向你致以崇高的战斗军礼！

今天我们来信，只是为了告诉你一件事，这件事是一个不幸的消息，我们敬爱的班长在执行任务时，让敌人的子弹打中，不幸光荣牺牲了。我们都很悲痛，本来不想把这个不幸的消息告诉你，可是见你一次次来信。平常，你的来信我们班里的战友是共享的，读了你这次的几封信，我们思来想去，还是决定要把这个残酷而痛苦的事实告诉你。请你一定不要太难过，我们的班长是好样的。谢谢你一年多来与我们班长的通信，给了他爱的勇气。有机会的话，我们班只要哪位活着回去，一定要代表班长去看你，这也是我们执行任务之前，班长的心愿。

请你一定要保重身体，切记切记！

此致
战斗敬礼！

三班全体战友敬写
一九八八年三月

　　书礼一边读信一边颤抖，读完时，整个人抖得有些无法控制。明珠双手挽着她的双肩，不知道该说什么，一个劲地说：
　　"你回去吧？送你回去躺一下？"
　　书礼摇摇头：
　　"到寝室去，不能回家。"
　　明珠携书礼离开教室，来到寝室，书礼在明珠的床上躺下来，盖好被子。书礼对明珠说：
　　"你去，我想一个人静一静，等我好一会儿后再回家去。信的事，你不要告诉任何人，我不想有太多人来问。"
　　明珠答应着出去了。书礼躺在床上，欲哭无泪。虽然只是通信，可那是一个活生生的人，突然就在这个世界上消失了？她有点不信，她难以置信！可是她分明知道，战争是残酷的，有战争必定有死亡。她想起了十岁那年在梦龙，那位叫阮大水的军人，不也是牺牲在战场了吗？当年的他，应该和现在的赵小奇差不多，都正值青春大好年华。
　　书礼目光呆痴地看着床顶，想着她和赵小奇还没有来得及再见上一面，还没有来得及去真实地相爱，一切便中止在书信往来的虚无里。想到他写的那些书信，那些给了她多少美好向往与慰藉的书信，那些带着硝烟味南国风的字里行间，曾经给了书礼多少牵挂和担心……想到这些，书礼的泪无声地流下来，身子仍不停地颤抖着，双手紧握冰凉。
　　那些日子，书礼吃不下饭睡不着觉，总感觉有个声音在空中叫她，有双眼睛在前方看着她。书礼大病了一场，人一下子瘦了一圈。一向说话声音大的她，竟有气若游丝之感。

玉竹不知道女儿到底发生了什么，也不敢问，只悄悄问过明珠，书礼不让说，明珠也就不敢说。所以玉竹只能一个劲地为女儿做好吃的，她虽然不能晓得女儿的心里发生了什么事，但凭做母亲的心，能猜测，女儿一定是经历了在她这个年纪算得上大事的大事。她想着，能有一些经历也好，这样她才会成长成熟。书礼自己慢慢疗伤，一直到心情渐渐平复，一直到早春的极寒过去，大地复苏，春暖花开。书礼像变了一个人，从前爱笑的她，笑得少了，人一下子沉静了许多。

花季的岁月，总是多姿多彩，有无数种可以疗伤的方式。这期间，书礼练吉他的时间更多了，在她的闺房里，除了床上和窗帘衬托的温馨，她的闺房一向是有特色的。写字桌上摆着各种书籍和女孩子用的香品，桌子前的墙壁上，是一位朋友用书法写来送她的，她烂熟于心的范仲淹词《苏幕遮》：

> 碧云天，黄叶地。秋色连波，波上寒烟翠。
> 山映斜阳天接水。芳草无情，更在斜阳外。
> 黯乡魂，追旅思。夜夜除非，好梦留人睡。
> 明月楼高休独倚。酒入愁肠，化作相思泪。

写字桌边上，是一直跟随着这个家到了几个地方的竹沙发。家搬到卫校后，客厅增加了一个三人沙发，这对竹沙发移到了书礼的房间。中间的茶几，冬天书礼插芦苇，春天插不同的山花。干干净净的闺房，自然与书香相契合。那些时，她关着自己的房门，怀抱吉他坐在床边，把一首《葬花吟》弹得如泣如诉，特别是冬雪飘飘时，特别是一句"风刀霜剑严相逼，明媚鲜妍能几时，一朝漂泊难寻觅"常常让她泪流满面。书礼守在自己的世界里，慢慢为自己疗伤。

一个学中文的外地男孩，为书礼写过很多信，他的信每次让书礼赞叹不已，可书礼在心理上仍然只把他当笔友来对待。有一次那男孩从师专到学校来看书礼，也不知道书礼对他说了什么，离开时，他竟然为明珠留下一张字条，字条上这样写道：

> 所有男孩都不应该打搅书礼，她仍处在自己的世界里。从前便有这个感觉，可我又不甘心，但是今天我终于懂了。

他的话让明珠有些摸不着头脑，于是把字条交给了书礼。书礼看后，倒是很感动，悠悠地对明珠说：

"虽然我对他只是普通朋友情意，可他也算是懂我的人。而且还是一个有个性的男人，谢谢他。"

因为儿子的出生，因为两个小孩仅一岁之隔，忙碌不过来的马丽，决定把安然送给爷爷奶奶带，但遭来国庆的极力反对。然而一看到手忙脚乱两个孩子难顾及时，国庆又只有随马丽，最后达成共识，先把安然送过去看看，如果不适应就带回来。刚送去不久，国庆多次发脾气，甚至有时把气撒在儿子的身上，说是因为有了他才挤走了姐姐。想女儿想得心里难受时，他再次把拳头抡向马丽，责怪马丽送走女儿让他难受。他时冷时热、反复无常的表现，常常让马丽无所适从。在一次次无奈中接受国庆"挑衅"的同时，她也寄希望国庆能从思念女儿中缓解过来。时间永远是一贴最好的良方，慢慢地，国庆把爱转移到了儿子的身上，对女儿安然剩下的是深深的愧疚。

国庆除了疼孩子，还有一个优点，那就是爱干净整洁，并炒得一手好菜。收拾屋子基本上都是他在做，能把菜炒得喷喷香，把地拖得明净如镜，抹桌子时，有个习惯，那就是要斜蹲着下来，像木匠牵线一样，借着光看桌子是否还有没抹干净的地方，就连床上的被子都是他牵，他嫌马丽牵得不工整。国庆常常抱着儿子想起女儿，也想起自己小时候被阿公阿婆强行带去，虽然那也是爱，但那样的爱有些强制，是让年少的他不接受的。没想到，他让女儿也走上了自己这条老路，他常觉得，难道这也是命？好在她的娘个性不似阿婆，虽然他知道女儿不会受亏待，可作为父亲，他觉得真是欠下了女儿一笔深沉的父爱。

侄女安然的到来，冲淡和缓解了书礼心中的伤，缓解了那场还没有来得及恋爱的爱情故事所留下的痛。只要有空，她就和保姆一起带着安然去玩，安然因为和爷爷奶奶熟了，加之弟弟的到来，让她小小的心灵似乎懂得了什么，本来就乖巧，在爷爷奶奶的百般疼爱中，适应着新环境。

三

晚饭后，天刚黑不久，玉竹带着安然在客厅里看电视。慢慢摇着在玉竹怀里睡着了的安然，突然一惊，接着就莫名地大哭起来，而且是尖锐地大哭，像是谁掐了她一样，怎么哄也哄不住。停不下来的哭声，让玉竹突然意识到什么，说：

"今天这个日子，我想想，是你阿婆的生日呢。难怪又是她老人家来了，快，我去竖筷子。"

边说边把安然交给身边的书礼。只见她端来一碗水，用三根筷子的头部倒着放在水里，一边竖一边说：

"是安然的老太太来了吧？今天是你的生日，忙孙女忘记你了。要是你，就让筷子竖起来，保佑你曾孙女不要哭了。别吓着她！"

玉竹一边让筷子在水里轻轻动着，一边又说：

"我马上去办饭菜敬你，你别吓孩子。"

玉竹的动作和话语，说得书礼全身起了鸡皮疙瘩。说来也怪，玉竹手中的三只筷子，在碗中的水里，直直地竖了起来。随着筷子的竖起，安然的哭声也渐渐弱了。

书礼虽然早已习惯娘做的这一切，因为小时候娘也多次为她的小病痛竖过筷子叫过魂。每一次当娘的筷子竖起来时，她都会起鸡皮疙瘩，觉得人真是有灵魂的，而且那一刻，祖人的灵魂就在你看不到的哪一处看着你。筷子竖起来了，玉竹一边去煮饭菜（敬神敬灵魂的饭菜只能是现煮）。书礼问：

"又是阿婆？"

玉竹说：

"是啊。你阿婆总有阴灵。每次她生日，或家里有其他什么事，她就来了，总会跟人说话。"

书礼：

"是啊，记得那年到姑妈家，爹突然不舒服，全身出冷汗，站不住。姑妈给他竖筷子，也说是阿婆跟他讲话呢，竖了筷子后，爹睡了一觉才慢慢地好起来。"

玉竹：

"难得你还记得，不错！那次你爹不舒服，你姑妈一边竖筷子一边说你阿婆是高兴儿子回来了。你阿婆的娘家就在你姑妈家不远处，她责怪你爹路过那里没去看一看她的娘家人，才跟他说话呢。"

玉竹一边说，一边做了饭菜，端到屋子院外的路边上，念念有词地敬了回来，安然已活泼乱跳地和姑姑笑了。

炉火旁，玉竹看着可爱的孙女安然。书礼看着娘说：

"我想听一听阿婆的故事，为我讲讲吧？"

玉竹说：

"我也知道得不多，你爹十岁那年她就去世了。我们在老家住的那几年，常听老人念起她，特别是你现在的阿婆有时对人不好，别人就总是念起她的好。"

书礼：

"阿婆怎么去世得这么早？是什么原因呢？"

玉竹：

"那时候的人可怜啊，你阿公在外地工作，新中国刚成立不久，加之她最疼爱的弟弟随国民党去了台湾，她娘家为此遭了难呢。她在这边，一边为生计养孩子，一边又为娘家的事儿担心，更牵挂那去了台湾的弟弟不知是死是活，心里一直是不安的。病了，仍然拖着小脚为人压面，你阿公是公家人在家的日子少，她小脚不能做农活，靠一台压面机为人压面维持家计。等你阿公发现她病得不轻时，已经不可救了，去世时才三十九岁。"

说到这儿，玉竹流下泪来。书礼看到娘流泪，也伤感落泪。虽然从来不曾见过的阿婆，可她身上流着她传承的血脉。玉竹抱着睡着了的安然，又接着说：

"你阿婆姓杨，听说祖先是杨家将的后代。她娘家老屋的大门顶上，还立有当年皇上赐的圣旨牌匾呢。"

书礼有些不相信地问：

"什么？杨家将的后代？就是那个杨门女将的杨家将？"

正在这时，爹回来了，接着书礼的话说：

"怎么，在说你阿婆啊？是啊，我外婆家就是杨门女将的后代呢。"

书礼有些惊讶地看着爹，不知说什么了，但从她的眼神里，爹看到了还想听故事。诗润坐下来，看了看玉竹怀里的安然说：

"睡了？"

玉竹嘴往桌上竖的碗筷一挑，说：

"是啊，刚睡。突然哭得止不住，想起今天是娘的生日，是娘来了，和她说话呢。你说，娘怎么就这样有阴灵呢？"

诗润静静地、若有所思地说：

"娘不是一般的娘，所以娘的灵魂一直保佑着我们。当年娘去世时，她下葬的那地，听说有风水，也不知是真是假。亲房还有老人说，娘这么早早地去，就是要到那地里占风水呢。原来这样的话是不敢说的，现在时代不同了，改革开放后，专家学者认为，风水学也就是环境学。我们可以不信，但我们不攻击。"

玉竹：

"万事万物都有灵，不是我们看不到就没有。抬头三尺有神灵呢，凡事都有定数。"

书礼听着爹娘的对话，可她的心思还在阿婆娘家是杨家将后代的好奇里，于是又问：

"那我阿婆也就是杨门女将之后呢。难怪！他们有什么故事吗？"

诗润说：

"那时我年少，也不懂。小时候随你阿婆多次去过外婆家，因为我调皮，外婆家的人见我去了就说，外孙来了上灶背。门顶上皇上赐的圣旨我是看到过的。后来你阿婆离开得早，只偶尔听你阿公说起过，说他们的祖人是一位叫杨时的先人，在他身上有'程门立雪书香传家'之传说。杨姓有杨氏家训、杨氏家规等传承。你阿婆的祖人从浠水迁移而来，要说的历史那可就太多了，最清楚这些历史的是你远在台湾的舅公。他去台湾之前在家里是教书先生，读了一肚子老书。"

玉竹：

"上次表哥来，说已经跟他联系上了，是真的吗？"

诗润：

"是真的，听说在台中。在那边是一位了不起的文化人，他们特意跑到武汉跟他通了越洋电话。政策在放宽，海峡两岸在沟通，应该在近些年会回来一趟的。"

书礼像听故事一样听着爹娘的对话。心想，原来这个家还有如此浓厚的文化底蕴，觉得这个大家庭就是一部书。书礼心中，有了一种莫名的抒写的向往。那天晚上，她在日记里记了满满两页，那些父母所讲的祖人故事，还有她不曾见过的阿婆，在她心中升起一股浓浓的亲情。她想起，娘常说的"水有源，树有根"。她这颗小草的根，除了父母和阿公，还有长眠地下的阿婆那杨家将之后的根。

初秋的早晨，天下着绵绵细雨，几许凉意随风而来。这是书礼最喜欢的季节，她独自漫步在学校操场的边角上。红色柔子纱，微泡泡肩的长袖套头衫，艳丽飘逸，垂坠于绿色军统裤的腰间，两边裤缝镶着红色精致的细布条，配着一双黑色的方口皮鞋，这是八十年代末十分流行的穿着。这一身打扮，映着书礼白里透红的肌肤，脸盘如满月，双眸含深情，大气直鼻梁，红唇如蜜桃。浑身上下，透着挡不住的青春美。然而这一切，依然掩饰不了她脸上好一层淡淡的忧伤。

　　远远地，书礼双手插在裤袋里，悠然地，看着篮球架下打球的男生，听那一球一球拍在水泥地下发出的声响。书礼感受着这细如丝的雨，心中升起"细雨湿衣看不见，闲花落地听无声"的句子来。顺手轻捋身旁一丛丛大地菊，点点星星地开放着。这时节，许多花儿仍然开着，如校门口进门处的几树木槿树，花儿开了几个月之久。一片片的粉红，"槿花一日自为荣"。开了落，落了开，此起彼复地，靓丽着校门口的风景。木槿花一直是书礼喜爱的花品之一，她总是耐着性子，不温不火地，从初夏一直开到深秋。像一个极有修养的人，美丽着她的朴素和优雅，因为开花时间长，所以又有"百日红"之称。粉嫩的花瓣，点点白白的花心，有时一开就是上百朵，一团和气地点缀在绿叶丛中，让人感觉非凡气度。

　　正在远处望着木槿花的书礼，忽见门口进来了两位穿军装的军人，书礼的心莫名一惊！也不知为什么，自赵小奇牺牲的消息传来后，她只要看到穿军装的人，总是心一紧身一热，然后是一种异样的亲切感，接着便是说不出的心酸和忧伤。那透着军人特有气质的军装，让书礼的心从敬重到亲切，到一种莫名的心痛。只见两个军人向门口的人打听着什么，有一个捡球的男生向书礼这个方向指过来。军人顺着手指的方向，向书礼走来，书礼更是紧张起来。只见两位军人来到眼前，先敬了一个军礼，然后伸出手对着书礼说：

　　"你是李书礼？"

　　书礼有些迟疑地也伸出了她的手，分别与两人轻握后点头。军人说："我们是赵小奇班长的战友，我们受赵小奇之托来看你。"

书礼有些不相信似的不知该说什么，另一位说：

"我们班长执行任务之前，对我们说过，如果他不能回来了，一定要我们代他来看看你。部队撤回了，利用休假的时间，我们来了却班长当初的心愿。"

书礼竟然有些不合时宜地，心里想说的却是"一声何满子，双泪落君前"。可她不能这么文艺着，话还未说出来，倒是泪真的流了下来。书礼一边感谢他们来看她，一边请两位战友到家里坐，来到她的闺房，为他们倒上茶，听他们说赵小奇在部队的故事……

四

自从赵小奇的两位战友到来又离开后，书礼仿佛重新开朗起来，再一次回归自己的生活轨道。除了上课，她开始把自己的心思大量地用在课外阅读上，而且再也不仅只是满足于三毛的文字。那些日子，书礼沉浸在各种文字里。《中外著名小说选》《红楼梦》《茶花女》、亦舒的《风信子》、李存葆《山中，那十九座坟茔》《高山下的花环》……一边读一边抄录书内的好词好句；一本《宋词小札》不但读完，还整本地抄了下来；传记《赵四小姐与张学良将军》让她体会一种别样的爱情，手抄整本《一个女大学生的手记》；《读者文摘》《雨花》杂志是爹为她订的，爹办公室里各种不同的党报副刊等都是她的阅读对象。摘抄本抄了几大本，每一个摘抄本的里面，都配着自己画的小插图。正是这些阅读和抄写，让她从中吸取着一份课堂里学不到的知识，是这些不同文字化作的养分，一点一滴地滋养着她的性情和心灵。

明珠过年回到学校后，带着恋人出现在书礼的眼前。这之后，那男孩占领了明珠以前和书礼在一起的时光。书礼虽然变得形单影只，可她更多地把心思投入到阅读上。她的沉静，让班里一位同样爱文字的女同学王籽看到，她开始刻意地靠近书礼，并写下一段评价书礼的文字：

天，一个多么神奇的女孩子，高兴的时候，跑起来飘得恨不能蹬掉高跟鞋底，沉默起来大有忧愁夫人的味道；极能干，又洁净，简直没有缺点。要命，可惜我不是个男孩。她的皮肤好白呢，敏锐、很有洞察力，对文学很爱好。

也正是这段文字，让书礼和王籽成了一生的朋友，为她俩之间的渊源交往，埋下了深深的伏笔。

当书礼从书本上抬起头来的时候，又是一年春光好。还有几个月，她将要毕业了，要真正走进岗位担当自己的工作，而不是实习时有老师带着去实践的工作。想到实习，她想起刚到医院实习时的一段往事。那些时，是她和赵小奇通信最频繁的时候。

实习护士总是在量体温、测血压、问病史中穿梭于病房内外。有一天外科病房来了一个需要做手术的老人，做相关术前准备工作时，陪伴老人的儿子引起了书礼的注意。那人颀长的身材让书礼常常想到，小说中对某个人物描写的"玉树临风"。二十多岁，白皙的皮肤，英俊的脸庞，衣着干干净净。说话时，几许矜持几份儒雅，笑的时候好像还有酒窝。守护病人时，除了照料各种事务，闲下来，手里便捧着一本书在看。

老人手术的第二天，老师叫书礼：

"去六号病房，问昨天手术病人通气了没有。"

书礼一边答应着走出医生值班室，一边往六号病房去。医学术语为"通气"，医生去问病人或看护病人的家属时，却只能用俗语问"打屁了没有"。来到病房，看到那老人的儿子，书礼几次都羞于出口，怎么也开不了口问"打屁"的字眼，只能问了一些其他的情况便又出来了。书礼在走廊里徘徊了几次，她知道，老师交的任务必须要完成。再次站在病房门口犹豫着，一想到要问别人"打屁了没有"她就好笑。这一笑，竟然笑得好半天止不住，她独自站在门口偷偷傻笑了好一会儿，一直笑得强迫自己镇静下来，然后再次推门而入，红着脸看着那病人的儿子问：

"请问你父亲打屁了没有？"

那病人的儿子也有些不好意思地，红着脸说：

"打了打了，昨天手术出来时，医生就让我注意守着阿爸打屁的事，上午刚打的。"

听了这回答，书礼抿着嘴，快速走出病房，出来后又笑得止不住。想起那"玉树临风"，能如此镇静地说他阿爸打屁之事，佩服他不笑的定力。到办公室给老师交任务时，还在笑。老师问：

"怎么搞的，书礼一个上午都在傻笑啊？是什么让你这样傻笑不止呢？"

书礼咯咯咯地边笑边说：

"还不是笑那通气的打屁之事。"

老师说：

"刚开始我们也是这样，问病人打屁问不出口，到后来就习惯甚至麻木了。笑个屁还真是笑个屁。但这个屁时间久了，也就没什么屁好笑的了。"

没想到，老师的这一番话又引起值班室的医生们一通大笑。这笑声让笑得直不起腰来的书礼，突然悟到，"笑个屁"应该就是这样来的吧！

想到这儿，书礼想淡然，但还是"扑哧"地笑了出来。想起那个时候的自己，常常是单纯地快乐着，哪怕一点儿小事，都会让她开心快乐地笑上好半天。所以老师和同学们又称她"爱笑的姑娘"。

家对门的一对夫妻调走了，又调来了一对夫妇，那夫妇竟然是当年在梦龙卫生所时，教玉竹学中药学算盘的白医生的儿子儿媳。老白医生已退休多年，他儿子从外地调回来，诗润曾告诉过玉竹，并说他毫不犹豫地签了"同意接收"。

一家人搬来时，玉竹自然少不了要去帮忙，白医生也随着儿子一起住到了这里。玉竹买了一些肉送去看老白医生，双手捂着白医生的手说：

"老先生啊，真是有缘啊！没想到转了一圈，我们又转到一起来了。我这心，真是有说不出的高兴呢！"

白医生答道：

"是啊是啊，有缘有缘！你和诗润这些年都不错，一直在进步，诗润进步的背后，你是有功劳吃了苦的。"

玉竹说：

"吃苦不算什么，我这碗饭，有一半是您给的呢！感情一直记在心里。"

白医生说：

"不能这么说。你人善良聪明，自然有好报呢。忘不了在梦龙时，你喂猪为诗润的弟弟娶媳妇，这可不是一般人能做到的，是要有大胸怀大气量的。我见了多少不孝爹娘的媳妇，更别说对兄弟有多好呢。"

玉竹道：

"那是您老人家说得好，做点这事儿不算什么。现在好了，我们又住一起来了。您老人家受了苦，苦得值，儿子儿媳孝顺，听说孙子孙女也都很有出息。"

老人家笑着露出那没了牙的笑容说：

"是啊是啊，我在家不知说过多少次你的孝顺之事，把你当典范来教育他们。儿子儿媳也确实不错，说起孙子孙女，我更是高兴。孙子去年考上了清华大学，两孙女读书也不错，一个高一，一个高二，这次也转到青城县高中来了，一家人的日子是越来越好了。"

玉竹说：

"真是造化。您老是有福之人有福之人啊！我们门对门的，以后就是一家人了。"

白医生乐呵呵地笑着说：

"就是就是，一家人一家人。真是高兴！日子过得真快，你们也做爷爷奶奶了。不知你爹身体怎样？那个你为他娶媳妇的弟弟现在过得好吗？"

玉竹说：

"爹这几年身体比以往差多了，弟弟过得旺呢，儿子也好大了，还有两个女儿，以后不愁没人疼他了。"

白医生说：

"这都是你造的福呢，会有福报的！"

玉竹说：

"您说得好。托福托福！"

……

暮色时分，玉竹一家刚吃过晚饭，她在厨房洗碗，书礼带安然在客厅玩儿，诗润在洗手间洗脸。突然诗润从洗手间走出来，对书礼说：

"快，快开门！你外公来了。"

书礼疑惑地说：

"怎么会呢，天都黑了，你怎么说外公来了？"

诗润甚至有点急地说：

"是的。我听到他说话了，快开门。"

书礼起身去打开门，门刚一开，真的听到外公的说话声由远而近，一会儿就到门口来了。书礼惊喜地叫着说：

"还真是，真是外公来了。"

外公笑哈哈地说：

"怎么知道是我来了，刚在外边问到是这个屋，还没敲，门就开了？"

书礼指着笑容满面的爹说：

"是我爹说听到外公说话了，忙着让我开门。开始我还不信，以为爹是幻觉呢。还真是外公来了。"

玉竹也出来了，忙问：

"爹，这么晚你怎么突然来了？"

全恩一边笑着坐下来，一边温和又不乏豪气地说：

"我从来都是不速之客嘛，说来就来了。"

当外公说起"不速之客"时，书礼想到的是十多岁那年为外公倒茶自己先喝一口，然后外公为她解释"不速之客"之意的美好。日子眨眼间，自己从小小少年长大了，而外公明显地老了。虽然那种气宇轩昂还在，可背有点驼了，面容的褶皱里，添了更多的温和。

外公的到来，让书礼感动的却是爹。从前他看不出爹对外公的感情有多深，反而觉得有点淡漠。而这次让书礼看到，爹对外公的感情是极深的，还不是一般的深。这让书礼的心，莫名地感动得眼里有泪。

当一碗热腾腾的鸡蛋面端上桌时，一家人，一个个用幸福突然降临的眼神看着全恩。这个当年十岁就做小新郎的男人，这个历经"抱媳望子"望来的男人，一边笑一边用慈爱地睛神望着眼前的女儿女婿，望着外孙女曾外孙女，突然问：

"那个小胖家伙李琛呢？"

书礼抢着回答：

"他到外地读书去了。"

外公笑着点头：

"对对。看我这记性，他也长大了，也到外地读书去了。"

当刚才外公叫着"心珍"只需要做一碗面条时，书礼一直不清楚娘为什么从"心珍"成为"玉竹"。今天，当是她要解开疑惑的好时候……

五

书礼问娘的名字为什么从"心珍"到"玉竹"，当她听了娘的解释之后，若有所思——要学做可雕琢的石头，要有竹子的气节，还要懂得做一味耐得住生活考验的中药，可以在水煮火煎中熬得住生活的打击。总之是修炼自己，是告诫女孩子在娘家才是孩子，嫁到婆家就是大人。真正的生活，才是从婆家开始等等这些话……

听了这些，书礼的心，有了异样的变化。她觉得，她也想为自己改个名字，她好像是有意的，要反传统似的这样想着。可她终究不知道改什么好，也不知道改了又有谁会愿意叫她呢？所以只是孩子气地，想一想罢了。

毕业典礼上，一位副校长到台前主持典礼仪式。五月初的季节，天还没有完全热起来，穿少了有点凉，穿多了又会热。副校长穿着没有打领带的西装，走到麦克风前，可能是因为热，他解开西装上的双排纽扣，露出裤子腰部挂在皮带上的一串钥匙来。每一位领导讲完话离开，他又得上去请另一位领导讲话，或哪位学生代表发言。所以每走一次，腰部的钥匙就晃动得"索索"作响。坐在前排的书礼，看着那串随着副校长来去主持而晃动着的钥匙，总觉得不对劲。虽然那时这一身西服是时下流行的时尚，可那一串在西服里的腰间钥匙，书礼觉得有些大煞风景。书礼让那一串晃动的钥匙弄得走了神，完全不知道最后上台作总结性发言的爹到底讲了些什么。

书礼有个不知不觉喜欢观察细节的毛病。比如，一个人耳朵的长势，一个人眼睛的大小，一个人鼻子的形状，甚至一个人吐痰或擤鼻涕的动作，都会无意中闯进她的眼里来。虽然她不是挑剔之人，可无形中她特别注重一般人不关注的细节。她不知道自己这种可称"毛病"的习惯是如何养成的，就像爱洁净的她不能容忍桌面上和书本上的灰尘一样。她看过的书，除了有些打了波浪线的印记让人知道这书是读过的，其他基本上保持原样。曾有同学借她的书弄破弄烂了，以后她不再轻易借书给人。当年住寝室，她选择靠在窗户边的上铺，除了上铺能看窗外的风景，更重要的是可以保持整洁；她放在床头边的书和笔记本，只要有谁动过，哪怕微小的变化，她都能看得出来。这一些与她喜欢观察细节的敏感度是分不开的。

毕业后，书礼和明珠一起回了一趟花楼。从花楼回来后，受山杏之邀，她又去了山杏工作的地方住了几日。山杏高中毕业时，先到青城县化肥厂工作，那时的化肥厂正是风光之时，她早早工作拿工资，让书礼甚是羡慕。后来，化肥厂经营不善，面临下岗，经人推荐，山杏来到了青城县一个避暑风景区工作。那时候，在这个风景区，省城许多单位建疗养院，山杏在一家最好的疗养院里做财务工作。

那是仲夏，山下还没有到燥热时，山上十分凉爽，早晚得披一件棉衣挡挡风寒。中午只要有太阳，便可穿春衣。上山后，山杏带着书礼在幽静的山上看风景。书礼穿着一件红色西服，黑色裤子；山杏花色衬衣，两位青春少女，漫步于青山绿叶之间，享受着山里的宁静气息。当一片片火样的映山红出现在眼前时，映红了两位青春少女的脸。书礼面对眼前景色，不禁感叹：

"山下的映山红早已凋谢了，而这里才开。真是'人间四月芳菲尽，山寺桃花始盛开'啊。"

山杏笑看书礼：

"又出诗作对了，可喜欢你这种样子。"

书礼：

"我可出不了这样的诗，这是古人诗呢，唯有古人的诗写得如此美好，让我们受益。"

她们牵着手，要到前边山间一个风雨亭去歇歇脚。刚刚还是艳阳高照，山上的天说变脸就变脸了，还没走到亭前，只见白雾缭绕着向亭内滚滚而去。那情景，就像仙境，像《天仙配》电影里七仙女在天庭云雾间飘飞。俩人刚刚让脚步随雾跨进亭子里，突然大雨倾盆，站在亭内听雨看雨，山里那一份独特的安静入心入肺。书礼看着群山瞬间淹没在雨雾里，透过雾的雨，充满了诗情画意。眼前景，让书礼兀自伤感起来，她跟山杏讲起了她和赵小奇的故事。虽然时间可以冲淡往事，可从此，书礼对于军人的情结，仿佛落下了病症。故事讲完的时候，雨歇雾散，太阳又像害羞的少女撩开轻纱，照得连绵群山青翠欲滴。她的故事，也像这揭开轻纱后的山野，一片清新一片明朗。她知道，该是放下某些心事，要考虑新生活的时候了。山杏问书礼：

"毕业了，有什么打算呢？"

书礼几许淡然几许忧伤地望着远方：

"我想到外边去看看，受三毛文字的影响，怀着浪迹天涯的梦想。只是不知道爹娘是否同意。"

山杏笑着说：

"只怕他们不会同意吧，你可是他们唯一的宝贝女儿，怎么舍得你外出呢。"

书礼也笑着说：

"就是啊，如果不外出，可我也不知道我能去哪里。"

书礼突然灵感来了似的对山杏说：

"要不先到山上来，你帮我找份事做？这样离家不远，又能和你在一起，我爹娘肯定放心。"

山杏说：

"你能来这里我当然高兴，我先帮你问问看，山上每到避暑旺季时，要招季节工。可我总觉得你家里不同意的，不信你看。"

如山杏所料，到山上的第三天，诗润就把电话打到了山杏工作的前台，让书礼赶紧下山上班。书礼有些不信似的，这么快？毕业才几天呢，就让上班，到哪儿上班呢？爹在电话里说，快快下山，回家就知道了。

当书礼怀抱一束映山红，搭山杏联系住在他们山庄，来拍摄风光片的省电视台的顺风车下山时，那摄影师一边赞叹"好美"，一边为书礼抢拍了几个镜头。下山的当天下午，诗润便把书礼送到了青城县中医院，在中医院的住院部工作。书礼很不甘心，她浪迹天涯的梦还没开始呢，却让爹安排的工作捆住了脚。她的心想飞呢，可翅膀似乎还没有来得及长出来。她常常傻傻地对自己说，我该借一双翅膀飞翔，而这个能让她飞翔的翅膀又在哪里呢？书礼充满了迷惑，却心有不甘。

六

分在中医院妇产科工作的书礼，第一天上班便赶上了一位产妇分娩。

产妇上产床前已经疼了十多个小时，一直坐卧不安地走来走去，时而双手趴在墙上，时而在床栏前扶着蹲下来。左不是右不是，开始还是轻声地叫喊，后来就开始烦躁。医生一次次做检查，从宫颈开一指到两指三指，一直到开五指，才让产妇进产房上产床。产妇平躺在产床上，两腿张开，屈膝抬高。两手平伸，女家属护在两侧。主治医生一手扶着病人的一条腿，一手在会阴处试探胎头，对产妇说：

"露胎毛了！先攒着劲，等会我让你用劲时你就配合我用劲。"

一会儿，医生说：

"好，见胎头了，开始用劲。对，就这样用劲。好，用劲！"

产妇一边尖声叫喊着，一边双臂挽着扶她的家人，使出全身力气用着劲，一阵劲过后，又放松了下来。医生说：

"不行，不行。这劲用得不够！要往下使劲，向下使劲。快！快使劲。"

努力多次后，仍然不行。只见胎头上的黑色胎毛若隐若现，胎儿还是没有出来。胎儿的头围过大，加之是第一胎，很长时间过去了，这种情况对胎儿很不利。在产妇一次次撕心裂肺的叫喊中，医生和身边的助产医生说：

"这样不行，时间过长，胎儿会有危险。'侧切'！先侧切再用吸引器，侧切剪刀！"

这时候的主治医生，就是将军！是指挥操作一场生与死搏斗的将军。她一声"侧切剪刀"，立马有护士用镊子夹着送来了。戴着米色手术手套的那双手，拿着那把特制的侧切剪刀，在会阴部包括皮肤、肌肉和部分阴道黏膜处，当再一次宫缩开始时，快速对着会阴处，一剪下去，一条开口长度约5厘米斜形切口顿时血流如注。侧切时，不用麻药。在产妇阵痛剧烈胎头却迟迟不出来时，胎儿于产道时间过久，都会造成胎儿窘迫甚至窒息现象，适时地切开会阴让产道增大，既有利于胎儿娩出，也可让生产时间缩短，同时可以防止因会阴创伤所造成的盆底松弛等后遗症。主治医生一边用敷料为侧切口止血，一边指挥着：

"准备胎头吸引器！"

当胎头吸引器置于胎头，另一处橡皮管接在负压器上，医生踩动负压器发出轰鸣声时，通过牵引从而达到协助胎头娩出。医生一边操作，一边说：

"胎头吸住了，宫缩开始。快！用劲！再用劲！对对对！就这样用劲，快了快了！对对对，好！"

哗的一声，胎头吸了出来，随着羊水一起，胎儿的身体在医生娴熟的操作下整体带出。胎儿哇地一声，哭得很响亮！整个医护人员松了一口气，产妇也渐渐松弛了下来。似乎是一场生死时速奔跑，终于到了终点！医生用手抹了一把胎儿脸上的羊水，剪脐带，拎起小脚倒立，拍打脚板，然后把胎儿交给助产士。助产士一边用包被包好胎儿，然后放在胎儿秤上称重量。这边的主治医生已经开始借脐带带出胎盘，清理产道、止血等程序。然后再为产妇侧切处进行"会阴缝合"，也是在不使用麻药中进行的，产妇由孩子出来前的号叫，换成了轻轻呻吟。

这一切，看得书礼的心紧缩着。她想起娘常说的一句话："儿奔生，娘奔死，只隔阎王一张纸。"

女人生孩子，就是一次生死坎儿。那个胖嘟嘟的小婴儿，让书礼紧缩的心舒缓了。由于产妇出血较多，在医嘱中，书礼为产妇注射了"缩宫素"和"马来酸麦角新碱"。

一个孩子的出生，从十月怀胎的辛苦，到分娩的疼痛和艰难，不亲身体会，是难有感同身受之说的。从小在医院长大，看过生死和疑难杂症的病人，所以书礼对学医本不感兴趣，甚至排斥，可自己没本事考不上其他的学校，也只有听从父母安排学了医。她是那种没有什么鸿鹄之志的人，命运之神牵她到哪里她就到哪里，但她会坚持做好命运之神安排的每一件事。书礼最大的优点就是坚持，坚持良心之上和守住道德底线所要做的分内事。所以她做好了准备，她要用心去对待这一份平凡中处于高风险的职业。

工作再忙再辛苦，书礼从来没有放下过阅读和坚持记日记的习惯，并开始悄悄写一些小感受之类的文字。

当诗润从办公室拿回陕西《星期天》报纸交给书礼时，她快速翻看报纸上的副刊，只见"竹馨"两个字赫然出现在眼前。刹那，书礼整个人的血液往头上来，她不相信自己的眼睛，当她再次拿近看时，千真万确，作者是"竹馨"，下边还有作者单位"湖北省青城县中医院"。她尖叫了一声！爹奇怪地看着她，她把报纸递到爹眼前：

"看，看看。这是我写的文章！登出来了！"

诗润拿过来看到那小豆腐块文章，回头有些不信似的看着书礼说：

"《学会接受委屈》是你写的？"

书礼使劲点着头：

"是啊是啊！"

诗润又问：

"题目不错，怎么想起写这个？"

书礼翘着嘴说：

"你忘记了？就是那次上班，一个产妇需要输血，那天的护士只有我一个人，献血队的人已经到了，病人等着要输血，我请那个老助产士帮我摇血，她不但不愿意帮，还说什么这工作她不会。采血时，非要一个人帮着摇血的，一个科室上班的人，她怎么能那样！还是长辈呢，要是我娘她会吗？她早就主动帮忙来了。当时想不通还会有这样冷漠之人，我请另一位医生帮我摇血，想起来就觉得委屈。后来回家说给你听，是你告诉我，说刚上班时要学会接受委屈，所以才有了写下这几百字的感受呢。"

诗润笑着说：

"不错不错！说明这委屈接受得好吧，否则哪能换成文字呢！凡事有得有失，在人群里慢慢学会长大。怎么用什么竹馨的名字呢？"

书礼有些不好意思地说：

"不是怕羞嘛。再说，好多大作家都是有笔名的。比如三毛，原名叫陈懋平，可别人都只知道她这个三毛的笔名。茅盾本名不叫茅盾，巴金本名也不叫巴金呢，我也想为自己取个笔名嘛。"

诗润再次哈哈大笑说：

"好好好！有笔名好。可怎么想起用这两个字做笔名的呢？"

书礼笑着说：

"开始想半天不知道用什么好，突然想起娘的名字里的竹字，于是拿来用上了，又想到那天外公来时，家里好温馨，于是就把馨字拼了上来。竹馨就此产生啦！"

诗润看着眼前的女儿，那个从小在他的娇惯中长大的女儿，似乎瞬间长大了。忽然觉得，女儿是如此懂事和乖巧，令他欣慰的同时，也没有想到。于是说：

"嗯。不错。看来为你订的报刊没有白订，以后要更加努力！"

书礼一边答应着，一边高兴地又把报纸拿去给在厨房做饭的娘看，然后回到自己的房间，把报纸上的文章再看了几次，用剪刀剪了下来，贴在那个有底稿的本子上。高兴的心情，完全超出了幸福二字。那一刻，书礼仿佛听到，那种接通心灵与文字之间的美好之门，重重地发出嘎嘎声，然后向她缓缓地开启，吸引着她，不顾一切地，投奔那个闪着光开着花的门而去……

青城县要举办迎新春元旦演讲比赛，单位分派任务给书礼。刚到单位上班不久，不但要接受任务，还要积极地去完成好任务。前边曾经说过，书礼虽然是那种没有什么鸿鹄之志，是命运之神牵她到哪里她就到哪里。但她会坚持做好命运之神安排的每一件事，她最大的优点除了坚持还有认真，认真负责地做好每一件她分内的事。

书礼的演讲题目是《几句心里话》，她以某届奥运会上，美国运动员获得第一枚金牌，美国总统情不自禁地跟着运动员一起唱起了国歌，这振奋了美国国民的一幕为索引，讲到中国女排在一九八四年美国洛杉矶奥运会上获取三连冠时，中国人民沸腾了，干部职工、农民学生不约而同走上街头欢呼，携手唱起了中华人民共和国国歌。她的演讲稿从这两件事来说明国歌代表一个国家一个民族的正气和心声，从而说开去……

完成初稿时不到两千字，她深知这稿子，如果不请人在语气和演讲感情上加工修改的话，很难获得大家认可。于是她想起了山果老师，那一位她未曾谋面，只在那场"人生得意须尽欢"的家庭晚会上，从那一帮怀揣梦想的年轻人口中知道的山果老师。她找到其中的一位朋友，得知山果老师在青城县教委会工作。于是，书礼拿着稿子，走进了青城县教育委员会……

第二章

一

书礼问到山果老师的办公室。只见一位清瘦的中年男子，一手夹着烟低头在办公桌前看书。书礼站在门口敲了敲门，那人抬起头，轻声问：

"找谁？"

书礼说：

"请问您是山果老师？"

"是的，有什么事吗？"

书礼走上前，把手上的稿子放到桌上，说：

"我想请您帮我改一篇稿子。"

山果老师用质疑和询问的眼神看了书礼一眼。那意思是我可不认识你，你怎么找我改稿子。但他没有说出来，只是轻轻把稿子拿在手上看了一眼。

懵懂的书礼，像醒悟了一样，忙说：

"我是在一次家庭聚会上知道您的，当时听几位朋友说到您。所以今天就来了。"

山果老师轻轻地笑了笑说：

"一周后来拿。"

书礼有些急地说：

"那不行，一周太久了。要参加演讲比赛，我还要熟背呢，能不能这两天？"

山果老师调整了一下有些慵懒的坐姿，弹了弹手上的烟灰，用一位长者面对一位无知孩童的姿态，无奈又有些好笑地，再次轻轻地笑了笑：

"那明天吧。"

书礼高兴地说了声"谢谢"，便欢喜而去。出门来，书礼想，这位山果老师，怎么像没劲一样，说话那么轻，可从朋友的口中得知，他的诗写得可有豪气了。

直到很多年以后，书礼才悟到，与山果老师的师生缘早有前定。特别是渐渐成熟后的书礼，再想来，那时的自己有多么幼稚和不懂世事，从不相识的人，称他一句老师，无任何理由地就帮你把稿子改好了，这里除了书礼的不懂世故，同时也折射出山果老师本是一位超凡脱俗之人。更何况师生情缘冥冥有天定。

得到山果老师修改过的稿子，书礼读得激情满怀。单位为书礼放了假，让她在家里背稿子。书礼天天在自己的房间内背稿，一字一句，一个段落一个段落地读，然后一遍一遍地背，直到背得滚瓜烂熟，直到窗外的雪花纷纷飘过；书礼伫立窗前，带着表情，深情诵读。每次，总是背得忘了时间，直到娘叫她出来吃饭为止。

早上，书礼早早起床站在房内背稿，听到娘喊李琛去食堂买早餐。李琛放寒假回家了，这些日子书礼要背稿，所以这些小活都由李琛代做。李琛买回早餐，一边放到火盆边的餐桌上，一边烤着火，带着埋怨的口吻说：

"食堂的馒头越做越差了，这些人不知是怎么搞的！"

书礼听到娘用嗔怪的口气说：

"天冷，走手了！不要埋怨，应该要懂得体谅别人不容易。大冷天，黑清早你们还在暖暖的被窝里，人家就得起床管这么多人的早餐，多么辛苦！凡事都要替别人想想。俗话说，上半夜替自己想，下半夜要替别人想。"

李琛说：

"这是他们的工作，工作就要把工作做好。前些时的馒头，又白又泡又好吃，你看这，又硬又黄，硬得都能打得煞狗了。"

书礼出来接过弟弟的话：

"我还就喜欢吃这种带硬一点的呢，有嚼劲，香香的，夹一点辣椒酱，那味美的。记得在花楼卫生院时，食堂也常有馒头，可我一直就不怎么喜欢吃。读卫校那几年，就是这种有面疙瘩的馒头让我吃上瘾了，因为它有一种特殊的甜味。"

李琛嗡声嗡气地说：

"你会吃，夹上辣椒酱，那当然好吃啦。"

说着找来辣椒酱，姐弟俩开始把馒头掰开，趁着热气夹上辣椒酱，津津有味地吃了起来。

娘和弟弟的对话，让书礼有了好多的感想，那天她在日记里，不但记下了娘和弟弟的对话，并在后边加了一段感想：

> 人间最难得的，就是娘那一份无论对谁都贴心温暖的理解。可又有多少人能够理解他人的难处和不易呢？似乎，善解人意的人愈来愈少了。努力做个善解人意的好人，也祈祷人间处处充满爱和理解！

迎新春演讲比赛，在县政府的会议大厅里举行，全县有很多单位参加，座无虚席，各单位除了参加比赛的选手，也有领导和部分职工。那天的书礼，穿着时下流行的谷黄色松垮毛衣，脖子上围了一条白色带流苏的长围巾，毛衣和围巾都是书礼自己织的。书礼这一身打扮，很有一点"五四"青年的味道。她不慌不忙，落落大方地走上台，一字一句，不紧不慢，抑扬顿挫地讲着早已烂熟在心的演讲稿，时而还来一个发问式的表情动作。那天的演讲，书礼获得了二等奖。演讲结束时，除了奖牌，还发了二十元钱的红包。

次日到单位，单位领导召集单位全体职工，通知留下值班人员，其余人都到办公室，听书礼把获奖的演讲再讲了一遍。讲完后，领导说书礼为单位争了光，也发了二十元钱的奖励。两个二十元加起来刚好是书礼一个月的工资。每月发的工资娘为她存二十元，留二十元零花。这次演讲所得的四十元钱，书礼上街为自己买了一双红皮鞋，为侄女安然买了一些零食。也就是在这次演讲比赛中，让来自青城中学看比赛的王宇老师记住了书礼，而书礼并不知道有这么一个人记住了她。

买回新皮鞋的那一天，书礼展开日记本，提笔在本上一笔一笔记开了：

今天是个高兴的日子，演讲比赛得了奖，单位也奖励我了，为自己买了漂亮的红皮鞋。走上社会几个月了，开始了自己并不独立的生活。记得刚去上班时，爹对我说要学会接受委屈。娘对我说要讨人喜欢，要吃得亏，吃得亏才能到一堆。要见事做事，要抢着做事。并说力气是奴才，去了还会来。几个月来，我都在努力去做，哪怕是一些脾气古怪的老同事对我不好，我也在抢着做分内和分外事。虽然也有一些委屈，可通过这次演讲比赛，我看到了单位同事的好，领导的好。还得感谢山果老师帮我修改的稿子。所以还有什么不满足的呢！还是娘说得对，吃得亏的人老天看得到。

只是对父母惭愧着呢，工资不高，还没有可以孝敬父母的能力。宽慰自己——来日方长呢。所以，要加倍努力哦！

春节过后，书礼的工作岗位换到了门诊治疗室，治疗室多以肌肉注射为主，偶有一些静脉推高渗糖（葡萄糖）的妇人，以及儿童点滴。孩子的"头皮针"是考验一个护理工作者的技术活，中医院业务多以中医和妇产科为主，儿科业务量不大，每天两个护士上班，四个护士对班倒，没有夜班。相对来说比较轻松舒服，书礼可以带书闲时看。一本足有两寸厚的《四世同堂》，就是在上班时慢慢读完的。

这一天，书礼和一位年长护士同班，年长护士年轻时从武汉分来青城县，在青城县成家，一辈子留在了青城。书礼常听她说一些小时候在武汉成长的故事，偶或有后悔不该在这里成家拖了她回武汉的后腿等。这天上班不忙，书礼清闲地听长辈话过往时，收费室一位阿姨过来找书礼：

"楼上有一个学术讨论讲座，我想去听一听，请你帮帮我，等会有交费的病人你帮我收一收。"

书礼满口答应：

"可以，你安心去听吧。"

那阿姨一边说谢谢一边把收费的章子交给了书礼，书礼心想，反正没多少事，帮帮她没什么，这是顺手代劳的事儿。可有时候，帮人也会帮出麻烦来，平日不多事的科室，自书礼拿到收费章后，病人像约好了一样相继而来。"身兼两职"的书礼，收费、打针，打针、收费。虽然她心平气和地忙着，可一起上班的那位前辈不高兴了，平日和善的她，那天却发起了脾气，黑着脸用浓重的武汉腔对书礼说：

"以后不要替她们做这做那的，做得再多也没人多给你一分钱。不要太老实了，老实人被人欺，你不敢说我替你说。"

只见她边说边走到书礼的面前，把收费的章子拿起来，狠狠地扔在了地上。正在用五十毫升的大注射器为一位妇人推葡萄糖的书礼，被她扔章子的举动吓了一跳。其实，平常和她一个班时，总是书礼抢着做事，就连她老人家的工作服，都是书礼为她洗的，更不说科室里的清洁卫生了。自从书礼来了科室，能做的书礼都抢着做，觉得自己年轻又刚来不久，多做一点是应该的。可这一次摔章子的举动，让书礼心里不舒服了，虽然她的话说得含蓄好像是在帮书礼，她的举动分明是在生书礼的气，埋怨书礼不该管别人的事，不该帮别人的忙，摔章子就是在"摔气"呢。

书礼沉默着，一直默默地，坚持把两项工作做好，直到那位收费的阿姨来接手章子。做这一切时，书礼再没有和那位年长护士说一句话，虽然谈不上黑脸，但至少是正着脸。书礼想，哪怕是自己有错，她也不能摔东西。有一次也是和她一起上班，几个同学来找书礼，同学走后，她用她那正色的武汉话说书礼：

"以后莫把什么人都引到科室里来，上班时间，谁知道都是一些什么人呢！到时丢了东西不好说。"

书礼吓得让同学千万别到科室找她了，有事就去家里。书礼想到这里，暗暗劝自己以后尽量注意就是了。正想着，王籽来了，带着他高大帅气的男朋友，书礼看了那护士一眼，赶忙来到科室走廊，问王籽怎么来了。王籽看着身边的男朋友说：

"晚上约你一起到我家吃饭，我爸妈去武汉了，不久我也要去武汉工作，爸妈把我安排回武汉，了却他们的心愿。其实我真不想去呢，我喜欢这里，我在青城生青城长，对武汉没有感情，我不喜欢武汉！"

书礼说：

"好。现在这里不方便坐，也不方便多说话。你们先回去，下班后我自己去，见了面我们再细说。"

王籽和阿峰一起挥着手出门，王籽坐上阿峰的自行车尾座，回头再次向书礼挥手而去。

二

王籽的父母是五十年代的大学生，当年分配工作时，接受"支援山区建设"的号召，双双来到了青城县。在青城县，王籽的父母是小有名气的知识分子，随着孩子一个个长大和他们渐渐老去，送孩子回家乡的想法越来越浓烈。王籽的哥哥姐姐毕业后，都留在了武汉。而最小的王籽，一直想在青城，父母决定退休后要回武汉，坚决不让王籽留在青城，一定要她随父母回武汉。而王籽的男朋友又是青城人，所以王籽纠结了几个月。

书礼在日记里这样描写王籽：

好友王籽，高高挑挑细柳腰，弯弯两片眉如画，含情脉脉的大眼睛；翘翘直立圆尖鼻，长长削削瓜子脸，月儿弯弯肉嘟唇；行路昂首生飘逸，落眼低眉轻话语，衣着时尚美少女。王籽的一言一行一举止，身上流淌的，是大家闺秀的气息。

王籽的男朋友阿峰，是一个帅气潇洒有头脑的年轻人，追王籽颇费心思，对王籽疼爱有加，父母也差不多认可，并想把他一起活动到武汉工作。书礼工作后，和王籽时常约见，偶尔看一场电影或到彼此的家吃个饭。书礼是班上第一个工作的同学，而且是在城内医院工作。所以不管是乡镇还是在城内的同学，总是找她玩。

　　书礼下班后，先回家告诉娘，然后去了王籽家。王籽和阿峰在厨房做饭，书礼到厨房一边帮王籽择菜，一边说话，正说着，听到有人敲门，王籽让书礼去开门。只见门口站着一位高大帅气的青年男子，书礼问他找谁，他一边自己进门来，一边带着几许羞涩地说找阿峰。书礼赶紧跑到厨房，告诉王籽：

　　"来了一个找阿峰的人。"

　　王籽拍了一下阿峰说：

　　"去。王宇来了。"

　　阿峰去了客厅，书礼在厨房帮王籽。

　　待几个菜做好端出来时，阿峰和那男子一起在说话。菜摆上桌后，吃饭前，阿峰给书礼介绍：

　　"我同学，青城中学王宇老师。"

　　王籽看着书礼对王宇说：

　　"我同学李书礼，中医院工作。"

　　王籽说完，又调侃了一句：

　　"我同学可是小才女哦，前不久演讲还得了奖呢。可精彩啦，我是拉拉队。"

　　书礼和王宇相互点头算作认识了。饭后，阿峰提议出门走走。下楼后，阿峰骑上自行车，王宇也骑了自行车，王籽坐上阿峰的尾座，示意书礼坐到王宇的尾座上，书礼坐了上去。车子直奔街上，开始是并排，然后是一前一后，风一样你追我赶。王籽和书礼在车后相对呼叫着，把青春抖落了一地。正是春风拂面时季，王宇一边骑一边告诉书礼：

　　"其实那天演讲比赛我也去了，我和单位同事一起去为我们学校的学生助威。"

书礼在后座听着应着，但不知道该说什么。

车子骑到电影院门口停了下来时，王宇掏出了四张电影票，一起走进了电影院。书礼纳闷着，怎么四个人的电影票也买好了，难道他们早有"预谋"？书礼也不好多问，她和王籽坐一起，书礼右侧是王宇，王籽左侧是阿峰。她想，反正有王籽在，先看电影再说。那天的电影是《美国迷》。书礼因为心有疑惑，加之一个刚认识的陌生男子坐在身边，时时有淡淡的烟草气息飘来，让她有些紧张和忐忑。以至于电影到底有多好，她都不记得了。

电影散场后，四人又把车子骑到了凤凰山脚下，然后步行上山。借着夜晚月色，从山顶观几许美丽和神秘的山下小城。书礼看着小城闪烁的灯火，想着那灯下，每天都发生着这样或那样的人间故事，感叹世界由这万家灯火相连而成。

在阿峰和王宇到一边去抽烟时，王籽拉着书礼的手，悄悄说：

"这个王宇和阿峰是同学，其实他那天也去看了演讲比赛，他好像看上你了。知道你是我的同学，于是找阿峰想认识你，阿峰求我一定要约你，所以才有了今天的相约。"

书礼捏了一下王籽说：

"你这家伙，不提前告诉我。其实当他拿出早就买好的四张电影票时，我就猜到了。"

王籽被捏得"哟"了一声，咯咯地悄悄笑着说：

"提早告诉你怕你不接受不愿意来，不管怎样，就当是认识一个普通朋友啦，不要太当回事儿。"

书礼轻轻答应着：

"嗯。知道的。"

从凤凰山下来，几人骑着自行车到了学校，送书礼回家。书礼礼貌性地邀他们进家里坐坐，没想到，他们还就真的进来了。诗润正和对门的白医生说话，他们同时看到王宇和阿峰两位高大帅气的青年走进来，阿峰还主动为他们分了烟，然后到书礼的房间坐，坐一会儿便告辞了。王籽他们走后，诗润问书礼：

"这两个青年人是谁？"

书礼第一次在爹的面前说瞎话：

"是王籽的表哥和亲戚。"

只见白医生若有所思地说：

"那个魁梧一点的青年人，看上去好面熟，总觉得在哪里见过似的。"

书礼笑着说：

"白爷爷看错人了吧，人家可是第一次来这里呢。"

白医生：

"也许吧，人老了，记忆也不好了。我回去，明天晚上再来坐。"

诗润送走了白医生，对书礼说：

"你在家里，我去接你妈下夜班。"

书礼答应着进了自己的房间。

次日下午书礼不上班，还在家睡觉时，阿峰跑来在窗外把她喊醒，受王宇委托送来电影票。书礼不好意思拒绝，接了电影票，晚饭后赴约了。书礼是那种做事认真十分守时之人，既然答应，便准时到了电影院。可她到了几分钟后王宇才到，说是单位来了客人，书礼也没往心里去。她相信，哪怕是普通朋友，尊重他人和诚信做人是做人的原则。那天的电影是《春寒》。

看完电影后，王宇再三邀请书礼散步，胡乱聊着一些杂话，倒是蛮融洽自然。从外观来看，书礼对王宇印象不错。送书礼到学校院子时，王宇问：

"明天怎么找你？"

书礼偏过头，丝丝笑说：

"明天还想找我吗？"

王宇笑了笑说道：

"你怎么说这话？"

然后他还是笑，笑得有点羞涩。书礼看着高大魁梧的他，心里想：
"原来也是一个爱笑的男孩，或者说男子汉。"

那天晚上，书礼在日记里，只写下一句话：

　　要来的早晚会来，这也许是哲理。

接连下来的多个晚上，书礼都是和王籽一起，随阿峰和王宇一起看
电影，骑车到凤凰山，有时是四个人，有时还会增加一些人，有时还会骑
车出城郊玩儿。对书礼来说，那是一个快乐的春天。这一切，父母看到
的，是书礼与大伙伴们一起玩。虽然有些东西似乎在萌芽，这萌芽，只有
书礼自己的心中清楚。特别是当王宇送了书礼一本诗集的时候，那天的书
礼，在日记里深情地记下了一段文字和一首分行句：

　　他很自然地走进了我的生活，我的世界一切都一样，一切也都
不一样了。我欢喜也很平静，觉得这是早该到来的一切，一直等待
的一切。他来了，那么自然那么匆促，那么富于性灵，那么惊险而
平和。他为我带来了我喜欢的诗，尽管他说自己不懂诗。于是，在
这个静谧的夜晚，我要写下两个人的诗：世界＋风景＝人生。

　　我常想：男人是世界，女人是风景，那么世界和风景加在一起，
便是一幅美丽的动感画……男人是世界。女人是风景。男人女人组
成一个绚丽多彩的人生。

　　世界与风景

　　她一直都在寻找
　　找寻那片迷人的紫色

自她来到世上的那天起
从她知事的那天起
自她需要爱的那天起
从她用目光去探索的那天起

她一直都在寻找
找寻那远方男孩的爱意

终于有一天他来了
那么坦然那么从容和潇洒
那么自信而礼貌地敲响了她的门

巧合中的必然，门开了
他站在门口手里捧着她极力
寻找紫色世界紫色的诗
于是她决定
把他带进她那片封闭多年
期盼千古的独特风景里……

没几天，在清华大学读书的白明就回来了。那是书礼第一次见到白
明，带着近视眼镜，长着白净甜美的样子，中等个子，一看就是书生样。
没多久，在外读书的李琛也回来了，门对门住着，书礼和李琛很快与白明
快乐地玩到了一起，还有读高一的白明的妹妹白慧，他们四个人，成了无
话不说的好朋友。那一个长长的暑假，如一块厚厚的土壤，把友情的种
子，深深埋进大地里，然后开出美丽的花儿来……

三

　　书礼在帮娘做晚饭，保姆带安然在外边玩，忽闻窗外的球场上有人在大声吵嚷，书礼还没有来得及出去看热闹，只见诗润揪着李琛的耳朵回来了，进门便把李琛往前一推，李琛歪着头用愤恨的眼神看着诗润。玉竹赶出来问：

　　"怎么了？这是怎么了？"

　　诗润用手指点着李琛说：

　　"就他，你这好儿子，你最娇惯的小儿了，你问他自己怎么了！"

　　玉竹转而问李琛：

　　"你做什么了啊？"

　　李琛一个字不说，仍然用他那叛逆又愤恨的眼神怒视着，一看就是不服输不认错。

　　诗润说：

　　"打球时跟人家住校的学生抢篮球，好像这地盘这篮球是他家私人的一样，还动手打人家，欺负外边来的孩子，把人家的头打了个大包。那男孩刚刚蹲在那里哭，我只好去跟那学生赔礼道歉。"

　　玉竹十分生气地，看着李琛被揪得红红的耳朵，恨恨地说：

　　"揪得你好！你竟然学会打人了，你真是长大了！你的善心到哪去了？你也打得下手？打比你弱的人算什么本事？你以为你爹是校长你就了不起了？你让你爹怎么做人？怎么面对学校的老师和这上千多个学生？"

　　诗润看书礼也看着李琛的样子，再次指着李琛说：

　　"你不跟别人学，也学学你姐。你的知识你的文化，你的道德修养，还有你的学习和能力，哪一点比得上你姐啊？你说，哪一点比得上？"

　　诗润突然的一番话，说得书礼傻眼了！她没想到爹会拿她作榜样教训弟弟，更没想到她在爹的心目中还是这样好。只见她"哈哈哈"地有些不好意思地笑起来，听她这样一笑，安然也笑了。小小安然望着叔叔笑，李琛也偷偷笑了。笑过后，书礼把李琛拉到她的房里，关上门，像小大人一样，对弟弟语重心长地说：

"我知道你不是没有善心，你是要逞能，以为你强，但我们的这个家庭不允许你今天的行为。将心比心想想，你在外地读书，你校长的儿子打你，看你是怎么想的？一个人的善比什么都重要，你得去跟人家赔不是。赔礼并不能贬低你什么，反而可以显示出一个男子汉的风度来。"

书礼正说着，玉竹在外边敲着门说：

"出来。你们俩一起出来。"

书礼开门，娘站在门口，手里拿着一包吃的糖食说：

"走，和我一起去给那个被你打的孩子赔礼。"

李琛出来，书礼和娘一起，保姆抱着安然，赶热闹似的也跟在后边。玉竹一边走一边说：

"哪个孩子不是娘的心头肉，你这样对人家，我心里想着就难受。想着要是你在外边也这样受人欺负，我就难过。"

玉竹带着李琛和书礼，后边跟着保姆和安然，问到那个男孩的寝室。找到后，先是玉竹摸着男孩的头，心疼地说着对不起。然后，李琛伸出手握着男孩的手说了对不起，书礼也代表弟弟表示抱歉。一场风波才算就此平息。

书礼和娘一起坐在家里，安然扒在玉竹的背上，用她的小手为奶奶扎头发玩儿。书礼在织毛衣，一边织一边听娘说教。讲家里过去的历史，讲祖父祖母，说三兄妹中，她最愧对大儿子国庆，不该让他和阿公阿婆一起长大，让他的性格变得特殊和暴躁……总之是一句话"做人不容易"，一定要严谨和懂事。说着说着，玉竹给书礼讲起了一个传说：

古时候，有一个小伙子得了重病，郎中说要亲生娘的心来做药引，小伙子于心不忍，病情日渐加重。在母亲的追问下，他才说出了实情。那位母亲毫不犹豫地把心掏给了儿子。儿子捧着母亲血淋淋的心，向郎中家跑去，跑着跑着摔了一跤，母亲的心说话了："孩子，摔疼了没有？"小伙子掉转头看母亲，却见母亲已化成了一座大山。愧疚的儿子，感觉到了

381

自己心的疼痛，随即也化作了一座小山，从此与母亲紧紧相依。

玉竹说完故事，重重叹息一声：

"孩子只有在摔跤的时候，才知道回头看娘。也只有在回头的刹那，才真正明白娘的一片心。"

书礼接着娘的话，半调侃地说：

"所以啊，要懂事，要懂得娘的一片心。"

玉竹：

"是啊，要时刻记着娘说的话，为娘的都是过来人。说你就是教你，教你做人的道理和做人的不易。"

娘俩正说着，王籽来家里了。王籽叫了一声"阿姨"便拉着书礼进了房间。进得房来，王籽顺手关了门，接着便眼泪双流。书礼不知道到底发生了什么，还以为是和阿峰吵架了。可是王籽的叙述，让书礼不相信自己的耳朵。她惊得瞪大了眼睛看着王籽，却不知如何劝王籽，因为她简直不敢相信，现实生活中还有这样的事情发生，而且发生在自己最要好的女友家里，就像是小说中写的故事一样。

王籽告诉书礼，就在父母谋划着退休后迁回武汉的时候，父亲突然和他的一个女学生跑掉了！父亲年龄上大那女学生十多岁，女学生也是结了婚成了家有了孩子的有夫之妇。为了和王籽的父亲在一起，义无反顾地先离了婚。起先他们做得很隐蔽，没有人怀疑过他们，因为那女学生常来他们家玩儿，一口一个"师娘"地叫着王籽的母亲。王籽的母亲也喜欢那女学生的甜嘴，还常到厨房为王籽做饭的父亲打下手，王籽的母亲就在客厅坐着看电视织毛衣。

王籽的母亲出生在武汉一个知识分子家庭，条件优越，在家里基本上不做家务，和王籽的父亲结婚后，家务活都是王籽的父亲全包。父亲除了工作之外，在家里管孩子带孩子，进厨房做饭炒菜，无所不能无所不干，就连家里的痰盂也是他早上起来倒的。王籽的母亲，除了工作，除了奶孩子，在家里所做的活就是织毛衣，为孩子们织毛衣，为王籽的父亲织毛衣，把王籽的父亲打扮得风度翩翩，把孩子们打扮得与众不同。

所以他们这一对人，可称"佳人"。一家五口，走在小城里是十分打眼引人注目的，是当地有名的好家庭。没想到将要接近老年时，父亲突然来这么一出，而且是不管不顾地跑掉了，什么工作、孩子都不要了。王籽是父亲最疼爱的女儿，父亲走之前仅只和王籽见了一面。说他要为自己活一次，一辈子将接近尾声了，他为这个家付出了一辈子，三个孩子两个已经工作，王籽在武汉的工作已帮她联系好，再没有什么牵挂了，唯一对不住的是没有陪她母亲一起走到最后。复而又说对得起她母亲，几十年来他几乎是为她母亲和孩子们而活，现在他要为自己活一回了，他可以放心地走了。他要女儿理解他，原谅他做出这样的决定，并多次重复着要为自己活一回。

犹如晴天霹雳！王籽只知道哭，她说她爱父亲爱母亲，她看到他们是相亲相爱的，为什么会有这样的变故？虽然她想不通，但她没有丝毫办法，她唯有哭。父亲走得十分决绝，徒留母亲气得想找他吵架都无处可寻了。母亲一下子病倒了，提前回了武汉。本不想回武汉的王籽，也不得不回武汉陪伴母亲，她是来和书礼告别的。

听了王籽说的家事，书礼除了惊讶，她不知道该说什么好。她唯有劝王籽要好好陪伴母亲，并有些幼稚地说：

"你爸也许是一时头脑发热，说不定过些时又会回来的。"

王籽说：

"我太了解他了，他做出这样的决定是经过深思熟虑的，他的做事风格，一向是一旦决定了，九头牛也拉不回来了。想起来，他说的也有他的道理，虽然我妈没有什么错，可一直生活在我爸的呵护下，爸爸一直是在为我们而活。现在他要为自己活一回了。"

这时，书礼想起了娘常说的，一个人不仅只属于自己，他还属于很多人，上属于父母，下属于孩子，中属于一个大家庭，大属于一个社会一个国家。又有多少人能够做到，完全为自己而活呢？

送走王籽，书礼突然莫名地好伤感。加之晚上停了电，校园里一片漆黑。她独自搬个椅子坐到门口操场上的一个角落里，有些孤独，有些寂寞。天空没有繁星点点，也没有月亮，四周只有黑，看不见的黑，看得见的黑。倒是远处有一段修饰过的操场和小路，能清晰可辨。校园的生活是丰富多彩的，每当停电的时候，对面的教学楼里，总是歌声四起，有男声也有女声，男生一曲粗犷的"好酒好酒"，唱得整个校园都在轰轰作响。女生那些情切切意绵绵的歌，也不甘落后地此起彼复。书礼想起自己那些读书的岁月，曾经也是教室里的主角之一。自从家里搬到学校来后，她就没有住宿舍了，可偶尔还会去寝室玩玩。毕业后虽然还住在校园里，剩下的却只有怀念了。

四

王籽去武汉后，秋日渐浓起来。

书礼闷闷地下班回家，看到桌子上放着一封信，蓝色航空信封，但上边只有收信人地址和名字，却没有寄信人地址。这样的信她已经收到过好几封了，每一次没有寄信人地址，笔迹时常变换，似乎刻意模仿孩子写字，歪歪倒倒。信的内容也只是不同时节的问候，从来没有写信人的落款。书礼拿起信，小心撕开封口，轻轻带出信纸，白色红条纹信纸上没有一个字，却包裹着一片小巧精致的红叶，叶子上写着"西山红叶好，霜重色愈浓"。

书礼望着手中这一片小巧红叶，叶子上的筋络虽然细腻，但清晰可见，叶子上留着湿润的温度。她仿佛看到一个人，在某个大山深处，精心拾起红叶时，望着天空的某个方向，落寞而惆怅的神情。书礼想，这个神秘不留姓名的人，到底会是谁呢？总是隔时段寄信，为什么又不让书礼知道他是谁呢？书礼百思不得其解，这种无法回信的信，只能听之任之。然后，书礼心存感激，感激有这么一个不知姓名的人，在背后默默对自己的关心和惦念。

次日早，天阴沉沉，像是一场雨将要来临，有风掠过窗前，窗外树影绰绰，秋的萧瑟，让书礼的心充满了莫名忧伤。出门来，一股冷风吹过，吹起满地的落叶。踩在软软的黄叶上，幽幽地望着阴冷的天空，一首歌在心中升起：

> 为什么大地变得如此苍白
> 为什么天空变得如此忧郁
> 难道是冬雨即将来临
> 为什么你的眼变得如此陌生
> 为什么你的唇变得如此冷漠
> 难道是爱情早已不再……

书礼想念王籽，想念与王籽在一起的美好时光，担心王籽家庭变故父亲离去的那份打击；想起王籽的父母曾经是那么多人眼中的好夫妻，谁也没有想到最终会是一个这样的结局，于年少书礼是难以理解的；她又想起那年和王籽一起"合谋"着，骗王籽母亲的一件事来。那时家里刚搬到卫校住，王籽和外校一位男生好上了，王籽妈极力反对，那时候王籽妈正为女儿看上了阿峰，可是王籽当时的心事，全放在那位男孩的身上。有一次那男孩约王籽一起出去玩，她告诉妈妈是要跟书礼一起去玩，所以才得到她妈妈同意。为了不走漏风声，一向喜欢跟脚的书礼，忍了几天没出家门，怕万一让王籽的妈妈知道了不好交差。可后来不知是谁透露了消息，王籽妈还是知道了。为了证实事情的真相，她跑到学校来，进书礼的家时，书礼正趴在窗口看外边操场上的同学打球，王籽妈突然推开门，用手指着书礼说：

"好啊！好啊！你原来在家里！"

还没等书礼反应过来，王籽妈摔门而去。至于后来到底是怎样解决的，书礼已经不记得了。只知道没多久，阿峰常常骑着自行车来接王籽，再过几个月，王籽便和那位男孩分了。而王籽妈生气的样子，多年后也没有忘记。为了王籽守在家里几日不出门的举动，让王籽更加觉得书礼是那种可交一辈子的朋友。再后来，每当两人说起这件事好笑时，书礼虽然觉得自己幼稚，可性情使然。"一根筋"的真情，从来都是书礼心中的坚守。

书礼正心事重重地闷着头走在路上，突然一辆自行车停在面前。抬起头，看到王宇夹着自行车，正看着他笑：

"去上班吧？我等你好多时了。"

书礼心一惊，但分明有欢喜在心里。她不直接回答他的话，说：

"你怎么没上班？"

王宇说：

"我今天没有课，知道你要上班，所以专门来碰你的。上车吧，我送你去。"

书礼也没有扭捏，跨上了王宇自行车的尾座。王宇边骑边说：

"刚刚我过来时，看到电影院的海报，今晚的电影是《一个警官的控诉》。应该好看，晚上去看吧？"

书礼说：

"不行。王籽不在，我妈会问我到底和谁一起看电影，到时知道了不好。"

王宇说：

"你和丽丽还有姗姗她们也是同学，不是也挺好吗？干吗非只能说王籽呢？说和她们一起看电影也行啊。"

书礼说：

"当然和她俩也是要好的同学，可她们有她们的事，她们来我家不多。到时再说吧。我到了，下班再说。"

王宇骑着车有些落寞地走了。

晚上，丽丽受王宇之托，为书礼送来了电影票，并对书礼说：

"王宇很不错的，高大帅气，当老师的职业也好。就是家庭条件不好，家里是个后妈，后妈不会真心疼王宇的，这点我太清楚了。你自己是怎么想的呢？"

丽丽是那种快说快嘴直肠子的人，总是有什么说什么，从不含蓄和拐弯抹角。书礼笑着说：

"对他本人印象是还不错，至于家庭，他也对我说过，我还没想这么多呢。真是喜欢他，他的家庭我肯定是不会计较。可是我妈就不同了，我们也接触好几个月了，正是想到他的家庭情况，我一直不敢让我妈知道。我妈曾经说过有女不嫁后来娘！说她尝到了后妈不好相处的难，她在娘家和婆家都是后妈，我妈一定会反对。走一步看一步吧。"

丽丽说：

"那行，电影票送到了，我的任务完成了。得去看啦，不然王宇会以为我没送到，对你妈就说和我、姗姗一起去看电影。"

书礼的心，有些郁郁地，悄悄说：

"知道知道，就说我们一起，反正我妈知道你现在来过。"

那天晚上，书礼赴约了。看电影的时候，王宇悄悄伸过手来，拉住了书礼的手。书礼脸红心跳，默不作声地，眼睛紧紧盯着银幕，生怕让别人看到了似的，一点儿不敢动。尽管电影院里是黑的，尽管所有人都被电影故事情节所吸引。可书礼还是觉得不知如何是好，只能任由王宇的大手紧紧捏着她的小手，捏得她的手心都出汗了，也不敢动一下。

电影散场时，王宇试着又来牵她，书礼吓得四下看了看，甩着手快步向前走了几步。王宇只是跟在后边，一前一后出电影院，一前一后往书礼家的方向而去。从初夏到深秋，几个月过去了，虽然每次都是大伙在一起玩，从彼此的熟识到今晚王宇向书礼伸出他的手，突然手与手相触，心手相连，瞬间把两个人的心也拉近了，于是有了欲罢不能之感。于书礼，有了忧伤中的欢喜。

那天晚上，书礼在日记本里，长长地记着：

为什么要搅乱我的生活？为什么要这样？好端端的独个儿自由自在多潇洒。可是这一切，似乎早有注定，说来就来了。

细想起来我对他并不了解，他本人还有家庭以及过去等。一切都是那么鬼使神差出人不意劈头盖脑地来了，不可阻挡地来了。不知最终会怎样，眼前只是茫然一片不知所措。我不怕家人和外界的种种压力，可我不得不担心我们自身的因素和自身的一切。我对这份情缘抱以怀疑，可我又情不自禁不由自主地接近他，我说不出他有什么优点和魅力吸引我，我只知道我们很谈得来，总是有种淡淡而又至深的感觉。

我也遇到过其他男孩对我的好，十几岁开始就有男孩追，到今天还有人不曾放弃，扬言直到我结婚那天才会死心，那些人也不是不好，可我总是难以过自己心里那一关，许多男孩的优缺点我能一条一条地摆出来，也正因为能摆出来，所以我清醒地拒绝与人接触。

可是对他，我却说不清楚感觉，也无法去一条一条地摆出他的优缺点来，我只知道，我那么清醒的头脑一下子糊涂了，糊涂得有一些不知所措。我一直是个多虑之人，可对他我失去了往日的瞻前顾后，好像我们在远古就已相识了一样，并且符合我那无条件的条件。细想起来，这一切也就是天注定吧！

看到一些好句子，只是遗憾不知道作者的名字，摘下来：

"信念于泪珠中璀璨，希望于血痕中绚烂；珍珠生于伤痕，凤凰生于火。"

"也许被埋没，良种才得以孕育春天的碧绿。"

阿峰要去武汉看王籽，约王宇和书礼一起去，书礼很是犹豫，不知道该不该去，可他们非常固执。上午和爹一起上街回来时，阿峰和王宇一起，一人夹着一辆车子在校门口等书礼，阿峰说：

"非去不可！去看王籽不是最好的理由吗？你爸妈又不是不知道王籽现在在武汉。"

书礼说：

"他们是知道，可他们会问我和谁一起去，我怎么说？"

这时，王宇羞涩中带着一点坏笑地说：

"就说和朱丽丽、徐姗姗一起去的，反正你们都是同学嘛。"

书礼想，这样说是说得过去的。可自己的心里还是慌的，于是说：

"好吧，我试试看。"

书礼告诉娘，她和丽丽她们几个同学去郊外玩。玉竹以为，郊外玩一会就回，便答应了。书礼也不敢说今天晚上不回来，只想着，去了再说，到时晚上没回，回来再解释，于是就这么和阿峰王宇他们出门了。从来不敢说谎的书礼，第一次改变了一贯诚实的作风。当坐上去武汉的班车时，书礼的心还是"咚咚咚"跳得飞快，直到车子出城好远了，书礼才缓和过来，仿佛这样才安全了。

五

一行三人到达武汉，约上在武汉的王籽，阿峰和王籽已是公开的恋爱关系，而书礼和王宇在朦胧阶段，书礼和王籽见面后，开心地拥抱在一起，然后听随两个大男人的安排，先到汉办订了住房，晚饭后去"民众乐园"看音乐会。音乐会很精彩，一个矮矮的歌手唱着《霍元甲》里的主题歌，气氛很热烈，格调也很高。音乐会看完后回到住房，先是四个人一起在房间里谈各自对表演者的感受，然后书礼和王籽回到自己的房间，说到各自的朋友、各自的苦衷。

王籽说了许多她和阿峰之间，某些细节，不好言传，又无具体问题的问题，王籽说：

"这样一分开，感觉我们之间有距离了，似乎少了亲切感。我也具体说不上来到底为什么，那种微妙的变化在自己心里，别人看不到的。比如，刚刚看演出时，我在他肩头上靠了一下，他把我的头推开，让我用心看演出。虽然他推得很轻，可我的心当时痛了一下，感受到了有一道看不见的鸿沟。"

书礼说：

"他也许是觉得，大家都在不好意思吧？"

王籽伤感地摇了摇头：

"爱情这个东西是很敏感的，只有自己才能体会到。我与他的未来，真的不敢抱有太大的希望。自从我爸离开家后，就发现他对我没有以前那股热乎劲了。这微妙，只有我自己才能感觉得到。"

王籽说完落下泪来，书礼跟着她伤感。她能做的，也只能是认真听王籽诉说：

"开始，我是不太喜欢他的，随着长时间的接触，我真的很爱他了。可自从我回到武汉，两人心里那种微妙的变化，这种变化是说不出具体事件来的，而是心理上的感受，这种感受是带着几分客气的距离感。也许不久的将来，他会提出分手的，我有这个预感。"

书礼有些惊讶地说：

"不会吧？也许是你多心了？或者可能真是因为你在武汉的原因，但不至于分手吧？你们相处都两年了，那么好那么般配，都到了谈婚论嫁的时候。"

王籽伤感地说：

"世事变化，谁也无法预料。就像我爸妈那样，一起走了几十年，共同有三个孩子，接近退休的年龄却分开了，这也许就是人们常说的人生无常吧。"

王籽的话，说得书礼无限伤感起来，她好像无法承受王籽所说的一切，可她又不得不去做好世事变故的心理准备。她想着，她和王宇还没有真正开始呢，会有未来吗？

两人睡下后，书礼陷入了沉思之中。她首次对一直奉若至美至圣的爱情有了怀疑。她也无法说得清楚，她和王宇之间的交往。她更不敢奢望未来，她只能抱着走一步看一步的心态。可有一点，心里十分清楚，他们实实在在的恋爱了，这是一个无法改变的事实。

次日上午，王籽和书礼忘记了夜晚的谈话，四个人一起开开心心地逛商场，购买各自喜欢的东西。之后又到中山公园里玩各种游戏，坐上了"高速滑行"和"摩天轮"以及"空中车""品茶"，等等。肆意的欢笑，仿佛又忘了昨日的忧伤。书礼仔细观察，似乎又完全看不出阿峰和王籽之间有什么隔阂，只看到阿峰对王籽的关怀，那是一对碧玉佳人在欢笑中，让人间没有了烦忧。

在他们要返回青城县时，王籽想和他们一起回，可是阿峰轻轻地、带着商量的口吻，对王籽说：

"我想，你还是不去了吧。你说呢？我们来了已经在一起玩开心了，你得留在家里陪你妈。对吗？"

这样一说，王籽就没话可说了。她只得含泪看着阿峰和王宇带着书礼而去。那一刻，书礼似乎真的看到了什么，他看到了阿峰的礼貌和客气，看到了王籽的无奈。情侣之间的礼貌和无奈，当是爱情的"杀手"。在王籽和阿峰之间，鸿沟横陈于暗流中。

书礼刚进学校门口，正在门口溜达的白爷爷看到书礼，急急地上前说：

"你终于回来了！你爹你娘昨晚找了你一夜！"

书礼"啊"的一声看着白爷爷，似乎在向他求助。白爷爷又说：

"他们着急又生气，你爹此刻在办公室里到处打电话找你呢，你妈又出去到你同学家找去了。快，我带你去你爹办公室，赶紧快去吧。"

书礼随着白爷爷快步上楼来到校长办公室，只见诗润手上拿着一本电话号码本，急急地翻找着。见书礼和白医生进来，放了下来，用眼睛深深地瞪了书礼一眼，对着书礼抬起来的手又放了下来，说：

"你跑哪去了？一夜不归，你娘急死了。说是到郊区，郊区最多玩半天吧，可一天没回，竟然晚上都没回！真是不知说你什么好，你娘这次可饶不了你，你等着好看吧。"

书礼除了说"到武汉去了"，然后吓得什么话也不敢说了。

书礼早已料到，这样的一个夜晚会到来。

书礼被娘关到自己的房里，在娘的追问下，如实地说出了她与王宇阿峰的武汉之行，并认可了她和王宇之间的关系是恋爱关系。玉竹因为书礼自做主张和王宇去了武汉而大发雷霆，首先把书礼的床掀翻了，然后大声吼着：

"跪下！你给我跪下！"

书礼一边哭一边跪了下来。玉竹再次有些歇斯底里，伸手打在跪在地下的书礼肩膀上，大声说：

"还扯谎是和丽丽她们一起到郊区去，你以为你真是长大了？我不管你了？你翅膀真的硬了？你以为你做的我不知道？我只是要看你的自觉程度有多少。"

一直以来，书礼在娘的面前是个乖乖女，从来都是无反抗而顺头的，因为她觉得娘的每一次教训都是对的。那一刻，书礼除了沉默还是沉默，除了眼泪还是眼泪。平时她和娘很友好，甚至还喜欢喋喋不休地说话。这个时候，她的嘴就像贴了封条一样不哼一声。和小时候不听话时那样，乖乖地让娘罚她跪在那里哭。她不想作任何辩解，因为她确实是扯谎到郊区，这一点她是错了。

玉竹再次气愤地说：

"我早就知道那个叫王宇的人常约你看电影，早就知道他常骑车到路口接你上班，我不说是给你面子，也是不想太过阻拦你正常朋友往来。我只说过，穷一点的家庭不要紧，首要的条件是父母双全，更不可以家里有后妈。我早就有言在先，你是知道的。现在我明确地告诉你，我不同意你和他交往。我已经打听到了，对门白爷爷说第一次看到王宇时就觉得面熟，果然他说对了。他的家庭关系不但复杂，不但家里有后妈，还有一个性格怪异的爸爸。这样的家庭根基，我是坚决反对的。他妈爸的事我们管不着，可我早就说过，我的女儿不能嫁有后妈的人家，你单纯，你处理不好这样的关系。没想到你胆子还真大，竟然悄悄和他一起去武汉玩。这样

392

下去，将来还出得了门吗？你好简单、好随便、好天真。"

玉竹终于挑明和摆出了她的观点：她不同意！

书礼的心非常乱，该说和不该说的太多，可她只字不提，她只能任其自然，听天由命。

玉竹关着房门教训女儿，持续到很晚。诗润多次来敲门，玉竹就是不理。直到诗润在外边把门敲得有些生气了，玉竹才把门打开。当诗润看到女儿跪在地上时，赶快过来把女儿牵了起来，一边牵一边说：

"你也太过分了，这么大的女儿了还罚她跪！"

书礼听了爹的话，伤心委屈再一次涌上心头，本来抽泣着的她，突然号啕大哭起来。诗润见女儿这样，自己也流下泪来。玉竹见诗润这样，恨恨地瞪了他一眼：

"都是你娇惯的，让我做恶人，我不同意她和那个家庭复杂的王宇来往，除非不认我这个娘了，那我就不管了。"

诗润说：

"他们只是普通朋友，其他的事慢慢来，好好说，我们的女儿一向是听话的。"

诗润一边说一边去把书礼的床重新架起来，然后帮她把床铺好，让书礼去洗了睡。书礼洗了出来，诗润已经把她的床铺架好被子铺好了。看着女儿躺上床，然后帮女儿理好被子，见女儿在轻轻抽泣中慢慢睡去。诗润心疼地看着已经哭得很累的女儿，时而还抽泣一声。他想起女儿十八岁那年，因为玉竹为女儿切西瓜，女儿伸手快了，让刀划伤手流了血。第二天在对门家玩时发晕，他去背女儿回来，女儿扑在他背上哭的情景。这时候的女儿，就像病时一样的无助，长大了烦恼随之而来。诗润再次心疼地摇了摇头，然后带上房门出来。

待诗润出门后，装睡的书礼悄悄起床来，摁开小台灯，拿出枕头下的日记本，边流泪边记着：

接受娘罚跪的严厉教训，我只能流泪，只能沉默！娘说她不同意我和王宇交往，除非不认她这个娘。可是对于女儿来说，宁愿不要爱情，也不会为了爱情而不要娘的。我相信，一切都有老天的安排，我和王宇有没有未来，那就顺从天意吧。

我可以做的，只能是等待！

六

早上起床时，书礼看到镜子中的自己，眼睛红肿着，整个脑袋昏昏沉沉。虽然有些难看，但她这一天该要上班了，休了两天假，再不能请假了。书礼洗漱好，吃了娘为她准备的早餐，然后出门来。

刚走到单位附近一个早餐点，王宇过来了。看得出他很高兴"遇"到书礼。王宇说：

"昨日黄昏时，我悄悄到你的窗外去了，不敢喊，见你房间灯一直是黑的，站了好久后我就走了。到十点，我又去了一次，灯还是黑的，不知你怎么了，心里好急。你妈说你没有？一大早，我就到这等你了。"

书礼因为肿着眼睛，没有直视他，只是低着头说：

"没什么，没事。我现在要去上班。"

书礼说完便要走。可王宇用手抓着书礼的臂膀，低着头来看书礼的脸，说：

"你妈肯定打你了，看你眼睛肿的。"

书礼说：

"没打我，是我自己哭的。今天不说这个，最近几天我们不要见，你也别到学校路口去等我，我们的事，以后再说。"

书礼说完便匆匆去了，徒留王宇一脸惆怅，望着书礼而去。

大约有两天，王宇不敢正面找书礼，而是每晚悄悄到书礼的窗户前站一站，他很忧伤，可他是那种不善表达之人，有些难受的他，写了一封信托丽丽送到了书礼的手上。王宇的信，平实得如同说话：

　　……我知道到武汉的事让你妈妈生气了，我劝你，还是老老实实地在妈妈面前承认，终究是免不了妈妈的一堂政治课的。不过关键时刻，你还是要说说话，把我们俩的事，彻底地告诉妈妈，让妈妈心里有个数，说我们的感情很好！我相信你会有办法的，但一定要把我们俩的事认认真真地告诉她老人家。

　　我记得你原来对我说过，妈妈对我这样的家庭是排斥的。那么你要让她多了解我，而不是仅只了解我的家庭。我想她肯定是对我的印象不太好，不然为什么老是把你管得那么紧呢？唉，也只能怪我没做好，没有去正面面对，再加之外边有一些人对我家庭和我自己的闲话太多，都是我不好，可我有信心，让妈妈有一天会喜欢我的！不管怎样，一定要记得我对你说过的话，一定要珍惜我们的感情，相信我是深爱你的！

　　书礼读着王宇的来信，书礼想起刚刚和王宇好上的时候，王宇的一个同学曾特意来书礼上班的地方，告诉她王宇的家庭情况以及他本人的一些旧事。甚至劝书礼不要太认真，更不要死心塌地，遇到更好的要考虑选择，等等。虽然听了很不舒服，不是滋味，尽管书礼是一个有主见而不多听别人闲言碎语之人，可这些话，多多少少影响了她的心情。书礼还想起，很早以前有一个人对她说过："你很纯真，很善良，但你不一定能找到一个像你一样纯真善良的男朋友，说不定跟你恰恰相反，到时候就看你如何感化他啦。"

　　收到王宇的信，当天晚上，书礼在日记里记着：

　　已经有两天没有见王宇了，他今天托丽丽给我带来了他写的信。我知道，他很难受，可是我也伤心，可我更迷茫，更徘徊。关于他父辈的事像一个阴影一样，横隔着我们的发展，善良多事的人们，总是不断传播各种远去的往事到我家人的耳朵里，让我几经崩溃。好在有一丝未眠的理智在心的深处提醒我，不可以毁灭和伤害，不可以被他人和可笑的谣言牵着鼻子走。因为每个人都应该有自己的主见，我不愿告诉他，我怕伤害一颗曾经受过创伤而无辜的心。可摆在我眼前的路，我该如何选择？我好难受，我只能憋在心里不敢去伤害。按理，先辈的路应该更好的教导后来者。不管怎样过都是一场人生，不要过多地奢求什么计较什么。我只能这样劝慰自己！

秋风冷雨齐来夹攻，天，忽然之间寒气逼人。上午不上班的书礼，安静地坐在温暖的家里织毛衣，她很喜欢这种把思绪织进千针万线里的感受。丽丽来坐了许久，她们讲着很多的事，问了她和王宇的近况，也说了自己的烦心事，说各自的心事和各自的苦衷。这一切，都是成长的烦恼。

书礼对丽丽说：

"和王宇相处这些日子来的感受，有时觉得他很懂事很热情，甚至也有与自己相似的单纯之处。我觉得，爱情是需要相互弥补，互相感化，取长补短的。"

丽丽说：

"那是，从外观看，你俩是很般配的。他高大帅气，你青春美丽。如果没有他家庭的影响，你们还真是金童玉女天生的一对。"

书礼叹了一声，说：

"可是有时候又发现王宇有很多方面与我并不同，几乎是两个极端。他对人对事的看法和想法，有时让我觉得惊愕。比如有一次，我们一起看到两个孩子打架，我想上前劝架，而他阻拦我，说随他们打，还说不吃亏哪样长大。更甚的是，他还说什么面对人的缺点或错误的一面，你可以当面说他错的也是对的，就让他一直坏到烂掉。这样的想法，我觉得不可思议。我从小受的教育是，要帮人之所难，要解人之所困，不好的及时指出来。也许这就是所谓的家庭成长环境之别吧。"

丽丽说：

"他从小缺少保护和爱护，难免会懂得自保，这情形我有同感。我家从小也是后妈，但我爸很疼爱我，基本上没让我受后妈的欺负，但确实没有母爱。"

送走丽丽，当书礼独自安静下来的时候，觉得这样也很好，很安静，好像就该这样的，这样才是合情合理的。在过多的劝说者之后，反而冲出重围保持了理智清醒的头脑，正确面对眼前的问题，书礼偏信那句老话"来说是非者偏是是非人"。她告诉自己，不可不信也不可全信。书礼在比较和人言中纠结着，更多的是顺其自然，听心的指引。

书礼再次拿起王宇的信来读，有一点让她觉得有道理，那就是要让娘正面了解他，不能只听外人说他的家庭之事。可是书礼自己实在是说不出口，特别是这次武汉之行，她真不知道如何来说。读着王宇的信后边的"珍惜""深爱"，不免悲从中来，伤心落泪。她想起王宇曾多次对她说要"珍惜"的话，生怕有什么变故书礼会放弃。那天，书礼在日记中写下一段话和一首诗：

> 什么时候起我成了一个脆弱的我？怕人询问，不知道为什么要流泪，为什么要悲伤。不知不觉泪已成行，爱恋中的女人，当是幸福和痛苦的相结合。

> 他常常爱对我说
> 珍惜啊珍惜
> 他常常爱对我说
> 你走路飘飘的 飘姑娘

> 他常常爱对我说
> 珍惜啊珍惜
> 他常常爱对我说
> 家庭第一 事业第二

他常常爱对我说
珍惜啊珍惜
他常常爱对我说
事业得有家庭做后盾

他常常爱对我说
珍惜啊珍惜
他常常爱对我说
我们将来要有一个好的家

他常常爱对我说
珍惜啊珍惜
他常常爱对我说
我非得跟你结婚 今生一定

他常常爱对我说
珍惜啊珍惜
他常常爱对我说
没有你我只有去当和尚

他常常爱对我说
珍惜啊珍惜
珍惜啊珍惜
……

邻家一曲《昨夜星辰》把书礼从睡梦中惊醒，她一骨碌爬起床，那一句"想得到偏又怕失去，那份爱深深埋在心窝"让书礼忧伤满怀。看着清淡的晨曦已注满丰富温馨的房间，窗外已是一个爽朗的清晨，来不及打开房间的门，晨洗也没有开始，书礼禁不住扑在床头上，拿起笔，记下这一刻惊心的感受。很多东西说不想，其实睁开眼的每一个念头便是，就连睡梦中都注满了。邻家的录音机，不断地换唱着各式各样的流行歌，离上班的时间不多了，书礼放下笔，出门去梳洗。她不知道，今天的路上，是否还会有"相遇"。

很多东西在你不经意的时候悄然而至，当你刻意盼望和等待的时候，反而盼来的都是失望失望再失望。这一天的书礼没有"意外相遇"，心有落寞。科室的事也不多，静下来时，显得无所事事。这一天，书礼似乎也无心看书，一本巴金的《憩园》，放在那里，故事分明是吸引她的，可她就是心事重重地读不下去。

窗外街上，除了嘈杂的人声耳语，时有车辆鸣着喇叭长鸣而过，惊得她有些心慌，慌得那忽上忽下的心，似要落下来一样难受着。外面的世界很嘈杂，天空云彩多变幻。适才还是明朗的晴空，突然一阵乌云滚过，整个天空暗沉了下来，压抑着，压抑得像书礼的心。压顶的黑云，会制造一场雨即将来临。书礼的脑子里，一直跳跃着"无人会得凭栏意"的诗句。她知道，她走不出自己的世界，她走不出和王宇在这些日子里积淀下来的感情。不论是生活上还是心理上，虽然她尝试着想走出去，走向人群，走向那嘈杂着也精彩着，却令她无奈的，于她并不精彩的，外边的世界……

第三章

一

电视连续剧《篱笆女人和狗》里的主题歌，传唱在街头巷尾。

书礼这些日子不敢和王宇来往的时候，她就和对门家白爷爷的孙子孙女们一起玩，大声唱着"生活，是一团麻……"其实都是一些初涉世的小儿们，面对并非一团麻的生活，唱着笑着。清华大学读书的白明，性格开朗又羞涩，尤其是能够把齐秦的歌唱得特别动情。有一次，一个喜欢他的女同学来家里找他，他吓得跑到书礼的家里躲起来，和李琛一唱一和地不去搭理人家，也就是这时候，和书礼成了"哥们"一样的朋友。白慧还读高中，因为喜欢三毛的文章，所以和书礼是无话不说的好姐妹。两家人，从梦龙开始，从爷爷辈开始，三代情缘。玉竹常说，这样的情缘前世有来历，不是无缘无故的，经过了前世修炼才有今生的遇到。

晚饭后，书礼到爹的书柜里无目的地翻找着，她不找什么，可她就是喜欢无事翻翻。这是她的一个习惯，这个习惯一直持续到她结婚很多年后，只要回家就喜欢翻爹的书柜和衣柜。翻着翻着，在一个小长方形的笔记本里，看到扉页上记着这样一段话：

住世一日，则做一日好人。
居官一日，则做一日好事。
乐民之乐者，民亦乐其乐。
忧民之忧者，民亦忧其忧。

书礼想，爹在笔记本上记着这样一段话，可谓是他自己的写照。这些年来，爹无论是生活还是工作，对人对事，这里除了做人的真诚也有为职的厚道。书礼沉浸于爹的笔记里，突然听到安然喊她，来到客厅，吓一跳！只见高大的王宇直直地站在客厅的门前，有些歪歪地不正常，书礼不知如何是好地看了娘一眼，娘也看了他们一眼。这时，对门的白明和白爷爷及在他们家玩的李琛也过来了。玉竹没做声，可又不能赶人家走，白爷爷解围道：

"伸手不打笑脸人，王宇进来坐。"

白爷爷的话才落下，王宇快步顺势坐到了沙发上，一股酒气袭来，这场面虽有尴尬，因为有白爷爷和白明在，玉竹吩咐书礼：

"去，为白爷爷他们倒茶。"

书礼慌慌的，赶紧进了厨房，心里"咚咚咚"地跳着。她知道，王宇特意喝了酒壮着胆来，他是想自己来面对的。可他如何面对呢？她有些心慌地倒着茶，然后把茶端给白爷爷，白爷爷把茶给了王宇，对王宇说：

"你喝了酒，喝点茶解酒。"

王宇不做声，也不喝茶，闷着头。这时的气氛不好，好在白爷爷开口了：

"王宇，你爸还好吧？"

王宇闷闷地抬起头，红着脸羞涩地应了一句：

"嗯，还好还好。"

白爷爷又对王宇说：

"记得你十多岁随你爸在梦龙，可没少挨你爸的打。你那时调皮，听你爸说过你几岁时候的故事。"

白爷爷说到这，看着玉竹说：

"他们到梦龙不久，你们一家就离开了，我和他爸后来常在一起。那是一个聪明能干之人，只是性格非常偏执暴躁。性格决定命运，性格不好命运就不做主啦。相对来说，本分老实一点的人命运还是平和一些。脾性古怪的人，命运难免多舛。"

玉竹接着白医生的话说：

"我记得，有一天晚上他在隔壁供销社仓库里挨打，我们在楼上还议论来着。不久我们就离开梦龙了。"

白爷爷的话匣子打开了：

"这就是命运啊。没想到又转到一起来了，就像我们转到一起了一样。我也是这几日听诗润在家里告诉我这事，儿女的事，是有定数的。"

白爷爷转而又对王宇说：

"你们刚到梦龙时，你哥还没去，后来才去，他现在应该结婚了吧？你爸当年多次对我说，是他害了你们，特别是你，让你受了不少罪。说和你妈分开就是上了那个女人的当，因为那个女人狠毒。你爸当时在法院工作，忙，没时间管你，那女人常不给你吃饱，后来别人告诉你爸，你爸打了她。有一次就煮了半生不熟的饭，非逼着你吃，吃得差一点把你给撑死了。后来你爸又犯错了，失手把她打残了，再后来她告你爸，那时候的政治环境，说你爸是执法犯法，本来离弃你妈和她结合就是一重错，所以判了你爸一年刑。你爸只好把你送到乡下亲戚那里，那一年，你爸说你可怜啊，你爸一边和我喝酒一边哭叹让你受了罪。你那时才不过三岁多，一年后你爸才出来。出来后工作没了，下放到农村，你爸只好通过亲戚把户口落户到梦龙。那几年，我才知道这些。我随儿子离开梦龙后，没两年你们也离开了。这一别，十年了。那天你第一次来这里，我就觉得眼熟，只是没想起来。你长大了，但还有小时候的模样在。"

王宇说：

"后来我爸也把我哥接来了，十年一直没再找人，带着哥哥和我。"

白爷爷：

"离开梦龙一晃也十年了。现在找的后妈对你们还好吧？"

白爷爷的这些话，既是在问王宇，其实又是在说给玉竹听。王宇不答话，一双手捂着脸，深深地吸了一口气。书礼知道，王宇是在流泪，他说不出话来。沉默了好一会的王宇，尽量让自己平静下来，然后说：

"好，现在还好。我哥早就结婚了，现在的妈和我爸结婚有几年了。

当年从梦龙出来后别人介绍的，我不久就到外地读书去了，跟她在一起的日子不多，但只要我回来，还是对我不错。"

白医生和王宇的对话，早让看不得人间寂苦的玉竹，心融化了。她知道，她对女儿的反对在慢慢瓦解，她唯有感叹，这是命运的安排，谁又奈何得了命运呢？她发过誓有女不嫁后来娘，她就这么一个宝贝女儿，可命运偏偏要这样来作安排，难道这是与前世有什么不可避免的来去吗？

这之后，王宇常常出入书礼家中，有空时来接书礼上班，或下班时和书礼一起过来，玉竹会留他吃个饭，以书礼普通朋友的身份先接受着，其他的事，也只有听天由命了。但还是把书礼看得紧，准时回家，不能超过正常的时间回来，不能在外留宿。书礼都按着娘的规矩来照办。

当玉竹对女儿和王宇的事有了转机时，书礼和王宇自己却发生了两次大矛盾。一次是书礼收到那没有地址的信，王宇见了，立马拉下脸，虽不做声，但黑得压抑。书礼解释说：

"不认识你之前，这样的信便每隔一时段会写来，既没有地址也没有写信人的任何信息，所以只当是一个不认识的人罢了。我又无法告诉这人让不要写来，因为我只收得到，根本无法联系得上，就当是空气吧。"

听书礼这样说过后，王宇才收了黑脸。

信这事才一过，书礼那一帮"人生得意须尽欢"的朋友来找书礼玩过一次，他们一个个意气风发地，披着长发，背着吉他，约书礼参加他们的又一次聚会。这次王宇好像非常生气，竟然有一周没有来找书礼。书礼也十分生气，觉得王宇气量太小，正常的普通朋友，娘都能接受和支持她，他怎么就不能理解呢？

上班没事时，书礼落落寡欢地扑在桌子上，一个年长的同事看到书礼的样子，问书礼：

"好多天没见王宇来找你了，吵架了？"

书礼抬起头来答：

"没有。有什么吵不吵的，就这样呗。"

另一位问：

"听说你们都要谈婚姻大事了，偶有吵架也正常，结了婚还会吵的。"

书礼听了，淡淡一笑说：

"我从来没有考虑过，我对这些不给予信任，哪怕是自己，成功的那一天才是真。该结婚的那一天便结婚，空中的云彩是缥缈的东西，谈恋爱也只是一个过程，至于恋人，最终是否能走进婚姻的殿堂我也说不准。"

那长者说：

"那可不行，你和王宇应该结婚，看得出来他对你很好，不能再有什么想法。"

书礼说：

"是啊，他对我很好，我又何尝不是待他好呢？可谋事在人，成事在天，有时候是人无奈于天的。什么应该不应该，往往应该的东西就是没能应该。"

心情不好的时候，一向温顺的书礼说话会带刺。书礼一边说着"带刺"的话，一边随手在处方笺上随意划着：

当我想开的时候，当我把心和情感拉平衡的时候，我就不再迷糊，再也不无精神地扑在桌子上了，我还原了自己的天性：活泼和开朗。我与所有人说笑甚至打闹，再也不用愁闷和难受，因为我从那种思绪中解脱了出来。

同事们说笑着，下班时间到了，大伙笑着一欢而散。

二

初夏的雨落着凉意，下着情绪。在家里随便穿着宽松衣服的书礼，拼命地打扫卫生，从这个房间到那个房间，地拖了一遍又遍，把个水磨石地砖拖得光亮照人。玉竹说：

"这下雨天到处拖得湿湿的干吗！"

其实玉竹的心明镜一样，几天没见王宇来家里找她了，知道书礼是在用做卫生来排解心中的烦忧。做好卫生，书礼来到自己的房间，心烦意乱地翻着《少年维特的烦恼》，桌上的录音机里唱着一首伤感的歌：

> 如果这一生我只能恋爱一次，
> 我决不会轻易做出分手的决定。
> 如果第一眼我便明白爱情，
> 你将是我毫不犹豫的选择。
> 告诉我，是不是已无法挽回，
> 告诉我，是不是已不能改变……

书礼展开日记，开始了对另一个自己倾诉：

我确实是在当真，我确实是在付出我所有的真情。莫名其妙我们闹矛盾了，几天不来找我，我计较他了，计较也就是在乎。再怎样难过，我告诉自己不要去找他，哪怕有多的想见他，可是我的傲气我的自尊，我的个性和修养不允许我去找他说明。他计较我那些异性朋友，然而，两个人的交往应该是建立在信任和理解上的。我不愿说明，我希望用事实来证明，我希望他能读懂我。我既是一个现代女性，我不可能没有除了他之外的异性朋友，可我身上有着传统的教育理念，他为什么就不能理解呢？

我一向认为，男孩追女孩是天经地义理所当然的，可是女孩找男孩就不一样了。女孩应当有适当的傲慢和十足的克制能力，女孩应当百分之百维护自己的自尊，女孩的爱应该是含蓄的，女孩的爱应该是羞涩地埋藏在心窝里的。尽管这样会苦了自己，可我应该这样做，哪怕再怎样的苦也只能这样做。我相信属于我的就是我的，一切还是顺其自然的好！

丽丽把电话打到单位里，问书礼和王宇是不是吵嘴了，说见到他脸色不对。书礼说：

"莫名其妙，就是有几个朋友来约我去参加他们的一个诗会活动，他就不高兴了。几天不理我还不来找我，不来不来啦，我是绝不会去找他的！"

丽丽在那边说：

"这小气，那还得了。不过话说回来，小气也是因为在乎你呢。不主动找他是对的，如果他心里有你，一定会来找你的。"

书礼电话放下不久，王宇来了。看来他终于想通了，抑或管不住自己来找书礼了。那一会儿书礼正好有病人在忙，他带着他的一个好友一同来的，先在门口望了一下，看到书礼在忙，说了声"在外边等"，便一直在门外走廊等到书礼下班。书礼表面上很平静，实际上，有一丝惊喜在心头。

"斗气"的日子暂且过去了，王宇告诉书礼：

"我很小气的。"

当王宇说出他自己很小气时，书礼觉得他这话倒是说得真，真得诚，真得好笑，真得可爱，真得她都不想生气了。可是王宇又说：

"以后，你的异性朋友最好少交。而且我也听别人说，你那些朋友都有些异样，按常人所说，有些不三不四。"

这话书礼听得有些不舒服了，她抬起头瞪大眼睛望着王宇说：

"普通朋友和男朋友是有区别的，当一个人的心只放得下一个人时，普通朋友再多，那也只是朋友，而非男朋友。你得理解我，你也得自信你自己是我心中的唯一。如果我也这样小气，那前些时关于你和你家庭的流言蜚语，我能去信吗？一如你上次问我说会不会像某些人其实就是你前女友那样，问你以后会不会也和你爸一样，记得我回答你的是，你就是你，我只信你，我不会在意别人的流言，因为我只在乎你。我一个女人都能做到这样，你一个大男人就不能看到我坦荡的一面？"

王宇见书礼这样说，自己又有些不好意思地笑了，说：

"我也这么想，可有时就是心里的弯转不过来。"

书礼又说：

"我从来只在乎我的好朋友对我的看法，至于一些无关紧要的人，说什么我从不在意。我明白我自己，我何须要全世界的人都说我好呢？俗话说，一家有女百家求，这些年来我最感庆幸和骄傲的是，在众多的追求者中很好地把握了自己，也很好地处理了与这些人的关系，至今有一些我们已是好朋友。我有双重个性，生活方面我热情大方开朗，这是受家庭影响，我们家的氛围就是这样的，与人为善，朋友自然就多。可在感情世界里，我又是一个极其严肃的保守派。从此以后，你应该信任我！不要这样无端无谓地生气！"

这时，书礼想起一位男孩曾对她的评价：

"你这人有时一举手一投足，让别人想说的话不敢说出来，你总是恰到好处的，把这些追求者变成好朋友。"

当然，这句话她没有说出来，他怕王宇听了又不高兴。

一场小风波过去了，书礼和王宇再次恢复了风平浪静、欢喜相爱的日子。

山杏来了，和书礼共同说着各自的心事，李琛也加入到她们的谈话中。山杏和李琛都评批书礼，有时候傲气不要太过，说话的时候少带刺，不要做那种好话说不出口，坏话打冲锋的人。书礼笑着说自己，心直口快还带刺，其实心里软得像豆腐。这话一说完，三人同时"哈哈哈"地大笑起来。

王宇晚上来家里玩，玉竹对王宇说：

"明天我休息，中午做腊肉绿豆糯米饭，你过来吃吧。"

王宇说：

"单位明天上午有个活动，完了就过来。"

腊肉绿豆糯米饭是玉竹家一个传统饭，绿豆和糯米，在上边放上几块大块的腊肉一起蒸，腊肉和绿豆的香味混合在一起，又香又甜又好吃。次日中饭，李琛从街上回来，告诉书礼说：

　　"王宇他碰到我了，说他忙，有事不来吃了，叫你吃了自己去你同学那里，他随后就去。你们要去哪里？"

　　书礼：

　　"丽丽的爸去世了，我们说好一起去送一送。"

　　玉竹听了问道：

　　"上次听她说她爸年纪还不大，怎么就去世了？"

　　书礼：

　　"还不都是后娘惹的祸。"

　　此话出口，书礼自己伸了伸舌头看着娘。想起了王宇家的后妈来，想起娘为什么那么反对她和王宇好。玉竹看了她一眼，没有责备，示意她把话说完，书礼说：

　　"她后妈来家里很多年了，和她爸一起翻新了老屋，后来因为和丽丽她哥哥几兄妹不和，她爸就带着后妈到单位里住。可那后妈每天吵着要卖掉那房子，她爸是为了保住老屋，半夜把房产证从门缝里塞了进去，然后回到单位服药自杀了。"

　　玉竹听到这儿，惊得眼睛睁得大大的；

　　"啊！天啊！可怜啊。孩子们和后娘一起把他给逼死了！老鼠钻进风箱里，两头夹着受气，他只有让自己死了才清静。可怜啊！你阿公不也是这样，总是在你阿婆面前巴结讨好她，不就是怕你阿婆对你叔叔不好。那时候怕你正长身体的叔吃不饱，常常把自己碗里的饭给他，说自己吃不了。其实是你阿婆的饭煮得少，他又不能明说让她把饭多煮一些。每每我们这些人看到饭不够都不敢多吃，最后锣罐里还有饭时，你阿婆就把锣罐连敲敲，边敲边说，这不是饭不是饭！少了吗？其实那是几个人不敢多吃而剩下的饭。这就是后娘，你自己愿意也找个后娘嘛，不听我的。"

　　书礼赶紧岔开话说：

"可怜把个丽丽哭得失了人形，说后悔不该没理解她爸。"

玉竹说：

"后悔也哭不回了。"

书礼说完，起身出门。她去找王宇，因为去丽丽她爸的单位还有很长一段路，说好了他骑车带她去的。当书礼来到王宇学校的操场时，学校的活动刚结束，王宇见书礼来了，有些诡异地笑了一下。那诡异让书礼觉得哪里不对劲，与他平日的羞涩似有不同，可她又说不出来是什么。直到王宇从放自行车的房间里推出一辆女式自行车时，她才读懂了刚刚王宇那带着诡异的笑，那诡异就是心中有鬼。

书礼认识那辆女式自行车，那是一个曾经言传和王宇有暧昧关系的女孩子的。书礼立马说出自行车主人的名字，并问：

"你怎么用她的车子？"

王宇低头说：

"她说也要去丽丽那里，说找不到地方，于是她把车子推来想请我带她去。我想你反正找得到，你自己先去，我带她去后再去找你。"

书礼的心，已经炸开了！可她还是很冷静地说：

"好。那你带她去吧，我自己去。"

书礼说完便转身而去。

王宇在后边说：

"我先带你去，然后我再转过来去带她。"

书礼当没听见，一直往前走，王宇骑着自行车跟在她的身边，不停地说着让书礼上车。书礼昂着头，目不斜视地向着前方迈步。那一刻，她下了决心，这种人，不可交！这是原则和轻重的问题，哪有放下自己的女朋友而去管别人的男人？心里除了撕裂，更多的是觉得可笑。王宇一直跟在后边，至少跟了一里路，直到书礼看到一个不相识的男孩子骑着车子向她要去的方向时，她伸手拦下了那人的车子说：

"我要去的地方和你同路，请你带带我行吗？"

那男孩不知道书礼身后有车子在跟着，二话没说就点头让书礼上了车。书礼坐上陌生人的车，呼啸而去，王宇只好骑着车子转身走了。

　　参加完丽丽父亲的遗体告别仪式，书礼随着丽丽一起上了灵车。当王宇伸出手想随着书礼一起上车时，书礼甩开了王宇的手，随着车子而去。

三

　　诗润深圳出差回来了，在客厅为家人讲着改革开放前沿的故事，为家人带了不同的礼物，带给书礼的是好看的衣服和几块衣料。书礼拿到自己的房间，却没有心思听爹讲话。她怕爹看出她的不快乐，于是一个人走出屋子，来到校内的花园里。已是傍晚时分，外面下着绵绵细雨，她忧伤地抬头望着天，黑云密布，细细雨点，星星点点稀稀落落撒下来，很舒爽，没有风。书礼很忧伤，但心境很平静，她作好了与王宇分手的准备。王宇到单位找过她几次，她都没有理。

　　书礼有些心不在焉地望着天空，脑子里尽是一些缥缈的设想和打算。"自行车事件"的不坦荡，书礼不可以原谅，她深深受伤了。当想好时，心反而舒坦了。忧伤虽难免，可忧伤远比伤害要让人容易接受。

　　"自行车事件"的第二天，上班时，同事阿军问她：

　　"你怎么不快乐？难道你跟王宇吵架了吗？要是你因为他而不快乐，说明你动了真情……"

　　阿军说一大堆话逗书礼开心的话，可书礼表面说不是，只说睡晚了精神不好。那天，她在日记里记着：

　　　　阿军说我不快乐了，是因为对王宇动真情了。扪心自问，哪能没有因为他的原因呢？哪能不动真情呢？一年来，我实实在在付出真情了。虽然我常记着娘说的"静坐常思自己过，闲时莫议他人非"的教导。可这次真的是他伤害我了，他这种没有原则和模棱两可的做派，真的让我受伤了。我也并非不在乎他的，我在乎他，真的在乎！我为他消瘦为他憔悴，为他而闷闷不乐。我确实在付出我的热情和真诚，哪怕我如何用傲慢的外表来掩饰，来欺骗，但我掩饰不了自己，欺骗不了自己的心。

"对情感淡泊一点可以得到心理平衡。"不知道是谁说的一句话。

第三天，王宇托姗姗为书礼送来书信，除了对那天的事作解释和说对不起，有这样一段话打动了书礼的心。让她本来筑起来的堡垒有了溃塌之险，但她还是没有理他，信都没有回。那段打动书礼的文字是这样写的：

> ……记得你读亦舒的《她比烟花寂寞》时，你把其中的一段话念给我听，书中写到的徐佐子，那个任信、倔强的女记者最后对深爱着她的男朋友说的话，我特意把这本书找来，现在我要借这段话来说给你听："——姚晶这样美这样出名，然而她爱的人不爱她，爱她的人她又不爱，一点用也没有。寿林，至少我与你是一同发光发热，我们不要错过这一段感情，当我死的时候，我希望丈夫子女都在我身边，我希望有人争我的遗产，我希望我的芝麻绿豆宝石戒指都有孙女爱不释手，号称是祖母留给她的，我希望我与夫家有人不和，吵不停嘴，我希望孙子他结婚时与我商量，我希望做一个幸福的女人，请你帮助我。"

> 现在，我请你原谅我，给我一次改过的机会，我和你也是一同发光发热的，我不想因为这一次错而错过我们这一段感情，请给我一次机会，拜请！！

书礼想到这里，从校园的花园踱步回到家。推开门，只见王宇坐在客厅里和安然一起玩得正起劲。安然说：

"姑姑，你到哪去了？王宇叔叔来找你坐了好久了，奶奶让我陪他玩着等你。现在你回来了，我把叔叔交给你了。"

安然的话，说得客厅里的玉竹也笑了起来。书礼没有正眼看王宇，而是牵着安然进了自己的房间，王宇也随着进了房来。进来后，王宇双手紧紧地捏住了书礼的手，书礼怎么甩也甩不开，安然说：

"姑姑，别打叔叔啦，姑姑要乖要听话。"

书礼让安然的话说得哭笑不得，王宇更是高兴得有些不知所措地说：

"通过这一次教训，我更加看到了你在我心中的重要，越吵感情越深，我这一辈子是离不开你了，别再生气了。如果还生气不理我，那我只有跪下了，就不管你说的男人膝下有黄金了。"

王宇边说边假装做出要下跪的样子，书礼也只好抱着安然笑了。

又一场风波过去了。

一段日子后，王宇来书礼家，有些伤感地说：

"单位派我到省里学习一个月，可我们这个月的工资还没发，回家问我爸，我妈说家里就剩二十元了，是她和我爸的生活费，没有给我。"

书礼听了说：

"下午我先把我存的钱取给你吧，是每个月存的一半工资。"

王宇说：

"先借给我，等我回来发工资后还给你。"

王宇说完把外衣脱下来，说：

"帮我把这个地方补一下。"

书礼看到王宇身上的毛衣两边腋下都破了一个大洞，书礼一边帮她补，一边心酸着。想着要是自己的娘，哪怕自己没有生活费了也要出去借给外出的儿子，何况还有二十元，竟然一毛不拔。要是自己的娘，哪会让儿子的毛衣破成这样大的洞。娘常说"笑破不笑补"，破连月补是生活的常态。而这些话只能放在心里，是不能说出来的，虽然她已经体会到了后娘家庭之不好。除了她的感情没有退路，她甚至想，越是这样，越要对王宇好，越要关心他温暖他。也许，这就是命。

下午，书礼取出自己工作不到一年存的仅有的八十元钱，六十给了王宇，二十拿去为王宇买了毛线，她要为王宇织新毛衣。王宇去学习，书礼利用休息日和晚上的时间，为王宇赶织了一件毛衣寄过去。王宇一米七八的个头，书礼一周为他织起的大毛衣，织得手都疼了。王宇收到毛衣后，写来信：

> ……毛衣收到了，穿在身上很舒服，也很合身。还真得谢谢你的照料，我这一生，只有你这样关照过我，毛衣穿在身上不但暖身，确确实实还暖着心。我真的不知道怎样的感激你，空话就不讲了，我只有用那一颗心来回答你……

书礼每次读王宇给她的信，她都想笑，因为他写信不讲究任何文采，只说事，就像面对面说话一样。他虽然在学校当老师，但当的是体育老师，当年也是因为体育出色，缺体育老师招进了学校。关于写信这一点，在书礼的眼里，看到的也是美好，不通文采又何妨？有一颗真心就好。书礼曾经对王宇说过，要不是先跟你一起玩着接触时增加的感情，而是一开始你就用书信来找我，我肯定看不上你，因为看不上你的信和你的字啊。王宇听了也只是羞涩地笑笑。在书礼的心中和眼里，这羞涩的一笑，足以弥补他的不足之处。在书礼的眼里，世间似乎没有坏和不好，一切，她都用一颗美好的心去想别人好的一面。即使有些事有些人不好，她仍然只会从积极的一面去想问题。这当是玉竹日积月累教育女儿留下的影响，凡事往好处看！

王宇学习的日子，当书礼思念王宇的时候，便喜欢扑在桌前，那天同事阿军给书礼递来一张处方笺，上边写着一首诗：

> 闺中少妇不知愁，春日凝妆上翠楼。
> 忽见陌头杨柳色，悔教夫婿觅封侯。

书礼抬头读着处方笺上的诗，阿军笑着说：

"这首《闺怨》，最符合你此刻的心情。"

书礼笑着说：

"你蛮有才的啦。我没有悔教夫婿觅封侯，他只是短暂学习，很快就回了。"

书礼说完哈哈笑起来。

王宇短暂学习结束回家时，为书礼买了一件大红色的长袖棉织开胸衫，除了一排扣子，前方的衣边是两条菱形带子，系在中间垂下来又是一处带蝴蝶样的装饰。这件衣服是当时刚刚流行的休闲淑女款，书礼配着黑色长裙，红色皮鞋，可谓鲜艳美丽又不失端庄。

不久，书礼约他一起去大塘看望哥哥和马丽姐及侄儿。头天约好早上书礼来叫王宇。一大早书礼来到王宇学校房间时，只见王宇穿着书礼为他织的深灰色毛衣，很潇洒地从另一位老师的屋子走过来，那样子不像是刚睡觉起来的，书礼问：

"这么早就起来出门了？"

王宇说：

"一夜没睡。"

书礼有些不相信似的问：

"怎么一夜没睡？"

王宇有些不好意思地低头说：

"想着今天要去看你哥，昨晚他们约打牌，本想赢点钱来买点东西带去，毕竟第一次去，可是不但没赢钱，反而把自己的钱也输了。"

书礼真心又幼稚地说：

"到我哥那不用买什么，我哥是豪爽之人，不会要你什么东西的。"

在书礼的心里，还有想法，那就是，怎么可以用赢钱的方式来为女朋友的哥哥买礼物呢？虽然她当时没有计较什么，恋爱中的女人不懂得去计较得失，何况娘从小就教导她不能随便要别人的东西，更是羞于要男方的东西。可笑的是，她以为爱情比物重要。然而，这件事，却让她印象深刻得一辈子也没有忘记过。

直到后来的岁月里，她似乎悟到了一点什么，虽然"只是当时已茫然"得不知如何去理解这种行为，可随着年岁的增长，随着对人情世故深层次的感悟，她才懂得，当时忘不掉的理由是什么。

后来的岁月，让她明白了，一个男人的承诺和担当有多么重要。一个男人是不是舍得为所爱的女人花正常的钱，当是一个男人对一个女人爱的尺码。这个尺码，书礼一开始就没有把握好。这个尺码，还是衡量一个男人能否顶天立地的尺码。那时候的书礼，眼里和心里，纯净得只有爱和付出，她看不到一个人隐性的自私。

四

王宇骑摩托车带着书礼到国庆家里的一次无礼物之行，倒是开心来去。国庆高兴妹妹和王宇的到来，晚上和王宇一起一人喝了一大杯酒。离开大塘前，书礼带着王宇来到大塘中学，除了告诉王宇，这里是她曾经学习过的地方，还有和山杏一起学骑自行车的往事。更主要的是，带他看望在这里工作不久的女友雅平。雅平和书礼并非同学，当年她读的师范学校与卫校一墙之隔，因为性情相投常在一起玩儿。多年来，两人一直保持着美好的往来，特别是后来，雅平调往青城县中学后，她们在一起的机会更多了。

刚走进校园，只见雅平从操场走来，高兴地喊着：

"书礼，我说这个人有点像你，还真是你啊！你怎么来了？"

书礼高兴地说：

"昨天来看我哥哥，来得晚所以没来看你。现在准备回去，先来看看你，免得你知道我来了没告诉你，那不是找骂。"

两人高兴地手拉着手，雅平看了书礼身后的王宇，笑着点了一下头，然后对书礼做了一个怪相，便牵着书礼到她的房间。王宇到门外抽烟时，雅平悄悄问：

"男朋友？不错，继续下去。"

书礼问：

"你呢？"

雅平知道书礼所问之意，笑着：

"正在接触，和你是同行，在另外一个镇工作。"

书礼调侃地说：

"好啊，男人学医好，懂得心疼人。"

两人简短地说了一会儿知心话，书礼便和王宇起匆匆告别了雅平。

　　当老家有人来报信说阿公去世时，书礼听了很是吃惊。自从搬到青城县后，阿公一直想来看看，可身体每况愈下，终究没有成行。阿公也没有具体的病，就是吃得少，慢慢虚弱了。他老说自己快不行了，偶尔总让人带个信来，这过程，爹娘前后回去过多次。总以为会好起来，总以为好起来了就接老人来住一住。没想到，这个来住一住的机会，却因为阿公的身体而没能实现。人生匆忙一瞬间，往往，很多事就是在等一等中永远失去了机会。

　　接到信时是晚上，诗润一边流泪一边到卫生局请假，并请局里的面包车来帮忙，从县城出发到大塘接上国庆一家，然后带着一家人回老家，刚好王宇也在，也跟着一起去了。赶到老家的老屋时，书礼看到阿公无声地躺在老屋堂前的木门板上，穿着深蓝色绸缎寿衣，胸前挂着一个带链子的徽章，银色链子垂在衣领和胸前的口袋之间。黑色绸缎裤子，白色袜子衬着黑色的碗口布鞋。阿公的面容安详如睡着了一样，父母和哥哥哭作一团，书礼观察完阿公的样子，看到父母哭，特别是哥哥国庆的号啕大哭，她似乎才从阿公"睡着了"的幻觉中醒来，想到阿公并非是睡着了，阿公再也不会说话了，阿公永远离开他们了。想到这里，书礼的眼泪，哗哗地流了下来，伤心得不断抽泣……

　　一家人到齐跪拜哭过之后，有主事老人劝慰了一番，然后商量着把阿公移至正屋，也就是公用的祠堂，在那里举行了一家人撕心裂肺的封棺仪式。书礼看着阿公轻盈的身体，被几个人抬着放进画有各种画鸟的黑色棺屋里，又看到那些人把整箩筐的石灰往里倒，大大小小跪在那里哭声一片。

诗润和老二，还有从各处赶回的诗润的姐姐们，多次爬上前扶棺而望，看生养了他们给了他们生命的老父亲最后一眼。玉竹带着弟媳以及孩子们，跟在后边一步一步跪着爬向前，听着铁锤钉在大铁钉上的响声。一声一声，把他们的父亲钉在棺木里的声音，玉竹大声哭道：

"爹啊！爹啊！从此，我们再也看不到我那受苦吃亏的爹了，我那自己舍不得吃舍不得穿的爹，我那夹着尾巴做人的爹，我那一生良善慈悲的爹，我那又当爹又当娘的爹……"

那场景，让所有在场的人声泪俱下。

棺木钉上了，把一个人的一生钉在那方尺之间。灵棚搭起来了，灵前放着老人生前的相片。油灯如豆，檀香袅绕，火纸燃起。这一切，只为送亡灵上天堂。这位叫世伯的老人，七十有二，在当地算是古稀之人。加之一生行医，做了不少善事，除了单位同事，前后几个姓的村子来吊唁的人络绎不绝。诗润带着老二和一家大小，跪着迎送各处前来吊唁的客人。诗润的继母坐在一个有靠背的凳子上，很伤心地哭得很认真。在人们开始忙着各种不同出柩事宜时，在哭累后歇一歇的间隙，这时候，她告诉玉竹和其他身边的人：

"去世前的一个晚上，还吃了一个蒸鸡蛋。我想着可能会好起来，可他自己却对我说，好不了了。并说初十这日，让我起早做饭，说丑不丑，酉不酉时，就要走路了。还说他求寿未成，该走路了。初九晚上又说，明天午时走路，明天上午让人去告诉诗润，叫他们回来。我想怎么可能呢！还说自己午时走路，我懒得听他的。昨日上午，他让我叫亲房的人，一时叫这个，一时又叫那个。亲房来了几个人，他叮嘱自己的后事。直到午时前，让人叫来了老二一家大小，说他要走路了，还说，你哥他们赶不到送我的终了。告诉你哥他们，以后要善待你娘，她虽不是亲生娘，可这是前世的缘分，她和你们的缘分还长着呢，长着呢……说完这句话就落气了。"

诗润的娘一边说一边又流下泪来。在旁边听的一位年轻人，疑惑地问：

"那是奇了，还知道自己什么时候走路？未必他自己还能算？"

另一位老人有些神秘地说：

"新中国成立前他可是会出菩萨的，身上是有菩萨跟着的人，当菩萨来时，他可以一跃上墙，我见过。新中国成立后他成了公家的人，加之政府要破除迷信，他不再做出菩萨的事，说不定这菩萨一直还跟在他身上在，要不你看他为别人看病，有哪一个是没有看好的？总是药到病除。这就是神医呢，神医也就是有神在他身上跟着助他。"

书礼在旁听着阿婆和那些人神奇的谈阿公，她觉得不可思议。阿公在她的成长过程中，娘常说得最多的是，她第一次回家，阿公到几里外迎接她时说"虽是孙女，可也是一条龙"这话。而书礼记忆最深的是，小时候在老家住的那几年，有一次阿公回来看到她在洗碗，阿公心疼地说让她小心，别把小手在锣罐口或筷子上割了。再一次是二十岁生日时，阿公送给她的写有"革命笔记"的红色笔记本，叮嘱她要多读书多记录，一生都不要放下学习的习惯等话语。阿公在她生命中留下的印记里，那就是她的名字——书礼。她懂得，阿公寄希望于她做知书达理的孙女。书礼想，可自己偏偏没有读好书，没有考上大人们所希望的大学，似乎这个名字让她有愧于阿公的一片良苦用心。

在一家人哭过后，大人开始安排处理后事，孩子们基本上是各处玩玩看看。书礼带着王宇看老家门前西流河，看前后老屋和月台。吃在那大火房里，地方做事时的特色大餐，同时体念老家人对他们投来不同的目光。

老人登山那一天，从祠堂到祠堂外，摆了几十桌，除了吊唁的客人，还有做事的人，以及所有亲房帮忙的不同人等。除了几班响器吹吹打打，和儿孙们的哭号，大家以各种不同的方式来送这位叫世伯的老中医最后一程。人们除了真心不舍，真心的敬重和哀悼，他们还以一种吃饱喝足的方式送他，让他看到活在人间的人，因他而聚在一起，吃着儿孙们为送他而准备的酒席。

长子诗润，穿着孝袍，拖着长长的白色孝布，手拿缠着白色流苏条的孝杖，在礼生一声一声的"跪、拜、起"哀乐声声里，带着满堂儿孙行礼，前前后后围了几层人观看。他们要看看这个十几岁便离开老家，在外谋得一官半职的读书人，如何能受得了这一份繁缛礼节的折腾。虽然多次流汗，甚至差点晕倒，但诗润还是坚持了下来，坚持尽完这最后的孝道。

当地人送老人离去叫登山，李家湾送走了一位远近闻名叫李世伯的老中医，送他登上了屋门前那个叫"杉树山"的山上长眠，那里有土地爷，有百年驼背树，有诗润的娘和李家湾的祖辈们。诗润的爹所眠之地与诗润的亲娘一路之隔，一个在山上的山凹处，一个路边的圹下。

出殡那天，天气晴得特别好，那是立冬后不久，不算冷。人们从祠堂出发，越西流河，过桥上山，一路排去长长几里路的送殡队伍。许多老人都说，这热闹做得好看，这子孙孝子排场做得好。在送葬队伍里，有一个十分打眼的老人，他高大威严，手持"文明杖"，虽然有了老态，但依然气宇轩昂地，随着送殡的队伍前行。他是玉竹的爹全恩，那个当年十岁的小新郎，目送亲家最后一程，他幽幽地说：

"唉。一辈子辛苦，最后也就热闹这一回了。亲家！世伯先生！有福。有福！值了，值了……"

五

从老家回来的第二天晚上，天气骤然变冷。玉竹带着安然和书礼一起坐在客厅烤火，开始了对书礼的训话。她看着书礼，正色地说：

"这几天回家天天在一起，心里舒服了吧？"

书礼被娘突兀的一句话，吓了一跳。木木地望着娘不知该说什么。玉竹再次带着生气的口吻说：

"就是你那爹惯的，惯着有什么用呢！那天王宇在家，你爹多嘴要他一起去，我不好当面拒绝，名不正言不顺，跟着去算什么？好，去就去了吧，作为你的普通朋友，去了，可以。可正是这几天，让我再次看到他缺失礼节的教导。你阿公去世，生老病死，家里老了人是一件大事，他作为普通朋友，哪怕是买几元钱的火纸在你阿公的灵前烧一下，也是表示他的心意和懂事。可他没有！天天和你和你弟弟一起玩上玩下，吃上吃下。这就是典型的没有严格家教的表现，所以才有了最起码的礼节也不懂的行为。"

书礼听了娘的话，虽然没做声，可她心里觉得，正因为关系处于普通和不普通之间，才是不需要呢，她的心里就更不好意思让他去表示礼节。丽丽的父亲去世时，书礼表示了哀悼礼金，他好像在心里只是随书礼去，与他没关系。书礼又想，他也许身上根本就没有钱吧，因为借给他的六十元钱还没有还呢。可这些，书礼都不敢说出来，借钱给他的事，更是不敢让娘知道。玉竹见书礼不做声，又说：

"一个不完整的家庭，从小没有娘的温暖和教导，现在又有一个后妈，你非要跟他，看你将来怎么去处理这些复杂的公婆关系。好简单！好随便！好天真啊！我真是拿你没办法了，因为现在是新社会，我不能替你做主，自己的命自己去承受吧。记着我的话，不听老人言，终究有吃亏的那一天。"

书礼心里太清楚了，娘没那么容易接受王宇。娘心里的坎一下子过不去，同情是一回事，可在长辈人眼里，教养和礼数又是一回事。书礼很迷惑，依然是沉默加眼泪。虽然这世上还没有一个男人能够让她与家庭与父母决裂。有时，她想着宁可放弃也不愿过分让娘不开心，她一直在听天由命，等待时间的和解。玉竹也正是看到了这一点，不忍心太为难女儿。虽然王宇是有或这或那的毛病，或者是娘说的缺失家庭教育，可这一切不是一时半会能改变的，书礼仍然只能抱着听从命运安排的心态来面对。

书礼和卫校的几位同学一起，搭上去花楼的班车，到花楼参加明珠的婚礼，同学们一路叽叽喳喳地说东说西，而书礼却心事重重地有些开心不起来。曾经与她形影不离的明珠如此快地出嫁了，没有了父母的明珠，婚事是医院的长辈们为她操办，作为她的姐妹，书礼几许酸楚在心头，好在男孩对她和她的几个妹妹不错，自身家庭也不错。书礼和同学们能做的，也只有祝福了。

中饭后，天气暗沉下来，似要下雪的样子，书礼和同学们匆匆赶回。次日上班时，天空飘起了雪花。这天科室只有书礼一个人上班，书礼常常感谢独自上班时，没有人打搅，外面各科室的嘈杂对她也无丝毫影响，她沉浸在自己的世界里，时有欢乐，时有沉郁。时而思考，时而阅读。她喜欢这种美丽与哀愁的相互融合。

窗外的雪越下越大，她一边生炭火，一边看雪花飘，然后做科室清洁。拖地时，走廊传来一阵口哨声，吹的曲子是书礼熟悉而喜欢的《一剪梅》，把拖着地的书礼，带进一种虚无而缥缈的境界里。随着那一起一伏的口哨声，书礼在心里默默用歌词跟他和着：

真情像草原广阔

层层风雨不能阻隔

总有云开日出时候

万丈阳光走向你我

雪花飘飘北风潇潇

天地一片苍茫

一剪寒梅傲立雪中

只为伊人飘香

爱我所爱无怨无悔

此情长留心间……

口哨声委婉凄郁，不知是书礼心情的原因，还是因为此情此景的触动。望着窗外雪花飘飘，心里回荡着这首歌，竟有不知身在何处之感。一份莫名的苦楚，在书礼的心间萦绕。望雪花飘舞，她忘不了王宇曾给她的一个承诺。那年初识，王宇知道书礼喜欢下雪天，还在夏天时，就对书礼说：

"等下雪时，我送你一个雪球。"

书礼笑着：

"那是一颗冰冷的心。"

王宇很快答：

"不，那是一颗纯洁的心。"

想到这，书礼凄然一笑。

火盆的火已旺了起来，窗外的雪越下越大，走廊上的口哨声已远去。那是隔壁医生来病人了，停下了他的口哨。隔壁吴医生新近调来，因为看到书礼常在科室里读书，常常高兴地鼓励书礼，特别是看到书礼的一本剪报本后，不但夸书礼不错，并为书礼写了一首题为"了不起"的小诗：

搜尽奇篇求学识，踏遍书林觅真知。

自古女儿藏闺阁，怎比今朝爱诗文。

一九九〇年二月吴大山

吴医生是那种既有才气，又心地善良之人，且写得一手漂亮毛笔字。让书礼惊喜的是，他还是文学爱好者，多次在报刊发表过文章。他鼓励书礼多读的同时也要多写。因为共同对文字的爱，他们成了忘年之交的师友。吴医生推荐书礼读了大量的张承志等作家的作品，成为书礼成长路上的一位良师益友。

中午，王宇来家里，告诉书礼近来他家发生的一些事情，主要是他的父母吵架一事，书礼不知道如何劝他才好，组合家庭的烦恼无处不在，这也就是娘为什么一直反对他们的主要原因。现在虽然知道拦不住了，所以玉竹明确地提出要订婚，只有订了婚才能算是正常的往来，明不正言不顺地男女相处算什么事儿。但他家人闹矛盾还在继续，似乎跟本不愿管他这个儿子，致使书礼和王宇的事搁置一边。面对面难以开口，书礼便以书信的方式，对王宇说：

> 很多事情是无法言传的，也有很多时候我们都力不从心，无论如何我们仍然要面对现实，也必须接受现实，哪怕是无奈。相识这么多的日子，我们有欢乐和悲苦、烦恼和幸福，我们彼此拥有真诚，这一点是不置可否的，我努力做好，可我总是做不好。你的家庭不在乎你找不找女朋友，所以也无法去满足我这个家庭的传统观念，就像我有时候也不能够满足你的某种欲望一样，我也不希望看到你为难。
>
> 自始至终我对得住你，哪怕这次举动和想法也是为了你好，唯一值得庆幸的是，上苍知道，我们真心相爱过。
>
> 相互保持距离冷静面对吧，我们不用怨恨也不用相互祝福，让时间来做一次美好的公正处理吧。

书礼正写着抑郁的酸文，王宇来了，信还没写完，书礼只好藏起来不给他看，王宇很生气地拉下脸来，书礼只好给他看，王宇看了，很难受地对书礼说：

"是我让你为难了。我回家说了订婚的事，可我爸说，让你好好搞事业呢，你就要结婚。这几天他们天天在家吵，吵得我头都晕了。"

书礼听了这话，觉得奇怪。说：

"你家人真是不同，古话都说成家立业，先成家再立业，你爸是要你做到什么样的大事业了才能成家呢？"

王宇说：

"他这人，有点古怪，不是古怪也到不了今天这个样子。他曾教我不

423

要相信世上任何一个女人，也许他自己的生活给他留了阴影吧。"

书礼一时无语了，顿了一会说：

"看来，我们还是只能分手啦！好不容易我妈松口了，现在好像是你家里并不想你结婚，真是无语。"

王宇说：

"不急，我再回家沟通，单独和我爸沟通了再说。"

王宇走后，晚上又来了。走路歪歪的，明显有醉态，他梦呓般的对书礼说：

"请你告诉我，你是否喜欢我？让我心安，请让我能够安定，要不喜欢我也请告诉我，让我好走远……"

书礼听了王宇的醉话，说得她不好受。虽然这些日子来他们确实是相爱的，可是面临了太多的问题，太多太多在他们这个年龄还不知如何面对的问题！

上班没病人时，书礼随手在纸上乱画着：

> 既已相亲相爱为何不能长相守？怎么对你说一切都是错？这样的爱不再，怎么对你说深深爱我，这样的爱不再，我不知道我为什么要伤心悲哀和难过，原来太好了也是一种负荷，一种沉重的负荷！无论如何努力都得不到心的宁静，其实，生活需要的也就是这种不安宁，我竟然想哭……

写着写着，一阵摩托车声由远而近。书礼知道，王宇来了。

六

"最困难的时候，也就是将要成功之时，但也是最易动摇的时刻！"不知道这句话是谁说的。这里，用在书礼和王宇身上，十分恰当。

书礼好似做梦一般，白爷爷和王宇学校里的一位老师，以媒人的身份，来到诗润家，为王宇和书礼的终身大事开始议事。在订婚的日子决定下来之前，诗润正式找女儿谈话：

　　"你自己想好了没有？虽然王宇本人还算不错，可他家庭是有残缺的，婚姻要讲门当户对。这门当户对不是物质财富上的门当户对，从小处说是为人处事上的，从大处说是人生观和价值观上的。我和你娘最终还是要尊重你自己的选择，我们希望你好，可人生的路得你自己去走，特别是婚姻，不是一件容易的事。"

　　长期以来，书礼在父母的面前是个长不大的孩子，原来一直很怕很不好意思在父母面前面对谈恋爱的事，特别不敢面对爹。经过一年多来与王宇的相处，该来的都来了，似乎挡不住命运的脚步，一切都以一种不可预知的方式而来。虽然书礼有些羞于开口，但她相信天意，她不知如何回答爹的问话，只知道点头。

　　诗润看了看白医生和那位老师，说：

　　"既然我女儿点头了，我们再也没有理由去干预了。一切都是缘分，天命不可违啊！"

　　白爷爷说：

　　"就连我也没想到，命运会把你们两家牵在一起，还真是令人费解。更巧的是，我又和你们住到了一起，做这个月老似乎就顺理成章了。"

　　玉竹：

　　"虽然老话说，会挑的挑郎桩，不会挑的挑田庄。我开始不同意，并不是在意他家有没有田庄，我只想女儿将来有个能疼爱她的公婆，从小她爹娇养她，还是个孩子呢。"

　　玉竹说到这里流下泪来。拭了拭泪说：

　　"奈何不了命运遇到了，将来好坏也只有听命了。好，我们少牵挂一点。不好，我们一辈子放不下。养女儿就是养牵挂呢！她现在哪里懂得做爹娘的心，只有她自己将来做娘了才能懂得。唉，没办法，这是每个人都要走的路。认命吧，但愿他们两个人将来不负众望。"

订婚的日子定下来了，双方议好了相应的彩礼金额等事宜。首先是男方过来认亲订婚，然后是男方接女方去做客。

订婚这一天，诗润专门请了一位会做菜的朋友来家里做大厨，以表示他们的重视和不失礼节。一大早就把菜买了回来，玉竹和诗润一起在厨房忙碌，等到客人将要到时，诗润和玉竹才到房间换了衣服，到客厅准备迎接客人。国庆一家也来了，马丽和书礼一起把家里里外外打扫干净，摆上水果糖食。李琛带着侄儿侄女在门口，拿着鞭炮等客人一到就放起来。

当王宇和媒人一行进至学校大门时，鞭炮响起，白医生在门口接到他们后，再一起来到诗润的家。刚进门，玉竹心一惊，她看到王宇的继母也来了！在当地，可没有娘带儿订婚的规矩，娘是绝不能带儿子去女方家订婚的，这是多年来祖上传下的铁定规矩。据玉竹了解，王宇的继母到王宇家之前，自己有两个女儿两个儿子，而且大女儿和大儿子都已经结婚成了家。她不可能不懂这个规矩，可她为什么在王宇的订婚仪式上要破这个规矩呢？而且昨天跟媒人也商量过了，叫他们那边包括媒人在内来双数，四到六个人，这四到六个人除了王宇和他爸和媒人，另外的人一般是叔侄兄弟之类，可他们没有一个叔侄兄弟过来。他爸是有兄弟叔侄的。现在是，包括媒人在内来了四个人，最不可思议的是，竟然后娘带儿来订婚。这个细节，像一根针扎在了玉竹的心里，但此刻她依然只能笑脸迎客。

当书礼欢喜地端着茶盘为来客送茶时，客人便把彩礼红包放在茶盘里，也叫"端茶礼"。当书礼把四个红包端到内房自己出去后，国庆便伸手把红包拿来，快速打开数了数，数完时有些疑惑地看着娘：

"不是说好三千现金的吗？怎么只有两千？"

玉竹说：

"不会吧，是不是你数错了？那天媒人商量时说好三千礼金，我们回礼一千，另外为王宇买了手表和衣服。"

国庆把钱交给马丽说：

"你数数，我哪会数错呢。"

马丽数了数说：

"确实只有两千。"

这一刻，又是一根针扎进了玉竹的心里。可她仍然不能说什么，挥了一下手说：

"算了，算了。这家人……唉，不说了"

马丽看着玉竹又说：

"王宇的妈怎么能来订婚呢？太不讲规矩了吧？哪有娘带崽订婚的！只能明天到她家去时才能和妹妹见面。当年我们订婚第二天来家里，你再给我见面礼，这是老规矩呢。他们又不是什么外地人不懂当地的规矩，而是正宗的青城人，老一辈还是乡下的，规矩更多。"

马丽噼里啪啦说着，说得玉竹的心里难受着，她阻止马丽不要说了。心里想着，自己这个娇养的女儿，将来没有好日子过。

订婚的这一天，便有了"两根针"扎到了玉竹的心口里。酒席吃好，放了鞭炮送走客人，玉竹和马丽把情况向诗润作了汇报，诗润无言地摇了摇头说：

"真是啊真是啊！别人是做买卖缺斤少两，他们为了孩子的婚姻大事，也做这说不出门难见人的动作。"

国庆说：

"回礼时我就说，既然他们少拿了，我们也少回。可老娘说他们失信我们不能失口齿，仍然回了一千。"

听了国庆的话，诗润看了一眼在客厅收拾餐桌的书礼，轻轻说：

"别说了，别说给她听。今天也是她的大喜日子，别让妹妹难受。"

于是大家都不提了。其实，书礼都知道了，可她又能说什么呢，羞于谈钱羞于说彩礼。第二天上午，诗润带着一家人和媒人一起到王宇的家，他家里除了媒人和父母，还有王宇的哥哥嫂子，以及王宇继母那边的几个孩子也都到了。饭桌上是热闹的，诗润有些奇怪的是，例行的新媳妇进门的长辈红包，一直没有给书礼，他以为可能是等他们出门时再给。可是送客的鞭炮响了，书礼还没有收到红包。这时，一根针扎到了诗润的心里。其实，有一个细节，诗润是看不到的。那就是王宇几次到厨房，对他继母说：

"得给书礼见面礼的红包吧？昨天我还说了，今天来家里，一双鞋的红包肯定有。因为她昨天自己买了一双新皮鞋，是她哥哥给钱买的，她说自己明天第一次到王宇家，肯定能接到红包，到时再把钱还给哥哥。"

没想到继母说：

"我给她的见面礼红包，昨天在她家已经给了，今天就不需要给了。"

王宇看着身边的嫂子，伸手掐了她一下：

"那你给吧，你不是说已经准备了二十元红包的呢？你给吧！"

没想到嫂子看了继母一眼说：

"妈妈说不用给，说等书礼到我家去时再给。"

王宇再次又拉了嫂子一下：

"你现在去给啊，以后到你家里不要你给了。"

可他嫂子始终没有去给，王宇心里知道，如果他亲嫂子给了，继母的几个孩子不给似乎说不过去，所以继母让他们一律不要给。最好的说辞是以后到你们各自的家里去时再给。这时候，一根针扎在了王宇的心里，可他无可奈何！

第一次到王宇家，没有接到红包的书礼，穿着哥哥为她买的新皮鞋，心里五味杂陈。回到家刚进家门。诗润就忍不住了对玉竹说：

"这家人太不讲礼数了！更重要的是缺少爱缺失温暖，女儿将来要受苦的，要受苦的。"

诗润说到这，又说：

"这让我想起我刚工作不久，一次回家，那是娘来家里两年后，开始几次我回来时她还比较热情，那一次回来也不知是不是跟爹有什么矛盾，看着我黑着脸，恰巧姑妈也在，见她那样，我赌气饭也不吃转身就走。是姑妈追出来，扭着小脚追不上，就站在西流河边的石堤上，大声叫着我的名字说，你不转回我就从这里跳到河里去！这样我才转回来，吃了饭后才和姑妈一起走。姑妈边走边哭，一直送我好远后她才回自己的家。后娘啊，就是这样，古今都一样，极少有好的。难怪古话说宁愿死当官的爹，也别死讨米的娘。你看今天 书礼订婚，第一次到他们家，见面礼都没有给一份。有这样不讲礼数的人家吗？说白了就是王宇的爸没用，如果他非要做主给的话，这后娘奈何得了吗？唉，我真为女儿难过！"

诗润说到这里，重重地叹了一口气，然后伤心地流下来泪来。玉竹却平静地说：

"别叹气！一声冷气三年穷。难过有什么用，这是她的命。已经订婚了，等于就是把女儿给他们了，以后王宇就是我们的孩子了，我们就要对他好，关心他，给他温暖。他是个可怜的孩子，谁让他和我们有缘呢。儿女前世修，女婿半边子，这是前世有来去的呢。"

每一次在大是大非面前，玉竹的豁达和良善，总会让诗润折服。

第四章

一

父母房间的对话，在客厅的书礼听得清楚，虽然心里难受，觉得是自己不争气，茫然不知所措又无可奈何。那天，书礼在日记里伤感地记道：

> 今天是双方父母见面的日子，我第一次到他家，我们开始开口叫对方的父母为爸妈，其实也就是婚前一个简单的订婚仪式。
>
> 第一次到他家，我一点都不开心。从来都是一个羞于要东西的人，但今天我第一次感觉受到了漠视，甚至是伤害。他也很为难和伤心，怨自己是一个这样的家庭，因为有一个不可能为他付出真情的后妈。爹娘为我屈，他们心疼我，可他们说这是我自己的选择，无论如何也只有自己去承受和面对。将来的路会怎样呢？感觉一片茫然……

订婚后的第二天，书礼很无聊、很伤感。于是约丽丽和姗姗一起上街算命，算命先生把书礼的性格说了一个八九不离十，并说她这一生的婚姻生活不会有什么依靠，但自身的财富会取之不尽。听到这里，书礼有点不相信，觉得算命先生是宽慰她呢，没有依靠哪来的财富取之不尽呢？没过几天，娘带她一起上街，在一个算命先生的摊位前，娘停下了脚步，说：

"为你算个命看看。"

书礼没对娘说前两天自己上街算过一次，她想看看，娘脚步停下来的这个算命先生，和她上次算的有什么区别。那算命先生说她的性格和上次算的有相似之处，有一点不同的是，只见他仰着头，眨巴着他那泛着白色眼珠的眼睛说：

"你女儿还是个女秀才呢，带了三重文昌。婚姻多少要受一些委屈和不顺。将来，她会脚踏大江南北，出门不用带雨伞，走码头不用带干粮。心太善了！可是善心人有福报，她的福报在后边呢，越到后边福报越多。"

书礼听了更是有些不可思议，觉得自己读书也没读个大学，工作也只是一个普通护士，还能有什么秀才可当？还能有什么脚踏大江南北的机会？便觉得这人算命只捡好话说。玉竹也有一些不信，付了钱离开。边走边对书礼说：

"算别人的命养他自己的命，算命虽有指路引之用，命运还是掌握在自己的手里。自己努力比什么都重要，记住没？"

书礼点头答应着知道了。心里却想，有什么可以让自己有太多去努力的呢？只是一个平常人，只有好好做人努力工作便是了。

媒人和双方父母一起，来到了书礼的家，不但定下了结婚的日子，还商量了双方为两个孩子结婚所要准备的东西。诗润快人快语：

"共儿共女一家人，我们都是为了两个孩子好，王宇学校分了两间房子，已算不错，我家里有现成的家具木料，我们负责嫁一套家具以及床上用品，外加一个冰箱。你们负责买一个彩电以及其他的一些必需品，现在流行这个彩电，不让我们的孩子羡慕别人。两家大人一起努力，让他们的起步舒适一点，毕竟时代不一样了。"

当时，王宇的父母答应了。彩电也买回家了，可后来，听说两人吵架，竟然把彩电给退掉了。结婚的日子选好了，不能说没有彩电而不结婚，婚礼如期进行。出嫁的头一天晚上，玉竹便开始哭，一边哭一边教导女儿：

"由命不由人，既然是命，就要与王宇一家人和睦相处。虽然心有不甘家有后娘，还是得孝敬人家，毕竟叫了一声妈。用你的好去感动他的父母，这样才是做儿媳的本分……"

在双方父母和各自的亲朋好友的见证下，书礼和王宇举行了一个简单的婚礼。宴席过后，双方父母和亲戚一起，来到新房，新房大门上的红色对联是同事吴大山所写：

> 鸾凤谐鸣万里云天看比翼，
> 夫妻恩爱百年事业结同心。

卧室两边门楣是：

> 紫燕当享营巢乐，
> 骏马应知行路难。

然而，有些不愉快，总是措手不及地说来就来。亲戚们看新房正在夸对联写得好时，书礼也正高兴地告诉亲戚们，对联是单位的吴医生写好送的时，突然听到国庆大叫一声：

"伯父！伯父！你怎么可以言而无信？说好了要买彩电的，怎么没买？你这个父亲简直就是无能！"

王宇阿爸那火暴脾气，哪听得这话，顿时从沙发上一蹦而起，声如洪钟地大吼一声：

"我是无能！你妹妹愿嫁则嫁，不嫁算了！"

此话一出，惊呆了所有在场的人。刚刚一巴掌打在国庆脸上的诗润，被这一句话气得噎在了那里，可谓奇耻大辱！而他只能把这大辱咽下去，他能怎样？他只能教训自己的儿子。这时，王宇的一个堂兄在人前也开始发飙：

"要怎样啊？我们王家可是有人在的啊！"

他这话是针对国庆来的，国庆受了诗润那一掌后，醉酒的他清醒了一些，竟然伤心地和在一旁的弟弟李琛一起，抱着头痛哭起来，一个说我只有这么一个妹妹，太让她受委屈了。一个说我只有这么一个姐姐，只有这个么一个姐姐，呜呜呜……

虽然眼前景有些乱，玉竹一手拉着诗润，一手拉着国庆。这时，王宇的后妈，在那里假模假样地擦眼睛，玉竹反而宽慰她说：

"没事儿，今天是新房，新房是要闹的，越闹要发。"

此刻的书礼却十分冷静，见王宇和王宇的堂哥恨恨地看着国庆，便把王宇叫到厨房，轻声说：

"叫你的堂兄少说话，他这时添什么乱？我爹不是打我哥了吗？你爸那话，还像是长辈说的话吗？这些都不说了，阻止他们别再闹就是了，让外人看笑话，有你的同学和我的同学在呢，真是不像话！"

开始对国庆有怨气的王宇，听了书礼的话，觉得有道理，于是把堂哥劝走了。当一场风波平息下来时，王宇的父亲那句"你妹妹愿嫁则嫁，不嫁算了！"像一根针，深深地扎在了书礼的心里，深深地刺痛着诗润和玉竹的心。面对这样的屈辱，可他们却无话可说。

那天的新婚之夜，书礼的同学和王宇的同学闹了一个十分文明，又赋予文化味的洞房，先是书礼讲故事，讲她和王宇风风雨雨的恋爱过程，走到今天的不容易，听得几位女同学流下泪来。故事讲过后开始玩"闹洞房连词游戏。"游戏从王宇开始，由他先说一句词，然后一个接一个，但每一句词的第一个字必须是接着前边一句的最后一个字。王宇说的是：

白头偕老。后边一人接一句——老当益壮，壮志凌云，芸芸众生，声东击西，西风柔柔，柔情似水，水落石出，出水芙蓉，容光焕发，发家致富，富国民强，强壮如山，一直到书礼说了"山山相连"，联词游戏才结束。

词联游戏结束后，每个人在书礼特意准备好的"我们的家"笔记本里，各自写下了一句祝福的心里话：

爱在这里升华，愿爱情之花开放得更鲜艳。（山杏）

人生的道路上，你一定会勇往直前，做一个生活的强者，祝你们新婚幸福，万事如意。（丽丽）

我祈盼着，十年后，大家都在房中笑。（姗姗）

婚姻与恋爱，有着质的区别。希望这一段婚姻如磐石，如芦苇，坚强、柔韧，直至永远。明年今日，将踏车北上，追寻你们爱的足迹，走上漫漫红尘路。（娟子）

愿美好，幸福，一切属于你们！（阿峰）

愿幽默，诙谐的气氛永驻新房，愿'马戏团'的队伍不断壮大。（明珠）

也许你们听多了祝贺，也许我现在的留言不好，但愿你们以后能够理解：最完美的婚姻是不要给离婚有一丁点的机会。（王籽）

……

二

满满的祝福，满满的留言，那一刻，让书礼除了心生欢喜，同时也驱散了中午那些不愉快的阴霾。书礼是一个豁达之人，她擅长选择记住好的，剔除不开心的。同学们离开后，书礼在日记里长长地记下了她的生命里，这个意义非同寻常的一天：

今天是我出嫁之日，我从来没有设想过是怎样的一种场面和方式。不管怎样的场面和方式，是我自己选择的生活，我高兴，也很满足。毕竟是新时代，毕竟家里所给我的不论是情还是物，女儿这一辈子报答不尽。

上午在鞭炮声中，我看到了娘和爹还有王宇的泪，看到王宇向我爹娘跪下的刹那，我的泪水再也止不住的流下来……告别了父母、哥嫂、弟弟、侄儿侄女。从此，我从女儿嫁为人妻；从此，如娘所说，屋檐滴水两家人，无法来描述那一份挚诚那一份亲情。出门之前，娘悄悄在我身边耳语不要计较他的家人，只要他对我好，家里人的感情慢慢培养。还说，现在你和他们过，同城住着，一天可以来去多个回合，等会中午吃饭时又可以在一起了，不要欠我们。忘不了娘的教导，深深懂得，还是娘说的那句话，只有生活得好，只有与他一家人和睦相处，便是对父母最好的报答……

可是想着要好好相处，总是那么不尽人意。因为哥哥喝多了酒，与这边的爸爸发生了不愉快。哥哥是心疼我这个的妹妹，对我婚礼的期望值过高，可哪能事事如人愿呢！我能理解，爹娘拦住了哥哥，爹娘的大度和宽容这世上少有。他们不希望看到他们的女儿女婿为难，一切都会过去，一切也都会好起来，我相信自己，相信家人！

今天，是我和王宇结婚的日子，我的日记从"我的路"变成"我们的家"。此刻，我要记下书本里读到的一句话，以警示自己，日后要善待自己的婚姻：

"恋爱与婚姻有着质的变化，恋爱的本质是狂热，婚姻的本质则是平淡，不要对婚姻抱有过度的期望，一桩婚姻能够维持到底，便是一项伟大的成就！"

书礼的日记，始终没有把王宇爸爸说的那一句如针一样扎在她心里的话写出来，她不想记下这样的不愉快。书礼甚至幼稚地想，记着又何益？将来我的孩子看了，还会对他爷爷的印象不好。她告诉自己，只记好，不记坏，更不记仇！

当书礼在自己新家记着日记的时候，诗润和玉竹却彻夜未眠。从女儿新房回家后，国庆气呼呼地带着马丽和儿子回大塘去了。一向乐观的诗润，进门时重重地往沙发一坐，深深地叹了一口气，然后气愤地说：

"这家人没有温暖，不要礼节，说话没有操守。什么场合什么样的话可说不可说，他们没有禁忌，两片嘴唇上下一合，该说的不说，不该说的都出来了。一个父亲，能在儿子的新房说媳妇愿嫁则嫁不嫁算了的话吗？简直是太不能容忍了！女儿啊！我们唯一的女儿啊！将来是要受苦的要受苦的！"

诗润说完，用手撑着头，再一次长长叹息一声，并伤感地落下泪来。玉竹却厉声道：

"别叹气！天没塌下来！一声冷气三年穷。男叹官司女叹穷。你也不讲规矩，在那场合就不该打国庆的巴掌，还打脸！他问得本来就没错，我那可怜的儿子，从小就不知挨了他阿婆多少打。自己都是两个孩子的父亲了，还挨你这个爹的巴掌！他心疼妹妹没错。女儿是你娇惯的，表面看着顺头，骨子里才有她自己的主意。当初我那样不同意，她就一直冷着，不辩也不和我犟，罚她跪她也跪，可私下却不和他断，她是让我们慢慢妥协呢。她做到了，我们真的妥协了。再说了，女儿是菜籽命，撒到哪里是她自己的命，遇到肥地就肥长，遇到瘦地就瘦长，哪怕是撒到石头缝里呢，她也要生长，这就是命运。她自己选的，怪不得谁。将来受苦该她受，在我们身边，再苦的日子也从来没有让她受苦，我们做父母的对得起她了。这回到婆家受苦，她自己愿意，既然愿意，那就去好好承受吧。"

玉竹说这话时，明显带有怨气，有恨铁不成钢之怨气。正当爷爷奶奶对话时，安然到跟前问玉竹：

"奶奶，姑姑怎么还不回来？天都黑了！"

玉竹听了四岁孙女安然的话，突然伤感袭来，抱着孙女，哭着说：

"你姑姑出嫁了，晚上再也不回来睡了。她有了她自己的家，不再回到这里来睡了。"

听到这里，安然哇地一声哭了。诗润和玉竹也都抑制不住地哭了起来。安然则一边哭一边说：

"不嘛，我要姑姑回来睡，为什么要出嫁？为什么出嫁了就不能回来睡了？出嫁真不好，我要姑姑回来，我们去接姑姑回来……"

安然一边说一边拉着玉竹的手往门口走，玉竹抱着安然来到学校大门口，望着校门口那条伸向远处的路，自言自语道：

"唉……嫁个女儿满屋空。养女儿是养牵挂呢！嫁女儿是嫁心病，把做爹娘的心都拖走了！"

玉竹带着安然在门口站了一会儿，对安然说：

"今天太晚了，天黑了。明天，明天我们一起去接姑姑回来。乖乖听话。"

玉竹抱着安然回家后，心情平静了许多。怕诗润有心理负担，对诗润说：

"没有什么好担心的，又不是远了，一天可以几个来回的事，有什么苦我们看得到，在那边没温暖，我们就重倍地给他们温暖。有什么办法呢，是自己身上掉下的肉，是个精是个怪，只有自己爱。谁还奈何得了命？都是命呢！"

诗润：

"亏得有些人家的女儿，一嫁千里回不了娘家，等于白养了。现在新时代，交通相对发达，再远也还有个望头。在古代，女儿远嫁，那真是钻心难过呢。有些女儿嫁出去后一辈子回不了娘家的多的是。我们嫁女儿，让我想起《红楼梦》里探春远嫁异域，想起文成公主嫁西藏，昭君出塞，这些都是一去没有回头路的女儿。不到自己当父母，那滋味体会不到的。而且非得自己有女儿，才能感悟深刻。"

玉竹接着说：

"是啊，古话说三十岁的女儿无娘家。无娘家饱含的辛酸就更多了。唉，不说了，喜哭喜哭，我们嫁女儿也是喜事。喜哭过了，但愿女儿能够好好的。"

自古规矩，女儿嫁出后三天回娘家，也叫回门。书礼嫁后的第二天上午，书礼便和王宇一起随着去接他们的弟弟李琛一起，屁颠颠地回了娘家。

晚上，因为没有电视看，书礼早早到床上看书。刚刚躺下，听到敲门声，王宇开门见是玉竹背着安然，诗润跟在后边来了。他惊喜地叫了爸妈，安然高兴地跑到房里，要拉姑姑起来说要姑姑随她回家睡。玉竹来到房里，看着女儿，摸着被子问盖不盖得暖，睡不睡得好，习惯不习惯。诗润也到房里来，看女儿。书礼半躺在床上，一一点着头，答应着好好好，盖得暖，睡得好，也习惯。如此这般后，玉竹和诗润牵着安然，有些恋恋不舍地说，习惯就好，那我们回去了，你们自己回去吃饭。

在书礼和王宇刚结婚的那些日子，玉竹和诗润带着安然一起，基本上每天晚上要来一趟，似乎只有看了女儿一眼后，他们回去才能睡上一个安稳觉。不大爱表达的王宇，竟然说了一句让书礼十分感动的话：

"可怜天下父母心这句话，好像是针对你父母的，他们是真疼孩子。人啊，就像豆芽菜，哪里温暖就往哪里钻，你的父母真让人温暖！"

婚后不久，王宇单位组织部分人到北京观看亚运会，王宇想带书礼一起去，书礼习惯性地说："要是我娘不同意呢？"这句话才说到一半，突然大声笑着说：

"对了，如今结婚了，娘不管我了，我自由了！"

天真的书礼甚至还幼稚地对王宇说：

"为什么有人把婚姻比作鸟笼？为什么说婚姻是爱情的坟墓？我看结婚不但不是笼中的鸟儿，更不是什么坟墓，而是大地，是旷野，是天空！因为我觉得结婚后太自由了，再也不用做什么事都得经过娘的同意了，我可以和相爱的人一起开开心心地，做我们自己喜欢做的事，太好了！"

当书礼回家告诉爹娘她要随王宇去北京时，并把她对婚姻感悟并非鸟笼的想法对娘说时，娘摇了摇头，看着自己幼稚又单纯的女儿，说了一句书礼并不懂得，却意味深长的话：

"三百斤桐油还冇开蒌啦！日子长着呢，是不是鸟笼到底好还是不好，还不是现在刚结婚的你说了算。娘倒是但愿你一直能这样好哦！"

书礼调皮地伸了伸舌头说：

"偏不是鸟笼。是自由。偏要好要好。"

玉竹又摇摇头，双手合十道：

"真是少不经事不懂事哦，但愿吧但愿吧。阿弥陀佛！"

玉竹的一句"三百斤桐油还有开荤"，一直到二十年后，书礼才明白。

三

地铁上，书礼和王宇依偎坐着，对面是一个高大的中年外国人，一直在吃香香的莲籽。书礼虽然连日来看了许多外国人，而他吃得那么香的样子，让书礼不免多看了他几眼。那老外注意到有一双清澈的大眼睛偷偷打量他，微笑着从口袋里摸索出一把莲籽来，友好地递给书礼。书礼不好意思地，连连摇头，在老外一而再地热情递送中，王宇悄悄说：

"接着，再不接就不好了。"

书礼羞涩地接下了老外手中的莲籽。并说了声：

"谢谢！"

那老外笑笑地示意书礼吃，书礼笑着先摇头，一会又点头，但始终没好意思当他的面开吃，而是一直把几颗莲籽放在手心里，直到王宇牵着书礼的手，挥手对老外说再见。走出地铁，王宇边走边大笑着说：

"看你那样子，看着老外就像一个馋嘴的孩子。老外以为你是馋他手中的莲籽吃，所以才一而再要给你。"

书礼有些不好意思地笑着说：

"其实我真的不是想他手中吃的东西，是觉得这老外长得和我们不一样。同时觉得一个大男人，怎么可以把零食吃得如此之香，所以多看了他几眼。搞得他以为是我好吃。"

王宇说：

"他不是以为你好吃，而是觉得你那样子好玩儿，像小孩儿。"

两人边笑边随着人潮走出地铁。出地铁后，书礼才把手中的莲籽剥开来，先送了一颗到王宇的嘴里，然后自己吃了一颗。书礼第一次吃这么香的炒莲子，吃着莲籽，想起一首诗来。于是对王宇说：

"老外这莲籽，让我想起了一首写莲子的诗。我读给你听听啊。"

王宇说：

"好。读来听听。"

书礼假装清了清嗓子，假装很认真的样子，带着搞笑的意味读起来：

"茨菰叶烂别西湾，莲子花开人未还。妾梦不离江上水，人传郎在凤凰山。"

书礼读完后，对王宇说：

"这是唐代诗人张潮的诗，叫《江南行》。"

王宇说：

"嗯，好诗。果然诗中有莲籽。"

书礼笑着说：

"看你说的，这里的莲子是指莲籽种下去后，荷花都开了人还没回来。"

书礼又说：

"记得那次你到武汉学习，每到上班无事时，我就扑在桌前，有些郁郁寡欢的。有一次，同事阿军笑我说，书礼啊，你此刻的样子最适合一首诗呢。"

王宇回头看了书礼一眼，说：

"扑在桌上不开心的时候，也有诗吗？"

书礼笑着说：

"有啊，就是那种情绪嘛。我读给你听听。"

书礼说完，这次是认真地读起来：

"闺中少妇不知愁，春日凝妆上翠楼。忽见陌头杨柳色，悔教夫婿觅封侯。"

王宇故意开玩笑说：

"好像和你扑在桌子上想我没有多大联系。不像上一首，明显有你馋老外吃的莲籽。"

书礼假装生气地拍了王宇一下，说：

"这是唐代诗人王昌龄的诗，诗名叫《闺怨》。诗的意思是想她外出做官的夫君了，因为不能天天在一起，而后悔让夫君外出做官的意思。前边说的莲子，也是想她外出的夫君久未归，她的思念像江中的水一样多。"

王宇笑着说：

"好好好。你喜欢这些文绉绉的东西，我不喜欢，我也不懂。我就玩我的各种球类，咱们也算是文武结合呢。将来生女儿你就教她读诗文，生儿子我就教他打球。最好是一次性生个龙凤胎，那多好。"

书礼听着王宇"生龙凤胎"的话，哈哈地笑起来……

十天的北京之旅，天安门的温暖，颐和园的美丽，长城的壮观，故宫的古物，王府井的现代气息，全聚德香甜的烤鸭，十三陵的地下宫殿……带给书礼美好而开心的记忆。两人还在北京一家老牌照相馆补拍了婚纱照。这一切，解除了刚刚出发时坐一天一夜火车的疲累。

从北京返回家，放下行李便先回了娘家。玉竹还没下班，诗润见女儿女婿回来，亲自到厨房为他们做了腊肉面条，这是书礼十分偏爱的一种面食。把腊肉炸得香香的铲起来，然后加水，水开后放面条，打上鸡蛋，加上小葱，熟时再把刚炸过的腊肉倒进面里，脆香的腊肉合在面条一起的特殊香味，足以让吃了十天北方饭菜的书礼陶醉。

吃过香香的面条，弟弟李琛热心地为姐姐姐夫放水洗尘，等玉竹下班回来，书礼带着安然，一边拿出纪念品，一边滔滔不绝的告诉大家，这十天来所见所闻的感受。诸如天安门多漂亮，长城多气势，"全聚德"的烤鸭，亚运会的精彩，地铁上碰到的给她香喷喷莲籽的友好外国人，以及迷路了遇到为他们带路的北京老人……

说得正有味时，诗润进房拿出一封信给书礼。书礼接过信，看到的，依然是那一封没有地址和写信人姓名的信，一样只有简短的问候。安然见姑姑要走，开始是要姑姑在家睡，看到姑姑不会留下来睡时，依依不舍地拉着奶奶的手，一直送姑姑到校门口，望着他们远去。

北京回来后，书礼和王宇才算正式过上了属于自己的婚姻生活。因为还没有孩子的到来，他们过了一段十分浪漫又自由的日子。同时，家里也成了双方同学好友聚会之地。常常，不同的同学聚在一起，不是外出郊游就是在他们家聚餐，更多的时候，书礼回家除了学着做简单的饭菜，然后安静地织毛衣。为王宇织了很多件毛衣，从厚到薄，从粗线到细线，从毛衣到毛裤，从毛背心到手套，一样一样，用千针万线织起的温暖，温暖王宇那一颗需要温暖的心。那是一段让书礼十分放松充实又美好的日子。

书礼的偶尔不开心，应该是从王宇多次醉酒而开始的。王宇醉酒后，有一个很长的兴奋期，进门前先要在外边大声地喊叫着书礼的名字，一边喊一边摇摇晃晃地进门来。看到书礼便往她身上扑，然后非常用劲地把书礼往怀里挽，有时整个人的重量往书礼身体上压。王宇个头高大，与他比起来，书礼显得十分弱小。书礼常常被压得人要摔倒，当她想要躲避时，王宇会追上来，一旦追上，用的劲会更重。刚开始，当王宇摇晃着大声喊她时，书礼是高兴的，同时觉得这也是一种喜欢和爱的表达方式，所以总是欢喜地去迎合他，扶他坐下来，为他端茶为他洗脸洗脚。次数多了，特别是没重没轻把她弄疼时，书礼开始畏惧，以至于到后来，远远听到王宇兴奋的喊叫，她总想吓得躲起来，可她没法躲，她只能忍着硬着头皮去迎合去料理他。有时实在忍不住时，会发发脾气。每当书礼发脾气，王宇会生气地说：

"你不喜欢我。知道你不喜欢我。"

说这话时，王宇像一个无助的孩子。书礼只好哄他，哄他上床睡，哄着为他洗脸洗脚，一边洗一边对他说着"喜欢你"的话。有时候，喝得实在太多时，刚刚哄到床上，他会哇地一声吐出来，书礼慌得双手去捧接他的呕吐物。有时来不及接住，吐一床一地是常有的事。然后费尽力气搬动他的身体，从床上到他身上的呕吐物，一一清理干净后，再端热水为王宇擦身子。当一遍遍清理好，书礼已经累得筋疲力尽。后来，只要王宇出去饭局，书礼便事先把接呕吐物的盆准备好。

　　每次望着沉沉睡去的王宇，心有说不出的复杂。她常发呆地想，这就是我要的婚姻生活吗？琴瑟和谐呢？举案齐眉呢？我这个红袖，一天天往呕吐物里添香？这一切想法，只能在心里，日记都不敢写出来，她怕王宇看了不高兴。总是想，慢慢来，让日子慢慢来过，这才开始呢。

　　那一天，王宇又醉了回来，反复说着许多的胡言乱语，来不及出卧室便吐了开来，盆没接住，把地板吐得一塌糊涂。书礼先把人弄干净，然后把地板一点一点的擦干净。心里虽不是滋味儿，但她告诉自己，这也是一个做妻子的义务。她告诉自己，要心平气和地去把呕吐物打扫好，然后把王宇哄着睡下，处理好时，书礼已累得不堪重负，睡意全无。她先拿着巴金的《家》读了一会儿，心烦意乱地读不下去，只好拿出日记本，开始记日记：

　　　　你又喝多了。刚回家时半醒半醉，坐在沙发上为我读你的会议记录，脸红红的，每个字都吐出酒味来，时而激动时而平静。端来热水为你洗脸洗脚。与你相比，两人的身体之差是很大的，搬动你的脚为你脱袜子要费我好大的力气，脱好这只脚再脱那只脚时，你却把洗脚盆全部打翻，水泼了一地。

　　　　好不容易再次把你那双冰凉的脚放进盆里为你洗好，已是好累好累。准备扶你上床时，你却身子滑落，屁股离地板仅几分距离，我拼了命地要再次扶起，你却孩子气的眯着双眼，非要我亲你一下才肯起来。能把你弄到床上睡下，真是太不容易！为你慢慢脱衣盖被，你非得要我为你把被窝煨暖，左哄又哄才罢休。等我去拖地板时，你已沉沉睡着了。当我把这一切做好，才得以静静地坐下来写写字。想想，我们在一起的这些日子，这日子才开始，可我怎么就觉得累了呢？

四

　　刚结婚，家里再没钱，哪怕彩电不买，有一样东西没有缺过，那就是梨子罐头。那是王宇醉酒之后吃了恢复身体的最爱。书礼总是把整箱的罐头批发回家，放在冰箱里冷藏着，只要王宇喝多了酒，醒来时就吃罐头，有时是半夜，有时是早晨。无论是早上还是半夜，书礼都会起来为她打开罐头，并喂他吃。每每这时，王宇会一个劲地，梦呓般地对书礼说：

　　"书礼。你真好！你真好！"

　　冬去春来。

　　这天是植树节，书礼下班回家，王宇还没有回来，正在厨房煮饭的书礼听到客厅有响动，出门来，看到王宇正把手上的一件毛衣重重地往沙发上一扔，有些不高兴的样子，书礼还没来得及问话，只见王宇气呼呼地说：

　　"打这样紧的毛衣！害得我今天热死了！"

　　那一刻，书礼傻住了！傻得不知如何才能回答王宇的话，好像真是她做错了什么。她顺手把毛衣拿到手上看了一眼，这是一件冬天穿的厚毛衣，书礼特意织得紧一些，只为更保暖，因为王宇骑摩托车，有了这件毛衣在棉袄里，骑车时基本上就不会冷了。谷黄色毛线，织的是一种相对有弹性的"拉练针"，穿一个冬天了，也没见他说过紧和热。这时，却如此不高兴地说着不通情理的话，书礼觉得不可理喻，于是也有些不高兴地说：

　　"这是冬天的毛衣，你今天上山植树，又爬山，植树还得挖凼，当然热啦。你上山之前就应该换下来穿上薄毛衣，或到山上时就该脱下来。天凉了加衣，天热了减衣，又不是孩子。"

　　书礼说这话时，王宇就没有再做声了，但似乎还是不太高兴，想起来又有些恶狠狠地补了一句：

　　"太紧了。今天勒得我难受，打这紧的毛衣！"

这话听了，书礼生气地加大声音：

"穿一个冬天，没听你说太紧？今天突然就变紧了？你这人怎么不知好歹呢？"

那一刻，书礼竟有一丝说不出的悲凉。她奇怪和想不通，这个人怎么不懂得感恩？这件毛衣他在身上穿了一个冬天，保暖的时候他不记得了，让他受了一会儿热，他却如此的埋怨，还回家发脾气？这可不是书礼从小所受的教育理念里能够理解的。

在书礼的记忆中，从小娘就教导她，哪怕是别人给了一颗糖你吃，也要记得一颗糖的好。且不管这件毛衣冬天暖了身子不说，作为妻子的书礼，千针万线织起来的不容易，怎么可以因为一次植树时让他热了，而抱怨和忘记了在寒冬时为你保暖挡风时的好呢？书礼想，如果在娘的心里，这样的忘记当是一种罪过。

书礼想着这些，但她没有说出来，她怕说多了王宇不高兴。他们为想法不同已经有过多次小小的争吵了，书礼害怕争吵。她自己也没法去更深层次分析。这种态度和心理，以及举止都是一种自私的表现，与王宇的成长环境，有着密不可分的隐性因果关联。而这时候的书礼是悟不到的，她只是觉得不可思议。她幼稚得还不可能有更深层的思考，不能够体会和理解，爹娘为何嫌弃王宇的家庭背景之内涵。在她简单得可笑的理念里，以为家庭是家庭，大人是大人，跟王宇没有多大的关联。

殊不知，婚姻生活里，更多的是教育理念的不同，左右着一个人的人生观和价值观。那种隐性看不到的一种东西，在一个人的身心里，根深蒂固，如影随形地影响着一个人的个性，让性格无法摆脱命运的纠缠，从而为两个人的生活带来矛盾，书礼将一一去面对和承受。于书礼，婚姻是一座熔炉，开始了对她千锤百炼的锻造。

毛衣之事，书礼在日记里始终没有提及，因为这件事已经入心了，可她总是想刻意忘记这种不愉快，她以一种记日记的方式来宽慰和缓解自己，那天她简短地记着：

中午，我们为一丁点小事吵嘴了。一种难以言传的东西从心中升起，很茫然。自问是否真的无怨无悔？选定的路，所爱的人，还有什么可悔的呢！争吵又算得了什么？不是要争气吗？娘为什么总说"志气难争屎难吃"？我不曾悔过，我也不允许自己后悔，一切都是自己的路，不管是每一次争吵，还是每一分情感的增深，似乎冥冥中有神在提醒，这就是一种平凡人的婚姻生活，我要的不就是安于平凡吗？

这种常常因为不同思维方式而发生的争吵，我把之称为"和谐的争吵"。总是觉得，因为爱着，所以才彼此在乎对方的想法，我有时候想要纠正他的一些想法，可他又不想改变他的想法，而且有时还很固执。正因为爱着，所以我们组成一个家，正因为爱着，我希望我们看到的事物感官能够一致，一切都源于爱吧。才有相拥而泣的时候，但愿这种和谐的争吵，能够经受风雨，能够共度艰难，能够天长地久永无裂痕！我选择无怨无悔！

当书礼看到自己平日最喜欢吃的菜苔而不想吃，甚至想吐时，书礼到单位里做了个尿液检查，医生告知书礼：

"恭喜你，怀孕了，要升级了。"

书礼把这一喜讯告诉了父母和王宇，娘叮嘱她：

"刚怀上，千万不要见人就说，从小处看是要稳沉，从另外一处来说……"

娘还没说完，书礼打断了娘的话奇怪地问：

"又不是做贼，为什么不能说呢？"

玉竹嗔怪地看着女儿：

"是让你别揭锅盖太早了，那样会敞气的。敞了气的馒头，你再怎样加火蒸也蒸不熟了。做人做事，特别是这怀孕的事，要悄悄地，书里有话叫孕育，就像种子种到地里，你开始是看不到的，它在土地里悄悄孕育着呢。记得啊，别一张嘴没把门！"

书礼点了点头。答应着娘说：

"可是单位里的检验医生知道，她肯定会告诉别人。"

玉竹说：

"嗯，自己注意点就是了。前三个月是关键，少做重事，两个人也少在一起。"

娘的话，书礼半懂半疑惑地只知道点头。

为了怀孕，王宇已经戒了几个月的烟酒。那天，王宇开戒喝高兴酒，也有些激动的书礼，在日记里深情地记了满满两页：

　　检验医生告诉我，我怀孕了！也就是说，我肚子里播下了我和王宇爱的种子，似乎还没有做好特别的思想准备，这个未来的宝宝就来了。

　　记得，刚结婚时，我曾经傻呼呼地想过，假如有一天我也荣幸做了母亲，那么我会严加管教我的孩子，会让他们做不同年龄里适合他们做的各种事情，让他们学会生活的技能，哪怕带有强迫性。在他们因做事不耐烦时，我会对他们说：孩子，妈妈是因为至深的爱你们才这样做，总有一天你们会明白，也会懂得这一点。这一点点学会的东西，对你们的将来是多么的重要，这样能很好地锻炼你们的独立生活能力，同时养成好的习惯，一个好的习惯会让你受益终身。我还要教育你们做一个心地善良的人，用一颗仁爱之心去爱人，自然你们也会因爱人而被爱，因尊重人而被人尊重！这是妈妈至深至切的体会，妈妈就是在妈妈的妈妈这样管教下成长懂得的。

　　所以妈妈要用这些经验来教导你们，让你们能做一个自尊自爱自强的人。同时，无论什么时候，都应该去真诚待人。还有，在好的环境里要想到"天有不测风云"，艰难的岁月里，也要对生活抱以希望，要坚强，要不怕吃苦。同时要明白，生活不仅只有阳光和鲜花，也会有风雪泥泞。无论怎样的日子里，你们都应该保持自己清醒的头脑，冷静处理需要面对的事情，这样才能让自己的人生过得无怨无悔，理智走好一生的路！

有些事，玉竹的话，就像是哲理，你不信还真不行。当书礼怀孕的事，通过检验医生的口，让单位的同事都知道时，像一阵风，挡不住地吹上了天空。既然都知道了，书礼也就大大方方地回答别人的问话。没想到的是，一个月后，书礼和王宇因为一点小事吵嘴，酒喝得有些兴奋的王宇，不知怎么像着了魔似的，竟然踢了书礼的屁股一脚，这是结婚半年多来，王宇第一次动手。不，是动脚。当天晚上，书礼伤心地哭了好久，虽然王宇自己转身睡得像醉猪，什么也不知道了，而书礼一直哭累了才睡去，做了一个梦，梦到卫生间里一条死蛇。梦醒来时，书礼的心一惊，感觉这个梦不吉祥。起床后上卫生间，突然发现"来红"了，随着大块大块的血，刚形成的胚胎流了出来。书礼含泪来到玉竹上班的中药房，告诉娘流血的情况，但她隐埋了王宇踢了她一脚的事。

娘除了摇头，心疼地看着女儿说：

"我就担心着呢，越担心越有事，这个月好好休养着。一定记着，如果发现没来红，悄悄做检验，先不告诉任何人，直到出怀了，别人自然看到了，才是安全期。"

当王宇知道书礼流产和他踢的那一脚分不开时，伤心得不得了。特别是听了书礼说梦到卫生间的小死蛇时，用拳头击着桌子说：

"都怪我！梦到蛇就是生儿子的预兆啊！流掉的是我儿子呢。儿子呢！"

书礼这时反过来劝王宇：

"不想了。我们还年轻，再怀。没事儿，命中有时终须有。"

王宇点着头说：

"也只能这样想了，都怪我都怪我！

五

几个月后，书礼再次怀孕。这次怀孕她和王宇听娘的话，没告诉任何人。早孕反应时，只要是在上班，总是偷偷去卫生间吐。有一次下班，听到敲铁器换米糖的人挑着担子敲过窗前，忍不住去买了一大块来吃。正吃得津津有味，一位女同事笑着说：

"看你那馋相，一定是怀孕了。"

书礼悄悄用手指头在唇边轻轻"嘘"了一下，人家也心领神会了。

一直到五个月后，肚子慢慢显出来，外人才知道。那些日子，为了加强营养，玉竹让书礼夫妻俩隔三岔五地回家吃饭。这期间，王宇也变了好多，酒少喝，烟也少抽，对书礼关爱有加。这时候的书礼，仿佛体会到了真正的和谐之滋味儿。仿佛，真正的小日子是从怀上宝宝开始的。生活的情趣，也在不同的家务活里。

书礼和王宇一起提着菜篮上自由市场，家里的两只菜篮分别是竹子和包装带编织而成，把所需的各种时菜选购后秤好，然后放在菜篮子里提回来。回家后，夫妻俩一起用木炭加酒精，费了好大劲，很不容易把煤火生燃，然后书礼择菜，王宇煮饭，配合得很好，有说有笑，分工做各项不同的家务活。性急的王宇嫌煤火太慢，把高压锅里的饭放到煤气灶上去煮。煮了一会，发现煤气罐的煤气用完了，他又用一盆热水把煤气罐放在水面上，利用这个办法，煤气的火大了点。书礼在阳台上择菜，王宇洋洋得意的来夸自己的好办法，王宇的自夸还没夸完，突然听到"轰"的一声响，把书礼吓得睁大了双眼，看着王宇，王宇也惊讶地看着书礼，相互怔怔地看了几秒钟后才回过神来，一起跑到厨房查看，只见水盆里的煤气罐和高压锅，都残躺在地上，高压锅的锅盖飞去好远，米饭四处开花，好在煤气的火已经熄了。王宇和书礼对视着，这时，书礼强作镇静，拍了拍胸脯说：

"不要紧不要紧，万幸万幸！真是万幸刚才我们不在厨房，万幸煤气罐里的煤气已经烧完了。"

书礼一边收拾残局，一边心有余悸地说：

"阿弥陀佛！有神保佑，有神保佑！"

等一切收拾好时，两人才放松下来。这一对还没能过好家家的小夫妻，彼此看着对方，大声地笑起来。

得知三毛自杀去世的消息，是书礼怀着孩子回娘家吃晚饭的时候，电视新闻联播上看到。不久，书礼又在陕西《星期天》这份报纸中，读到贾平凹先后发表在副刊上的两篇悼念三毛的文章——《哭三毛》和《再哭三毛》。三毛的离世，除了怀念和感伤，她同时看到作为女人的自己，能以生孩子的方式来延续自己的生命而欣慰。她觉得，如果三毛有自己的孩子，也许不会走上自杀这条路。

除了记日记，除了身上怀的宝宝，书礼已经多次用"竹馨"之笔名写稿投稿。投中了她欢喜，不中她继续。心中的种子，在孕育中慢慢发芽；冥冥中，她懂得和看到，文字就是她想要的，那双看不见又飞翔的翅膀……

书礼记得三毛说过的一段话："世上难永恒的爱情，世上绝对存在不灭的亲情。一旦爱情化解为亲情，那分根基，才不是建筑在沙土上了。"

这种说法，赋予了太深刻的哲理，也为书礼在和王宇之间偶尔有不开心时，找到了一条合情合理劝慰自己的方式。因为她肚腹里的孩子，让她和王宇从简单的爱情转化成了亲情。是孩子这根纽带，让他们的爱情有了根基。书礼想，未来的生活里，要做好去迎合那份永恒不变的亲情。

从怀孕起，书礼便开始为腹中的宝宝织毛衣。自记下三毛离世的消息后，有一个星期没有记日记，这种情况是极少的。与她和王宇这些日子来在平稳和谐中度过有关，也与身体越来越笨重带来的不适有关，人慵懒，家务也很少做，特别是一些比较重的活不能动手，有时上班，科室的地板是王宇去帮着拖。三个月的早孕期过后，书礼不但精神好起来，人也白里透着红越来越漂亮。总有人笑她一定生女儿，说女儿才在腹中

450

打扮母亲。

家里终于买了彩电，两个人的工资攒了一点儿，山杏来时凑了一些给书礼。有了电视，书礼每晚在火盆前一边烤着炭火，一边看电视织毛衣，电视连续剧《义不容情》是继国产电视剧《渴望》之后的又一个受人欢迎的电视连续剧，牵动着千家万户观众的心。一个星期没有记日记的书礼，告诉自己不能懒。于是，那天记着：

> 开始为宝宝织起了一身毛衣，明艳的橘黄色，好可爱。孩子在腹中一天天长大，我每天数着日子快快地过去，盼着孩子早一天来到我们身边，一种做母亲的渴望在心头日益增加。孩子该是调皮的吧，因为常常踢我。盼着做父亲的王宇更是迫切，天天放胎教录音给宝宝听。在心里，无论是女孩还是男孩，我都希望她（他）将来能够有个豁达的胸怀，开朗的性情，这才是最重要的。
>
> 我们天天要出门散步，偶尔还会去舞厅走走慢步，让孩子在腹中感受一下乐感和舞步。
>
> 热爱生活，热爱自我，生活终究是美好的。当孩子来到我们身边的时候，相信我们的日子更充实和富有。生命只有一次，所以要活得开朗和积极，生活会公平地对待每一个人。

鞭炮声声，大地迎来了新的一年。

年三十和年初一按惯例是到婆家过年，年初二再到娘家拜年。年三十那天吃年饭时，王宇的父亲却说：

"明天你们不用回家来，自己在家过，我和你妈要在家里等拜年客，没时间管你们。从小我就教王宇要独立，要像外国人一样，十八岁开始就应该自己管自己。当初让他先搞事业，他非要成家，成家了好，自己过好自己的家，过年也一样！"

书礼听了这话，简直不敢相信自己的耳朵，这是他们结婚后在一起过的第二个年，更何况书礼怀着孩子。平日去家里吃得也不多，过年过节回父母身边吃饭是中国人的传统。书礼又想起，去年中元节时，他让王宇买了一提火纸送回去，说给祖人烧纸钱，大家都这么做，书礼想，自己不知道王宇的祖宗是谁，她作为媳妇，尽一点孝是应该的。没想到，火纸送去后，晚上王宇的爸爸送回来了，并说他们不烧，让王宇和书礼自己折包袱为祖人烧纸。从那时起，以后的每年中元节，都是书礼折包袱和写包袱，然后和王宇一起去烧给祖人。

年初三时，王宇到他堂姐家吃饭回来，喝了酒，对书礼说：

"后妈就是后妈，我知道，不想我们回家多了就是她不愿意。因为她的孩子要去啊。这也就罢了，可她还要在外边说你的坏话。"

书礼听了一愣，问王宇说什么坏话了。王宇含糊不清地，开始不肯说，后来在书礼一再追问下，王宇说：

"她在外说，当初我们谈恋爱，是因为你怀孕了所以要急着结婚，后来看到我们好久没怀孩子，又说你瘦弱养得娇惯，谁知道能不能怀孩子呢！现在怀了，她又说要为她增加负担了，到时她不能来照护你坐月子。这些话都是堂姐告诉我的，我听了很气愤呢。"

听了这话，书礼十分生气地和王宇吵起来，吵着吵着，王宇却睡着了，留着书礼很不开心。不开心的书礼，挺着个肚子，一个人走进了电影院，看完电影出来，酒醒后的王宇正发了疯似的到处找她。回家后，书礼心事重重地记日记：

> 他告诉我他父母说的一些伤人的话，我很伤心，平添我们的烦恼。
>
> 独自走在冷冷的街头，任风吹着我的脸，脑子里专门设想着那些不算完美的未来，在街上走来走去，漫无目的，只是为了避免夫妻之间过多恶化的争吵。很多时候我们的感情是好的，总是要有那么多的外来因素影响我们，不愿意这样，可事情出乎自己意料之外，一颗单纯的心能敌过那复杂多变多计谋的人吗？有时真是无奈，其实我宁愿什么都不知道，可他偏偏又要告诉我。

我很伤感，觉得无处可去，这些话也无法告诉娘，怕她为我担心，更何况她曾有先见之明。独自走在清冷的街头，忽然看到今晚的电影海报有个很特别的名字《月随人归》，便有了去看一看的欲望。尽管今天是大年初三，这是我第二次一个人看电影，这种感觉虽然落寞，却也可以排解烦恼。一个很值得一看的爱情故事片，三十六年的爱情等待，终于使相隔两岸的有情人重归月圆。

看完电影回来，隔壁的阿姨说王宇到处找我去了，一丝内疚掠过心头，当两人相见时，仍是无法恨过。

生活的烦恼，似乎无处不在，书礼深深体会到了那种有话不可说的滋味儿。好在，她有记日记习惯，可以把心里的话，对日记倾诉。似乎纸和笔，才是人间一对无话不说的知己。

六

天气已然从暖转热，按预产期算，书礼腹中的孩子已经超过预产期一周了，但还没有动静。那天晚上有点闷热，书礼时常觉得肚子胀，便对王宇说：

"你赶紧抢时间睡觉，说不定是下半夜的事，疼得急时再叫你。"

王宇听了书礼的话，说：

"那好，你自己要是能睡就睡一会儿，别硬撑，要为生时蓄力气。"

书礼答应着，看着王宇很快进入梦乡。

书礼想睡时，总被一阵阵宫缩疼醒过来。深夜三点，宫缩一阵比一阵紧密，疼得实在受不了时，轻轻喊了王宇一声。王宇倏地一下蹦起来，揉揉眼说：

"怎么样？要去医院了？"

平日睡得总难叫醒的王宇，此刻紧张的举动，令书礼很感动。书礼说：

"是的，痛得越来越急了。我们先去爸妈那里，再去医院。"

书礼让王宇拿上早已准备好的包被，那是娘提早就做好了送来的，有各式各色、大小不一、厚薄不同的包被，以及同样各式各样大小不等的婴儿衣服和尿片。王宇牵着书礼走在安静的街头，路灯照着街上的树影如隧道。小城还在睡梦中，偶尔有一两家早餐店开了门，生炉火准备营生。

走过居民区，进卫校大门，来到家门前，书礼用锁钥开门。刚打开，玉竹就揉着惺忪的睡眼出了卧室说：

"听到锁钥响，就知道肯定是你们来了。开始发作了吗？"

书礼一边答应一边上了洗手间，出来时说：

"见红了。"

玉竹：

"要见真包公了。我洗了马上随你们去医院。"

到医院后，床位安排躺下来时，大约是深夜四点多。书礼的肚子一直是一阵紧一阵地痛着，坐立不安地走进走出，甚至有些心烦意乱。玉竹一边扶着女儿，一边让她别急躁，说：

"每个女人都要经过这一场痛，生孩子急不得，瓜熟蒂落的事，别烦！忍着，用劲地忍着。"

书礼一边听着娘的话，一边疼着煎熬着，从医生检查开一指到两指到三指，看着窗外的天一点点地亮起来，直到天色大亮，医生还没有通知进产房。白班时间到，妇产科里更加忙碌起来，诗润也来了，看到书礼疼得蜷缩在床上的样子，心疼又担心地看着。玉竹问书礼想吃什么，书礼说想吃荔枝罐头，王宇赶紧出去买来了荔枝罐头，打开后开始喂书礼，边喂边笑着说：

"平常总是你买罐头给我解酒，没想到你生孩子想吃的是罐头，还是荔枝罐头，罐头里最好的一种呢！难道生孩子和醉酒差不多？"

听了王宇的话，书礼哭笑不得。可是刚吃下一半的荔枝罐头，因为一阵急速宫缩，书礼哇地一声，把刚吃进去的全部吐了出来，王宇心疼地说：

"可惜了可惜了，这好的荔枝罐头都让你给吐出来浪费了。"

书礼疼得一边尖叫，一边让王宇快去找医生来，说她受不了了。医生来作检查说开了四指，可以进产房了。玉竹牵着女儿进了产房，王宇和诗润留在产房门外守候。姗姗闻信赶来，随着书礼和玉竹一起进了产房。上产床后，书礼的疼痛升级为撕心裂肺，一阵一阵的缩紧再缩紧，疼得她只能用叫喊来代替。同时，全身起着鸡皮疙瘩，一阵一阵地发冷。医生说：

"宫口已经开五指了，她现在的力气不够，又吃不进东西，初产妇，加之产道窄小，所以比一般的产妇更疼痛，生起来更费劲。得受大苦罗！"

书礼进产房时大约九点半，持续两个小时还没有生出来。她自己叫着：

"给我剪了，剪了！我受不了了！"

医生说：

"也只有这样了，本来想尽量不侧切，看来没法避开这一剪了。"

医生一边叫准备侧切剪刀，一边对书礼说：

"忍着啊！下一次宫缩时我就要开剪了！"

书礼拼命地咬着唇，再一次剧烈的宫缩疼痛开始时，她明显感觉到了下身有一股热流传来，她知道，那是医生用侧切剪刀剪开了她的产道。与强烈剧痛的宫缩比起来，竟然没有多大的痛感。这时，两名医生一左一右，扶着她的双腿，大声说：

"用劲！用劲！你真是不会用劲啊，你把劲都用到上边去了！"

书礼一手挽着玉竹一手挽着姗姗，只要宫缩开始，她就把娘和姗姗的脖颈压着往前弓，折腾得她们也筋疲力尽。在多次使劲不得当时，书礼自己又喊：

"我实在用不了劲了，用吸引器吧！"

在连续使用吸引器的第三次，孩子才被拖出产道。在医生一阵忙乱中，听见孩子一声大哭。书礼放松下来看了一眼墙壁上的时钟，时钟指向十一点三十五分。从昨晚发作算起，整整二十四个小时。一直守候在产房外的诗润和王宇，听说孩子出来了，俩人都松了一口气。王宇赶紧到门外点燃了手中准备好的鞭炮，在产房外徘徊来去几个小时的诗润，含泪笑了！

产房内的产床上，书礼在接受针尖一针一针扎进产道的缝合。产道缝合不打麻药，只能"干挨"着听凭医生在拉扯中穿针引线。为了分散书礼的注意力，姗姗对书礼说：

"好漂亮的女儿，特别是那双大眼睛和红唇像你。皮肤好白，是一位美丽的白雪公主呢，就是头发稀薄了一点。"

玉竹端来了准备好的糖水鸡蛋，喂书礼吃。书礼仅只喝了几口糖水就不接了，玉竹说：

"不吃怎么行！一天一夜了，受这大的罪，要补充能量呢。"

书礼虚弱地说：

"觉得心被拉空了一样，有点难受，一点都不想吃，没胃口。过一会看看再吃，如果现在强行吃了我怕又要吐出来。"

一边为她缝合的医生听了，说：

"等会吃可以，现在吃如果吐了对缝合不好，别搞得让缝合口裂开了，下边水肿很厉害，胎盘出来了，等宫缩慢慢恢复后就会好一点。她真是比一般的女人生孩子吃亏，产道太小，其实孩子不大，才五斤呢。吃亏了吃亏了！"

玉竹听了医生的话，只好把手中那碗糖水鸡蛋放了下来，说：

"终于见过真包公了，我这心啊，吊着可以放下来了。你爹在外边一直走来走去走了几个小时，女儿生孩子比自己当年生孩子还紧张。古话说儿奔生，娘奔死，只隔阎王一张纸。阿弥陀佛！感谢佛祖佑护！感谢医生们辛苦！"

玉竹说完，双手合十念着阿弥陀佛。

书礼是用医院的担架，哥哥和王宇一起抬着她回家的。那时，国庆和马丽都已经调进了青城县人民医院，马丽上班了，国庆的岗位还没有安排好。书礼坐月子的那一个月，一直是哥哥陪着在她家里，每天上午过来，一边在客厅看电视，一边问妹妹有什么需要之类，到吃饭时间便回去。刚到新单位，没有房子，所以和父母住在一起。玉竹总是在上班和下班之间，抽时间过来为书礼坐月子需要的吃食。王宇的继母偶尔也来帮着洗尿片，王宇觉得有岳母照料着，便开始忙他的工作了。

于书礼，"坐月子"其实是"躺月子"。先是因为产道侧切处，牵扯着动弹不得，每一次小便如针扎一样难受。那样敏感的区域，莫可名状的难受和疼痛。缝合线拉扯着，不能用劲，小便时疼大便更是忍着不敢上。七天后间断性拆线，十五天后才拆完了所有的缝合线，每天两次"高锰酸钾"坐浴。里外一共缝了几十针，那种"细碎"的疼痛，入心得无言以表。

玉竹更是"脚板跑大了"，每天几次过来管女儿的吃食，早上是米酒煮黑糖鸡蛋。米酒是生孩子前书礼自己用糯米饭加酒曲做好放冰箱里的，红糖和鸡蛋以及各种肉类，都是同事和亲朋好友们送来看产妇的。有一次，玉竹煨了一罐猪肚排骨汤放在沙锅里，为书礼每天一碗汤面而准备。那些时正是秋初，天气仍很热，玉竹走后，王宇没有把汤放进冰箱里。第二天玉竹来时，发现一锅汤全部坏掉了，玉竹心疼得连声说：

"这一罐好汤坏掉了，太可惜，太浪费了。罪过，罪过啊！"

那天诗润也来了，见玉竹这样心疼，便说：

"煮给我吃了吧！"

玉竹有些生气地说：

"臭都臭了！哪还能吃。这个王宇，怎么就不知道夜里要把汤放到冰箱去呢！"

玉竹也只是这么一说，心里怪着王宇不管事，可她又觉得不好过多地指责王宇。

直到多年以后，书礼觉得娘太过"客气"，既然女婿半边子，作为母亲，他是可以教王宇的。毕竟王宇从小没有经过母亲的熏陶和教育，在他做得不对时，岳母除了疼爱，也可以严厉教育孩子，而玉竹则是选择了隐忍。从此后，再来照护女儿，她自己便把该放冰箱的放好了再走。

一直到后来的岁月里，王宇这样同一类的错误不知道要犯多少次，在他的意识里，很少关注生活细节。有一次书礼出差前家里吃的剩饭菜，她走时在餐桌上，一周回来了还在餐桌上，只是那剩菜长了一层黑黑的霉。

第五章

一

　　王宇对生活细节的关注和习惯似乎天生欠缺，哪怕书礼有时发脾气说过的事儿，转身他一样忘记或漠视。就像他极少做卫生一样，就像他会把书礼整理好的衣柜不管不顾翻个底朝天一样，就像他起床从不叠被牵床一样。

　　刚结婚时，书礼起床后折被子，王宇说：

　　"晚上又要睡，牵那么整齐干吗？"

　　书礼嗔怪又半开玩笑地说：

　　"如果是这样想，那人和猪狗有什么区别？人正因为是人，要和猪狗区别开来，是因为人有对生活质量的要求，一个好的生活环境才能享受做人的尊严。娘常教我，进门观三色，日日防客，夜夜防贼。天天防着有客人来，进门看你的家是整齐还是零乱。"

　　王宇却说：

　　"你说得有道理，但我觉得这样麻烦。反正我不做这些，你愿意那你就做你的吧。"

　　直到十多年后，王宇带书礼到朋友家做客，那朋友家凌乱不堪。出来后，王宇说：

　　"他的家怎么可以乱成这样？"

　　书礼看着王宇：

　　"你也知道看不惯人家的乱了？是因为这些年来我给了你一个整洁干净的环境，你早已经习惯了，所以看不惯别人家的乱了。这就是一个人的生活环境带来的影响，有多重要。"

王宇不置可否地点头认可：

"你说的有道理，有道理。看到他家乱成那个样子，我简直不敢相信。不过，听说她老婆喜欢打麻将。"

书礼：

"上了麻将桌，哪还顾得上收捡。"

虽然王宇照样不关注生活细节，书礼改变不了他的习惯，所有家务，书礼亲力亲为，但他眼里所看到和接受的，已然是干净整洁了。

生孩子之前，家里的卫生，几乎是一天一次，爱洁净的书礼也爱着做家务活带来的快乐，她真心喜欢做这一切。可坐月子躺在床上动不得，又看不惯地下的灰尘和桌面上的脏乱，她让王宇拖地，说空气不好。开始王宇不愿意动，直到书礼说了几次，地是拖了，可拖得很烦躁。当书礼多说了几次时，甚至对着躺在床上的书礼挥拳而去，终究因为书礼是躺在床上的"月母"而拳头落得轻。看着王宇敷衍了事和不耐烦，书礼只想等着让自己的身体快快恢复，自己能做的时候，一切问题都解决了。

这些生活细节，是书礼没有躺在床上时看不到的。孩子十多天时，王宇随单位下乡搞活动，别的同事回来了，他却推迟于别人一天才回来，书礼生气地说：

"你家里有个坐月子的老婆和刚出生的孩子，你为什么比别人回得还要晚呢？"

王宇说：

"有些收尾的工作我在做。"

书礼说：

"你有充足的理由可以先回，而你却把收尾工作看得比家里的我和孩子更重要，其实你就是怕麻烦，你喜欢外边自由自在的玩儿。当初说的家庭第一事业第二，就是一句哄人的话。"

王宇却说：

"不是有两个妈在照护你吗？我回来还不是这样。"

书礼说：

"我妈既要上班又要管家里的人来客往，来看我的老家亲戚都是她带回去接待，她都跑瘦了。你那个妈，每天上午象征性来洗几个尿片，其他卫生没有帮一下，晚上的洗了片子就赶紧走了。更可气的是，我都生十多天了，你爸却没有来看过我，你家里人怎么可以这样冷漠呢？"

王宇却没好气地说：

"我家就是这样一个家，你又不是不知道，我有什么办法？"

书礼有些气愤地说：

"你也晓得你家就是这样的家，你家人没有温暖，你就不知道多给我一些温暖？让你拖个地都不耐烦，嫌我说多了，还想要动手打我！"

说到这儿，书礼伤心得哭起来。虽然王宇没再说什么，可是让书礼看到了王宇的另一面，那就是因为生孩子因为书礼不能做家务，喜好自由自在的他，责任心的欠缺便显现出来了。他不懂得这时候躺在床上的书礼，多么需要他的关心和问候，多么需要他能陪在身边多一些体贴和温暖。可是王宇感受不到这一切，他每天照样是他那所谓的工作和为工作而吃喝的理由。

书礼正伤心着，女儿哇哇地哭起来。书礼赶紧侧过身子，拍着小家伙，然后给她喂奶。书礼心想，多亏有了女儿的陪伴，她才不至于更多的伤感。因为出黄疸，小家伙的脸是黄的，但黑黑的大眼睛骨碌转着，脸再黄，唇却是红的。看着女儿可爱的小脸，书礼除了欣慰，更多的，她在用一颗做母亲的心来体验有了孩子的感受。她选择忘记不开心的事，享受孩子给她带来的快乐。

王宇工作去了，国庆来陪伴妹妹，正在客厅看电视的国庆，听到卧室重重一声响，原来是书礼想起床动一动，刚下床就晕，眼前一黑便摔了。国庆赶紧进来扶起妹妹说：

"都二十天了，你这身体还没有恢复，你马丽姐生两个孩子都没有你吃亏！这个王宇，一天到晚都在忙些什么！总是娘每天几趟地跑过来管

461

你，真是。你马丽姐坐月子，我和娘轮流为她做好吃的，所以她第三天就能起床活动了。"

书礼听了哥哥明显带着不满的话，虽然心里伤感，可又不好意思表达出来。只能说：

"马丽姐的体质比我好，个子也比我大，生孩子时也没有我吃亏，所以她恢复得快。"

国庆却不这么认为，他说：

"坐月子，是协助产妇顺利渡过人在生理和心理上，恢复健康的关键时期。我看这个王宇，心事就没用在家里，又没当什么领导，哪来这么多事忙呢！从来没见他为你做一过顿饭，都是依靠娘来为你做，娘顾不上了，我为你做个面什么的，我没看他做过一次。"

书礼说：

"他不会做。"

国庆说：

"你看你看，都是你们惯的，哪有不会做的？吃就会了？不会做可以学啊，可以多做几次啊！娘就不该事事来帮，帮得他更自由自在地当起了甩手掌柜！"

国庆说到这，自己又说：

"不过，要是没有娘来管你，可能还只得你自己做了，对王宇做家事，真是不看好。娘心疼自己的女儿，脚板跑大了也得往这里跑。"

国庆扶妹妹躺下来，见妹妹不做声，他也就没再多说了，怕说多了书礼心里难受。

书礼坐月子，吃的都是娘家的娘和哥哥在管，孩子的护理则是书礼在娘的指导下慢慢学着做。尿片呢，王宇洗一洗王宇的继母也来洗一洗。而王宇的爸，一直到孩子满月以后，才来看了书礼一眼。书礼虽有想法，但这想法，她也不想多想了，想多了只会让自己心里难受，无非就是嫌弃书礼生的是个女儿而不是男孩。好在哪怕是"熬月子"，这一个月总算过去了。

满月酒其实也就是答谢宴，为答谢这一个月来看望书礼的亲朋而履行的一个仪式。一向爱美的书礼，那天想刻意打扮打扮。十月怀胎时穿的都是大大的孕妇裙，将近一年多没有买新衣服了，书礼到衣柜找着衣服，试了一件又一件，不但肚子消下去了，人也瘦了不少，虽然面容有些憔悴，但身材穿哪件都觉得好看。当书礼打扮得漂漂亮亮，抱着女儿一起来到酒店时，看着周边熟悉又亲切的环境，好像自己是失而复得了！

　　"坐月子"一个月来，似乎有天上一日，人间千年之恍惚感。阳光下，书礼充满了感恩之心，感恩自己又能够在阳光下，在人群里，手中还多了一个可爱的小生命。那一刻，觉得世间如此美好，书礼竟然含着热泪，伤感又开心地看着眼前的一切。想起这一个月来，尽管来看望的人很多，可总还是不满足，巴不得时刻有个人来陪她聊天谈心。每每躺在床上，眼睛便望着窗外，盼望着能有人来，特别是自己的亲人和好友。王宇下乡的那一个星期，书礼的心犹为难受和委屈。直到多年后，"产后抑郁症"这个词出现时，书礼心一惊！多么感谢自己没有得上什么"产后抑郁症"。

　　女儿两个月时，书礼还在产假期，除了料理孩子，还可以快乐地把家里家外收拾得一尘不染。在感激健康的同时，她合理安排好时间。孩子睡着时，把家务做好。孩子醒来时，为孩子放音乐和抱着孩子说话，享受一个做母亲的温暖与爱意。孩子满月后，书礼又恢复了记日记的习惯。现在的日记，除了记自己的心情，添加了记女儿的新内容：

　　　　你是我的公主，我叫你楚楚，我亲爱的楚楚公主，你在妈妈的腹中经过一个冬季、一个春天，再就是一个长长夏日的孕育，你终于在这个收获的季节来到了人间，来到了爸妈的身边。痛苦的分娩过程是无以言喻的，那种痛叫撕心裂肺、苦不堪言。可是只要你能顺利来到我们的身边，妈妈我再苦也忍受过来了，仿佛经历了一场生死。……你睡在摇篮里看着我，对着我笑，而且还要我跟你说嘴呢。当我低下头写字时，你呀，小家伙，还知道呀呀的吵闹。当我再掉头来朝你说话时，你便笑。你才两个月呢，而且还懂得尖着个小嘴跟我"咿呀"个不停。能这样通性情，妈妈我有说不出的高兴。

生活总是这样，有失必有得，坐月子的日子我像失去了快乐。如今，"快乐"的感觉似乎又在悄悄回来了。这种快乐是我亲爱的小公主为我带来的。妈妈盼着你快快长大，妈妈和你一起成长呢！

正记着，玉竹来了。为书礼送一些催奶水的东西。一边换鞋进门，一边往冰箱走，边放东西边教书礼：

"记得做了吃，你吃好了楚楚就能吃好，不吃好她吃你的奶时，你心里会发慌的。最好是晚上睡前还吃点什么，这样孩子半夜吃奶你就不心慌了。"

书礼看到娘走路有点不对劲，便问：

"走路怎么不对劲？你的脚怎么了？"

玉竹坐下来，把右腿搬到另一条腿上说：

"还真有点疼。昨天下班，走到小桥时，一个拉板车的拉了一车东西，上桥时突然倒退，轮子刚好把我这个指头压了。"

书礼看到娘的右脚大拇指红肿得裂开了至少有一分，便问：

"天啊！十指连心呢，该有多疼啊。找他没？"

玉竹说：

"找他干吗？未必还找人家赔不成？人家一个拖板车的，可怜人。他在前边拖，因为东西太多，我还帮他推了一把，一直等他上了桥。我自己在门诊上点药，几天就会好，没事。"

书礼说：

"人和人就是不一样呢。记得上半年，门诊来了一个老人，说是被自行车撞了，骑车人是一个在大修厂当学徒的男孩，老人有几处被撞得软组织损伤，但无大碍，那男孩也出钱为老人整治了。可是好了以后，那老人还跑到大修厂把那男孩打了一顿，说什么他的身体被他撞坏了。"

玉竹惊讶地说：

"不得了！哪能打人家！人家又不是故意的，罪过呢！本来是别人的过，你打了人家，就是你自己的罪了。"

玉竹说完，念了一句"阿弥陀佛"说：

"总有那么一些狠心肠之人，这是不懂得因果报应啊。"

书礼心疼地看着娘的脚，没再说什么。她这个娘，她太了解了，看不得人间任何人的疾苦，如果还有一个让她看到的受苦人，她心里就会难受。

那一刻，书礼突然领悟，娘就是佛呢！

娘度每一个孩子，而众生都是每一个娘的孩子；每一个娘度好了自己的每一个孩子，不就是普度众生吗？

二

女儿睡着了，书礼捧起书来看。女儿哭了，书礼放下书本，抱起女儿来喂奶。书礼右手斜挽着女儿吃奶，左手轻轻夹着乳头避免不让孩子呛着的同时，也防止把孩子的鼻子堵住呼吸。当一只乳房在女儿的小嘴开始被吮吸时，另一只乳房的反应是更加鼓胀地要涌出来。书礼抽出夹着乳头的左手，揉了揉另一只要涌出奶水的乳房。

书礼的奶水不错，娘说书礼是"莲蓬奶"，不大，但奶水足，很养人。书礼坐在沙发上正交替着为女儿喂奶时，远远地，听到王宇大声喊着：

"书礼啊，书礼耶，书礼哦……"

一声声交替着兴奋的喊叫声由远而近，这喊声其实是王宇表达高兴的一种方式。可这种方式让书礼有些慌张，虽然王宇还没进门，这种熟悉又不正常的叫喊，让她远远地想像到了王宇脸红脖子粗，扭着醉态的步子。这画面，可谓铭心刻骨。书礼有意识地往沙发里边靠了靠，王宇已经进门了，进来便往沙发重重一坐，紧紧向书礼靠了过来。书礼努力用讨好的口吻说：

"别过来。女儿在吃奶，别让女儿呛着了啊。"

王宇哪听得进这话，不但靠了过来，还把头也伸了过来，一边伸一边说："我的女儿在吃奶呢。我也要吃。"

书礼努力忍着，哄着他说：

"别闹，别闹。你喝多了！快去，自己喝水去，然后去睡觉，求你别过来！"

没想到，王宇不但没有离开，反而突然伸手把书礼另一只鼓胀的乳房，使劲捏了一下！天啊！一阵钻心的痛传遍了书礼周身，所有的忍耐在那一刻决堤崩溃！书礼把女儿往沙发重重放下，不管扯下奶头后叫的女儿，开始和王宇打架。书礼一边用手打王宇的身体，一边哭一边破口大骂：

"叫你喝，喝去死的！叫你喝，你他妈的还是人么？什么也不管，我做得好好的，你只晓得回来发疯发癫。你还是人吗？呜呜……"

说到这里，书礼已经大声哭了起来。边哭边说：

"你用这么重的手捏我，你不知道有多疼，疼到我心里去了！生孩子本来就疼，鼓胀的奶受力会奇疼，你不但一点都不懂得心疼我，还要给我增加额外的痛。你那老虎钳一样的手只知道每次弄疼我，这日子还过得下去吗？不求你懂得心疼我，只求你喝了回来自在一点儿，这一点你也做不到。呜呜……"

书礼一边歇斯底里地哭骂着，仍然不解气，顺手把王宇一只踢到她面前的皮鞋，提起来向王宇扔过去。书礼本只是象征性地把鞋子扔到王宇面前，没想到，王宇也提起鞋向书礼扔了过来，书礼没打到他，而王宇哪怕醉了，他以投篮之手，把手上的皮鞋准确无误地投在了书礼的额头前。瞬间，书礼的头血流如注。书礼感觉到有东西流下来，摸了一看，是血！书礼再一次歇斯底里地大哭起来：

"呜呜……呜呜……这日子没法过了。没法过了！"

王宇却说：

"你对我没有爱情。你只对我有亲情。"

书礼边哭边大声吼叫着：

"我把你当亲人，你都没把我当亲人，哪来的爱情？你这样下重手打我掐我，还有脸说对我是爱？呜呜……这日子没法过了"

书礼绝望的哭喊，吓住了王宇。王宇歪着头，自己到卧室去了，他并没有注意到书礼的头在流血。书礼见王宇倒在床上呼呼睡着了，来到卫生间的镜子前清理伤口，一边伤心地哭着为自己擦血迹，一边为伤口擦碘酒，好在没有什么口子，只是擦破了表皮。

从此，在婚姻这座熔炉里，生活的伤口开始了！一次次撕裂，一次次愈合。一次次再撕裂，一次次再愈合！书礼一次次为自己疗伤，为自己养伤，为自己抚平伤口。

这次，书礼有两天没有和王宇说话，那天李琛回来了，过来叫他们回家吃饭。书礼怕娘担心，表面上坐王宇骑的摩托车去，回来时，书礼便不肯坐车了，抱着女儿一个人往前走。王宇先是要书礼上车，赔着笑脸叫书礼上车，可书礼偏不理他，王宇只好往前骑一阵，又停下来等一会儿，一直这样慢慢到家。到家后王宇帮着书礼端水为女儿洗，然后又去洗尿片，可就是不和书礼沟通，不懂得安抚书礼，更不说对不起的话。书礼心里也明白，王宇是爱她的，只是他爱的表达方式不对。他不懂得如何做得好才是爱，他是单方面地把自己的喜怒哀乐，用自己的方式强加到别人身上，不管别人是否接受得了；他也不知道自己的方式有时粗鲁得让人心生厌烦。每当这时，书礼会想起琼瑶在某小说里的一句话："爱而不会爱，比不爱更残忍。"

在楚楚三个月之前，玉竹回了一趟老家，回来时，为书礼带来了一个十四岁的女孩子。女孩是诗润亲房一个叔伯堂兄弟的女儿，由于这位堂兄弟早逝，女孩的娘再嫁，女孩跟着奶奶一起长大，早早就没有上学了，上山打柴下地干活。玉竹看她可怜，加之想到女儿要上班了，家里必须要请个人来帮着带孩子。当这位瘦弱拘谨，说话不敢大声，叫叶子的女孩，出现在书礼眼前时，书礼首先带她到理发店理了那一头零乱且长有蚤子的头发，然后带她回家。从此，家里多了一位新成员，叶子叫书礼姐姐，叫王宇姐夫，书礼对着一双大眼睛望着叶子的楚楚说：

"楚楚，家里来客人了，你叫小姨，以后有小姨帮着我带你了！哦，真好真好哦！"

那天，书礼在日记里记着：

> 今天娘为我到老家带来了一位叫叶子的小妹妹，这位妹妹小时候我和娘一起回老家时还抱过她呢！是个苦命的孩子，从小没了爹，娘再嫁。我和楚楚有伴了，每月为她存二十元钱。我也快要上班了，只有娘才能为我事无巨细地想到。

> 干旱月余的天，今天终于下了一场不算大的秋雨，站在阳台上，一股尘土气息扑鼻而来，当雨点下得更密之后，一种清清爽爽的感觉，环绕大地。远处的凤凰山，绿得更青翠了，但愿这场雨能下得更大一些。

王宇虽然工作在学校，因为只教体育课，而且常有带学生外出比赛的机会，相对来说，空闲时间也比较多。所以常与其他学校的体育老师一起联盟，不是吃饭喝酒就是聚会打牌，加之他乐于此好，爱自由散漫，更喜酒桌上闹酒的氛围。常常，闹酒是他的"强项"。比如，他今天盯上一个人要这个人醉，还真没有不让人不醉的时候。当然，往往也是他自己先人而醉了。比如，他要敬这个人的酒，不管别人答不答应，他自己先一杯端起，咕噜下肚，让别人再喝，为了面子，一般人不得不喝。当酒下肚有几分醉意时，更是忘乎所以地放开了喝，直到不醉不归，这时候他的脸和脖子像红斑样的红遍布周身，原有的帅气隐于脸红脖子粗里失了原样。回家来，第一件事是，一边把锁钥往地上一丢，然后一边脱鞋，一边说：

"戳他娘的，没办法啊，真是没办法啊。"

这时，"兴奋半小时"开始了！他的兴奋期是书礼的"灾难期"，常常兴奋得追着书礼满屋跑，书礼为了躲避他那"老虎钳"一样没有轻重的手和争吵，她学会了躲藏，要么躲到隔壁人家，要么躲到叶子的房里。可是当王宇兴奋过度时，书礼是躲不了的，躲到哪儿他必须跟到哪儿，必须把书礼找出来才罢休，直到自己筋疲力尽，睡下后才能安静下来。

书礼的日记里，开始满满地记录着不开心：

产假休完后，上班已有好些日子了。重返岗位只有淡泊的心情，心里老是挂着我可爱的公主楚楚。王宇一天到晚都在忙，忙他的工作，忙喝酒，忙抽烟也忙麻将。家对于他只是在疲惫、在醉后，才是"呼噜"的场所。我悠悠的心情，无所谓无的态度，我经历了许多，我不畏惧生活一切的风雨，心里装着心爱的女儿。

在这个清凉冬雨的日子里，女儿偶感风寒，日夜不适，吵闹增多，做妈妈的心好苦好累，更焦心的是，奶水不够，又要赶上班，做爸爸的仍然要上酒楼去喝他的酒，而今才真正体会到做母亲的辛劳。每天把"我们的家"带在挎包里，只有在上班时才能有空闲提笔写一点什么，这才是我的一份心灵慰藉。

在家里不是带孩子就是做家务，上班时偶尔还能偷闲做点自己喜欢的事情。最近王宇的麻将瘾很大，不是上别人家打便是把人带回家，我很不适应这种氛围，可又只能忍着。人来到这个世上似乎注定是要受苦的，记得有位名人说过："人生的幸福都是相近的，可是痛苦却各有不同。"

一桩婚姻，要想完美和无悔，几乎是不可能的。每一桩婚姻，每一对夫妻，每一个家庭随时都面临着痛苦破裂的危险。再好的夫妻，也会有吵闹甚至大动干戈之时。我只想努力让自己活得更有骨气，有滋有味。人生不过如此，看淡了也就什么都不在乎了。可生活，活生生的现实总是让人患得患失，瞻前顾后。

书礼下班一边换鞋一边嗅到糊味，问叶子什么东西糊了。叶子唯唯诺诺不说。书礼说一定是牛奶煮糊了。边说边走进厨房，却没有看到煮奶杯，于是问叶子。叶子用蚊子似的声音说丢了。书礼说：

"糊了就糊了，不要怕，但不要丢掉煮奶杯子。虽然有一点错但不是大错，告诉我不会怪你的。以后有什么，尽管说出来，这样才好。记住没有？"

叶子红着脸点了点头。

后来，这个从小在怕和躲避中长大的女孩子，和书礼一起敞开胸怀生活了几年。在她成长的路上，有了一种全新的心灵平等对话的开始。

一天早上，李琛来姐姐家，看到她家热水炉的水正好，于是用王宇的毛巾洗了一个头。王宇每早起床去爬凤凰山，那天回来，看到自己的毛巾是湿的，问书礼：

"我的毛巾怎么是湿的？"

书礼说：

"刚刚李琛来，见热水好，用你的毛巾洗了个头。"

随便的一件事，随意的一问一答，书礼早忘记了。没想到，晚上李琛又来玩时，王宇看着李琛说：

"李琛，你今天的头发好看啦。"

李琛笑着捋了一下说：

"早上在你这洗了一下，你家的洗发水好呗。"

王宇听了李琛的话，拿眼不自然地望了书礼一眼，书礼没在意这有什么不同。王宇有些狡诈的眼神与书礼对碰时，书礼突然明白，原来王宇是对早上的湿毛巾抱有怀疑，此刻是为了证实。当书礼意会过来时，有些惊讶地看着王宇说：

"好啊，你怎么可以这样。竟然怀疑我？"

书礼虽然没有放在心上，可这件小事，明显透露着王宇疑心之重，对人极度不信任的个性初见端倪。后来，王宇只要出差回来，有时悄悄在床上闻，查看床上是否有不同的气味和头发。最开始，书礼以为他是在看是否有孩子尿床的味道，而书礼爱干净是他不用担心的。后来才知道，他在闻床上是否有其他男人的气息。有一次，书礼妇科炎症买了妇科药回来用，他甚至怀疑书礼的妇科炎症，是否与别的男人有关，而他不懂得或刻意不去相信，炎症有如再好身体的人也会感冒一样。搞得书礼以后有什么小病都不敢对他说，怕他乱怀疑。

王宇多疑的毛病，像一个隐患，长期隐藏在心底，让他看一切事物都是逆向思维，这和他从小缺少母爱，没有温暖缺失安全感是分不开的。故而，他怀疑一切。

三

转眼又一年。

王宇书礼一起带着女儿和叶子到娘家过"五一"劳动节，回来后楚楚吵闹一会，便在叶子的"拍拍"下睡着了。王宇去了同事家打麻将，这已经是第六个晚上了，日日如是。书礼努力忍着装出风度来，她不想管太多，管太多王宇不但不高兴，也为自己添加烦恼，她尽量忍着！她希望王宇能够有一天自己明白，这样玩着不管家不管孩子的负罪感。书礼想，玩得起的人自然是要玩下去的，玩不起的人在精疲力竭时要找的还是自己的家，社会风气亦如是。

书礼总觉得，自己是一个赶不上时代潮流的人，她不会玩，她也不需要去玩，因为她要做的事排得满满的，要做的做不完，要看的也来不及，根本没有那份心情，更重要的是，她毫无兴趣。书礼生活在自己的世界里，她充实着，她要做女人该做的一切，比如洗洗刷刷，缝缝补补什么的。更重要的是，她喜欢清静自乐的生活。

书礼想起曾经一位朋友给自己写信时说：

"你是一个走在时间前面的人，这是你的手表和你的生活方式，以及生活态度告诉我的。"

而今的书礼，才深深体会到这句话的内涵。她确实这样，从前戴手表喜欢拨快十分钟，成家后墙壁上挂的钟也要拨快十分钟，做事快手快脚，说话直来直去。书礼正胡思乱想着，突然停电了。她让叶子找来蜡烛，已经十点半了玩麻将的王宇还没有回来，窗口一阵风吹过，蜡烛吹灭了，睡着的楚楚突然哭了起来。那一阵吹灭了蜡烛的风，好像是一阵妖风，吹灭了灯，还让一股无名之火窜到书礼心头，书礼想压下这股火，可是怎么也压不住。书礼起身，一阵快步下楼，来到王宇同事家，书礼努力维持着自己的风度，克制着自己的情绪，只轻轻叫了一声王宇说：

"回家吧。停电了。蜡烛熄了。孩子在哭。"

王宇一边出牌一边说：

"好。你先去，打完这一圈就回来。"

书礼没动，立在那里。书礼心里想，既然一圈，那我就等等。可是书礼因为不懂麻将，所以也就不懂一圈到底是多少，她以为一圈也就是眼前的那一盘。可她没想到，在书礼的眼里，他们打了好几盘，王宇还没有要下桌的意思。一共有四个人打牌，除了王宇，其他两位男子是王宇的同事，书礼认识。另一位叼着烟的女人书礼不认识，身边坐着一位同样叼着烟的女人，年龄与王宇相当。书礼大约站了十来分钟，在王宇还没有起身之意时，书礼不想再忍了，她对那位年长一点的老师说了一声：

"赵老师，对不起了啊！"

话音落，书礼伸出的手早已把麻将毯掀起，散了麻将哗啦啦满地滚。接着，书礼开始破口大骂：

"打死！打死！孩子才几个月，天天打，不管不顾，天天打死！"

说完转身而去。书礼听到身边那位赵老师说：

"快回去回去，本来让你今天不要打，你偏要打。你孩子小，天天打是不像话，我们老家伙了孩子大了，打牌无妨。"

书礼刚到家，王宇也跟了回来。书礼的气没消，还要找王宇吵。王宇说：

"你有本事掀桌子，你真有本事，你记倒！我明天要出差，今天懒得跟你吵。"

书礼说：

"记倒就记倒，有你这样的吗？孩子出生后，你管了多少？你还是个父亲吗？是个好丈夫吗？"

没想到王宇倔着头说：

"我不是好父亲不是好丈夫，你去找一个啊，找一个比我更好的啊！"

这话把书礼噎在那里，半天不知道该说什么才好。正不知如何是好时，叶子抱着大哭的楚楚来了。书礼接过女儿，一边喂奶一边流泪。孩子吃着奶慢慢睡着了，放下睡着的女儿后，书礼翻开放在床头边上"我们的家"，靠在女儿的身边，伤感地开始记日记：

> 所有思绪，被刚才的大吵大闹弄得整个人虚脱了，同时也有一种超常的宽阔和朗然。似乎，我把一切都看淡到了极致，心灰意冷，泪水已干，不幸的婚姻不只有我，何苦要烦恼自忧呢？不要靠男人，从来也没有打算靠过男人，不可信不可靠，更不可以把自己的一生寄托在男人的身上，我们的姿态无法让这份情感融入亲情而根深蒂固，这是命！我奈何不得。
>
> 懵懵懂懂相识到相爱相恋，昏昏沉沉地沉醉到结婚，却清清醒醒地吵闹和歇斯底里。这就是可悲的婚姻，可笑的我们！
>
> 结婚已有三年，婚后的生活总是起伏不平，尽管我是一个传统型的现代女性，我热爱生活，热爱自己经过了波折而组建的这个家，我一直在遵守当初的诺言：珍惜！所以除了上班，我更加努力的把这个家安排得井井有条，不让他操半点心，让他努力把工作做好，因为我懂得山有多高水就有多长，山水相依，血脉相连！可是，他除了工作，更多的是借工作之春风吃喝玩乐，我不能理解，我不看好这种所谓的"工作"。
>
> 忘不了他曾经牵着我的手说：珍惜啊珍惜！

我一直为这分承诺而努力，努力做个好妻子，努力做个好妈妈，努力做个好主妇。可是我的努力得不到理解，我的努力让人觉得都是应该的，我开始反省自己：我是否对错？

　　上班时总是要认真对待，但又无法克制自己去看自己喜爱的书，却不爱看业务书，我是一个爱书的痴人，却不是一个很好的读书人。

　　偶尔在脑际掠过从前的情景，仍会有无限的惬意在心头，远远的一个声音在不停地提醒我：要努力要上进，不要在大流中沉沦，不要被世俗蒙蔽了双眼，虽不要求做强者，但一定要活得有气节！

　　家不是一个人的概念，家更不是一个人能把握和平衡的。在书礼全身心充满失望的时候，她又尽量去想王宇平日的好，想"一日夫妻百日恩"的教导。更何况，他们已经有了一个可爱的女儿。她告诉自己，哪怕再吵闹和不开心，也不要彼此记恨什么，今生能走到一起不容易，人生本来多风雨，人生聚散无常，书礼又努力地去为王宇开脱。

　　怄气之后的书礼，除了有太多的感慨，太多的决心，更多的是努力接受王宇的示好。一如娘常说，夫妻吵嘴，床头吵来床尾和。她常想，吵吵闹闹，最终也不能有一个超越这个家之外的结果；闹闹吵吵，最终家还是家，夫妻仍然要做夫妻，谁叫前世有仇有怨呢！书礼想，这一生一世是跑也跑不掉了，血脉已相连在女儿身上，谁也不想把她舍弃。

　　"推麻将事件"后，王宇带队外出比赛了一周，回来时尽管没有了吵闹，可他们似乎一时还难以恢复往日的和谐谈笑，仍觉得心未平气未尽，别别扭扭。直到晚上，王宇在床上找书礼，仍然是没有一句语言的交流，只有王宇的需要。这种"被需要"，书礼也早已习惯了。一方是需要，一方是简单的应承和给予。书礼是一个含蓄之人，特别在男女之事上，更是含蓄得羞于出口。学医的书礼，甚至在女儿好几岁了之后，才懂得女人其实也是有需要和快感的。可在王宇简单得只顾自己的感受，特别是酒后有些粗暴的需求里，书礼成了一个冷淡之人，甚至讨厌床笫之事。

　　书礼整天除了上班便是待在家里带孩子做家务，她把自己的精力和喜好，全部付给了这个家，围着家和孩子转。而在王宇忙了工作忙吃喝，忙了吃喝忙麻将的生活里，一点一点的失望在书礼的心里滋长发芽，心里开始失衡，不能平衡便导致两人情感的失衡，虽然她不希望如此，然而她又毫无办法。

当书礼管不住王宇爱麻将爱喝酒的喜好时，书礼开始把管王宇的心事抽了出来，告诉自己，要换一种活法！与其管不住他自取烦恼，不如让自己生活得更有意义。工作之外除了带好女儿做好家务，她更多地把心事用在读与写上，再次开始用"竹馨"笔名频频投稿。她写女儿，写父母，写那些在生活中为她的记忆留下过感触的不同人物，甚至把和王宇的不开心也化作一种积极的文章表达出来，愉悦自己的同时，给读者带来共鸣。

那是九十年代初，她的文章开始不断出现在青城县的《凤凰报》上，出现在市级日报和省级晚报里，每当她的投稿一次次刊登出来，收到稿费汇款单时，便把稿费单交给王宇，让他取了拿去花。书礼想以这种方式，博得王宇对她喜爱写作的支持。

当她回忆身边走过的不同人物带来的感触而用笔抒怀时，当她面对女儿的童言稚语之可爱写成文稿时，当她看着《我本善良》的电视喜欢上那个叫温兆伦的影星时，当她把喜欢的影星潘虹，都写成文字在武汉晚报刊载出来时，书礼另一双隐形的翅膀，开始了飞翔……

"竹馨"这个名字，随着报纸副刊这个载体，让更多的人看到和发问：竹馨是谁？

四

夫妻争吵的过程其实也是一个沟通的过程，每一次吵闹过后，夫妻间的感情似乎又和谐了一些。这些天来，王宇少有外出，也没有打麻将，除了训练学生便回家帮着管孩子，迷上了电视剧《加里森敢死队》。楚楚偶感风寒，流着清鼻涕，每当鼻涕流出来，王宇便用嘴为女儿吮吸，他担心用手捏多了会把孩子的鼻子弄疼弄红肿。每每看到王宇这样用心疼爱女儿，书礼对王宇的心，一次次变得柔软起来。书礼是那种服软不服硬之人，别人一分好她会还十分情，她怕别人对她好，她不畏惧别人对她不好。除了家人和亲朋，书礼还拥有一批不同时期的女友和朋友，这也与她从小成长在爱的环境里分不开。书礼眼里，她看到的都是美好事物，她接受的也是美好情感。

在书礼换一种活法时，女儿也慢慢长大，王宇的行为反而慢慢变得更好起来。每当书礼收到稿费单，如数交给王宇去取，多数时，王宇取了用来买烟抽，书礼也不当回事，只要王宇不反对她业余写作就好。

楚楚听着书礼一边看电礼一边说喜欢温兆伦时，小家伙说：

"妈妈，你不能喜欢他。"

书礼奇怪地问女儿：

"为什么不能喜欢他啊？"

没想到楚楚很认真地说：

"你是结了婚的人，你只能喜欢我爸爸，不能喜欢别的男人。"

听了女儿的话，书礼哈哈大笑起来，问是谁告诉她这些的。楚楚天真地说：

"我爸爸这样说的。"

书礼没把女儿的话当回事，倒是触动她汇集了女儿平日一些笑话，什么女孩是公主男孩是王子等童言趣语写了下来。正在写时，忘记了做饭时间，王宇回来。说：

"怎么冷锅冷灶的，休息在家也不早点做饭。"

书礼说：

"哦，忘记时间了，叶子今天又不在。"

边说边起身要进厨房。那天也不知道王宇有什么不高兴，竟然有些不依不饶地走过来，抓起书礼的稿本，说：

"每天写写写，能写出什么名堂来！"

王宇边说边做要撕掉的动作，书礼瞪着双眼，也不过来抢，而是用手指着王宇，大声说：

"如果你今天撕掉我的稿本，四个字，家毁人亡！"

王宇被书礼的气势和语言吓住了，放下了书礼那写满各种文章和剪贴文章的笔记本。收了本子，书礼赶忙进厨房忙碌。从此，王宇再也没有动过书礼有关文字的东西。

青城县一股夜宵热不知何时悄然兴起，自打有夜宵起，特别是最初，王宇几乎不日便是座上客。从街的这头吃到那头，从桥东到桥南，从老城到新城。你请来我请去，吃了我的再吃你的，吃了公再吃私，是常有的事。兴起时，划拳声此起彼伏，把个小城吃成了不夜天。

一日周末，已经有几分醉意的王宇回家，拉上书礼说：

"走，带女儿一起，喊上哥嫂，吃宵夜去。"

楚楚听说要去宵夜，高兴得拍着小手：

"好啦，吃宵夜啦，吃宵夜啦。"

书礼拗不过他们，随王宇出门，约上哥嫂带着侄儿，来到桥头宵夜摊。在冬天，用简易塑料薄膜搭起的夜宵摊，此时，因为夏天，裸露的桌椅板凳，人声耳语，凉风习习，倒也舒爽。他们选择一家熟人摊前坐下来，点了一个酸溜黄瓜，十多片卤千张，一盘卤鸡蛋，一盘凉拌毛豆，一盘饺子，外加啤酒。

边吃边说笑，吃到一半时，过来一个瘦瘦中年男子与王宇打招呼，王宇一个劲地拉那男子坐下来一起吃，可那人就是不肯坐下来，王宇便说：

"他怕书礼，不敢坐。以前到我家打过一次牌，自从书礼不允许家里有麻将声以后，他再也没有到我家去了。"

出于礼貌，书礼也叫那人坐，可那人还是不肯坐。王宇又是同样的话：

"他怕书礼，他不敢坐，也不敢去我家了。"

就这一句话，王宇重复地说了一遍又一遍。书礼知道，王宇是醉了，醉了就喜欢重复着同样的话。在王宇至少说了六七遍时，国庆的脸早就挂不住了，他先把儿子大吼了一声，吼得孩子莫名其妙。可王宇没有刹住车，完全不知道内兄吼儿子是在告诫他，仍重复着那一句话。突然，国庆双手把桌上一个吃光了的空盘子，往自己头上使劲一敲，盘子顿时破成了两半。这时的王宇，酒吓醒了一半，醉眼看着国庆不知何故。国庆拉着儿子站了起来，大吼着说：

"走，不吃了！不懂板，一句话说了又说。"

只见高大而微微发胖了的国庆，大步流星而去。王宇悻悻地望着远去的国庆，这时书礼也牵起女儿，马丽牵着儿子走在后边，边走边说：

"妹夫你也是，平常我要是说书礼一丝不好的话，国庆可是要打我的。你不但说，还当他的面说了一遍又一遍。你说你的朋友怕书礼不敢到你家去，那他妹妹是老虎？他已经给你面子了，无故打了我儿子就是想制止你，可你完全不顾别人的感受。"

王宇听了马丽的话，要书礼随他一起赶到哥哥家去说清楚，书礼懒得理他，带着女儿回家了。王宇半醉半醒地跟了马丽去。不一会回来，进门一边脱鞋一边摇摇晃晃地说：

"你哥说我配不上你，不配他的妹妹。"

书礼：

"你也是，一句话重复说的毛病真让人受不了。要想改，还真只能少喝酒，醉酒就更是不可取。你自己看不到，有损形象呢。要知醒酒法，醒后看醉人。哪天把你醉后的形象录下来让你自己看看。"

书礼说着说着，回头看时，不知什么时候，王宇已经打起了呼噜。倒是这件事之后，王宇对国庆的感情，似乎近了一步。

山杏在书礼后两年结婚，结婚几年了仍没有怀孩子。那天山杏来家里，让书礼带她去做检查，做完检查，书礼对山杏说：

"在城郊有一个讲神人讲得特别准，我怀楚楚之前不是流产了一次嘛，我娘就带我去问过。说我在一个流水的地方洗了手，犯了神灵。不就是你上班不远处的那个桃园洞口的溪流处吗，后来还是你去为我敬的神，记得不？"

山杏说：

"记得，当然记得。当时没有车子，我是搭一辆大货车去的，敬了香纸后，一个人在那里等了好久才等到一辆车把我带回。哪能不记得，大深山里，当时心里好怕呢。"

书礼笑着说：

"是啊，是啊。那地方怪吓人的。我想现在就带你去，问问到底是什么原因怀不上。两边做准备，一边做输卵管通液治疗，同时也去问问神。"

山杏说好时，便拦了一辆"麻木"坐了上去。那时候的小城，先是出现了人力三轮车，开始时书礼很不愿意坐，别人踩得气喘吁吁，觉得于心不忍。后来没几年，出现了电动三轮车，也不知怎么就叫起了"麻木"。说是武汉那边传过来的叫法，随处是，一元钱起步价。

"麻木"到城郊，书礼带着山杏找到那位讲神人家，先在门口买了香纸水果，然后进家门，只见家里已有人在等候，等了约半小时，前边人问好后，书礼和山杏进了那一间供了菩萨，点着香火的房间。只见一位中年妇人，坐在椅子上，微闭着眼，用青城县某个乡镇的话问她们：

"你们是要问什么呢？"

山杏看了看书礼，书礼忙上前说：

"我这位同学，结婚几年了，一直没有怀上孩子。我们年轻人，有时不懂规矩，不知是不是哪里触犯了神灵。"

只见那妇人打了个哈欠，问：

"叫什么名字？"

山杏说了名字，那人开始打哈欠，一个接着一个，然后身子轻微发抖，接着就用那种山歌一样的调调唱起来。书礼和山杏凑上前，认真仔细地听着，听了一个究竟。无非就是年轻人不懂规矩不敬神之类的话。唱了

479

一段后，停了下来，连续又打了几个哈欠，然后用手揉了揉双眼说：

"在山上一个土地庙的旁边拉过小便。"

说到这里，睁开眼看着山杏问：

"是不是有这回事？"

山杏点了点头说：

"还真有这事。一次去捡蘑菇，山上没厕所，急了。"

妇人又说：

"你住的旁边一座庙，你过上过下，从来没进去敬过那里的祖爷，也得去敬敬！没有其他的事，你是善良人，今年会怀上的，明年得子。"

山杏不敢相信自己的耳朵，瞪大眼睛看着对方，然后又看了看书礼，不知说什么才好。告别了妇人出来，山杏对书礼悄声笑起来：

"真是神了，在哪小便过她也看到了。更神的是，我们单位侧门就是一个道观，在山上工作好几年了，还真是过上过下没有进去过。回去后马上去敬敬，下个月再来做通液。"

一个月后，山杏再来做输卵管通液，先到书礼家吃了晚饭。饭后书礼准备带她去医院，换了鞋正准备出门时，书礼突然一阵头痛，便转身回来，对王宇说：

"啊呀，怎么突然头痛得厉害，你帮我按按。"

说着便在沙发上躺了下来，山杏也跟着坐了下来等书礼。王宇虽然是蹲了下来，也开始在书礼的头上按起来，可按着按着，书礼说王宇把她弄疼了，说王宇没有用心还故意把她的头弄疼了什么的，你一句我一句地，两人吵了起来。吵来吵去竟然打了起来，无缘无故地两人打了一架。山杏那天的通液没有去做成，第二天一大早就回了单位。

一直到十多年后，山杏说起自己的儿子来，对书礼说：

"不是你和王宇那一架打得好，我这儿子就没有了。"

书礼疑惑不解地说：

"你儿子怎么是我和王宇一架打得好？什么意思？"

山杏笑着说起那天去做通液之前之后事，然后说：

"那晚通液没做成，我第二天有事上了山，本想等忙好了再下来做，可没想到那个月'好事'就没来，检查竟然是怀上了。如果那天晚上在不知情的情况下去做了通液，那不就没了？出门前你的鞋都换了，突然头痛，还莫名其妙地俩人打了起来，你说这是不是有神在保佑？这世间还真是有好多事解释不清呢。"

带山杏第一次做通液和问神的事她都记得，可就是不记得有这次打架之事，俩人说着"哈哈哈"地大笑起来。

正笑着，明珠来了。本来就内向的明珠，进门有些低眉落眼地满腹心事。书礼问她怎么了，明珠说：

"你看，这怀上的又是个女儿，可他说是女儿也得生下来，一直到生下儿子为止。现在计划生育抓得如此之紧，只能来你这里先住住。"

书礼说：

"来我家住倒是没问题，就是谁知道哪天能生下儿子呢？这又不是我们女人做得出来的，如果可以用泥巴捏出人来，那我们想捏什么就捏什么，这生男生女男人才是关键，而受罪和被怪罪的总是女人。"

书礼一边说一边叫叶子把她房间的床收好，说这些时明珠就和她一起睡了。

明珠加入山杏书礼的谈话时，雅萍带着几岁的儿子来了。三个女人一台戏，四个女人更是笑哈哈地天上地下，无话不说。

明珠怀孩子时，断断续续在书礼家住了几个月，一直到孩子在医院出生。后来在明珠怀第五个孩子时，再来书礼家住了几个月，那几个月，在书礼家里是不敢出门的，只要有人敲门，她就先躲起来，如果是熟人就出来，如果是生人找王宇的，一直等人走了才敢再出来，四个女儿之后，终于生了儿子。后来，为了躲避计划生育追责，举家离开青城县远赴南方。

那些日子里，家里热闹着，常常不是山杏来了，就是明珠来。不是丽丽和姗姗来了，就是已经调到青城县中学教书的雅平带着儿子来。只有远在武汉的王籽极少来。其实，更重要的原因是，王籽最终和阿峰分手了，王籽的心情，不愿面对青城里的点滴回忆。王籽和阿峰分手后，书礼去武汉看过王籽，王籽看到书礼的瞬间，无语泪先流。书礼只能劝王籽，分合皆有定数，让她保重自己。

那些日子，玉竹只要来看书礼，看到家里总是坐满了人，有长住的，有路过来吃饭的，有来说话聊天解闷的。玉竹常说书礼：

"你接上我的脚了，路上不断人灶上不断火的。"

书礼笑着说：

"还不是从小受你的影响，什么日日添客不穷，夜夜做贼不富。"

玉竹笑着说：

"那是，家里客多，也免得你和王宇吵嘴了。好在他也喜欢人多，吃吃喝喝地热情着。"

书礼嘴一撇，说：

"还说呢，前几天又让我生气了。"

玉竹问怎么了。书礼说：

"不知道从哪儿弄了个烟斗来，就着火，捏着烟丝，凑在茶几上不停地抽，把个鼻子熏成了一层黑油。我说他这样不停地抽可没好处，他不听。一会儿他爸来了，我当他爸的面说，这样抽不好，只想他爸能说说他。你们猜怎么着？"

玉竹说：

"能怎么着，肯定是一起抽啦。"

书礼摇摇头。山杏说：

"他爸打他了？"

书礼又摇头说：

"你们是绝对猜不着的，因为太让人意外了，逆向思维的人也难猜得到。"

平日不多话的明珠也急了，说：

"讨厌！别卖关子了，快说吧。"

五

在大家的催促下，书礼先笑了半天，等气息平稳下来时，书礼说：

"我是好急又好笑，他爸当时没做声，第二天却又来，而且是刻意为我说他儿子抽烟之事来的。他当着我的面，对他儿子说，人这一辈子，想吃就吃，想喝就喝，没有什么不可以的。想做什么就做什么，我都这把年纪了，从来也没有戒过烟戒过酒，不是好好的。"

玉竹和山杏还有明珠，同时一声"啊"！然后相互摇着头。玉竹说：

"这就是你爹当时说的，真正的门当户对是人生观和价值观上的门当户对。家庭教育教的就是一个人对事物的看法，看法不一样，做法自然也就不同了。我和你爹教你们，不管你们听进了多少，但我们是在正面教育你们。"

这时，雅萍接过话：

"有时候，不是我说你，你还不是一样纵容王宇，把稿费让他拿去取了买烟抽，跟他爸让他想怎么抽就怎么抽没多大区别。虽然不多，一次十元二十元的，但这是一笔有意义的收入，可以存起来给孩子。等楚楚长大时给她，告诉她是你的稿费所得，比你现在三文不当两文地给他拿去买烟抽强！"

玉竹也附和着说是啊！

她们的话，不但有道理，也像锤子一样锤在了书礼的心里。因为她也曾做过不讲原则的事。那一件事，书礼不敢在娘和女友的面前说出来，她一直当一种羞耻记在心里，从未与人说过。

那是刚结婚不久，王宇带书礼一起去参加他同学的婚礼，酒席上有两包烟，两包烟按规矩是拿来分给大家的，如果这一桌女客多男客少，一般就给了某位男客。那天书礼和王宇坐的那一桌，男客占大半，女客小半，这烟就不好说到底谁拿，大家开始都没拿，越是这样，越说明这两包烟想要的人不在少数。王宇悄悄对书礼耳语，让她把烟为他拿下来，书礼又觉得不好意思，可又想着王宇想着这包烟呢。于是趁大家起身和主人端杯敬酒时，书礼悄悄把两包烟中的一包拿到了王宇的口袋。拿的时候，心是蹦蹦跳的，她不知道到底有没有人看到她悄悄拿了一包烟，她也忘记了另一包烟最终是怎么处理的，反正自从拿了那包烟后，她的心一直不安起来，吃也不香了。一直到散席，书礼还是面红耳赤不自在地难受着，感觉自己和明目张胆的"偷"没有两样。

这件事，书礼觉得是一个不光彩的举动，亵渎了娘从小教她的那句"身正手稳，走遍天下不怕人"的话。这一包烟的伸手，让她蒙羞在心里一辈子没有忘记过。从此告诫自己，不再贪图哪怕是一分钱的小利，不属于自己的，永远不要伸手！

这时，雅萍的话打断了书礼的回忆：

"人生观和价值观不是一时可以养成，是在成长过程中点滴积累形成的。这也就是父母给孩子言传身教的影响。我的一位女同学，从小父母在当地因为生活得不错，改革开放后都爱上了赌博，靠赌博还真赢了不少钱。我这同学出嫁的时候，父母讲排场，嫁了不少嫁妆，当时是令我们羡慕的。可后来，女同学也爱赌，买马做马庄，刚开始确实赢了不少钱，穿名牌、背名包、高消费，接受别人的高息放款，老公也染上了毒瘾。赌博里一种叫'推筒子'的新玩法，输得倾家荡产，讨债不离门，所有的家产让银行没收，无处藏身。前些时她爸突发脑溢血死了，躲在外地都没敢回来送她爸。"

大伙听了，都惊得连连摇头叹息。书礼说：

"这是和平年代的家庭悲剧，不愁吃喝，物质丰富，却没有人生追求，值得反思。"

当诗润带着小儿子李琛和书礼一家三口，坐着一辆吉普车回到老家的外婆家时，早已经候在堂屋的大表哥出来迎接，带着他们一家穿过围观的人群，走进堂屋，看见远处坐在火盆边又远离火盆边的老人（老人说在南方住久了，不习惯烤火，可是老家又太冷），诗润的大表哥对老人介绍：

"叔，这就是大姑妈的儿子！"

诗润知道，眼前戴着眼镜，儒雅宽厚，气度不凡的老人，就是他远在台湾的亲舅舅。诗润激动又深情地叫了一声"舅舅"，然后哽咽得不知道该说什么好了。还是老人淡定，他拉着诗润的手，用家乡话说道：

"我大姐的儿子。你出生满月时，我抱过你呢。你三岁时，大姐也带你回来过一次，记得你很调皮，爬上灶背要吃的。没想到现在的你，人才一表，有你们李府上的风范，记得大姐夫就是一位风度翩翩的雅士。"

当诗润转身把身后的女儿、女婿、外孙、小儿子一一介绍给舅舅时，他的感情才慢慢稳定下来，然后对舅舅说：

"娘走得早，在我们李家吃了苦受了罪，却没有享一天福。"

诗润舅舅：

"是啊，我离开时，你四岁，你娘还是好好的。这次回来之前就想，要是能见到该多好。没想到，你娘在你十岁那年就走了。你爹前几年才走，要是晚走几年，我们也能见上一面。天天盼着能回来，没想到盼来盼去一盼就是四十多年！对于有些人，当年的一别竟是诀别。"

老人说到这儿，流下泪来。诗润泪湿眼眶，书礼也跟着泪流。老人又说：

"总以为，这一辈子回来没有希望了，没想到，去年海峡两岸达成了坚持一个中国原则的共识，这是两岸人民的福祉啊！特别是对我们这些一去几十年，如今进入暮年的老人来说，再不回来看看就回不来了。"

诗润揉了揉眼说：

"是啊是啊，因为有了'九二共识'，我们这些有海外关系的人，也能挺着腰杆做人了。"

诗润舅舅：

"我知道，在特殊时期，我影响了家乡的亲人呢。听说你是共产党的行政干部，当初入党一定有阻挠吧？"

诗润笑着说：

"还好。对于舅舅在台湾，作了很久的外调之后才审批通过，没有什么大影响。"

诗润舅舅杨老先生，又把身边陪伴他一起回来的女儿作了介绍：

"你表妹，在荷兰工作，成家后一家定居在荷兰，这次特意请假陪我回老家。在台湾还有你的舅妈、儿子儿媳，孙子也十几岁了。你看，你都有孙子了。"

老人说着摸了一下书礼手上抱着的女儿，书礼笑着叫"舅公"。

老人示意身边一位随从，拿了一个红包给书礼抱着的楚楚。这时有人来对老人说：

"仪式马上就要开始了，您老准备说几句话。"

老人点了点头，随着主事一起，走进祠堂。当主事人站在祠堂前大声说：

"杨氏嫡子葆和，三十岁离家去台湾四十多年。今回家，大摆宴席祭祖宗，谢亲朋。请葆和行礼，讲话。"

在里三层外三层围满了各处乡亲的祠堂前，杨老先生款步上前，先焚香，双手高高举起。七十多岁的老人，穿着一套深蓝色西服，戴着眼镜，在当年皇上赐予的"杨门女将之后"的牌匾和各位祖宗牌及父母的牌位灵前，长跪三拜：

"不孝儿葆和，三十离家，一去四十春秋。上未敬祖回报桑梓，下未尽孝父母，敬睦兄友。只愿来生再做父母顽儿，绕膝不分离，再报父母恩！"

老人说完，痛哭流涕。在几位族人的搀扶下，老人起来转身面向人群，再次用半生不熟的家乡话，答谢远近赶来的亲朋。简单仪式结束后，主事人一句"开席"！各种菜香随着托盘出场，上下几重的祠堂摆了二十多桌。这些费用都是老人付钱操办，老人还给不同亲疏的亲房人等发了大小不一的红包。

九十年代的大陆农村，仍很贫穷落后，老人除了要了却离家去国四十余年回来看看的心愿，早已经不习惯这落后的境况，住了几日后便匆匆返台，回台后给诗润寄来书信说：

"我还会再回来，到时你去武昌接我！"

书礼一直记得舅公信中的这一句话，以及舅公手写书信的风格，保持了竖体格式的古风，繁体手书中透着临帖的底蕴，让书礼惊羡不已。

见过舅公回来半年后，王宇调离了学校，调到一个行政机构工作。传呼机常常"嘀嘀嘀"地在腰间叫着，吃喝的机会更多了。天气开始热起来，那些日子，除了上班和管孩子，书礼一直沉浸于路遥的《平凡的世界》里。休息日，两天没出门，让叶子带女儿在门口和别的孩子一起玩，自己做卫生，除了吃饭，几乎一直端着这本书不离眼和手。在那个炎热的夏日里，泪水和汗珠夹在一起度过。读着那些平凡世界里平凡人的故事不幸的遭遇，书礼感觉好累好累。读完后她把书往身边一丢，满身心，满脑子是"孙少安、孙少平、田晓霞"的身影，这些人物形象和过往，搅得书礼不得安宁，让她思索和回味的同时，更多的是疲惫不堪。

正当书礼独自为书中人物命运忧伤时，玉竹来了。

玉竹进门一边把楚楚接到手上，一边说：

"刚从老家回来，想楚楚了，先来看看。"

书礼：

"外公的腿摔了，伤得怎样？"

玉竹伤感地说：

"人也糊涂了，这个七十四岁，只怕是走不过去了。"

玉竹接着讲到家乡一些人家的艰难疾苦，水库建成后那种穷山穷水的穷苦日子，很多人家仍处于饭难饱衣褴衫的境况。书礼听了娘的诉说，心里不是个滋味。

娘的叹息，娘的每一句话语，平添她的忧伤与哀愁，只为那一方曾养育了爹娘和祖辈的土地。书礼觉得自己许多悲哀和忧愁，愈来愈像她那百折不挠、肩担重任的娘亲。有时想摆脱，摆脱这种无用的心灵震颤，摆脱那种最初的人性，然而愈是想摆脱，愈是倍增心灵的负荷，同情心愈是根深蒂固。那天，她在日记里写道：

> 娘从老家回来后的述说，让我更加深刻地体会到路遥在《平凡的世界》里为什么把结局写得那么令人失望和难过，叫人难以接受那种拗不过命运的折磨；到今天才真正透彻感受，平凡人的世界，祖祖辈辈总是在努力，在播种希望，可又多数是在失望中过着听天由命的日子，在无奈地经受着上天所安排的悲欢离合，在接受这个亘古不变的哲理。
>
> 心很沉重，尽管自己生活得并不差，但我为这个世界还有日夜守在穷困山沟里的人，为那些与命运苦苦挣扎的人们而难过。因为有思想，因为无法麻木，所以我的心背着沉重的十字架！我不能这样，我得出门走走！

当书礼坐上去北台寺的班车时，她在随身笔记本里记着：

> 清晨，王宇带着女儿送我上了班车，他知道拦不住我要远行的脚步，还是送了我。几天前我们还闹别扭不讲话来着，所以外出的打算在心里一直不想告诉他，当他频频主动和解，当他把生气的我从沙发抱回房间时。这个爱着我，疼着我，抱着我的男人；这个敬重我，以我为荣，发自内心赞美我的男人；这个猜忌我、怀疑我、甚至有时会有拳头抡向我的男人。尽管我的手臂上还有他酒后留下的青痕，可有一点，今生我都永远难以摒弃了，他已是我血肉相连无法割舍的亲人，对于亲人还有什么不能够宽容的呢？再怎样生气，我也要接受和解，再怎样委屈，也不能拒绝爱意！当我接受和解时，当他知道我的计划时，他一样宽容我的思想，支持我的行走，并说等我回家！

走下班车，书礼徒步走进山里的公路。走在村庄山路上，不见一人，静静的山，经昨夜小雨洗过，青绿可人。两天前还是奇热难忍，此刻秋的凉意阵阵来袭，没有太阳照着，清爽而舒服，正适合走路。踩在沙子路上，脚步声和呼吸声，在这寂静的旷野里，显得特别重，路两边的树林，偶尔会有各种鸟叫声。"空山不见人，但闻人语响"正是此景。

长长一段路走过，但见远远的大山深处，山坳里，一丛特别茂密的树林，咋看上去，像个绿色的绒被，她知道，那片绿色包裹之中，便是古老的北台寺。你不靠近，发现不了它的存在，它被无数棵大树庇护着，两旁宽阔的山野，相映成为一个天然宝藏。

再一次走近再近，寺庙的飞檐翘角，才会出现在眼前。走过菜地，走过寺庙的侧房，走过那弯月牙水塘，亲切的"北台古刹"四个大字出现眼前，前厅，弥勒佛对着书礼笑。每一次来，她总是忍不住要把那联念出来：

> 大肚包容了却人间多少事，
> 满腔欢喜笑开天下古今愁。

大雄宝殿就在眼前，书礼喜欢的联就在眼前：

> 佛海无边愿尔能力渡一苇，
> 灵山有径看谁得缘结三生。

宝殿气势宏伟，十二根红柱撑着优美的廊檐，佛堂内敬着高大的金身菩萨，各色刺绣经幡，垂吊着一份美丽从容。地上各色蒲团，对对排排，排排对对，庄严而安静地等待人们的朝拜。佛堂内木鱼阵阵，诵经四起，仙乐飘飘，香烟袅绕。进得佛堂来，但见两师傅身穿袈纱，正襟危坐，正做经课。师太从侧门走出，见了书礼，双手合十道：
"阿弥陀佛。来得好不如赶得巧，今日是初一。"

书礼双手合十回礼：

"阿弥陀佛，师太好。是啊，初一是拜佛礼佛的日子。"

书礼一边随师太引入禅房，一边想，看来，真是有佛缘。莫非，这也是前定？

师太问了她父母近日可好等一些话，书礼一一作答。然后问：

"记得少年时，初来北台寺，在进寺门口的菜地里，看到过一块龙图书院奠基石，后来多次来都没有再见到了。"

师太说：

"阿弥陀佛。难得你记得。有些古物被人窃走了，寺门外的菜地，常有人来寻古。有一年，乾隆年的古磬丢失。两年后，不知怎么突然又回来了，丢弃在菜园口。"

书礼轻笑道：

"是吧？一定是这人偷去后过得不安宁，便悄悄还回来了。"

师太说：

"是啊，有些人以为什么古物皆可取，不属于自己的也要。殊不知，古物浸润了岁月灵性，是不得随便取之的。"

书礼对师太的话若有所思，然后说：

"且不说不是自己的东西不能要，有些人没有敬畏没有信仰，难免起歹念。"

师太：

"佛陀包容一切过错，普度众生，哪怕你是坏人。"

书礼接道：

"所以才有了'放下屠刀立地成佛'之说。"

书礼想，龙图书院奠基石不见有憾，能知这里曾是读书礼佛之地便好！

师太得知书礼要小住几日写写东西读读书时，高兴地赶紧让小尼在楼上打扫了一间最好的房间出来。那晚，书礼安静听山风鸟语，在日记本里记道：

是的，我来了，并打算小住，这种感觉是那么自然，好像早就有过约定。

当我顺着随手可汲的小溪水，踩着久违了的木板梯子，上楼来到为我收捡整洁的房间，触摸着干净而散发着淡淡花露水香味的被褥，凭窗所见，是绿树和天空。后窗对着侧房屋顶上的青瓦，这种为迎接我而刻意安排的踏实感，回归感，一种久违了的心静感，让我心存感激！

中饭后，天下起了小雨，听着秋雨滴在树叶上的声响，看一本禅书，书中有语："狂心顿歇，歇即菩提"。拥着香香的被褥，枕雨入梦。

六

在王宇忙着新环境时，单位通知书礼到省中医院学习一年，中医院新开辟一门学科——中医美容，让现代美容与中医相结合。由于不放心楚楚，玉竹把外孙女和叶子一起带到家里，她帮着带，王宇没有工作应酬时也到这边吃饭。

去武汉时，刚好是王宇出差宁南回来，他送书礼到武汉，同时把同事一起到南宁出差的胶卷带到武汉冲洗，由于胶卷当天没有洗出相片来，书礼便自告奋勇说明天帮他取了再为他寄回去。王宇给取相的条子时很有些不自然，书礼没有多想什么。送走王宇，书礼开始了新的学习环境，住在省中医进修生宿舍里，有来自省内各县市不同地方中医院的同学，以及几个妇产科进修生。

进修学习，其实也就是在科室里上班，在这之前有个一次短期的理论知识培训。接触新学科，从皮肤的结构与原理，到皮肤的护理；从身体的结构到五官的微整，书礼一点点地跟着老师一起，学习新时代新概念里的美学，结合医学知识，让她看到不一样的医学和美学相结合的功效。每天上班下班，回到寝室后便和同学们一起相互做实验。这一切，像哥哥国庆说的那样"正好打到了书礼爱美的拳路上来了"。

　　去为王宇取相片时，书礼一张张看那些不同风光相片，看着看着，看到几张合影里，其中有书礼不认识的一个女子，而且是海边，王宇一行，个个穿着泳裤，那个女子丰满略偏胖，穿着泳装和他们一起合影。其中有一张是王宇和那女子的单独合影，书礼看了心一惊，很不舒服，她拿着相片来到宿舍。同学知道她去为老公取相片，看相片似乎是每个人的爱好，哪怕这相片与自己无关。大家要书礼把相片拿来欣赏，书礼把王宇的那张合影拿了下来，再给大家看。当她们看到那女子和王宇的同事合影时，一位来自孝感的女同学，用她那浓重的孝感腔调说：

　　"这张，一看就不是夫妻，男的好像有点不太好意思合影，要是老婆看到，那会打板子的。一个三点式，一个小裤衩。"

　　书礼听了这话，心里很不是滋味。心想，她还没看到我家王宇的合影，要是看到了，那还不知会说出什么难听的话来。于是有些生气的书礼，在那张相片的背后，写了几句话：

　　"蓝天作被，大海当床，两个肥硕的庸体，在天地间相合。"

　　书礼写了后，合着所有的相片一起，用挂号信寄给了王宇。

　　其实，书礼知道，王宇与那女子绝对是普通朋友。他就是那种做人不懂得拒绝的人。总以为，照个相，洗出来时就撕掉，回家还是一样。没想到，这相片偏让书礼第一时间看到。书礼此刻才明白，王宇那天给取相条时的不自然之原因。就像谈恋爱时，那次自行车事件，王宇一定是想着，把别人送去了，再去见书礼，既没有得罪朋友，书礼也不会知道。可偏偏就让书礼知道了，这就是天意。老天似乎为了不让阴暗滋长，才故意让书礼知道和看到。

刚结婚那两年，常有女友来家聚，曾经在一起讨论过夫妻之间如果出现裂痕时，特别是发现男方有什么越轨行为时，如何面对。多数女同学说，要第一时间知道并离婚，而书礼却对女友们说：

"我不想知道。如果你们将来看到王宇在外有这种行为，不要告诉我，我宁愿当傻子，我不想知道。我怕知道了自己受不了，可我们有了孩子有了家，我又不想让我的家不得安宁。"

那些女友觉得书礼的想法有些奇怪，其实，书礼的骨子里，是传统的教育理念在作怪。她宁愿当傻子，也不想知道一些徒增伤悲又无能为力的事情，她也曾对王宇说过，背地里把我当傻子我无所谓，可千万不要当着我的面把我当傻子，那就是屈辱了！

一个月后，王宇带孩子来武汉看书礼，正好是休息日。书礼和来湖北大学进修的雅萍一起去汉口玩去了。那时没有手机，王宇只好带着女儿在寝室等，等到吃饭时间还没回，他请书礼一起进修的同学吃饭。书礼晚上回来时，王宇正带着女儿看到进大门的书礼，便躲到院子的树林暗处。不知道王宇来了的书礼刚一进寝室，同学就骂她：

"你个货！疯去汉口这么久才回。你家王宇带着孩子来等了一下午，晚上还请我们吃饭，点一个菜说是你喜欢的，又点一个还是因为你喜欢的，一桌子菜都是你喜欢的。你个货，还不快去找。刚出门下楼不久。"

书礼连声"啊啊"着转身急急跑下来，匆匆往院子门外跑，正跑着，从树林里传来女儿喊"妈妈"。赶忙又掉转头跑到树林里，只见王宇阴黑着脸坐在一个石凳上。书礼忙作一番解释，同时也把相片之事当作没发生一样从心底消除，未再提起。

一年进修，书礼每个月回家一次。进修时，利用晚上时间，断断续续读完了法国作家左拉的《小酒店》，对于遥远的十八世纪法国巴黎工人阶级，生活底层的艰苦生活的描写，让书礼觉得有些不寒而栗。书中的女主人公曾是一个善良勤劳的工人，最后却因为男主人公的堕落而使整个家贫病交加，让人失望和灰心。这本让书礼看得极慢的小说，却为她留下了深刻的警醒。觉得人无论在怎样艰难的日子，一定要有精神支柱，只有有了精神支柱，才不会垮掉，才能走过坎坷泥泞。

推开门窗，"千树万树梨花开"之景致跃然眼前。王宇提着旅行包送书礼上车的时候，雪花一直在舞蹈，这是舞蹈的精灵，这是精灵在舞蹈，这是雪花仙子抖落的笑声，然后撒向人间为人们送来的福祉……书礼回家休周末后返回省城。车子行走在公路上，两边的山野房屋树林上的白雪，映照着大地一片亮堂。这一片纯洁，让大地显得格外静朗，田野上的油菜花已打苞，有的已绽放了。在雪的点缀融合下，如一幅淡淡的水彩朦胧画。河流静静的流淌着，有叶的树便在雪的簇拥下已是一朵盛开的雪莲花。光秃秃的树枝上，停留的雪却呈现出瘦骨单薄之美来。就连电线杆和高架线上也披上了一层柔情，失却了平日里阳光下的孤傲和麻木。这一草一个样，一树一姿态的人间美景，可谓千娇百媚，天造地设。车子走过村庄和城镇，银色旷野飘起袅袅炊烟，传递着人间的温情。

书礼用纸巾擦掉车窗玻璃上的雾气，为把窗外的世界看得更清晰，让飘舞的雪花飞在窗前与之耳语，让之陶醉。擦拭过的玻璃窗，让书礼看到的窗外世界更洁白，那一份纯洁照映出来的亮光并不比阳光逊色。

有一首歌一直随着这飞舞的精灵，在书礼的脑子里旋转：雪花飘，飘起了多少爱恋，雪花飞，飞起了多少情缘，莲花开在雪中间……当书礼沉醉雪花飞舞的时候，车子不知不觉已走过了江南几个小镇和市区进入省城武汉。

一年的学习时间，很快就要过去了，接近尾声时，科室里来了一位老师的朋友，专业推销医疗器械的年轻男子，知道这里有几位进修生即将结束进修回各自单位，并要开展新业务，免不了要买各种器械。那天正好是个雨天，科室里没事，老师和学生一起围坐着做棉签，那个人又来了，进门看到大家都清闲着，便说：

"今天难得你们没事坐一起，平常来见你们总是忙着。"

说着就和大家坐在了一起，加入他们的谈话之中。书礼只是在听他们说话，依然埋头做棉签，欣赏在一根小竹签上卷起棉花的美好。至于他们到底说了什么书礼也没有太在意，当那男子说起他曾在空军某部队的往事时，对军人有特殊感情的书礼，顿时抬头看了他一眼，因为他的瘦弱和秀气的脸，让书礼觉得他有点与当兵的历史相背驰。可他有声有色的描述以及老师对他的熟悉，书礼知道这是真的，只是想，他曾是一个单薄的军人。

当老师问到他的孩子时，书礼听到他的孩子与书礼的女儿同一年出生。在大家又聊到年龄时，几个进修生相互说出了自己的生辰。那男子看着书礼说：

"真巧，我与你同年同月。"

书礼说：

"我说的是农历呢。"

他说：

"我说的也是农历，你比我小几天。"

往后只要他来科室小坐，总是主动与书礼打招呼，他为每个进修生留下联系方式，老师也对进修生们说，回家后要是单位开展中医美容业务所需器械，找他没错。

进修结束回来了，单位决定开设中医美容科，院长让书礼做美容科所需要的设备计划。书礼向领导推荐了老师的朋友，领导答应后，书礼联系了老师的朋友。对方答应亲自把所要器械送到青城县来。器械送到时，书礼带着王宇一起接待了对方，不知是哪里出了问题，王宇非常不高兴和生气，对这位送器械来的人充满了敌意，尽管表面上还算热情，等客人走后，王宇便开始找书礼吵，并要书礼交代和那位"器械"的关系。

睡梦中的书礼突然被王宇摇醒，问书礼：

"你跟那个人不是一般的关系，你们到底做了什么？"

书礼睡眼惺忪地说：

"大半夜的你真是有病啊！能是什么关系？有什么关系还敢让他来送器械？"

王宇大吼一声，骂道：

"不可能！妈的，看你给人家夹菜，对人家的热情劲，一看就关系不一般。"

书礼尽量耐着性子说：

"我就是这样的热情性格，我对谁不热情？就是跟你吵架的时候，你爸妈来了，我立马笑脸相迎。而不像你，一点不高兴，见我父母和我的朋友，你就黑着个脸，可我做不到。那次你老家一个亲房的叔叔到我家去，我妈同情他，拉着他的手拼命留他吃饭。要是你看到我这样拉着异性的手留客，还不知歪想到哪去呢。我从小就是这样看着我妈的热情长大的，不是对人热情就不正常。"

书礼说完又倒头睡。王宇不依不饶，再次双手推书礼，拼命摇着不让她睡要她交代。这已经是第三个晚上了，连续几日几夜的折磨，书礼实在找不出一个能说服王宇的理由。王宇用劲摇着书礼的头，她一个骨碌爬起来，散着头发，大声喊着：

"王宇你还是人吗？你不正常呢！你不是一次怀疑我了。上次和丽丽夫妻俩一起出门玩儿，你也说我和丽丽的老公眼神不对，也找我吵几天，我没办法了只好找来丽丽说。你还是个人吗？什么人都怀疑？我和丽丽少年闺蜜，这是做人最起码的底线。你个男人还不如丽丽和我的心胸，平日你和丽丽情同兄妹，也要怀疑我？丽丽的老公也说把老婆系在裤腰带上是系不住的，夫妻之间最重要的是彼此信任，我冲破家庭那么大的阻力，不嫌弃你这个破碎没有温暖的家嫁给你，值得你怀疑吗？倒是你，和你的女同事女朋友一起出差、打球、骑车外出游玩，多少次，你都不跟我说一声，还是别人告诉我，你以为我不知道？我说过一句没有？如果是你这心胸，那不翻天了？我做人是有底线的，只有你这没底线的人，才会乱猜忌。做人要凭心，如此不信任，日子还过得下去吗？”

王宇虽然被书礼的话震住了，但还是心有不甘，悄悄查看书礼包包里的所有东西，一件一件地看，期望能找到蛛丝马迹。从此，一颗不信任的，邪恶的种子，在王宇的心中深深埋了下来。书礼当着王宇的面撕掉了与"器械"的联系电话，从此没有与他有任何往来。

卧床一年多的全恩去世了。诗润和玉竹带着所有孩子，从青城县出发，千山万水赶到大湖水库山上的桥西时，只见一个漆黑的棺材孤寂地停在堂屋。一柱檀香，袅袅绕绕。五十多岁的玉竹，因过度悲痛，面容憔悴，声音如丝。

这位"抱媳望子"望来的儿子，青年之前，在阿婆、父母和玉儿的宠爱呵护中成长；中年与玉儿离异，开始过着一种劳碌又不失豪迈的生活；后半生，因为儿子在外教书，女儿一个个远嫁，两个会读书的孙子和媳妇都在外。晚年孤独地生活在自己当年亲手搭建的老屋里，年轻时从来不做家事的他，晚年竟然过着自己为自己做饭吃的光景。老人最大的乐趣，便是拿着积攒下来的钱，到处送礼。方圆百十里，亲戚朋友，谁家做红白喜事，他都要去表心意，嘴上却说着"来讨杯酒吃"，其实从来不打扰任何人家，送过礼吃过饭，立马走人。如果有人留他，他一样保持着年轻时的豪气说：

"长了疖的鬼，我也不怕。六十不留夜，七十不留饭，我能来吃饭，已经是阎王说我好大胆罗！"

所以全恩出殡的那一天，小小的桥西，来了两百多人，都来送这位一生充满了传奇色彩的豪迈男人。奏哀乐的乐队，吹打得凄凄婉婉，每当乐声响起，书礼忍不住泪珠滑落。一声声悲壮唢呐和幽怨笙箫，无一不牵动着她的心弦。书礼想着外公的音容笑貌，外公一生的坚毅勇敢和特立独行的个性，不禁喟叹。

桥西，从此不再有全恩的身影。但全恩的故事，全恩那种与众不同的精神，已然与这里的山水相融，化作后辈们的怀念与追思……

这一年，对于玉竹来说，是一个不寻常的年份，先是老父离世，后是儿子国庆离婚。国庆和他那一帮兄弟一起，常在小歌厅里玩耍，和一个歌厅"小姐"有些暧昧，让马丽知道了。马丽拼死也要离婚，任何人也劝不住。玉竹哭着求马丽，劝她说：

"国庆虽差，可无肉的骨头撑碗也是好的！听我的，是我生坏了儿子，看在我这个娘的分上，看在孩子的分上，原谅他这次，不要离。"

可是马丽不听任何人的劝说。当马丽拿着申请去单位盖章子时，单位领导想劝她缓一缓，别冲动，而马丽敲破了玻璃杯子，当即对着自己的手腕，如果不盖，她就割腕！领导也只好盖了章，玉竹当时号哭：

"我一辈子怕的就是父母分离，我的孙子可要受罪了，我的命怎么就这样苦呢！"

那天，阳光明晃晃地甚至有些暴烈地照耀着大地，一如国庆那暴烈的脾气，国庆从民政局回来，进学校操场时，看到书礼站在家门口，大步流星的国庆，把手上那个绿色本本举得高高地摇着，一边摇一边大号大叫：

"完了，这回完了！真的离了，马丽不肯原谅我。其实真是没有事，真的只是逢场作戏。完了，这回真的完了。"

那一刻，书礼悲痛地看到，哥哥暴烈背后的忧伤与无奈。

国庆的离婚，对于玉竹来说，像一场灾难，重重地击打着她，几年缓不过神来。常常念着"河风单吹单掉树""志气难争屎难吃"这两句话。

分分合合十多年后，国庆又结了一次婚。当那女子在医院生下孩子时，国庆回家大哭了一场，玉竹得知后问他为何要哭。国庆说：

"有了这个孩子，我离安然和儿子越来越远了。我愧对他们，愧对他们。"

从此，国庆醉酒是常事，酒醉后就施暴，那女子受不了国庆，在儿子几岁时带着儿子悄然离去，国庆一度疯了一样到处找儿子，找不到儿子时，甚至想到要跳楼，被玉竹和书礼知道，天天看着他，才慢慢好起来。直到时代发展到有了"微信"时，早上醒来开机刷朋友圈，书礼看到国庆午夜写在微信里的一段话，读着读着，书礼痛哭起来。她心疼哥哥这种性情的自我折磨，以及不能够被人理解的苦。国庆朋友圈的文字这样写道：

> 儿子，你已经走了一个星期，爸爸天天想你，每天深夜醒来都要大声喊你两句，和你说说话，那样我的心情会好些。儿子，我会坚强地活下去，不会疯掉的！因为我有梦想，坚信儿子有朝一日会来到爸爸身边，再续父子情缘。儿子，我不会再找你了，你已经长大，对光头老爸和青城这个家都已经有了印象。记得小时候吗，你妈将你带跑，我像个疯子似的，去武汉到处找你，甚至不惜男人的尊严，跟别人下跪，求得你的下落。当找到你后，儿子竟然不会喊爸爸了，当时我是多么的伤悲哟，并发誓要亲手把你带大，不能让你在自卑中成长。

> 儿子，没有爸爸的日子，你过得快乐吗？寄人篱下的生活肯定是不方便的，人家的电脑，人家的电视，人家的玩具，都是人家做主。不像在家里，这一切都是你做主，想到这里，我真的想大哭。也好，这样更能磨炼一个人的性格，在家里，爸爸对你近乎溺爱，真的只差天上的星星月亮没给你取下来。

> 儿子，爸爸每天三坚持，坚持上好班，坚持吃药，坚持锻炼身体。有朝一日儿子突然来到我的身边，就认出眼前这个光头老爸，身体依然硬朗，面容依然未老。记住，儿子！老爸永远都不会因为

时间的流逝而减少对你的思念！

　　自此以后，国庆"疯癫"得更是一发不可收。年过半百后开始发胖，头发也白了，干脆剃了一个光头。当年那么"好看"，那么爱美的帅哥国庆，一下子成了咋看上去有"强盗"气息散发开来。

　　每每看到哥哥国庆那"黑老大"的模样，书礼便想到"相由心生"之日月沉积的玄机来。原来，那佛学里，有多少文字潜藏着人生的哲理与奥妙？只有在你的人生一步一步走来和参悟的时候，你才能一点一点地看得真切。

第六章

一

忙碌全恩的丧事时，仁寿一直在桥西帮忙。玉竹看到仁寿一家生活得太不容易，有了把他们带到青城县去的想法，得到诗润的认可同意后，玉竹先回家，为仁寿租了房子，并托人找了一个做早点人家，让仁寿学做早餐。在仁寿能够开早点店时，再把梅和四个孩子一起带了出来。

十年弹指一挥间。

这个十年，是书礼努力工作，把单位的中医美容科开展得有声有色的十年，同时也是为家庭建设不断努力辛苦挣钱的十年。书礼是那种不会理财不善于存钱之人，但她在家庭建设和为培养孩子时，从不吝啬。为几岁的楚楚买回钢琴，成为小城里九十年代一个小新闻。这十年，也是书礼最漂亮的十年，比刚生孩子时丰满了些许，白里透着红，脱了曾经的青涩，有了少妇的韵味。这十年，借工作之联姻，书礼开了一家护肤品专卖店，店里最红火时有店员十多人，遇金融危机时，再困难，她从来没有少过员工的工资。这十年不但是书礼在工作挣钱和家务之间忙碌的十年，也是竖起诚信口碑的十年，在付出再付出中坚定走来的十年。

十年里，再忙，书礼从来没有丢过读与写的爱好。不仅在工作上让小城人知晓，报纸上常常也有署名"竹馨"的豆腐块文章出现，借着文字的翅膀和工作在小城的影响，让更多的人知道，竹馨就是书礼，书礼即竹馨。走在小城的街头巷尾，不但是一道亮丽的风景，还常有人指点，这就是书礼。她就是竹馨。

前边说过，书礼并非怀有鸿鹄之志的人，但也会随着命运之神的指引，坚持上苍赐给她的每一件事，并把这件事尽力去做好。中医美容做了十年，在公交车上，竟然有不相识的人还记得她做护理助产士时"头皮针"一针见血的过去，这不能不说是对她的一种肯定。她总是带着一颗欢喜心去做每一件事，面对困难也从不抱怨。

　　当书礼从忙碌中抬起头来，发现自己似乎丢失了自己，她不甘心！从上班到结婚到生孩子，到挣钱搞家庭建设，从一个无忧无虑的少女到为人妻为人母，她忙碌于生活中的一切，不管愿不愿意，不管是幸福还是委屈，恍若一梦十多年。当她从琐碎中抬起头来，孩子大了，家也有了不同的收获，却发现自己有些无助与失落，虽然也有一些文字如花瓣散落，总是有一个声音在心灵深处召唤她。她迷茫困惑心有不甘，除了工作生活和对文字的爱，在许多方面书礼是一个十分笨拙之人，她告诉自己，必须有自己的精神空间。

　　多次与王宇"请假"不批的情形下，在一个大雨如注的日子，背起行囊留下字条，踏上了独行西部的行程，开始了她浪迹天涯的梦中之旅。这个梦，通过阅读，在书礼心中蕴藏若许年，只因生活的琐碎而姗姗来迟。

　　书礼从莫高窟出来，来到向往已久的鸣沙山。那天的阳光似乎特别刺目，虽然空气让人有些口干舌燥，当她随着人群进入鸣沙山的脚下，远远望去，已有密密匝匝的人群向山上前行。驼铃声声，令人心醉。沙山在阳光的照耀下像罩着一层薄薄的金色丝绸，虽然没有一草一木，但美得让人惊讶。传说鸣沙山的来历是许多人从山上往下跑时，可以听到擂鼓的声音，而且无论白天有多少人践踏，它一样会还原从前的本色。这是世界沙漠奇观之一，中外游客一批一批，接踵而至。

　　孤独的书礼，随着喧嚣的人群，迎着风，一步步，慢慢向沙山的顶端攀登。途遇大风，书礼蹲下来歇歇，捂着头上的帽子等那阵风吹过。终于到达山顶，书礼直立于蓝天下的沙山上，悠然远望，那种人在天涯的感觉，几许欢喜几许落寞，齐涌心头。

西北之行一周，沿途经过河南、陕西从甘肃兰州至敦煌，来去行程万里。一路走来，西域奇异风光和淳朴民风，给书礼留下了太多的美好回忆，在她生命的旅程中，刻下了永不磨灭的痕迹……而书礼做梦也没有想到，那是上苍为她埋下的一个伏笔。这个伏笔，在后来的人生里埋了整整十年。或者说，是上天安排了一个前世和今生的约定。

西部之行十天整，书礼尝到了孤独寂寞和劳累，同时也收获着平日里体会不到的愉悦与满足。黄河的壮阔戈壁的荒凉敦煌的梦，西域风情深深地触动着她的思绪与灵魂，开阔了她的视野，她带回西域采风系列文字，在当时的《青城凤凰报》连载，引起小城轰动。至此，她才更加安静地投入到自己的生活中。

直到一场突如其来的大病袭击女儿，相继而来的诸多情状，让一直过得还算顺的书礼，真正体会到了什么是坎坷，什么是老天对她的考验，什么是娘常说的"人有几节命""人生的路，前边是亮的后边是黑的"之说的哲理，以及什么是命运之安排。

当王宇和书礼带着女儿楚楚到武汉同济医院时，已经是午夜一点。在同济医院进修学习的李琛，一直等到深夜帮着办进院手续。开始没怎么当回事的王宇，知道女儿是病得说不了话时才真急了，他是那种天没塌下来，自己先垮掉的人。特别是同济医院医生作了相关检查，找王宇谈话后，他才真正懂得了女儿病情的严重性。在同济医院二十多天的治疗，书礼不知道是怎么熬过来的，她只知道，整个人是晕的，不停地床上床下为女儿服务。

直到二十多天后，楚楚虽有了很大的好转，但说话吐词仍是不太清楚。书礼在武汉的女友欧阳辉来看楚楚时，楚楚歪着头大着舌头叫出的一句"欧阳辉阿姨"，把欧阳辉吓得两眼发直。然后拉书礼到一边，十分惊讶地用她那重重的武汉话问：

"书礼，么样搞的？那机灵的一个伢怎么病成这个样子了？"

书礼笑了笑说：

"知道吓着你了，已经好多了，开始完全不能说话，慢慢在好。相信会完全恢复的。"

欧阳辉是书礼在武汉进修那一年相识的朋友，多年来，一直保持着淡如水的君子之往来。书礼每到一处，总有一位情不相弃的朋友。后来，在书礼多次遇到生活烦恼和挫折时，欧阳辉常常来看望和陪伴书礼。

同济月余，书礼经历了一场漫长的煎熬。平安夜那天，书礼料理好女儿，王宇也睡下了，书礼有了提笔的欲望。她坐在床边，拿着病历纸，刷刷地记着：

> 到同济的第二天下午，楚楚呕吐终于止住。第三天可以吃一些东西，第四天当女儿能含糊说上几个简单词句时，我们高兴得不知所措，只是一个劲地，一趟一趟下四楼买她要吃的东西。
>
> 有时要说稍长一点的句子，却十分困难，我们就拿笔给她写，由于病的时间过长，体力不支，拿笔的手根本无法使力，这时急得说不出话来，又烦得大叫大哭，这样又导致她抽搐。
>
> 日子一天天熬过去，同济第十天，女儿已有明显好转，说话慢慢清楚，神志也很清醒，只是精神特别差和偶尔伴有抽搐。
>
> 由于精神差和烦躁，加上十几天都躺在床上，后期常常是坐也不行，躺也不是，我便在她身边一次次把她扶起靠在我身上，不到一分钟又要躺下，我再次轻轻挪动自己把女儿放下，接着重复同样的动作。我半蹲在床边上，无数次的跟着时上时下，反反复复。无数次为她全身按摩、拍打。能静一会时，不停的为她读故事书。人已累得麻木了，心里只有一个愿望，那就是要让女儿尽快好起来。
>
> 平常的日子里，我对女儿从来没有如此耐心过，我是一个急躁之人，常常忙于许多的事情，总是觉得让她吃好穿好，受好教育就行。女儿这次病让我深深惭愧和警醒自己，女儿需要的是太多太多

细微的关心。

　　二十多天过去了，女儿平安度过了平安夜，女儿一定会好起来。在心里，我除了感谢所有医护人员和现代医学。

　　二十多个日日夜夜，我没有拿过笔，没有看过书，没有梳妆，穿同一套衣服，我丢掉所有事情，放弃平常的生活规律，日日夜夜守在女儿身边。我不知道二十多个日夜自己是如何熬过来的，也不知道自己是哪里来的精神和体力。

　　二十多天过去后，我和王宇都病了，我整整瘦了一圈，当看到女儿能下床走路，能吃饭，能清楚说笑，能恢复从前一样闪亮的眼神，看着她一点一点的好起来，我欣慰无限。也只有经过这一次磨难，才更加深深体会到：什么都可以不要，孩子才是我的世界！

在书礼为女儿办理出院手续时，突然在大厅里吐了起来。起先以为是多日来累的，继而心一惊，女儿病中的这一个多月里，该来的"好事"没有来。于是顺便买了一条试剂，检测尿液竟是阳性。书礼有些诧异，竟然怀孕了。她有些不信似的告诉王宇，王宇说：

"你不是上了环的吗？"

书礼说：

"也许是环掉了，但也不排除环偏了位置带环受孕的情况。"

接着，书礼悠悠地说了一句：

"这孩子，来得可不是时候。"

王宇说：

"回去了再说吧。计划生育抓得这样紧，我们都有工作，怕是不敢留呢。"

书礼说：

"嗯，娘常说女孩是菜籽命，种在哪里便在哪里生长开花结籽，命中只有八角米，走遍天下不满身。我这菜籽命，怎么就这多事儿呢。"

女儿出院回家后，几乎天天有人来看望，特别是书礼写的关于女儿病中的文章在《青城凤凰报》发表后，感动了不少人，文字道出了每一位父母的心声。那些时，相交深浅不一的朋友，都前来探望。女儿的房间里，各种零食和玩具摆了半边房，非常出乎书礼的意料之外，让她感动不已。

那时的《青城凤凰报》，升级后成为独立机构，当初帮书礼改稿的山果老师，出任青城报报社社长兼总编。

楚楚慢慢恢复后，书礼买了许多糖果送楚楚去上学。让楚楚把糖分给一直关心她的老师和同学们。

一天中午放学回家，吃的是玉米粥，楚楚把玉米一粒粒丢弃在餐桌上，书礼说：

"这样浪费可是有罪的。"

楚楚竟然天真地，像小大人似的说：

"什么样的罪呢？我最难受的罪已经在病的时候受了。"

书礼一阵心酸，但还是说：

"像电视剧《天下粮仓》那些人一样，让你没有粮食吃。饿的滋味可不好受，这电视你不是天天在看吗？"

楚楚听了书礼这样说，赶紧把刚刚丢在餐桌上的玉米，一粒粒捡起来吃掉。

书礼做梦也没有想到，自己会加入"超生游击队"行列，过上一段四处躲藏，提心吊胆，思念亲人，不见阳光的阴暗日子。

书礼最初决定留下孩子最直接简单的想法就是，想为王宇生个儿子！既然怀了，如果是个儿子，冒再大的风险，她也想生下来。同时她也非常明白，想留下腹中的胎儿，没有"准生证"是违法的，王宇和自己都是公职人员，无证生第二胎，这种情况绝对不允许。要办理准生证，谈何容易。况且腹中的小生命，不会静止下来等你去办证，只会一天天地，蓬勃生长起来。

这个生命来得太突然，虽然让书礼有些不知所措，她想等到三个半月后再作决定，因为三个半月后可以做胎儿性别鉴定了。

日子很快就到了胎儿三个半月，书礼专门到省城找熟人做了"彩超"，告知是个女儿。王宇得知是女儿，极力反对留下来，理由是已经有一个女儿，冒着被开除工作的风险再生一个女儿，大可不必！

书礼非常矛盾。她找了几个亲朋好友帮忙拿主意，几乎没有一个人赞成她，都说为了又一个女孩而去冒开除公职之险，太不值得了。就在书礼决定要去做手术拿掉胎儿的头天晚上，腹中三个半月的胎儿竟然有了明显胎动。那一阵胎动，深深地牵扯着一个做母亲的心。

书礼终于没有去医院做手术。

书礼就这么糊里糊涂地，甚至有些胆大包天地，把腹中的生命留了下来。

在书礼的坚持下，王宇以及亲朋好友，都觉得书礼是否太过冲动。

书礼凭着这股子冲动决定了，她要是能预知今后的困难有那么多，她绝对不会那么意气用事地做出决定。要是没有过早的胎动，书礼也不会这么做。

一切就是那么凑巧。

也许，一切都是天意，一切都是命中注定。

书礼想得最多的，还是娘常说的那句话：

"儿女前世修。不是你的想留也留不住，是你的不想要也去不掉，顺其自然地等吧！"

书礼是个有些单纯而冲动，且十分坚定的女人。为这一决定和举动所付出的代价，是她自己做梦也不曾预料的。

生命，也许就是在顽强和不经意中，诞生和存在。

那天，诗润和玉竹来看望书礼，为书礼带来了一封信，依然是多年来不曾中断过，无地址无姓名的问候信。

腹中孩子五个月时，正是春节过后，这之前，穿着大衣，无人能看到书礼有身孕，随着肚子一天天大起来和春天要脱下大衣，书礼决定去南方王籽那里住些日子。自从和阿峰分手后，在武汉的王籽仓促结婚，后又仓促离婚，再然后随着一股"下海潮"，王籽去了南方，而且在南方做起了自己的一方天地。书礼借需要进一步外出学习之由，联系了外地一家中医院美容的学习通知，单位批了两个月的假。她把科室交给两位同事后，自己决定出门了。起初决定离家的心境美好而无虑，她压根就没有去设想会有多大的困难，相反的，倒觉得有一点刺激和神秘，她相信自己到王籽那里后，会过上一段开心快乐的日子。

刚到南方时，王籽特意请假带她出去玩去吃各种海鲜，让书礼慢慢适应。当王籽开始忙碌自己工作上的事时，书礼自己在家里或外出走走或和王籽的表妹一起说说话。王籽的表妹在一家公司打工，长住王籽家，书礼来后和她住一个房。夜晚睡觉时，俩人常常说些家事和老家的事。当表妹知道书礼怀的是第二个孩子时，无不羡慕地对书礼说：

"书礼姐命真好，大女儿大了，自己还这么年轻，等大女儿考上大学时，又有小女儿陪伴在家里。我在外闯荡多年，到如今家也没有一个，孩子就更不知是猴年马月的事。常常，忙碌过后独自一个人时，非常渴望有个家，有个可爱的孩子和爱我的丈夫。然而我却让青春悄悄流逝在奔波忙碌的打工中，错过了成家的最好年龄。像我们这种情况的女性在外边有很多，我们丢不了现有的工作，我们也渴望有人爱，有人疼，有个温暖的家，可往往处在一种高不成低不就，不愿妥协的状态中把日子一年一年送走，自己也在这一年又一年中失去青春。回首过去，我们所剩的只有工作和一点积蓄，我们丢失了女人一生中最重要的东西，有许多姐妹在感情困惑和孤独中，只好做了别人的情人，有的做了别人的二奶。可那种不能见阳光，没有安全感的生活，带来的是更多的烦恼和不愉快。所以我就这么独自过着，虽然孤单，倒也自在。好在有表姐这里做依靠，才不至于举目无亲。"

表妹的一番真情表白，让书礼非常感动。最开始担心表妹会说她不开明老思想什么的，没想到听到的是另一番知心话。表妹又说：

"你的选择是对的，在这个年代，能拥有两个孩子何其之幸运。无论男孩女孩，有两个，至少将来有一个可以相互来往和依靠的亲人，独生子女太孤独了，独生子女已经不懂得手足之情的可贵。"

书礼打趣的对表妹说：

"等我回家后帮你物色一个郎君，姻缘前世定，属于你的肯定在别人家里等着你呢，该相遇的时候自然就到来了。"

在王籽家里，靠手机与家人联系，尽管王籽家有座机电话，但书礼从来不用，除非是王宇打过来打到座机上，只要是她打回家，哪怕担心手机辐射，她也不用王籽家的座机，这是告诫自己做人不占小便宜的规矩。目前书礼用的是第二部手机。第一部是橙黄色诺基亚直板手机，这一部是粉红色的"KT猫"。两部手机前后三年，都是王籽从南方帮书礼购买。是砖头一样的"大哥大"之后，出现的不同小型手机，在青城县，书礼是用手机较早的人。

那天，王籽和表妹都上班去了，王宇打来电话说：

"你不在家我和女儿很不习惯，很难受。"

话还没说完，感觉王宇在沉默，一会女儿在电话里哭着说：

"妈妈，我想你，非常想你。我要你回来，呜呜呜……"

女儿的哭声，让连日来忍着，坚持着，压抑着的思念闸门彻底打开，书礼无法自制地哭起来，她在这边哭，女儿在那边哭。王宇接过电话说：

"我在离家不远的地方，找了个远房亲戚，一家人都打工去了，家里的房子空着，我和他们说好了，还是回来，南方太远了，要来不得来要去不得去，离家近一些，我可以带女儿休息日去看你。"

书礼听了连声点头答应着。

二

书礼像个流浪的人，告别了南方，告别了王籽和王籽的表妹，乘上了返回家乡省城的火车。车到武昌时，王宇已经等在了出站口。见书礼出站来，王宇走上前，看着书礼微微隆起的腹部，面颜却更加姣好，便开玩笑说：

"女儿在打扮你呢，看你比以前更漂亮了。"

书礼说：

"真想为你生个儿子呢，可她偏要来打扮我让我好看。"

两人说着走出车站人流，换乘了长途汽车。夫妻俩到王家庄时天已黑，事先有安排好的，空落落的房子放着一张单人床，陌生的床上，书礼偎依着王宇，诉说着外面二十多天来的种种情状。已是初夏，天不热，窗外一阵阵蛙鸣声，虽然有王宇在，可书礼的心，觉得这夜仍是如此的寂寞和空旷。久住城里的书礼，已有许多年没有听到这么动听的蛙鸣了，仿佛回到了童年的意境里，有一些伤怀和莫明的悲凉。远处犬吠，近处蛙鸣，让书礼担心今后的日子如何独自度过。

为了不让王宇担心，她不敢对他说这份感觉。她深知，说了也无法改变现状，一个人难受也就不让两个人担忧了，默默承受，是最好的办法。

王宇为书礼买了日用品、做饭的煤炉及餐具等家什，然后告别书礼独自回去了。回家后王宇首先去了书礼家，对玉竹和诗润说已安排好书礼的现状，当王宇说起书礼现在住的是一个偏僻的小村子时，说着说着，王宇痛哭起，边哭边说：

"可怜书礼从来没有受过这罪，她像个讨饭的人一样拉着一个包，现在一个人在那完全没有人认识的陌生地里住下来。送她去时我就有些受不了，可我不能当她的面说出来，怕让她难受不习惯。"

玉竹看到王宇哭的样子，心里倒又是一番滋味。觉得这个王宇，虽然平常不太会沟通，心里还是真心对女儿好，也心疼女儿，只是有时方法不对。她一边劝王宇放宽心，一边说：

"现在离家近了，大家都可以轮流去看她，从小没受过什么苦，这也是老天要让她受一点苦的方式呢。你也不要难过，几个月很快就会过去。"

玉竹的话，让王宇的心慢慢平静下来。

　　书礼算了一下，她将要在这个陌生的地方待上几个月。她数百次的在心里念着：坚持！坚持！坚持就是胜利！既然要在这个地方住这么长时间，她必须学会慢慢适应，并争取喜欢这个陌生的乡村。于是书礼开始打量起周围的一切。首先让书礼欢喜的是，推窗而望，能见一口水塘，站在窗口可以看到整个水塘的大小。水塘的左侧附近有几户人家，右侧是一座小山，塘边有几簇长长密密又青绿的不知名的宽叶草。

　　书礼素喜荷花，望着眼前的水塘，心想，水塘里要是种了莲藕，到了满塘荷叶莲花盛开时，那将会是一番怎样喜人的景致。书礼设想着窗外水塘上的莲花之美，瞬间有了期待中的欢喜心。尽管眼前只是一塘深黄色的水，可这口水塘，却为书礼带来了几许欢欣和慰藉。

　　书礼所住房子，周围有几户人家相连，整个村子不小，但住房随意散落不集中，离省城近。村里人以种蔬菜为主，一片片绿色田野，看上去充满了生机和富有。一幢幢小楼房，足以看出这里的人家生活得不错。书礼几乎不出门，她怕有人盘问她的来历，从而带来意外的麻烦。而每天上午一次买菜非出门不可，也总是匆匆买了东西匆匆回来。

　　村子里多数年轻人都到省城做工去了，以老年人和孩子居多，两个五十来岁的中年妇女卖菜，天天菜品也没有什么特别变化，无论是晴天还是雨天，用塑料布撑个棚子经营。常常会买到本地人种的新鲜菜，有时是菜农挑着上门吆喝，有时是走在路上遇到，最好的是挑上门的本地土鸡蛋。

　　每天早晨起床，洗漱好后先做早点，一杯牛奶，两个鸡蛋，有时下面条或粉丝之类。早餐后出门买菜，回来后用看书消磨做中饭前的时光。十点半打开煤炉做中饭，饭后午睡两小时。下午再看书，四点半又打开煤炉做晚饭，一般是一菜一汤一碗饭；晚餐后在室内稍作运动，即走步。九点半上床看书，十点半睡觉。没有人说话，没有电视可看的日子，全靠书礼自己调节和把握每一个环节，以此充实自己，排解寂寞。书礼完全改变了过去的生活习惯，独自做饭虽然无味，可也添了一份打发时光的事情。

　　书礼感激书籍为她带来了充实和安慰，每一本书上的不同人物和故事感动她的同时，也和她做伴，让她暂时忘了自己的境遇，那些文字陪伴她度过寂寞而孤独的时光。她读着《上官婉儿》那些越过尘烟的历史、《黑骏马》的西部风情、《叶灵凤文集》《霍达文集》带来的感动，等等。也有一些散文、杂志之类，十几本杂志，几乎每个角落每个字都不曾落下。

　　一直以来，书礼没吃过多少苦，闺中有父母疼，婚姻虽有波折，整体也让她满足。从来没有经受过这样一份没有自己、思念亲人的寂寞，那种欲诉无言，难以抒怀的感受，时常扰乱她的心绪。她努力不去想，不敢想离家的日子，她怕这份思念和牵挂的日子，过得太慢而更加难熬。

　　常常是整天整夜不开口说一句话，因为独自一人无人可说，所以总是觉得嘴巴泛苦、无味，导致食欲差。最初不知是什么原因吃饭差，当她意识到是没说话少运动引起时，书礼吓了一跳。这样下去不成哑巴了？况且对胎儿也不好，她开始唱歌。不经意间唱得最多的，是八十年代末香港电视连续剧《八月桂花香》中的主题歌，那部电视剧曾经让她魂牵梦绕地追着看，主题歌也曾无数次感动着她那多感的心灵。

　　书礼自己也惊奇，十多年过去了，在这样一个特殊的日日夜夜里，却能把这首歌完整的唱出来：

　　　　尘缘如梦

　　　　几番起伏总不平

　　　　到如今都成烟云

　　　　情也成空

　　　　宛如挥手袖底风

　　　　幽幽一缕香

　　　　飘在深深旧梦中

繁华落尽

一生憔悴在风里

回头时无情也无语

明月小楼

孤独无人诉情衷

人间有我残梦未醒

漫漫长路

起伏不能由我

满腹相思都沉默

只有桂花香暗飘过

……

　　每当唱起，那些伤感的歌词让书礼似有一种不祥之感。于是她下意识地告诫自己不要再唱这首歌，可是不知不觉中，又总是从心里经过嘴里流了出来，书礼实在不敢承受一份不祥的惊吓！

　　于是她又换一种方式来调节自己无人说话的境况。她开始读书，一字一句，把看的书念出声来，有时是坐着读，有时是在房内边走边读。从朗读中，书礼得到了快意和满足，这种朗读的方式让她仿佛回到了学生时代。

　　书礼读得最多的是《暗示》中的一段话，那段文字，她读了一遍又一遍，那些话像仿佛是为了鼓舞和激励自己而出现，让她坚持而不能放弃：

　　……一个人的生命承受力是很强的，有时强得连自己都不了解，你只要记住，不要把自己的生命想像太高贵了，其实人生命的质地是贱而韧性十足的，它的本质是什么都能承受得住，无论何等的重负，压力甚至屈辱，活着是她唯一的本能。因为生命这条链需要延续，你既然能来到这个世上，你便是人类生命链上的一节，也可以说是生命寻找到你并托付于你或成为它的载体，你已然拥有天生的承受一切的能力，只要你不矫情，不故意扭曲，这世上没有你承受不了的事。你的第一声啼哭，是你生命的第一个暗示，也是终身的最大暗示，那就是你得让这个生命永远像你的第一声啼哭一样新鲜而有活力。你无权遗弃生命，你只能静静地延续和丰满你这一节生命链，一直到最后的自然脱落，或者可以这么说，直到最后让生命来遗弃你……

书礼想，我是一个生命链，我这节生命链，上链接着爱我的父母，下链接着我爱的丈夫和女儿及腹中的小生命，我要用顽强的生命力来链接这些与我有关的生命，哪怕吃再大的苦，我也要努力和顽强，不能出一丁点儿差错。

书礼恨不能一天找一个坚强的理由！

一天，玉竹给书礼打来电话：

"礼啊，你受苦了，把娘的心都想痛了！过两天和你爹一起来看你。"

书礼强忍着泪水，哽咽着说不出话来，却还故作镇静说：

"娘，我很好，真的很好。"

做母亲的牵肠挂肚，是一百分甚至千百分的牵挂和担心。放下电话，书礼的泪终于像开了闸的水，哗啦啦地流出来。这么多日子来，所有的思念，所有的委屈，所有的无奈，所有压抑和煎熬，都化作一腔泪水喷涌而出……

哭过后的书礼，轻松了许多。

知道爹娘要来的那一天，书礼特意化了一个淡妆，让精神看起来很好，她不想让父母看到一张憔悴的脸而过多的担心她。

爹娘来小住的日子，为书礼带来了许多的安慰和欢乐，玉竹为书礼带了许多营养品及各色织毛衣的毛线，只有娘才懂得，在外难熬的日子，该如何找事情来打发时光。

玉竹对书礼说：

"老是看书不行，要调节着做不同的事，要经常外出散步，不能总关在屋里，这样对胎儿不好。"

玉竹说到这流下泪来。接着又说：

"看你气色还不错，只是要耐心。人到一境行一境，一节火把一段路，即使在某段路火把熄了，你也要继续走出去。过去了，天就亮了！儿女前世修，既然来了，这就是缘分。"

爹娘回去后，书礼开始织毛衣。她常常感谢老天赐于女人天生手巧，在这寂寞孤独的日子里，千针万线地为腹中的宝宝织毛衣是一件幸福的事情。这个过程，为书礼带来了一份做母亲的别样心境。

那段日子，雨特别的多，断断续续，点点滴滴，几乎下了近一个月。书礼每天站在窗口前，望着窗外一幕幕雨帘落在水塘上泛起的无数朵小水花，细致又生机勃勃。雨中的水塘充满了灵气和静中动感，四围的水草树木在雨中更加葱翠鲜绿。每当雨停歇时，微风吹着荷塘水波涟涟，没有一点点浮尘，在书礼眼里，尽是柔和与洁净。

书礼手上织着毛衣，脚在原地不停地踏步，借此做运动。眼睛透过窗户望着雨中的水塘，心儿却飞去好远。时不时的胎动，让书礼感觉，她不是孤单的，有腹中的小宝宝相伴。

这样一份特殊的生活经历，这样特殊的一个环境，这样一份别样的心情，也算是老天的一份恩赐吧，书礼想。到如今才深深体会，娘常挂在嘴边的那句话："到一境行一境"。经历就是生活，生活就是人生。不同的日子和经历，才能构成丰富多彩的人生。这样想着，书礼的心，便释然了。

书礼每天不停地飞针走线，把白嫩的双手织得结了茧，脱过一层皮后又结一层皮。就这样，日夜不停地打发那样单调的日子，那样寂静的分分秒秒。每织起一件小衣服，她会独自欣赏好久，想着小女儿将来穿上时，会是个什么可爱的样子。在书礼将近织成六件小衣小裤时，胎儿在腹中已有七个多月，出门在外的日子，她仿佛过的是一个世纪。

离预产期还有两个月，她开始以倒计时的方式，计算着回家的那一天。这期间，山杏来看过她，欧阳辉来看过她，分别陪她住了三天，王宇多次带女儿来度周末。在需要运动的后期，书礼每天早饭后出门，散步一小时，玉竹叮嘱过她，晚上千万别外出。

三

那是一个细雨天，书礼右手撑着伞，左手轻抚隆起的肚腹，照例来到屋后水塘边的小路上。小心翼翼的书礼，边走边欣赏雨中大地，当她靠近小石山时，忽见山上的中部，光溜溜的石头缝里，不知何时，竟长出一朵金黄色的小花来，风雨中开得如此的灿烂耀眼。向往美，是女人的天性，每个人的心灵深处都藏着一份美，这份美该是浪漫主义情调，所以人们把女人比作花朵。书礼也一样，她喜欢花，爱美好的风景，喜欢那一份触景所产生的不同心情。看着石缝中的花朵，书礼有些激动，不仅仅因为她喜欢这样的一份景致，她觉得，这朵小花的可贵之处，是因为从夹缝中长出娇艳来，让她想到自己腹中的胎儿，她们有着一种不可名状的相似。

书礼下意识摸摸隆起的肚子，一阵胎动。适才的感伤没了，书礼轻轻笑了：小宝宝，你又踢妈妈了。你像很棒的中国女足呢。你一定是带着使命来的，要不你怎能在这样的环境中保留了下来呢？我们娘俩前世有来去，今生有缘，你注定是我们家中的一员，你一定是个有着顽强生命力又可爱的天使。

书礼站在雨中，望远方，发着呆，设想着不久能回家的日子。这时，微雨中走来一个人，将靠近时，竟然也是一个孕妇，看肚子像比书礼的月份大，孕妇的模样，年龄应该跟书礼差不多，穿着有些紧的旧运动衣，虽然有些不合体，倒也干净利索。不像书礼，她总是穿着特制的孕妇裙子。

书礼太孤单了！

看到眼前的孕妇，禁不住主动上前打招呼问好。孕妇也热情回应着，于是两个从不相识的孕妇，相互聊了起来。因为共同的特性，同为孕妇，所以聊得很亲热。

首先说孩子的月份，再询问是男孩还是女孩，特别当彼此明确都是违纪超生时，两个需要倾诉的母亲，毫无顾忌的打开了话闸子。于是慢慢地，各自说起了自己的身世和遭遇。

孕妇叫春花，比书礼小六岁，岁月的沧桑明显写在脸上。春花也是外地人，最近才躲到这个村子来，到亲戚家里度难关的，因为离预产期只有半个月了，家里计划生育抓得特别紧，她是逃出来的。

春花说她这是第五胎。书礼听了，惊得目瞪口呆：

"天啊，第五胎！也太吓人了，要这么多干吗？"

春花说：

"为了要儿子呀！虽然口喊着'生男生女都一样，女儿也是传后人'。在农村没有儿子受人欺负，不生儿子的媳妇更是被人看不起，所以不生儿子不罢休。"

春花接着又说：

"说是第五胎，这五胎都是生下来了的。'该流不流扒屋牵牛'，'引下来，流下来，就是不能生下来'。所以啊，'刮宫''引产'加在一起不少于怀了十次孕。"

书礼听得都傻眼了。

这个叫春花的女子，大有不吐不快之感。不待书礼问，接着又说：

"前四胎是女儿，送了两个给别人，家里还有两个跟她阿婆一起。这次是儿子，所以拼了命也要生下来。为了超生，家里的东西都被罚光了，房子也拆了。依我自己，也不想这么生个没完没了，可这是命，没办法，谁叫我前几胎不争气，没生到儿子呢。"

书礼为春花一阵心酸，并对她说生女儿不是女人的错。

春花自己倒没什么，热情极高地，为书礼讲述自己逃出来时的经过：

"那天天刚黑，计生干部来了，听了拔脚就跑，往后山跑。听到有人喊，跑后山了，我吓得躲到茅厕里。农村的茅厕上半是露的，怕人看见，

517

就躲到茅厕坑里，那屎啊尿啊都齐腰了，我大气不敢出，一直等计生干部走后我才出来，才发现身上爬满了蛆，悄悄摸黑到河里洗了换上衣服，孩子爸连夜把我送到这里。"

书礼听完春花非常有画面感的述说，大口大口地吐了起来。不是亲耳听到，她简直不敢相信竟有这等事，有这样不顾一切为了生儿子的人。

书礼说：

"天啊，即使是生天子，我也不敢躲到茅厕坑里，受这样的惊吓，我宁可不要儿子。"

书礼又说：

"唉，这是何苦呢，为了生这个儿子，弄得家贫如洗，而且一家人各奔东西，不能在一起，哪日是个头？这样对孩子也是不公平的，且不说送走的女儿，就现在的你，也没有一个好的环境让她们过上平静的日子，让她们受好的教育，从大体来说，全国农村都像你这样，整体国民素质上不来，几代人过不好。更惨的是，把怀上的女孩打掉。"

书礼像是计生干部在做别人的思想工作。春花听了，吃惊地瞪着书礼的肚子。书礼一下子回过神来，苦笑着有些不好意思地说：

"我刚才说得不对，其实现在我也跟你一样是超生，但我并不是因为要生儿子才这样，我是要让我的大女儿有个伴，而且我们也有相对的条件把两个孩子抚养好，并让她们受好的教育。"

顿了会儿，书礼又自嘲起来：

"唉！真是站着说话不腰疼，我是应该理解你的，最初我也是想生儿子的。"

书礼又问春花：

"你把孩子生出来了打算怎么办？"

春花说：

"边走边看呗，反正是不能带回家，家里再也交不起罚款了，我只能带着孩子住在外边，她爸送我来后就外出打工去了，家里两个女儿跟她阿公阿婆在一起。"

书礼在问春花何去何从时，好庆幸自己的父母已经退休，并答应孩子出来后由他们帮着带。为了这个，老人已经在十年前买的地基上建了一套平房，那里离单位远，在城郊的一个小林场里。

　　春花的出现，让书礼有了话题同伴，书礼常邀请春花到她那里吃饭，坐在一起，边织毛衣边聊天，各自聊自己的家庭和生活，以及过去身边一些相关的人和事。

　　春花常天真地说，你们城里人会享福，条件那么好，还不想多要孩子，要有你这条件，我要生一大堆，男孩女孩一大堆。说着自己又大笑起来。

　　书礼笑着，跟她说许多关于儿女少生优育之类的好处和道理。

　　过后又笑自己，不是同样义无反顾地加入了"超生游击队"的行列？成了"超生游击队"中那个宋丹丹演的女子？

　　也许，女人永远是以母性为第一的吧！

　　有了伴的日子过得很快。转眼，春花的预产期临近。书礼常催春花要到附近镇上的医院看看，做做产前检查，或者提早到医院住院分娩。可春花却总是笑着说：

　　"没事的，我生了四个孩子，头三个是村里接生婆接的，第四个还是我自己接的呢！"

　　书礼瞪着大眼睛说：

　　"自己怎么接，那该多危险？"

　　春花笑着说：

　　"我生孩子比较快，一般都在两三个小时之内。生第四个孩子是半夜十二点多，十点半肚子就开始发痛，可到十二点时，家里只我一个人，公婆住另外的房子，老公在外打工，还没来得及去叫人，孩子就出来了。我自己把孩子脐带剪断用打鞋底的线索系紧，再去叫醒婆婆，婆婆再去叫来乡村医生，帮我把孩子的脐带消了毒，再帮我把'包衣'弄出来；我躺下来休息时，一口气吃了八个糖水蛋，像没事一样。去叫婆婆时，沿路滴着血，看了有些心寒。我们农村人啊，生了一个又一个，公婆不把我生孩子当回事了。好在每一次都顺顺当当的过来了。说实话，生孩子，就像古话说的，那是'儿奔生，娘奔死，只隔阎王一张纸'。这一关闯过了也就过了，闯不过就没了。日子长了，人们也就忘了，这叫命贱。"

春花说完，脸上泛着一层极少见的，淡淡的忧伤。

书礼说：

"这不叫贱，这是一种顽强的生命力。"

春花叹了一声，又说：

"我们村，只有老人和小孩了。像我们这种正当年的人，要么外出打工，要么躲着生孩子。在外打工的人都不想回去了，虽然在外也过得不好甚至低人一等，可又不甘心窝在家里。心都是燥的。"

书礼：

"是啊，乡村慢慢衰落，偏远高山上的甚至在消失。时代发展太快，外面的世界太精彩，寂寞的乡村留不住一颗颗向往外边世界的心。可对留在家没有父母照料的孩子是不公平的呢，这一代留守孩子，将来会因为缺少父母爱的陪伴而性格孤僻。"

一天夜里，书礼正看书，忽然有急急的敲门声。书礼开门，见是春花的亲戚，有些慌乱地说：

"春花要生了，可胎位不正，先出来一只脚，血特别多，春花说想见见你。"

书礼一边答应着加了件衣服，一边急急地随春花的亲戚出门。丝丝凉意袭来，书礼打了几个寒战，甚至有些毛骨悚然，书礼感觉有些异样。

书礼来到春花住的房子，确切说是主人家一个用来放杂物的毛坯，当地农村有规矩，不能在别人家的屋里生孩子，只能在外生了后再住进亲戚家，而且最少要住满一百天，否则对主家不利。这些都是春花在闲聊时告诉书礼的。

春花虚弱地躺在临时用铺板做的简陋床上，豆大的汗珠从头到脸不停地流下来，可春花咬着牙一声都没出，只是嘴巴不停的"喷喷喷"的轻声哼着。房里灯光暗得像鬼火，书礼一阵寒心和难过。她走过去坐下来握着春花的手，问感觉怎么样，春花说没事。然而春花的脸色太难看了，惨白惨白地，像张白纸。她转过去悄悄问为她接生的乡医，医生说胎位不正，她没有把握。书礼说，既然没有把握，赶紧送镇医院啊！

　　书礼叫春花的亲戚赶紧去找辆车来把春花送到医院，一辆叫"龙马"的车子，也就是改良后的拖拉机，书礼执意要陪着去。好在到镇上只有十来里路，大约半小时就到了医院。进产房后，书礼一直握着春花的手，医生把孩子先出来的一只脚放进去，再用手试着把一双脚提出来，再顺着轻轻把孩子带出。这一切，看似轻轻操作，可伴着春花压抑又忍不住的叫喊，气氛十分紧张。在一声婴儿的啼哭中，书礼和所有人长长舒了口气。

　　不一会儿了，医生来叫产妇家属。医生对春花的亲戚说：

　　"产妇平常生孩子和刮宫引产过多，致使子宫没有弹性，子宫收缩不好。加之难产耽误了时间，血流不止，赶紧备钱输血，准备做子宫切除手术。"

　　在医生还没有来得及做手术时，在春花的亲戚出门凑钱时，春花就开始出现了呼吸困难。

　　书礼害怕得只知道握着春花的手，叫着春花的名字。春花睁开眼，微弱的对书礼说：

　　"书礼姐，我终于为木根生儿子了，对得住他对我的好了。他家三代单传，只是，只是，孩子将来没妈太可怜。书礼姐，木根来接孩子时，你一定要告诉他，让他找个疼孩子的后妈……"

　　书礼流着泪对春花说：

　　"你没事的。你一定不会有事的。你有顽强的生命力，你一定会好的！春花，你的孩子和木根不能没有你，一定要坚持！"

　　春花带着笑意看着书礼说：

"书礼姐，认识你，是我前世修的福呢。"

春花说完，突然眼睛朝上一翻，不省人事了。医生用着各种抢救措施，忙乱一团，然而，一切无力回天。

那一刻，世间万物，都在刹那间停止。

春花停止了呼吸。

春花就这么走了。

春花带着遗憾和满足就这么走了。

春花短暂的一生，是在不停地为生孩子而活的一生。

书礼呆呆地傻傻地望着春花，业已麻木的书礼，不知眼前一切是虚还是实。

她呆呆的不知如何是好。她伤心得没有一滴泪水。她不知道自己是怎么回王家庄的。书礼好多天都是在发呆。她被惊吓得不轻。

四

大概过了些日子，春花的亲戚带着春花的男人木根来跟书礼告别。

木根憔悴和木讷得如他自己的名字一样，怀里抱着春花为他留下的儿子。

书礼对木根说：

"以后找个疼你孩子的后妈，别让孩子受委屈，这是春花的遗言。"

然后给了木根一些钱，让他买奶粉把孩子喂好。再一次伤感地说：

"春花用命为你换来的儿子。"

春花的死，对书礼是个重大的打击。

书礼常常在心里问自己，要是我生孩子的那一天，也像春花那样过去了，如何是好？叫我年迈的父母，如何面对白发人送黑发人？如何在外对人交代，她心爱的女儿是为躲生孩子而离去的？叫一辈子爱面子坦白做人的父母，如何接受和面对世人的指点和询问？我可怜的女儿又怎样生活在没有母爱的环境？王宇也许会伤心一阵子，过后仍然要重新找人。不是说"君生日日说恩情，君死又随人去了"吗？

每每想到这，书礼的心是疼的，鼻子一酸，便流出泪来。但她从不敢轻易对人说出来，她怕一旦说出来，好像要应验似的。所以她总是告诫自己，不要胡思乱想。春花的死，让书礼背上了前所未有的、沉重的心理负担。

后一阶段，书礼几乎是在胡思乱想和心神不宁中，孤独地过着那些阴暗的日子。书礼依然每天要去塘边散步，常痴痴地想，春花在天堂是否安好。书礼也想，春花走了也许是一种解脱吧，苦海无边何日是尽头？走了反而自在，一了百了。

但书礼深爱着这个有阳光雨露的真实世界，深爱着养育她的父母，深爱着自己小家里的丈夫和女儿。

书礼对自己说，我是一个生命链，我这节生命链，连着父母和王宇女儿及所有的亲人。我一定要顽强地面对将要到来的日子，一定要顽强地生出孩子。顽强地活下来。那样我才有机会付出更多的爱，爱我的家人，爱这个世界，让多情的生活变得更加美好。那一刻，书礼恨不能长上翅膀飞回家去。

书礼从来没有这样强烈的想过家！为了让自己的心能静下来，等待将要出生的孩子；为了不再受死去的春花带来的干扰，书礼开始读《心经》。每天睡前读一遍，早上醒来读一遍。

书礼虽然不是纯粹的佛教徒，可她受娘的影响从小就知道，佛，也就是善。当她长大后再来读佛教的一些经典文字时，她更是深深地让佛教文化所折服，喜欢佛教文化里的精深博大和美好。

《心经》里的"心无挂碍，无挂碍故，无有恐怖，远离颠倒梦想"这几句，让书礼深深明白，只有放下阻碍在心中的阴影，她才能够平静地走好这段最艰难的日子。在一遍又一遍的《心经》诵读中，书礼的心，再一次回复了宁静。诵读《心经》的过程，书礼渐渐甩掉了春花的死给她带来的恐怖和障碍。

春花去世后不久，玉竹又来看女儿。当书礼告诉娘春花的故事时，玉竹连声叹惜：

"作孽啊！作孽啊！"

接着又说：

"农村有很多像春花这样、为了生儿子吃尽苦头的可怜妇女，但中国几百年来的传宗接代观念，重男轻女的思想不是一时能改变的。特别是在农村，越穷的人家越要生儿子，没儿子会受人欺负；这些年农村的变化好多了，外出打工的年轻人，看到了外面的世界，人生观和世界观也在改变。相信再过几代，农村重男轻女的现象，一定会好起来。"

书礼听着娘的话，觉得娘不但说得有道理，还有不一般的见地。

一天散步时，书礼不慎摔了一跤，接着就有少量流血，玉竹打电话让马丽过来，山杏也随马丽来了。国庆马丽虽然分了，但马丽一直与这边的父母保持着往来。她们一起，陪着书礼提前来到省城医院，离开王家庄时，书礼的心情很复杂，她盼望着早日回家，可也怀念这个有着特殊意义的地方，离去时频频回望。

往事不堪回首，短短几个月，书礼像过了几十年那么长。离回家的日子一天天近了，她的心情更加激动，在心里多次念着："近乡情更怯，不敢问来人。"

住院手续办好后，王宇打来电话让马丽接，他要求剖腹产，他说书礼自己生太辛苦，生大女儿那份担心让他不安！马丽说已经到医院了听医生的安排，让他放心。

住院的第二天，医生做了全项检查，告诉血压偏高，有产前子痫的先兆，好在来医院及时，可是一样不排除有危险。

那一刻，书礼再次想到了春花，不免有点紧张和不安。好在有娘、马丽姐、山杏的陪伴和安慰，书礼放松了许多。省城医院各方面的条件好，玉竹慢慢为女儿梳理紧张的心情，告诉她默念《心经》来解除心理障碍。

那种难以形容的痛，开始撕扯着书礼，她痛得全身痉挛，那种撕心裂肺的痛，让书礼恨不能上天入地，大汗淋漓，然后就什么也不清楚了。感觉有人在跑，有人在轻声说进手术室。迷糊中，有人在轻声议论："她的皮肤好白啊，她的睫毛翘翘的还涂了睫毛膏，摸摸她亮亮的卷发……"仿佛是白雪公主与七个小矮人的相遇。这时的书礼似乎没有了疼痛，失去知觉的书礼，意识飘进了童话境界……

书礼感觉好累好累，胸口透不过气来。她极疲惫地翻过了几座大山，山上很黑，有风有很深的寂寞。山上的路好长好长，长长而荒芜的路上，只有书礼一个人，她很害怕，害怕极了。她不敢看身后的路，她开始拼命而艰难的往前走。走了好远好远，忽然前方出现了五彩的云霞和奇异的建筑，她整个人也显得轻飘飘的十分惬意。她忽然觉得，这地方像天堂啊！

书礼抬头望去，那美丽流动的云霞和缥缈的白雾，以及掩映在云霞与白雾之间的琼楼玉宇，出现在眼前。一时间，她有些兴奋，啊，我来到了天堂，我走了那么多的险路和山路，竟然来到了天堂，天堂可真美啊！她开始打着转儿欢呼起来……正在书礼欢呼的时候，阵阵白雾向她袭来，包绕着她虚弱的身体，她感觉到一种前所未有的窒息感，让她透不过气来。一时间，天堂变成了空旷晦涩的太空，她一直就不喜欢太空，太空的感觉总是让人要窒息。

书礼想，我得离开这里，我怎么就独自到这里了呢？可她怎么也找不到回去的方向和来时的那条路，正焦急着，忽然听到一声啼哭，婴儿响亮的啼哭声！她怔了一下！猛然记起，我不是要生孩子了吗？我怎么就来到了天堂而贪恋天堂的美景了呢？怎么又到太空了呢？我的孩子呢？我怎么没有抱着我的孩子，却独自出来了呢？我一定要找到回去的路，我要我的孩子，我要把我的孩子抱回家，抱回我彻夜思念的家，抱给那盼望着她的父亲和姐姐……

书礼迷迷糊糊，全身乏力，她想睁开眼睛，却是那样的困难。她又想，我是不是要死了？她似乎看到了春花在向她招手，并喊她：书礼姐，你好吗？书礼姐，我想你。书礼姐，跟我走吧……

这时候的书礼，意识很清楚，她清楚春花已经死了。书礼想，我不能死，一定不能死！我死了还有什么意义，没有母爱的女儿如何度过？我不能死，我要把女儿培养成人，让她们受良好的教育，让她们将来当出色的母亲。我不能死，那样对我的父母太残忍，今生做他们的女儿，我无法向他们交代。我不能死，我一定要坚持住，我一定要走出这不熟悉的一切，回到人间……

当书礼睁开眼睛的时候，真切地看到了娘，看到了爹，看到了马丽姐，看到了哥哥国庆，看到了山杏，看到了王宇，看到了女儿楚楚，看到了这珍贵的人间。书礼哇地一声哭出来，虽然肚子很疼，可她忍不住一直哭得停不下来，可谓悲喜交加。所有人也跟着哭。哭着哭着，书礼突然停下来，大声说：

"我肚子里的孩子呢？"

王宇说：

"你看，她就这样，总是'发梦铳'一样。哭的是她，笑的也是她，说做什么没人拦得了。"

王宇的话一说完，大家破涕为笑。这时，娘把另外一张床上包着被睡着了的婴儿抱到书礼跟前，说：

"你看，三斤八两，还挨一刀。"

书礼看着那个头只有拳头大的小家伙，只见一只耳垂垂在包被上贴着，书礼心一惊，天啊，畸形！赶紧把另一只耳朵翻开看，原来一样大。也是大大的垂贴在包被上，因为脸和头太小，耳朵才显得特别大。

书礼经历了一次生死，再次回到了珍贵的人间。

从省城回家的路上，书礼是兴奋的，虽然剖腹的伤口还未来得及拆线，可是她急不可耐地要回家，说回去后让马丽姐到家里拆线是一样的。

那是手术后的第五天，马丽在省城工作的弟弟，叫了一辆车子专门送他们回家。一路上，玉竹抱着孩子，书礼像被关久了的孩子一样，从车窗看着外边的世界，什么都让她倍感新奇。一草一木，一个不同穿着打扮的人，在她眼里充满了鲜活感。那一刻，她体会到的，是一种重生的美好。

车子直接把他们送到了玉竹在城边自家盖的平房里，书礼有些不甘心地说：

"怎么到这里？"

玉竹说：

"不到这里到哪里？你现在这样子能回你自己的家？身体没恢复不说，王宇一天到晚忙，吃的都顾不上你。再说，你现在这样子，内行人一看就知道是产妇，所以只能先住到娘家，王宇可以天天来看你。"

书礼无奈地点了点头。其实书礼的心境，是多么想回到自己的家，回到王宇身边，让王宇能在身边陪着她说说话。而王宇带着楚楚过来吃了个中饭，又忙他的去了。他无法懂得，这时候的书礼，多么需要他的温暖与陪伴，可他天天忙着自己的事，只是有空时过来看看，大声大气说几句乐呵呵的话便离开，他看不到书礼心中的落寞和无奈。

夜深人静，虽然是初秋，书礼被热得烦躁地醒来，身边睡着的大女儿楚楚也热醒了，那头睡着玉竹和小女儿。怎么也睡不着的书礼，想着回来了，还不能回自己的家。越想越心烦，于是摇醒娘，说要回去。玉竹说：

"这半夜的要回去干吗？"

见书礼一边起床穿衣，楚楚也开始穿衣。书礼说：

"我睡不着，我要回家去睡。让弟弟来帮我抱着小宝。"

书礼固执地要回家，玉竹知道女儿任性起来没人拦得住，于是叫醒李琛，抱着才几天的小宝。书礼牵着楚楚，走在寂静的街头，往自己的家而去，李琛抱着孩子走在离他们几十米之远。走到家楼下时，因为王宇外出开会不在家，楼下院子的大铁门锁了，李琛说：

"怎么办？你真是固执啊，等天亮了，姐夫回了再回不行吗？你非得天没亮就要回。现在门锁了打不开，只好转啦。"

书礼心有不甘地蹲下来，她拼了全身力气，一只手撑在地上，另一只手从外伸进铁门内，直接把插在地下的铁楔扳开，把整个铁门全部推开，然后快步上楼，回到了家。那一刻，她明显地感觉到了鼓胀的双乳消退，由于受惊吓和紧张之影响，书礼的新乳汁，一个月内竟然慢慢自然消退，所以小女儿才吃了不到一个月的母乳。

离开几个月的家，让她有一种恍如隔世之感。虽然王宇不在家，躺在自己的床上，带着大小女儿，安逸地睡了一个好觉。

天一亮，玉竹便来了。娘来了，要把孩子抱走，书礼一边哭一边不让。一会王宇也回来了，丽丽和珊珊来了，她俩看见书礼哭，也陪着落泪。王宇却说：

"有什么就说啊，哭什么呢！"

书礼越哭越伤心，心里说不出的委屈和难过，单位的同事吴大山也闻讯赶来，对书礼说：

"你可不能孩子气，你和王宇的工作重要，你得让你妈把孩子带走。又不远，身体恢复后你可以天天去看。知道你这些日子在外受了委屈，现在是特殊时期，重要的是让身体快快恢复了去上班，面对正在催你回来的领导，还不能让任何人看出你生孩子的迹象。目前计划生育正紧呢！"

吴医生的一番话，让书礼停止了哭泣，并同意让娘把孩子带走。

平静下来的书礼，拆了腹部的缝合线后便回到了单位。学习的假早就到了，她不可以在家里"坐月子"。叶子早年就离开了，玉竹让人把老家的阿婆接来和书礼住一起。那些日子，人虽然回来了，可心情似乎还没有完全回来，很抑郁，特别是王宇每天忙，有时吃的东西都不能正常的买回来。书礼生怕自己会得"产后抑郁症"，总是想尽办法开脱自己开脱王宇。那些年，至少有五年，五年时间内，只要说起那一段在王家庄的日子，说起小女儿，书礼就哭，像落下的一个病症，止也止不住。

丽丽夫妻俩来家里看望书礼，那是书礼回家两个月之后。说起小宝宝，书礼便流泪。丽丽说：

"这样可不行，要出门走走，孩子在你爸妈那边，你又不用担心，这么近随时可以去看，你的心态怎么还没回来呢？这样可不是个事。"

丽丽说着，要拉书礼去宵夜散心。书礼真的和丽丽夫妻俩出去了，一会在外吃饭的王宇也赶了过来。刚在宵夜摊前坐下，远远的有几个人朝宵夜摊走来，丽丽悄声对书礼说：

"看，那个人来了。那个读卫校时一直就喜欢你的人来了。"

书礼笑着掐了一下丽丽，轻轻夹着声音说：

"别说！王宇会不高兴的。"

丽丽逗趣着也用夹着声音轻轻说：

"这有什么，有人喜欢又不是你的错。再说这是公开的秘密，当年要是你心里有他还有王宇的份？毕竟你们先认识的。"

只见那个成熟又潇洒的男子，走过来和他们这一桌打了个招呼，看了书礼一眼，有几分羞涩和不自在地说：

"先过去，等会过来敬酒。"

丽丽再次轻轻掐了一下书礼，笑着说：

"他看到你还是不自然。"

不一会，那人真的过来敬酒，敬到书礼和王宇时，看了书礼一眼，刹那一脸红。

心理作用是一个很怪的的东西，也就是那一刻，书礼突然解除了几个月来，躲藏在外的抑郁不乐，那种莫名的抑郁与愁闷，瞬间消失得无影无踪，觉得自己还是原来的自己。也就是那之后，书礼很快重新拾起从前的开朗和自信，投入到自己的生活中。

生活，有苦有甜，有压力也有松弛的时候。

一个西方人的情人节，对于骨子里传统而又有浪漫情调的书礼来说，看到满街的玫瑰和巧克力那招人架势，完全麻木视而不见那是假话。

这一天既是女儿报名上学的日子，也是西方人的情人节。一大早书礼催王宇一起为上初三的女儿送课桌，在街上拦了半天的士都是客满，王宇说有些晕。几天来他们单位轮流请客几乎没停过，每天是一半清醒一半迷糊。他们边走边拦车，书礼的手机不停有远方朋友各种祝情人节快乐的短信飞来，似乎偏要提醒你今天是个什么日子。

　　到学校把女儿安排好，夫妻俩再次边走边拦车，各自回了单位，书礼仍然不告诉王宇今天是个什么日子。下班匆匆回家，王宇打来电话说在同事家吃饭，书礼心里很烦这一个电话便什么事都可以不管的行为，可是又有什么办法，男人似乎永远对所谓的事业乐此不疲，合理的吃饭也是工作事业的一部分！

　　边做中饭边架好洗衣机，昨天全家洗了澡，今天早上换了被子。书礼挽起袖子大干了起来。该机洗的机洗，该手洗的便在搓板和刷子之间挥舞。里里外外，前前后后，洗洗晒晒，忙进忙出，几个回合下来已到下午上班的时间。在劳动的过程中书礼平和了心态，在劳动的收获中得到了快乐。她觉得，这样也挺好！

　　办公室里，几个女同事都问是否有人得到了玫瑰花，个个都说老公说买花的钱不如买点实用的。书礼笑着，却有些无奈！于是不聊了，埋头读"韩愈再拜"，写出"世有伯乐，然后有千里马"的韩愈多次写信给诸如宰相进士之类的官者，为得赏识和器重受了许多官员的冷眼，韩愈那份诚惶诚恐的心情，读来让书礼大为读书人不快。边读边想，哪天一定要以"韩愈再拜"为题写一篇读书人不易的文字。

　　正乱想着楚楚来了，进门便问：

　　"爸爸今天给你买玫瑰花了吗？"

　　书礼笑说：

　　"还买花呢，只记得把我留在家里做他坚强的家务后盾了。"

　　说着提前下班带女儿回家。和女儿牵着手走在街上，总是能引来一些人的目光，楚楚已经比书礼稍高一点，白里透红的皮肤，一笑还带两小酒窝，那份青春和大气浑然天成。书礼穿着自己喜欢而有特色的衣裳，用一份爱生活的心来展现内在的气质，从而让自己与人不同。

回家正做饭，王宇醉醺醺地回来了。女儿马上拦着他问：

"爸爸，还不给我妈妈买花！"

王宇歪歪倒倒地说：

"买什么花呢！还不如买一颗大白菜。"

王宇接着对书礼说：

"同事的母亲过世了，要去乡下，楼下车子在等，我回来说一声。"

书礼有几份不悦地说：

"去吧去吧。"

王宇走后，书礼和女儿在厨房说话，一边说一边低着头在水池为楚楚刷鞋子。

突然听到王宇说了一句：

"老婆辛苦了！"

书礼抬头，只见王宇单膝跪地，双手捧着一束带水珠的玫瑰花，笑容可掬地看着书礼。书礼和女儿同时大笑。楚楚赶紧接过花拉起爸爸。那瞬间，面对王宇和女儿，书礼满是感动。嘴里却说：

"这还差不多，今天做一天累一天值得！"

然而次日书礼到楼下时，花店的老板无意透露，说王宇昨天买了三束花，一束是代领导送给领导的老婆，一束是代不在家的同事买来送给同事的老婆，其中一束才是送给书礼的。书礼听后，所有的幸福感瞬间瓦解。回家后，书礼生气地对王宇说：

"一个情人节，别人的老婆别人知道送，要你献什么殷勤？做人要有主次之分，要有自己的个性，不是你对所有人顾及了人家就尊重你，你对我好才是首要的。花虽然送了，我一点也不领你的情。我想，你的领导和你的同事知道了，也未必都领你的情。"

王宇就是这样，心是好心，可常常做一些主次不分之事。

书礼过了一个十分不爽的情人节，从此，她再也不把这个西方人的什么节日放在心上。

很快，日子又是几年过去了。

那是小宝几岁时，带着和朋友一起玩儿，王宇当着山杏和丽丽等几位朋友的面，酒后说：

"我喜欢男孩，这小不点不是男孩子，不知怎么，总是喜欢不起来。"

书礼听了非常生气地说：

"王宇，人要懂得感恩！我冒着生命危险和被开除工作的危险，能让你多个女儿，我的父母不惜辛苦帮着带，你还说这样的话。已经说三次了，事不过三，以后不要让我再听到这样的话。当初之所以冒这大的风险，也是想为你生个儿子来着，可是谁要你家风水不好呢？生男生女，主要问题可是男人，这是有科学依据的。以后再让我听到你当人当众说这样的话，我可要生大气的。特别不能当着孩子的面说，她可机灵了，什么都听得懂！"

王宇虽然以后没有再说了，可他当初确实说过不太喜欢小女儿，一直到小家伙长得会说话时，十分可爱和乖巧，他才慢慢地喜欢起来。

书礼下班刚走到楼下，门口的一位大姐对书礼说：

"快上去，你家那位醉得厉害，车子送到门口是两个人扶他上楼的。"

书礼心一紧，怎么又醉了。还醉得自己不能上楼了。我的天，连续三天了，一天比一天醉得苦。年关了，各项工作要总结要检查。如今的工作总是离不开一个酒字，喝酒就是工作，工作必须喝酒。前天晚上说是陪省里来的客人，本来中午下乡检查已喝过量了，晚上接着喝。饭后说要陪客人去喝茶，在电话里已有些口齿不清了。名曰喝茶，其实还是酒打冲锋。一直到午夜两点，电话把书礼惊醒，那头的声音已很吃力：

"书礼，快帮我开门，楼下的铁门打不开了。"

书礼想，一定是喝得不会开门了，嘴里埋怨着，可一样要哆嗦着起床披上外衣，趿着拖鞋跑下楼开院子的大门。果然是喝得不但开不了门反而把反锁加上了，书礼让他从门缝把钥匙递过才把反锁打开。王宇进门来，歪歪斜斜地过来抓书礼，书礼吓得飞跑上楼。书礼想起半年前，王宇醉后骑摩托车把手掌摔骨折后，第二天王宇的爸爸正来找书礼，见王宇手打着石膏，得知是王宇骑车摔了时，他那个爸竟然声如洪钟地说：

"好，好。摔了，见了。你妈有一年跟你算命说你要骑车摔死的。"

话一出口，王宇和书礼目瞪口呆。书礼把公公拉到后屋，说：

"爸，你怎么可以当他的面说这样的话！他这人本来就脆弱，这种话可不能当他面说的。"

只见那个古怪的老人笑了笑说：

"哦，没事。对了，我这次来是想找你帮我借七千块钱，我在做一项生意，还差这点。"

书礼说：

"我手上也没现钱，我去找朋友帮你借吧，晚上你再来拿。"

书礼下午找两位朋友各借了几千，凑齐七千元拿回来。一直到很晚王宇爸还没来拿，待书礼刚出去有点事时他又来了，书礼怕他误解以为是不愿帮他，然后专门给他送了过去。几年后，王宇爸的生意做亏了，来对书礼说这钱一时还不了了，当时雅萍正好在她家坐着聊天。书礼说：

"算了，我来替你还吧，只当我给你打小牌了。"

王宇爸走后，雅萍用惊讶的眼望着书礼说：

"见过大度的，没见过你这样大度的。且不说七千元是一年的工资，当初他说你愿嫁则嫁不嫁算了，你竟然不记恨！"

书礼说：

"记恨什么，已经是一家人了，改变不了事实，恨只会让我自己难受，只有爱才有力量。他个性虽有点古怪，但也是个硬气之人，不是不得已，他不会这样的，实在是难了。"

正说着，王宇回来了，知道后也说书礼：

"你真大方啊，七千元竟然说给他打小牌了。"

书礼说：

"搞没搞错啊，可是你爸呢！给他不就是替你尽孝吗？他说亏了，怎么办？未必我去逼着他还给我不成？"

王宇这才没作声。可王宇爸当年说的那句"算命的说骑摩托车……"的话，果真给王宇带来很大的心理压力，一直到书礼和娘商量着，来到凤凰山寺庙，花了一千多元请寺里的师傅为王宇念了一个星期的"替解去灾"经，王宇才慢慢心情好起来。

书礼想到这儿，王宇已经进客厅了。她端来水帮他洗，先洗脸再洗脚。王宇很真诚很感动地对书礼说：

"还是你好！只要我俩好，一切都会好。有了你我就有了一切，哪怕将来有再大的磨难，我们都要好，就像电视里唱的那样，直到海枯地烂。"

书礼哭笑不得，连忙纠正说：

"海枯石烂。"

王宇露着傻憨憨的醉态，笑容满面地说：

"对对对，海枯石烂。"

五

岁月如流。

海不枯石不烂，而感情却似一阵风，哪怕再深厚，有时脆弱得还不如一片纸。

机缘巧合，书礼调离了中医院，来到了卫生局工作，有了更多的时间亲近读与写。其间，因为写作，认识志趣相投心灵相通的春水大姐。读与写之余，书礼保留着自己护肤品专卖店的经营，店里依然请人管理，自己总体把控。因为房租一年一年上涨，传统生意做得很艰难，书礼想着，一份生意做上路了，困难时期也得坚持下去，如果不是这十多年生意的支撑，仅靠两个人合在一起不到三千元的工资，刚够吃饭和养孩子，家庭建设和人情往来就十分紧张。所以书礼想，要是能有一间自己的铺面，把生意做下去，为贴补家用未尝不可。拥有自己的铺面，成了书礼心中的一个愿景。

在全国楼市不断上涨时，青城县也不例外。在"一铺养三代"虚假广告的蒙蔽下，一次错误的投资，不但让书礼经济上陷入困境，和王宇的感情也发生了不可预知的危机。同时，因为这次错误地购买，卷入了一场长达六年之久的集体官司之中。这期间，高额购买的门面不但没有拿到租金，还要支付相当高的按揭贷款，以及首付部分的私人高息贷款，年年要付利息。这期间，得知原住房子不久拆迁，于是再次贷款买住房、装修，导致家里债台高筑。

这个十年，是书礼背着沉重包袱的十年，书礼和王宇两人加起来不到三千元的工资，仅可交银行月供。一边是按揭，一边要还一部分私人的高息贷款，孩子从高中到上大学、人情世故等家庭为数不少的开支……像约好了一样，店里生意也跟着差起来。书礼首先把店转让了出去，过上了拆东墙补西墙的日子。最让人不可接受的是，只要跟王宇说家里的这些情况，王宇便发脾气，甚至动怒，并用吃喝玩乐来麻痹自己。这时的书礼，调整心态，积极去面对问题，解决问题，向所有借款的朋友一一告知：

"要钱提早一星期告诉我，一定在一周内按要求奉还，要本给本要息还息，保证不失口齿，诚信第一！遇到坎了，但我相信这个坎会走过去的。"

书礼下班正准备进家门，一位搬啤酒的工人正搬好两箱啤酒放下，见了书礼王宇放进口袋里的手又拿了出来，对书礼说：

"哦，你回了。付钱，刚买的啤酒。"

书礼感觉到了王宇不对劲的动作，但没作何想，毫不犹豫地从包里拿出钱付给了搬酒工。刚给完钱，书礼的手机响起，是一位贷款给书礼的朋友，说急需要钱，书礼一边感谢一边承诺，一周内一定把钱还上。书礼脑子里搜索着，有哪个朋友可以借贷，突然听到王宇大吼一声：

"戳他娘的！日子过得好好的，都是你，死要面子活受罪，买门面做生意，钱都让你拿去乱花了，买书啊出书啊，谁知道你买这门店是不是刻意去帮那个开发商老板呢！谁知道你把家里的钱拿给哪个野男人用了呢！都是你，都是你搞的鬼，搞得现在压力大得不得了……"

王宇的一顿大骂和大发脾气，首先让书礼吓了一跳，然后从头凉到脚，她也气愤地大声用粗话吼着：

"狗日的你个没良心的，我挣钱的时候，你跟着乐呵呵地花，现在有困难了，你就不认可了？说是我用了，你的孩子是空气养大的？你这房子是空气做的？家里的人情往来也是空气付的？"

书礼一边质问一边哭了起来，边哭边说：

"你捂着你的良心问问自己，你除了那点工资交给我，还额外给我什么了？你在外做小生意自己吃喝玩乐，你当我不知道？我是不想给自己添堵，做人要讲良心，人在做天在看，对你、对这个家，我问心无愧。我买书写书出书，是我为这个家付出所有之后，自己的一点心灵空间，如果这点爱好也不能允许，我活着还有什么意义？"

书礼一边抽泣一边全身痉挛着，仿佛要把心中的压抑悉数挤出来一样：

"现在已经这样了，我还没有老，我就不相信我过不了这一关。我不求你帮我理解我，只求你不要瞎冤枉我。我不求你心疼我，只求你不要刻薄地挖苦我。两个孩子一点点长大，不是娘家父母帮我心疼我，靠你家什么了？你现在都靠不住了，总是一副'事不关己高高挂起'的样子，你的心态对我对这个家难道没有愧？我为这个家的付出，却因为这一次错误的投资被你全盘否定。更何况，买铺面时，你是同意的，合同是你去签的，却让我写借贷条，现在想来，你不打条子是在算计我呢，有你这样的吗？难怪你常说夫妻不可真，古话是让夫妻之间不可太较真，而你却以一片阴暗之心待我。我不计较，我会担起这些责任，我要用诚信对得起那些朋友对我的信任，我就不信我走不过这个坎……"

书礼哭诉完，恨恨地把脚下一个小凳子踢去好远，然后进厨房做饭。

从此，只要遇到要钱还钱的事，书礼再也不敢让王宇听到，更不敢告诉他，她怕他脆弱得不但不能帮她解决问题，反而只会给她加压加重心理负担。这时候，书礼更加用心地沉浸在文字之中，让自己心境宁静地去面对所有的困难。而生活，更有不堪还在后头。一如山杏所说，人一背时，喝水也塞牙。

书礼正在办公室埋头看书，突然有一个男子进来，先顿了一下，然后轻轻叫了一声"书礼"。书礼抬起头来，有些茫然地看着眼前人，只见那人说：

"还认识我吗，十年前你在省中医院进修，我做那个器械的。"

书礼连声"哦"着，一边起来为他倒茶，一边说：

"快请坐，做梦也没想到会是你啊。十多年了，刚刚我都没有认出你来。"

只见那人坐下来说：

"办事路过青城县，我先找到中医院，那里人告诉我你调到这里了。我是不是老得很，你都认不出我了？"

书礼笑着说：

"没有没有，是没想到。你不但没老，稍微比原来结实了，长好了。"

客人又说：

"这十年我是在狱中度过的。"

客人这句突兀的话，让端茶的书礼，惊异得睁大双眼怔怔地望着他。

"前两年，在狱中认识了一个刚进去的青城人，他是因利用职务之便挪用公款判了八年。我向他打听你，他说认识你，还说他的妻子与你很熟，并说你现在是你们青城县的名人，出过书了。"

书礼听了这些，一边感谢，一边惊讶他的经历，也想起了那个曾经在青城县轰动一时的巨额经济案。惊讶之余，心里有了一层说不出的滋味，这滋味当然是同情的成分居多，尽管他也许不需要这样的同情。

客人说：

"武汉的变化真大，有许多路都不会走了。"

顿了顿，又说：

"刚到狱里时接受不了，自杀过两次，活过来后，平静下来，试着写自己的人生经历，写了四万多字。"

书礼问：

"是吗，文字保留没有？"

客人摇着头说：

"都烧掉了。"

接着客人把话题拉开，问起书礼的爱人和女儿。并说自己的女儿在读高中，作为父亲他对不起女儿，因为在狱中时妻子与他离婚并再婚有了孩子。

书礼认真听着，恍若是梦。客人接着又说：

"八十多岁的老母也许今年过不去了，器械公司不存在了，一切得从头开始……"

听着这些故事，书礼虽然不知说什么才好，心里也很想请他吃个饭，书礼与他相互留了手机号，让他先去办事，等会联系。书礼急急赶回了家，她想征得王宇的同意，一起请客人吃个饭。书礼回家来，王宇正在电脑前打扑克。书礼试探着同王宇说起客人，并说想请他吃个饭，毕竟大老远的从武汉来青城了，尽点地主之谊。没想到，王宇听了，不但不同意，立马黑下脸来很不高兴。书礼说：

"人家毕竟坐了十年牢，是落难之人呢，我们一起请他吃个饭不行吗？"

坐在电脑前的王宇，放下鼠标，把椅子转了过来面对书礼，然后把双脚架在电脑桌上，看着书礼说：

"不请！要请你自己去请。"

因为王宇的不高兴，一向热情好客的书礼只好作罢，好在客人发短信来说，事已办好，已经到车站，准备坐车回武汉了，短信中还说：

"我走了，来去匆匆。愧疚的是没有给你们带点什么礼物，最高兴的是能见到你，这是我十多年来的心愿。面对你我满怀羞愧，满腹的话语不知如何表达。总之，不虚此行啊！"

读着短信，书礼心有歉意，却无可奈何，她怕王宇不高兴甚至和她吵架，这是她与人交往中第一次做如此没有礼貌的事。

书礼下班回家时，见王宇坐在沙发上，低着头在看新一周的青城县凤凰报，看着看着，突然从沙发上蹦起来，大声骂着：

"妈的，坐了十年牢还来看你，你还好意思写出来。还说是普通朋友，能有这样的普通朋友吗？"

王宇的暴跳如雷，一边脸红脖子粗地骂着冲进厨房。把正在厨房做饭的书礼吓一跳，好像她真做了什么见不得人的事。

原来，书礼以"不速之客"为题，写出那位客人的故事来，并用竹馨之名发表在《青城凤凰报》上。见书礼没作声，王宇再次拿着手上的报纸，使劲甩了几下，然后盯着文字咬着牙，一个字一个字地读，似乎要找出什么蛛丝马迹来，一边读一边骂。正骂着，丽丽来了，书礼仿佛看到救星，一股委屈涌上心头，流着泪说出了事情的原委。

丽丽先是哈哈大笑，然后正色地对王宇说：

"王宇啊，我真是服了你了！这也值得你怀疑？你也太小气了吧？我这个女人听了都想请人家吃顿饭，书礼为了顾及你的心情，做这失礼之事，你还不了不休的。你老婆在我们这些女友里为什么威信高？为什么不论男女老少都喜欢她？就是因为她做人真诚善良。真诚善良是能够感染人和被人记住的，并不是非得要跟别人有你想的乱七八糟的关系。你每天抱着个宝石还要当砖头来敲打，这样下去，你看啦，总有一天书礼会忍无可忍的时候，到那时，对你没有任何好处。"

丽丽的一番连珠炮，说得王宇没作声，说得书礼的心暖暖的。丽丽接着又说：

"上次和我一起在外边陪朋友吃个饭，屁股还没坐热，你的电话来了，她慌忙跑了，搞得我很生气。现在能够理解了，理解她为什么不顾我的心情跑了？谁不怕家里无端的怀疑和争吵？谁不怕家里无安宁日？你这种心态长此下去，对你们的感情只有毁灭性的打击。书礼是那种服软不服硬的人，现在让着忍着，是因为她爱孩子爱这个家，总有一天会忍不住的。还有你们家这些年因为那商铺之事，我是最清楚的，每年利息都要还几万块，一个电话来了她就得去筹款，这种压力，要是我啊，早就被逼疯了，早就穿着裤衩到街上跑去了。"

丽丽的话，再次说得书礼放声大哭起来……

然而，更多的噩梦真正开始了。自那以后，王宇的疑心越来越重，哪怕书礼在外吃一顿饭，心也是不安的，担心回家后的黑脸与怒骂。面对经济压力和铺面的集体官司，王宇更加脆弱和逃避责任。

商铺集体官司坚持到能够全额退款时，书礼在拆东墙补西墙中，守着诚信慢慢走出了困境。这时候的她，反过来劝王宇放心，不要心烦，如娘所说"一个石头丢上天，总有落地时"。一切她会来承担和解决。

两年后，书礼接受"关爱老兵"志愿者的任务，请她写一批老兵的故事，然后开始对老兵们进行采访，并随主要负责人和几位老兵一起到过两次边境。当书礼在边境烈士陵园看到"阮大水"的墓碑时，恍惚在与一位失去联系多年的亲人"意外相逢"。她悲喜交加，伫立无言，焚香祭拜。心里默念着，梦龙的水和粮食养育过我，你是我的亲人，你虽然不知道我是谁，可你却活在我的心中若许年！当年阮大水牺牲时，白爷爷念的那四句诗，再次来到书礼的脑海：

誓扫匈奴不顾身，五千貂锦丧胡尘。
可怜无定河边骨，犹是春闺梦里人。

当书礼以竹馨的笔名写出《老兵》长篇小说时，那是三年以后了。老兵们要为这本书举行首发仪式的前夕，书礼高兴地和老兵以及文联的朋友一起吃饭，竟然喝醉了，春水大姐陪着她，给王宇打电话，让他来接书礼回家。王宇带着两个女儿一起来接书礼时，质问：

"谁把她喝成这样？还有人呢？"

春水大姐说：

"都在这里啊，还有什么人？"

王宇黑着脸说：

"不可能！一定还有人，背后还有一个我没看见的人！"

所有人面面相觑，春水大姐一个劲地解释说真的只有这些朋友。王宇黑着脸心有不甘地背起书礼上了车，回到家楼下时，王宇再次背起书礼，一边上楼一边骂，同时用手在背后恨恨地抓书礼的大腿。回家后把书礼往沙发一放，然后拿起手机给李琛打电话：

"你姐喝醉了，跟一堆男人吃喝，你来看看她的样子。"

李琛在电话那头说：

"有什么了不起的，我姐偶尔醉一次不行吗？后天《老兵》首发式，也算是她人生的一件大事。你醉的时候还少吗？我都见了无数次我姐为你除理呕吐物，帮你洗，你也应当为我姐做一次。"

李琛的话，说得王宇悻悻地放下了电话。

这时的书礼，酒早已醒了，看着被王宇抓烂的大腿，伤心地大声哭起来，边哭边着对王宇说：

"你也太毒了吧！结婚二十多年了，你无数次醉酒，我从为你洗脚到捧洗呕吐物，到喂你吃罐头，无以计数。我醉一次酒，竟然把我骂个百样，还打电话跟我弟弟告状，把我的大腿抓成这个样子，你的良心呢？你怎么就不记人的好呢？"

说完，书礼哭得更伤心了。两个女儿在身边也跟着哭。

王宇却恨恨地说：

"我是男人！你是女人！"

书礼哭得更伤心了：

"喝酒的时候你是男人了？可是这个家，有多少该是你这个男人担当的事你没有担当！我挣钱的时候，你乐呵呵地跟着花。被逼债的时候，你这个男人去了哪里？家庭需要承担责任的时候，你这个男人关着手机找不到人了，需要为孩子担当的时候，你又去了哪里？我生老大，你忙。我生老二你还是忙，鸡蛋都不买回来，冰箱空空如也，那时候你去了哪里？这个时候你就是男人了，打老婆抓老婆的时候你就是男人了？！"

书礼边哭边说，边说边哭，话完，伤心得号啕大哭。两个女儿在一边也跟着号啕起来。看到女儿哭，书礼的心像针刺一样难受：

"你们别哭，有妈在你们才会幸福。任何时候，我要好好地活着，为你们活着，活出精彩活出榜样，因为你们将来也要做妈妈，那时你们才懂得做妈妈有多么不容易，做一个优秀的妈妈有多难。我要为更好地保护你们而好好地活着。"

夜色一点点浓密起来，亦如书礼失望的心，仿佛沉入海底。

新书首发式如期进行。除了老兵和青城县党政军的各界支持，书礼收到许多来自全国各地朋友的短信祝福，其中有一个号码，如每一次书信不留地址不留名字的朋友那样发来祝福：

> 一袭红裙飘出爱美真性，
> 两袖清风吹开守望花蕾。

后来，接受外地老兵的邀请，参加老兵回忆文集《战火岁月》首发式。刚进会场，只见许多人簇拥着一位坐在轮椅上的男子，人群里，他的轮椅特别抢眼。可是他的笑容，让书礼想起《心经》里的"无苦集灭道"，与他的"高位截瘫"截然相反。纯净明朗甚至甜美又帅气的笑容，令人眼前一亮，哪怕是坐在轮椅上，也能感受到他的高大魁伟，找他合影的人很多，他怀抱鲜花，点头微笑着接受每一个来与他合影的朋友。竹馨看着，心里思忖，这笑容怎么如此熟悉呢？

当活动开始时，主持人介绍：

"欢迎一等功臣、越战英雄、来自山东的赵小奇同志。"

书礼听了赵小奇三个字，简直不敢相信自己的耳朵，她倏地从座位上站起来，向前去，看到台上轮椅坐着的那个叫赵小奇的男子，桌上的名字牌，真真切切写着"赵小奇"三个字。她不敢相信，世上竟然有同名同姓同经历的人？更让她恍惚的是，刚才熟悉的感觉，似乎越来越不真实。活动结束时，书礼上前，看着轮椅上的赵小奇，他也深情地看着书礼，竟有两行热泪流下来，轻轻叫了一声：

"书礼！"

书礼摇着头说：

"不会！不可能！你不是赵小奇！赵小奇早已经牺牲在战场上了，你不是，你不是赵小奇。"

书礼蹲下来，扑在他的轮椅前，大放悲声。几位老兵把赵小奇和书礼请到一个包间，为他们倒上水，然后退出。这时候的书礼，仍然不能平静，不断地抽泣着。赵小奇却特别的平静，他对书礼说：

"你现在是颇有名气的女作家竹馨了，真为你高兴！"

书礼边擦泪边说：

"你怎么知道？"

赵小奇陷入沉思，然后缓缓地说：

"我一直知道。当年，得知自己从此再也站不起来时，特意让战友们告诉你我牺牲了，为了让你深信不疑，还特意让两位战友到你家乡去看过你。因为我知道你的个性，如果知道我没有死，你会赶过去看我甚至会冲动地嫁给我。可我不想这样，也不能这样，那样会毁了你，未免显得我太自私。虽然我们只是纸上谈兵谈了两年，不可否认的是，我深深地爱上了你，我唯有断了这份念想，才能开始我的新生活，同时也让你走向自己的新生活。后来，为了不让你看出笔迹，每个季节我都请人代我写上问候寄给你。直到有了手机，通过湖北战友找到你的号码，信寄得少了，可从来没有断过关注你。特别是网络飞速发展以来，我长期读你的博客，甚至多次发短信为你改过错字，每当你问我是谁时，我便不回复了……"

赵小奇的讲述，让书礼慢慢平静下来。赵小奇接着说：

"这次的活动，我看到了嘉宾名单有你。我知道，到了了断这一段秘密的时候了。二十多年过去了，我已经能够非常平静地面对你，并把你当作一位亲人。所以我能够见你了。我也知道，你过得很好，你很努力，你一直是那个走在时间前边的你。虽然生活不免有烦恼，如果没有这些烦恼，哪能成就一个作家呢？一如你常说的，我们都感恩吧！我感恩虽然不能够站起来，和牺牲的战友比起来，我还活着，还能在父母面前尽孝，还能真实地牵挂你，看到你。我无比的知足！"

书礼上前，用纸巾拭掉赵小奇的泪，然后，深情地拥抱了坐在轮椅上的赵小奇。那是温暖平静又隔着时空的拥抱。那拥抱，是拥抱岁月和感恩岁月！

六

早晨，书礼上卫生间时，看到便池内有隐约的淡黄色尿渍，糊在白色的便池内，浑浑一片。而便池外边，更有几滴刺眼的浓浓的黄色尿液。她知道，一定是走了一周的王宇回来了，只有他，才把尿拉在便池里外不管不顾。

书礼虽然谈不上有洁癖，但她特别爱整洁，犹为讲究卫生间的洁净，这和她的成长环境是分不开的。而王宇的随意和不大讲究整洁，也是和他的成长环境有着不可置否的相连。一个人的成长环境，决定着一个人一生的生活习惯，这是一个令人无法回避和几乎令人痛苦的事实。所以才有了自古以来"门当户对"之说，这里的门当户对，就像当年书礼的爹说的那样，不仅只是金钱和地位上的，更多的是精神层面和人生观价值观上的门当户对，如果再深层次一点，那就是心灵上的契合。同时，对生活品质的追求和相互认同，还包括夫妻间共同担当和共同进步的步伐。

王宇关了手机出门，这已经是许多次了。第一次走了一周后回来，书礼问他到哪去了，也不说一声，一走就一星期。没想到，王宇正端着书礼为他添的饭，站着还没有坐下来，瞪着眼说：

"回来了还要啰唆！"

天啊！那一刻，书礼简直不相信自己的眼睛和耳朵。书礼说：

"一个人关着手机失联一周之久，回来了还不能问。你的潜台词是在说，你能回来是看得我起了？你在外可以有归宿？你甚至可以不要这个家了？你回来是恩赐我了？"

书礼被激怒了！她像一头愤怒的母狮，歇斯底里地咆哮着，连连发问。没想到，这时的王宇却说：

"一把沙抓在手里，你抓得太紧，所以要漏出来，当你放松时它反而不会漏出来。"

书礼再一次被激怒：

"好意思在我面前说一把沙的故事，被传臭了的鸡汤。平日不读书，是哪个女人这样教导你呢？我把你当一把沙抓在手里吗？相反，恰恰是我给你的自由过了火。有困难了我去解决，让你自由自在不管不顾地关着手机去玩，你是一把被抓沙子吗？"

彻底被激怒的书礼一边质问一边怒骂，甚至用脏话怒骂，平日的斯文扫了一地。书礼的怒骂，王宇悄悄用手机录音。

直到几年后，有人告诉书礼，那一次的怒骂被录音后，王宇拿给在外相好的女人听，以示所谓的作家，其实不过是一个粗鲁的俗人罢了。那时候的书礼，已经与王宇分居多年了，听人说后，她感觉背后一阵阵地像泼了凉水一样后怕，王宇做人没有底线，没有主次之分的悲哀。

自从第一次关机失联成性，王宇开始肆无忌惮地，像中了邪一样无所顾忌。书礼为了孩子，仍要维持夫妻的表象。有一天家里来了客人，当着客人和书礼的面，王宇连续掐掉一个打在他手机上的电话。平常，王宇的手机哪怕响破了，书礼从不看一眼。那天，当着她的面，王宇甚至有几分无赖的得意着，书礼待客人走后，问他为何当着面不接电话，是谁的电话？王宇把电话往她一甩，你自己看啦。书礼拿起来，看到"白云悠悠"四个字，王宇之所以能这么爽快地给书礼看，因为电话呈现的不是真名，同时他的手机长期设着密码，你想看也看不了，好在书礼完全没有这个心思。

书礼从不喜欢刨根问底，可这一次，她偏要问到底了，奈何王宇就是一个字不说。直到有一天，王宇换了一辆二手车回来，书礼抓住了机会，问王宇：

　　"白云悠悠是谁？我只是想知道是谁，决不会去查去问，说到做到。"

　　王宇一边擦他的车子，一边做着那种有几分得意几分无赖的表情说：

　　"白云悠悠就是白云悠悠，有本事你自己去查啊！"

　　书礼气愤地说：

　　"我没你小人，半夜把我的手机偷出去翻看，翻到什么了没有？你偷看我的日记，查看我的电脑，登录我的QQ，你以为我不知道？你天天就把我当贼一样防着，明明就是贼喊抓贼。"

　　书礼边说边捡起了院子里一个红色大砖头，对着车子的挡风玻璃，怒目圆睁：

　　"说不说？如果不说，一个字，砸！说到做到！"

　　看到书礼真动怒了，王宇愣了。他太了解书礼，如果再不说，她一定就砸了。于是说出了白云悠悠的真实姓名，以及手机号码。原来是本地一个书礼也认识和王宇一起骑车的女人。书礼镇定地说：

　　"我决不去查和问，我没脸去查和问。我只是要让自作聪明的人懂得，不要把我当傻子，我什么都不说，是给彼此留点面子，给我的两个女儿维系一份完整，而并不是我真是傻子。人可以得意，千万不要忘形。当你忘形的时候，也就是你离摔跤不远的时候了。"

　　书礼说完，扔下手上的砖头，转身而去。

　　事隔不久，书礼的博客竟然有人给她留言留电话，让书礼打这个电话，书礼接通电话后，竟然是一个女人，说她的老公每次关着手机失联是在她那里，她在江浙一带。世上竟然还有这样无耻之人，书礼对着电话淡淡地说：

　　"你乐意白让他享乐，我没意见。我太了解他的，他没钱没权又自私，他不会舍得在你身上花一分钱，你缺个需要的工具，只要他愿意，正好，我不要了，你这下街就去抢吧！我还告诉你，他不仅与你有染，在当地还和多个女人不正常往来，你那里只是他偶尔去旅游时免费的低级旅馆罢了……"

当暴风雨来临时，王宇说了一句书礼一辈子不可原谅的话：

"她是个婊子，可她比你强一百倍！"

书礼放下所有的怒吼，一字一句地说：

"好。你记着。从今往后，我会用沉默来回报你。"

书礼想，一个婊子也比自己强一百倍，可见自己做女人付出得再多也是失败的，你面对的付出对象不但不领情，连最起码的主次之分和尊重也没有了。书礼没有一滴泪水，只有一颗沉到了水底的心。

分居正式开始。

对这一段婚姻，分明是不满意了，可书礼仍然觉得，既然是命运的安排，她不愿意反抗。为了孩子，她用曾经劝过别人的话来劝自己——人活着不仅仅属于自己，还属于一个大家庭，上属于父母，下属于孩子。书礼觉得自己有一半是在为他们而活，上为父母下为孩子。所以她只能用自己的方式不断地来充实自己，在内心里为自己活着。

那天，书礼在日记里记道：

> 我把心中的梦想和生活的不如意，点滴寄托在文字里。把精力和努力都用在家庭建设和孩子的身上，我不是完人更非圣人，我踮着脚做长子。可是我的付出，换来的却是伤害，一而再再而三的伤害。回过头来审视自己的婚姻状态，不得不深感惭愧，我是一个守候婚姻的失败者……

当王宇的单位同事打来电话，告诉书礼王宇突发性胃穿孔送进医院时，书礼依然赶到医院开始照料他。手术前后，到回家休养，书礼尽职尽责，她调整心态，以一个母亲的身份面对王宇，唯有这样，她才能从心理和行动上做到无微不至，做在点滴间。手术前一天，王宇悄悄关掉手机放进手包里，然后把手包锁到车上。术后第三天，书礼端热水放在垫有报纸的床上为王宇洗脚时，刚好王宇的一位男同事来探望碰到，用惊讶的眼神看着书礼，觉得不可思议，实在忍不住了开玩笑说：

"真没想到，你为王宇洗脚。在我的感觉里，你好像是什么事都不做，养尊处优的知识女性。"

这时的王宇，用有气无力的声音说：

"你们看到的是表相，家务事其实都是她做的，我喝醉酒为我洗脸洗脚，倒呕吐物是常有的事。"

书礼说：

"难得你还记得。岂止是倒呕吐物，用手捧都不知道有多少了，有时扶上床，说吐就吐了，我还来不及拿盆，急中只能用手接捧啊，这样的事，太多了。"

那同学又说：

"真不简单，既要上班又要做家务管孩子，前些年还有生意要管，不知道你几年一本书是如何写出来的。"

书礼笑着说：

"时间是合理安排出来的，每天把所有家事做好后，在别人玩牌搞娱乐的夜深之时，我便坐在电脑前敲打文字。"

王宇躺在床上看着他的同学说：

"她有个好习惯，随身带笔记本和笔，有灵感了随时记下来，有时坐车有时走在路上，有时半夜突然开台灯拿笔记。"

书礼听着王宇的话，一边端下王宇泡好脚的水，心想，其实王宇心里明知道自己的好处和优点。他缺少解决问题的能力和敢做不敢当的性情，对人不信任，没有安全感，不愿以心换心地沟通，更可怕的是随波逐流，没有主心骨，容易受外界的诱惑。所以很多时候，常常把简单的事弄得更糟糕。

王宇回家休养一周后，一直在慢慢恢复。有一天黄昏，王宇开始作寒怕冷，刚刚还说笑着，突然就像"来神"了一样"哦哦哦"地痛苦呻吟，并抑制不住地全身颤抖，连续多日，想尽了办法不见好。书礼便托人带她去问"神"，那民间"巫师"说：

"此人多年前在南方洗冷水澡时受了惊吓，丢了魂魄啊！"

书礼立马想到那次他出差到广西南宁，在海边与人游泳的合影来。书礼对那人说：

"这么多年了，为什么到现在才呈现呢？"

对方说：

"当身体好时，有些东西是上不了身的。可一旦身体虚弱了，一些醒龊的东西就会找来了！"

说完后，告诉书礼破解的方法。要病人的娘为他叫魂，每天黄昏时叫一百遍，连续叫七天，叫的时候要从南方那个地方叫起，一路叫着说着路过的城市和不同的车辆。

书礼回家告诉娘。王宇的继母早年已经和他爸分开了，亲娘也不在身边，这个"叫魂"的任务，自然落在了玉竹的身上。

叫魂的七天里，玉竹每天吃了晚饭便来书礼家，坐在卧室的沙发上，王宇则盖着被躺在床上，书礼坐在床边，手里拿着一百根牙签，娘每叫完一句，书礼不但要跟着答应"回来了"，还要以牙签来计数。玉竹叫着王宇的名字，一句接一句：

"王宇哦，从广西南宁坐火车到武汉、从武汉坐班车到青城、下车过马路、过桥、上楼、进门回来哦……"

如此这般，反反复复，每晚叫一百遍。七天里，开始两天，王宇还是怕冷、颤抖、难受，慢慢到后来，竟不知不觉就好了起来。

一天晚上，手术后少吃多餐的王宇到了吃宵夜时间，书礼一边用猪肚墨鱼排骨汤在电磁炉为王宇下面条，一边在厨房揉面，为次日早上的热干面作准备。书礼放好面喊着正在看电视的王宇自己把面捞起来，她要揉面，王宇却说：

"你要讲狠啦，什么都你来做啦。"

讲狠，是当地话，撑能的意思。听了这话，书礼气不打一处来，把掸面捞起来后，来到客厅，对王宇说：

"有你这样说话的吗？做一碗面也说我是要讲狠，又不是食神大赛，我干吗要讲狠？只有爱这个家心中有你们才会事无巨细地付出。我的付出你不但不领情，还说我是要讲狠。多数时候我为什么要讲狠，是因为你不管不顾，没人靠我只能讲狠，只能硬撑着。手术后三个月了，天天有煨的汤，天天几顿服侍着你，在你心里原来我都是在要讲狠？你的心态不对呢！我坐两个月子，你没有为我做过一顿饭，如果没有娘家人靠，我自己又不讲狠，那只有死掉了。"

王宇虽然被说得无话可说，可他的心里到底是怎么想的，书礼永远不明白，他不和书礼交心。闷头闷脑，独断亏待，是他一惯的做派。

如果感情还在，有许多错是可以宽容的。可当一个人一而再，再而三地把一个人的心伤透了时，再好的感情也会消失殆尽。书礼彻底把王宇当陌路人，那是王宇的身体慢慢恢复以后，同时因为一件事和自己的父亲闹翻了，在单位请了病假，没有告诉家里任何人他去了哪里，一走便是三个月。那是女儿楚楚刚刚大学毕业回家不久，书礼进家门，看到王宇黑着脸沉重地坐在沙发上，整个家是压抑的。她知道，王宇心里的矛盾，也懂得王宇缺少解决问题的能力。以前有什么不和了，总是她主动沟通，可现在她不想沟通了。进门后的书礼，把王宇每个月一千九百多元的工资折交给了王宇，并对王宇说：

"以后别一天到晚黑着个脸，你身体没有大碍，你的工资以后你自己拿着，你自己想吃什么就吃什么，要做什么就做什么，房子的按揭我来交，孩子我来管。我对你唯一的要求就是，给我好好活着！"

王宇拿到工资折后，第三天就失联了。三个月后才回来，中途仅只给书礼发了一条要钱的短信，说是治病需要钱。书礼思来想去，设想着他可能真是遇到困难了或需要钱用药了，她把自己刚刚卖书积攒的一万元钱汇给了他，而收到钱与否，王宇短信都没有回一条。

三个月回来后，王宇自己找书礼谈了一次，说想和好，而且要彻底地好。书礼想，为了孩子，还能有什么呢？一切不都是为了孩子吗？业余写作浪得一点小名，也只是为了充实自己的心灵，自始至终，她是一个一切以孩子为主题的母亲。所以她真的开始试着和王宇重新相处。而没过多久，王宇的老毛病又犯了。说好了一家人去西北送远嫁的安然，安然也为他们订好了高铁票，没想到王宇又关着手机失踪一个星期。一周回来时，准备和书礼一起去西北，书礼当着王宇的面，打电话给安然：

"把你姑爷的票退了。一而再再而三地无视我的存在和感受，太不尊重人了，我的容忍到了极限。"

书礼带着女儿和李琛一家上了高铁。

书礼彻底对这个人失望了，做人可以宽容，但不能宽容得没有底线。

从此，行如陌路，同住屋檐下，书礼从来不拿正眼看王宇一眼。

立冬后，一天天冷得刺骨。赶冬日暖阳，所有的被絮晒好了。王宇躺在太阳晒过的被子里，温暖丛生，那一刻，他想起了书礼许多的好，他想做努力，想和书礼和好如初。可是他双手枕着头，闷在那里，不知道如何开口。那时候的王宇是真心想和好的，可他仍然不知如何开口，他没有信心开口。想着想着，他出了被窝穿上家居服，来到书房，想好的话还没有说出口，却鬼使神差地，从背后挥起拳头向电脑前的书礼袭去。书礼瞬间倒地不省人事。王宇却变本加厉，失控地抬起脚，连踢书礼几脚，边踢边骂：

"戳你娘的，戳你娘的。"

直到听了动静的女儿们上楼来制止，他才才停下来踢出的脚。书礼被女儿扶起来时，莫名地傻笑着，她忘记了王宇的拳头，傻笑地看着自己的书，自言自语道：

"这是我写的书？这么好看？怎么想不起来了呢？"

说完再次"嘿嘿嘿"地傻笑起来。书礼的样子把楚楚给吓住了，她赶忙给李琛打了电话，李琛赶到把书礼带到医院，拍片检查结果出来，两根肋骨骨折，头部血肿导致短暂失忆。清醒后的书礼知道自己的伤势后，却叮嘱为他检查的医生，让千万别告诉她哥哥国庆。

次日，国庆听到同事说妹妹被打之事，速速往书礼家赶，他低着头一脚跨三步楼梯，气势汹汹地上楼。家里已经有玉竹和春水大姐都在，玉竹正边哭边伤心地说：

"虽然说夫妻吵嘴理有一担，各有一头。可是你这样下狠手打她，那我宁愿她离婚也不能女儿让人打死。我和她爹把她养大还从来没有打过她，她一不好吃懒做，二不偷人养汉，嫁给你二十多年了，吃了多少苦她自己不说，我这做娘的心里明镜一样，所以我和她爹总是尽量帮着你们。老二虽然生的还是个女儿，生下来就是我们帮你们带到现在，也是为你们解决困难，她是真心想为你生个儿子的，奈何生男生女是做不来的。她一心一意养孩子挣钱养家，你也打得下手。人心是肉长的，女儿是我的心头肉呢！我还悄悄教过你，虽然家花没有野花香，你要记得一手玩花一手养家啦……"

正说着，国庆双手猛拍门，进门便骂：

"王宇你妈的，你凭什么打我妹妹？老子今天要打死你！"

边说边抓起桌上的瓶向王宇扔去，玉竹早已经全身扑在国庆的身上，拼了命地紧紧抱着儿子。国庆一边挣扎一边再骂：

"老子是明着当流子，你跟老子是个贼，暗着流！你就是个变态的家伙，我妹妹为你付出了多少，旁人都看得到，瞎了你的狗眼你却看不到！你没有爱没有温暖，她为你冒着风险生两个孩子。生第一个孩子时，坐月子，我看得一清二楚，我看到你的骨子里去了，你就是一个不懂得温暖不懂得爱又自私的狗杂种！你有什么资格挥着拳头打她？还下这样的毒手，把她打得失忆，踢断两根肋骨。老子今天不是老娘拉着了，非打你个半死。"

春水大姐两边解劝，待国庆被玉竹推走后，对王宇说：

"我和书礼在一起得多，她的善良真是少有的。她虽然性格开朗，其实传统得不得了。就拿生第二个女儿来说，没有人相信平日那么娇惯那么爱美的她能吃得了这样的苦。有一次她哭着告诉我，说你冤枉她，怀疑她说第二个孩子不是你生的，她只敢跟我说说，都不敢跟娘家人说，怕她哥哥找你麻烦。"

春水大姐说着，环视了一下客厅说：

"她把家收捡得这样干净，是要时间的，料理好家务后再开始写作，你老说她在电脑前是 T 人，我是有感受的，一篇文章的构思到写成，哪舍得在电脑前浪费时间！这些年，她三年一本书，一本书几十万字，都是要时间的，她没那么无聊用大好的时间在电脑上与人聊天，我们之间都不聊，有事时才说说。人啊，乱吃得可乱说不得。为你生老二，吃的苦你要一辈子记得，可你还怀疑她说女儿不是你生的，这样冤枉她，可要遭天谴呢。那次你走三个月，中途要钱，我都阻止她，可她执意汇了一万元钱给你，她的善良真是少有，你竟然到哪去了在哪里都不告诉她一声，谁人能做得到？这样的老婆这样的父母，你要珍惜几辈子，下这样的狠手打她，你对不住人呢！对不住疼你帮你的老岳父岳母呢，女儿可是两位老人的掌中宝啊，所以才帮你们把小女儿一直带在身边，为你们分忧，你真要懂得感恩啊！"

王宇是那种处理问题简单粗暴之人，最大的缺点和毛病，便是遇事没有解决问题的能力，反而会把事情弄得更糟糕。不论是夫妻关系还是工作上，这是他的致命弱点。这个弱点，与他的成长环境和所受的教育是分不开的，哪怕他自己是成年人，哪怕他有一官半职，却永远没有安全感。

又是一年立冬后，赶冬日暖阳晒被絮是书礼的最爱，特别喜欢闻嗅那阳光晒过后的被子。一大早起来，先把自己和王宇的被子晒了，再晒孩子的床铺。他们已经分居两年多了，这些日子以来，书礼再也没有和王宇说过一句话，没有拿正眼看他一眼。但无论如何，每当季节变换，为王宇的床上晒洗从来没有停下来过。虽然分居了，可他是孩子的父亲，仍同住一屋里。虽然爱没有了，但有亲情的牵扯，法律上还是夫妻，她依然要尽妻子的本分，她已然做到心中无恨了。恨只会让自己难受，恨也没有力量。书礼永远只认自己良心深处的召唤，不做让自己的良心过不去的事儿。

　　就在王宇和书礼彻底分居两年后，正是筹备楚楚订婚的日子，王宇发短信给书礼：

　　"我是王宇，上个月我去武汉复查了身体，检查结果不怎么好，还需要吃药、治疗，身体一直这么瘦，手术后也没好好的调养一下，再加上我们这种家庭，思想上就更加有压力了，我不想这样折磨自己了，我今年五十岁了，我要过好我的下半辈子，我们已经好几年没在一起了，在一起也没什么意义了，我想我们还是分开吧！对你对我都是一种解脱。"

　　书礼回复道：

　　"一切随你的意思办！只要你好好活着！我早就说过，对你没有任何要求，好好活着就好！为了小宝能顺利成长，我一直委曲求全忍受你多年，二〇〇八年开始一次又一次对我毫无尊重的'失踪'和无沟通的生活。曾经毕竟是真心相爱过才走到一起，两个女儿是我们之福，我对你没有怨恨！只求让我带着孩子，你任逍遥！要办手续也行，随时！"

　　王宇：

　　"请你起草一份协议，什么时候把手续办了，随你的意思，按揭我付，房子留给两个孩子，你还在那住。"

　　书礼：

　　"你写好了再来找我办手续，我不可能写！到时说是你病了我要离开你，我不背这样的恶名。是你提出来的你写，你也得跟女儿说清楚，最终是你要这样做的。经济上我也没要求，多年来借贷还贷已经习惯了，我只这个要求，你写协议我等着。"

一天晚上，书礼收到一位平日交往不多的朋友发来的短信：

"多个晚上了，看到您老伴和一个女人一起爬山，今晚还一起在超市买家用品，你们到底怎么了？"

书礼回复道：

"我们分居很久了，他最近有十多天也没回家了，我不理他，他总得找个人发泄吧，随其去吧。"

接着，书礼把短信转发给了王宇，在微信风然而起时，书礼和王宇之间没有加微信，也从不是 QQ 好友。书礼又接着为王宇发了一条短信：

"这是朋友发给我的。为了不影响你，按你的意思，楚楚订婚后我们就把手续办了吧，你把协议写好，这样彼此之间都能留点面子！"

王宇回复道：

"不要告诉孩子。"

当晚，书礼把他和王宇的短信都给楚楚看了，楚楚偷偷地哭了很久。早上，书礼看到女儿红肿的眼，心有不忍，于是又给王宇发短信：

"昨晚给你发短信后我跟女儿说等她订婚后我们就办手续，并把我们的短信给她看了，她放下手机后一直在默默流泪，早上看到她肿大的双眼，心有不忍，于是又告诉她，如果这样对你伤害太大，那就维持现状，至少等你结婚后再办。听了这话后她像开心了许多。为了给女儿一个完整的婚礼，所以还是过一年吧，她今年订婚明年肯定要结婚，这么多年过来了，我不在乎这一年，只是这期间不要做得太过分，给女儿留点面子！另外，刚刚看到协议了，协议里关于房子留给孩子没问题，但男女双方共同可以居住这一条得改，既然要离了我带孩子，你不可以还来住，你修改好后留着，等楚楚结婚后再去办，不管怎样我们都要做到尽量不伤害到孩子！"

王宇简单地回复仍是那句话：

"不要告诉小孩。"

书礼：

"如果办了手续那是瞒不了的，既然协议上写着房子留给孩子，母亲带孩子居住，所以你得搬出去，所有衣物得拿走，办手续之前至少得告诉楚楚，她已经成人了要尊重她，如果等她结婚后有自己的家了伤害就没那么大了。"

王宇：

"订了婚就把证办了，不要跟小孩说，这样对你我都好，我们现在的家庭对我的身体很不好，请你尊重我。"

书礼：

"办可以，但不可能不告诉她们。手续办了你就得搬，同时交出钥匙。如果像你最初在协议上写的那样，房子男女双方同时可以居住，那是不可能的，这是原则问题，你得改成自办好手续起，男方再无居住权。你想在家红旗不倒，在外红旗飘飘，这是不可能的。这些年来，我之所以委曲求全，是因为法律这层纸没有捅破，一旦法律这层纸不坚守了，我就不能再容忍你回这个家了。"

楚楚订婚后的第三天，书礼正随单位同事下乡，王宇再次发来催促办手续的短信：

"协议改好了，什么时候有时间去办一下。"

书礼回复说在乡下。王宇又问下午回来不。书礼说回。王宇说那就下午去吧。书礼才回到家，王宇已经拿着协议等在楼下，当即就去民政局办理了手续。法律这层纸撕破后，二十多年的婚姻，彻底断裂。

书礼如释重负。

办好手续出来的路上，王宇开着车说送书礼回家，沉默两年后的书礼开口说话了：

"最初，是真心实意想和你过一辈子，就是过到现在这个样子了，我还是想着为了孩子委曲求全过下去，没想到你能主动提出来办手续，也许老天也要给我一次机会吧。以后见到彼此的亲戚，请不要黑脸，毕竟一家人对你不薄。"

　　当晚，书礼翻开日记，写下日子时，那日竟然是农历七月初一，书礼心一惊，这个日子，可是礼佛的日子，在礼佛的日子里结束一段长达二十多年的婚姻，难道，佛祖看到了什么吗？上天又是在预示什么呢？书礼记道：

　　　　王宇从"我们的家"彻底出走分离，不再是这个家的成员。磕
　　磕碰碰终于走到尽头，无怨无悔。是超脱。是重生。

　　次日，书礼决定去一趟北台寺。曾经为了寻找孤独寂寞而去北台寺，而现在的她，那一刻似乎是在享受孤独和寂寞的滋味了。她要用寂寞来排解那种望不到头的痛，要用这种孤独来告诉自己，人生的路还很长，相伴的岁月里，还会有许多意想不到的孤独或打击，甚至灾难突然袭来也未可知。无论怎样，为了俩女儿，她都必须坚强面对，微笑迎接。

　　此刻，她需要一份远离，一份深切到骨髓里的孤独和寂寞，从而来反思这些年来的生活，需要这份浸透到骨髓里的孤独来冲淡对人生不可预知的迷茫，需要这份寂寞来平衡她那不仅是多愁善感的心灵，需要这份远离，来考证自己在情感上的敏感与无奈，从而思考，生命中的对与错。

　　走在山路上，听着鸟儿鸣叫，山风呼啸。手机微信响起，是远在南方的王籽发来的：

　　"有时候，老天爷让你结束一段关系，并不是没收你的幸福，而是老天爷一直将你的不快乐看在眼里，连老天都心疼你了，觉得他不配，所以

放你走！相信你会走过这些不快乐的日子，开始新生活。亲爱的，我们都要好好的。"

　　读着王籽的微信内容，书礼瞬间热泪双流，继而泣不成声，坐在路边的青草丛间，在大山深处，她放声号哭起来，一直哭得没有了力气才停下来，然后梳理好心情，走进北台寺。不轻易抽签的她，那天在师太的劝说下抽了一签。是夜，书礼在一本《禅》书中读到这样一首偈语：

　　　　信人何必苦凄惶，
　　　　事务灾危也不防。
　　　　稳把笔头书造化，
　　　　到头彻底得安康。

尾声

一

离异后的第二个月，书礼独自来到无锡，她想去看看苦难的阿炳，要到阿炳的故居去聆听《二泉映月》的泣诉。与阿炳和阿炳的那个年代比起来，现代人有多少是"吃饱了撑的"？在"形势大好"的春风里没有信仰没有追求，在迷茫中玩世不恭，在毫无责任心中迷失方向，在不敢担当中逃避原有的生活，到底有多少坚守和情操溃不成军？

走进阿炳广场，她看到这个书本式的《二泉映月》乐谱展台，前方不远处是阿炳穿着破衣戴着毡帽拉二胡的雕塑，广场进口右侧是阿炳故居纪念馆。典型的江南院落，小巧玲珑，古韵悠悠。书礼踏进故居，刚刚还明晃晃的太阳一下子暗沉了下来，右侧一排凤尾竹随风摇曳。那一刻，书礼突然浑身寒毛竖立，感觉阿炳有灵，知道她来了一样。院落里每一处角落都在回旋着《二泉映月》的乐曲，时而激昂，时而沉郁；时而舒缓，时而悲泣。随着乐曲的起伏，那一刻，书礼泪湿莫名。

民间有传，说阿炳是进入烟花柳巷染病致眼疾才导致失明，后来靠拉二胡走街串巷为生。书礼不想去追问那些毫无意义的过往，只知道，老天让阿炳受尽磨难，苦入深海，然后再迸发出命运的交响曲来，道尽人间悲欢离合，风骨柔情，成就了《二泉映月》。世间再无阿炳，人世间永远有阿炳，阿炳在他留下的每一个音符里永存。

由阿炳，书礼想到自己。不管将来的生活路上有怎样的刁难，不管会与谁相遇，不管有怎样的人言以对，她已深深懂得，坚守自己内心的方向和无畏最重要。同时，她懂得了，人与人之间，心灵的共修和共同进取的步伐，又有多重要。

走在太湖岛上，书礼竟然看到有个"月老祠"，她也算是走过不少地方的人，还是第一次看到有人供奉月老。书礼悄悄思忖，月老可是专管人间婚姻的神仙，自己二十多年的失败婚姻，难道是没有拜过月老之故？当即，书礼走了进去，看着神龛的上方，月老慈颜的笑容，仿佛在对书礼说，你怎么才来呢？

书礼跪在蒲团前，虔诚三拜。主事道长说：

"月老很灵验的，有什么疑惑可以抽一签解答。"

书礼说：

"那就抽吧。什么也不问，只抽一签。"

那道长让书礼在签筒上抽了一支扁扁的竹签来，然后开始祷告，面向月老，问这签是否发给眼前的女士。手丢告板落，连续三次后，道长说：

"是这签，我去为你拿签文。"

道长拿来一张纸，黑体手写字，上边写着：

第一十五卦，丰（古镜重明、中吉卦）

光明普照之象，弃暗投明之意。

象：雷电交加，声势壮大，又离日动于天际，普照大地，皆为盛大之象。

断：出行有益，交利得利，疾病见好，求名遂心。

运势：运势极强，为收获之时。但不宜贪得无厌，须知足常乐。要防是非，损财，甚至火险。

爱情：吉利有成，但不可得意忘形。

《丰卦》：像征盛大丰满。

书礼手拿写满字的签纸，当那句"光明普照之象，弃暗投明之意"出现在眼前时，她心一惊。心想，难道月老真的看到了？否则怎么说是"弃暗投明，古镜重明"呢？且不说其他文字的解释，就凭这两句，分明是月老看到了书礼这些年来在婚姻生活中的她，一如一面放置角落里落满尘灰的镜子。如今，镜子出来了，拂去尘埃重见光明？书礼想，难道？这是天意？冥冥中上天早有安排？她想起办离婚手续的那天竟然是农历初一的日子，又想起娘常说的一句话："后边是亮的，前边是黑的。"意思是，后边的路是走过的，你只要回头，一目了然看得到。而前方的路将要发生什么，自己看不到，只有老天才知道。

书礼又想，可是这些年，我分明是十二分地努力着，努力生活和工作，努力经营自己的婚姻，努力做个好母亲。正是有了坚定的努力，才有了今天独立人格的自己。

书礼在无锡城区选择了一家干净的快捷酒店住下，洗过热水澡，躺在床上，再一次拿着那张签文来细读，仍然是觉得不可思议，觉得世间万物有多少人的肉眼看不到的神灵，抬头之间看着芸芸众生。书礼仔细地把签纸放好，然后双手枕在头上，望着天花板发呆。可能是刚刚洗过热水澡，全身心放松之故，那一刻，书礼竟然渴望起了爱。这份渴望，仿佛自锢了许久许久，她想不起来自己到底有多久没有被爱抚了，她一直用忙碌来麻痹自己，一直用冷漠来面对自己内心曾有过的火热。想到这里，书礼的泪不知不觉流了下来。

那一刻，在异乡这个陌生的酒店里，想要爱的感觉是如此强烈。书礼突然想起刚打开门时，门缝下有两张明片一样的卡片，她知道，那是推销色情服务的小广告。她下床捡起来细看，她想看看，除了"小姐"电话，是否还有"先生"的电话。她曾经听人说过，这行当里也有为女性服务的"先生"，她甚至冲动着，如果有的话，何不打个电话叫个"先生"呢？为什么男人可以叫"小姐"而女人就不能叫"先生"？这样想着，书礼的脸一下红了起来，觉得自己好不知羞耻！可明显地，她感觉到了身体里有一团火在燃烧，而手上的卡片，红红绿绿隐喻着的花花世界里，却只有某某小姐的电话号码。书礼也只能是独自阴暗地想一想罢了。看着卡片上的"小姐"二字，书礼想，小时候，小姐可是心中向往的大户人家坐在绣楼里，做花绣朵读诗书的女神呢。而现代人，把"小姐"二字贬值到了水底。相反的，"妖精"二字升值到了殿堂。想想都是罪过，现代人哪对得起造字的远祖仓颉。

没发现有"先生"可叫的书礼，怕自己晚上睡不好，起床烧开水，冲了一包感冒冲剂来喝，那是她常常对付自己失眠的办法。有一次和春水大姐一起出差，那是和王宇分居一年之后，大姐见她用感冒药来解决睡眠问题，大姐叹息又心疼地说：

"你还这么年轻，长期这样，可不是个事呢。不是我大姐说有失大姐身份的话，因为我也是过来人，像你这年纪，正是需要夫妻生活的时候，如果夫妻生活正常，哪还用得着喝感冒药来催眠！"

这些年，不是没有人对她示好，甚至有爱的"橄榄枝"伸来，可婚姻这层纸如"一叶障目"，让她不能也不敢。哪怕是分居两年来，她更加小心翼翼地防着王宇，王宇常在她的各种可视可查的地方，想方设法费尽心机地想找得一丝关于她的"T人证据"，如果不是因为王宇手术后不能再饮酒，分居这两年，是绝不敢和王宇同住屋檐下的，她怕他那种酒后防不胜防的突然的"暴力倾向"。

书礼想到这里，又想到月老签文中的那句"弃暗投明"来，既然是弃暗又投明，那么这个"明"又在哪里呢？真的还会有某个明处在等着她吗？书礼不敢想。感情方面，她一直是个悲观主义者，更何况现在离异，是带着两个女儿的中年女子，谁还会真正看到自己的好？书礼想着，安心带好两个女儿吧，其他，用文字来填充自己！

二

女人的一生，特别是做了母亲以后，好像是为家人和孩子才活得更热烈。能为一家人做出甜美可口的饭菜时，那才是一种幸福，哪怕这种幸福的过程是辛劳的。在做每一道不同的菜时，每一个不可忽略的细节，每一个不可忽视的过程，充填着自己那也许浮躁，也许荒芜，也许欲飞的心灵! 一道菜, 在每一次清洗、挑拣、烹饪的过程中, 在不能省略的每一个环节里, 才能漂亮香美地端上饭桌; 一个母亲, 一个能让一家人围在温暖中的母亲, 一个真正能庇护孩子成长的母亲, 只有在百折千回, 在含辛茹苦里, 甚至在忍辱负重中, 让自己, 合格出炉!

自从王宇以离婚的方式彻底离开这个家以后, 书礼前所未有的放松开来, 过上了再也不用看人眼色行事, 彻底结束了那种, 曾在外哪怕是跟女友和春水大姐一起吃一顿饭, 也会提心吊胆吓得像做坏事一样的日子。

从无锡回来后的书礼, 开始双倍用心地为两个女儿做更香的饭菜, 更用情地去侍养阳台上的花花草草, 更自如地坐在电脑前码字。这个时候的书礼, 才真正体会到了什么是身心自由, 什么是由内到外的舒缓。她不由得常常感谢, 感谢王宇最后放手离开自己。没有了他的羁绊, 书礼真的更快乐了, 她尝到了自由有多么可贵。这时, 她才深深理解"若为自由故, 两者皆可抛"的内涵来。

单身不到半年时, 一日午夜, 楚楚回家, 上楼问:

"妈, 睡了没有?"

刚躺下的书礼问有什么事。楚楚说:

"爸爸发短信我, 说他一个人去租房子住了。"

书礼有些吃惊地说:

"神经病吧! 蜜月期还没过就分了? 不要告诉我, 他的事与我无关了。"

楚楚悻悻下了楼。

当"鸣沙山摄影大赛·找找照片中的你"活动组人员为书礼发来邀请函的时候, 书礼简直不敢相信, 十多年前她一个人去西北时, 在鸣沙山被摄影爱好者拍进了镜头里。本来, 在旅游景点被拍进镜头里是一件很正常的事, 更何况在鸣沙山这种著名的景点更是正常不过的事。但事情却没这么简单, 说不简单是因为不简单在, 她被摄进镜头里不说, 还有一位不相识的男子也被摄进了镜头, 而且这张图片获这次大赛的一等奖。这就不简单了。更有不简单的是主办方玩了一个"找找照片中的你"这个附加的游戏活动，通过全国各大网站和各地网友的相片寻认，通过百度搜索，他们把前十名照片上的人，请到一起，重游鸣沙山。

一等奖的这张图片，在高高的蓝天之下，黄黄的鸣沙山之上，空旷得只有两个人欢快地走在沙山上，一前一后，一男一女。这种相片的极其难得在于，鸣沙山的游客密密麻麻得没有空隙，而没有作任何技术处理的这张图片，干净得没有一个杂人，只有干净的天和干净的沙山，以及干净的两个人，拍摄时间还是十多年前。最开始寻找时，组委会成员以为图片上的人是一对情侣，没想到，先找到那位男子时，那男子说并不认识图片上的女子。于是他们又开始寻找，一直找到书礼时，他们才相信，这对男女不但互不相识，住地也相隔遥远，只是同一时间各自走在沙山上，被上帝之手牵进了镜头里。

组委会组织了十六位从图片中走下来的人，一起重游敦煌莫高窟、鸣沙山月牙泉等地。枫禾就是被上帝之手牵着和书礼一起，出现在镜头里的那位男子。枫禾甘肃天水人，在上海一家国企里的文学杂志社当副总编辑。在鸣沙山管理局组委会办公室第一次见到书礼时，他先于书礼坐在那里，书礼则因为迟到了，冒冒失失地闯了进来。第一眼他就惊叹，好漂亮精致的女人！从内到外，散发着干净利索、傲然脱俗的非凡气质来。

工作人员把相片中的人物一一介绍，并让他们相互坐在一起熟悉，书礼看到枫禾时，心一惊，怎么如此熟悉，熟悉得有些不真实。他不是那种帅哥型男人，而是那种有着儒雅气度的成熟男子，外观看，几许沉静，几许低落。几天来的相处，书礼看到了他身上那种时间积累和岁月沉淀之后的淡定与温暖，阅历和学识浸润在骨髓里的脱俗之后散发出来的沉香。性情成熟豁达，与沉静低落的外表成极大的反差。

十年了，当脚步再次踏进莫高窟，轻轻踩在这一片神圣的佛土之上，书礼跳动的心，是虔敬与渴望。随着人群分成队排成行，站在高高的白杨树下等候。当戴上耳麦，跟随在讲解员的身后，在常常看不见讲解员的咫尺之间，通过耳麦，讲解员的讲解仍能清晰地传进耳朵流进心里，让人感觉自己是一个独立的个体。虽然游客之间会挤挨着不同的身体，可因了耳麦，拉开了人与人之间的距离，让你更容易更静心地去聆听和感受。这耳麦，十多年前在参观人群里是没有的。

一队队游客穿行在莫高窟边上的走廊里，由建筑家梁思成设计的贴壁走廊与莫高窟浑然一体。从此窟到彼窟，自始至终，因了耳麦的隔离和独立，少了吵闹和叫喊甚至呼吸，人们在静静中前行，在一个个洞窟内随着讲解员的手电筒，安静地听讲解，肃穆地观看千年前古人留下的壁画传奇。色泽鲜艳，神态夸张的壁画，或悲喜或完美，或静谧或张扬。飞天神女、反弹琵琶、佛陀、观音菩萨、弥勒菩萨、文殊菩萨……九色鹿舍己救人等神话故事，张骞出使西域等历史典故……更有那，王子舍生饲虎图的佛教故事带给人们的震撼……

敦煌百年，百年敦煌！一部内忧外患，中国人遭受凌辱的心灵史和伤心史。

国宝流失，让多少国人愤懑，又让多少有识之士拼死献身来捍卫。

讲解员讲到与敦煌有关的王道士、常书鸿等人物时，书礼想，我自己，一个小人物，冥冥中，不是也有神灵在召唤吗？那一刻，书礼竟然有些伤感起来。那天，她在随身日记本里记道：

> 黄沙漫卷，戈壁无言。千里迢迢，征尘漫漫。我打江南走来，投入一片陌生又熟悉的温婉里。心，为之颤悠，情，为之泣沥。若不是有根之源在天地之间存在，我何以忧伤戚戚？何以梦之是千年？
>
> 为了民族的文化，为了敦煌的艺术得以完善和保存，那个叫常书鸿的画家，在裸土遍地，黄沙满眼的莫高窟，遭受着妻子的背离，过着非常人的生活。在恶劣的环境里，因了对祖国的爱与信仰，让岁月流逝在千佛的佛国里。同时带出了一批年轻画家对壁画的敬爱与临摹，让千佛洞的画得以保存，并让后一代人的手中画笔，让国宝重现，以另一种方式飞向外面的世界，一如飞天女，飞进梦中的

故乡……

　　常书鸿，他该是千佛之中一尊独特的菩萨！他，又是修过几个前世？才得以与千佛同在，与敦煌同在，与历史同在？

　　岂止是菩萨前世修得！平凡中的世间，又有多少情缘是前世修过，才得以相逢呢？

　　从千佛洞出来，回归吵闹的人群，望着悠远的天空，流连于佛国之中，不禁傻傻地自问自答：佛也有爱情吗？佛当然有爱情，佛的爱在大爱里，佛的情在众生之中，佛的爱情就是爱一切众生啊！

　　几天的活动和游玩结束，要离开的头一天晚上，组委会安排所有参与人员在多功能厅举行了一个小小的联谊会，要求每个人表演一个节目，几乎是所有人都是唱一首歌，书礼唱田震的《月牙泉》。枫禾则是唱蔡琴的《油麻菜籽》：

　　　　你从那些艰苦的日子走来
　　　　是怎样莫可奈何的忍耐
　　　　而从前未曾给我的爱和关怀
　　　　今天在你带泪的笑里找来
　　　　谁说我的命运好像那油麻菜
　　　　只是你不知将它往哪里栽
　　　　就算我的命运好像那油麻菜
　　　　但是我知道了怎样去爱
　　　　才盼望你将我抱个满怀
　　　　日子就已荡呀荡的来到现在
　　　　经过了那些无奈和期待
　　　　我好高兴有了自己的将来
　　　　……

当蔡琴的这曲《油麻菜籽》通过枫禾深情唱起时，竹馨悄悄落下泪来。在这个"找找相片中的你"的团队里，所有人都叫她竹馨，因为是通过网络从她博客名字中找到她。枫禾的歌，让竹馨再次想起母亲常说的那句话，女儿是菜籽命，撒到哪里就在哪里生长，遇到一块肥沃的土你就长得肥，遇到瘦地就瘦长，即使是撒落在石头缝里呢，你也要开花。

三

告别鸣沙山月牙泉，告别敦煌，告别枫禾，书礼的心，分明有了牵挂和忧伤。回家后，一直与枫禾在微信里保持着联系，了解到枫禾离异多年。通过这种方式的谈话和心的交流，两位单身个体，感情开始如春草沐浴阳光雨露，当枫禾从上海来青城看望竹馨的时候，竹馨才懂得，什么是爱。

如果说，当初青春年少时的爱是爱的话，那是青春的驿动，那是单纯而懵懂的爱，是冲动得不懂生活的爱。那么这个时候的爱，与枫禾的爱，当是成熟的爱，这份爱，更懂得心灵需求的爱；这份爱，爱得更深沉，更内敛，更近乎返璞归真，从而更加有滋有味，自然而融洽；这份爱碰撞出来的，是心灵与肉体共生死的奏鸣曲，是一份经历艰难的成长后的深思熟虑，相遥相望的不愿分离。

竹馨的一生，如黛玉唱的那样"与诗书做了闺中伴，与笔墨结了骨肉亲"。青春年少时，不懂得如何去呵护爱。与枫禾在一起后，她才懂得，为什么要把夫妻两性叫作"做爱"和"过夫妻生活"。爱是要用行动去做的，这行动，包括生活中的点滴关怀与温存；夫妻生活是要去用心过才能过好的，过日子过岁月，过心情。只有用一颗真心过了，才能称得上是爱，才能真正做到水乳交融，才能身心合一。

清明节时，枫禾带竹馨回了一趟天水老家，在母亲的坟前，枫禾双手扶在墓前长跪不起，直到竹馨把他扶起来。他告诉竹馨，半生飘零，愧对父母。最终遇到了竹馨，他感谢老天和佛祖赐予的爱。枫禾在母亲的坟前，一挥而就写下《诉衷情·清明祭母》[①]：

> 松风竹影雨茫茫，山后草儿长。
> 清明时节魂断，抚墓一声娘。
> 音杳杳，路何方，隔阴阳。
> 愿有来世，娘执青鞭，我为牛羊。

当一个人用心去爱的时候，大地也会听到一个人路踩在脚下的心声；当你深爱着这片土地的时候，土地也会听到你来自心中的爱。这，也就是"心生一念天地知"吧。

古稀之年以后的玉竹，特别喜欢说一句"万古人间神安排！"当安然带着在大洋彼岸生的儿子回国度假时，诗润一大家借此机会团聚。玉竹抱着手中的曾外孙，乐呵呵地说：

"万古人间神安排啊！没想到我带大的安然，竟然跑到美国去了，好在现在这美国来去一趟也才两天的时间，平日还可以视频说话，我这心啊，不那么欠了。要是放过去，我是不会同意你跑到那么远的地方去的。"

诗润笑容可掬地看着玉竹，古稀后的诗润，心里眼里只有玉竹，其他人都不重要。晚辈们都说：

"爷爷，你的偶像是谁啊？"

诗润满面红光地笑着说：

"嘿嘿。你奶奶，她说什么都是对的，错了也是对的，我只听她的。"

九十高龄的老太太，从老家也被接来了，她一边吃一边咬着脆骨脆脆的响，楚楚问：

---

① 《诉衷情·清明祭母》，感谢诗兄艾国安作品！

"奶奶！太奶奶是自己的牙齿吗？"

玉竹说：

"是啊。"

其他孙辈都一哄而笑地说：

"九十岁的老太太吃脆骨吃得蹦蹦响，也算是我们家的奇迹啦。"

老太太说：

"要是你们的太爷爷在，该有多高兴，这好日子这福都让我来享了。生你们爷爷的太太，三十九岁就占山头去了，你们的太爷爷七十二岁时，急忙忙地也去和你们那年轻的太太相会去了，相会就相会吧，我在这享福呢！"

老太太说这话时，一家人都笑了。书礼又有了领悟：

"前世啊，我们家肯定是欠着老太太的呢，所以这一世，她做我们享福的老祖宗。"

仁寿带着他几个儿子都来了，几个儿子生意做得好，不但在青城买了房子，还在各自做生意的城市安了家。

马丽带着在省人民医院工作的儿子来了，马丽这些年，虽然与国庆分开了，可从来没有离开过玉竹和诗润这一对父母。

李琛带着他那温婉贤惠的妻子在厨房忙碌饭菜呢，他们的女儿正从大学赶回来的路上。书礼的小女儿小宝也初三了，十岁那年才从玉竹的身边回到了书礼的身边。

玉竹远在大湖的弟弟也退休了，夫妇俩到武汉为儿子们带孙子去了。在青城县的各处地方，有玉竹从不同地方"引进来"做各种小生意的"亲房"们，听说老家老太太来了，你提了肉，我买了水果来看老太太。这些当年不同的"草鞋亲"们，经济上比退休后的玉竹一家好多了，时代真是不一样了。

大家正说笑着，坚守在李家湾老家的老二一家也来了，他的两个女儿打工后远嫁外地，儿子起先也是在外地打工，后来玉竹把他带到身边进卫校学了医，又到医学院学习了两年，现在在玉竹退休前的中医院工作。

玉竹对安然说：

"都到这齐，难得你回来。该带你们回老家看看了，那里是你们的根，将来我和你爷爷百年之后，是要叶落归根的，你们可不能忘记那里！"

玉竹领着全家老老少少回到了李家湾，一大家站在垮掉的老房子前，孩子们纷纷拿着手机这里拍拍那里拍拍。玉竹看了诗润一眼，感叹道：

"十八岁嫁到你李家，琛儿在这老房子出生，这是祖先留下的念想，可不能让它在我们的手上彻底消失喽⋯⋯"

每天晚上十一点，是竹馨在微信里和远在上海的枫禾"午夜情话"之时。说是情话，其实他们的话题多得有广度有深度，大到国际形势国家大事，小到家事未来事。总之，他们永远有说不完的话题，常常是枫禾说上句竹馨就晓得下句，反过来枫禾也是。每每和枫禾说到心里时，哪怕远隔千山万水，仿佛就在眼前一样。这时候的竹馨，再次了悟爹当初对她说过的话：

"门当户对，不仅只是金钱地位上的，而是人生观和价值观上的门当户对。"

这一晚，枫禾与竹馨不知怎么说起了农村乡绅的话题，竹馨觉得颇有意味：

⋯⋯

枫禾说：

"所以要让中国农村步入现代社会，不仅仅是贫穷问题，更艰难的是文化秩序重建。千年封建社会里，即使是宰相，最后也得告老还乡。所谓致仕，从而传承乡间文化。几千年的中国乡绅社会被完全颠覆了。危害至今，现在的农村几乎没有文化传承。"

"以后，等我们老了退休了，我要带着你还乡当乡绅，我们一起来做中国乡村文化的续写者。"

竹馨答道：

"好啊，到时我要在房前屋后种上各种各样的花花草草。现在有些人没有了敬畏，而是只信钱，原来的人信神信鬼敬神灵，也有敬畏之心。虽然挣钱没有错，但一门心事不择手段只认钱那就有问题了。"

枫禾说：

"是啊，这是一个大问题，值得深思的问题。莫言创作，来自三方面的影响：一是魔幻现实主义，尤其是百年孤独对他是灌顶式的影响，让他茅塞顿开。二是美国作家福克纳的小说，挚着于'一块邮票大小的故土'。三是中国民间神怪传说。"

竹馨说：

"看他的小说印象最深的还是早年看的《檀香刑》，后来的也读了不少。"

次日醒来，窗外的雨点下得特别肆意，竹馨破例在白天与枫禾说话：

"雨点击打声叫醒了我，透着帘幔的微光躺着听雨，想起昨晚与你隔着时空的卿卿话语，想着人生多少美好向往，却举步踟蹰，像此刻的天空，我伤感了。多少日子来我用忙碌与充实麻痹自己，告诉自己没有男女之爱一样可以过得美好，所以刻意丢失一直喜欢的淡淡忧伤。此刻，丢失的忧伤于窗外的雨中复苏，如此珍贵。感谢生命中有你的出现！"

枫禾说：

"我的爱，会让你更加美丽，更觉生活之美好。"

竹馨回道：

"今日惊蛰，万物蠢动。来吧，吸吸大山雨后的清新空气，看看家门前那条河的缓缓流淌，我们再一次漫步在雨中的亲水平台上。"

枫禾说：

"乖乖以后只许对我一个人好！（表情笑脸）"

竹馨道：

"当你对我不好的时候，我一定是骄傲地离开你。而当你对我好时，我只有感恩和卑微。"

枫禾说：

"情缘前世定，半生才相遇。我爱你都来不及，怎么会对你不好呢？你是我的乖乖呢。"

也不知怎么，在枫禾面前，竹馨一下子成了孩子。常常是，不知不觉就撒起娇来。枫禾的爱一如诗润和玉竹对她的爱，除了温暖，更多的是懂得和宠爱。枫禾曾说过，对你的爱就三样："爱你，宠你，随你。"

竹馨拿着手机，与枫禾说着话，突然听到敲门声，她纳闷，小宝还没到放学时间，这时候会有谁来呢。快步下楼打开门，却是枫禾出现在眼前。惊讶的竹馨还没来得及说话，进门的枫禾已经顺势把竹馨紧紧抱进怀里，双臂使劲往自己的怀里紧，呼吸急促地说：

"想死我了。自从有了你，我就成了急色鬼。想你时身体有强烈反应，你把我弄得神魂颠倒。"

一边说一边把竹馨抱起来，竹馨说：

"已经过了饭点，肯定没吃，先做点东西你吃。"

枫禾说：

"不行，先要你，我等不急了，你摸，我身子是干净的。"

边说边把竹馨的手往下拉，双唇热烈地吻了过来，边吻边呢喃：

"乖，乖乖。想死我了。天天想你。怎么办啊，这么远！和你在一起后怎么突然青春了呢？乖，乖乖。"

竹馨在枫禾的怀里，整个人开始潮热酥软，迎合着枫禾，吻遍了枫禾的每一寸肌肤，同时享受枫禾对她百般的爱抚，一步步，坠入云海。在一次次交欢中，俩人同时飘向云端，竹馨半压抑半疯狂的喊叫，让枫禾彻底抵达，带着轻微的抽搐释放压抑已久的能量，直至满足后安静下来。

安静。全世界只有爱的呼吸声。枫禾用右臂揽着竹馨，歪过头来，对着竹馨的额头亲了一下：

"乖！"

竹馨像个孩子似的看着枫禾说：

"你是不是吃了药？"

枫禾不解地问：

"什么意思？"

竹馨答道：

"毕竟年龄不小了，怎么还能这么挺直勇猛又温柔。"

弄懂竹馨意思的枫禾，哈哈笑着说：

"傻瓜，这是爱！你才是我的药！"

竹馨娇嗔地把头靠在枫禾的胸前，用手轻摸枫禾的脸，像个吮奶的孩子，边吃边抚摸母亲的脸那样爱而满足……

晚饭后，俩人出门散步，枫禾紧紧牵着竹馨温软的小手，走在河堤边的亲水平台上，走向远处似时光隧道一样的霓虹闪烁处。面对缓缓前行的阳河水，枫禾开心而毫无章法地唱着：

> 谁说我的命运好像那油麻菜，
> 只是你不知将它往哪里栽。
> 就算我的命运好像那油麻菜，
> 但是我知道了怎样去爱
> ……

二〇一六年冬初稿
二〇一九年夏六稿

满怀深情写母爱
——长篇小说《玉竹谱》后记

想写三代母亲的愿望，萌生于十多年前的心情。

真正提起笔来，是二○一五年的秋天。

这一年的秋天，是我结束二十五年婚姻后不久。没有了某些羁绊，在码字路上，我挥洒得更自如更深情；我竟然觉得，结束二十五年的婚姻，是上苍安排我体验的某一段生活该结束了，可以开始新征程了。我再也不用担心坐在电脑前，背后有一双窥视的眼，或暴粗口电脑前的我是在做不耻的勾当，甚至挥舞出你不设防的拳头……我为自己的身心彻底自由而舒缓，从而感恩生活赋予我的一切。

前行的路，从来没有人会相伴永远，这是人世间多少悲欢离合的故事告诉我们的事实。当缘份已尽，当岁月远去，当相互的修为还不能够到白头，对于共同走过二十五年的人，曾经真心诚意相爱过付出过的人，没有怨恨，只有祝福！一个有母亲呵护的家才是家，我用一种减负又重生的姿态，带着我的俩公主，过上了一种前所未有的、安宁又愉悦的新生活。

这时候，我告诉自己，该让笔上路了！父母亲已经七十多岁，我想趁他们健在时，能读到我这一部关于三代母亲的书，我想尽量做到，让自己的人生在父母面前少一些遗憾。

鲁迅先生说，女人的天性里有母性、女儿性、无妻性。

我努力做一个好女儿，努力不辜负父母对我的宠爱；也曾经努力做一个好妻子来着，可最终不尽人意；努力做个好母亲，在某种程度上，我做到了，并且做得问心无愧。

抒写第一代母亲是从一九一四年开始的，那是民国时期，以外婆的故事为原型。自小就听母亲讲了不少关于外婆的故事，那一代小脚母亲的艰难困苦，是现代女性无法想象的。因为有许多事件不清楚，于是请舅舅为我把外婆的一些事件用笔记下来。读过初中的舅舅，用一本软面抄，记了几千字。感谢舅舅提供的事件文字，才让我看到了外婆从那远去的事件中向我走来。常常在不到一百字的事件里，我得想象出几千字甚至几万字的场景和细节来，一次次考验着自己的想象力，同时通过查找相关历史资料，和那个年代相符合的生活常识，尽量努力去做到少犯常识性的错误。

有感觉的时候，我就坐在电脑前写；没感觉时，我就用笔在稿纸上写，总是两方交替着来铺陈故事的进展。一个寒冬的夜晚，坐在炉火前用笔写着，写到新中国成立前外婆常唱的一首童谣时，因为只记得其中的一句，于是电话给母亲，七十二岁高龄、正在炉火前看书的母亲，思路清晰地在电话那头为我念了出来：

> 从来不唱扯白歌
>
> 外婆出嫁我打锣
>
> 嫩牛生个老牛婆
>
> 风吹石磙滚过河

念完，母亲自己在电话那头哈哈大笑说："这分明就是扯白歌嘛！"。我也在电话这头哈哈大笑说："可这扯白歌有味道啊！"放下电话，再一次深感自己的幸福是如此真切，离"知命之年"不远的我，还能享受母亲乐呵呵的温暖。只要有母亲在，我似乎还是个孩子，人生之安好莫过如此！还有什么理由不去感恩和努力做得更好呢？晚年的母亲最喜欢说的一句话是："万古人间神安排"。每次听母亲说这话时，感觉整个人就通透了一次。

上部写到第一代母亲最后两章时，正是洪水和洪水过后日日高温之时，洪水时，新买不到一年的车子泡水里了；高温时，我天天在没有空调的书房里完成三千字，然后又进厨房为孩子们做饭，冒着酷暑，大汗淋漓，一次一次考验着自己的体力和心性。我以为，既然一年有四季，那么该热时一定得热一热，该冷时就要冷一冷。所以除了卧室，客厅和书房都没有装空调。我还相信，有耕耘必有收获，努力付出了，老天会以不同的方式回报你。那些日子，我常想起练武功之人有"冬练三九，内练一口气"之说，我何尝不是在练一种功夫呢？不管我的功夫练得好还是不好，可我没有虚度光阴，无愧于心。

那些日子，还是我人生遭遇第二次经济危机之时，常常囊中羞涩，车贷要还，一文上学的费用要出，该做的人情往来一样都不能少，我们娘仨的美丽也不能缺。生活要继续，爱美爱生活的脚步从来没有停止过，因为我坚信，困难都是暂时的。我知道，对生活真诚付出和勇敢担当的人，上天是会眷顾的。我把眼前一切困难，都当着是上天对我的考验。所以，我带着俩公主一起，依然微笑着面对眼前的一切。好在有已经工作了的大公主帮着，洪水过去了，高温过来了，经济危机也慢慢缓解，我再一次走过了人生的又一个低谷，从来不让自己停下修炼的步伐。

在写这部小说之前，所有的文字是因了对文字的爱，为心灵需要而抒写，才有了一路走来，平平淡淡，真真诚诚地写了二十多年。正是那些稚嫩的、我手写我心的生活记录，让我一步步成长起来；也是那些从不为"稻粱谋"、毫无功利之心的写作过程，奠定了自己在写作路上的基石，修炼了自己的心性，从而感谢自己三十年来坚持不懈的坚持。

而在写这一部小说时，一直有个信念和意念在心里，我告诉自己，我一定要让这部书来为自己挣钱，毕竟时代不一样了，我希望用心血抒写三代母亲的文字，能以换"稻粱"的方式，来体现一个写作者或者码字民工的辛劳付出；同时，我要用这部书所挣得的钱，为将来的又一个计划而做意义非凡的事，从而体现三代母亲的不易，以及去展现和实现每一位好母亲的价值与传承。虽然我知道，文字与金钱的价值永远是不可能对等的，至少我有了这个转变观念的过程。

完成上部十万多字时，正是侄女倪一丹带着几个月的儿子从美国回国探亲休假时，听说我已经完成了上部，她迫不及待地让我把电子稿传给她看。如果从我抒写的三代母亲来计算，侄女一丹，刚刚做母亲的她，恰好是第四代母亲的衔接。无论是家还是国，在这浓浓的家国情怀里，正是在一代代母亲的衔接中，才得以延续的。

　　从今年四月份开始，规定自己每天完成三千字，每每写到累了时，便看看阳台上养的花草，做做家里的卫生，"高调"地自拍几张臭美来发微信朋友圈，以这种方式来放松和减压。俩公主都知道我天天上午和晚上在家写，特别是小女一文，每天下晚自习回来，进门第一句话就是"今天三千字完成了没有？"将要完成中部时，正是国庆假期，除了一天三千字，甚至有几天破记录地完成了六千字。一文在身边一边写毛笔字，一边连连说"佩服佩服"。当十几万字的上部打印出来时，她迫不及待地读完了，并有着想往下读的极大欲望。这时候，我知道，在女儿的面前，我真正做到了什么是"言传身教"。

　　写到八十年代中期时，需要翻找一些过去的记忆，在当年爷爷送给我的一本日记本里，记载了我一九八七年冬到一九八八年春的日子。无意中在这一个日记本里，看到一张夹着的纸条，上边竟然记着我曾电话问母亲的那首童谣，其中有很重要的两句，是母亲在电话里掉了没有说的，而纸条所记是完整又完美的。从笔迹来看，加上笔记本是一九八七年的日记，说明母亲是很清楚完整地说给我听过，我当时记在了纸上。算了算，一九八七年的母亲，当年四十二岁，完整记得是很正常了。

　　突然完整获得这首童谣，除了惊喜，我得感谢自己早在青春年少时就做了有心人。似乎，过去的一切努力和修炼，包括几十年记下来的日记，都是为这一部有关三代母亲的小说在做功课。真正应验了"好记忆不如烂笔头"的重要。至此，这首完整的童谣，从民国时期（也许更早）穿越时空走来，之所以能让我完完整整地记下来，得感谢一代代母亲的传诵：

　　月亮走，云里梭

从来不唱扯白歌

先生我，后生哥

外婆嫁，我打锣

外公周岁我摇箩

嫩牛生个老牛婆

风吹石磙滚过河

　　写到后边时，从最开始的每天三千字到后来每天六千字，有时甚至还要多，那些日子，屁股坐疼了，腰疼了胃也窝得不舒服；更甚的是，黑头发丛中，不断有白头发冒出来。我告诉自己，写完这个长篇，今后只写怡情快乐的文字，再不做这太累的体力脑力都吃亏的活了，这样的码字生活，是个太不容易而考验身心意志的过程。

　　现在想来，母亲能做外婆的女儿，我能做母亲的女儿，这前世的因果与轮回，母女情深，仿佛都是上苍埋下的伏笔；只为有一天，为天下无数母亲抒写相同又不同的故事而埋下的伏笔。所以我从不忌讳第三代母亲有我自己的影子。在写三代母亲不同时代不同故事的艰难时，我多次在电脑前泪流满面，泣不成声。这部书的主旨，我当要诠释的是，一个人的成长环境之重要，成长过程中，有母爱的温暖和没有母爱的差异之大，从而决定一个人的性格，性格左右命运，以及美好家风传承的重中之重。

　　关于书名，一开始定下来的是《玉竹》，玉竹是第二代母亲的名字，而且名字是公公所取，嫁人之前并不叫玉竹，小说里有释解这个名字的因由。后来，朋友说，书名仅有这两个字似乎还不够，得在后边再加一个字，他还把王蒙的短篇小说《坚硬的稀粥》作示范，来说明一部小说名字的重要性。

　　我的小说里有这样一段话："那一刻，书礼突然领悟，娘就是佛呢！娘度每一个孩子，而众生都是每一个娘的孩子，每一个娘度好了自己的每一个孩子，不就是普度众生吗？"

　　鉴于此，我想取名《玉竹度》。刚好小弟易弘来家里，听到我这样说，善易经的他说《玉竹谱》更好。他的理由是，从易经上的"金木水火土"来看，玉竹是植物，而普是水，植物需要水来滋养。同时，普又有普及、普度众生、普天同庆之意，玉竹既代表普天下的母亲，同时也是祝福普天下的母亲吧。至此，我听了易弘的话，定下《玉竹谱》。感谢弘弟智慧。

初稿完成时，不计符号和空格，整整三十六万字，可似乎还有许多话要说。我知道，后期的修改，才是一个更加艰难和慎重的过程。完成初稿的那一天，竟然是我的生日，这不能不说是冥冥中的巧合与使命感。故事从一九一四年抒写到二〇一六年，跨度百年之久。虽然不能如古人说的"两句三年得，一吟双泪流。知音如不赏，归卧故山秋"（贾岛）。无论我抒写得好与不好，我深信，会有不同的知音因为共同的"母亲"而认可。

写完初稿时写下"后记"的日子是农历丙申、公元二〇一六年的冬月。这之后，反复六易其稿后，打印出来一份寄给远在海南的张建华老师，他利用带孙子的业余时间校对数遍，十分令我感动。湖北省作家协会副主席高晓晖老师是我远方表哥，多年来关心我又严格待我，让我懂得和敬重文学是靠作品来说话的。他在百忙中读了我的书稿后，给了非常中肯又"把关"式的建议，令我茅塞顿开受益良多。感恩《解放军报》编辑、远在北京的凌翔老师把《玉竹谱》列入他的丛书之中。他们，都是我生命里走在爱文学这条路上的贵人。

老舍曾说："人，即使活到八九十岁，有母亲便可以多少还有点孩子气。失了慈母便像花插在瓶子里，虽然还有色有香，却失去了根。有母亲的人，心里是安定的。"

感恩自己现在还是有母亲的女儿。

感谢我的工作单位通山县红十字会领导，宽容待我，让我有了从容抒写的时间。

感谢远在北京的知名编剧谷凯老师，在背后以作"预告"的方式在他的朋友圈里鼓励支持我，同时宣传这部书的意义所在。

感谢堂弟倪建雄，我还没有动笔时，听了我要写的故事，激动地画下了四张大幅"玉竹的春夏秋冬"插页图，辗转从上海到北京到阳新，最后亲自送到我的家里来。

感谢侄女倪一丹，远在大洋彼岸的"华盛顿州"通过电子稿阅读《玉竹谱》，并以第四代母亲的身份写感悟文字鼓励我这个姑姑。

从动笔到定稿，五年整。

感谢父母。感谢女儿。感谢爱。

二〇一九年五月二十二日于凤池山下